제4판 한국문학통사 2

중세후기문학, 고려후기~조선전기

조 동 일

계명대학교, 영남대학교, 한국정신문화연구원,
서울대학교 교수, 계명대학교 석좌교수 역임.
현재 서울대학교 명예교수.
　　대한민국 학술원 회원.

《하나이면서 여럿인 동아시아문학》,《세계문학사의 전개》
《철학사와 문학사 둘인가 하나인가》,《대등한 화합》,《우리
옛글의 놀라움》,《국문학의 자각 확대》,《한일학문의 역전》,
《대등의 길》,《창조주권론》등 저서 60여 종.

제4판 **한국문학통사 2**

제4판　1쇄 발행 2005. 3. 1.
제4판 29쇄 발행 2025. 9. 25.

지은이　　조동일
펴낸이　　김경희
펴낸곳　　(주)지식산업사
　　　　　본사 ● 10881, 경기도 파주시 광인사길53(문발동 520-12)
　　　　　　　　전화 (031) 955-4226~7　팩스 (031) 955-4228
　　　　　서울사무소 ● 03044, 서울시 종로구 자하문로6길 18-7(통의동 35-18)
　　　　　　　　전화 (02) 734-1978　팩스 (02) 720-7900
　　　　　영문문패　www.jisik.co.kr
　　　　　전자우편　jsp@jisik.co.kr
　　　　　등록번호　1-363
　　　　　등록날짜　1969. 5. 8.

책값은 뒤표지에 있습니다.

ⓒ 조동일, 2005
ISBN 89-423-4035-0(94810)
ISBN 89-423-0047-2(전6권)

이 책에 대한 문의는
지식산업사 전자우편으로 해 주시길 바랍니다.

차 례

7. 중세후기문학 제1기 고려후기

8. 중세후기문학 제2기 조선전기

7. 중세후기문학　제1기 고려후기

7.1. 무신란·몽고란과 문학

7.1.1. 시대변화의 추이

1170년(의종 24)에 무신란이 일어나고, 1258년(고종 45)까지 거의 한 세기 동안 무신정권이 지속되었다. 그래서 문신이 결정적으로 몰락한 탓에 문신이 담당하는 문학이 회복하기 어려운 피해를 입은 것 같으나 그렇지 않다. 무신란이 일어난 다음에도 문학활동은 계속되었을 뿐만 아니라 오히려 더욱 활기를 띠었다. 그 기간 동안에 등장한 문인들은 전에 볼 수 없었던 왕성한 창작의욕과 날카로운 비평의식을 가지고 문학을 새롭게 해서 문학사의 새로운 시대가 시작되었다.

그런 사실을 어떻게 이해해야 할 것인가? 이것은 문학사 서술에서 해결해야 하는 긴요한 과제이다. 무신란 때의 학살에서 살아남은 문인들이 현실에서 도피하면서 문학에 탐닉한 결과 문학이 융성하게 되었다는 견해가 있다. 이것은 오세재(吳世才), 임춘(林椿), 이인로(李仁老) 등의 경우를 보건대 어느 정도 사실과 부합되는 듯하다. 그러나 이규보(李奎報)를 비롯한 일군의 신진 문인들은 그렇게 말할 수 없어 현실도피가 문학 발전의 계기였다고 하기 어렵다.

무신정권의 성격변화에서 문제해결의 단서를 찾자는 견해도 널리 알려져 있다. 정중부(鄭仲夫)를 비롯한 초기집권자들의 실패를 시정하고, 후기의 최충헌(崔忠獻)과 그 후계자들은 서방(書房)이라는 기구를 만들어 문신들을 등용하고 포용해 문학이 다시 일어날 수 있었다고 한다. 이것 또한 사실의 일면만 살핀 단견이다. 무신정권이 문신을 등용하고 포섭한 데 힘입어 육성된 문학이라면 무신란 이전의 것보다 미약할 수밖에 없었을 것이다. 문신이 나라의 주인으로 군림할 때의 위세를 잃고 무신의 서기 노릇이나 하게 된 탓에 문학이 위축되었어야 할 것 같으나, 사실은 그렇지 않아 재검토가 필요하다.

무신란 이전의 문인과 무신란 이후의 문인은 동질적인 문인이 아니다. 바로 이 점을 인식하는 데서 새로운 논의의 출발점이 마련된다. 문인의 성격과 구실은 시대에 따라서 달라지게 마련이다. 역사의 전환을 겪으면서 새로운 문인층이 등장해서 다음 시대의 문학을 이룩하는 것이 문학사의 당연한 과정이다. 무신란은 그럴 수 있는 결정적인 계기를 만들었다. 무신란이 일어나자 신라 이래의 오랜 인습을 지켜오며 권력을 독점하고서는 안일을 도모하는 데 몰두하던 문벌귀족이 몰락했다. 특권의식이나 형식주의를 특징으로 삼는 문벌귀족의 문학이 청산되었다. 몰락해야 할 세력이 몰락하고 청산되어야 할 문학이 청산되도록 한 점에서 무신란은 커다란 공적을 이룩했다.

무신정권 담당자들은 스스로 새로운 문학을 일으킬 수 없었다. 파괴를 하는 데 그치고 대안을 제시하지는 못했으며, 파괴의 의미를 알 수 없었다. 새로운 문학의 창조자는 무신란 파동이 지나간 뒤에 스스로 일어났다. 문벌귀족이 국권을 장악한 동안에는 진출이 억제되었던 지방 향리 또는 중소 지주 출신의 문인들이 중앙정계에 등장해 새로운 문학을 이룩하는 주체가 되었다. 신흥사대부 또는 신진사류라고 일컬어지는 그 사람들이 무신통치 동안에 등장하기 시작해, 무신정권이 무너진 다음에 더욱 적극적인 활동을 전개하면서 새로운 특권층인 권문세족과 다투다가, 마침내 조선왕조를 이룩하기에 이르렀다.

무신란으로 기존의 지배체제가 흔들렸을 뿐만 아니라 무신정권 참여자 가운데 천민 신분에서 올라간 사람도 적지 않았던 점이 또 다른 방향에서의 변화의 계기를 만들었다. 사회 통제가 흔들리자, 오랫동안 억압과 수탈에 시달려 불만이 누적된 농민과 천민이 반란을 계속 일으켰다. 무신정권은 반란을 강압적으로 다스렸지만, 김극기(金克己)나 이규보 이후의 새 시대 문인들은 자기네와 가까운 관계를 가진 하층의 동향에 깊은 관심을 가지고 문학을 혁신하는 역사적인 경험을 얻었다. 산천의 아름다움이 아닌 농촌실정을 문제 삼고 농민의 어려운 처지에 공감하는 문학을 하는 방향으로 나아갔다. 민중의 구비문학에서 자극을 받고 그 내용이나 표현을 옮겨놓은 농민시 또는 애민시를 마련했다.

　신흥사대부는 사회를 재구성하는 방향을 제시하는 데 그치지 않고, 그렇게 하는 데 필요한 실무와 기술에도 능통했다. 의학을 연구하고 농업을 발전시켜 인구가 늘어날 수 있게 했다. 유학을 이념으로 한 사회질서와 기강을 마련하고자 했다. 농민을 보호하면서 다스려야 한다는 애민의 이념을 제시해 치자의 횡포를 제어하고 피치자의 노동의욕을 고취하고자 했다. 고려후기 동안 권문세족이 장악한 정치가 어지러워졌어도 사회발전이 꾸준히 이루어질 수 있었던 것이 그 때문이다. 고려를 대신해 조선왕조가 들어서자 그 성과를 더욱 확대해 세계 전체에 널리 자랑할 만한 중세후기 왕조의 본보기를 이룩했다.

　무신정권이 지속되고 있는 동안에 몽고의 침략이 닥쳐왔다. 몽고는 1231년(고종 18)에 시작되어 1259년(고종 46)까지 거란이나 여진의 경우와 비교되기 어려울 정도로 완악한 침략을 감행하고, 국토를 강점해 주권을 말살하려고 들었다. 과거의 문벌귀족이 격퇴 가능한 외침에 타협적인 자세를 취했던 것과 달리, 최씨정권은 세계를 제패하는 무력을 지닌 몽고와 줄기차게 맞섰다. 투쟁의 과정에서, 새 시대의 문인들은 최씨정권의 항쟁을 지지하면서 민중의 애국적인 역량을 조직하고 동원하기 위해 노력했다. 투쟁 기간 동안 상하의 의지가 일치한 것이 아주 소중한 경험이어서, 새로운 문학이 진취적이고 민중적인 입장을 지닐 수 있게 했다.

　고려후기의 문학은 고려전기 문벌귀족의 문학과는 아주 다른 양상을 보여주었다. 중세적인 가치관을 현실의 움직임에 맞게 재편성하는 것을 기본과제로 삼아 문학관을 재검토하고 새로운 표현양식을 찾으면서 활기에 찬 실험을 계속했다. 그 성과를 조선전기에서 이어받아 고려전기와는 다른 차원의 질서와 조화를 마련할 수 있었다. 고려후기에서 조선전기까지의 문학은 기본적인 동질성을 가지며, 고려전기까지의 중세전기문학과는 구별되는 중세후기문학을 이루었다.

중세전기에는 중세보편주의를 중국과 대등하게 구현하고자 희망했으나, 당송(唐宋)의 시문에 필적할 만한 작품을 한문학권의 다른 어느 나라에서도 이룩하지 못했다. 중세후기는 중세보편주의를 독자적으로 구현하고 한 시기여서, 중국 한족의 독주가 끝났다. 중국 안에서도 한족이 아닌 다른 여러 민족 출신 문인들이 대단한 활약을 했다. 중국 밖의 한국, 월남, 일본 등지의 한문학이 모두 높은 수준에 이르고서 민족의 삶을 힘써 다루는 방향으로 나아갔다. 소식(蘇軾)과 더불어 중세전기가 가고, 이규보를 선두 주자로 해서 중세후기가 시작되었다.

몽고군이 침공해 중세전기를 종식시키는 사태가 유라시아대륙 거의 전역에서 함께 일어났다. 그 위기를 이겨내고 중세후기를 만드는 작업은 각기 그 나름대로의 역사적 상황과 자기 역량에 따라 해야 했다. 우리의 경우 안에서 무신란이 일어나자 밖에서 몽고란이 닥쳐와 불운이 가중된 것이, 새 시대 창조를 위해 한층 유리한 조건이 되었다. 중세전기의 문벌귀족을 대신하는 신흥사대부가 때맞추어 등장해, 상하의 힘을 합쳐야 한다는 것을 절실하게 깨닫고 역사 창조를 새롭게 하면서 문학을 혁신했다.

이 시대 문학의 성격에 관해 서수생, 《고려조한문학연구》(형설출판사, 1971)와 이우성, 《한국의 역사상》(창작과비평사, 1982)에서 상이한 견해를 폈다. Martina Deuchler, *The Confucian Transformation of Korea, a Study of Society and Ideology*(Cambridge : Harvard University Press, 1992)에서는 유교 정착의 측면에서 ; 이태진, 《의술

과 인구, 그리고 농업기술》(태학사, 2002)에서는 기술발전의 측면에서 신흥사대부가 주도한 사회 혁신의 과정을 논했다. 중세전기에서 중세후기로의 전환에 관해《한국문학과 세계문학》(지식산업사, 1991) ;《동아시아문학사비교론》(서울대학교출판부, 1993) ;《공동문어문학과 민족어문학》(지식산업사, 1999)에서 고찰했다.

7.1.2. 김극기가 택한 길

김극기(1150년 무렵~1204년 무렵)는 거의 미지의 인물이다. 과거를 보아 진사가 되었으나 벼슬하지 못하고 있다가, 무신란 후 명종 때에 학행으로 천거되었다. 의주 방어사를 거쳐 한림원에 들어가고, 금나라에 사신으로 갔다가 얼마 뒤에 세상을 떠난 것 정도만 알 수 있다.

135권 또는 150권이나 되어 대단한 분량의 〈김거사집〉(金居士集)을 남겼다고 한다. 유승단(兪升旦)은 〈김거사집서〉(金居士集序)에서, 김극기는 참으로 난새나 봉황 같은 인물이라고 하고 고고한 행적을 찬양했다. 높은 벼슬을 하는 사람의 집에 드나들면서 세력을 빌리지 않고, 오직 숨은 무리와 더불어 산림에서 노래하고 읊조렸기에 문인으로서의 이름은 높아가고 벼슬길은 더욱 막혔다고 했다.

살아서는 불우했지만, 사후에는 남긴 작품 때문에 큰 평가를 얻었다. 최씨정권의 우두머리 최우(崔瑀)가 〈김거사집〉을 편찬했다고 한다. 최우는 문학을 애호하는 것으로 행세를 하는 성미였다지만, 김극기에 대한 그런 대우는 예사롭지 않았다. 김극기를 새 시대의 문인으로 크게 내세울 만하다고 보아 그랬다고 생각된다.

그 방대한 문집이 지금은 전하지 않지만, 여러 문헌에서 찾을 수 있는 작품이 적지 않다. 전국 각처를 돌아보면서 지은 기행시가 많아 〈신증동국여지승람〉(新增東國輿地勝覽)에 2백 편쯤 수록되어 있다. 〈동문선〉(東文選)에 전하는 45편 중에는 농촌에서 지은 시가 큰 비중을 차지한다. 〈전가사시〉(田家四時)라고 하고, 농촌의 네 계절을 다룬 작품이

두 편 있다. 하나는 오언고시이고, 또 하나는 오언율시이다. 오언고시를 한 대목을 들어본다.

索綯如隔晨	새끼 꼬아 지붕 이은 것이 어제 같은데
春事起耕耨	봄이 되어 밭 갈기 시작하는구나.
負耒歸東皐	따비 메고 동쪽 들로 나가노라고,
林間路詰曲	숲 사이 길을 꼬불꼬불 돌았네.
野鳥記農候	들새는 농사철 알려주고서,
飛鳴催播穀	날아 울며 씨뿌리기 재촉하네.
饁婦繞田頭	밥 나르는 아낙네 밭머리에 나오는데,
芒鞋才受足	짚신은 겨우 발에 걸리는구나.

과장도 수식도 없는 농민 생활이다. 멀리서 관찰을 해서는 얻을 수 없고, 말을 아름답게 다듬는 재주를 자랑하면 사라지고 말 경지이다. 시인이 농민이 되어 농민의 말을 한다. 봄이 되어 농사를 시작할 무렵에 보고 느낄 수 있는 바를 자기 자신의 움직임에 따라 시점을 바꾸면서 생동하게 노래했다. 가을을 다룬 대목에 이르러서는 다음과 같은 말을 했다.

酒闌起相送	술을 다 마시고 일어나 서로 보내며,
顔色還百憂	얼굴빛이 다시금 온갖 시름에 잠겼구나.
官租急星火	관청의 세금 독촉 성화 같으니,
聚室須預謀	집안 식구 모아 미리 의논하네.
苟可趁公費	진실로 공납은 바쳐야 하겠으니,
私廬安肯留	사사로이 남겨둘 것이 어찌 있으랴.

가을걷이를 해서 흥겹다고 잠시 모여 술타령을 하다가도, 세금 바칠 일을 생각하고 온통 근심이다. 표정이 역력하게 나타나 있고 서로 궁

리하며 주고받는 말이 들린다. 농촌의 모습을 소재로 삼고, 농민의 딱한 처지를 문제로 제기한 것만은 아니다. 농민의 느낌과 표정을 자기 것으로 했기에 더욱 소중하다.

김극기는 벼슬을 해서 서울을 오르내리거나 사신으로 외국에 가는 길에도 농촌을 찾아 묵으며 자기 작품세계를 일관되게 가꾸었다. 그래서 지은 작품이라고 생각되는 것에 〈숙향촌〉(宿香村)이 있다. 구름 낀 길을 사오 리쯤 걷다가 푸른 산부리를 차츰 내려가서 까마귀며 솔개며 놀라 날아가는 데서 비로소 뽕나무 선 마을이 보인다고 한 서두에서부터 농촌의 모습을 실감 나게 그리더니, 다음과 같은 대목에 이른다.

伐薪忽照夜	관솔 꺾어 갑자기 밤을 밝히더니,
魚蟹腥盤湌	생선과 게로 저녁상이 비릿하구나.
耕夫各入室	농부들 한 사람씩 방안에 들어와서,
四壁農談誼	농사 이야기로 네 벽이 와자지껄.
詾談作魚貫	어지럽게 떠들면서 고기 꿰듯 둘러 앉아,
唶喔紛鳥言	웃으면서 하는 말 새소리처럼 부산하다.
我時耿不寐	나는 이따금 시름으로 잠 못 이루어,
欹枕臨西軒	서쪽 마루에 나가 베개 돋우고 누웠으니,
露冷螢火濕	서늘한 이슬에 반딧불이 젖고,
寒蛩噪空園	차가운 벌레 소리 빈 동산에서 시끄러워라.

농촌으로 돌아가자 흐뭇한 인정을 다시 찾으며 농사꾼들과 스스럼없이 어울리는 즐거움을 누렸지만, 머물러 있을 형편이 아니다. 이튿날이면 다시 떠나야 하기에 외톨이의 서러움을 느꼈을 만하다. 떠나가서 무엇을 해야 하는지는 말하지 않았으나, 농사꾼들을 위하는 방도를 차릴 형편이 아님을 짐작할 수 있다. 잠을 이루지 못해서 밤을 샌다고 한 데에 고민은 깊어도 해결책은 없다는 한탄이 은연중에 나타나 있다.

〈전가사시〉와 같은 시는 농민의 말로 농민의 생활을 나타내고 있어서 농민시라고 할 수 있다. 〈숙향촌〉은 농민의 처지를 이해하고 동정하려고 했으니 애민시라고 불러 마땅하다. 농민시와 애민시는 함께 나타나기도 하고 서로 구별되기도 했다. 김극기가 좋은 본보기를 보인 그 두 가지 시가 이어져 한국 한시의 한 특징을 이루었다.

김극기는 농민은 아니면서 스스로 농사를 지어야만 알고 느낄 수 있는 농민생활을 나타내는 시를 지었다. 관념도 아니고 경치도 아닌 생활의 실상을 절실하게 말해주어 고려전기 문벌귀족 문인들의 작품세계에서는 찾아볼 수 없는 새로운 경지를 개척했다. 민중과 가까운 관계를 가지고 현실을 인식하고 개조하고자 하는 중세후기 지식인의 문학을 이룩했다.

김극기는 이 책 제1판(1983)에서 처음 다룬 뒤에 ; 최이자, 〈김극기 시 연구〉(고려대학교 박사논문, 1985) ; 여운필, 〈김극기 연구〉, 《한국 한시작가연구》 1(태학사, 1995)을 비롯한 많은 연구가 이루어졌다. 김건곤 편, 《김극기 유고》(한국정신문화연구원, 1997)에서 남아 있는 작품을 집성했다.

7.1.3. 죽림고회의 문학

무신란이 일어나자 문벌귀족은 결정적인 타격을 받았다. 도망쳐 살아남았다 해도 경제적인 기반이나 사회적인 특권을 잃었으니 살아가기가 막막했다. 다른 생업을 개척할 수 있는 처지는 아니어서, 저주해 마지않는 무신정권 주위에 모여들어서 과거를 보아 벼슬하기를 바랐지만 뜻대로 되지 않았다. 세속을 외면한다고 자처하는 데서 실패에 대한 보상을 찾는 사람 일곱이 중국의 죽림칠현(竹林七賢)을 본뜬 죽림고회(竹林高會)를 연다고 했다. 산수나 찾아 즐기며 고결한 문학을 한다고 표방했다.

무신의 우두머리들끼리 정권다툼을 치열하게 벌인 1184년(명종 14)

무렵이다. 일곱 사람은 누구나 대단한 재능을 지니고서도 불우하게 지 낸다고 한탄했는데, 재능을 입증하는 작품을 남긴 사람은 오세재·임 춘·이인로이다. 나이로 보면 오세재가 좌장이라 할 수 있다. 이인로가 대변자 노릇을 했다. 불우한 사람의 표본은 임춘이다.

  오세재는 생몰연대를 알 수 없다. 지위가 보장될 수 있는 가문에서 태어났으나, 무신란을 겪고 일거에 몰락했다. 이인로가 〈파한집〉(破閑 集)에서 한 말을 따르면, 송곳을 꽂을 만한 땅도 없고 밥 한 그릇도 이 어갈 수 없는 궁지에 몰리게 되었다. 50세에 이르러서야 겨우 과거에 급제하고서 등용되지는 못했다. 외가인 경주에 머물다가 죽었다. 눈병 이 났을 때 지었다고 〈파한집〉에 소개한 〈병목〉(病目)이 딱한 처지를 잘 나타내준다.

老與病相隨　　늙음과 병이 서로 따르는데
窮年一布衣　　해가 다하도록 포의의 신세로다.
玄花多掩映　　현화는 밝음을 가리기 일쑤이고,
紫石少光輝　　자석에는 영롱한 빛이 적도다.
怯照燈前字　　등불에 비친 글자 보기 겁나고,
羞承雪後暉　　눈 온 뒤에 빛을 대하기 부끄럽다.
待看金牓罷　　기다렸다 금방이나 보고 난 뒤에,
閉目坐忘機　　눈 감고 들어앉아 세상 일 잊으리라.

  "현화"니 "자석"이니 하는 말은 모두 눈동자를 뜻한다. 눈병이 나서 제대로 보이는 것이 없어 글자나 빛을 대하기가 부끄럽다고 했다. 병은 신체의 병만이 아니다. 신세를 한탄하기만 하고 무엇을 어떻게 해야 할 지 정하지 못하는 마음의 병이 더욱 심각했다. 희망이 있다면 오로지 "금방"이라고 한 과거 급제자의 명단에 자기 이름이 오르는 것뿐이라고 했다. 그렇게 된다면 모든 일을 잊을 수 있다고 했다. 지향할 바를 알지 못하고 고민에 사로잡혀 있어서 암담할 따름이다.

오세재는 이규보와 가까운 사이였다. 오세재가 죽자 이규보는 〈오선생덕전애사〉(吳先生德全哀詞)를 지어 애통한 심정을 나타냈다. 처음 만날 때 자기는 18세이고 오세재는 53세나 되었는데, 오세재가 나이를 잊고 서로 벗이 되자고 했다. 오세재를 동정하고 문학에 호감을 가져 현정(玄靜)이라는 사사로운 시호를 올린다고 했다. 그러나 오세재가 간 길을 이규보가 따르려고 한 것은 아니다.

임춘 또한 생몰연대를 알 수 없으나, 생애가 잘 알려진 편이다. 무신란이 일어나기 전에 이미 과거에 몇 번 실패했다. 음서로도 진출할 수 있었지만 자기 능력을 입증하고 떳떳하게 나아가려고 했다. 무신란이 닥쳐와 목숨을 구하려고 5년 동안이나 피해 다녔으며, 물려받은 토지를 다 빼앗기고 처량하게 되었다. 살 길이 막연해서 다시 개경에 나타났으나 무슨 해결책이 생길 수 없었다. 과거를 보아 벼슬을 얻으려고 하다가 뜻을 이루지 못하고 30대에 요절했다고 한다.

임춘이 남긴 글을 이인로가 모은 〈서하선생집〉(西河先生集)이 오늘날까지 전하는데, 대부분의 글이 내심의 고민을 토로한 내용이다. 칠현 가운데 한 사람인 황보항(皇甫沆)에게 준 〈여황보약수서〉(與皇甫沆若水書)에서, "나는 몸이 폐하고 타락해 세상의 웃음거리가 되었으며, 외진 고을에 엎드려 있으니 저절로 고루함이 더해서 학문이 늘지 않고 도(道)는 나아가지 못한 채 드디어 용렬한 사람이 되고 말았다"고 했다. "글을 짓는 데는 기(氣)로써 으뜸을 삼는데 여러 차례 우환을 겪고 나니 정신과 뜻이 황폐하게 되고, 캄캄하기가 늙은 농부의 몸처럼 되었다"고 했다.

신세한탄을 이렇게까지 한 것은 전에 없던 일이다. 고려전기까지의 문학은 무엇이든지 아름답게 꾸미는 것을 자랑으로 삼았으며, 재능이 쓰이지 못해 번민하더라도 말이 지나치지 않았다. 무신란을 겪고 몰락한 문인들은 깊은 절망에 사로잡혀 조화가 아닌 갈등을, 수식이 아닌 충격을 생동하게 갖추는 시문을 남겨 원하는 바가 아니었지만 문학사의 전환에 기여를 했다.

　아무리 처참하게 되어도 문학은 버리지 않으면서 삶의 보람을 찾고
자 했다. 〈서회〉(書懷)라는 시에서 "詩人自古以詩窮 顧我爲詩亦未工"(시
인은 예로부터 시 때문에 군공해진다고 하는데, 돌아보면 나는 시를 잘
짓지도 못한다)이라고 했다. 시는 가난한 삶과 불가분의 관계를 가진다
고 하고, 잘 짓지도 못하는 시를 버리지 않아 가난을 자초한다고 했다.

十年流落負生涯	십 년 동안 떠돌면서 생계를 저버린 몸,
觸處那堪感物華	부딪치는 곳마다의 화려한 경물 어찌 감당하리.
秋月春風詩准備	가을 달 봄바람에서 시를 마련하고,
旅愁羈思酒消磨	나그네 시름 유랑의 회포를 술로 없애리라.
縱無功業傳千古	천고에 전할 만한 공업은 없을망정,
還有文章自一家	문장은 스스로 일가를 이루었노라.
盛世偸閑殊不惡	태평성대라 한가하게 굴어도 과히 나쁘지 않아,
從敎身世轉蹉跎	내 신세 굴러 넘어져도 그대로 맡겨두리.

　〈기우인〉(寄友人)에서는 이렇게 노래했다. 불행한 패배자가 되어 아
름다운 자연을 대하면 새삼스럽게 소외감을 느끼지만, 찾을 수 있는 삶
의 보람이란 오직 가을 달이나 봄바람을 노래하는 시를 짓고 문장은 일
가를 이루었다고 자부했다. 작품의 성공 여부를 떠나서 시를 짓는 것
자체에서 위안을 찾고자 했다.
　옛 사람의 수법을 깊이 익혀 표현의 묘미를 능숙하게 발휘하고자 하
는 의도는 성취되지 못했다. 사물을 그대로 열거하고 산문적인 서술을
배제하지 않아 시가 산만하고 메마른 편이다. 화려하고 여유 있는 표현
을 할 만한 정신적인 자세를 갖추지 못하고 자기 신변의 사정에 매달리
다 보니 그렇게 되었다고 할 수 있다. 시대변화를 받아들이지 않고 고
려전기에 이룩한 규범을 자기 혼자라도 지키려다가 무너뜨리는 데 가
담했다.
　평가받지 못하는 데 대해 계속 불만을 가지면서 문학관을 바꾸어놓

았다. 성률(聲律)에 구애된 시원치 않은 글만 대단하게 여겨 과거 급제의 영광을 갖다 안긴다고 비난하고, 자기 작품은 도(道)를 구현하고 기(氣)에서 우러나왔으므로 인정받지 못한다고 했다. 처지는 다르면서도 이규보와 상통하는 문학관을 표명하기 시작했으니 주목할 일이다. 〈공방전〉(孔方傳)·〈국순전〉(麴醇傳) 같은 가전을 지은 것도 이규보와 함께 한 작업이다.

이인로(1152~1220)는 벼슬길에 올라 재능을 발휘할 수 있었으나 자기 처지를 만족스럽게 여기지는 않았다. 고려전기에 국권을 장악하던 인주(仁州) 이씨의 후예여서, 가문 자랑을 늘어놓으면서 예전이 좋았다는 말을 거듭 했다. 무신란이 일어나자 승려가 되어 화를 피했다가, 환속해서는 죽림고회의 주동 노릇을 하는 동안에 과거를 보아 진출할 길을 찾았다. 다른 사람들은 실패를 했는데 홀로 성공을 거두어 벼슬이 정4품인 우간의대부까지 이르렀으나, 영화를 누리지 못한다고 불평하면서 좌절된 의지를 오직 문학에서 살리겠다고 했다.

문학이 무엇이길래 그럴 수 있는가? 이 문제를 새삼스럽게 심각하게 다루어야만 했다. 문장이 뛰어나면 나라에 등용되어 부귀를 얻을 수 있다고 하는 앞 시대의 통념을 해답으로 삼을 수 없어, 독자적인 문학론을 시화(詩話) 형태로 전개해 〈파한집〉을 지었다. 문학이야말로 세상에서 어떻게 평가되든 그 자체로서 절대적인 가치를 지닌다고 했다. 인정받지 못해 불우하게 살아간 오세재·임춘 같은 사람들을 옹호하고 칭송한 근거가 거기 있다.

그러나 이인로는 그 두 사람처럼 불행하지 않았으며 신세한탄을 늘어놓지도 않았다. 표현을 공교롭게 다듬는 것이 문학의 가치를 발현하는 최상의 방안이라고 했다. 고전적인 표현의 전례를 충실하게 따르면서 말 한 마디 한 마디를 애써 다듬어야 광채가 난다고 해서 문학이 삶의 실상을 여과 없이 드러낼 수 있는 길을 막았다. 형식의 아름다움을 견지해야 문학의 가치가 입증된다고 여겼다.

고려전기의 문벌귀족이 이룩한 문학이 지속되고 더욱 세련되기를 바라고, 예종 때 군신이 함께 어울려 시를 주고받으며 풍류를 즐기던 일을 동경했으나, 무리를 하지는 않았다. 시대가 달라진 것을 바로 알아 지나친 요구는 삼갔다. 무신정권에 대해서 비판을 하거나 세상이 잘못되어 간다고 한탄하는 말은 하지 않았다. 기회를 얻어 벼슬을 하고 사실은 그리 불행하지도 않고 그렇다고 해서 행복하지도 않은 삶을 오래 누리면서 밖으로는 적당하게 처세하는 동안, 내면세계에서 문학에 관한 자기 나름대로의 이상을 살리고자 했다.

산문에서든 시에서든 용사(用事)를 소중하게 여겼다. 용사란 과거 명문의 표현이나 관련 사실을 재활용하는 창작방식이다. 용사를 통해서 문학의 고전적인 규범과 가치를 재현할 수 있으며, 용사를 얼마나 능란하게 구사하는가는 글 쓰는 사람의 능력을 측정하는 가장 좋은 척도라고 생각했다. 문학 수련을 하는 가장 좋은 방법은 옛 사람의 명문을 읽어서 자기 것으로 하는 데 있다고 했으며, 현실의 문제와 바로 만나는 경험은 그 때문에 배제하지 않을 수 없었다.

〈화귀거래사〉(和歸去來辭)를 들어보자. 도연명(陶淵明)이 하찮은 벼슬살이를 버리고 고향으로 돌아가 마음의 자유를 찾은 절실한 심정을 〈귀거래사〉(歸去來辭)로 나타낸 것을 소식(蘇軾)이 본떠서 〈화귀거래사〉의 선행작품을 내놓았다. 이인로는 소식의 전례를 따라 자기도 〈화귀거래사〉를 지으면서 원작을 구성, 문구, 운(韻) 등의 여러 면에서 충실하게 재현했다. 그 세 작품은 같기 때문에 달랐다. 작자의 절실한 느낌을 나타낸 작품을 용사 확인 능력 시험용 모조품으로 변조하는 작업을 거듭 해서, 원작의 생동감이 사라지게 했다.

자기도 전원으로 돌아가겠다고 심각하게 생각해보았을 수 있다. 〈파한집〉에 지리산 청학동(靑鶴洞)을 끝내 찾지 못했다고 한 대목이 있다. 그런 곳에 들어가 숨어 살았으면 하는 내심의 희망을 지녔을 만하지만, 모처럼 얻은 벼슬을 버릴 수 없었으며 개경을 떠날 처지가 아니었다. 그 대신에 누구에게도 양보할 수 없는 자기 나름대로의 문학 세계를 구축하고 무지개처럼 아롱진 표현을 이룩해서, 문학 속에다가 은거할 곳을 마련하고자 했으므로 떠나갈 필요가 없었다.

문학의 아름다움을 판정하는 기준을 스스로 마련할 수는 없다고 했다. 이미 이루어진 과거의 고전적인 명문의 전례를 따르는 것만이 평가를 얻을 수 있는 확실한 길이라 했다. 그때까지 널리 영향을 끼치고 있던 소식을 대단하게 여기고 높이 받들었다. 소동파(蘇東坡)를 받드는 신앙집단의 교주 노릇을 하려고 했다. 소식이 썼던 말이나 소식과 관련된 고사를 즐겨 택해 작품을 장식했다.

〈화귀거래사〉에서 보여준 것과 같은 작업을 여러 작품에서 거듭 했다. 동파(東坡)의 운을 사용했다고 해서 제목을 〈설용동파운〉(雪用東坡韻)이라고 한 작품을 보자. 소식이 귀양 갔을 때 있었다는 일까지 넣어 놓아 내력을 아는 사람은 묘미가 있다고 하겠지만, 그렇지 못하다면 이해하기 무척 어렵다. 소식이 지닌 가치를 재현해 이인로가 소식과 대등하게 될 수는 없었다. 원본과 사본은 진위의 차이가 있다.

이인로의 시가 아름답지 않다는 것은 아니다. 예사 사람이면 잡을 수 없는 미묘하기 이를 데 없는 느낌을 화사하면서도 야단스럽지 않은 시상으로 엮어낸 솜씨가 뛰어났다. 실용적인 산문과는 가장 거리가 먼 시가 어떤 경지에 이를 수 있는지를 유감없이 보여주었다 해도 좋다. 〈모춘〉(暮春)을 본보기로 들어보자.

老來心事向春慵	늙어가는 심사라 봄을 맞으니 게을러져
睡起空驚落絮風	잠 깨어 버들강아지 흩는 바람에 공연히 놀란다.
紅雨濛濛簾捲處	붉은 비가 발을 걷자 자욱하게 내리고,
靑陰漠漠鳥啼中	푸른 그늘 새가 울음 속에서 어둑하네.

아직 잠이 덜 깬 의식에 와서 닿는 충격, 늙은이의 심사와 꽃이 지는 늦봄의 마주침이 완벽한 짜임새를 갖추고 나타나 있다. 감각과 움직임, 색채와 소리의 대조가 선명한 기복을 갖추고 전개된다. 그 자체로서는 한 마디도 고칠 것이 없다 하겠으며, 불만이 있다면 그렇게까지 소극적

인 자세로 감각에 탐닉하는 자세 때문에 생길 만하다.

《복양(濮陽) 오세재선생의 생애와 문학세계》(현정(玄靜)선생숭모
사업회, 2001)에서 자료와 연구논문을 모았다. 윤용식, 〈하서 임춘문
학연구〉(단국대학교 박사논문, 1992) ; 강석중, 〈임춘론〉, 《한국한시
작가연구》 1(태학사, 1995) ; 이종묵, 〈이인로의 한시 작법과 문예미〉,
《한국 한시의 전통과 문예미》(태학사, 2002) 등의 연구가 있다.

7.1.4. 최씨정권의 문인들

〈한림별곡〉(翰林別曲) 제1장에 문인들의 이름과 각자의 장기가 열거
되어 있다. 아직 강화도로 천도하지 않은 고종 시절 최충헌이 집권하고
있던 때에 정권에 참여해 활동한 문인들이 누구였던가를 아는 데 더없
이 좋은 자료이다. 최충헌은 정권이 안정되자 문인들을 적극 등용해서
국가경영에 도움을 받고 문학이 융성해지도록 했다. 당사자들은 등용
되었다고 기뻐하면서, 지니고 있는 능력을 마음껏 발휘하고자 했다.
그런 분위기에서 흥청대는 놀이를 벌이면서 지은 작품이 〈한림별곡〉
이다.

거기 열거되어 있는 문인을 고찰하려면 먼저 "금학사(琴學士)의 옥순
문생(玉笋門生)"이라고 한 말부터 주목할 필요가 있다. 금학사는 금의
(琴儀, 1153~1230)이다. 금의는 명종 때에 과거에 급제한 다음 최충헌
의 신임을 얻어 벼슬이 평장사에 이르고, 계속 과거를 주관했다. 노랫
말의 뜻은 금의가 급제를 시킨 문생들이 옥으로 된 죽순처럼 쟁쟁하다
는 것이다. 금의는 문인들의 좌장격인 위치를 차지하고 숭앙을 받으면
서, 최충헌이 문학을 재인식하고 문인들을 등용하도록 하는 데 상당한
구실을 한 것 같다. 남은 작품이 없는 것을 보면 대단한 문인은 아니었
을 듯하다.

다른 사람들은 상당한 실력을 갖추었기에 지위를 얻었고, 자기 나름

대로의 장기가 있었다. 그 가운데 이인로는 이미 다룬 바 있고, 이규보는 별도로 고찰할 예정이다. 나머지 인물로는 유승단(兪升旦)·김인경(金仁鏡)·진화(陳澕)를 특히 주목할 만하다

유승단(1168~1232)은 〈한림별곡〉 맨 서두에서 "원순문(元淳文)"이라고 일컬은 사람이다. 처음 이름은 원순인데 승단으로 고쳤다. 최충헌이 득세하기 전에 과거에 급제해서 고종 때에 과거를 관장하는 위치에 올랐다. 나중에 강화 천도를 두고 논의가 벌어지자 백성만 희생시킨다고 홀로 반대하고, 그 해에 세상을 떠났다. 〈동문선〉에 비답(批答)이 두 편, 국서가 한 편, 소(疏)가 한 편이 실려 문을 잘 했다는 평가를 반영했다. 그런데 모두 국정에 필요한 글이고 자기 생각을 나타낸 것은 아니어서 특성을 찾기 어렵다.

〈동문선〉에 실려 있는 시 일곱 편은 무엇을 생각하면서 살았는지 알 수 있게 한다. 〈혈구사〉(穴口寺)라는 오언율시를 보자. 그런 이름을 가진 외진 데 있는 절을 찾아간 사연을 다루면서, 마지막 구절에 이르자 세상을 보니 온통 싸움만 있어 구름에 누워 있는 사람을 부러워한다고 했다.

그처럼 세상 형편을 근심하는 말을 자주 했다. 사회 모순을 적극적으로 파악한 작품의 어조는 더욱 비장했다. 왕명을 받고서 가다가 지금의 충남지방 덕풍현 공관에 머무를 때 지었다고 한 〈서덕풍현공관〉(書德豊縣公館)을 보자.

頃刻征鞍不蹔停　　잠시도 가는 말을 멈추지 못하나니,
自緣王命有嚴程　　왕명을 받아 가는 일정은 엄하도다.
侵宵燈火扶頭起　　신새벽 등불 아래 머리 들고 일어나고
盡日風塵眯眼行　　온종일 먼지로 눈이 아른거리네.
到處民廬皆剗落　　이르는 곳마다 민가는 모두 퇴락했는데,
有時僧院過豊盈　　이따금 있는 절간만은 너무 풍성하구나.
爾來積弊俱爬去　　쌓인 폐단 요즈음 다 없앴다고 하지만,

一段唯餘塔廟營　　아직도 남은 것은 탑이나 전각을 세우는 일이다.

　시 끝에다 설명을 달아서 도중에 지나는 고을마다 집은 헐리고 울타
리는 뚫어졌는데 우뚝하게 솟은 거옥은 모두 다 중들이 사는 곳이라 분
개하지 않을 수 없어 시에서 언급한다고 했다. 고려의 귀족불교가 국가
의 보호에 힘입어 온갖 사치를 누리고 있었음은 알 만한 일이었는데 무
신정권이 들어서자 비로소 규탄이 가능했다. 불교의 위세와 사치를 그
대로 두어서는 백성이 살 수 없다고 개탄한 점에서 획기적인 의의가 있
다. 나라 일을 맡아 부산하게 움직이는 모습을 그린 것도 주목할 만한
일이다.

　김인경(?~1235)은 처음 이름을 양경(良鏡)이라고 했다. 〈한림별곡〉
에서 "양경시부(良鏡詩賦)"라고 해서, 시부를 장기로 삼는다고 했다. 명
종 때 과거에 급제해서는 몽고란이 일어나자 직접 나가서 싸우는 장수
가 되기도 하고, 벼슬이 평장사에까지 올랐다. 궁중 생활을 아름답게
그린 작품을 보면 문학으로 시대의 장식을 삼았을 듯하지만, 은근하게
풍자하는 뜻이 나타나 있다. 〈석불가탈견〉(石不可奪堅)이라고 한 시에
서는 내심에 지니고 있는 의지를 뚜렷하게 나타냈다. 앞 대목을 들어
본다.

二儀初判後　　음양이 처음 갈라진 뒤에
物種萬紛然　　물건의 종류 만 가지로 뒤얽혔으나,
有石中含質　　돌은 그 속에 바탕을 가져,
無人外奪堅　　사람이 밖에서 굳음을 빼앗지 못하네.
勢堪從擊破　　형세는 쳐부술 수 있을지라도,
性莫失生全　　타고난 본성이야 잃게 할 수 없다.

　제목에서 돌의 굳음은 빼앗을 수 없다고 했다. 돌은 물론 선비의 뜻
을 상징한다고 할 수 있다. 뒷부분에서는 쇠는 녹여 그릇을 만들 수 있

고 구리는 부어 돈을 만들 수 있지만 돌은 그렇게 할 도리가 없다고 하면서, 선비의 굳센 의지를 더욱 강조해서 나타냈다. 음양이 처음 갈라진 뒤에 만물이 생겼다고 하고, 변할 수 없는 본성의 가치를 평가한 양쪽의 논의가 맞물려 장차 이기(理氣) 철학으로 구체화할 새로운 사고방식을 보여주었다.

진화는 생몰연대가 밝혀져 있지 않으나 생애는 알 수 있다. 집안 대대로 무신이었다. 증조부는 이자겸(李資謙)의 난을 평정하는 데 공이 있었고, 조부는 정중부와 함께 거사를 하면서 문신을 보호해 칭송을 들었다고 한다. 무신란이 일어나 더욱 득세를 한 쪽인데, 문학하는 역량을 갖추고 과거에 당당하게 급제했다. 금나라에 사신으로 간 적이 있고, 여러 요직을 역임했다. 〈매호유고〉(梅湖遺稿)라는 문집이 전하는데, 수록한 작품은 다른 책에서 뽑아 모은 것들이다.

〈한림별곡〉에서는 "이정언(李正言) 진한림(陳翰林) 쌍운주필(雙韻走筆)"이라고 했다. 이정언은 이규보이고, 진한림이 진화이다. 이규보와 함께 진화도 두 가지 운(韻)을 교체해가면서 시를 내리쓰는 재주가 있었다고 했다. 이규보뿐만 아니라 진화 또한 그런 솜씨 자랑으로 만족하지 않고 백성을 생각하고 세상을 바로잡으려는 의지를 시로 나타냈다.

〈도원가〉(桃源歌)라고 한 장편 칠언고시에서는 도원이 따로 있지 않고 농촌이 도원이라고 했다. 도원이 파괴되어 농민 생활은 날로 피폐해져가는 것을 안타깝게 여겼다. 고을의 아전들이 구실을 받으러 문을 두드리기만 한다고 했다. 최자(崔滋)는 〈보한집〉(補閑集)에서 진화의 작품을 여러 차례 다루면서 다음과 같은 시도 소개했다. 금나라에 사신으로 가면서 지은 시여서 〈봉사입금〉(奉使入金)이라고 일컬어지는 것이다.

西華已蕭索	서쪽으로 중국은 이미 쓸쓸해지고,
北寨尙昏蒙	북쪽 변방은 아직 혼미하기만 하다.
坐待文明旦	앉아서 문명의 새벽을 기다리노라니,

天東日欲紅   하늘 동쪽에서 해가 붉어지는도다.

서쪽의 중국은 송나라이다. 송나라는 쓸쓸하게 되었다고 했다. 북쪽 변방은 금나라이다. 금나라는 아직 혼미한 수준에 머물러 있다고 했다. 새로운 문명을 일으킬 수 있는 곳은 동방의 고려여서 아침 해가 밝아오는 것과 같은 사명을 맡아야 한다고 했다. 명확하게 지적해서 말할 수는 없었지만, 시대전환의 필연성을 인식했다. 이 책에서 사용하는 용어를 들어 말한다면, 중세전기가 가고 중세후기가 시작되어야 한다는 것을 알아차리고 새로운 문명을 말했다고 할 수 있다.

김인경은 김동준, 〈양경시부(良鏡詩賦) 고〉, 《모산학보》 1(모산학술연구소, 1990) ; 이구의, 〈김인경의 삶과 시〉, 《동방한문학》 14(동방한문학회, 1998)에서 ; 진화는 이우성, 〈고려시인에 있어서의 문명의식의 형성〉, 《한국의 역사상》(창작과비평사, 1982) ; 김성기, 〈진화론〉, 《한국한시작가연구》 1 등에서 연구했다.

7.1.5. 이규보

이규보(1168~1241)는 아버지 대에도 벼슬을 했다고 하지만, 지방에 기반을 둔 향리 정도의 대단치 않은 가문 출신이다. 자기 노력으로 진출해 높은 평가를 얻었다. 무신란이 일어났기 때문에 사회적 제약을 벗어나서 새롭게 진출할 수 있었던 세력에 속해 신흥사대부의 선구자라고 할 수 있다.

젊은 시절에는 호를 백운(白雲)이라고 해서, 흰 구름처럼 자유분방한 의지를 지니고자 하는 뜻을 나타냈다. 죽림고회의 구성원들과 더러 어울리기는 했지만, 가담하라는 제안을 받고 거절하는 뜻을 시로 읊었다. "대나무 아래의 모임에 참여하는 영광을 차지하고서 술을 함께 마셔 기쁘지만, 칠현 가운데 누가 씨앗에 구멍을 뚫은 사람인지 알 수 없다"고 했다. 중국 죽림칠현에 인색한 사람이 있어 자기 집의 좋은 오얏 씨앗을 다른 누가 가져다 심을까 염려해 모두 구멍을 뚫었다는 고사를 가져와, 마음속으로 벼슬을 탐내면서 겉으로는 초탈한 듯이 행세하는 위장술을 빈정댄 말이다.

무신정권에서 벼슬을 하는 것을 주저해야 할 이유가 없었다. 기회가 오자 당당하게 나아가서 능력을 발휘할 수 있게 된 것을 자랑으로 여기고, 최씨정권의 문인들 가운데 으뜸 가는 위치를 차지했다. 그 점을 두고 이규보를 낮게 평가하려는 견해는 수긍하기 어렵다. 벼슬을 해서 생계를 넉넉하게 하자는 것은 당시에 누구에게나 공통된 바람이었다. 정권에 참여해 역사의 커다란 전환에 기여하고자 한 것이 잘못일 수 없다. 무신란이 중세전기를 파괴한 데서 한 걸음 더 나아가 이규보는 중세후기를 건설하는 방향을 제시했다.

"물은 도의 기준이고 관은 도의 그릇이다"(物者道之準 官者道之器)라고 〈반유자후수도론〉(反柳子厚守道論)에서 말했다. 당나라 문인 유종원(柳宗元)이 한 말을 고쳐 한 걸음 더 나아가는 주장을 폈다. 도를 지키면 관직을 잃지 않는다고 한 유종원의 지론은 특별한 사람에게나 해당되므로 적합하지 않다고 했다. 도를 지키는 것이 관직을 지키는 것만 못하다고 여겨 관직의 임무에 충실하면 도를 실현하게 된다고 해야 중간 정도나 그 이하 사람들에게도 널리 해당되는 이치를 얻을 수 있다고 했다.

도가 물이나 관직보다 선행한다는 오해를 불식하면서 도가 어디 따로 있는 것은 아니라고 했다. 벼슬하는 사람뿐만 아니라 다른 누구도 자격 요건을 가리지 않고 일상적인 활동 자체에서 도를 실현할 수 있다고 했다. 도의 초월성을 부인하고 일상성이나 현실성을 주장했다. 도를 존중해야 하는 이유가 바로 그 점에 있다고 해서, 중세후기의 새로운 사상을 향해 나아갔다.

지난 시기 문벌귀족이 기득권에 따라 관직을 독점하고서는 물을 천하게 여기고 물에 관심을 두지 않아야 도가 구현된다고 하면서 현실과 동떨어진 세계관을 내세운 데 대한 반론을 펴고 대안을 제시했다. 도는 물 자체의 원리이며, 물과 부딪쳐 물을 이용하는 일상적인 활동에서 발현된다고 했다. 기존의 학설에 의존하지 않고 스스로 체험한 바를 근거로 그런 통찰을 얻어 여러 형태의 문학 글쓰기 방법으로 구체화했다.

〈문조물〉(問造物)에서는, 조물주와 문답을 한다는 기발한 설정을 하고서 조물주가 하는 말로 큰 충격을 줄 발언을 했다. 물을 만들고 지배하는 조물주가 있을 수 없다고 했다. "물자생자화(物自生自化)"라고 해서 물이 스스로 생겨나고 스스로 변할 따름이라고 했다. 조물주가 스스로 조물주의 존재를 부정하고, 조물주가 담당한다는 창조와 변화의 작업이 물 자체에서 이루어진다고 한 반어는, 표면에 내세운 비논리 때문에 이면에서 진술하는 진실이 더욱 확실하다.

물이 스스로 생겨나고 스스로 변한다고 하는 것은, 기(氣)가 그 자체로 운동하며 이(理)는 기의 원리일 따름이라고 하는 기일원론(氣一元論)의 기본 명제이다. 이규보는 이기철학이 중국에서 수용되기 전에 사상 전환의 지표를 독자적으로 마련했다. 장차 김시습(金時習)·서경덕(徐敬德)·임성주(任聖周)가 수행하는 과업에 미리 들어서서, 기일원론이 중국에서보다 한국에서 더욱 뚜렷한 흐름을 이루게 하는 연원을 마련했다.

물이 스스로 생겨나고 스스로 변하는 모습을 나타내려면 문학은 항상 새로워야 한다. 옛 사람의 규범을 따르는 풍조를 배격하고 독자적인 착상이 소중하다고 하는 것이 당연하다. 그 점에서 이규보는 이인로와 다른 노선을 분명하게 했다. 옛적의 명문을 읽고 문학수업을 하는 태도를 배격하고, 자기 삶의 경험에서 현실을 인식하고 커다란 문제와 만나야 한다고 했다.

나타낼 만한 내용이 없으면서 글을 아름답게 수식하려고 드는 것은 헛된 노력이라고 했다. 깊은 뜻이 들어있지 않은 아름다운 말이란 처음에는 그럴 듯하지만 다시 씹어보면 맛이 없어진다고 했다. 옛 사람을 따르는 것이 가치일 수 없다 하면서 소식을 숭상하는 의고적인 풍조를 나무라고, 자기가 발견한 진실을 새롭게 나타내는 문학을 하는 방향으로 나아갔다.

이규보는 창작 의욕이 아주 왕성해 많은 작품을 남겼다. 제대로 전해지는 행운을 얻은 〈동국이상국집〉(東國李相國集)에 수록된 다양한 형태의 시문이 문학의 이론과 창작, 공식적인 글과 자기표현의 글, 시대의 움직임과 내면의 정서를 모두 풍부하게 보여주고 있다. 기발한 착상과 정교한 표현을 갖추었는가 하면, 붓을 달리면서 시를 쓰는 쌍운주필의 재주를 자랑해 찬탄을 자아냈다. 격식과 규범을 떨쳐버리고 현실의 경험을 생동하게 살리는 남다른 열정이 있어, 할 말이 많고 소재가 무척 다양하다.

길게 쓴 것을 특기할 만하다. 중국에서는 두보(杜甫)가 100운 1,000자에 이르는 시를 짓고, 민간의 노래를 정착시킨 〈공작동남비〉(孔雀東南飛)는 1,785자인 것을 최장편으로 치는데, 그런 분량을 능가했다. 고려의 한시 가운데 오세문(吳世文)의 〈정고완제학사삼백운〉(呈誥阮諸學士三百韻)은 3,020자에 이르렀다 하는데 지금 전하지 않는다. 이규보는 그 시를 차운해 같은 길이의 〈차운오동각세문정고완제학사삼백운〉(借韻吳東閣世文呈誥阮諸學士三百韻)을 지었다. 한국 한시가 중국의 것보다 더욱 장편을 이루는 특징이 그때부터 생겨났다.

글을 쉽게 쓰기만 했던 것은 아니다. 일상생활의 어느 국면을 관찰하면서 순간적으로 떠오르는 생각을 예삿말로 나타낸 듯한 작품에도 깊은 고심과 예리한 관찰력이 나타나 있다. 삶의 마땅한 자세를 찾고 어떻게 하면 느끼고 생각한 바를 절실하게 표현할 수 있는지 고심해 그런 성과를 얻었다. 사소한 소재를 다루더라도 문학론의 문제의식과 결부된 표현을 해서, 말을 다듬으려고 하지 않아도 작품이 긴장되었다. 〈요화백로〉(蓼花白鷺)라 하고, 여뀌꽃 속의 해오라기를 읊은 시를 들어보자.

前灘富魚蝦　　　앞 여울에는 고기도 새우도 많아

有意劈波入	물결을 가르고 들어가려 하다가,
見人忽驚起	사람을 보고 놀라 일어나서는,
蓼岸還飛集	여뀌꽃 핀 언덕으로 도로 날아 모였네.
翹頸待人歸	목을 빼고 사람이 가기를 기다리느라,
細雨毛衣濕	부슬비에 털깃이 젖고 말겠네.
心猶在灘魚	마음은 여울 속 고기에 있건만,
人謂忘機立	생각 없이 서 있다고 사람들은 말하네.

흔히 볼 수 있는 풍경을 아주 잘 그려 묘미 있는 그림을 펼쳐 보여준다. 해오라기의 생태가 사람이 알고 있는 것과는 다르다고 깨우쳐준다. 그 모두가 세태에 대한 풍자로 이해되기 때문에 예사로운 말까지 모두 긴장되어 있다. 문학이 삶의 고민을 벗어나려 하지 않고 정면에서 받아들이면서 정신을 차리게 한다고 다짐하면, 어쩌다가 얻은 것 같은 관찰과 느낌도 지나쳐버릴 수 없는 의미를 지닌다.

이규보의 문학이 산만하게 흩어져 있다고 할 것은 아니다. 풍부하기 이를 데 없는 사연을 갖가지로 지니고 있는 한편 그 모든 것들을 커다랗게 모으는 두 가지 방향이 두드러지게 나타났다. 한 방향은 주체적인 역사의식을 표현하면서 민족정신을 고취하고자 한 것이다. 고구려 건국시조의 영웅적인 행적을 감격스럽게 노래한 〈동명왕편〉(東明王篇)이 그러한 성과를 잘 나타내준다. 또 한 방향은 현실의 모순을 파헤쳐 농민시를 이룩한 것이다.

〈동명왕편〉은 앞으로 다시 거론하기로 하고, 여기서는 농민시를 살피기로 한다. 이규보는 높은 지위에 올라 강화도로 천도한 시기에도 부귀를 누리지 않았다고는 할 수 없는데, 농민의 말을 대변한 시를 여러 편 지은 것은 어울리지 않는다고 할 수 있다. 그러나 생활보다 의식이 더욱 긴요하다. 이규보는 특권적인 의식에 대해서 반발을 하며 지위 때문에 혼미해지지 않을 것을 다짐하고, 대몽항쟁이 전개되는 동안에 더욱 고난을 겪는 농민에 대해서 한층 적극적인 관심을 가졌다.

　강화도의 최씨정권은 이중의 성격을 가졌다. 몽고의 침략에 굴복하지 않고 항쟁해 광범위한 지지를 받았다. 이규보가 정권 참여를 자랑스럽게 여긴 것이 그 때문이다. 그러면서 사치스러운 생활 습관을 버리지 않고 내륙에 남은 농민들의 생산물을 한층 심하게 수탈하려고 들었다. 농민들은 침략군 때문에 시달리고, 스스로 자기 고장을 방어하려고 나서면서 농사를 지어 얻은 소출을 강화도로 보내야 하니 고초가 훨씬 심해졌다.

　이규보는 그런 처지의 농민을 그대로 보고만 있을 수 없다고 생각해서 농민의 말을 대변하며 함께 분개하고 항의했다. 이규보가 지은 농민시는 평화스러운 풍경에는 눈을 돌리지 않고 구수하고 흐뭇한 인정 같은 것을 돌볼 겨를을 갖지 않은 채 농민의 항변을 격렬하게 나타냈다. 구체적인 사건과 결부시킨 것도 김극기와 다른 점이다. 한번은 나라에서 농민은 청주를 마시거나 쌀밥을 먹지 말라고 금한 일이 있었다. 그 소식을 듣고 이규보는 장안 부호 집에는 패물이 산 같이 쌓여 있고 집짐승에게도 쌀밥을 주는데, 농민은 자기가 힘들여 생산한 곡식을 먹지 못하게 하는 것이 부당하다고 분개했다. 제목을 〈문국령금농향청주백반〉(聞國令禁農餉淸酒白飯)이라고 설명하듯이 붙인 장시에서, 농민이 하는 말을 다음과 같이 나타냈다. 한 대목만 든다.

赤身掩短褐	알몸을 갈옷으로 가리고
一日耕幾畝	하루에도 얼마나 땅을 갈았던가.
才及稻芽靑	벼 이삭 파릇파릇 돋아나면,
辛苦鋤稂莠	고생스럽게 호미로 김을 매지.
假饒得千鍾	풍년 들어 천 종 곡식을 거둔다 해도,
徒爲官家守	한갓 관청 것밖에 되지 않는다오.
無何遭奪歸	어찌지 못하고 모조리 빼앗겨,
一介非所有	하나도 차지하지 못한다오.
乃反掘鳧茈	어쩔 수 없이 풀뿌리 캐먹다가,

飢仆不自救　　　굶주림에 지쳐 쓰러진다오.

　말이 거칠고 격한 것은 우아하고 세련된 문구를 쓸 줄 모른 탓이 아니다. 나타내는 사연이 워낙 절박해 잘 다듬은 시에서 볼 수 없는 감명을 준다. 문학이란 생동하는 삶의 현장에서 나온 소리여야 한다는 생각에서 자기 스스로 이미 이룩한 세계를 뒤집었다. 비슷한 성향의 시가 여러 편 더 있는데, 하나만 더 들어본다.

歲儉民幾死　　　흉년 들어 거의 죽게 된 백성
唯殘骨與皮　　　앙상하게 뼈와 가죽만 남았네.
身中餘幾肉　　　몸속에 살이 얼마나 있다고,
屠割欲無遺　　　남김없이 죄다 긁어내려 하는가.

君看飲河鼴　　　너는 보는가 강물 마시는 두더지도
不過滿其腹　　　그 배를 채우는 데 지나지 않는데,
問汝將幾口　　　묻노니 너는 입이 얼마나 많아서,
貪喫蒼生肉　　　백성들의 살을 탐욕스럽게 먹는가.

　군수 두어 사람이 장물죄를 범했다는 말을 듣고 지었다는 뜻으로 〈문군수수인이장피죄〉(聞郡守數人以臟被罪)라고 제목을 붙인 시 두 편에서 이렇게 들이댔다. 그 당시 수탈에 항거하거나 외적과 맞서 싸우면서 농민들 자신이 부른 노래가 수없이 많았을 터인데 하나도 전하지 않는다. 이규보가 대신 읊은 것만 남아 있다는 사실을 고려한다면 작품의 의의가 더 커진다.

　이규보에 대한 연구는 박성규, 《이규보연구》(계명대학교출판부, 1982) ; 전형대, 《이규보의 삶과 문학》(홍성사, 1983) ; 김진영, 《이규보문학연구》(집문당, 1984) ; 김경수, 《이규보시문학연구》(아세아문화

사, 1986) ; 신용호, 《이규보의 의식세계와 문학론 연구》(국학자료원, 1990) ; 이동철, 《이규보시의 주제 연구》(국학자료원, 1990) ;《백운 이규보 연구》(국학자료원, 1994) ; 하강진, 《이규보의 문학이론과 작품세계》(세종출판사, 2001) ; 강석근, 《이규보의 불교시》(이회문화사, 2002) 등에서 거듭 했다.

7.1.6. 대몽항쟁의 문학

몽고군이 유라시아대륙 거의 전역을 유린하자 항쟁의 문학이 도처에서 일어났다. 그 가운데 고려 것은 특별한 의의가 있다. 쉽사리 굴복하지 않고 다른 어느 곳보다 오랜 기간에 걸쳐 완강한 투쟁을 벌이면서 여러 형태의 시문을 지어 투지를 고취하고, 나라와 백성을 걱정했다. 몽고에 복속된 뒤에도 문학을 통한 항쟁을 멈추지 않았다.

대몽항쟁을 위한 글을 쓰는 데 이규보가 앞장섰다. 침략을 물리치자고 맹세한 〈맹고문〉(盟告文)에서 "저 완악한 달단(達旦)의 종내기가 까닭 없이 국경을 침범해 우리 변경을 허물고 우리 인민을 살육한다"고 규탄하고, "사방을 유린해 마치 범이 고기를 고르는 것처럼 해서 겁탈당해 죽은 자가 길에 낭자하다"고 분개했다. 대장경을 이룩해 부처의 힘으로 오랑캐를 물리치자는 글도 지었다.

〈불평삼수〉(不平三首)라는 시에서는, 벼슬을 버리고 한가한 사람이 되었어도 오랑캐가 날뛰는 온 나라의 근심을 생각하면 마음속에 불평이 가득하다고 했다. 〈문달단입강남〉(聞達旦入江南)에서는, 백성들이 유린되는 참상을 두고 보지 못해, 다 죽지 않게 해달라고 하늘에 기원하고, 천상의 칼을 가져와 오랑캐의 머리를 단번에 자를 것을 염원했다. 말을 다듬을 겨를을 가지지 못하고 분노를 터뜨렸다. 같은 생각을 〈시월전〉(十月電)에서는 다음과 같이 나타냈다.

天放驕兒毒已彌   하늘이 교만한 녀석들을 풀어놓아 독이 이미 퍼졌는데

當冬震電又奚爲　　이 겨울에 천둥 번개 치는 것은 또 무슨 일인가?
翻然若向胡頭擊　　번뜩이는 빛으로 오랑캐 머리를 향해 내리친다면,
縱日非時可日時　　비록 때 아닌 때이지만 알맞은 때라 하겠네.

　　몽고와 싸우기 위해서는 강화도에 도읍을 옮긴 것이 정당함을 입증할 필요가 있었다. 최자(崔滋)가 〈삼도부〉(三都賦)를 지어서 그 일을 담당하고 용기를 북돋우고자 했다. 서도(西都)라고 부른 서경, 북경(北京)이라고 부른 개경, 강화도의 강도(江都)를 각기 자랑하는 세 사람을 등장시켜 토론을 벌이게 했다. 서도나 북경은 운수를 다했어도 강도에서 새로운 기풍이 일어나 나라를 빛낼 수 있다고 했다. 그러나 고려의 조정은 강도를 끝까지 지키지 못하고, 옛 서울로 돌아가 몽고와 타협을 하고 간섭받지 않을 수 없었다.

　　몽고의 간섭을 받게 되어 항거가 중단된 것은 아니다. 군대를 동원한 정면 대결은 삼별초(三別抄)의 난을 마지막으로 해서 일단 중단되었어도, 문인들이 지난날의 투쟁을 찬양하는 시를 짓고, 백성들의 수난과 고통을 들어 항변을 하는 작품을 계속 내놓았다. 몽고가 이룩한 원나라라는 세계제국에 정치적으로뿐만 아니라 문화적으로도 관련을 맺고, 그 중심부를 왕래할 때에도 안으로 민족의식을 키우면서 분개하는 마음을 누그러뜨리지 않았다.

　　김구(金坵, 1211~1278)의 활약이 특히 돋보인다. 이규보는 세상을 떠나면서 자기의 뒤를 이을 사람을 최자와 김구라고 추천했다. 김구는 고려가 원나라에 복속된 다음에 원나라에 사신으로 가는 사명을 맡아야만 했는데, 가는 길에 지은 시가 대몽항쟁의 문학으로서 가장 높이 평가할 만한 것들이다. 서경을 지나면서 "호미와 보습은 영웅의 집을 반이나 갈았고, 삼과 보리는 조정이나 저자 길에 두루 났구나"라고 노래하면서 민족 수난의 아픔을 말했다.

　　더욱 주목할 만한 작품은 〈과철주〉(過鐵州)라고 한 것이다. 오늘날 평북 땅인 철주에 이르러, 몽고의 침략이 시작된 첫해인 1231년(고종

18)에 몽고군이 그곳을 포위해 공격하자 수비 책임을 맡은 이원정(李元楨)이 일반 백성과 함께 완강하게 싸우다 처자와 함께 자결했던 일을 회고하고 시를 읊었다.

當年怒寇闌塞門	그때 성난 도둑이 국경을 침범해오자
四十餘城如燎原	사십여 성이 불타는 들판 같았다.
倚山孤堞當虜蹊	산을 의지한 외로운 성이 오랑캐 길목에 놓여,
萬軍鼓吻期一呑	만군사가 북 치고 나팔 불며 한꺼번에 삼키려 했다.
白面書生守此城	글만 읽던 선비가 이 성을 지키면서,
許國比身鴻毛輕	나라에 바친 몸 기러기 털보다 가볍게 여겼노라.
早推仁信結人心	일찍부터 어질고 신망 있어 민심을 모았으매,
壯士曪呼天地傾	장사들의 고함소리 천지를 진동했다.
相持半月折骸炊	서로 버틴 반 달 동안 뼈를 꺾어 불을 때면서,
晝戰夜守龍虎疲	낮에 싸우고 밤에 지켜 용이나 호랑이조차 피로했다.
勢窮力屈猶示閑	형세와 힘이 다했으나 오히려 한가함을 보여,
樓上官絃聲更悲	누대 위의 관현소리 더욱 구슬프기도 했다.
官倉一夕紅焰發	관가 창고가 하루저녁에 불꽃을 품더니,
甘與妻孥就灰滅	처자와 함께 기꺼이 재가 되어 사라지고 말았다.
忠魂壯魄向何之	충성스러운 혼 장한 넋이여 어디로 향했는가?
千古州名空記鐵	천고에 고을 이름은 헛되이도 철주라 적혀 있네.

　이 시는 싸움이 있고 난 뒤 9년이 지났을 때 지었으며, 오늘날까지 전하는 작자의 문집 〈지포집〉(止浦集)에 실려 있다. 그런데 다시 읽으면 싸움의 현장에 함께 참여해서 외치고 무찌르고 마침내 죽어간 사람이라야 직접 느낄 수 있었던 것 같은 비장한 감동을 전한다. 문학은 옛 사람의 명문을 본떠서 말을 다듬는 데 힘써야 아름다울 수 있다는 전제를 거부하고 생동하는 현실로 눈을 돌려 얻은 성과이다. 몽고란의 수난이 고려문학의 방향을 바로잡도록 했다.

그 뒤에도 원감국사(圓鑑國師)라고 알려진 충지(冲止)라든가, 사대부 출신으로서는 이곡(李穀) 같은 사람이 원나라의 무리한 요구와 더욱 가혹해진 수탈 때문에 백성이 희생되는 모습을 처절하게 그렸다. 또 한편으로는 이승휴(李承休)가 〈제왕운기〉(帝王韻紀)를, 일연(一然)은 〈삼국유사〉(三國遺事)를 지어 민족의식을 고취하고자 했다.

무신란과 몽고란은 애써 이룩한 문화를 유린하고 민족의 생존을 위협하는 파괴작용을 거푸 수행한 내우외환이었다. 그러나 불행이 또한 행운이어서, 한 시대를 청산하고 다음 시대가 시작되게 하는 계기를 만들었다. 두 변란이 없어도 중세전기가 끝나고 중세후기가 시작될 수 있었지만 그 시기는 더 늦었을 것이다. 예정되어 있고 준비된 전환을 행운으로 판명된 불행이 앞당겼다.

박성규, 〈최자의 삼도부에 대하여〉, 《한국한문학연구》 12(한국한문학연구회, 1989)에서 작품을 자세히 살폈다. 《동양문화》 19(영남대학교 동양문화연구소, 1979)에서 몽고침략의 시대를 특집으로 다룬 데 수록된 논문이 모두 참고가 된다. 그 가운데 하나인 윤영옥, 〈몽고영향시대의 고려시가〉에서 김구의 〈과철주〉를 고찰했다.

7.2. 문학의 본질과 기능에 관한 논란

7.2.1. 〈파한집〉

문학론이 언제부터 시작되었는지 잘라 말할 수는 없다. 향가를 두고 논란을 벌이는 것은 신라 때 이미 일반화되었으리라고 생각된다. 고려 전기까지의 한문학 작가들 글에 비평이라고 할 수 있는 발언이 여기저기 있었다. 문학이 성장하면서 문학을 하는 자세와 방법에 대한 검토를 하게 되는 것이 당연한 추세였다. 그러나 문학론다운 논의는 고려후기에 이르러 비로소 나타났다. 그 이유가 무엇인지 알려면 시대변화에 대한 거시적인 이해가 필요하다.

고려전기까지 이어진 중세전기에는 중세보편주의를 중국과 대등하게 구현하는 것을 지표로 삼아, 이미 마련되어 있는 규범을 따르는 것이 한문학의 수준을 높이는 가장 좋은 방법이라고 여겼다. 〈문심조룡〉(文心雕龍)을 지침서로 삼고, 〈문선〉(文選)에 수록된 예문을 본뜨면 좋은 글을 쓸 수 있다고 믿어, 별도의 고민과 노력이 필요하지 않았다. 중세후기에 들어서서 중세보편주의를 독자적으로 구현하려고 하자, 문학의 근본문제를 재검토하고 창작방법을 다시 정립하는 과제가 제기되었다. 앞 시대의 규범을 넘어서지 않고 이어가고자 하는 쪽이라도 문학은 왜 해야 하고 어떤 가치가 있는가 하는 의문에 대답해야 했다.

이인로(李仁老, 1152~1220)가 〈파한집〉(破閑集)을 써서 토론을 이끌었다. 전환을 거부하고자 한 것이 전환의 이유였다. 중세전기에 이룩한 문학관을 시대가 달라져도 지속시키려고, 문학의 근본문제를 자기 관점에서 검토하는 전에 없던 시도를 했다. 시를 짓는 일화에다 시평을 곁들이고 이따금 작가론이나 문학 일반론까지 보태 전에 볼 수 없었던 책을 마련했다. 잡록이라고 할 수 있는 대목도 적지 않게 들어있지만, 전체적인 성격을 시화(詩話)라고 할 수 있다. 여기저기서 한 말을 연결시켜 잘 음미해보면 문학이 무엇이며 어떻게 해야 할 것인가 하는 문제에 대한 어느 정도 일관된 주장이 나타나 있다.

이인로의 아들 이세황(李世黃)이 아버지 사후 40년 만에 책을 간행하면서 발문을 붙이고, 듣고 보아 알았다는 사실을 적어놓았다. 오세재(吳世才), 임춘(林椿) 등과 함께 죽림고회를 열 때 "우리나라는 예로부터 신선의 고장이므로 영이(靈異)로운 것을 모으고 빼어난 것을 길러 온 지 오래 되었다" 하고, "중국에서까지 재주를 자랑한 문인들이 대대로 이어오니 남긴 작품을 모아 후세에 전하지 않을 수 없다"고 전했다.

죽림고회의 인재들이 영달해서 뜻을 이루지 못한 처지에서 나라의 정기를 온통 나타낸다는 자부심을 전할 책이 있어야 했다고 했다. 아버지는 〈파한집〉을 지어놓고서도 임금에게 아뢰지 못해 간행하지 못했다 하고, 과거를 관장해볼 기회를 갖지 못하고 세상을 떠난 것도 애통하게 여겼다고 했다. 이인로가 하고자 한 말을 아들이 대신 썼다.

이인로 자신은 서문을 쓰지 않았다. 본문 앞머리에도 일반론이라고 할 수 있는 것을 내세우지 않고 대뜸 일화를 들었다. 이름이 전혀 알려지지 않은 정여령(鄭與齡)이라는 사람이 자기 고향의 경치를 그린 그림을 보고 즉석에서 아주 짜임새 있는 시를 지어 당대 명사들을 탄복하게 했다고 했다. 명성 높은 송나라 승려 혜홍(惠洪)의 작품에 기대를 걸었다가 실망을 한 내력을 말했다. 열거한 일화에 어떤 의미가 있다면, 문학의 재능이란 겉보기로 평가할 수 없으므로 명성에 구애되지 않고 작품의 실상을 소중하게 여겨야 한다는 것이다.

중국에서까지 재주를 자랑한 문인의 예로 최치원(崔致遠)과 박인량(朴寅亮)을 들고, 그런 인재가 남긴 작품이 묻혀버릴 수 없다고 했다. 예종 때가 좋은 시절이었음을 거듭 말하고, 곽여(郭輿)가 예종과 벗이 되어 시를 주고받았다고 감탄하고, 이자현(李資玄)의 행적과 작품에 관해서는 찬사를 아끼지 않았다. 정지상(鄭知常)은 이름은 잊었다고 하면서 작품만 거론했다. 거기다가 오세재, 임춘 그리고 이인로 자신의 경우를 보태, 시대가 달라진 탓에 문학이 대단한 경지에 이른 뛰어난 인재가 인정받아 진출하지 못하게 된 것을 한탄했다.

책이름을 〈파한집〉이라고 붙인 의도도 이세황의 발문에 나타나 있다. 마음이 바깥의 일을 사모하지 않는 경지에 이르러야 비로소 한가하다고 할 수 있으며, 한가함을 온전하게 해야 그것을 깨뜨릴 수도 있다고 했다. 바깥의 일이란 명리나 지위 같은 것들이며, 마음을 가다듬는 데 방해가 된다고 보았다. 마음을 가다듬어야 순수한 문학을 할 수 있고 그런 경지에 이른 사람이라야 한가함을 깨뜨리고 진출할 만하다는 주장이 그렇게 말한 데 숨어 있다.

문학의 재능이 인정되어 관직에 나아가는 것이 마땅하다는 생각을 버리지 않았지만 실정이 그렇지 않았다. 죽림고회의 인재들은 과거를 보아 낙방하고, 이인로 자신처럼 벼슬을 얻기는 했어도 능력 이하의 대우를 받았다. 나라에서 쓰이지 않는다고 해서 문학을 그만둘 수는 없었다. 그렇다면 문학은 무엇이며 왜 해야 가는가? 이 문제를 심각하게 제기하고 납득할 수 있는 해답을 찾아야 했다.

세상 일 가운데 빈부나 귀천으로 높고 낮음을 정할 수 없는 것이 오직 문장뿐이다. 대개 완성된 문장은 해와 달이 하늘을 곱게 하고 구름과 안개가 공중에서 모였다 흩어졌다 하는 것 같아, 눈이 있는 사람은 보지 않을 수 없고 가려버릴 방도가 없다.

문학은 지위 획득의 수단도, 지위 표현의 방법도 아니고 그 자체로 절대적인 가치를 가진다고 했다. 뛰어난 작품은 누구나 인정할 수 있는 동일한 가치를 가진다고 했다. 빈부귀천에 따라 작품의 창작이나 평가가 달라질 수 없다고 했다. 그렇다면 뛰어난 작품은 어떤 요건을 갖추어야 하는가? 생활체험을 투영시켜 문학을 잡다하게 만들려 하지 말고, 옛 사람을 본받으면서 이미 공인된 규범을 따라야 한다고 했다.

"옛 사람들은 비록 뛰어난 재주가 있어도 감히 경망스럽게 손을 놀리지 않고 반드시 갈고 닦은 공을 더한 다음에야 광채가 생기도록 해서 무지개처럼 천고에 빛날 수 있었다"고 했다. 이렇게 말하면서, 생각이 떠오른다고 해서 함부로 시를 써내는 태도를 나무랐다. 오랫동안 수련을 쌓으며 애써 갈고 닦아야 한다면서 글자 한 자 한 자를 안배하기에 밤낮으로 힘을 다한 사람, 한 해 동안 시 세 편만을 써서 줄곧 고치기만 한 사람의 경우까지 들었다.

이인로가 고인을 본뜨는 것이 훌륭하다는 주장을 앞세운 것은 아니다. 고인이 이르지 못한 신의(新意)를 창출하는 경지에 이르는 것이 으뜸가는 목표라고 했다. 그러나 그것은 실제로는 불가능하므로 실현 가능한 차선책을 택해 용사(用事)를 정묘(精妙)하게 하는 데 힘써, 고인의 표현을 가져와서 새롭게 활용하자고 했다.

본받아야 할 대상이 많은 것도 아니다. 문을 닫고 들어앉아, 송나라 시인 황정견(黃廷堅)이나 소식(蘇軾)의 문집을 숙독해 시 짓는 방법을 터득하는 것이 바람직한 수련이라고 했다. 문을 닫아야 밖의 사물과 차단되어 현실의 소리가 들려오지 않게 할 수 있다. 황정견이나 소식을 탐구의 대상으로 삼아 절대적인 가치를 재현하는 데 참여해야 한다. 이렇게 주장하면서 창작의 영역을 좁혀나갔다.

> 마음이라 하는 것은 비록 하늘에 닿고 땅에 서렸지만 언제나 고요하고 잠잠하며 멀고 아득한 곳에 잠겨 있어서 그 형상을 얻어볼 수 없다. 반드시 말에 의탁해서만 나타나고 시에서 드러나야만 뚜렷해진다. 마치 쇠나 돌은 모두 소리 없는 물건이지만 두들기면 곧 울리는 것과 같다.

〈동문선〉에 수록되어 있는 〈쌍명재시집서〉(雙明齋詩集序)에서는 이렇게 말했다. 마음이 하늘에 닿고 땅에 서렸다고 한 데서는 객관적 세계와의 관련에서 얻는 경험의 의의를 부정하지 않았다. 그러나 설사 경험이 누적되었더라도 아직 표현되지 않은 마음은 형상을 얻어볼 수 없다고 해서, 말로 나타내고 시로 구현하는 표현이야말로 아득하기만 한 것을 분명하게 하는 데 결정적인 구실을 한다는 논리를 마련했다. 자기

가 하고 싶은 대로 말하면 되는 것은 아니라고 했다. 고인의 명편에서
가져오는 어구나 용사가 최상의 말이라고 했다.

형체가 없는 마음과 고인에게서 가져온 말을 연결시키면 작품이 되
는 것은 아니다. '물'(物)이 필요하다. '물'은 경물(景物)이나 사물(事物)
을 총괄한 개념이다. 심이냐 물이냐 하는 논란에서 단연코 심을 택하고
물을 배격했지만, '심'이 '언'을 얻어 밖으로 나올 때에는 '물'이 필요하
다. '물'을 매개로 하고 소재로 삼아야 '심'에서 뜻하는 바가 형체를 갖출
수 있다. 그것을 '탁물우의'(托物寓意)라고 일컫고 고금 불변의 문학창
작 방법이라고 했다.

전형대 외, 《한국고전시학사》(홍성사, 1979) ; 조종업, 《한국고대시
론사》(태학사, 1984) ; 전형대, 《한국고전비평연구》(책세상, 1987) ; 장
홍재, 《고려시대 시화비평연구》(아세아문화사, 1987) ; 정대림, 《한국
고전비평의 이해》(태학사, 1991) ; 김주한, 《한국문학비평사론》(학사원,
1993) ; 심호택, 《고려중기문학론연구》(계명대학교 한국학연구원, 1994) ;
채미화, 《고려문학 미의식 연구》(박이정, 1995) ; 윤인현, 《한시비평
론》(아세아문화사, 2001) ; 박수천, 《한국한시비평연구》(태학사, 2003)
에서 고려시대 비평을 총괄해 고찰했다.

7.2.2. 이규보의 주장

이규보(李奎報, 1168~1241)는 〈백운소설〉(白雲小說)이라는 시화집
을 지었다고 한다. 홍만종(洪萬宗)의 〈시화총림〉(詩話叢林)에 그 책이
수록되어 있는데 잡록에 해당하는 것은 없고 모두 시화로만 이루어져
있다. 그러나 홍만종은 〈시화총림〉을 엮으면서 다른 책의 경우에도 시
화만 뽑았으니 〈백운소설〉 또한 원래 순수한 시화집 만이었는지 의심
스럽다. 이규보가 스스로 그런 책을 지었는가도 확실하지 않다. 〈백운
소설〉의 내용이라는 것들이 문집 〈동국이상국집〉에 여기저기 들어있는

글과 거의 중복된다. 유래가 확실한 문집을 기본 자료로 삼아 이규보의
문학론을 다루는 것이 마땅하다.

　이규보는 자기 주장을 적극적으로 폈다. 남의 시를 들고 거기 따르는
일화를 소개하면서 자기 생각을 은근히 나타내는 방식을 택하지 않고,
문학이 무엇이며 어떤 구실을 해야 하는가를 두고 스스로 고민하고 깨
달은 바를 설득력 있게 풀어 밝히며, 극복해야 할 장애라고 생각되는
것은 서슴지 않고 비판한 점이 이인로와 아주 달랐다. 논리를 제대로
갖춘 논설을 써서 원론적인 문제에 깊숙이 파고들고, 때로는 시를 써서
시론을 전개했으며, 공격하고 주장하는 어조가 너무 격해지면 풍자문
을 쓰기도 했다. 시화의 범위를 넘어서서 문학론 전개의 다양한 방법을
개척했다.

　　무릇 시는 뜻을 으뜸으로 삼는다. 뜻을 설정하는 것이 가장 어렵
고 말을 연결시키는 것은 그 다음의 일이다. 뜻은 또한 기(氣)를 으
뜸으로 삼는다. 기의 우열에 따라서 깊고 얕은 것이 있다. 그런데 기
는 하늘에 근본을 두었으므로 배워서 얻을 수는 없다. 그러므로 기
가 약한 사람은 글을 다듬는 데 공을 들이기만 하고 뜻을 먼저 세울
수는 없다. 대체로 글을 다듬고 구절을 아롱지게 하면 분명히 아름
답다. 그러나 그 속에 깊은 뜻이 들어있지 않으므로 처음에는 볼 만
하지만 다시 읽어보면 이미 맛이 없어진다.

　시 가운데 있는 은밀한 뜻을 논해 간단하게 적는다고 제목을 〈논시
중미지약언〉(論詩中微旨略言)이라고 붙인 논설 서두에서 이렇게 말했
다. 말을 다듬어 아름다운 표현을 하는 데 치중해서는 볼 만한 작품을
내놓을 수 없으니 그리기에 앞서서 뜻을 설정해야 한다고 했다. 뜻은
'기'를 으뜸으로 삼고, '기'는 하늘에 근본을 둔다고 했다. "天·氣·意·
辭"라고 한 하늘·기·뜻·말이 근본적인 것에서 부수적인 것으로, 앞
서는 것에서 뒤따르는 것으로 나아가는 순서를 갖추어 열거되어 있다.

하늘은 이미 존재하는 객관적인 것들의 본체이다. '기'는 객관적인 것을 사람이 나누어 가진 양상이라고 할 수 있다. '기'는 하늘에 근본을 두어 배워서 얻을 수 없다고 해서 기의 객관적인 성격을 말했다. 그런 '기'는 사람에 따라서 다르게 갖추었다고 해서, 기질이나 개성을 '기'의 양상으로 이해하도록 했다. 각기 지닌 '기'에 따라서 시로 나타낼 뜻이 마련되고, 나타낼 만한 뜻이 있어야 말을 연결시키는 표현에 힘쓸 수 있다고 했다. 그런 원리와 절차를 무시하고 말이나 다듬어 좋은 작품을 쓰려고 하는 것은 잘못이라고 했다.

북송의 문인 소동파(蘇東坡)를 숭상하고 모방하는 풍조가 성행해 과거 급제자가 발표되면 "올해에도 30명의 동파(東坡)가 나왔다"고 하는 것이 당시까지의 형편이었다. 그렇게 하는 것을 이인로는 당연하다고 여겼으나, 이규보는 강경하게 반대했다. 널리 규범이 되는 명문을 본떠서 자기 것으로 삼으려고 하는 것은 어리석은 일이라고 거듭 일렀다. 고전의 표현도 남의 말이고, 남의 말을 가져오는 것은 절도행위라고 규탄했다.

전리지라는 사람에게 준, 글을 논하는 편지 〈답전리지논문서〉(答全履之論文書)에서는 "무릇 고인의 체를 본받으려면, 반드시 먼저 그 시를 익히도록 읽은 뒤에 본받아야 목적을 이룰 수 있다"고 하고, 훔쳐 쓰는 데도 요령이 있어야 한다고 했다. 자기는 어려서부터 독서를 정교하게 하지 않아 경전이나 사기도 섭렵을 하는 데 그치고, 여러 문인의 작품은 돌보지 않았다고 했다. "그 글에 익지 않았으니 그 체를 본받을 수 없고 훔칠 수 있겠는가?"라고 하고, "이것이 신어(新語)를 지어내지 않을 수 없는 이유이다"라고 했다. 그 뒤에 다시 다음과 같이 말했다.

오호라, 오늘날의 사람들은 헷갈림이 아주 심해서 비록 훔친 물건이라도 눈을 즐겁게 하면 탐내고 즐긴다. 누가 그 말의 유래를 알 것인가 하고 생각하지만, 백세 후에 이르러서 만약 어떤 사람이 그대와 같이 참과 거짓을 판별하면, 비록 도둑질을 잘한 사람이라도 반

드시 잡히고 만다. 그래서 나의 생삽한 말이 도리어 아름답다고 칭
찬하게 된다.

모방을 나무라고 독창이 소중하다는 주장은 재론의 여지가 없이 타
당하다고 할 것은 아니다. 모방에서 독창으로 나아가자고 한 것이 시대
변화이다. 이인로는 거부하고자 한 시대변화를 이규보는 적극 받아들
여 새로운 경험을 나타내는 자기 문학을 하겠다고 선언했다. 지금까지
없던 내용을 다루는 문학은 말이 생삽하지 않을 수 없다. 규범과의 일
치가 아닌 현실과의 호응이 문학의 가치라고 하면 모든 것이 달라진다.
시에는 아홉 가지 마땅하지 않은 체가 있다고 했다. 첫째가 옛 사람
의 이름을 많이 드는 '재귀영거체'(載鬼盈車體)라고 했다. 둘째는 옛 사
람의 뜻을 좋은 것을 절취해도 마땅하지 않은데 좋지 못한 것을 절취해
도적이 쉽게 잡히는 '졸도이금체'(拙盜易擒體)라고 했다. 기존의 권위에
의거해 자기 작품의 가치를 높이려는 것이 잘못임을 그런 말로 나무랐
다. 그 다음 순서로는 지나치게 어려운 표현을 쓰지 말고, 다듬지 않은
말을 함부로 내뱉지 말라고 했다.
시를 지어 고인이 이르지 못한 신의(新意)를 창출하는 경지에 이르
는 것은 누구나 목표로 삼았다. 이인로와 이규보가 그 점에서는 견해차
가 없었다. 그런데 이인로는 용사(用事)의 기법을 차선책으로 삼아 마
땅하다고 하고, 이규보는 새로운 말인 신어(新語)를 사용해야 신의를
얻을 수 있다고 했다. 얼핏 보면 목표는 같고 방법만 다른 것 같으나,
문학창작의 실제 문제를 두고 아주 다른 주장을 폈다.
두 사람의 지론은 타협이나 절충의 여지가 없다. 이규보는 용사의 가
치를 인정하지 않았다. 용사가 신의에 이르는 차선책이라고 하는 주장
은 도적질을 합리화하는 수작에 지나지 않는다고 하고, 자기 말을 하겠
다고 했다. 용사는 이미 있어온 표현과 연결되고, 자기 말인 신어는 현
실에 대한 새로운 경험과 밀착되어, 두 사람이 지향하는 바는 서로 반
대가 되었다.

〈구시마문〉(驅詩魔文)이라는 말로 제목의 서두를 삼은 아주 기발한 글을 써서 문학이 현실에 대한 새로운 경험을 문제 삼는다는 지론을 전개했다. 시를 쓰게 하는 마귀인 시마(詩魔)에 매여서 벗어날 수 없다고 하면서 그 죄상을 따져서 물리쳐야 한다고 했다. 문학은 무엇이며 왜 해야 하는가 하는 오랜 논란에 대한 새로운 해답을 그런 방식으로 찾았다.

시마의 죄상을 다섯 가지를 들었다. 첫째로 시는 사람을 들뜨게 한다고 했다. 둘째로 시는 숨은 비밀을 캐낸다고 했다. 셋째로 시는 자부심을 가지게 한다고 했다. 넷째로 시는 비판을 한다고 했다. 다섯째로 시는 상심을 하게 한다고 했다.

첫째·셋째·다섯째는 '심'에 관한 말이라면, 둘째·넷째는 '물'에 관한 말이다. 시인이 들뜬 마음으로 자부심을 가지고 상심하기도 하는 것은 '심' 내부에서 저절로 이루어지는 변화가 아니고, '물'과의 부딪힘 때문이다. 부딪치지 않아도 부딪히므로 임의로 그만둘 수 없다고 했다. '물'과의 부딪힘을 둘로 나누어 말했다. 자연을 탐구해서 인식을 넓히는 것에서부터 잘못된 사회를 비판하고 개조하는 것까지가 모두 '물'과의 부딪힘이다.

둘째 조항에서는 '물'의 비밀을 캐낸다고 했다. "하늘은 혼돈 상태에서 오묘한 신비를 마치 자물쇠로 잠근 듯이 굳게 간직하고 있는 것을 생각하지 않고, 너는 신비를 염탐해 천기를 누설하기를 당돌하기 그지없게 하니" 용서할 수 없다고 했다. 넷째 조항에서는 '물'의 잘못을 비판한다고 했다. "너는 무슨 권세를 잡았다고 상주고 벌주기를 멋대로 하는가" 하고 나무랐다.

이인로는 '탁물우의'(托物寓意)를, 이규보는 '우흥촉물'(寓興觸物)을 창작의 원리로 삼았다. 그 두 말은 비슷하면서 다르다. '우의'와 '우흥'은 '심'에 관한 말이고, '탁물'과 '촉물'은 '물'에 관한 말이어서 둘 다 양쪽을 구비했다. 열거순서는 반대이다. 이인로는 '탁물'을 먼저, 이규보는 '우흥'을 먼저 말했다. 이인로는 '물'을, 이규보는 '심'을 앞세운 것 같지만 사실은 그 반대이다. 이인로는 '심'에서 마련한 생각을 밖으로 드러내기 위해 '물'을 이용한다고 했다. 이규보는 '물'과 부딪히면 마음이 들뜨는 것을 '우흥'이라고 했다.

이인로는 아름답고 순수한 '심'이 모든 것의 근원이라고 하는 중세전기의 철학을, 이규보는 모든 것은 '물'로 존재하고 '물'과 만남을 통해 사람이 살아간다는 중세후기의 철학을 지녀 서로 다른 말을 했다. 이인로의 철학을 불교에서 정립해놓아 새삼스럽게 말하지 않아도 되고, 이규보는 조물주가 만물을 창조했다는 생각을 부정하고 '물자생자화'(物自生自化)의 원리를 제시하는 작업을 자기 스스로 했다.

'물'과의 두 가지 부딪힘 가운데 자연의 비밀을 캐는 것은 이인로도 어느 정도 시도했다고 할 수 있으나, 이규보는 다양한 방법으로 적극 진행했다. 시세계에 놀라운 변이가 있는 것이 그 때문이다. 사회 비판은 이인로에게 없고, 이규보 문학의 특징을 이루었다. 자기와는 다른 농민의 처지를 문제 삼으면서 거칠게 항변을 하는 시가 그 가운데 특히 소중하다.

사회 비판은 반발을 불러일으키고 박해를 가져올 수 있어 적절한 방법을 강구해서 해야 했다. 세상 사람이 자기가 미쳤다고 하는 데 대해 해명한 〈광변〉(狂辯)이라는 글이 있는데, 자세히 새겨 읽으면 미친 사람은 자기가 아니고 벼슬을 하면서 온갖 탐욕을 채우는 무리라고 한 뜻이 숨어 있다. 반어적이고 풍자적인 글을 다양하게 마련해 문학의 기여를 넓혔다.

이규보가 문학의 독창성을 주장하고, 사회를 비판하는 문학을 하자고 한 지론은 민족의식의 고양과 연결된다. 〈동명왕편〉(東明王篇)을 지으면서 그 서(序)에서, "천하로 하여금 우리나라가 원래 성인의 고장임을 알게 하겠다"고 한 데 새로운 사고가 잘 나타나 있다. 〈백운소설〉 서두는 문학사 같은 체제를 택하고 있는데, 맨 먼저 을지문덕(乙支文德)이 수나라 장수에게 보낸 시를 들고, 그처럼 굳센 기상을 나타낸 작품이 후대에는 말이나 다듬느라고 맥이 빠져 다시 나타나지 않은 것을 애석하게 여겼다. 최치원이 당나라에 가서 명성을 얻었어도 끝내 그 나라 문인일 수는 없었다고 했다.

한문학은 중국의 전례를 받아들이면서 우리 민족의 삶을 다루는 이 중의 성격을 지니고 있어, 어느 쪽에다 근거를 두고 평가를 할 것인가는 언제나 논란거리일 수 있다. 이인로는 중국에서 마련한 전례를 그쪽과 대등한 수준으로 재현하려고 노력하는 것이 자랑스럽다고 했다. 이규보는 우리 현실을 문제 삼고 새로운 경험을 담아 한문학의 독자적인 경지를 개척하는 것이 더 큰 가치를 가진다고 했다.

차이점을 두 사람의 개성으로 이해할 수 있다. 두 가지 경향이 어느 시대 한문학에서도 공존했다. 그러나 둘 가운데 어느 쪽이 상대적으로 더욱 바람직한가 하는 논란이 시대에 따라 다르게 귀결되면서 시대정신을 이룩해온 사실을 주목해야 한다. 그것이 문학사 서술의 긴요한 과제이다. 한문학에서 구현하고자 하는 중세보편주의를 이해하고 구현하고자 하는 방식에서 커다란 변화가 일어난 것을 두 사람이 잘 보여주었다.

이인로의 지론은 중세보편주의를 중심부와 대등하게 구현하는 작품을 이룩하자는 것이다. 중세전기에 설정한 목표를 계속 강조하면서 변화를 막으려고 했다. 이규보 또한 중세보편주의를 소중하게 여기면서, 변화가 가치 증대의 방법이라고 했다. 이미 있는 규범을 따르려고 하지 말고 중세보편주의를 독자적으로 구현하는 새로운 창조를 하는 것이 마땅하다고 했다. 그렇게 주장하는 것은 중세후기에 대두한 새로운 노선이다.

《한국문학사상사시론》(지식산업사, 제2판 1998)에서 이규보를 논하고 ;《한국의 문학사와 철학사》(지식산업사, 1997)에서 이인로와 이규보의 차이점을 밝혔다. 정요일, 《한문학의 연구와 해석》(일조각, 2000)에서는 두 사람의 문학관이 일치한다고 했다.

7.2.3. 〈보한집〉

최자(崔滋, 1188~1260)의 〈보한집〉(補閑集)은 이인로의 〈파한집〉을 보완한다고 한 또 하나의 시화집이다. 우선 이름에서부터 〈파한집〉의 속편임을 자처하고 나섰다. 〈파한집〉이 이루어져서 자칫하면 인멸되기 쉬운 작품을 모아놓은 것은 다행이지만, 수록된 범위가 넓지 않아 보완하기 위해 책을 짓는다고 했다. 빠진 자료를 적지 않게 수록하고, 이인로 이후에 이루어진 시도 다수 포괄해 취급범위를 넓혔다.

자료 수집은 표면에 내세운 구실이다. 〈파한집〉이 그렇듯이 〈보한집〉 또한 단순한 자료집이 아니며, 저자의 문학관을 반영하고 있다. 최자는 이규보의 후계자이다. 이인로와 이규보의 논쟁을 의식하면서, 이인로와는 거리를 두고, 이규보의 지론을 자기 나름대로 이어받아 발전시키고자 했다.

〈보한집〉에는 서문이 있다. 서문에서 먼저 문학이란 무엇인가를 규정하고, 고려문학의 전개과정을 시대별로 요약하면서 대표적인 작가들의 명단을 제시했으며, 끝으로 책을 저술한 의도를 말했으니 체제를 온전하게 갖춘 셈이다. 이인로는 자기가 뜻하는 바를 은근히 나타내고자 했지만 최자는 주장하는 바를 당당하게 내세운 점이 다르다. 최자는 이규보의 뒤를 이어 문학을 관장하는 위치를 차지하고 이규보가 제시한 노선이 정당하다는 확신을 가져 그럴 수 있었다고 생각된다. 이규보는 자기대로 고심하면서 모색을 거듭했는데, 최자는 모든 문제의 결론을 얻은 듯이 주저하지 않으면서 무엇이든지 규정하고 정리하고 분류했다.

　　문(文)이라고 하는 것은 도(道)를 밟는 문(門)이므로 도리에 어긋난 말을 섞지 않는다. 그러나 기운을 돋우고 말을 생동하게 하고 듣는 사람을 감동시키려고, 험악하고 괴이한 것도 곁들인다. 더구나 시를 짓는 것은 비흥(比興)이나 풍유(諷喩)에 근본을 두어, 반드시 기괴한 데 의탁한 연후에야 기운이 씩씩하고, 뜻이 깊으며, 말이 뚜

렷해서 사람의 마음을 감동시켜 깨닫게 하고, 깊고 미묘한 취지를
드러내서 마침내 올바른 경지에 이르게 한다.

서두에서 문학을 이렇게 규정했다. 문은 도를 밟는 문이라고 할 때의
도는 유학의 도이다. 유학의 도리에 합당한 문학이라야 가치가 있다고
전제하고서, 그런 가치를 발현해 감동을 주기 위해서는 예사롭지 않은
표현을 개척하지 않을 수 없다고 했다. 표현은 사리를 깨닫게 하는 충
격을 주는 데 의의가 있다 하고, 그 자체로 소중하다는 생각은 부정했
다. 표현에만 너무 쏠려 표절을 하거나 다듬고 꾸미는 데만 열중하는
풍조는 마땅히 시정해야 한다고 인용한 것 다음 대목에서 말했다.

그래도 미진하다고 생각했음인지 본문에서는 다른 내용을 한참 다루
다가 "시문은 기(氣)를 으뜸으로 삼고, 기는 성(性)에서 발하며, 뜻은
기에 의지하고, 말은 정(情)에서 나오며, 정이 바로 그 뜻이다"라고 했
다. 기에서 뜻이, 뜻에서 말이 나온다고 한 데서 이규보의 견해를 잇고,
성정론에 의한 설명을 보탰다. 용어가 번거롭고 이치가 복잡해서 도리
어 모호해지는 것 같은데, '성'과 '정'의 관계를 들어서 본래 갖추고 있는
바탕과 그것이 밖으로 드러나는 양상을 갈라 말하면 군말이 없어지게
되리라고 생각했을 것 같다.

이론이 잘 다듬어진 것은 아니지만, 문학은 유학의 도리와 밀접한 관
련을 가졌다고 하는 신유학에 근접한 생각을 서술하고자 했다. 그 점에
서 증조부 최약(崔瀹)의 지론을 이어받았다. 최약이 예종에게 신하와
함께 어울려 경박한 문학에 쏠려서 마음의 올바른 도리를 잃어버리는
것은 잘못이라고 상소를 해서 수난을 겪었던 일을 자세하게 다루어 연
관관계를 명시했다.

최자가 그려보던 문학이 실제로 나타났던 것은 아니다. 참혹한 국란
을 당해 강화도까지 간 최씨정권의 문인들이 무언가 다른 방향을 택하
기 시작한 것은 사실이지만, 이규보의 경우를 제외하면 아직 두드러진
성과를 보여주지는 못했다. 최자의 견해는 나중에 신흥사대부가 본격

적으로 등장해 신유학에 입각한 문학활동을 세차게 전개할 때에 이르러서야 이론과 창작 양면에서 구체적인 발전을 보일 수 있었다. 최자는 결국 이규보가 이룬 바를 계승하고 해설하면서 다음 차례로 나타날 문학운동과 연결시켜주는 구실을 했다고 할 수 있다.

이규보가 훌륭한 것은 해와 달을 칭찬할 수 없는 것과 같다는 찬사까지 바쳐 마땅함을 작품의 실상을 들어 입증하고자 했다. 이인로는 문을 닫고 들어앉아 송나라 문인들의 문집을 익혀 시를 짓는 요령을 얻었다고 했는데, 이규보는 옛 사람의 말을 따르지 않고 새로운 뜻을 지어내고자 했기에 서로 대조가 된다는 점을 지적했다. 그런 차이점이 어떻게 나타나는지 풍부한 예증을 들어서 구체적으로 고찰했다.

이규보를 평가하면서도 농민시를 위시한 사회비판적인 경향의 작품은 들지 않았다. 최자는 이규보보다 온건하고 보수적인 성향을 지니고 있어, 생동하고 기발한 표현을 높이 평가하면서도 조화를 지나치게 깨뜨리는 것은 바람직하지 않다고 생각했다. 이규보가 격렬하게 모색하고 고심한 데 깊이 공감할 수도 없었다. 개척자의 노력을 후계자는 따르지 못하는 것이 당연한 일이었다.

전편의 내용을 검토해보면, 새로운 견해를 제시한 것보다도 오히려 문학의 여러 문제를 다양하게 고찰한 것을 장점으로 삼았다. 문학원론, 문학사, 문학의 갈래에 대한 검토, 그리고 품격론(品格論)을 두루 갖추었다. 지금까지 살핀 것은 문학원론에 해당하고, 문학사는 서술의 순서에서 보인다. 서문에서 고려문학사를 요약하고, 본문 서두에서 태조 왕건의 문학을 다룬 다음, 광종 때의 작품을 거론하고, 최승로(崔承老)의 시를 찾아낸 경위를 말했다. 다시 당대의 문인들까지 가능한 대로 빠짐없이 들고 각기 지닌 특징을 파악하고자 했다. 줄곧 시를 다루다가 끝으로 산문을 거론한 데에는 문학갈래에 대한 관심이 나타나 있다.

그런데 특히 주목할 것은 품격론이다. 이규보가 여러 품격을 두루 갖추는 것이 좋다고 한 데서 많이 더 나아가, 신경(新警)에서 장려(壯麗)에 이르기까지 21종의 품격을 들어 예가 되는 시를 열거해보기도 하고,

품격의 등급을 나누기도 했다. 신기절묘(新奇絶妙)를 비롯한 다섯이 으뜸이고, 정준주긴(精雋遒緊) 등 여덟이 그 다음이고, 생졸야소(生拙野疎) 따위 넷은 나쁘다고 했다.

이규보는 시비를 가리고, 최자가 사실을 정리했다. 정리하면 이해가 쉬워지는 것은 아니다. 어떤 시가 어디에 속하는지 판별하기 어려우며, 품격을 너무 많이 나누어 번거롭다. 일정한 기준에 따라서 논의를 객관화하고 가치의 등급을 분명히 하려는 작업이 뜻하는 바와 같은 성과를 거두지 못했다. 비평도 전문화되면 형식이 번다하고 내용은 빈약해질 수 있다는 것을 일찍 보여주었다.

〈보한집〉은 자료집으로서 소중한 가치를 지녀 널리 이용되고 거듭 평가된다. 그 가운데 하나가 기녀 문학을 돌본 것이다. 음란한 일을 기록하는 것이 유학자의 도리는 아니나 웃음거리로 삼고자 한다는 변명을 뒤에다 붙이고, 동인홍(動人紅)과 우돌(于咄)이라고 하는 두 기녀 시인을 소개했다.

동인홍은 팽원(彭原)이라고 일컬어지던 평안도 안주의 기녀였다고 했다. 태수와 상대를 할 때에도, 어느 서생에게 글을 배우러 가서도 시를 지었다고 했다. 〈자서〉(自敍)라는 시에서 이렇게 말했다.

倡女與良家　　　기녀는 양가 여자와
其心間幾何　　　마음가짐 얼마나 다른가?
可憐柏舟節　　　가련하다 백주의 절개여,
自誓死靡他　　　다른 마음 안 품기로 맹세한다.

"백주"는 〈시경〉의 편명이며, "잣나무 배"를 뜻한다. 황하에 떠 있는 잣나무 배처럼 훌륭한 총각을 사랑했는데 세상을 떠나고말아, 다른 사람에게 시집가라는 어머니의 말을 거역하면서 부른 노래이다. 기녀이지만 아무 남자에게 마음을 주지는 않겠다고 한 것으로 이해된다.

우돌은 용성(龍城)이라고 하던 전라도 남원의 관기였다. 관원들과

술자리에서 시를 읊으면서 함께 즐겼다고 했다. 그런데 송국첨(宋國瞻, ?~1250)만은 가까이 하지 않자, 시를 지어 이렇게 빈정댔다.

廣平鐵腸早知堅　　철판 심장 넓고 평평한 줄 일찍부터 알아,
兒本無心共枕眠　　잠자리 같이 하겠다고 마음먹지 않았노라.
但願一宵詩酒席　　다만 하룻밤 시 짓고 술 마시는 자리 마련해
助吟風月結芳緣　　풍월 읊는 일 돕는 좋은 인연만 맺으려 했네.

송국첨은 강직하다고 널리 알려진 인물이라고 했다. 자기도 그런 줄 알고 다른 뜻은 없었다고 했다. 술 마시고 시 지으면서 하룻밤 같이 지내서 나쁠 것 없는데 공연히 피하니 우습지 않은가 하고 최자는 말했다.

최자의 비평을 별도로 다룬 논문에 차주환, 〈최자의 비평〉, 《동아문화》9(서울대학교 동아문화연구소, 1970) ; 박성규, 〈보한집고〉, 《어문논집》 19·20(고려대학교 국어국문학연구회, 1977) 같은 것들이 있다. 이경복, 《고려시대 기녀 연구》(민족문화문고간행회, 1986)에서 〈보한집〉 소재 기녀시를 고찰했다.

7.2.4. 최해의 시도

최해(崔瀣, 1287~1340)는 최자가 세상을 떠난 지 한참 뒤에 태어났다. 그 사이에 고려는 원나라에 복속되어, 재능을 발휘하고자 하는 사대부는 원나라의 수도로 가서 과거에 급제하고 원나라 벼슬을 얻은 다음에 고려로 돌아와 위광을 자랑하는 풍조가 나타났다. 그래서 만족을 얻었던 것은 아니다. 국경을 넘나들면서 고려인의 고민과 각성을 겪어야 하고, 문명권 전체의 한문학과 고려문학의 관계를 다시 이해하기 위해 애써야만 했다.

최해는 원나라 사람들이 고려문학의 작품을 보고자 하는데 내놓을 것이 마땅하지 않아 작품집을 편찬하기로 했다. 중세전기의 사고방식을 청산하기 위해 논란을 벌이던 단계를 넘어서서, 보편주의를 독자적으로 구현하는 중세후기의 작업을 진전시키면서 그 성과를 문명권의 중심부를 향해 내놓는 새로운 시대에 들어섰다. 그 작업을 아주 어려운 조건에서 한 개인이 맡아 한 것이 특기할 만한 일이다.

지금은 볼 수 없는 김태현(金台鉉, 1261~1330)의 〈동국문감〉(東國文鑑)이 먼저 이루어져 참고했으리라고 생각된다. 그것이 부족하다고 여겨 자료의 수집과 정리를 더욱 철저하게 하고자 많은 노력을 했다. 오랜 기간이 소요되는 힘든 일이어서, 생계를 유지하기조차 힘들게 된 만년에야 완성을 보게 되어 〈동인문〉(東人文) 또는 〈동인지문〉(東人之文)이라는 총서를 이룩한 것이 온전하지 못한 형태로나마 오늘날까지 전하고 있다.

〈동인지문〉은 삼부작이다. 성격이 다른 시·산문·변려문(騈儷文)을 각기 별권에다 모아, 세 영역의 특징을 숫자로 나타내는 〈오칠〉(五七)·〈천백〉(千百)·〈사륙〉(四六)이라는 말을 각기 덧붙였다. 〈동인지문사륙〉 15권은 온전하게 전하고, 〈동인지문오칠〉은 7권부터 9권까지가 발견되었다. 그러나 〈동인지문천백〉은 행방을 알 수 없다.

조선초에 조운흘(趙云仡)이 〈삼한시귀감〉(三韓詩龜鑑)을 마련할 때 편자인 자기 이름을 들기에 앞서서 "최해 비점(批點)"이라고 했다. 잘된 구절을 표시하는 최해의 비점을 옮기고 간단한 시평도 최해가 한 것이라면서 몇 군데 인용했다. 최해가 한 일을 대폭 확대해 조선시대의 국가사업으로 〈동문선〉(東文選)을 이룩했으나, 모든 자료를 수습한 것은 아니다. 〈동인지문사륙〉에 있고 〈동문선〉에는 없는 글이 108편이고, 다른 어느 책에도 없는 것이 92편이다.

편찬의 의도를 밝힌 〈동인문서〉(東人文序)는 저자의 문집 〈졸고천백〉(拙藁千百)에 남아 있고, 〈동문선〉에도 실렸다. 그 글에서 동방의 문학은 일찍부터 중국에 비해 손색이 없는 수준에 이르렀으나, 문집 출

간이 부진하고 무신란을 거치는 동안에 자료가 많이 없어졌다고 한탄
했다. 동방의 문학을 중국의 것과 비교해 다음과 같이 평가했다.

> 말이 입에서 나와 글을 이루는 중국 사람의 공부는 그 고유한 것
> 을 바탕 삼아 나아가므로 정신을 많이 허비하지는 않는다. 세상에서
> 우뚝한 재주를 앉아서도 발휘할 수 있다. 그런데 우리 동방 사람은
> 말이 중국과 다르므로, 타고난 재주가 밝고 예리하지 않다면 천백
> 배나 노력해도 공부하는 바가 어찌 성공을 거둘 수 있겠는가? 다만
> 일심지묘(一心之妙)는 천지사방에서 털끝만큼도 차이가 없으니, 득
> 의한 작품에 있어서야 어찌 스스로를 낮추어서 그네들에게 많이 양
> 보하겠는가?

내용을 분석하면 세 가지 발언을 했다. (가) 한문은 어법이 중국말과
같고 우리말과 달라, 글쓰기가 쉽고 어려운 차이가 있다. (나) 중국인
과 대등한 수준의 창작을 하려면 많은 노력을 해야 하지만, 밝고 예리
한 재주를 타고나야 한다. (다) '일심지묘'를 나타내야 최고의 작품일
수 있다. 그것은 천지사방에서 누구나 동일하게 갖추고 있을 수 있어,
중국 것 못지않은 최고의 작품을 우리 작가도 이룩했다.

(가)는 주어진 조건이다. 주어진 조건에서 두 나라 문학은 우열이 있
다. (나)는 작가의 재질이다. 뛰어난 작가는 주어진 조건을 넘어서서
우열을 좁힐 수 있다. (다)는 문학이 도달해야 할 이상적인 경지이다.
'일심지묘'라고 일컬은 이상적인 경지에 이른 문학은 두 나라의 것이 동
일하다.

최해는 불교를 싫어한다고 했으면서 '일심지묘'라는 말을 불교에서
가져와 필요한 논의를 전개했다. (가)는 중생의 삶이고, (나)는 구도자
의 열의이고, (다)는 깨달은 경지라고 할 수 있다. 중생의 삶을 원망하
지 말고, 구도자의 열의를 자랑하지 말고, 깨달은 경지에 이르러야 한
다고 말했다. 깨달은 경지는 중생의 삶에 있고, 중생이 바로 부처라고

해야 할 것인데, 그런 말을 하지 않았다.

김건곤, 〈고려시대 시문선집〉,《정신문화연구》20(성남 : 한국정신
문화연구원, 1997)에서 자료에 관한 고찰을 했다.

7.2.5. 〈역옹패설〉

최해와 같은 해에 태어나 더 오래 활동한 이제현(李齊賢, 1287~
1367)은 문학 혁신을 위해 한층 두드러진 기여를 했다. 원나라에 오래
머물다가 귀국해서는 국정을 총괄하면서, 어려운 시기에 고려의 자주
성을 지키기 위해 진력하는 동안 국사를 다시 서술하고, 문학하는 자세
를 새롭게 정립해야 한다고 절감했다. 성리학과 상당한 관계를 가지면
서, 사대부의 의식을 표현하기에 적합한 고문(古文)을 일으키고, 시를
짓는 기풍도 바로잡고자 했다.

〈익재난고〉(益齋亂藁)라는 문집에서 정통적인 시문을 새롭게 한 성
과를 보여준 것과 별도로, 〈역옹패설〉(櫟翁稗說)을 지어 하고 싶은 말
을 자유롭게 했다. 별난 책 이름이 무엇을 뜻하는지 풀이하는 것으로
서두를 삼았다. '역옹'은 자기 호이다. '패설'은 자질구레한 기사를 모은
글이다. '역'(櫟)이라고 한 가죽나무는 재목감이 되지 못하기 때문에 베
어지지 않으니 즐겁고, '패'(稗)라고 한 돌피는 벼 종류 가운데 미천한
것이라 대수롭지 않다고 했다. 잡담거리를 모아 책을 엮었으니 심각하
게 생각할 것 없다고 하면서, 통념을 깨는 주장을 반발을 사지 않고 펴
려고 했다.

전집과 후집으로 구성되어 있다. 전집에서는 역사를, 후집에서는 문
학을 주로 다루었다. 고려 역사를 시초에서부터 살펴나가노라면 부딪
히게 되는 문제점을 이것저것 들어서 자기대로의 생각을 서술했다. 대
단치 않은 이야기를 한다는 인상을 주지만, 진지하게 읽어야 할 내용이
다. 후집에서 문학을 거론하면서 당시까지의 풍조를 비판하고 새로운

방향을 제시하기 위해 필요한 논의를 여러 방향에서 벌였다.

이제현의 시대에 무신정권이 무너지고 왕권이 회복된 것은 다행이었지만, 몽고족이 지배하는 원나라의 간섭을 받았다. 무신란이 끼친 피해를 극복하는 한편 민족사의 자주성을 지키고 키워나가는 과제를 안고, 고려문학을 역사적인 시기에 따라서 논하면서 새로운 문학은 어떤 방향으로 나아가야 할 것인가 심각하게 살폈다. 전에 볼 수 없던 역사의식을 지니고 자기 입론을 전개했다.

충선왕과 주고받은 말을 정리했다고 하는 대목에 주장한 바가 잘 나타나 있다. 고려의 역사를 건국 초기, 광종 이후, 무신란 시기, 무신정권 몰락 이후로 나누어 각 시기마다의 특징을 들고, 문학의 변천을 검토했다. 처음 두 시기에는 소박하면서도 진취적인 기상이 있어 대외적으로 자주적인 자세를 지녔다고 했다. 무신란을 겪으면서 혼란이 극심했으며, 피신을 한 무리가 절에 머물다가 승려와 가까워져서 문학의 기풍마저 망쳤다고 했다. 글 다듬는 재주를 자랑하는 풍조가 그래서 나타났으므로, 청산할 때가 되었다고 했다.

글 다듬는 재주를 자랑하는 무리를 조충전각지도(雕蟲篆刻之徒)라 일컬었다. 하는 짓이 벌레 같은 것을 미세하게 조각하는 것과 같다고 해서 쓴 말이다. 경전을 밝히고 행실을 다듬는 선비 경명행수지사(經明行修之士)가 나서서 그런 잘못을 바로잡아야 한다고 했다. '조충전각'의 풍조가 무신란 동안 절에서 몸을 숨긴 무리 때문에 시작되었다고 한 말은 바로 이인로의 경우를 생각하게 한다. 이인로 같은 구귀족의 잔존세력을 불교와 함께 배격하고, 신유학을 이념으로 삼아 도리를 밝히는 문학을 해야 한다고 하면서, '경명행수'를 '조충전각'에 대한 대안으로 내놓았다.

그러나 이제현은 평생토록 문학에 힘쓴 사람이고 신유학을 깊이 터득하는 단계까지 나아가지 않았다. 고려전기문학에 대한 전면적인 비판을 전개하지 않았으며 이미 이룬 수준을 바탕으로 삼아 새로운 문학으로 해야 한다는 온건한 절충론을 택했다. 문학 이론을 별도로 정립하려고 하지 않고 해박한 지식으로 고금의 작품을 다양하게 들어 검토하면서 주장하고자 하는 바를 조금씩 펴나갔다.

시를 다룬 내용이 많은 점에서 〈역옹패설〉은 시화이고, 많은 부분이 한중비교시화이다. 원나라에 오래 머물면서 얻은 견문이 풍부해 중국시에 관한 시화를 엮을 수 있었고, 중국시와 널리 비교해 고려의 시를 평가하는 데 모자람이 없는 역량을 보여주었다. 최해가 전개한 일반론 대신에 한중비교문학의 구체적인 작업을 했다. 고려의 시는 예종 때에 중국과 대등한 수준에 이르렀다고 하고, 작품을 여럿 들어 비교하면서 중국과는 다른 독자적인 세계를 보여준 점도 주목하고 평가했다.

우리 한문학은 중국의 것과 같고 다른 양면이 있다는 사실을 재확인하고, 양면이 모두 소중하다는 평가를 내렸다. 용사(用事)를 소중하게 여겨 중국에서 마련한 형식의 전범을 잇고자 한 이인로에 동의하지 않으면서, 전에 없던 새로운 뜻을 신어(新語)로 나타내고자 한 이규보의 노선에 선 것도 아니다. 하나를 택하지 않고 둘을 아우르는 것이 마땅하다는 생각을 여기저기서 나타내면서 조화의 묘리를 얻고자 했다.

말과 뜻의 관계에 대해서 "눈앞의 경치를 그렸어도 뜻이 말 밖에 있으며, 말은 다할 수 있어도 맛은 다할 수 없다"는 의견을 폈다. 이치가 그렇다면, 이인로가 주장한 바와 같이 말을 잘 다듬는다고 좋은 시를 쓸 수 있는 것도 아니고, 이규보의 지론대로 뜻을 갖춘 다음에 말을 찾아야 할 것도 아니다. 소중한 것은 말이 아니고 뜻이지만, 뜻이란 설명으로 대치할 수 없는 은근한 맛이라고 했다. '조충전각'의 기법으로 그 경지에 이를 수 없지만, '경명행수'의 자세만 가지면 되는 것은 아니다. 무엇이 더 필요하고 어떻게 해야 하는가? 이제현의 시론은 이 문제를 감당하는 데까지 나아가지는 않았다.

'조충전각'의 폐단을 시정하고 '경명행수'의 문학을 하는 방안을 산문에서 한층 쉽게 제시할 수 있다. 경전의 문장을 재현해 말을 아끼고, 수식을 배격하며, 기교가 드러나지 않게 하고 간결하면서 분명한 가운데 실질적인 내용이 들어있는 글이 고문이다. 김황원(金黃元)이 시도하고, 김부식(金富軾)도 보여주고자 한 고문을, 중국에 가서 탐구한 바에 근거를 두고 더욱 분명한 목표로 설정하고 한층 수준 높게 이룩하는 것을 자기 사명으로 했다. 실행을 앞세우고 이론 정립에는 관심을 가지지 않아, 여기서 다룰 만한 고문론을 남긴 것은 아니다.

이제현은 신유학 또는 성리학에 입각한 새로운 문학을 이룩해야 한다고 주장하고자 했으면서도 아직 분명한 논리를 갖추지 않았다. 스스로 비판한 표현 위주의 문학관과 적절한 절충점을 발견하는 데 머물렀다고 할 수 있다. 후계자인 이색(李穡)이 방향전환을 한층 뚜렷하게 하고, 정도전(鄭道傳)의 강경론이 나타나, 이제현이 시작한 과업을 완수하면서 절충의 묘미가 남아날 수 없게 했다.

최신호, 〈'역옹패설'의 장르 문제〉, 《진단학보》 51(진단학회, 1981)에서 자료의 성격을 검토했다. 김시황, 《익재(益齋) 연구》(중문출판사, 1988) ; 김건곤, 〈이제현 문학 연구〉(한국정신문화연구원 박사논문, 1993)에서 문학론도 고찰했다.

7.3. 불교문학의 새로운 경지

7.3.1. 불교 혁신운동

고려전기에 귀족불교인 교종 특히 화엄종이나 천태종이 불교계를 지배하던 시대에는 선종의 명맥이 실낱같았다고 한다. 지방의 변두리 사찰로 밀려난 처지이고, 사상의 발전도 이룩하지 못했다. 중앙의 귀족에 대해 가지는 반감을 당당한 비판으로 발전시킬 능력은 없었다. 그러다가 무신란이 일어나면서 사정이 달라졌다. 귀족불교의 사원은 경제력이나 군사력에서도 귀족세력과 밀착되어 있었으므로 무신정권이 그대로 둘 수 없었다.

그럴 때에 지눌(知訥)이 나서서 조계산(曹溪山) 수선사(修禪社)를 창설하고 불교 혁신운동을 일으켰다. 기존의 귀족불교를 정면으로 비판하고, 선종을 내세워 새로운 불교를 일으키자고 했다. 번잡한 이론이나 까다로운 격식 같은 것은 떨쳐버리고, 스스로 일하면서 수련하는 사람들을 모아 사(寺)가 아닌 사(社)라는 이름의 신앙단체를 결성해 누구나 자기 마음이 바로 부처임을 깨닫자는 것을 강령으로 삼았다. 그래서 귀족불교에 반감을 가지고 있던 승속 간에 널리 공감을 얻고 무신정권의 적극적인 지지를 받았다.

지눌은 신라말 선문구산(禪門九山)의 전통을 이어 선종을 재흥하는 것만으로는 부족하다고 생각해서 선종의 입장에서 교종까지 포괄하려고 했다. 마음을 수련하는 새로운 방법을 제시해 불교사상 혁신의 획기적인 성과를 올렸다. 혜심(慧諶)을 비롯한 뛰어난 후계자들이 그 성과를 발전시켜, 불교 혁신운동이 문화 전반의 방향을 새롭게 정립하는 데 결정적인 구실을 하기에 이르렀다.

불교혁신 운동은 수선사의 범위를 넘어서 파급되었다. 교종 쪽에서는 백련사(白蓮社)를 거점으로 천태종을 새 시대의 기풍에 맞게 다시 살리고자 하면서 결사(結社) 운동을 하는 방식을 받아들였다. 고려가 원나라에 복속된 기간 동안에는 선종의 승려들이 원나라를 드나들면서 중국 선종 임제종(臨濟宗)을 받아들여 기존의 선종과 융합시켰다. 선종의 여러 유파를 조계종(曹溪宗)으로 통합해 오늘날까지 이어지는 맥락의 원류를 만든 것이 그때의 일이다.

선종은 말이나 글을 불신했다. 그런 것들은 헛된 집착을 떨쳐버리지 못하기에 깨닫는 데 방해가 된다 하고, 불립문자(不立文字)의 경지에 이르러야 한다고 했다. 불교의 경전마저도 대단치 않게 여기니 세속의 문자야 말할 나위도 없었다. 경전을 풀이하며 번거로운 문제점을 자세히 풀어 밝히는 헛된 수고를 되풀이하지 않으면서, 불교의 이치를 체득하고 전달할 수 있는 새로운 방법을 찾겠다고 했다.

많은 저작을 남긴 것이 모두 예사롭지 않다. 저작은 대부분 글이기 이전에 말이었다. 불립문자의 경지에 이르러야 한다고 해서 헛되이 침묵만 지키고 있으면 깨달을 수 있는 것은 아니라는 이유로 말문을 열었다. 말을 물리치기 위해서는 말을 해야 한다고 했다. 참선을 해서 얻을 수 있는 바를 주고받는 담선법회(談禪法會)를 자주 열어, 전혀 이치가 닿지 않은 것처럼 보이고 상식을 뒤집어엎는 말을 했다. 그런 모임이 원나라에 대한 불만을 토로하는 기회라 해서 금지되기도 했다.

선종의 고승이 한 말이나 부른 노래를 적어서 모은 책을 어록(語錄)이라고 한다. 수록한 내용에는 다양한 방식으로 쓴 산문도 있고, 선시(禪詩)라고 할 수 있는 것도 적지 않아 성격이 한결같지 않다. 어떻게 하면 기존의 격식을 벗어나서 기발하기 이를 데 없는 비유나 역설로 무지를 깨우칠까 하고 모색하다가, 말이나 글을 불신하는 문학적 표현의 새로운 영역을 개척하는 주목할 만한 성과를 다채롭게 이룩했다. 격조 높은 명문을 본받아야 한다든가 전거나 고사를 활용해 수식을 해야 한다든가 하는 생각을 버리고, 느끼고 깨달은 바를 그대로 살려 쉬우면서도 전혀 뜻밖인 언설을 늘어놓았다.

어록은 말을 받아쓴 글이니 구어체에 가까워져야 했다. 중국 선종에서 마련한 구어체 한문을 가져와도 우리말을 그대로 살릴 수는 없는 것이 고민이었다. 선시는 노래 부르는 대로 적어도 그만이어서 일정한 틀이 없다. 한시이지만 격식에 맞지 않고, 가사라고 할 수 있는 작품이 나타났다. 선종의 대두와 더불어 한문은 일상적이며 직감적인 표현을 하는 데 적합하지 않다는 점을 절감하고, 국어문학을 다시 찾았다.

고려후기 선승의 문학과 신흥사대부의 문학은 중세전기문학의 고답적이며 장식적인 기풍에 반발하고, 새롭게 조성된 시대정신과 밀착된 중세후기문학을 이룩하는 사명을 함께 수행하면서 서로 밀접하게 교류했다. 무신란과 몽고란을 겪고 혼란을 거듭하고 있을 때 민족사의 위기를 타개할 정신을 찾으려고 양쪽 다 왕성한 창작 의욕을 보였다. 선승은 낡은 기풍을 파괴하는 데는 더욱 과감하고, 사대부는 역사의 움직임을 깊이 주시하고자 했기에 서로 보완하는 관계를 가졌다. 사대부가 선승과 어울려 시를 짓고 선승의 어록에 서문을 붙이면서 서로 교류하는 것이 흔히 볼 수 있는 일이었다.

그러나 양쪽의 공존은 오래 가지 않고, 대립이 나타났다. 고려를 대신하는 새로운 왕조를 이룩하고자 하는 강경파 사대부는 선종까지 포함한 모든 불교가 역사 발전에 장애가 되므로 배격해야 한다고 하면서 척불론을 전개했다. 조선왕조의 건국과 더불어 그 노선이 국가적인 정책으로 채택되어 불교는 심각한 타격을 받았다.

중세전기를 거부하는 작업을 함께 하던 선승과 사대부가 중세후기 건설의 주도권을 놓고 경쟁하다가, 선승이 패배하고 사대부가 승리했다. 기존의 사고형태를 파괴하는 데서는 선종이 더 큰 힘을 발휘했으나, 그 대안이 되는 가치관을 찾아 생활 전반에 정착시키는 데는 사대부가 내세우는 신유학이 결정적인 우위를 확보했다. 고려말에 이르면 선종은 진보적인 의의를 잃고 지배세력과 결탁해 신유학의 이념으로 새로운 왕조를 창건하는 사대부 혁신파의 공격을 받아야 했다.

그런 변화는 넓은 지역에서 함께 일어났다. 중세전기에 인도 이동 아시아가 일제히 대승불교를 숭상하다가, 중세후기에 새로운 이념을 찾으면서 넷으로 갈라졌다. 이론에서 현실로, 체계에서 경험으로 관심을

돌리는 작업을 다른 곳에서는 힌두교·이슬람교·상좌불교를 택해서
했다. 동아시아에서는 신유학과 선불교가 이중의 대안으로 등장하고,
신유학이 주도권을 확립했다. 그 점에서 월남의 경우와 가장 근접된 양
상을 보이다가, 척불론이 강경하게 일어난 것이 우리 쪽의 특색이다.

　허홍식, 《고려불교사연구》(일조각 : 1986) ; 한기두, 《한국선사상연
구》(일지사, 1991)에서 선불교 등장에 관해 고찰했다. 마지막 대목에
서 편 논의를 《동아시아문학사비교론》(서울대학교출판부, 1993)에서
《세계문학사의 전개》(지식산업사, 2002)에 이르기까지 문학사 비교
론을 전개한 여러 저서에서 구체화해서 다루었다.

7.3.2. 지눌과 혜심

　지눌(1158~1210)은 기존의 불교가 세속의 이익을 탐욕스럽게 찾고
있다고 격렬하게 비판하고, 명리를 버리고 산림에 은둔해 함께 일하고
수련할 동지를 모아 모임을 만들었다. 1200년(신종 3)에 그 모임을 정
혜사(定慧社)라고 일컫고, 다시 수선사(修禪社)라고 했다. 오늘날의 순
천 지방 조계산 송광사인 그곳에서 그 뒤 10년 동안 자기 사상을 펴고
저술을 하는 데 힘써 불교 혁신운동을 정착시켰다.

　그 취지를 밝힌 〈권수정혜결사문〉(勸修定慧結社文)이 불교혁신운동
의 선언문이다. 기존의 불교에 불만을 가졌으면 승려든 속인이든, 선
종, 교종, 유학, 도교 가운데 어느 쪽을 따르는 사람이라도 함께 모여
같이 일하고 서로 도우면서 수행하자고 했다. 사(社)라고 일컬어지는
새로운 형태의 신앙공동체를 만들어 귀족불교에 맞서는 민중불교를 일
으키자고 했다.

　지눌은 사람은 누구나 자기 마음에서 불성을 찾아 직접 깨달아야 한
다고 했다. "자기 마음이 부처인 줄 모르고 마음 밖에서 불성을 구한다
면 티끌처럼 많은 겁이 지나도록 몸을 사르고 팔을 태우면서 뼈를 두드

려 골수를 꺼내고 몸을 찔러 피로 경을 베낀다 해도, 모래를 삶아 밥을 지으려는 것과 같아 헛수고만 할 따름이다"고 단언했다. 고답적인 이론에 치우친 귀족불교의 폐단을 배격하고 누구나 실천 가능한 새로운 수행방법을 역설하느라고 충격이 큰 발언을 했다.

그렇다고 해서 극단으로 치달은 것은 아니다. 문득 깨닫는 돈오(頓悟)와 오래 두고 닦는 점수(漸修)가 함께 필요하다고 했다. 정혜쌍수(定慧雙修)라는 말로 선종과 교종의 공부 방법을 아우르고자 했다. 스스로 깨닫는 것이 긴요하다고 하면서 새로운 종파를 만들려고 하지 않았다. 신라 이래로 이상으로 삼아온 어느 한쪽에 치우치지 않은 통합적인 불교를 다시 일으키면서, 이론보다 실천을 소중하게 여기는 수행방법을 제시하려고 했다. 이론을 위한 이론을 늘어놓는 폐단이 무엇보다도 크다고 깨우쳤다.

> 문자를 잡지 말고 뜻을 바로 알아라. 하나하나 자기에게 돌려 근본에 합치되도록 하면 스승 없는 지혜가 자연히 앞에 나타나며 천연한 이치가 밝아 어둡지 않으리라.

〈수심결〉(修心訣)에서 한 말이다. 마음을 닦는 비결이 무엇인가 말하려고 그 책을 썼다. 고매하고 어려운 논의를 펴지 않고, 비근하면서도 절실한 사례를 들어서 바로 알려주려고 문답을 하고, 비유를 하고, 일화를 드는 방식을 택했다. 그러면서 문자가 아닌 뜻이 긴요하며, 스승을 통하지 않고 스스로 깨칠 수 있다는 것을 가장 강조해서 말했다. 그런 생각은 문학에 관한 오랜 논란과도 깊은 관계를 가진다. 말이나 뜻이냐, 스승이냐 자기 자신이냐 하는 논란에서 단연코 뜻을 택하고 자기 자신을 중요시해서, 이규보(李奎報)가 주장한 바를 다른 각도에서 한층 심오하게 입증했다고 할 수 있다.

지눌은 경전을 풀이하는 저술을 하는 데 그리 힘쓰지 않았으며, 글 쓰는 방식이 필요에 따라서 독창적으로 개척될 수 있다는 것을 보여주었다. 〈원돈성불론〉(圓頓成佛論)이나 〈간화결의론〉(看話決疑論) 같은 것들은 어떤 종류의 글이라고 하기 어렵다. 다룬 문제를 기준으로 삼는다면 이론서나 철학서임에 틀림없으나, 논리적인 틀을 갖추지 않고 비근한 사례와 절실한 체험을 자유롭게 열거했다. 글이 무겁고 가벼운 구분을 넘어서고, 이치와 경험을 아울렀다.

전에 없던 표현방법을 개척하느라고 엉뚱한 짓이라면 가리지 않고 했을 것 같고, 선시도 적지 않게 지었겠는데, 자료가 제대로 전하지 않는다. 이름만 남아 있고 전하지 않는 책에 〈상당록〉(上堂錄), 〈법어가송〉(法語歌頌), 〈선각명〉(禪覺銘) 등이 있다. 법어를 기록하고, 선시를 노래하고, 깨달음을 나타낸 명을 지었을 것 같다. 지눌 문학의 소중한 영역은 사라지고 말았지만, 혜심의 작품을 들어 그 모습을 짐작해볼 수 있다.

혜심(1178~1234)은 처음에 사대부로 진출하고자 했던 사람이다. 유학을 공부하고 문장에 힘써 과거 길에 들어섰다가, 개경을 버리고 멀리 지눌이 머문 곳을 찾아가 후계자가 되었다. 지눌의 사상을 문학을 통해서 구체화하고 표현하는 데 전념하고 다른 것은 생각하지 않았다. 다시 개경에 나타나지 않겠다는 맹세를 지켰다.

지눌과 처음 만났을 때 있었다는 사건이 격조 높은 시화이다. 암자에 이르기도 전에 심부름하는 아이를 부르고 차를 끓이고 하는 소리가 바람결에 들려오자, 노스님을 만난 것 같다는 시를 지었다 한다. 지눌이 있는 곳까지 가서 그 시를 바치니, 지눌은 손에 들고 있는 부채를 혜심에게 주었다. 혜심은 다음과 같은 시로 답례를 삼았다.

昔在師翁手裏　　전에는 스승님 손에 있었던 것이
今來弟子掌中　　지금은 제자의 장중에 이르렀네.
若遇熱忙狂走　　뜨겁고 바쁜 마음 미친 듯 달리게 되면,
不妨打起清風　　맑은 바람 부쳐 일으켜도 무방하리라.

후세 사람들은 부채를 전해준 것만으로도 도가 이어졌다고 한다. 지눌은 혜심을 보고 "이미 너를 만났으니 죽어도 한이 없다" 하고, "너는 마땅히 불법을 스스로의 소임으로 삼아 애초에 뜻한 바를 바꾸지 말라"고 했다. 혜심이 사대부로서도 큰일을 할 수 있었기에 그렇게 말했다. 당부한 바가 헛되지 않아, 혜심은 스승의 가르침을 충실하게 따르는 후계자가 되었다. 이미 축적한 역량을 버리지 않고, 지눌이 하던 일을 더 잘 하는 데 썼다.

사대부 문인들이 이치를 따지고 문장을 쓰는 활동을 어떻게 하는지 관심을 가지고 살피면서 자기 임무를 수행했다. 가전(仮傳)이 새로운 문학으로 등장하자, 깨달음을 얻기 위해 수행하는 사람을 대나무와 얼음에다 견준 〈죽존자전〉(竹尊者傳)과 〈빙도자전〉(氷道者傳)을 지어, 세속의 가전과 다른 불가의 가전을 내놓았다. 〈어부사〉(漁父詞)를 지어, 후대 사대부문학으로 광범위하게 계승될 연원을 마련했다.

저술하고 창작하는 데 힘써 불교문학을 크게 일으켰다. 역대 선가문학을 집성해 〈선문염송〉(禪門拈頌)을 편찬해 자료를 제공하고, 창작하는 방법을 제시했다. 서문에서 말하기를, 부처의 마음은 문자에 의거하지 않고 전해졌지만 공부하는 사람들을 헛된 침묵에다 내맡겨놓을 수는 없으므로 역대 조사들이 수고를 아끼지 않았다고 했다. "묻기도 하고, 들어 보이기도 하고, 무엇으로 대신하게 하기도 하고, 판별하기도 하고, 읊거나 노래 부르기도 해서, 심오한 이치를 드러내 후인에게 전해"준 것이 그 때문이라고 했다. 그 몇 마디에 선가문학의 갈래와 수법에 관한 통찰이 선명하게 나타나 있다.

묻기도 한다고 한 것은 선문답(禪問答)이다. 아주 엉뚱한 말을 주고받아 헛된 집착을 깨자는 것이다. 때에 따라서 즉흥적으로 줄거리도 없고 이치에도 닿지 않는 문답을 하는 것은 그 가운데 특히 실중대기(室中對機)라고 한 것인데, 연극처럼 보이지만 연극은 아니다. 들어 보인다고 한 것은 일화를 통한 전달이다. 무엇으로 대신하게 한다는 것은 비유를 통한 해명이다. 읊거나 노래 부른다는 것은 게송(偈頌)이니 선시니 하는 노래이다.

혜심이 스스로 이 모든 갈래를 다채롭게 이용한 자취가 〈진각국사어록〉(眞覺國師語錄)에 풍부하게 남아 있다. 그 가운데 선시 한 편을 들어보자. 시를 짓는다고 하면서 지은 것이 아니어서 제목이 따로 없다. 칠언율시라고 할 수 있으나, 마지막 줄에서는 같은 글자만 일곱 번 썼다.

言路理路不得行	말 길이나 이치 길을 가지 말고서
無事匣裏莫坐在	일 없이 상자 안에 들어있지도 말아라.
擧起之處勿承當	들어 보이는 곳에서 시인하려 들지 말며,
亦莫將迷要悟待	미혹함을 갖고서 깨치기를 기다리지도 말아라.
恰到無所用心處	마음 쓰지 않는 경지에 흡족하게 이르러,
終不於此却打退	마침내 거기서 물러나지 말아라.
忽然打破漆桶來	갑자기 새카맣게 칠한 통을 부수면,
快快快快快快快	유쾌하고 유쾌하며 유쾌하지 않은가.

선시에 관한 선시, 선시가 무엇인지 말해주는 선시이다. 말이나 이치를 따르면 진실을 잃게 되는 것은 물론이지만, 그렇다고 해서 아무 것도 하지 않고 있으면 도가 터질 턱도 없다고 했다. 깨달으려고 애를 태우면 도리어 해로우니, 마음 쓰는 것이 없는 경지에 이르러서 새카맣게 칠한 통 같은 무지를 갑자기 파괴해야 유쾌하다고 했다.

이런 시는 그릇된 집착, 빗나간 사고방식, 헛된 고민을 충격을 주는 방법으로 말끔히 씻고 마음을 깨끗하게 하는 청량제라고 할 수 있다. 그러나 마음을 깨끗하게 하면 어떻게 살아간단 말인가? 선시에서 말하는 바가 현실과 어떤 관련을 가지는가 하는 의문이 일어나는 것은 어쩔 수 없는 일이다. 혜심의 뒤를 이어 계속 나타난 수많은 선시에 대한 평가가 이 의문과 깊이 관련되어 있다.

혜심은 세속인은 이해하기 어려운 선시만 지은 것은 아니다. 때로는 현실 문제를 직접 다룬 작품도 남겼다고 〈보한집〉에서 말했다. 멀리 떨어진 산중에 들어앉아 있으면서도 자기 시대와 긴장된 관계를 가졌음을 알 수 있게 하는 증거이다.

의종이 방탕해서 충신의 말을 물리치고 함부로 놀다가 무신란을 만나 쫓겨났다는 말을 먼저 하고서, 그 뒤에 어느 역에서 역사를 새로 짓고 화공을 불러 단장하라고 했더니, 어떤 사람이 쓸쓸한 행색으로 말을 타고 산길을 끼고 가는 모습을 그려놓았다고 했다. 무슨 그림인지 모두들 몰랐는데, 혜심이 지나가다가 간신(諫臣)이 나라를 떠나는 모습이라 하고, 다음과 같은 시를 벽에다 썼다고 한다.

壁上何人畵此圖　벽상에다 누가 이 그림을 그렸는가?
諫臣去國事幾乎　간신이 나라를 떠나니 일이 어찌 되겠나?
山僧一見尙惆悵　산승도 한 번 보고 오히려 슬퍼하는데,
何況當塗士大夫　하물며 사대부라면 마음이 어떻겠는가?

나라를 근심하는 마음을 이렇게 나타낸 것을 지나는 사람들이 보고 감탄해, 차운(次韻)해서 다시 지은 시가 씌어 있다는 말이 그 다음에 이어져 나온다. 혜심이 세상을 떠나자 추모하는 비문을 이규보가 지었고, 이 시는 최자가 소개하고서 높이 평가했다. 혜심이 그 당시 새로운 문학을 일으키려는 문인들에게 상당한 숭앙을 받았음을 확인할 수 있다.

인권환, 《고려시대 불교시의 연구》(고려대학교 민족문화연구소, 1983) ; 《한국불교문학연구》(고려대학교출판부, 1999) ; 이종찬, 《한국의 선시 고려편》(이우출판사, 1985) ; 《한국불가시문학사론》(불광출판사, 1993) ; 권기호, 《선시의 세계》(경북대학교출판부, 1991) ; 이강엽, 〈선시에 나타난 논리적 오류와 그 문학적 의미〉, 한국고전문학회 편, 《국문학과 불교》(장경각, 1997)에서 선시를 고찰했다. 《한국문학사상사시론》(지식산업사, 제2판 1998) ; 박재금, 《한국 선시 연구 : 무의자(無衣子) 혜심의 시 세계》(국학자료원, 1998)에서 혜심을 논했다.

7.3.3. 천인 · 천책 · 운묵

지눌이 수선사를 열 때 찬동한 인물에 요세(了世, 1163~1245)도 있었다. 최자가 지은 요세 비문에 인용되어 있기에 남아 있는, 지눌이 요세에게 준 시에 "어지러운 물결 때문에 달이 드러나기 힘드니, 방을 깊게 하고 등불을 다시 밝히자"는 말이 있다. 기존의 귀족불교를 불신하고 세상을 바로잡을 방도를 따로 차려야 한다는 뜻이다. 요세는 선종에 깊은 관심을 가지기는 했지만, 백련사(白蓮社)를 별도로 결성하고 천태종을 혁신하고자 했다.

천태종은 일찍이 의천(義天)이 창도해 귀족불교의 최고 수준을 자랑하던 교파이다. 요세는 그 전례를 그대로 잇지 말고, 번거로운 이론보다는 간명하게 간추려 누구나 쉽게 받아들일 수 있는 교리를 펴야 한다고 생각했다. 지눌의 선종이 스스로 깨닫는 것만 촉구하고 의지할 만한 신앙을 내놓지 않은 점을 불만으로 여겨, 〈법화경〉(法華經)을 열심히 읽고 미타불에 기구해서 서방정토에 태어나도록 염원하라고 가르쳤다. 그래서 신도들의 호응을 받고, 최씨정권의 지지도 얻었다.

요세의 후계자인 천인(天因, 1205~1248)은 스승보다 더 큰 업적을 이루었다. 문장이 뛰어나 과거를 통해 진출하려고 하다가 마지막 단계에서 뜻을 이루지 못해 요세를 찾아가 삭발했다. 한때는 혜심의 문하로 갔다가 복귀해 요세의 후계자가 되고, 백련사가 수선사에 못지않은 영향력을 가질 수 있게 했다. 혜심과는 다른 방향에서 불교문학을 일으켰다.

천인의 저술로는 〈정명국사시집〉(靜明國師詩集)이 있었다고 하는데 전하지 않고, 〈정명국사후집〉(靜明國師後集)은 잔본만 남아 있어 사상과 문학을 알아볼 수 있게 한다. 더욱 중요시해야만 할 자료가 〈동문선〉에 수록된 시 18편과 문 6편이다. 승려의 작품이 그렇게 많이 실린 것은 아주 드문 일이다. 혜심의 선시는 일반 문인이 인정하기 어려워 한 편도 실리지 않았고, 천인의 시문은 조선시대에도 상당한 평가를 받아 성격이 많이 달랐다.

  불교의 교리를 다룬 글에서는, 〈법화경〉이야말로 여러 부처의 은밀한 가르침을 가장 잘 간직하고 있으며 중생이 실제로 깨달을 수 있는 방편을 제공했다고 거듭 찬양했다. 그 요지를 간추려 제법실상(諸法實相)을 체(體)로 하고 평등불혜(平等佛慧)를 용(用)으로 했다 하며 깨달음에 이르는 데는 누구나 차별이 없음을 명시했다고 했다. 그런 이론만으로는 대중의 호응을 얻기 어렵다고 판단해 스승 요세의 노선을 이어서 미타신앙을 거기다 합쳤다. 〈미타찬게〉(彌陀讚偈)를 지어, 금세에 〈법화경〉과 인연을 맺으면 서방정토에 태어나서 가장 묘한 설법을 직접 들을 수 있다고 했다.

  교리를 다룬 논설이나 게송은 신도를 이끌기 위해서 필요하고, 시는 자기 마음을 나타내려고 지어 서로 다른 세계를 보여주었다. 〈동문선〉에 실린 시는 자유로운 기풍을 지녔다. 장편 고시가 많으며, 산수 속에서 수련을 하면서 느끼는 흥취를 즐겨 읊었다. 도도한 흐름이고, 다듬지 않은 가락이며, 나타내는 흥취가 선종에 가깝다. 〈차운환상인산중작〉(次韻晥上人山中作) 마지막 네 줄을 들어보자.

留詩謝禪翁	시를 남겨 참선하는 늙은이에게 감사하며
恨不相從早	일찍 사귀지 못했음을 애석해 하는데,
淸風響萬壑	맑은 바람이 골짜기에서 울리니
千偈猶未了	천 수 게송이라도 미치지 못하리.

  경치를 서술하고 고사를 들고 만난 인연을 말하고 하느라고 말이 길어지다가, 이따금씩 이렇게까지 절묘한 구절에 이르렀다. 시를 지어서도 나타낼 수 없는 흥취를 자기 것으로 했을 때 비로소 범속한 경지에서 벗어날 수 있다는 것을 알아차리게 한다. 제목이 〈치원암주……〉(致遠庵主……)라는 말로 시작되는 장시 마지막 대목도 허술한 것처럼 보이지만 예사로 넘길 수 없는 속뜻을 지니고 있다.

禪餘妙唱發天機　　참선 끝에 묘한 노래로 천기를 나타내니,
道韻何人賡一曲　　도운에 누가 한 곡인들 답할 수 있으랴.
再來請益我雖頑　　거듭 와서 도움 청하는 내가 비록 미련하나,
所稟豈唯分句讀　　타고난 바가 어찌 구두 나누는 데만 있으랴.
虛往實歸斯可喜　　빈 채로 갔다 가득 차 돌아오니 기쁘다 하겠으나,
易滿但慚如鼺腹　　두더지 배인 듯이, 쉽게 차는 것이 부끄러워라.

태백산 치원암이라는 암자의 주인이 시를 지어 보이면서 산중의 고사를 읊어보라고 하는 데 차운해 답을 한다는 것이 시 제목에 나타나 있는 사연이다. '천기'는 자연스러운 상태의 깨끗한 마음이다. 참선을 해서 그 경지를 나타내는 노래를 부른다고 했다. '도운'은 도를 닦아 얻은 가락이다. 경전의 구두 떼는 법이나 배우는 데 그칠 수 없어, 그런 경지에 이르는 법을 배우려고 했지만 뜻을 이루지 못했다고 했다. 자기는 무언가 배우고 온다고 기뻐하지만 강물을 마시고 산다는 두더지가 배를 채운 데다 견줄 정도로 보잘 것 없다고 했다.

천책(天頙, 1206~?)은 천인의 후계자이다. 과거에 급제해 문장으로 이름을 떨쳤으나 세상을 등지고 요세를 찾아가 승려가 되었다. 천인과 함께 요세의 문하에서 활약하다가 천인 사후에 그 자리를 이어받았다. 〈동문선〉에서 석진정(釋眞靜)이라 하고 시 다섯 편을 실었는데, "眞靜"은 "眞淨"의 오기라고 생각된다.

천책의 시를 정약용(丁若鏞)이 높이 평가했다. 백련사가 자리잡았던 고장인 강진에서 귀양살이를 하고 있을 때 천책의 작품을 얻어 보고 〈제천책국사시권〉(題天頙國師詩卷)을 써서 소견을 밝혔다. 천책의 시는 아름다우면서도 굳센 장점이 있고, 성글거나 담박하기만 한 병폐가 없으며, 공부와 재주를 함께 칭찬할 만하다고 했다. 최치원 · 천책 · 이규보가 고려 때까지 가장 뛰어난 세 시인이라고 했다.

정약용도 보았다는 천책의 문집은 근래에 발견되었는데, 표제가 〈호산록〉(湖山錄)이다. 영험담을 모은 별개의 저술 〈해동법화전홍록〉(海東

法華傳弘錄)은 없어졌지만, 그 일부가 〈법화영험전〉(法華靈驗傳)에 전한다. 〈만덕사지〉(萬德寺志)에도 글이 몇 편 실려 있다. 그만하면 자료가 많이 남아 있는 편이다.

천책은 유학과 불교, 문학과 신앙을 관련시키고 견주는 데 계속 관심을 가지고 당대 명사들과 주고받은 시를 많이 남겼다. 서로 이질적인 정신세계를 함께 지니고 고민했기에 정약용이 높이 평가한 기풍을 지닐 수 있지 않았던가 싶다. 〈동문선〉에 뽑아 넣은 작품에 김구와 교유하면서 지은 〈차운답비서각김구〉(次韻答秘書閣金坵)라는 것이 두 수 있는데, 뒤의 것에서 이렇게 읊었다.

幽居背巘面平湖	그윽한 거처는 봉우리 등지고 호수 바라보며
地位清高景物殊	땅이 맑고 높으니 예사 경치가 아니라네.
拾橡生涯隨日足	도토리 줍는 생애 날마다 풍족하고,
種蓮賓客有時呼	연을 심어서 손님도 때때로 부른다네.
仙遊却勝登鼇頂	신선놀음이 과거에 급제하기보다 나은데,
世險都忘撦虎鬚	세상모르고 범의 수염 찌르겠는가.
莫把古吾來辨我	엣적 나를 가져다 나를 분별하지 말게나.
古吾寧得敵今吾	엣적 내가 어찌 지금 내게 이기겠는가.

다른 작품은 대부분 세속과 불교 양쪽에서 유래한 고사가 겹겹이 응축되어 있어 이해하기는 그리 쉽지 않지만, 여기서는 자기 말을 바로 했다. 김구의 시에 차운으로 화답하면서 물러나 있는 삶이 즐겁다고 하는 이유가 단순하지 않다. 도토리 줍는 생애가 신선놀음이라고 하고, 벼슬길에 나아가는 것은 범의 수염을 찌르는 짓이라고 했다. 심각한 논란이 필요한 문제를 제기해 예사 은거시에서는 찾기 어려운 긴장감이 있다.

천책의 후계자는 이안(而安)이고, 그 다음이 운묵(雲默)이다. 운묵은 생몰연대가 밝혀지지 않고, 호를 무기(無寄)라고 한 것 외에 더 알려진 바가 없다. 대가 이어지는 동안에 백련사는 전날의 영향력을 잃었으며, 운묵을 이은 사람은 누군지 그 다음의 소식은 전하지 않는다. 천태종은 무력하게 되고 결국은 선종만 남게 되었다.

선종이 불교계를 지배하기 전에, 운묵은 천태종에서 할 일을 했다. 불교의 내력을 깊이 탐구해 1328년(충숙왕 15)에 〈석가여래행적송〉(釋迦如來行蹟頌)이라는 서사시를 이룩했다. 중국을 위시한 동아시아 다른 나라는 인도 작품 한역인 마명(馬鳴, Asvaghosa)의 〈불소행찬〉(佛所行讚, *Buddhacarita*)을 애독하는 것으로 만족했는데, 우리만은 불교서사시를 창작하는 데 힘써 이 작품을 내놓고, 다시 〈월인천강지곡〉(月印千江之曲)을 국문으로 지었다.

그 이유가 무엇인가 묻는다면, 세 가지 추측을 해볼 수 있다. 서사무가로 이어져오는 구비서사시의 저류가 의식하지 않는 가운데 표면화했을 수 있다. 한시를 장편으로 짓고 〈동명왕편〉 같은 서사시를 이미 마련한 전례를 본받았다고 할 수도 있다. 천태종이 등장하기 전에 신라 때부터 이미 불교의 교리를 종합해서 이해하는 데 힘써온 전통도 중요한 구실을 했다.

〈석가여래행적송〉은 상하권으로 이루어져 있다. 상권에서는 우주의 내력에서 시작해서 석가의 일대기까지를 말하고, 하권에서는 불교가 중국으로 전해진 경위를 다루고 신앙의 자세를 말했다. 모두 오언시 776행이다. 본문보다 월등히 많은 분량을 차지하는 주를 달아서 불교교리를 자기네 입장에서 총정리하고자 하는 의욕을 보였다.

如上許多事	위와 같은 허다한 일이
散在諸經論	여러 경과 논에 흩어져 있어,
今集成略頌	지금 모아 간추린 노래를 만드니,
一代義鍾玆	일대의 진리가 여기 담겨 있다.
如海一滴水	비유하면 바다의 물방울 하나가
具含百川味	백 갈래 냇물의 맛을 두루 지녔듯이.

一嘗知衆味　　　　한 번 맛보아도 여러 맛을 알지니,
諸衆莫輕忽　　　　뭇 중생이여 가벼이 여기지 말라.

　창작 의도를 밝힌 마지막 대목에서 이렇게 말했다. 여러 경과 논에 흩어져 있는 자료를 모아 석가 일대기와 그 뒤에 전개된 불교사를 노래 한 편에다 집약시켰다. 백 가지 냇물의 맛이라고 비유한 여러 교파의 지론을 모아들여 중생을 감화하는 다채롭고 흥미로운 서술을 하는 데 힘썼다. 그렇게 해서 지금까지 흔히 있던 단편적인 게송과는 다른 장편 서사시를 완성했다. 서로 다른 교리를 합쳐서 체계를 갖춘 저술을 하는 천태종 승려의 장기를 발휘해 불교문학의 새로운 경지를 개척했다.

娑婆世界內　　　　사바세계라는 것 가운데
三千大千國　　　　삼천 개 커다란 나라,
每於一一國　　　　그 나라 하나하나마다
各有一須彌　　　　제 각기 하나의 수미산.

生時靈瑞事　　　　태어날 때 신령스러운 일
不可具言說　　　　말로는 다 할 수 없도다.
天雨花散地　　　　하늘은 꽃비 내려 땅에 뿌리고,
龍噴水浴身　　　　용이 물을 뿜어 몸 씻겼다.

父知子心大　　　　아버지가 아들 마음 커짐을 알고,
命聚王與族　　　　왕과 친척 모이라고 이르고서,
家珍悉以付　　　　집안 보물 모두 부쳐 주니
相對共歡娛　　　　마주 대하고 함께 기뻐하도다.

或歌詠三寶　　　　삼보를 노래로 읊기도 하고,
或掃塔獻花　　　　탑을 쓸고 꽃을 바치기도 하고,
或燒香然燈　　　　향을 사르고 등을 밝히기도 하고,
或作樂供養　　　　음악으로 공양을 하기도 하고.

　중요한 대목에서 한 구절씩 따왔다. 첫째 것은 작품이 시작될 때 한 말이다. 세계가 어떻게 이루어져 있는가 말하면서, 무수히 많은 나라가 각기 그 나름대로 자기중심을 갖추었다고 했다. 석가의 득도에서 시작된 불교의 역사는 절대적인 것이 아니다. 얼마든지 있을 수 있는 이적 가운데 하나이다. 둘째 것에서는 석가가 태어날 때에 있었던 일을 말했다. 놀라운 일이 일어났다는 것을 재래 신앙의 상징인 하늘이 알려주고 용이 증명했다.

　셋째 것에서는 석가의 가르침을 아버지가 아들에게 물려주는 재산에다 견주어 설명했다. 아들이 아버지를 따르지 못해 불만을 가지고 헤매고 있다가, 〈법화경〉(法華經)을 설하자 비로소 알아들어 서로 기뻐하게 되었다고 했다. 넷째 것은 자기 시대에 해야 할 일을 말했다. 석가의 가르침이 효력을 잃은 말법시대(末法時代)에 이르렀으므로 불교에서 권장하는 것이면 무엇이라도 하라고 했다.

　넷째 것에 운묵의 교단에서 하고자 하는 말이 나타나 있다. 요세에서 운묵까지 이른 천태종은 최상의 가르침이라고 존중한 〈법화경〉을 근거로 불교의 교리를 통합하고자 한 이론불교였지만 이론에 대한 관심이 줄어드는 세태에 순응하기 위해 〈법화경〉을 영험의 원천이라고 하는 쪽으로 방향을 돌렸다.

　그 뒤에 요원(了圓)이라는 승려가 14세기 중엽 충숙왕 전후 시기 〈법화영험전〉(法華靈驗傳)을 엮은 것이 그 때문이다. 국내의 문헌을 두루 뒤져 〈법화경〉이 영험하다고 말해주는 이야기를 107편이나 찾아내 책 두 권에다 수록했다. 요원은 생몰연대나 자세한 생애를 알 수 없으나 천태종의 승려인 것만은 틀림없고, 〈동문선〉에 시 한 편이 실려 있기도 하다.

───────────────────────────────

　고익진, 〈원묘(圓妙) 요세의 백련결사와 그 사상적 동기〉, 《불교학보》 10(동국대학교 불교문화연구소, 1978) ; 채상식, 《고려후기불교사연구》(일조각, 1991)에서 도움이 되는 연구를 했다. 《석가여래행적

송》은 대한불교조계종 교육원, 《석가여래행적송》(대한불교조계종출
판사, 1996)에서 역주와 해설을 하고, 황패강, 〈무기의 석가여래행적
송〉, 《한국고전문학의 이론과 과제》(단국대학교출판부, 1997)에서 고
찰했다. 《법화영험전》은 단국대학교 국어국문학과(1976)에서 영인본
을 내고, 황패강이 해제를 했다.

7.3.4. 충지

충지(沖止, 1226~1293)는 조계산 수선사에서 지눌과 혜심의 뒤를 이
은 사람이다. 그곳에서 났다고 하는 열여섯 국사 가운데 충지는 여섯
번째인 원감국사(圓鑑國師)이다. 명문에서 태어났으며 19세에 이미 과
거에서 장원을 하고 벼슬길에 들어섰다가, 승려가 되어 세상을 잊고자
했다. 그러나 탁월한 능력을 가진 사람이 교단을 맡자 수선사의 선종은
활기를 되찾을 수 있었으니 묻히기만 한 것은 아니다. 그 당시의 긴박
한 시대상황이 충지를 산중에 머물도록 내버려두지 않았다.

충지의 글을 모은 〈원감록〉(圓鑑錄)은 오늘날까지 전하고 있으며, 문
집이라 할 수 있는 편제를 갖추고 있다. 수록된 작품은 성격이 다양해
선시도 있고, 전에 볼 수 없었던 형식의 노래도 있으며, 일반 문인이 지
은 것과 같은 시문 또한 적지 않다. 그 어느 쪽에서도 대단한 역량을 발
휘했다. 〈동문선〉에는 석원감(釋圓鑑)이라는 이름으로 시 19편, 호를
일컬어 석복암(釋宓庵)의 작품이라면서 문 51편, 모두 70편이 수록되어
있다. 승려의 작품으로는 가장 많은 수이다.

충지는 원나라에 시달리던 시대 상황 때문에 고민하지 않을 수 없었
다. 장년이 될 때까지는 원나라와의 투쟁을 겪어야만 했다. 그 뒤에는
원나라의 지배가 산승의 생활까지 위협하기에 이르렀다. 원나라는 일
본원정을 앞두고 수탈을 강화하다가 마침내 수선사의 토지까지 몰수했
다. 백방으로 노력해도 뜻을 이루지 못하자, 원나라 황제에게 표문을
올려 되돌려달라고 했다. 산속 깊이 들어앉아 아침 밥, 저녁 죽도 잇기

어려운 형편이었는데, 군량에 대비한다고 토지를 몰수해가자 물 잃은 고기와 같이 되었다고 하고 돌려달라고 했다.

토지는 되돌려 받을 수 있었으나, 다른 고민이 생겼다. 원나라 황제는 충지더러 자기네 나라를 다녀가라고 했다. 다시는 서울 땅도 밟지 않겠다고 결심을 하고서 산승이 되었는데, 원나라 서울까지 가서 은혜에 감사한다는 말을 해야 했다. 황제는 충지도 대원제국의 승려라고 여겨 불러보려고 했다. 충지는 원의 지배를 인정하지 않으려는 내심을 드러낼 수도 없어 고민이었지만, 선택의 여지가 없었다. 원나라에 가서 황제의 융숭한 대접을 받고 돌아왔다.

산승이라면 평소에 자기대로의 정신적인 만족을 누리며 세상을 초탈해야 하는 사람이다. 그렇게 되기를 바라서 모든 것을 버리고 멀리 조계산 수선사를 찾아갔다. 거기서 참선하고 정진하는 데 모자람이 있었던 것은 아니다. 역대 스승의 가르침을 충실하게 잇고, 자기 스스로 지니고 있는 역량을 유감없이 발휘했다. 어떤 경지에 이르렀는지 시를 보면 나타난다. 혜심이 개척한 선시를 이어받아 한시 본래의 품격을 갖추게 하는 조화를 찾았다.

棲息紛華外	어지럽고 번화한 곳 밖에 살면서
優游紫翠間	아름다운 산수 사이 마음껏 노닌다.
松廊春更靜	소나무 행랑에는 봄이 더욱 고요한데,
竹戶晝猶關	대나무 사립은 낮인데도 닫혀 있네.

그윽한 곳에서 산다고 〈유거〉(幽居)라는 제목을 붙인 시의 서두이다. 그리고 있는 정경이 포근하다고 하고 말 것은 아니다. 산승의 흥취를 적절하게 나타내 자기 세계를 이루었다. 그러나 조화는 깨어지고 번민이 나타났다. 자기 생활에서부터 절감되는 현실적인 문제를 벗어날 수 없다는 것을 숨기지 않고 토로하면서 다른 목소리를 내는 시를 썼다.

<pre>
光陰忽已邁   세월은 갑작스럽게도 앞서 달려가고,
老病鎭相依   늙음과 병이 줄곧 따라다니네.
脚跛節全力   절룩이는 다리는 지팡이 힘만 믿고,
身羸帶減圍   몸이 여위니 허리띠는 줄어들기만 한다.
</pre>

〈자서〉(自敍)라고 한 신세타령 시는 이렇게 시작된다. 모두 열두 줄이어서 말이 많다. 한나절이 되어서야 험한 밥이 돌아오고, 봄이 깊었는데 누비옷을 면하지 못한다고 했다. 살림이 가난하니 참선하는 벗이 적고, 고을이 멀어 세속 인연마저 드물다고 했다. 자기가 겪는 고난은 그 시대의 문제와 동떨어진 것이 아님을 알고 더 넓은 세계로 눈을 돌려 또 다른 경향의 작품을 보여주었다.

원나라와의 관계 유지가 그 시대 가장 심각한 과제여서 외면하지 못했다. 〈동정송〉(東征頌)에서는 원나라의 일본 원정을 상투적인 문구를 열거하면서 길게 칭송했다. 원나라에 잘 보이는 것이 산승의 처세에도 유리하고, 원나라를 도와 군사를 일으키는 것이 고려의 국책이었으므로 따라야 했다고 생각하면 이해할 수 있는 일이다.

그런데 〈영남간고상〉(嶺南艱苦狀)이라는 이름의 또 하나의 장시는 아주 다르다. 1280년(충렬왕 6)에 원나라가 고려 조정을 괴롭혀 일본원정을 준비할 때의 상황을 다루었다. 영남 해안지방에서 전함을 만든다, 군수물자를 모은다 하며 특히 그곳 백성들을 가혹하게 부리고 수탈한다고 했다. 다른 문인들은 내심으로만 고민하는데 충지가 나서서 그 참상을 시에다 담았다고 할 수 있다. 내용이 심각하고 표현이 절실해 상투적인 문구와는 거리가 멀다. 〈동정송〉과 견주어보면, 이쪽이 진실임을 알 수 있다.

<pre>
有臂皆遭縛   팔이 있는 자는 다 묶였으며,
無胰不受鞭   어느 등줄기에 채찍을 맞지 않았으랴.
尋常迎送慣   찾아오는 분들 대접이야 예삿일이고,
</pre>

日夜轉輪連	밤낮으로 물자운송이 이어진다.
牛馬無完脊	소나 말도 등이 온전하지 못하고,
人民鮮息肩	인민의 어깨는 쉴 겨를이라고는 없다.

　바닷가에서 전함을 만든다고 원나라 관원이 꼬리를 물고 내려오면서 부역이 평소의 백 배나 된다고 하며, 그 참상을 우선 이렇게 나타냈다. 그런 짓이 삼 년 동안이나 계속되는 동안에 농부는 사공으로 징발되고 바닷가 사람들은 살아날 수 없게 되었다고 했다. 남은 사람들을 찾아내 일본 정벌에 내몰아서 다음과 같은 광경이 벌어졌다고 했다.

妻孥啼躄地	처자는 땅에 주저앉아 울고,
父母哭號天	부모의 통곡은 하늘에 울부짖는다.
自分幽明隔	유명이 갈라지는 줄 뻔히 알거니,
那期性命全	목숨 보존을 어찌 기대할 수 있나.
子遺唯老幼	남은 이는 오직 노인과 어린아이,
强活尙焦煎	억지로 살자니 갖은 고생이라.
邑邑半逃戶	읍마다 반은 도망친 집들이고,
村村皆廢田	마을마다 밭은 다 황폐했구나.
誰家非索爾	누구네 집이라 쓸쓸하지 않고,
何處不騷然	어딘들 소란스럽지 않을 것인가.

　이런 작품이 한 편만은 아니다. 〈민농흑양사월단일우중작〉(憫農黑羊四月旦日雨中作)이라하고 농민의 처지를 민망하게 여겨 빗속에서 짓는다고 한 시에서도, 일본 원정 준비를 재촉한다고 관원이 꼬리를 물고 드나드는 동안에, 농민이 처참하게 희생되는 모습을 길게 읊었다. 그러면서 자기 처지와 관련시켜 다음과 같이 말을 이었다.

民戶無宿粮	백성의 집에 묵은 양식이라고는 없어,
太半早啼飢	태반이 벌써 배고파 울지 않는가.
況復失農業	더구나 농사마저 다시 잃었으니
當觀死無遺	남김없이 죽고 말 줄 알겠네.
嗟予亦何者	오호라, 나는 또 어떤 녀석이길래
有淚空漣洏	눈물 있다고 부질없이 울고 있나?
哀哉東土民	애통하다 우리 동방 백성이여,
上天能不悲	하늘도 불쌍히 여기시지 않으심인가.
安得長風來	어떻게 하면 먼 데 바람 불어와서,
吹我泣血詞	피눈물 어린 내 시를 불어가겠나?

원나라 지배 아래서 동방 백성이 겪은 고난을 다른 어느 시인보다 앞서서 강력하게 고발했다. 세상을 떠나 참선에 몰두하는 산승이 이런 작품을 남겼다는 것은 어울리지 않는다고 할 것은 아니다. 지위나 명예에 대한 집착 같은 것을 모두 버려 진실과 직접 대면해, 대몽항쟁문학의 최고 성과를 이룩했다고 할 수 있다.

진성규, 〈원감국사 충지의 생애〉, 《부산사학》 5(부산사학회, 1981)에서 생애를 고찰하고 ; 《원감국사집》(아세아문화사, 1988)에서 자료를 역주했다. 이진오, 〈원감국사 충지의 시세계〉, 《한국불교문학의 연구》(민족사, 1997)에서 작품론을 했다.

7.3.5. 경한 · 보우 · 혜근

충지 시대의 고민과 항거는 한때의 일이었다. 고려가 원나라에 복속된 다음에 태어난 세대는 원나라와 고려에 이중으로 소속되는 것을 당연하다고 생각하고, 원나라를 왕래하며 그곳에 모여든 문화를 수입해 오는 데 열의를 가졌다. 불교계의 상황도 많이 달라졌다. 선종은 이미 재야 비판세력이 아니었다. 불교계를 온통 장악한 선종의 고승들이 원나라 황제와 고려왕이 베푸는 이중의 비호를 받으면서, 중국 선종인 임제종(臨濟宗)을 받아들여 재래의 선종에다 접맥시켰다.

교종은 선종과 나란히 일컬어지기는 했어도 지난날의 영향력을 잇지 못하고 나날이 위축되었다. 주류의 위치를 홀로 차지한 선종이 단일 종파로 통합되기 시작했다. 그 때문에 사상의 폭이 좁아지고, 비판적인 태도와 창조적인 역량을 잃었다. 기존의 교리에 안주하면서 지배질서 유지에 봉사한다는 비난을 샀다. 원나라의 지배를 벗어나 주체성을 찾고 사회개혁을 하는 데 필요한 논리를 제공해주지 못하고 있다가 척불론을 만나 수세에 몰리고 말았다.

그 시기의 고승 가운데 경한(景閑, 1299~1375)은 다소 특별한 존재였다. 원나라를 다녀오기는 했지만 왕후장상을 상대로 설법하지 않고, 산승의 본분을 지켜 이름을 감추었다고 한다. 지금에 이르기까지 행적이 잘 밝혀지지 않는 것이 그 때문이다. 그러면서 선가문학이 계속 생동하는 의의를 가질 수 있도록 하는 데 자기 나름대로 노력을 기울였다. 〈백운화상어록〉(白雲和尙語錄)은 전례를 찾을 수 없이 통쾌한 표현으로 가득 차 있다고 평가된다.

도가 색성언어(色聲言語)를 떠나 있다는 관점에 선다면 도는 부처의 눈으로도 볼 수 없을 터인데 범속한 사람이 어떻게 알 수 있겠는가? 경한은 이것이 의문이라고 했다. 색성언어란 형상과 소리를 갖춘 말이다. 도는 그렇게 아득한 것일 수 없으므로 부정한 것을 다시 긍정해, 색성언어로 나타낼 수 있는 사물을 인정해야 깨달음에 이를 수 있다고 했다. 그런 경지를 일깨워주려고 다음과 같은 시를 지었다.

無爲閑道人	하는 일 없이 한가한 도인은
在處無蹤跡	어디에 있든지 자취라고는 없네.
經行聲色裏	성색 속을 거닐고 있지만,
聲色外威儀	성색을 벗어난 위의라네.

아무 것에도 얽매이지 않은 자유로운 경지가 이와 같다고 했다. 성색을 부정하지 않으면서 성색의 장애로부터 벗어나 있다고 했다. 성색이라고 일컬은 외계의 사물을 구태여 멀리 할 필요가 없다고 이렇게 일러주었다.

〈거산〉(居山)이라는 시가 25편이고, 〈우작십이송정사〉(又作十二頌呈似)라고 추가한 것이 12편이다. 어느 것이든 예측을 불허하는 기발한 표현으로 기존의 관념을 깨고자 했다. 위에서 든 작품이 12편 가운데 열 번째 것이다. 마지막 것을 하나 더 들면 다음과 같다.

兩箇泥牛鬪	두 마리 진흙소가 싸우더니
哮吼走入海	소리치며 바다로 뛰어들었네.
過去現未來	과거, 현재, 미래
料掉無消息	아무리 휘저어도 소식이 없네.

모를 말은 없는데 앞뒤가 연결되지 않는다. 어떻게 이해해도 뜻하는 바를 알 수 없다. 시비분별을 끝내야 한다는 것인가? 말로 나타낼 수 있는 생각을 깨야 깨달음을 얻을 수 있다고 일깨워주는가? 선시가 어디까지 나아갈 수 있는지 알려준 것만은 분명하다.

보우(普愚, 1301~1382)는 나서서 활동한 경력이 다채로워 경한과 대조가 된다. 원나라에 다녀온 뒤 공민왕의 지지를 얻어 교단을 장악하고, 한 시대를 좌우하는 영향력을 발휘했다. 선종을 통합하고 교종마저 포섭해, 오늘날까지 이어지는 조계종의 연원을 만들었다.

〈태고화상어록〉(太古和尙語錄)에 많은 시를 남겼는데, 고심하면서 다듬어 지으려고 하지 않고, 감흥이 떠오르면 거침없이 읊어댔던 것들이다. 아무렇게나 노래해도 그만인 경지에 이르렀다고 자부하고, 뜻하는 바를 다 얻었다고 여겨 말을 아끼지 않고 거침없이 늘어놓았다. 탈속해서 누리는 자유를 마음껏 자랑하는 작품을 보여주었다.

吾住此庵吾莫識	내가 사는 이 암자 나도 몰라라.
深深密密無壅塞	그윽하고 깊지만 막힘이 없네.
函蓋乾坤沒向背	건곤을 모두 가두어 앞뒤가 없고,
不住東西與南北	동서남북 어디에도 머물지 않네.

〈태고암가〉(太古庵歌) 연작시 서두이다. 자기 호를 따서 태고암이라고 한 암자는 작은 공간일 것인데 건곤을 모두 가두고 동서남북 어디에도 머물지 않는다고 했다. 왜소하게 막힌 것을 온통 부정하고 한없이 뻗어나고자 했다. 기개가 넘치고 흐름이 도도해 마음을 열어준다.

山上白雲白	산 위의 흰 구름은 희고
山中流水流	산 속에 흐르는 물은 흐른다.
此間我欲住	이 사이에서 살고자 하니,
白雲爲我開山區	흰 구름이 나를 위해 산모퉁이를 열어주네.

〈운산음〉(雲山吟) 연작의 서두이다. 선종의 이치를 들어 풀이한다면 성색을 부정하고 다시 부정한 결과라 하겠으나, 시 자체는 순간의 감흥을 그대로 나타냈다. 산은 산이고, 물은 물이라는 말이다. 글자수가 다섯 자로 나가다가 일곱 자로 바뀌었다. 다른 데서는 여덟 자도 예사로 보인다. 글자수를 마음대로 바꾸는 자유까지 누렸다.

혜근(惠勤, 1320~1376)은 보우와 함께 선종의 교세 확장에 힘썼다. 그러면서 보우처럼 자기가 누리는 자유를 자랑하지 않고, 불교에 대한 불신이 일어나는 세태를 근심했다. 척불론을 주장하는 사대부들의 공격을 받고 지방으로 가다가 세상을 떠났다.

노래를 부지런히 지어 〈나옹집〉(懶翁集)에 많이 남겼는데, 교화를 펴는 데 힘쓴 것이 대체적인 특징이다. 불교가 위기에 몰리는 사정을 절감했기에, 경한처럼 이치를 캐거나 보우처럼 흥취를 자랑할 겨를이 없었다. 승려의 수행을 독려하는 데서 더 나아가 일반 신도에게 널리 필요한 말을 했다. 잘 다듬어져 있다고 할 수 있는 시를 하나 들어본다.

全氷是水水成氷　　　얼음은 온통 물이고 물은 얼음이 되나니,
古鏡不磨元有光　　　옛 거울은 닦지 않아도 원래 빛이 있도다.
風自動兮塵自起　　　바람이 스스로 움직이고 먼지 스스로 일지만,
本來面目露堂堂　　　본래의 모습은 당당하게도 나타난다.

　물·거울·빛은 본성이고, 얼음·바람·먼지는 번뇌이다. 본성과 번뇌가 둘이 아니라고 하는 이치를 말하지 않고, 번뇌가 일어나 아무리 미혹하게 되더라도 본성은 달라지지 않는다는 신념을 가지고 정진하라고 당부했다. 대중 교화가 시급한 과제라고 방향을 바꾸었다고 생각된다.

　일반 신도가 이런 한시를 읽지는 못하니 방법을 바꿀 필요가 있었다. 우리말 노래를 지어 외게 했으리라고 생각된다. 〈나옹삼가〉(懶翁三歌)라고 통칭되는 〈백납가〉(百納歌)·〈고루가〉(枯髏歌)·〈영주가〉(靈珠歌)가 그런 것이 아닌가 한다. 누더기 옷, 해골 같은 몸, 그리고 보배스러운 구슬을 노래하면서, 헛된 삶에 집착을 가지지 말고 불성을 찾아야 한다는 말을 길게 늘어놓은 한시인데, 글자 수가 줄마다 달라 기존의 형식 가운데 어느 것도 따르지 않았다. 원래 우리말로 지은 노래를 한문으로 옮겨 그렇게 되지 않았는가 한다.

　〈승원가〉(僧元歌)라는 노래는 향찰로 표기되어 있어 원래 우리말로 지은 것이 확실하고, 가사의 시작을 알려준다고 인정된다. 〈나옹삼가〉는 같은 성격의 가사가 한역된 것이 아닌가 한다. 자세한 고찰은 가사를 다룰 때 다시 하기로 한다.

　앞에서 든 선시 일반에 관한 연구서 외에 최병헌, 《태고 보우의 불교사적 위치》(서울대학교출판부, 1986) ; 정재호, 〈나옹〉, 《한국문학 작가론》1(집문당, 2000)을 추가로 참고할 필요가 있다. 최귀묵, 〈동

아시아 한문문명권 시승(詩僧)문학 비교연구〉, 《한국문화》27(서울대학교 한국문화연구소, 2001)에서 논의를 확대했다.

7.4. 민족사 재인식의 시대

7.4.1. 〈동명왕편〉

고려후기에는 〈삼국사기〉처럼 국가사업으로 편찬한 역사서가 나오지 않았다. 그런 시도가 있기는 했어도 완성을 보지 못했다. 역사를 다룬 저작은 모두 개인이 각자 자기의 관심에 따라서 쓴 것들이다. 역사에 대한 관심이 줄어들었다는 것은 아니다. 역사를 새로운 각도에서 재인식하자는 움직임이 과거 어느 때보다도 활발하고, 재인식의 감격을 서술하는 방식이 다양해졌으며, 역사문학의 작품을 풍성하게 이룩했다. 역사와 문학이 최대한 근접했다.

그 모든 작업이 〈삼국사기〉에 대한 반론이었다고 할 수 있다. 무신란을 겪고 고려전기 귀족문화의 규범이 무너지자 〈삼국사기〉는 불신되지 않을 수 없었고, 새로운 인식·사상·표현이 요구되었다. 중세보편주의를 독자적으로 구현하고자 하는 중세후기의 노력은 민족사에 대한 재인식을 필수적인 과제로 했다. 화풍(華風)과 국풍(國風)이라는 용어를 사용하면, 화풍이 국풍을 누르던 시기를 청산하고 국풍에서 화풍까지 아우르고자 했다.

〈삼국사기〉는 고대를 청산하고 중세화를 이룩하는 원리를 유학에서 찾았다. 그래서 폐쇄적이고 경직된 사고방식의 폐단을 시정하기 위해 이제 고대문화의 재인식이 긴요한 과제로 등장했다. 고대자기중심주의를 새롭게 계승해 중세보편주의를 독자적으로 구현하는 원천을 발견하고, 활력을 얻고자 했다. 유학에 맞서 불교를 내세우면서, 민족사의 주체성을 찾는 작업을 불교와 연결시켜 진행한 것이 그 때문이다.

그런 움직임이 지방 출신의 사대부가 비판적인 의식과 문학적인 역량을 갖추고 진출하고, 불교계에서 선종을 내세워 사고방식을 혁신하면서 구체화되었다. 어느 쪽이든지 기존의 규범을 불신하면서 새로운 사상을 다각도로 모색하고 다채롭게 표현했다. 한문으로 글을 쓰면서도 한문학의 관습을 과감하게 넘어서서, 고대의 영웅서사시를 재현하거나 신화 전승의 흔적을 찾아내 새로운 형태의 역사문학을 창작했다. 그러다가 사대부가 신유학을 이념 삼아 조선왕조를 세우는 단계에 이르러서는 행방을 알기 어려운 시험은 중단되고, 문학과 역사가 다시 멀어졌다.

고대의 영웅서사시를 한시로 재창작한 이규보(李奎報, 1168~1241)의 〈동명왕편〉(東明王篇)은 〈삼국사기〉와는 다른 역사의식을 구체화한 역사문학의 대표작이다. 창작의 원천에서 구전이 먼저이고 기록은 그 다음인 것도 주목할 사항이다. 서사무가로 전승되는 서사시의 저층은 발견하지 못했지만, 설화 전승을 만나 가지게 된 의문을 잊혀져 있던 역사서를 보고 해결하는 과정을 거쳤다.

시조 동명왕 또는 주몽(朱蒙)이 건국의 위업을 이룩한 내력을 고구려 사람들이 서사시로 노래하고 신화로 이야기했다고 생각된다. 서사시는 사라지고, 신화의 구전은 이규보의 시대까지 이어졌다. 구전을 듣고 괴기하게 여기고 믿지 않았다는 말을 〈동명왕편〉의 서(序) 서두에서 다음과 같이 했다. 믿지 않게 된 신화는 전설이다. 동명왕의 전설이 작품의 일차적인 소재였다.

> 세상에서 동명왕의 신통하고 이상스러운 일을 많이들 이야기한다. 비록 어리석은 남녀라도 흔히 그 일을 능히 이야기한다. 내가 일찍이 그것을 듣고서 웃으면서, "선사(先師) 중니(仲尼)께서는 괴력난신(怪力亂神)을 말하지 않으셨다" 하고, "동명왕의 일은 실로 황당하고 기괴해서 우리가 이야기할 바가 못 된다"고 말했다.

일반 백성의 민간전승에 남아 있는 동명왕 전승은 상층이 내세우는 중세적인 가치관의 근거인 공자의 지론과 어긋나 배격되었다. 괴이하고 힘세고 혼란스럽고 신령스러운 것은 말하지 말라는 가르침으로 고대를 부정한 지 이미 오래되어 되돌릴 수 없게 되었다. 그러나 구전 이상의 내용이 적혀 있는 역사서를 보고 생각이 달라졌다.

　　지난 계축년 사월에 〈구삼국사〉(舊三國史)를 얻어 동명왕 본기(本
紀)를 보니 그 신이한 사적이 세상에서 이야기하는 것보다 더했다.
그래서 처음에는 믿을 수 없어서 귀(鬼)이고 환(幻)이라고 생각했는
데, 세 번 거푸 탐독하고 음미하니 점차 그 근원에 이르게 되어, 환
이 아니고 성(聖)이며 귀가 아니고 신(神)이었다.

　　계축년은 1193년(명종 23)이고, 이규보가 25세 되던 해이다. 그때
〈구삼국사〉를 얻어보고 생각이 달라졌다고 했다. 〈구삼국사〉는 〈삼국
사기〉의 선행저작인 고려초의 〈삼국사〉이다. 동명왕의 행적에 관한 역
사서의 기록은 시대에 따른 변천을 보였다. 고구려에서 자국의 역사를
처음 편찬할 때 서사시 또는 신화를 손상시키지 않고 수록한 내용을
〈삼국사〉에서 한 차례 정리하고, 〈삼국사기〉에서 더욱 축소했다고 생
각된다. 〈삼국사〉의 기록이 〈삼국사기〉와 많이 다르고, 동명왕의 신이
로움을 구전보다 더욱 생생하게 나타내고 있다는 것을 알고 생각을 바
꾸었다.

　　동명왕의 일은 변화가 신이해서 사람들의 눈을 현혹하자는 것이
아니고 실로 나라를 처음 일으킨 신성한 자취이니 이것을 서술하지
않으면 후인들이 장차 무엇을 볼 것인가? 그러므로 시를 지어 기록
해서 우리나라가 본래 성인의 고장임을 천하에 알리고자 한다.

　　환(幻)이고 귀(鬼)라고 생각하던 것이 성(聖)이고 신(神)인 줄 알았
다고 한 것은 고대인의 자랑에 대한 중세의 폄하에서 벗어났다는 말이
다. 나라를 세운 자취가 괴이하지 않고 신성하다고 깨달아 민족주체의
식을 갖추었다. 고구려인이 자랑하던 시조 동명왕을 민족의 영웅으로
내세워, 우리나라가 본래 성인의 고장임을 천하에 알리는 민족서사시

를 쓰겠다고 했다.

한문문명권에 속한 사람이면 어디서도 읽을 수 있는 오언 한시 282행을 써서 민족사를 재인식했다. 공동문어를 사용해 민족서사시를 쓰는 것은 문명권의 중심부나 주변부에서는 가능하지 않고 중간부에서나 이따금 택해, 보편주의와 민족주의가 상생의 관계를 가지게 만든 방식이었다. 문학적 형상화를 자랑하는 데 그치지 않고 다룬 내용이 역사적인 사실임을 입증하려고 시에다 주를 자주 붙인 것도 그런 의의를 가진다.

〈동명왕편〉의 창작 의도에 관한 기존의 논의는 너무 협소하게 전개되었다. 요나라와 금나라를 상대로 해서 전개된 부적절한 외교에 대해 반론을 제기했다고도 하고, 신라 부흥을 내세웠을 민란을 진압한 시기에 고구려 정통론을 주장하고자 했다고도 했다. 그런 노력으로 직접적인 동기를 고증하면 작품을 창작해서 말하고자 한 바의 역사적인 의의가 밝혀지는 것은 아니다. 논의의 폭을 넓히고 광범위한 비교연구를 해서, 고대자기중심주의를 중세보편주의를 독자적으로 구현하는 작업의 원천으로 삼아 중세후기의 새로운 선택을 구체화했다고 하는 것이 마땅하다.

작품의 구성이나 규모부터 영웅서사시에 적합하게 되어 있다. 아버지 해모수(解慕漱)를 주인공으로 먼저 있었던 일을 노래하고, 주몽의 출생·시련·투쟁·승리를 영웅의 일생에 맞게 다루고, 끝으로 아들 유리(類利)를 등장시켜 삼대에 걸친 행적을 보여주었다. 임의로 축약되고 산만하게 흩어져 갈피를 잡기 어려운 자료들을 잘 정리해 개인·가문·나라의 역사를 꿰고 있는 일관된 원리가 나타나게 했다. 무대는 하늘에서 시작해 지상을 거쳐 물속까지, 북방대륙에서 한반도까지 펼쳐져 있다. 하늘의 아들이어서 천지를 지배할 수 있는 주인공이 인간적인 고민을 깊이 지니고 투쟁하지 않을 수 없다는 것을 보여주어 경탄과 함께 공감을 자아낸다.

그렇지만 사건을 그 자체로 전개하는 데 그치지 않고 설득력을 가중시키는 방법을 마련했다. 시 본문에서 나타내지 못한 사실을 주에서 밝히고 필요한 자료를 보탰다. 영웅의 시련과 투쟁을 그 자체로서 이해하지 못하고 경험적 근거와 합리성을 구태여 캐묻는 시대에 이르렀으므로, 도도한 흐름은 잠시 비켜놓디라도 보충작업을 하지 않을 수 없었다. 총괄하는 대목을 두어 작품 창작을 하기까지의 경위를 다시 밝히고, 다룬 내용의 진실성을 다짐했으며, 중국의 경우에 견주어보더라도 제왕이 창업을 할 때면 반드시 상서로운 일이 있게 마련임을 강조했다.

시 본문에서 가장 감동을 주는 대목은 주몽이 동부여 금와왕(金蛙王)에게 양육되면서 온갖 수모를 겪은 일을 다룬 것이다. 주몽은 하늘에서 내려온 해모수의 아들이며 하백(河伯)의 외손이지만, 아버지는 사라지고 없어 어머니가 금와왕에게 의지해야 하는 가여운 처지였다. 금와왕의 명령을 받아 마구간에서 말 먹이는 일을 하는 주몽은 더부살이의 괴로움을 감수하면서 내심으로는 굽히지 않고 영웅의 포부를 간직했다.

年至漸長大	나이가 차츰 들어가며
才能日漸備	재능을 날로 갖추니,
扶餘王太子	부여왕의 태자는
其心生妬忌	시기하는 마음이 생겼다.
乃言朱蒙者	말하기를, 주몽이란 자는
此必非常士	반드시 범상한 녀석이 아니니,
若不早自圖	일찍 도모하지 않는다면
其患誠未已	후환이 끝이 없으리라.
王令往牧馬	왕은 말을 먹이러 가라고 하고
欲以試厥志	그 뜻을 시험해보려 했다.
自思天之孫	스스로 생각하니 천제의 손자가
厮牧良可恥	마구간 치다꺼리나 하니 부끄러워라.
捫心常竊導	가슴 만지며 언제나 몰래 일렀나니
吾生不如死	내 삶은 죽음만도 못하도다.

意將往南土   뜻은 장차 남쪽으로 내려가
立國立城市   나라 세우고 성시를 세우는 데 있건만.

그럴 때 어머니는 준마를 얻는 방법을 가르쳐주었다. 채찍으로 쳐도 놀라 달아나지 않고 두 길 난간을 뛰어넘는 말을 골라 혀에다 바늘을 꽂아 여위게 했다. 자기 자신과 같은 처지에 있는 그 폐마를 금와왕에게 청해 얻을 수 있었다. 이처럼 단순하면서도 흥미로운 설정이 작품 전개를 다채롭게 했다. 어려서부터 활을 잘 쏘는 주몽이 준마를 얻어, 죽음만도 못하던 삶을 과감하게 떨쳐버리고 비약을 위한 출발을 할 수 있는 준비를 갖추었다.

어머니 때문에 결단을 내릴 수 없었다. 준마를 얻게 된 내력과 어머니와의 이별이 겹쳐서 나와 한꺼번에 많은 것을 생각하게 한다. 어머니는 눈물을 거두고 떠날 것을 권고했으며, 나중에 비둘기 한 쌍을 보내 보리 씨앗을 전해주었다. 그 대목에서 어머니가 대지의 상징인 신모(神母)임을 알 수 있다. 신모가 자애로운 어머니로 등장해서 전쟁을 하느라고 농사를 잊을까 염려했다. 어머니는 저력을, 아들은 투지를 나타내 둘 다 민족의 상징으로 부각되었다. 웅대한 구상과 세심한 배려를 함께 갖춘 작품이어서 자세하게 읽어야 한다.

장덕순, 〈영웅서사시 '동명왕'〉, 《국문학통론》(신구문화사, 1960)에서 영웅서사시가 동서양에서 함께 나타난 것을 주목했다. 중세후기에 들어서서 서사시의 중세화를 새롭게 이룩한 양상을 《세계문학사의 전개》(지식산업사, 2002)에서 여러 문명권의 많은 사례를 들어 고찰했다. 이우성, 〈고려중기 민족서사시〉, 《한국의 역사인식 (상)》(창작과비평사, 1976) ; 박창희, 〈이규보의 '동명왕편' 시〉, 《역사교육》 11 · 12(역사교육회, 1969) ; 박두포, 〈민족서사시의 전통〉, 《도남조윤제박사고희기념논총》(형설출판사, 1976) ; 황순구, 《서사시 '동명왕편' 연구》(백산출판사, 1992) 등의 연구도 있다.

7.4.2. 〈해동고승전〉

각훈(覺訓)이라는 승려는 생몰연대 미상이고 행적이 불분명한데, 1215년(고종 2)에 지은 〈해동고승전〉(海東高僧傳) 덕분에 널리 알려졌다. 고승전의 내력을 밝히고, 고려후기의 역사의식을 이해하는 데 필요한 소중한 자료이다. 그런데 지금 전하는 것은 2권 1책 잔본뿐이다. 요원(了圓)의 〈법화영험전〉(法華靈驗傳)에 〈해동고승전〉 제5권에서 인용한 자료가 있다. 최소한 5권은 되었으리라고 본다.

중국에서부터 불교사를 서술하는 가장 적합한 방법은 고승전 편찬이었다. 일반 역사서와 비교해보면 고승전은 본기가 없고 열전에 해당하는 것만으로 이루어져 있어, 개인을 그만큼 중요시했다고 할 수 있다. 서술방법이 자유롭고 상상을 많이 넣을 수 있는 것이 특징이다. 동아시아 각국이 모두 고승전을 쓰는 데 참여해 자국 고승들의 내력을 독자적인 방법으로 서술했다. 그 성과가 다른 문명권에서 각기 마련한 여러 종교의 성자전(聖者傳)과 많은 차이점과 함께 커다란 공통점을 가지면서, 중세문학의 기본갈래 노릇을 함께 했다.

우리 고승전을 편찬하고자 하는 시도는 일찍부터 있었다. 신라 때에 김대문(金大問)이 고승전을 지었다고 한다. 〈해동승전〉(海東僧傳)이라는 책이 있었다는 증거도 보인다. 지금은 전하지 않는 그런 선행 저작을 각훈이 참고하고 자료를 더 보태 완성판을 만들고자 했다. 자료 부족 때문에 고민이 많았으며, 인멸되고 당착된 행적을 밝힌다고 수고하기는 했으나 훌륭한 사가가 되지 못해 헝클어진 실마리를 바로잡을 수 없다고 거듭 한탄했다.

저술의 의도를 알아보려면 〈삼국사기〉와의 관계를 살필 필요가 있다. 〈삼국사기〉는 불교를 비판의 대상으로나 다루었으며, 열전에 승려의 전기는 하나도 포함시키지 않았다. 역사가 그렇게 이해되고 마는 데 대한 불교계의 항변을 각훈이 맡아 나섰다. 불교가 우리 문화에 튼튼하게 자리를 잡고 정신적인 지도원리를 제공했던 자취를 무신란 이후의 새로운 분위기에 힘입어 정리해, 〈삼국사기〉의 일방적 주장을 시정하려고 했다. 그 과업이 〈삼국유사〉로 이어졌다. 〈해동고승전〉은 〈삼국사기〉보다 70년 늦게, 〈삼국유사〉보다는 70년 정도 앞서 나타나 둘 사이의 중간적인 위치를 차지했다고 할 수 있다.

중간적인 위치는 다른 측면에서도 알아볼 수 있다. 각훈은 화엄종의 승려였으며, 의천(義天)의 유골이 안치된 절의 주지 노릇을 했다. 〈해동고승전〉 서론에서, 의천이 밖으로 불법을 두루 구해 각 교파가 마땅한 자리를 차지하게 한 공적을 찬양하는 것으로 불교사 개관을 마무리했다. 선종이 새롭게 일어나는 데 관심을 두지는 않았다. 고려전기 귀족불교의 전통을 이어나가면서 고려후기에 불교가 새롭게 일어나는 추세에 참여하려고 했다고 할 수 있다.

사상 재정립의 과제는 생각하지 않고, 문장가의 능력을 가지고 저술했다. 각 인물의 전기 말미에 찬(讚)을 붙일 때 유학의 경전을 바로 인용하거나 유학에 입각한 교훈을 말한 대목이 더러 있다. 문인들과 교유도 확인되며, 이인로, 임춘, 이규보 등과 가까이 지냈다고 한다. 이규보는 각훈의 죽음을 애도하는 시를 짓고 주를 달아, 각훈이 시평(詩評)도 저술했는데 그에게 보여주지 않았다고 했다. 최자는 각훈의 문장이 깊은 경지에 이르렀고, 문집 초고가 있어 선비들 사이에 전한다고 했다.

"순도(順道)가 고구려에 들어오고 844년이 지났다"고 한 해에 〈해동고승전〉을 짓는다고 했다. 그때부터 자기 시대까지의 고승 전기를 두루 망라해, 중국에서 영역을 넓히고 격동을 보인 불교가 해동으로 와서 고려에서 심오한 경지에 이르렀다는 것을 감명 깊게 서술하고자 했다. 그런데 지금 남은 대목에서 취급한 승려가 고구려 5인, 백제 1인, 신라 29인이다. 고구려·백제 쪽은 아주 소략하고, 신라 쪽은 어지간히 구비한 것 같지만 원효(元曉)도 의상(義湘)도 빠져 있다. 고려 승려는 하나도 없다. 그러면서도 다른 문헌에서는 찾을 수 없는 승려를 상당수 등장시켰다.

각 인물을 다룰 때 서두에는 총평이라 할 것을 두어 출신과 활동을 한마디로 요약하고서는 어떤 점이 훌륭했던가를 간명하면서도 인상 깊게 서술했다. 문장이 심오한 경지에 이르렀다고 당시에 평가되던 역량을 십분 발휘한 셈이다. 불법을 고구려에 처음 전한 순도를 맨 먼저 다루고, 그 다음 순서로 망명(亡名)이라 한 승려를 등장시켰다. 두 승려에 관해 한 말을 들어보자.

석(釋)순도는 어떤 사람인지 모르지만, 고매한 덕과 높은 이상으로 자비와 인욕을 발휘해 중생을 제도했다. 맹세한 뜻을 널리 펴서 진단(震旦)에까지 두루 흐르게 했다. 집을 옮기며 근기(根機)에 맞게 나아가 사람 가르치기를 게을리 하지 않았다.

석(釋)망명은 고구려 사람이다. 도에 뜻을 두고 어진 데 의지했으며, 참된 것을 지키고 덕을 근거로 삼았다. 남들이 몰라준다 해서 성내지 않고, 생각을 마음에다 모았다. 나라 안에 있어도 명성이 나고, 그것이 흡족하게 남아 이웃나라에까지 들렸다.

두 사람 다 행적이 자세하지 않아 사실이 그런지는 확인할 수 없다. 각훈이 생각한 바를 자기 문장으로 나타냈다. 특정 인물에 관해 서술한 자료로 이용할 가치는 없으나, 출가해 수도하는 사람의 바람직한 태도가 무엇인가 말해주는 점에서는 소중한 의의가 있다.

총평에 이어서 행적을 서술한 대목은 가능한 대로 광범위한 자료를 들어 사실을 밝히고자 했으나, 인용한 자료를 원문과 대조해보면 자기 나름대로 윤색한 것이 적지 않다. 사실의 역사와는 다른, 정신의 역사를 서술하고자 했다고 하겠으며, 그렇게 하기 위해서는 고증의 정확성보다는 문학적 형상화가 더욱 긴요하다고 생각한 것 같다.

불교설화의 유산을 긍정적으로 받아들여 상징적인 표현을 하는 데 힘썼다. 원광(圓光)을 다룬 대목을 보면, 원광이 귀신과 계속 교통하면서 도를 깨치고 폈다고 했다. 이따금 〈수이전〉(殊異傳)을 인용했다.

〈삼국유사〉의 선행작업을 했다고 할 수 있으나, 거두어들인 설화가 〈삼국유사〉만큼 다채롭지는 못하다.

본문 뒤에 찬을 붙이는 방식을 일관되게 사용했다. 앞에서 산문으로 설명한 내용을 찬을 시로 간추려 더욱 깊은 뜻을 지니게 하고, 읽는 사람이 감명을 받을 수 있게 했다. 본문은 자료 사정 때문에 간략할 수밖에 없어도 찬에는 그런 제약이 없었다. 앞뒤의 찬을 연결시키면 장편 서사시가 될 수 있다.

自象教東漸	불상과 교리가 동쪽으로 들어온 이래로
信毁交騰	믿음과 헐뜯음이 번갈아 일어났다.
權興光闡	일이 시작될 때 빛이 드러나고,
代有其人	시대마다 사람이 있어,
若阿道墨胡子	아도라고도 하고 묵호자라고도 하는 이는
皆以無相之法身	모두 상이 없는 법신으로서
隱現自在	숨거나 나타나거나 마음대로 했다.

아도니 묵호자니 하는 승려가 신라에 불법을 처음으로 전했다는 일을 이렇게 노래했다. 두 사람의 관계가 문제인데 둘 다 상이 없는 법신이어서 숨거나 나타나거나 마음대로 하고 서로 엇바뀔 수도 있다고 풀이해 사실을 구태여 캐려는 쪽이 오히려 무색하게 된다. 발상에 맞게 시의 형식도 자유롭게 했다. 글자 수에 제한을 두지 않고 떠오르는 생각을 그대로 살려 선시와 상통하는 것을 보여주었다.

각훈은 문장가답게 〈해동고승전〉을 문학작품이 되게 썼다. 〈해동고승전〉은 말하는 방식이, 〈삼국유사〉는 말하는 것이 문학으로 평가될 수 있다. 다른 여러 나라 고승전에서도 널리 사용되는, 다루는 인물의 일화나 시를 엮어 고승전이 문학서이게 하는 방식을 넘어서서, 각훈은 자기 작품을 쓰고자 했다.

황패강, 〈'해동고승전'연구〉, 《신라불교설화연구》(일지사, 1975) ;
김승호, 〈승전의 서사체제와 문학성의 검토 : '해동고승전'을 중심으
로〉, 《한국문학연구》 10(동국대학교 한국문학연구소, 1987)에서 전
반적 성격을 살폈다. 《문명권의 동질성과 이질성》(지식산업사, 1999)
에서 한국의 고승전을 외국 것과, 동아시아의 고승전을 다른 문명권
의 성자전과 비교해 고찰했다. 정천구, 〈고승의 일생 : 그 구조와 의
미〉, 《어문연구》 36(어문연구회, 2001)에서 새로운 논의를 폈다.

7.4.3. 〈삼국유사〉

일연(一然, 1206~1289)의 〈삼국유사〉(三國遺事)는 책 이름을 보면
삼국의 사적 가운데 〈삼국사기〉에 수록되지 않은 것을 모았다고 해서
대단하지 않다는 인상을 주고, 서술의 체계마저 엉성하지만, 여러모로
뛰어난 저술이다. 수록한 자료가 소중함은 말할 나위가 없으며, 자료를
엄밀하게 취급하려고 한 태도를 평가해야 마땅하고, 역사에 대한 다면
적인 이해를 커다란 가치로 삼는다. 고려후기에 새롭게 자각된 역사의
식을 다른 어느 저술보다 더욱 포괄적으로 철저하게 나타냈다.

일연은 가지산(迦智山)의 법통을 이었다고 했다. 가지산은 신라말에
도의(道義)선사가 선종을 개척한 곳이다. 선문구산(禪門九山)의 하나
로서 가지산파는 귀족불교가 위세를 떨치는 동안에 변두리로 몰려나
명맥만 유지하다가, 지눌이 선종을 다시 일으키며 불교혁신 운동을 일
으키는 데 동참해 기존의 불교를 비판하고 새로운 사상을 개척하는 작
업을 함께 했다. 일연이 활동하는 시기에 특히 기세를 떨쳤다. 지눌에
서 충지까지 이어진 수선사의 선승들이 시문에서 이룩한 혁신을 다른
방법을 사용해 별도로 진행시킨 성과가 〈삼국유사〉라고 할 수 있다.

일연은 나라의 부름을 자주 받고 나중에 보각국사(普覺國師)라는 시
호까지 받았으나, 산승의 기질을 지니고 시골의 사찰에 머물렀다. 성년

이 된 후의 생애를 거의 몽고란에 시달리면서 보내고, 원나라에 복속된 굴욕 때문에 괴로워했다. 침략자가 밀어닥쳐 불태운 문화유산을 보고 가슴 아파하며 그럴수록 없어져가는 자료를 모으는 데 더욱 힘쓰고 그 의미를 밝혀야 한다고 생각했다.

민족 존망의 위기를 맞이했기에 민족사의 주체성을 찾고 민족문화를 새롭게 인식해야 한다고 다짐했다. 아무런 도움도 받지 못한 채 오랜 기간에 걸쳐 궁벽한 자료를 뒤지고 현지를 찾아다니면서 고심에 찬 노력을 계속해 마침내 〈삼국유사〉를 이룩했다. 완성한 시기는 1281년(충렬왕 7) 무렵이며, 그때 이미 75세나 되었다. 그 다음에 제자 무극(無極)이 얼마간 보완작업을 한 흔적이 책에 남아 있다.

〈삼국유사〉는 〈삼국사기〉의 시각을 바로잡고자 한 역사서일 뿐만 아니라, 〈수이전〉의 뒤를 이은 설화집이기도 하고, 〈해동고승전〉을 다시 쓴 고승전이다. 그 세 가지 저술을 각기 별개의 것으로 독립시키는 한문문학권 공통의 관습을 어기고, 셋을 하나로 합치는 별난 시도를 했다. 역사서이고 설화집이고 고승전인 세 가지 성격이 같은 비중을 가지면서 불가분의 관계를 가진 총체가 되게 했다.

원효가 현실에서 제기되는 문제와 불교의 이치를 함께 논하고, 불교 교파에서 각기 펴는 주장을 합쳐 화쟁의 논리를 전개한 것과 상통하는 작업을 다시 했다고 할 수 있다. 어느 측면이나 부분이 아닌 총체를 파악해야 진실이 드러난다고 하고, 분석보다 종합을 좋아하는 성향을 잘 나타냈다고 해도 좋다. 그런 전통이 후대에도 계속 나타나 우리가 하는 사상창조 작업의 기본방법을 이루었다.

제왕이 장차 일어날 때에는 부명(符命)과 도록(圖籙)을 받게 되므로 반드시 남들과 다른 일이 있었다. 그래야만 능히 큰 변화를 타서 제왕의 지위를 얻고 큰일을 이룰 수 있었다. …… 삼국의 시조가 모두 신비스럽게 탄생했다는 것이 어째서 괴이하랴.

서두에서 이렇게 말했다. 중국 고대의 창업주들이 부명이니 도록이니 하는 것들을 얻은 것이 당연하다고 하면서 더욱 다채로운 내용을 갖추고 있는 우리 건국신화는 배격할 수 있는가 하고 나무랐다. 〈삼국사기〉에서 표명한 역사관에 대한 비판이다. 이규보가 〈동명왕편〉을 쓸 때 가졌던 것과 같은 생각이다. 〈삼국사기〉를 넘어서는 작업을 이규보가 한 것보다 더욱 폭넓게 전개해 역사 전체를 새롭게 이해하고자 했다.

〈삼국사기〉가 불교를 다루지 않은 것도 커다란 불만이었다. 민족문화의 가장 자랑스러운 맥락은 고대의 신화에서 불교로 이어졌는데 그 둘을 다 버리면 무엇이 남겠는가 하고 나무라는 자세로 새로운 작업을 했다. 불교사는 고승전을 써서 다루는 것이 관례이고 〈해동고승전〉에서 이미 그런 작업을 했다. 일연은 그 책이 고려전기 귀족불교의 체질을 버리지 않은 데 대해서도 불만을 가지고 고승전을 따로 독립시키는 방법이 적절하지 못하다고 판단했다.

불교가 시대변화에서 중요한 구실을 하면서 문화의 전반적인 양상과 깊은 관련을 가진 것을 밝히기 위해 고승전이 역사의 맥락 속에 들어가도록 했다. 불교가 그 자체의 격식과 폐쇄성을 넘어서서 민중생활과 밀착되어 생동하는 구실을 해온 것을 납득할 수 있게 하려고 불교설화를 적극 활용했다. 그래서 다른 나라에는 비슷한 예가 없는 고승전이고 불교설화집이 되었다.

설화에 대한 관심은 불교설화를 넘어서서도 널리 확인된다. 그러나 〈수이전〉에서처럼 설화를 무엇이든지 모으려고 한 것은 아니다. 역사 이해를 위해 긴요한 구실을 하고 사상에 관한 논란을 벌이는 데 깊이 관여하는 것들을 찾았다. 사실과 허구를 갈라내지 않고 그 총체를 제시했으며, 향가도 그 일부로 소개했다. 김유신이 도술하는 사람을 만났다고 하는 것 같은 설화는 사실과 거리가 멀어 〈수이전〉에만 있고 〈삼국유사〉에는 없다.

〈삼국유사〉는 중세보편주의를 독자적으로 구현하는 중세후기의 과업을 다각도로 수행해서 탁월한 성과를 이룩했다. 고대의 자기중심주의를 재평가하고 그 유산이 민족문화로 계승되고 있는 실상을 광범위하게 보여주어 설득력을 확보했다. 한문 문장의 규범을 따르지 않는 다양한 문체를 갖추어, 서로 다른 문화형태가 각기 그것대로 지닌 특성이 손상되지 않게 했으며, 우리말의 어순과 어휘를 받아들이기도 했다. 그 때문에 한문학의 수준을 저하시켰다는 당대의 비판을 받고, 민족 주체성을 찾았다는 오늘날의 평가를 얻는다.

민족 주체성 인식의 논리를 여러 대목에서 추출해 정리해보자. 불교는 유교에 비할 바 없이 광대한 영역에 자리잡고 유교의 폐쇄된 사고방식을 넘어선다고 했다. 중국이 유교문명권이기에 지닌 위세를 무력하게 하는 최상의 주장을 그런 방식으로 마련했다. 유교 대신에 불교를 내세워 자기중심의 주체성을 가질 수 있는 근거를 마련하는 작업을 다각도로 전개했다.

불교는 중심이 따로 없다고 했다. 불교가 인도에서 일어나기 전에 이미 수많은 부처가 있었다는 신화에 근거를 두고, 우리 땅이 과거세에 불국토였다고 한 신라인의 견해를 적극적으로 이었다. 우리는 문명의 변두리가 아닌 중심에 자리잡고, 시간적으로 아득한 과거까지, 공간적으로는 불교가 전파된 모든 지역을 관심의 영역으로 삼는다고 했다. 우주론적인 질서와 문화사적 관점을 하나로 합쳐 반론을 제기하기 어려운 논리를 구축했다.

서두에서 단군신화를 다룬 데 두 가지 관점이 결합되어 있다. 옛날에 환인(桓因)의 서자 환웅(桓雄)이 이 세상에 뜻을 두고 하늘에서 내려왔다고 했다. 우리 역사의 시발점을 그렇게 설명하면서, 환인이 바로 불교에서 말하는 제석(帝釋)이라고 했다. 같은 방식으로 민족신화와 불교신화를 일치시키는 작업을 뒷부분에서도 계속해서 했다. 신라에서 황룡사(黃龍寺) 구층탑을 세워 일본과 중국을 위시한 주변 여러 나라를 두루 제압하고자 했다는 일을 서술하기에 앞서, 그곳이 바로 과거불인 가섭불(迦葉佛)이 앉았던 연좌석(宴坐石) 자리라고 한 것이 그 좋은 예이다.

이치가 그렇다고 하고 말면 유교적인 합리주의를 부정하는 효과를 거두기는 해도 너무 허황하다 하지 않을 수 없으며, 역사를 실제로 이해하고 서술하는 데 깊이 들어갈 수 없다. 고고한 신화에서 비근한 현실로 내려와 예사 사람들의 일상생활과 불교의 깨달음이 둘이 아니라고 하는 작업을 더 많이 했다. 원효(元曉)나 혜공(惠空) 같은 고승들이 위엄과 격식을 버리고 삶의 발랄한 모습을 그대로 드러내며 민중에게 접근한 자취를 설화를 들어 말해주었다. 광덕(廣德)이라든가 욱면비(郁面婢)라든가 하는 미천한 백성이 불교의 높은 경지에 이르렀다고 했다.

초탈해 고매하거나 위엄을 갖추어 굳어진 것은 잘못되었다고 했다. 친근하고, 비속하고, 미천하다는 데 진실이 있다는 주장을 구체적인 사례를 들어 다채롭게 제시했다. 그렇게 해서 귀족문화에 대한 선종의 비판을 혜심 쪽과는 다른 방식으로 전개했다고 할 수 있다. 선시에서 추구한 바를 설화로 이룩해 공감을 확대하고 지지를 넓혔다.

혜심의 선시나 일연의 설화는 앞뒤를 연결하는 설명을 배제한 언설 그 자체이다. 파괴의 대상이 되는 기존관념이 끼어들 수 없도록 방어선을 치고 직감적인 사실을 대안으로 제시해 의식해방을 구가했다. 그러면서도 지향하는 바가 달랐다. 혜심은 헛된 집착에 사로잡혀 있는 것이 얼마나 어리석은지 어처구니없는 말장난을 방편 삼아 깨우쳐주지만, 일연은 사람을 왜소하고 비굴하게 만들려는 책동을 거부하고, 거칠 것이 없이 행동하는 융통자재한 인간형의 다양한 모습을 제시했다. 그렇게 해서 현실 문제 해결에 직접 뛰어들었다.

선시에 고정된 형식이 없듯이 〈삼국유사〉는 완성된 체계 같은 것을 거부했다. 짜임새가 워낙 느슨해서 자료를 보태도 그만이고 빼도 지장이 없다. 저자가 전면에 나서지 않고 뒤로 물러나 있고 해석과 평가를 자제해, 자료 자체가 말할 수 있는 자유를 보장했다. 인용한 문헌을 손질하지 않고 그대로 두어, 문체가 각기 다르고 시점이 통일되어 있지도 않다.

다만 고승의 행적 말미에는 고승전의 전례에 따라 찬을 붙였다. 결론

을 내린 것은 아니고, 다양한 이해의 가능성을 덧보태는 서정시를 썼
다. 아도가 고구려에서 신라로 들어와 불법을 처음 폈던 일을 두고 지
은 것을 하나 들어보자. 〈해동고승전〉에 있는 찬과 견주어 읽으면 더욱
흥미롭다.

雪擁金橋凍不開	금교에 눈이 엉켜 얼고서는 녹지 않아
鷄林春色未全廻	계림에는 봄빛이 아직 돌아오지 않았는데,
可憐靑帝多才思	어여쁘다, 청제는 재치 있는 생각이 많아
先著毛郞宅裏梅	모례네 집 뒤 매화에다 먼저 손을 대었네.

"금교"는 경주에 있던 다리이다. "청제"는 봄의 신이다. 모례(毛禮)는
아도가 머슴살이를 하면서 불법을 펴기 시작했다는 집 주인 이름이다.
신라가 아직 불법을 받아들이지 않고 있을 때 아도가 와서 활동하던 일
을 두고 이렇게 묘한 시를 지었다. 일연은 대단한 솜씨를 지닌 시인인
데, 찬이 아닌 본문을 쓸 때에는 내색을 하지 않았다.

　〈삼국유사〉는 정통 한문을 기준으로 해서 평가한다면 문장이 치졸하
다는 평을 듣는다. 〈삼국사기〉가 모처럼 고문 정착에 기여한 공적을 무
시하고 뒤늦게 수준을 낮춘 것은 용납하기 어렵다고도 한다. 이런 평가
는 문학사의 방향에 대한 인식을 갖추고 있지 않아 수긍할 수 없다. 문
체와 의식의 관계를 시대변화라는 변수를 넣어 입체적으로 고찰해야
한다.

　사대부 문인들은 제대로 된 고문을 일으켜야 한다고 할 때, 일연이
규범에서 벗어난 변격한문을 즐겨 사용한 것은 서로 무관하다고 할 것
이 아니다. 전대의 관념과 수식을 거부하는 중세후기의 새로운 세계관
을 나타내는 공통된 과제를 해결하는 방법이 상이하게 나타났다. 다른
선승들이 한시의 격식을 불편하게 여기고 우리말 노래에 접근하고자
한 것과 같은 시도를 일연은 산문에서 하면서, 글과 말이 이원화되어
있는 폐단을 한정된 범위 안에서나마 극복해보려고 했다.

고려말에 등장한 새로운 사상 신유학과 선종이 각기 택한 문체 혁신의 방향이 달랐다. 한쪽에서는 꾸밈이 없으면서도 알찬 고문을 확립해서 현실과 근접된 정신세계를 이룩하고자 하고, 또 한쪽에서는 우리말에 가까운 한시문으로 일상적인 차원의 절실한 체험을 살리고자 했다. 조선왕조가 들어서자 앞의 방향이 지배적인 권위를 행사하고 뒤의 방향은 일단 꺾이다가, 훈민정음 창제에서 부정이 부정되는 방식으로 관철되었다.

《삼국유사》 연구는 너무 많아 갈피를 잡기 어렵게 하므로 특히 긴요한 논문 몇 개만 들면 소재영, 〈'삼국유사'에 비친 일연의 설화 의식〉, 《숭전어문학》 3(숭전대학교 국어국문학과, 1974) ; 김상현, 〈'삼국유사'에 나타난 일연의 불교사관〉, 《한국사연구》 20(한국사연구회, 1978) ; 윤주필, 〈'삼국유사'의 체제와 주제〉, 《한국학논집》 15(한양대학교 한국학연구소, 1989) ; 정구복, 〈일연과 '삼국유사'〉, 《한국중세사학사》 1(집문당, 1999) ; 정천구, 〈삼국유사와 중・일 불교전기문학의 비교연구〉(서울대학교 박사논문, 2000) ; 이강옥, 〈'삼국유사'의 세계관과 서술미학〉, 《국문학연구》 5(국문학회, 2001) ; 박진태, 《'삼국유사'의 종합적 연구》(박이정, 2002) 등이 있다. 《삼국시대 설화의 뜻풀이》(집문당, 1990)에서 본문과 연결되는 작업을 했다.

7.4.4. 〈제왕운기〉와 그 이후의 작업

역사를 읊은 시를 영사시(詠史詩)라고 했다. 영사시는 서사시와 구별된다. 어느 특정 인물을 주인공으로 삼아 일관된 사건을 전개하지 않고, 역대의 사실을 간추려서 인상 깊게 전달하는 것을 과제로 삼았으므로 교술시라고 해야 마땅하다. 고려후기에 영사시가 많이 나타나 역사에 대한 관심을 보여주었다.

고려후기 영사시의 첫 예는 오세문(吳世文)의 〈역대가〉(歷代歌)이다. 오세문은 오세재의 형이며 무신란 전인 의종 때에 과거에 급제했다. 작품이 지금 전하지 않아서 내용을 알 수 없으나, 〈삼국유사〉에서 언급한 것을 보면 중국 역사를 시초에서부터 다룬 것은 확실하고 우리나라 역사를 포함시켰던가는 의문이다. 그 뒤에 이규보는 〈동명왕편〉을 내놓는 한편 중국 역사에서 소재를 택한 〈개원천보영사시〉(開元天寶詠史詩) 같은 것도 지어서 관심을 넓혔다.

이승휴(李承休, 1224～1300)의 〈제왕운기〉(帝王韻紀)는 그런 흐름을 이어 나타난 영사시의 대표적인 작품이다. 1287년(충렬왕 13)에 작품을 완성하고 서두에다 임금에게 올리는 글을 싣고서, 중국의 경우에는 금나라 때까지, 동국의 경우에는 고려 때까지의 사적을 여러 문헌에서 찾아 같고 상이한 점을 비교하고 요긴한 점을 간추려 역사가 이어진 과정을 쉽사리 참고할 수 있게 한다고 했다. 상권 서문에서는, 역대 제왕이 흥하고 망한 자취를 세상을 다스리는 군자는 알아야 한다고 했다.

상권에서는 중국 역사를, 하권에서는 동국 역사를 취급했다. 상권의 중국 역사는 알려져 있는 사실을 정리해 참고자료를 제공하고자 했다고 할 수 있으나, 〈동국군왕개국연대〉(東國君王開國年代)라고 한 하권에서는 자료를 수집하고 정리하기 위해서 애쓰면서 역사 이해의 관점을 다시 정립하려고 고심해야 했다. 허튼 수작은 버리고 이치에 맞는 것을 취한다고 하면서, 동국 역사가 오랜 연원을 지니고 자랑스럽게 전개된 것을 널리 알리려고 했다.

상권 전부와 하권 가운데 고려 이전까지를 다룬 대목은 칠언시이다. 각기 264행씩이다. 군데군데 자세한 주가 붙어 있다. 하권 후반의 〈본조군왕세계연대〉(本朝君王世系年代)에서는 고려 건국 이래 자기 시대까지의 역사를 오언시 162행으로 서술했다. 고려의 건국신화를 서두로 삼아 성스러운 출발을 강조하고, 임금이 바뀔 때마다 나타난 치적을 정리했다.

이승휴는 일생을 원나라 때문에 시달리면서 산 사람이다. 대여섯 살 무렵에 침략이 시작되고, 35세 때 고려가 원나라에 복속되었다. 출신이 분명하지 않은 지방 선비여서 진출하려면 많은 난관을 겪어야만 하는 처지였지만, 잘못되어가는 세태 때문에 고민해야 했다. 고려 조정이 강화도에 들어가 있을 때 최자에게 인정을 받아 처음으로 벼슬을 했으며, 최자를 매개로 이규보의 영향을 받았던 것으로 보인다. 그러다가 곧 물러나서 스스로 농사일을 하려고 했다. 나중에 다시 발탁되어 원나라 수도를 두 번이나 왕래했으나, 정치를 비판하다가 파직당하고 말았다.

만년에는 시골로 되돌아가서, 하고 싶은 말을 하다가는 화를 입을 터이니 나라 일에 대해서는 입을 다물겠다고 했다. 남긴 시문이 얼마 되지 않고 만년의 것은 더욱 적어서, 침묵할 수밖에 없었던 상황이었음을 확인할 수 있게 한다. 그런데도 60대에 들어서서 〈제왕운기〉를 짓는 데 힘을 기울였다.

작품 안에 〈동명왕편〉을 직접 언급한 대목도 있다. 이규보의 선행작업을 새로운 관점에서 다시 해서 민족사의 연원과 주체성을 찾으려고, 역사를 시초부터 다루는 장편 영사시를 지었다. 6년쯤 먼저 이루어진 〈삼국유사〉에서와 같이, 단군의 사적을 서두에다 내세웠다.

遼東別有一乾坤	요하 동쪽에는 한 건곤이 따로 있으니
斗與中朝區以分	뚜렷하게 중국과 갈라지고 구분된다.
洪濤萬頃圍三面	큰 파도 넘실넘실 삼 면을 둘러싸고
於北有陸連如絲	북쪽에는 육지가 실같이 이어져 있다.
中方千里是朝鮮	그 가운데 지방이 천 리 여기가 조선이니
江山形勝名敷天	강산 좋은 형세 그 이름이 천하에 퍼졌다.
耕田鑿井禮義家	밭 갈고 우물 파는 예의의 나라,
華人題作小中華	중국인들이 일컬어 소중화라고 했다.
初誰開國啓風雲	처음에 누가 개국해서 풍운을 열었던고,
釋帝之孫名檀君	석제의 손자 그 이름이 단군이라.

우리 역사를 노래한 하권은 이렇게 시작되었다. 〈삼국유사〉는 단군

의 사적을 자료에 나타나 있는 그대로 옮기면서 자기 말은 주에다 적었을 따름인데, 여기서는 작자의 생각을 바로 나타냈다. 중국과는 별개의 건곤에서 우리 역사가 면면하게 이어져와 자랑스럽다는 것을 중국인들도 인정한다 해서, 원나라에 복속되어 위축된 시대에 민족의식을 고취하려고 했다.

〈삼국사기〉와는 아주 다른 관점에서 역사를 이해하고, 〈삼국유사〉보다도 민족의식이 더욱 두드러진다. 〈삼국유사〉에서도 미처 주목하지 않은 발해사를 다룬 것은 특기할 사실이다. 고구려 장수였던 대조영(大祚榮)이 태백산 남쪽에 씩씩하게 근거를 잡아 나라를 세웠다는 연원을 밝히고, 고려 태조 8년에 발해가 망하자 "온 나라가 손을 잡고 우리 서울 찾았다"고 해서 발해가 민족사의 판도 안에 들고 유민들이 고려로 통합된 것을 처음으로 분명하게 밝혔다.

역사가 전개된 내력에 널리 관심을 가지기는 했으나, 지나치다고 할 수 있을 정도로 요약해 너무 소략하고 무표정하다. 고려를 다룬 대목도 건국신화를 자랑한 것과 함께 민족 통일의 의의를 강조한 데서는 감격이 살아 있다 하겠으나, 그 뒤의 일은 대충 열거하기만 했다. 그 이유는 두 가지로 생각해보는 것이 가능하다. 서사시가 아닌 영사시여서 내용이 미비하고 형상화가 부족하다고 할 수 있다. 원나라 간섭하의 불편한 상황과 작자 자신에게 가해질 수 있는 제약을 의식하면서 쓴 작품이어서 할 말을 제대로 하지 못한 것 같다.

역사에 대한 관심은 〈제왕운기〉가 이루어진 다음에도 계속 고조되었다. 원나라가 고려의 주권을 위협하는 책동에 맞서서 나라를 지키기 위해서는 무엇보다도 자국의 역사가 잘 정비되어 있어야 했다. 그렇지 못하다고 걱정하는 데 앞장선 이제현(李齊賢)은 자기 시대의 문제의식과 깊이 연결되면서 체제와 서술을 제대로 갖춘 역사서를 이룩하고자 했다. 벼슬에서 물러난 다음에 겨를을 얻어 백문보(白文寶), 이달충(李達衷) 등과 함께 〈기년전지〉(紀年傳志)라는 고려 역사서 편찬에 착수했으나, 완성을 보지 못했다.

이제현의 사론(史論)이라고 할 것들이 〈역옹패설〉(櫟翁稗說) 전반부 같은 데 더러 남아 있다. 그 내용을 검토해보면, 고려의 국가적 전통과 문화수준을 강조하고 역사를 다루고자 했으면서 대외 관계에 관해서는 적극적인 주장을 펴기 어려웠던 것으로 보인다. 이제현뿐만 아니라 이곡(李穀), 이색(李穡) 등도 역사에 깊은 관심을 가지고 다양한 형태의 영사시를 지어, 민족사의 정통성을 찾고 자주성에 대한 자부심을 나타내려고 했다.

민족사를 총정리하고 고려의 역사를 통괄해서 서술하는 과업은 조선왕조에 들어와서 성취되어 〈동국통감〉(東國通鑑)과 〈고려사〉(高麗史)가 이루어졌다. 〈동명왕편〉에서부터 여러 가지 방법으로 나타났던 역사에 대한 새로운 탐구가 마침내 결실을 보게 되었다고 할 수 있다. 그러나 잃은 것도 적지 않았다. 고려후기의 발랄한 탐구가 유학의 합리주의로 대치되고, 주체성이나 자주성을 찾는 민족의식보다 동아시아 중세문명의 보편주의가 더욱 두드러졌다. 역사 이해가 문학 창작과 멀어지고 교훈의 기능을 확대했다.

최두식, 《한국영사문학연구》(태학사, 1987)에서 총괄론을 펴고; 《고려후기 역사시 연구》(한국정신문화연구원, 1999)에서 이종문·김종진·김건곤·여운필이 다양한 자료를 논했다. 정구복, 《한국중세사학사》 1에 〈이제현의 역사의식〉이 있다.

7.5. 사람의 일생 서술방법

7.5.1. 관심의 내력

사람의 일생은 아주 이른 시기부터 오늘날까지 문학의 지속적인 관심사이고, 가장 풍부한 소재이다. 문학이란 사람이 어떻게 살아갈 것인가 하는 문제에 대한 성찰이어서 생애의 과정을 들어 상상하고 논의하는 것이 특히 긴요한 과제이다. 그 작업은 서사문학과 교술문학 양쪽에서 할 수 있다. 일대기를 취급하는 설화나 소설, 전(傳)이나 전기가 문학사의 오랜 기간에 걸쳐 서로 얽히면서 경쟁했다.

고대에는 설화만 있다가 중세에 전이 생겨나고, 근대에는 소설이 득세하고 전기라고 다시 명명된 전은 밀려났다. 지금 여기서 다루는 시기인 중세후기는 전이 문학창작에서 널리 이용되고 다양하게 변모되어 사람의 일생을 다루는 교술문학이 서사문학보다 우위를 차지한 특징이 있다. 그 점에 관해 논의하는 것이 지금 할 일이다.

사람의 일생을 다루는 문학은 신화나 서사시에서 시작되고, 서사무가로 이어졌다. 출생, 시련, 혼인, 투쟁 등의 과정을 다루는 일대기 유형이 그런 것들에 연원을 두고 널리 자리를 잡아 오늘날까지 이어진다. 사람의 일생을 글로 적는 전(傳)은 중국에서 수입되었다. 〈사기〉(史記) 이래의 중국 사서에 으레 있는 열전(列傳) 서술의 방식을 〈삼국사기〉에서 받아들여 널리 모범이 되는 본보기를 보여주었다.

공식 사서에 오르는 열전은 사람의 행실에 대한 최종적인 평가이다. 인물의 선악을 분명하게 구분해 후대 사람들을 감계하는 데 쓰도록 해야 역사를 서술하는 목적을 달성한다고 여겨 열전이 반드시 있어야 했다. 선조의 명예와 불명예가 후손에게 상속되도록 해서 깨끗한 이름이 더러운 재물보다 유익하다고 납득할 수 있게 입증하는 것이 유교의 교리이다. 다른 종교에서 당사자가 저승에서 받는다고 하는 심판을 유교에서는 후손이 이승에서 받도록 한다. 저승의 심판은 인정하지 않으면 그만이지만 이승의 심판은 누구나 보고 있어 피할 수 없다.

저승의 심판에서 바라는 처분을 받으려면 신을 향해 잘못을 고하고 용서를 구하는 고백록이 필요하고, 유교에서 하는 이승의 심판은 열전에 적힌 내용에 따라 이루어진다. 전을 쓰는 사관은 정실에 구애되지 않고 사리를 분별하는 춘추필법을 구사해야 한다. 유럽의 고백록과 동아시아의 전이 상응하는 권위를 가지고 다양하게 변형되면서 후대문학에 널리 이용되었다. 동아시아의 소설은 가짜 전에서, 유럽의 소설은 가짜 고백록에서 시작되었다.

전은 사실 전달에 목적을 둔 교술문학이지만, 서사적인 내용과 표현을 갖추어야 명편이 될 수 있었다. 설화를 수용해 소재를 풍부하게 하고, 인물의 성격과 행동을 보여주는 일화를 상상력을 발동해 실감 나게 제시해야 전달의 효과를 가중시킬 수 있었다. 국가사업으로 편찬하는 역사서 열전에 올리려고 쓰는 사전(史傳)이 아닌, 작자 개인이 그냥 쓰고 싶어서 쓰는 사전(私傳)은 그런 특징을 더 많이 지녀 문학작품으로 평가되기를 바랐다.

〈삼국사기〉의 열전은 관점에서뿐만 아니라 다룬 사람의 성격에서도 유가열전(儒家列傳)이라고 할 수 있는데, 그 범위를 벗어난 것들도 있다. 〈해동고승전〉은 동아시아 관습에 따라, 〈삼국유사〉는 독자적인 방식을 개척해 고승전을 써서 불가열전(佛家列傳)을 마련했다. 불가열전은 유가열전의 경우보다도 상상의 영역을 더욱 확대시켰다. 도가열전(道家列傳)이라고 할 수 있는 신선전류도 고려 때에 이미 만든 것 같은데, 지금은 홍만종(洪萬宗)의 〈해동이적〉(海東異蹟)같은 후대의 것만 남아 있다.

동아시아의 전과 유럽의 고백록을 《소설의 사회사 비교론》1(지식산업사, 2001)에서 비교해 고찰했다.

7.5.2. 비·지·전·장의 특성

사람의 일생을 다루는 글은 전만이 아니다. 비·지·전·장(碑·誌·傳·狀)이라고 일컬어지는 여러 하위갈래가 있다. '비'는 비문이다. 돌을 세워 사람의 생애를 새겨놓은 글이 비문이다. '지'는 묘지(墓誌)이다. 죽은 사람의 내력을 돌에다 새겨 무덤 속에 묻어두는 것이 묘지이다. '전'은 전기이다. '장'은 행장(行狀)의 준말이다. 그 둘은 인물의 행적을 종이 위에 써서 남긴 글이라는 점에서 서로 같으면서, 성격은 달라졌다. 전은 작자의 뜻을 펼쳐보일 수 있는 작품이 되고, 행장은 정해진 순서와 격식에 따라 대상 인물을 소개하는 틀을 지켰다.

그 가운데 비문은 문학작품다운 면모가 가장 적은 편이다. 이른 시기에 국가의 위업을 나타낼 때에는 한문학의 정착에 크게 기여했으나, 개인의 생애를 다루는 데 치중한 다음부터는 사실 전달에 충실하면서 격식화된 표현을 사용해 비문을 써서 작품으로 평가할 만한 의의가 대폭 축소되었다. 변형이나 파격이 허용되지 않아 특별히 주목해야 할 예외가 있는 것도 아니다.

행장 또한 크게 다룰 것은 아니다. 죽은 인물의 일생에 관한 공식적인 서술이고 평가여서, 쓰는 사람의 주관적인 견해나 개인적인 회고 같은 것은 개입할 수 없도록 하는 것을 원칙으로 삼았다. 이곡(李穀, 1298~1351)이 쓴 기자오(奇子敖)와 한영(韓永) 두 사람의 행장이 〈동문선〉에 실려 있어 검증 자료로 이용할 수 있다. 이곡의 문장력과 비판의식은 보이지 않고, 누가 써도 달라지지 않을 문구를 늘어놓았다.

글 제목에서 관직을 있는 대로 길게 들고, 본문에 들어가서는 가계며 벼슬한 경력이며 정계에서 활동했던 행적이며 특히 훌륭했다는 점이며 하는 것들을 정해진 격식에 따라서 자세하게 늘어놓았다. 그 두 사람은 원나라가 고려를 억누를 때 원나라에 붙어서 세력을 떨치기만 했는데도 칭송이 대단하다. 임금의 명을 받아 행장을 쓴 이곡은 고역을 치렀을 것 같다. 후대의 행장이 모두 그런 것은 아니지만, 행장에다 작자 나름대로의 비판적 견해 같은 것을 나타내지 못하는 한계가 있는 점만은 달라질 수 없었다.

묘지는 돌에 새겨 무덤에 넣는 글이다. 앞에 산문으로 된 서(序)가 길게 있고, 뒤에 율문으로 된 명(銘)이 있는 것이 비문의 경우와 공통된 규칙이다. 그 둘을 함께 일컬을 때에는 묘지명(墓誌銘)이라고 한다. 죽은 사람의 신원을 밝히기 위해 필요한 것인데, 글 쓰는 사람의 감회를 나타낸 것이 많다. 애사(哀詞) 또는 뇌(誄)라고 하는 추도문처럼, 묘지에도 죽음을 애도하고 고인을 추념하는 사연이 들어가므로 사실 기술에 머무를 수 없고 격식을 갖추는 것도 어울리지 않는다. 글 쓰는 사람과 죽어 묻힌 이가 어떤 사이이며, 지난날을 회고하노라면 무엇이 먼저 생각나는가 하는 것들을 친근하고도 자상하게 늘어놓을 여유를 가져 서사문의 성격을 많이 지닐 수 있다.

묘지를 여러 편 남긴 사람은 이규보, 최해, 이제현, 이곡, 이색 등의 문장가이다. 문장가라면 묘지를 즐겨 쓰는 풍속이 고려후기에 일반화된 것 같다. 그러나 부탁이 있으면 누구의 묘지든지 맡았던 것은 아니다. 묘지의 주인공과 잘 아는 사이여야 문장력을 제대로 발휘할 수 있었다. 가까이 지내면서 존경한 스승이나 선배의 묘지를 쓰는 것을 가장 보람 있는 일로 삼았다.

이곡이 안축(安軸)의 묘지를 쓸 때에는 서두에서부터 두 사람이 각별하게 친한 사이임을 말하는 일화부터 들었다. 병석으로 찾아가니 안축이 자기 묘지를 부탁하면서, 다른 것은 몰라도 미천한 백성을 억누르려는 자들을 다스렸던 일만은 잊지 말고 기록해달라고 했다고 적었다. 이어서 나오는 본문에서는 안축의 경력과 활동을 자세하게 들면서 본인이 부탁했던 바를 구체적으로 열거했다. 친한 벗의 묘지이니 할 말이 많고 실감 나는 표현을 갖추었다.

이색(李穡, 1328~1396)은 묘지를 많이 맡아 길게 써서 작품활동의 기본영역의 하나로 삼았다. 한 본보기로 스승 이제현(李齊賢)의 묘지를 쓴 것을 보자. 서두에다 죽어서 장사지낸 사연을 간략하게 들고, 출생과 성장, 벼슬하면서 활동한 경력과 이룬 업적을 아주 소상하게 서술해서 장편을 이루었다. 인품을 총평한 대목에서는 "공은 젊어서부터 나이가 같은 동료들도 감히 이름을 부르지 못하고 익재(益齋)라고 하고, 재상이 된 뒤에는 귀천을 가릴 것 없이 누구든지 다 익재라 불렀으니, 세상에 무겁게 보임이 이와 같았다"고 했다. 결말의 명에서는 "도덕의 머리이고 문장의 으뜸"이라는 말을 썼다.

묘지 가운데 부인의 것도 이따금 보인다. 최해(崔瀣, 1287~1340)가 박문보(朴文珤)라는 사람의 어머니 홍씨(洪氏)의 묘지를 쓴 것을 하나 들어 보자. 부인의 남편이나 아들과는 잘 아는 사이인 것 같으나 부인을 직접 만나지는 못한 것 같아서 글을 잘 쓰기 어려운 고충이 있었다. 주변의 사항이 아닌 부인 자신의 행적은 부탁하는 쪽에서 적어준 내용을 받아서 이용하면서 거기다가 으레 할 수 있는 말로 덕을 칭송하는 사설을 덧붙였다.

자기 아들 묘지를 쓴 예도 있어 사연이 아주 다르다. 이규보(李奎報, 1168~1241)의 〈상자법원광명〉(殤子法源壙銘)이 그런 것이다. 승려가 되었다가 일찍 죽은 아들을 추모하는 말을 글로 쓰고 묘지라는 표제를 붙이지도 않았다. 너무 슬퍼 빨리 썩어 없어질 나무 널에다 글을 새겨 무덤 속에 넣는다고 했다.

전은 특별한 계기가 있거나 누구의 부탁을 받고 짓는 것이 아니며 어디다 새겨놓는 글도 아니다. 작자가 자기대로 생각한 바가 있어서 어떤 인물의 행적을 그려낸 작품이 전이다. 사서의 열전을 보완해야 한다는 의식을 버리지 않으면서, 사사로이 관심을 가지는 문제의 인물을 새로운 방식으로 다루어 전에 볼 수 없던 작품을 이루고자 하는 실험정신도 가졌다. 그런 성격의 새로운 전을 고려후기에 많이 썼다. 〈동문선〉에 수록된 전이 모두 28편인데, 19편은 고려후기 사람, 8편은 고려후기에서 조선전기에 걸쳐서 산 사람을 두고서 쓴 것들이다.

안병설, 〈전의 문학적 변용〉,《한국학논총》2(국민대학교 한국학연구소, 1980)에서 이정임, 〈고려시대 비지(碑誌)문학 연구〉(고려대

학교 박사논문, 1995)에 이르는 여러 연구가 있다. 김용선, 《고려묘
지명집성》(한림대학교출판부, 2001);《역주고려묘지명집성 (상·하)》
(한림대학교출판부, 2001)에서 자료 작업을 했다.

7.5.3. 전의 작품세계

전에는 한 가문의 내력을 서술한 것도 있어 가전(家傳)이라고 한다.
이색의 〈정씨가전〉(鄭氏家傳)이나 정이오(鄭以吾, 1347~1434)의 〈성주
고씨가전〉(星主高氏家傳)이 그 좋은 본보기이다. 그런 것들은 해당 가
문 후손이 부탁해서 썼으리라고 생각되며, 작품으로 평가할 의의는 적
다. 사실을 확인하는 데 힘써야 하고, 작자의 생각을 내세우는 것은 적
합하지 않다.

〈성주고씨가전〉은 탐라국 통치자였던 제주도의 고씨네가 나라를 잃
은 뒤에 어떻게 고려 중앙정부와 관련을 가지고 귀족으로 진출했던가
를 알려준다. 국가의 역사와 이어지는 가문의 내력을 자세한 내용을 갖
추어 서술해 흥미롭지만, 표현방법에서는 주목하고 평가해야 할 바를
찾기 어렵다. 후손의 변모 과정이 신화를 전으로 바꾸어놓은 데서도 나
타나, 범속한 사실을 전하는 데 그치고 말았다.

어느 인물 하나를 다룬 전에도 상투적인 것들이 있다. 이름난 가문에
서 태어나 과거를 보아 순조롭게 진출해서는 무슨 벼슬을 역임하고 만
년의 영화를 어떻게 누렸다고 하는 전은 행장과 그리 다를 바 없다. 조
선왕조에서 〈고려사〉를 편찬할 때 열전을 두어, 주요인물의 내력을 모
두 정리할 때 그런 서술방식을 사용해 본기의 내용을 보충하는 자료 정
리에 힘썼다.

그런데 〈동문선〉에 수록한 고려인의 전은 격식에서 벗어나 있다. 위
에서 든 가전 두 편 외의 다른 전은 모두 무언가 특이한 성격을 지니고
예사롭지 않은 생애를 보낸 사람이 있다고 전을 지어서 알린 것들이다.
파격적인 구성과 자유로운 발상을 갖추었다. 사전(史傳)과는 다른 사

전(私傳)의 특징을 잘 보여준 뛰어난 작품을 가려낸 결과라고 생각된다.

이숭인(李崇仁, 1347~1392)의 〈초옥자전〉(草屋子傳)은 당시에 널리 알려졌으며 정계에서 상당한 활약을 한 인물인 김진양(金震陽)의 생애를 다룬 전이다. 김진양의 전은 〈고려사〉 열전에도 수록되어 있다. 둘을 비교해보면 관점과 내용이 많이 다르다. 경주 사람이고 어려서 고아가 되었으나 힘써 공부를 해 과거에 급제해 진출했다는 서두는 서로 같다. 관직을 역임하면서 겪었던 일을 〈초옥자전〉에서는 간략하게 언급하고, 〈고려사〉 열전에서는 자세하게 열거했다.

〈초옥자전〉은 초가를 지어서 살아 초옥자라고 불려진 김진양이 신라 천 년의 사적을 여유 있게 돌아보면서 느끼는 감회를 시에다 담으면서 가난하고 검소하게 살다간 내력을 다루었다. 개인적인 친분을 들어 그런 사실을 말하고, 찬(讚)을 붙여 칭송했다. 〈고려사〉 열전에 서술되어 있는 김진양의 생애는 정치싸움에 나서서 반대파를 공격하고 자기도 수난을 겪는 격동의 연속이다. 조선왕조를 건국하려는 세력과 맞서 격렬하게 싸우다가 자기 자신이 귀양을 가서 죽은 내력을 구체적인 사실을 들어 말했다.

〈고려사〉에 오를 만한 인물이라야 전을 지을 수 있는 것은 아니다. 이규보의 〈노극청전〉(盧克淸傳)을 보자. 노극청이라는 사람은 서리 정도 되는 하급관원인데도 물욕이라고는 없으며, 살던 집을 팔아 남은 이익을 자기가 차지할 수 없다고 했다는 것이 말하고자 한 행적이다. 그런 사람이 세상에 드무니 전을 지어 훌륭한 행적이 인멸되지 않도록 하겠다고 했다. 그렇게 말한 이면에, 지위를 자랑하는 관원들의 지나친 욕망에 대한 은근한 비판이 숨어 있다. 대단치 않은 인물의 전을 지어 깊이 생각해야 할 발언을 했다.

여자의 행실을 다룬 전도 〈동문선〉에 두 편 있다. 하나는 이곡의 〈절부조씨전〉(節婦曹氏傳)이고, 또 하나는 이숭인의 〈배열부전〉(裵烈婦傳)이다. 조씨는 서리 정도는 될까 하는 가문에서 태어나고, 배씨는 아버지가 진사이고 선비에게 시집갔다고 했는데, 어느 쪽이든 행장이나 묘지 같은 글을 지어서 칭송할 만한 인물은 아니다. 그렇지만 세상에 널리 알려야 할 행적이 있어 당대 으뜸가는 문인들이 짓는 전의 주인공으로 등장했다.

조씨는 친정아버지가 삼별초 난리통에 희생되고, 시집을 가자 시아버지는 일본 원정군에 끼었다가 목숨을 잃고, 남편은 원나라 반란군의 침입을 막다가 전사했다. 그런데도 과부로 오십 년을 지내며 길쌈을 부지런히 해서 자식들을 키우고 집안일을 꾸려나갔으니 대단하지 않은가 하고 말했다. 배씨는 왜구가 침략해오자 능욕을 당하지 않으려고 젖먹이 아이를 버려둔 채 강에 뛰어들어 적의 화살을 맞고 죽었다고 했다. 두 여인이야말로 험난한 시련과 맞선 고려 여인의 의지와 정절을 잘 보여주어 깊은 감명을 준다는 것을 전을 지어 말했다.

이색의 전은 〈동문선〉에 일곱 편이나 수록되어 있다. 이미 든 〈정씨가전〉을 제외한 나머지는 모두 개인의 생애를 다룬 내용이다. 〈초계정현숙전〉(草溪鄭顯叔傳)은 벼슬길에 올라 지방관장을 역임한 인물의 전이다. 가는 곳마다 무당을 물리치고 불교마저 배격하느라고 지칠 줄 모르고 활동한 행적을 그렸다. 나머지 다섯 편은 그리 대단치 않은 인물의 특이한 일생을 깊은 인상이 남게 다룬 공통점이 있어 연작이라고 할 수 있다. 제목을 〈송씨전〉(宋氏傳)·〈오동전〉(吳소傳)·〈박씨전〉(朴氏傳)·〈최씨전〉(崔氏傳)·〈백씨전〉(白氏傳)이라고 했다.

〈오동전〉의 주인공만 성명을 밝히고, 다른 인물은 성만 들었다. 성명을 다 써보아야 어차피 누구인지 알기 어려우니 그랬을 수 있다. 특정 인물에 관해 말한 바를 세상에 흔히 있는 일로 생각하도록 하려고 그랬을 수 있다. 다섯 사람은 모두 자기와 개인적으로 잘 아는 사이라고 했다. 송씨를 제외한 나머지 네 사람은 신분이 미천하지는 않지만 불우한 일생을 보내 세상에 알려질 수 없었다. 모두 절도에 매이지 않고 자유분방한 성격이며, 재주가 뛰어나고 문장이 대단하다고 했다. 그 점을 안타깝게 여겨서 전을 지었다. 세상에 알려지지 않은 뛰어난 인물의 생애를 다루는 일사전(逸士傳)의 좋은 본보기를 이색이 마련했다.

송씨는 승려이면서도 술과 노래를 일삼고 성률을 무시한 시를 짓는 사람인데, 자기가 스승으로 모신다고 했다. 오동은 성균관 생원으로서 촉망을 모으면서 기발한 장난을 일삼았다. 어느 비 오는 날 밤에 함께 밤을 새웠다. 박씨는 성격이 고결하고 과거 급제한 사람을 대수롭게 여기지 않으며, 과거장에 가서도 글을 힘써 짓지 않았다. 중국에서 만나 며칠 즐겁게 지냈다. 최씨와 백씨는 함께 급제한 동문이다. 최씨는 술을 좋아하고 절간이나 다니며 예법을 무시하는 행동을 했다. 과거를 볼 때 안질이 생겨서 능력을 발휘하지 못했어도 원망하지 않았다. 백씨는 기운이 걷잡을 수 없고, 문장이 뛰어났다.

자기는 닦은 능력을 유감없이 발휘해 크게 영달했으나, 그 다섯 사람은 모두 불운했다. 재능이 모자라고 글이 뒤떨어진 탓이 아니고, 성격이 세상에서 요구하는 바와 맞지 않거나 뜻하지 않게 일이 뒤틀렸을 따름이다. 일찍 죽거나 행방을 알 수 없게 되었다는 것이 공통적인 결말이다. 애통하게 여긴다는 말을 여기저기에 늘어놓았다. "아, 슬프구나" 하는 소리를 자주 했다.

일사전을 지어 당시의 문풍을 비판하고자 했다고 할 수 있다. 송씨가 성률을 무시하고 흥이 나는 대로 지은 시에 놀랄 만큼 잘된 것도 있고 좌중을 웃긴 것도 있다 하고, 송씨는 마음이 저절로 그렇게 나타났을 따름이라고 말했다고 했다. 남들이 알아주지 않고 고시관이 채택하지 않아도 원망을 하지 않았다고 했다. 그런 송씨를 자기는 시를 배우는 스승으로 삼는다고 했으니 무슨 말인가? 격식을 잘 갖추어 과거에서 인정을 받는 시문을 지어서 영달을 하고 세상의 인정도 받는 것이 사실은 자랑스러울 바 없고 문학을 하는 참다운 자세와는 거리가 멀다는 생각을 나타냈다고 할 수 있다.

최씨는 뜻이 크고 결단성 있게 말을 했으니, 만일 죽지 않고 문장이 더욱 발전했더라면 마땅히 졸옹(拙翁)에게도 양보하지 않았을 것이다. 관직에 있은 지 오래되지 않고 뜻을 펴지 못했으며, 문장을 지은 것이 적어서 재주를 살리지 못하고 말았다.

최씨의 죽음을 애석하게 여긴다고 하면서 이렇게 말했다. 졸옹은 최해이다. 최해는 만년이 불우하게 되기는 했지만 일찍이 원나라 과거에도 급제하고 이름을 국내외에 드날리며 당시 문단을 주도했다. 누군지도 모를 인물을 이렇게까지 칭송하고서, 그 넋은 학이 되어 되돌아오리라고 하며, 천년 뒤의 사람도 전을 읽고 음성마저 들을 수 있으리라고 했다. 말이 심하다고 할 수 있으나, 문학이 살아서 영화를 누리기 위한 수단이 아니어야 한다는 점을 강조해서 말하려고 했다고 이해할 수 있다.

백씨는 한 끼에 두 사람 분의 밥을 먹고도 그다지 배가 부르지 않아 했다. 또한 힘이 세어서 스스로 힘 있고 날래다고 자부하는 자라도 감히 당해내지 못했다. 글을 지으면 힘이 무지개처럼 길게 뻗어 올라 그 기운을 스스로 걷잡을 수 없었다. 글씨도 정말로 속되지 않았다.

백씨의 기백을 이렇게 말한 것을 보면, 이색이 무엇을 아쉬워했는지 알 수 있다. 송씨가 마음에 떠오르는 대로 시를 짓는다고 했듯이, 백씨는 뻗어오르는 기운으로 무지개 같이 빼어난 글을 지었다고 했다. 그처럼 어디 매인 데 없이 자기를 나타내는 것이 문학하는 마땅한 자세라고 이색은 말하고자 했다.

박혜숙, 〈고려후기 전의 전개와 사대부 의식〉, 《관악어문논집》 11(서울대학교 국어국문학과, 1986) ; 박희병, 〈고려후기~선초의 인물전 연구〉, 《부산한문학연구》 2(부산한문학연구회, 1987) ; 곽정식, 《한국 전(傳)문학의 이해》(경성대학교출판부, 1998) 등의 연구가 있다.

7.5.4. 자기 자신에 대한 성찰

고백록과 전은 다르다고 했다. 저승에서 심판을 받는 종교에서는 자기 잘못을 말하고 용서를 구하는 고백록을 쓰는 것이 권장 사항이다. 깊은 감동을 주는 고백록을 남긴 사람이 존경받는다. 그러나 역사서에 오르는 전으로 이승에서 후손이 받는 최후 심판의 근거로 삼는 동아시아에서는 자기 자신을 평가하는 전을 스스로 쓸 수 없다. 유럽에는 흔한 자서전을 동아시아에서는 찾아보기 어려운 것이 그 때문이다.

자기 자신의 전이 없는 것은 아니다. 특별한 방법을 사용하면 쓸 수 있다. 〈동문선〉에 수록되어 있는 전 가운데 이규보의 〈백운거사전〉(白雲居士傳)이나 최해의 〈예산은자전〉(猊山隱者傳)이 바로 그런 예이다. 작자 자신을 바로 등장시키지 않고 어떤 가상적인 인물에다 의탁해서 쓴 전이어서 탁전(托傳)이라고 한다.

탁전의 전례는 도연명(陶淵明)의 〈오류선생전〉(五柳先生傳)에서 찾을 수 있다. 그 글에서 세상에 나가 영달하려고 하지 않고 물러나 문학을 하면서 삶의 보람을 찾는다고 한, 누군지 모를 오류선생이 바로 작자 자신이다. 고려후기의 문인들도 자기 자신의 진실된 삶을 되돌아보아야 한다는 생각이 절실해지면 그것과 비슷한 탁전을 지었다.

그렇게 하는 데 이규보가 앞장섰다. 글을 지으면서 자기를 드러내지 말아야 한다는 관습을 정면을 피해 측면에서 뒤집는 시도를 여러 차례 했다. 〈백운거사전〉에서뿐만 아니라, 〈백운거사어록〉(白雲居士語錄)이니 〈광변〉(狂辯), 또는 그 밖의 다른 글을 써서 자기는 구속되기를 거부하는 사람이라고 하고, 세태를 추종해서 영달을 꾀하는 문학을 하지는 않는다는 것을 독자가 알아차리도록 하는 방법을 찾았다.

〈백운거사전〉은 짤막한 글이다. "백운"은 스스로 지은 호이다. 호의 내력은 〈백운거사어록〉에 있다 하고, 백운거사가 흰 구름처럼 막히는 데가 없이 살아가는 모습을 몇 마디로 요약해서 나타냈다. 자주 식량이 떨어져 끼니를 잇지 못해도 유쾌하게 지냈다고 했다. 성격이 소탈해서 단속할 줄 모르며 육합(六合)이 비좁다고 하고, 천지를 협소하게 여긴다고 했다.

생활은 가난해도 그만이지만 정신이 뻗어날 수 있는 가능성에는 제한을 두지 않겠다고 했다. 말미에다 찬을 붙여 그런 자세를 찬양했다. 문학을 수단으로 삼아 부귀를 이루려고 하면서 생각을 옹졸하게 하는 풍조를 비판하고, 무엇이든지 할 수 있는 자유를 예찬했다. 그것이 젊은 시절 이규보가 지닌 포부였다.

〈백운거사전〉에서 이규보가 자기를 높인 것과 반대로, 최해는 한때의 영광이 지나가고 비참한 지경에 이르렀을 때 자기를 되돌아보면서 〈예산은자전〉을 써서 자학에 가까운 말을 했다.

서두에서 누구를 두고 지은 전인지 알기 어렵도록 하는 말부터 늘어놓았다. "예산"이라는 곳에 숨어 있는 사람의 전이라 하고서, 그 사람의 성이나 이름이 괴이한데 우리나라에서는 글자를 느리게 발음하기 때문이라고 했다.

거기까지 한 말을 새겨서 이해하면, 자기 성명을 이상하게 일컬으면서 성명조차 바꾸어놓은 나라에 잘못 태어났다는 뜻을 은근히 내비친 것임을 알 수 있다. 세상에서 알아주지 않아 비참하게 지낸다는 것이 줄곧 하는 말이다. 예산은자가 누군지 소개하는 대목에서, 대단한 인물이 세상에서 배척받아 마침내 어처구니없는 지경에 이르렀다고 했다.

최해는 〈예산은자전〉을 누구의 이야기인지 알기 어렵게 쓰면서 세상과 불화해서 겪는 갈등을 심각하게 토로했다. "은자는 어릴 적에 벌써 하늘의 이치를 아는 듯했으며 공부를 하게 되면서 한 방면에만 얽매이지 않고, 겨우 그 취지와 방향만 아는 정도에 그쳤다"고 했다. 세상에 쓰일 수 있는 지식을 익히는 데만 관심을 두어 출세를 도모하는 풍조를 처음부터 거부해 불행을 자초했다고 했다. 세력 있는 이들의 비위는 맞추지 않고 남의 결점이나 들추어내기를 좋아하다가 비참하게 되었다고 했다. 만년에는 사찰의 땅을 빌려 농사를 지으면서 스스로 "예산농은"(猊山農隱)이라고 했다고 하고, 다음과 같은 말로 결말을 맺었다.

좌우명에서 말하기를 "너의 밭과 뜰은 삼보(三寶)에서 온 무거운 은혜이니, 만족함이 어디서 왔겠는가, 조심해 잊지 말아라"고 했다. 은자는 평소에 승려들을 좋아하지 않으면서 마침내 그 소작인이 되었으므로 원래의 뜻이 어그러진 것을 시비해 자기를 조롱해 이렇게 말했다.

농사짓는 땅을 준 불교의 은혜를 잊지 않겠다고 하는 말을 좌우명으로 삼았다는 것은 평소에 좋아하지 않던 승려들의 소작인이 된 불만의 반어적 표현이다. 이렇게까지 말한 사연이 사실 그대로는 아니라고 생각된다. 이곡이 지은 묘지를 보면, 최해가 배척받은 사유를 말하고, 집안이 가난해 스스로 농원을 개발했다고 했다. 승려들의 소작인 노릇을 하는 고통을 감수했다고 한 것은 자기 불행을 과장해서 나타낸 자학의 언사라고 생각된다.

〈고려사〉 열전에서도 최해가 벼슬에서 밀려나게 된 사유를 거의 같은 말로 서술하고, 재주를 믿고 오만하게 처신한 일화를 들었다. 집안 생업을 다스리지 않았다는 말을 한 다음 〈예산은자전〉을 인용하고, 스스로를 희학(戲謔)하고자 한 것이라고 했다. 〈예산은자전〉이 최해의 생애를 아는 데 반드시 필요한 자료는 아니지만, 성격을 잘 나타내주어 관심을 가질 만하다고 했다.

여증동, 〈최졸옹(崔拙翁)과 예산은자전고〉, 《진주교대논문집》 2(1968) ; 김인환, 〈희극적 소설의 구조원리〉(고려대학교 박사논문, 1982)에서 〈예산은자전〉을 살폈다. 조수학, 《한국의 탁전과 가전》(영남대학교 출판부, 1987)에서 전반적 논의를 폈다.

7.5.5. 가전의 위상

가전(仮傳)은 전이 아닌 전이니 이름이 적절하다. 어떤 인물의 생애를 다룬 글은 아니면서 전으로서 격식을 갖추고, "사신왈"(史臣曰) 운운하는 평까지 곁들여서 사서의 전을 흉내 내기도 하지만, 대상은 사물이다. 거북·대나무·지팡이·술·돈 따위의 동물이나 식물, 생활에 필요한 물건 같은 사물을 의인화해 그 생애를 서술한 별난 작품이 가전이다.

전뿐만 아니라 비·지·전·장이 모두 교술문학이라는 것은 새삼스럽게 말할 필요가 없는 사실이다. 그런데 가전은 서사문학이고, 설화와 소설을 연결키는 구실을 했다고 하는 것은 부당한 견해이다. 가전은 사물에 관해 알려주는 교술문학이다. 사물을 의인화해서 사람인 듯이 말하고 생애를 서술하는 방식을 서사문학에서 차용했다.

전은 그전부터 있었지만 가전은 그렇지 않다. 가전이 나타나 정착된 것이 고려후기문학의 기본특징 가운데 하나이다. 〈동문선〉에 실린 전은 첫 작품부터 가전이다. 가전이 모두 일곱 편이나 되고, 그 밖에 다른 문헌에 전하는 것은 두 편이다. 가전이 정착된 것을 공인한 처사이다.

가전을 써서 사람의 생애를 말하는 전을 사물에다 적용한 것은 사물에 특별한 관심을 가졌기 때문이다. 사물이 사람 못지않게 소중하다는 주장을 많은 고사와 지식을 동원해서 나타내면서 고도의 문장력을 발휘한 것이 그 때문이다. 중세전기까지는 별개의 소관사였던 사물 다루기와 글쓰기를 함께 잘 하는 새로운 담당층이 등장해 문학의 양상이 달라진 증거를 가전이 보여준다. 지방향리 출신이어서 갖추고 있던 실무와 기술의 역량에다 문인으로 필요한 소양까지 보태 중앙정계로 진출한 신흥사대부가 그런 사람들이다.

가전의 출현은 함께 나타난 또 하나의 교술문학인 경기체가와 함께 살필 필요가 있다. 경기체가와 가전은 둘 다 사물에 대한 새로운 관심을 특별한 표현 방법을 갖추어 나타낸 전에 없던 비실용적인 문학갈래이다. 경기체가(景幾體歌)가 서정적 교술이고, 가전은 서사적 교술이다. 둘 다 특별한 표현을 갖추면서 실용적인 용도는 없어 사물에 대한 관심의 세계관적 의의를 강조했다. 시는 서정시만이었던 중세전기를 끝내고, 경기체가의 출현으로 교술시와 서정시가 공존하는 중세후기로 들어설 때 산문의 영역에서는 가전이 나타났다.

사물에 대한 관심이 논설에 나타난 양상을 보자. 이규보(李奎報)는 물이 스스로 생겨나고 스스로 변한다고 했다. 이색(李穡)은 천지간의 어느 물이라도 도를 갖추지 않은 것이 없다고 하고 사람과 물의 이치는 같다고 했다. 정도전(鄭道傳)은 사람은 처사접물(處事接物)해야 살아갈 수 있고 물을 떠나서는 하루도 견디지 못한다고 했다. 그런 말을 써서 일반화된 철학의 명제로 정립하던 새로운 사고방식을 비근한 물을 예로 들어 흥미롭게 나타내보인 문학 창작품이 가전이고 경기체가이다.

가전은 내용이나 어조가 심각하지 않은 희필(戲筆)이다. 그래서 실용성이 없음을 강조했다. 사서에 오르는 전을 쓰는 엄숙한 자세나 경직된 태도에서 최대한 멀어지고 사실을 기록해 남기는 부담에서 아주 벗어나 발상의 전환을 자유롭게 나타냈다. 그러나 접근하기 쉬운 것은 아니다. 상당한 예비지식을 가지고 겹겹의 구조를 헤쳐 나갈 수 있는지 시험한다. 아무렇게나 지어낸 말이라고 여기지 않도록 경고한다.

사물의 속성을 말하면서 관련이 있는 고사를 잡다하게 열거하는 것을 출발점으로 하고, 논의의 차원을 높여 사물과 사람이 별개의 존재일 수 없다고 한다. 사람의 일생을 적용해 사물의 속성을 깊이 있게 이해하고, 사물의 쓰임새를 비유로 삼아 사람의 처지를 문제 삼기도 하는 이중의 작업을 한다. 이렇게 요약할 수 있는 전형적인 구조가 작품에 따라 각기 특이하게 변형되어 나타난다.

〈동문선〉에 가장 먼저 실어놓은 〈국순전〉(麴醇傳)과 〈공방전〉(孔方傳)은 임춘(林椿)의 작품이다. 임춘은 생몰연대를 알 수 없다. 무신란에서 피해를 입은 구귀족의 잔존세력에 속하지만, 몰락을 겪고 구차하게 살아가면서 생각이 바뀌었다고 생각된다. 화려한 공상이나 관념적인 사고의 틀을 깨고, 구체적인 사물과의 일상적인 관계를 통해서 자기의 처지를 나타냈다. 이규보 쪽과 상통하는 생각을 가지고 사물을 중요시하면서 자기에게 닥친 상황을 비관적으로 보는 점이 달랐다.

〈국순전〉은 술을, 〈공방전〉은 돈을 다루었다. 술이 아쉬운 처지이고, 돈을 우습게 여기기에는 너무 가난해, 술타령과 돈타령을 했다. 그 둘을 의인화해 자기로서는 어떻게 할 수 없는 존재임을 말했다. 술과 돈의 생애를 서술하면서 고사와 전거를 갖다대는 능력을 한껏 자랑하는 것을 세상에 불만을 나타내고 자기의 불운을 한탄하는 방법으로 삼았다.

〈국순전〉에 나타난 술의 행적은 두 가지로 요약된다. 국순이라는 인물은 원래 도량이 크며 남의 기운을 북돋우어주는 재간이 있어, 위로는 벼슬하는 사람으로부터 아래로는 머슴이나 목동에 이르기까지 누구나 흠모한다고 했다. 그런데 요행히 벼슬을 하자 왕의 마음을 혼미하게 하고서는 돈을 거두어들이는 데 급급해 나무라는 여론이 비등하게 되고, 하루 저녁에 죽었다. 그 두 가지 행적은 사람에 관한 것이기도 하다. 숨어 지내면서도 숭앙을 받는 것이 벼슬을 하다가 망하는 것보다 낫다 하고, 정치의 혼미를 비판의 대상으로 삼았다. 불행하게 된 자기 처지를 합리화하면서 세상에 대한 불만을 나타냈다고 할 수 있다.

〈공방전〉에서 돈을 두고 한 말도 이와 비슷하다. 공방은 겉으로는 둥글지만 속이 모난 사람이라고 했다. 엽전의 모습을 그렇게 묘사하고, 그런 성격을 지닌 사람을 엽전에다 견주었다. 공방이 벼슬을 하자 권세를 잡고 뇌물을 거두어들이고, 농사는 돌보지 않고 장사치의 이익만 앞세워 나라를 좀먹고 백성을 해쳤다고 한 것이 두드러진 행적이다. 벼슬자리에서 쫓겨나고도 뉘우치는 빛이라고는 없으며, 자기가 나라의 재정을 풍족하게 한 공적을 내세운다고 개탄했다. 자손마저 세상에서 욕을 먹거나 죄를 짓고 처형되었다고 했다.

돈이 벼슬하는 사람들에게 집중되어 자기는 어렵게 살 수밖에 없다고 개탄하고, 나라를 망치는 무리에 대한 불만을 나타낸 것이 창작 의도라고 할 수 있다. 그런데 그 말을 바로 하지 않고 다른 내용을 많이 갖다 붙였다. 중국 화폐사에 얽힌 고사를 지겨울 정도로 열거했다. 지식을 늘리기를 취미로 삼았다고 하겠으며, 자기 능력을 과시해 평가를 얻으려는 의도가 있었다고도 할 수 있다.

이규보(1168~1241)는 〈국선생전〉(麴先生傳)과 〈청강사자현부전〉(淸江使者玄夫傳)을 지었다. 〈국선생전〉에서는 술을, 〈청강사자현부전〉에서는 거북을 등장시켰다. 임춘의 가전을 읽고 더 나은 작품을 쓰려고 했을 수 있다. 임춘의 〈국순전〉과 다른 생각을 〈국선생전〉에서 폈다. 벼슬하지 않고 사는 것을 어떻게 볼 것인가 하는 문제를 〈청강사자현부전〉에서 다루었다.

〈국선생전〉에서는 술을 의인화한 인물을 선생이라고 일컫고, 국성(麴聖)이라고 칭송하기까지 했다. 국성은 어렸을 때 이미 "마음과 도량이 출렁출렁 넘실넘실 만 이랑의 물결과 같아, 맑게 해도 맑지 않고 뒤흔들어도 흔들리지 않는다"는 평을 들었다고 했다. 술의 덕을 기린다고 하면서, 자기 스스로 그렇게 되기를 바라는 이상적인 인간상을 제시했다. 벼슬을 해서 임금의 마음을 넉넉하게 하는 공을 세우던 국성이 물러나자 바로 도적이 일어났는데 다른 장수는 막을 수 없어 국성이 나아가 수성(愁城)에 물을 대서 도적을 평정했다고 했다. 도적은 마음의 근심이다. 근심은 술로 다스려야 한다는 것을 그렇게 말했다.

〈청강사자현부전〉에서는 벼슬하기를 바라지 않는 심정을 자유를 누리면서 사는 거북을 들어 말하려고, 〈장자〉(莊子)의 한 대목과 연결되는 거북의 전을 썼다. 거북을 사람으로 바꾸어놓고 이름을 현부(玄夫)라고 했다. 현부는 임금의 초빙을 거절했다. 진흙 속에서 노니는 재미가 무궁한데 잡혀가 구속된 상태에서 사랑을 받아 무얼 하겠느냐고 했다. 그런데 실수를 하고 말았다. 예저(豫且)라는 어부에게 잡혀서 세상에 나왔다가 고난을 겪고, 아들은 솥에서 삶기는 데 이르렀다는 것이다. 끝으로 평을 두어서 다음과 같이 개탄했다.

지극히 은미한 상태를 미리 살펴서 징조가 나타나기 전에 예방하는 데는 간혹 실수가 있는 법이다. 현부의 지혜를 가지고도 예저의

술책을 미리 방지하지 못했고 또한 두 아들이 삶겨 죽는 것을 구제하지 못했으니, 더구나 다른 사람이야 말할 것이 있겠는가.

이규보는 현부처럼 자유스럽게 살고자 하다가 뜻한 바와 다르게 세상에 나와서 벼슬살이를 하게 되었다고 하면서 이런 글을 지었다. 아무리 지혜로워도 실수를 하고 마는 것이 안타깝다고 했다. 〈국선생전〉에서 국성은 모든 일이 잘 되기만 했다는 것과는 딴판이다. 사물의 이치에 술과 같은 경우가 있고 거북과 같은 경우도 있으며, 사람이 나아가고 물러나는 데서도 흥망과 성패가 교체된다고 했다.

이규보의 가전은 작품에서 고사 열거를 줄이고 주제를 선명하게 나타냈다. 불평을 토로하면서 지식을 자랑하지 않고, 사물을 들어 세상의 이치를 밝히는 데 힘썼다. 근심이 생긴 것을 수성에서 반란이 일어났다고 하고, 거북을 들어 동물을 사람처럼 다루어, 의인화의 영역을 넓혔다.

〈동문선〉에 수록되어 있는 다른 작가 이곡(李穀, 1298~1351)과 이첨(李詹, 1345~1405)의 작품은 가전이 모색기의 진통을 거쳐 사대부문학으로 정착된 모습을 보여주었다. 무슨 문제가 있어 괴로워한다고 하지 않았다. 생활 주변의 사물을 차분하게 살피면서 긍정적인 사고방식을 나타냈다. 세상이 좋아지면서 질서가 잡히고, 사람의 삶이 바람직하게 이루어진다고 했다.

이곡의 〈죽부인전〉(竹夫人傳)에서는 대나무로 만들어 침석에서 끼고 눕는 죽부인이라는 기구를 등장시켜 이중의 작업을 했다. 대나무에 관한 광범위한 지식을 열거하면서, 그 용도의 하나가 죽부인을 만드는 것이라고 했다. 죽부인의 생김새와 행실에 관해 말하고서, 현숙한 부인의 이상적인 모습을 그려보았다.

이첨은 〈저생전〉(楮生傳)을 써서, 종이의 내력을 다루면서 관련된 사항을 광범위하게 거론했다. 종이가 처음 생겨나서 당시까지 사용된 내력을 통괄해서 고찰했다. 종이는 문인과 친하고 제자백가의 글을 모두 기록했다고 하고, 그 밖에도 많은 쓰임새가 있어 세상에 기여하는 바가 크다고 칭송했다. 종이를 이용해 글하는 사람들이 계속 늘어나는 것이 바람직하다고 했다.

승려인 혜심(慧諶, 1178~1234)이 지은 가전 두 편은 〈동문선〉에 실려 있지 않고 별도로 전한다. 과거를 보아 급제했다가 승려가 된 혜심은 선시를 개척해 발상을 혁신하는 데서 더 나아가, 일반 문인들이 하는 창작활동에도 동참해 가전을 불교문학으로 만들었다. 〈죽존자전〉(竹尊者傳)에서는 대나무를, 〈빙도자전〉(氷道者傳)에서는 얼음을 의인화해 불법을 닦는 승려의 자세를 나타낸 점은 특별하지만, 의미의 층위 구성에서 가전의 전형적인 모습을 잘 보여준다.

죽존자는 태어나자 곧고 빼어나며, 늙을수록 굳세며, 무늬가 고르고 고우며, 기풍이 맑고 시원하며, 소리가 즐길 만하며, 얼굴이 볼 만하며, 마음이 비어서 사물이 거기 응하는 등 많은 덕이 있다고 했다. 빙도자는 온몸이 어둡지 않아 신령한 그 광명이 껍질을 모두 꿰뚫어 감춘 것이 없다 하고, 잠깐 동안에 물이 되어버리는 것은 무상함을 보여주는 행적이라고 했다.

대나무와 얼음 자체의 특성을 그렇게 말한 데다 고차원의 의미를 보탰다. 대나무나 얼음은 흩어진 마음을 바로잡고 잃어버린 진실을 자기 속에서 찾을 수 있게 한다는 것이 이차원의 의미이다. 대나무 같은 승려나 얼음 같은 승려는 자기의 본성이 바로 부처임을 깨달을 수 있다고 한 것이 삼차원의 의미이다.

식영암(息影庵)의 〈정시자전〉(丁侍者傳)은 〈동문선〉에 실려 있는데 상례를 벗어난 작품이다. 작자는 승려인데, 충선왕의 아들 덕흥군(德興君) 혜(譓)라고 밝혀졌다. 꿈속에서 자기를 찾아왔다고 하는 정시자는 형상을 묘사한 것을 보면 지팡이다. 자기는 몸을 움직이지 못해 소용없으니 정시자더러 다른 사람에게 가보라고 했다고 했는데, 그것이 무슨 뜻인지 알기 어렵다. 지팡이야말로 미욱한 이들을 인도해주지만 자기는 따르지 못한다는 말일지도 모른다. 가전이 해체되는 양상을 보여준 작품이라고 할 수 있다.

《한국문학의 갈래이론》(집문당, 1992)에서 가전의 갈래 특징을 고찰했다. 김광순, 《한국의인소설연구》(새문사, 1987) ; 저자 미상, 《고전의인산문연구》(김일성종합대학출판사, 1989) ; 김창룡, 《가전문학의 이론》(박이정, 2001)에서 작품을 고찰했다. 김현룡, 〈석(釋)식영암의 정체와 그의 문학〉,《국어국문학》89(국어국문학회, 1983)에서 식영암의 신원을 밝혔다.

7.6. 속악가사와 소악부

7.6.1. 속악가사의 특성

삼국시대에도 이미 그랬지만, 〈고려사〉 악지(樂志)에 소개되어 있는 고려의 악(樂)은 두 가지 점에서 예사 음악과 다르다. 국가에서 관장하며 궁중에서 전승하는 것만 거기 포함되어 있다. 악은 음악 자체만이 아니고 춤, 놀이, 말로 된 노래 등을 두루 포괄하는 종합공연물이다. 중세의 지배체제를 장식하는 국가적인 공연문화 복합체가 면면히 이어지는 과정에서 고려시대의 악이 그 나름대로의 역사적인 위치를 차지했음을 명심하면서 그 성격과 내용을 구체적으로 살펴야 한다.

공연문화 복합체는 국가에서 관장하고 궁중에서 전승되는 것만이 아니었음은 물론이다. 민간의 음악, 춤, 놀이, 노래 등이 그것대로의 긴요한 구실을 하면서 풍부한 내용을 갖추고 있었음을 잊지 말아야 한다. 그런 기층문화와는 기능이나 수준에서 구별되는 상층문화를 별도로 이룩하고, 다스리는 쪽과 다스림을 받는 쪽의 관계를 적절한 이념에 따라 체계화하고 제도화하는 것이 국가의 임무였다.

기층문화와 상층문화의 관계는 시대에 따라 달라졌다. 지배체제가 정비되면 상층문화가 하층문화와 구별되는 규범적 성격을 뚜렷하게 지니고 하층문화에 영향을 끼치는 하강의 작용을 했다. 국가권력이 위신을 잃고 피치자가 발언권을 요구하면 기존의 상층문화는 와해의 조짐을 보이고 기층문화가 상승했다. 고려전기는 앞에서 든 시기였다가, 고려후기에 이르면 뒤에서 든 변화가 나타났다.

악은 아악(雅樂)·당악(唐樂)·속악(俗樂)으로 이루어졌다. 국가의 공식 행사, 특히 천지신명이나 왕의 선조에 대한 제사를 지내면서 공연하는 아악은 상층문화의 위엄을 구현했다. 당악과 속악은 잔치를 하면서 공연하는 점이 같으면서 당악은 중국에서 들어오고, 속악은 민간전승에서 받아들였다. 속악은 향악(鄕樂)이라고도 했다. 아악과 속악, 당악과 속악의 우열에 상층문화와 기층문화의 관계 양상이 바로 드러난다.

삼국시대부터 고려전기까지 민간의 속악을 통치이념에 맞게 받아들여 궁중에서 공연할 상층공연물을 스스로 만들고, 1116년(예종 11)에 중국에서 대성악(大晟樂)을 받아들여 아악 공연을 공식화해 그 전통이 오늘날까지 이어질 수 있게 했다. 고려전기의 상층문화의 위엄이 고려후기에는 크게 흔들렸다. 제사보다는 잔치하고 노는 데 더 많은 관심을 가져, 아악은 돌보지 않고 당악과 속악을 즐겨 받아들이고 자주 공연했다.

변화의 이유는 국정 담당자의 성격이 달라진 데서 찾을 수 있다. 고려전기의 문벌귀족은 유교 이념을 구현해 상층문화를 규범화하려고 노력했으나, 무신란과 몽고침공을 겪은 고려후기에는 사정이 달라졌다. 국정을 장악한 권문세족(權門勢族)이라는 무리는 견문이 모자라고 의식 수준이 낮아 지배이념을 가다듬는 임무의 사명을 저버리고 향락에 탐닉했으며, 국왕이 그 주동자 노릇을 했다.

궁중에서 노래와 춤으로 진행되는 놀이를 즐겨, 당악정재(唐樂呈才) 공연에 열을 올린 사실이 〈고려사〉 악지를 비롯한 여러 문헌에 올라 있어 자세하게 알 수 있다. 헌선도(獻仙桃)니 수연장(壽延長)이니 하는 이름을 가진 구경거리를 보면서 잔치하는 것을 즐겼다. 고려전기에 중국에서 가져와 고려 문인들이 노래를 지어 보탠 놀이를 거듭 공연하면서 더 화려하게 꾸몄다.

속악을 받아들여 궁중 공연물로 삼는 것은 삼국시대부터 있던 일이고, 고려전기 동안에 계속되었다. 삼국의 유산인 〈정읍사〉(井邑詞)나 〈처용가〉(處容歌), 고려전기의 것인 〈정과정곡〉(鄭瓜亭曲)을 공연하다가 조선시대까지 이어주었다. 지금 전하지 않는 삼국 전래의 속악들과 함께 통치이념 구현에 도움이 되는 것들이다. 〈풍입송〉(風入松)·〈야심사〉(夜深詞)·〈자하동〉(紫霞洞)처럼 노랫말이 한문으로 된 것들은 민간 전승을 받아들여 재창작했으리라고 생각되는데, 국왕을 찬양하고 지배층의 자부심을 나타내서 상층문화의 위신을 갖추었다.

속악의 노랫말은 속악가사(俗樂歌詞)라고 한다. 조선초기 16세기 무렵에 편찬한 것으로 보이는 〈악장가사〉(樂章歌詞)에 아악가사(雅樂歌詞)와 함께 속악가사를 수록해놓았다. 아악가사는 대부분 한문이고 조선시대에 만든 것들이다. 속악가사는 국문 음이 달린 한문이거나 국문이며 고려시대부터 부르던 것들이다. 그 가운데 국문 음이 달린 한문속악가사, 즉 위에서 든 〈풍입송〉 따위와 다른 몇 가지를 제외한 나머지 대다수의 국문속악가사는 정체가 무엇인지 논란의 대상이 되어왔다.

〈악장가사〉에 전하는 그런 작품을 수록되어 있는 순서대로 들면, 〈정석가〉(鄭石歌), 〈청산별곡〉(靑山別曲), 〈서경별곡〉(西京別曲), 〈사모곡〉(思母曲), 〈쌍화점〉(雙花店), 〈이상곡〉(履霜曲), 〈가시리〉, 〈만전춘별사〉(滿殿春別詞), 이 여덟이다. 1493년(성종 24)에 편찬된 〈악학궤범〉(樂學軌範)에 수록된 〈동동〉(動動)도 같은 성격의 노래여서 함께 다루는 것이 마땅하다. 〈시용향악보〉(時用鄕樂譜)에서도 자료를 보충할 수 있다.

그런 것들을 고려가요, 고려속요 등의 새로운 용어로 지칭하는 경우가 많은데 그럴 필요가 없다. 속악가사 자체가 갈래 명칭이다. 한문속악가사까지 함께 거론하지 않는 경우에는 국문속악가사를 속악가사라고 해도 된다. 작품마다의 개별적인 논의가 필요하지만, 그 대부분은 당악정재와 병행해서 공연하던 속악정재(俗樂呈才)에서 부르던 것이다. 그 점에 관한 이해는 〈고려사〉 악지에서 보충할 수 있다.

특별히 관심을 가지는 일련의 작품이 민요에서 유래했다는 이유를 들어 지금 전하는 자료를 원래의 민요를 찾는 데 쓰고 말 수는 없다. 명칭 변경을 해서 주소를 바꾸려고 하지 말아야 한다. 민요가 속악으로 채택되어 어느 정도 변모되어 있는 상태 그대로를, 많은 변모를 거치거나 창작된 것들까지 포함해 고찰의 대상으로 삼아야 한다. 〈악장가사〉를 위시한 몇 문헌에 수록되어 있는 노랫말을 공식명칭을 존중해 속악가사라고 지칭하고, 작품 검토를 가장 중요한 일거리로 삼아 성격과 유래에 대한 다각적인 논의를 펴는 것이 마땅하다.

당악정재든 속악정재든 궁중에서 잔치를 하고 노는 자리에서 구경하던 공연물이다. 그런데 속악정재의 가사는 당악정재에서 볼 수 있는 우아한 기풍과는 대조를 이루어 상스럽거나 음란하고, 하층의 생활감정을 그대로 나타냈다고 할 수 있다. 그 가운데 상당수는 조선시대에 남녀상열지사(男女相悅之詞)로 지칭되어 배격의 대상이 되었다. 그렇지 않은 것들이라도 궁중에서 부르기에는 적합하지 않았다.

그 이유는 놀이를 하면서 부르기 좋은 민요를 가져다 더욱 흥미롭게 개조해서 썼기 때문이다. 국왕과 그 주변의 권문세족이 통치질서를 다지는 임무를 저버리고, 이념적인 긴장을 풀어버린 채 놀이에 탐닉해서 그렇게 된 것을 비난하기만 할 것은 아니다. 방어선을 철폐하고 무장을 해제해 상층문화의 패배를 자초했기 때문에 하층문화가 표면에 부상할 수 있었다고 평가하면서, 수용과 개편과정에서 하층문화를 변질시킨 부분을 가려내 문제 삼아야 한다.

속악가사는 장 또는 연이 나누어져 있고 여음이 개재된 형식이 대부분이다. 한 줄을 이루는 토막 수는 세 토막이 흔하다. 그 둘은 앞소리꾼이 사설을 부르고 뒷소리꾼들은 여음을 되풀이하면서 놀이를 함께 하는 사람들이 부르는 민요의 특징이다. 속악정재에 쓰려고 하니 그런 것을 가져가야 했다. 속악가사가 하강해 같은 형식의 민요가 생겼다는 반대의 설명은 성립될 수 없다.

한 줄이 네 토막씩인 짧은 형식이 향가로 상승할 때 민요에 그대로 남아 있던 또 하나의 기본형식이 향가가 힘을 잃은 시기에 주도권을 교체해 상승세를 탔다고 할 수 있다. 그러나 기록문학으로 창작되는 독자적인 갈래로 자라나지 못하고, 경기체가에서 쓰이기만 하고서 구전의 본령으로 되돌아갔다. 한 줄이 네 토막씩인 짧은 형식이 상승 경쟁에서 다시 승리해 시조를 이루었다. 상층시가의 위엄을 재확립하기 위해 적절한 선택을 한 것이다.

국어국문학회 편, 《고려가요연구》(정음사, 1979) ; 김열규·신동욱 편, 《고려시대의 가요문학》(새문사, 1982)에 주요 논문을 모아놓았다. 뒤의 책에 실린 최동원, 〈고려가요의 향유 계층과 그 성격〉에서

속악가사의 등장을 권문세가의 득세와 관련해서 고찰했다. 정홍교, 《고려시가유산연구》(과학백과사전출판사, 1984) ; 김대행 편, 《고려가요의 정서》(개문사, 1985) ; 이임수, 《여가(麗歌) 연구》(형설출판사, 1988) ; 박노준, 《고려가요의 연구》(새문사, 1990), 《향가여요의 정서와 변용》(태학사, 2001) ; 윤영옥, 《고려시가의 연구》(영남대학교출판부, 1991) ; 성균관대학교 인문과학연구소 편, 《고려가요 연구의 현황과 전망》(집문당, 1996) ; 최미정, 《고려속요 전승 연구》(계명대학교출판부, 1996) ; 최용수, 《고려가요연구》(계명문화사, 1993) ; 양태순, 《고려가요의 음악적 연구》(이회문화사, 1997) ; 이성주, 《고려시대의 가요》(민속원, 1998) ; 김쾌덕, 《고려노래 속가의 사회배경적 연구》(국학자료원, 2001) ; 김정규, 《고려가요》(조선대학교출판부, 2002) ; 강명혜, 《고려속요·사설시조의 새로운 이해》(북스힐, 2002) ; 임주탁, 《고려시대 국어시가의 창작·전승 기반 연구》(부산대학교출판부, 2004) ; 《강화 천도 그 비운의 역사와 노래》(새문사, 2004) 등의 연구서도 있다. 양주동, 《여요전주》(을유문화사, 1947) ; 박병채, 《고려가요 어석연구》(선명문화사 , 1968) ; 조규익, 《고려속악가사, 경기체가, 선초 악장》(한샘출판, 1993) ; 고영근·남기심, 《중세어 자료 강해》(집문당, 1997)에서 자료를 주해했다. 김명준, 《고려속요 집성》(다운샘, 2002)에서 관계 자료를 집성하고 연구 논저 목록을 자세하게 작성했다. 이들 참고문헌은 다음의 몇 절에서도 계속 소용된다.

7.6.2. 〈처용가〉를 비롯한 굿노래

〈처용가〉(處容歌)는 〈고려사〉 악지에서 신라 때 생겼다고 밝혔으면서도 삼국속악에 넣지 않고 고려속악이라고 했다. 모습이 달라져서 그랬을 것이다. 신라 때의 원천은 노래·춤·놀이까지 갖춘 복합체일 뿐만 아니라 연극이기도 했는데, 고려의 속악정재 〈처용가〉는 궁중놀이에 맞는 짜임새를 갖추어 성격이 단순해졌다고 할 수 있다.

〈처용가〉는 원래 굿노래이고, 처용정재가 되고서도 재앙을 물리치는 기능을 계속 수행해, 이색(李穡)이 그런 행사를 노래한 시 〈구나행〉(驅儺行)의 소재가 되었다. 그러나 신라 때처럼 국가의 재앙을 물리치는 기능은 하지 않았다. 신분에 맞지 않게 처용놀이를 해서 웃음을 자아내는 일이 있었다는 기록이 이따금 보인다. 1236년(고종 23) 강화도에서 궁중 잔치를 할 때, 복야(僕射) 벼슬을 하고 있는 송경인(宋景仁)이라는 사람이 취한 김에 일어나 자기 장기인 처용놀이를 하고 부끄러워하는 기색이 없더라고 했다. 1343년(충혜왕 복위 4) 등의 몇몇 기사에서는 왕도 처용무를 추며 즐겼다고 했다.

처용으로 분장한 인물이 원래는 하나였을 것인데, 언제부터인가 〈악학궤범〉에서 자세하게 묘사해놓은 오방(五方) 처용으로 늘어났다. 국문가사는 〈악장가사〉에 있는데, 설명과 대화가 교체되어 있다. 처용과 대화하는 상대는 설명을 담당하는 해설자이다. 신라 때에는 있었으리라고 생각되는 역신의 말은 없다. 대화를 하기는 해도 연극 대사는 아니다.

노래의 형식은 장 또는 연의 구분이 발견되지 않고, 대체로 보아 한 줄이 네 토막인 것 같기는 하지만 줄을 나누기도 어려워 형식이 산만한 편이다. 무가에서 흔히 볼 수 있고 민요의 기본형 하나를 이루는 긴 형식이 일찍 표면화한 예라 하겠으며, 후대의 가사와 상통한다. 내용에 따라서 단락을 나누는 데 설명인가 대화인가 하는 것을 기준으로 삼을 수 있다.

첫 단락은 설명이다. 처용을 소개하고, 처용의 모습을 머리에서 발까지 묘사한 다음, 감탄하고 찬양하는 말을 늘어놓았다. "界面계면 도른샤 넙거신 바래"(계면 돌으샤 넓어진 발에)는 단골들이 거주하는 자기 영역을 순회하느라고 많이 걸어 발이 넓어졌다는 뜻이다.

둘째 단락은 처용이 하는 말이다. 누구누구를 불러서 신코를 빨리 매라고 했다. 벗어놓은 신을 신고 집으로 돌아가야 할 일이 생겨 하는 말이다. 신코를 매려면 무릎을 꿇어야 한다. 자기를 섬기는 사람들을 불러 떠나가는 차비를 차리는 데 시중들라고 하는 말이다.

셋째 단락에서, 돌아갔을 때 벌어진 광경을 처용의 독백으로 나타냈다. 신라 〈처용가〉에서도 볼 수 있던 것과 같은 말이다. 처용이 어떻게 할지 몰라 주저하고 있는데, 넷째 단락에서 "熱病大神열병대신이아 膾회ㅅ가시로다"(열병신이야 횟감이로다)라고 하면서 해설자가 처용을 부추기는 말이 나온다. 다섯째 단락에서는 해설자와 처용의 대화가 다음과 같이 전개되었다. 원문과 현대역을 함께 든다.

> 千金천금을 주리여 處容처용아바 七寶칠보를 주리여 處容처용아바.
> 千金七寶천금칠보도 말오 熱病神열병신을 날 자바 주쇼셔.

> "천금을 줄까요 처용아바, 칠보를 줄까요 처용아바."
> "천금칠보도 말고, 열병신을 날 잡아주소서."

여기서 처용이 열병을 물리치는 무신(巫神)의 기능을 되살렸다. 고민하는 모습이 아니고 후덕하지도 않다. 그러나 처용 자신이 처음부터 능동적으로 나서지는 않았으며, 계속 찬양하고 부추긴 결과 능력을 발휘했다. 마지막으로 여섯째 단락에서는 산이며 들이며 천리 밖으로 처용을 피해 달아나는 것이 열병신의 발원이라고 했다. 그렇게 해서 재앙을 물리친 것을 입증하는 데까지 이르렀으나, 박진감 있는 짜임새를 갖춘 노래는 아니고 해설자의 개입이 너무 많다.

해설자는 굿을 진행하는 무당이다. 굿을 진행하는 무당이 설명과 기원을 늘어놓으며, 무가 속에 등장하는 신격과 대화도 주고받는 방식을 사용하고 있다. 그것은 신라의 처용놀이와 다르고, 탈춤에서 보이는 연극 공연방식도 아니다. 무속에 수용되어 개편된 형태가 고려 궁중에 들어가 조선왕조까지 내려오면서 유학의 비판을 견뎌냈다.

〈시용향악보〉에 실려 있는 〈나례가〉(儺禮歌), 〈성황반〉(城隍飯), 〈내당〉(內堂), 〈구천〉(九天), 〈별대왕〉(別大王) 등을 여기서 고찰할 필요가 있다. 모두 한 대목씩 실어놓은 사설은 볼 만한 내용이 없고, 악기의 구음이거나 주문(呪文)이라고 생각되는 말만 늘어놓았다. 원래 무가였던 것들인데 궁중에서도 굿을 하고 무당놀이를 즐기는 일이 있어 속악을 공연하는 종목에 올랐다고 생각된다.

대왕이라는 말을 자주 썼다. 삼성대왕(三城大王)이니 군마대왕(軍馬大王)이니 해서 무속의 신을 대왕이라고 한 것만은 아니다. 태종대왕(太宗大王)이니 하는 말도 굿에 올려서 무속의 신과 정치적인 군주를 동일시하고 서로 높이도록 하자는 생각을 나타냈다. 대국(大國)·소국(小國)이라고 하면서 나라를 들먹인 데서도 무속이 왕권과 밀착되고자 한 움직임을 엿볼 수 있다.

그 시기에도 무가는 건재하고, 형태나 내용이 다양했을 것이다. 그러나 이념적인 견제의 대상이 되어 상승의 기회를 얻기 어려웠다고 보아 마땅하다. 무가가 속악으로 채택되어, 문학사의 전개를 위해 민요에서 유래한 노래와 대등한 정도의 기여를 하는 것은 가능하지 않았다.

〈처용가〉는 이민홍, 《한국 민족악무와 예악사상》(집문당, 1997) ; 김수경, 〈고려 처용가의 전승과정 연구〉(이화여자대학교 박사논문, 1995)에서 ; 〈시용향악보〉에 실린 노래는 이병기, 〈시용향악보의 한 고찰〉, 김열규·신동욱 편, 《고려시대의 가요문학》 ; 박경신, 〈대국과 별상굿 무가〉, 성균관대학교 인문과학연구소 편, 《고려가요 연구의 현황과 전망》에서 고찰했다.

7.6.3. 〈동동〉·〈쌍화점〉의 노래와 놀이

속악정재에서 부른 노래를 놀이노래라고 해보자. 〈처용가〉도 그런 것이지만 다른 기능이 또한 중요시되기에 굿노래라고 따로 일컬었다. 속악가사는 어느 것이나 놀이노래일 것 같으나 속악정재라는 이름의 놀이를 하면서 불렀다는 직접적인 증거가 발견되는 것은 흔하지 않다.

그런 증거가 발견되는 것들을 여기서 다루어, 논의를 확대하는 출발점으로 삼고자 한다.

〈고려사〉 악지에서 속악에 관해 기술하면서 〈무고〉(舞鼓)라는 것을 먼저 소개해 속악정재의 본보기로 삼았다. 무대(舞隊)라는 무리가 춤을 추고 악공이 악기를 연주하며 기녀들이 〈정읍사〉(井邑詞)를 노래하는 놀이이다. 무고라는 놀이를 하면서 백제에서 유래한 노래 〈정읍사〉를 부르는 공연방식은 고려 때에 생겼으리라고 생각된다.

〈동동〉을 그 다음 순서로 들었다. 〈동동〉은 노래이자 놀이여서, 둘을 구별할 필요가 있을 때에는 노래는 〈동동사〉(動動詞)라고 하고, 놀이는 〈동동지희〉(動動之戲)라고 했다. 놀이를 하는 절차가 〈무고〉의 경우와 대체로 같다고 하고서 설명을 덧붙였다. 〈악학궤범〉에는 더 자세한 해설과 함께 노래 본문까지 실어놓아 세부적인 사항까지 알 수 있게 한다. 춤을 추는 기녀 둘이 〈동동사〉 기구(起句)를 선창하고 다른 여러 기녀가 나머지 대목을 받아 부른다고 했다. 기구라고 한 제1장은 제2장 이하와 부르는 방식이 달랐다.

사설을 살펴보면, 〈동동〉에는 궁중의 정재에서 하는 송도의 말과 민요에서 유래한 이별의 노래가 함께 들어있다. 제1장은 송도의 말이고 속악정재에서 부르려고 새로 지어냈지만, 형식에서는 다른 대목과 구별되지 않기에 전편이 통일성을 유지할 수 있었다. 제2장 이하는 민요의 모습을 지니고 있지만, 사설을 변할 수 없게 고정시키고, 잔치에서 흥을 돋우는 데 쓰였다.

德으란 곰비에 받줍고
福으란 림비에 받줍고
德이여 福이라 호늘
나ᅀ라 오소이다
아으 動動다리

> 덕일랑 곰배에 바치옵고
> 복일랑 임배에 바치옵고
> 덕이며 복이라 하는 것을
> 바치러 왔습니다.
> 아으 동동다리.

  제1장의 원문과 현대역을 들면 이와 같다. 덕과 복을 바친다고 하면서 받는 이를 찬양한다. 〈고려사〉 악지에서는 "가사에 송도(頌禱)하는 말이 많으며 대체로 선어(仙語)를 본받았다"고 했다. 선(仙)은 국선(國仙)이며 화랑일 것이다. 무속과도 관련을 가진 신라 화랑의 전통을 이은 국선이 팔관회 같은 것을 거행할 때 임금의 덕과 복을 송축하는 관습이 이어졌다고 할 수 있다.

  곰배와 임배는 뒤와 앞을 뜻한다고 하는 견해도 있으나 신령님과 임금님으로 보는 편이 적합하다. 신령님과 임금님께 덕과 복을 바치러 나온다는 사연이라고 생각된다. 당악정재에서는 중국 신선이 임금에게 축수하는데, 여기서는 나라의 수호신을 먼저 일컫고 임금과 함께 숭앙했다.

  그런데 제2장 이하는 계절이 변화하고 명절이 닥치는 것을 말하면서, 그때마다 님이 생각난다고 했다. 정월에서 섣달까지 달이 바뀌는 데 따라서 장이 구분되는 달거리 형식을 택했다. 한 장이 끝날 때마다 여음이 삽입되는 것도 후대의 달거리에서 흔히 볼 수 있는 바이다. 서술자는 여성이며 님은 남성이다. 4월 대목에서는 서리(胥吏)에 지나지 않는 녹사(錄事)님을 그리워한다고 했다. 오늘날까지도 민요로 전승되고 있는 것과 같은 달거리 사랑노래를 가져다가 궁중의 정재에서 부르는 속악가사로 삼았다고 할 수 있다.

> 正月ㅅ 나릿 므른 아으
> 어져 녹져 ᄒ논디

누릿 가온디 나곤
몸하 ᄒᆞ올로 녈셔
아으 **動動**다리

정월 시냇물은
얼다 녹다 하는데,
누릿 가운데 나서는
몸이여 홀로 살아가는구나.
아으 동동다리.

　정월 노래는 이처럼 절창이다. 겨울과 봄이 엇갈리기에 얼다가도 녹고 녹다가도 어는 냇물과, 이별을 당하기만 하는 자기 신세가 너무나도 다르다고 한 구절은 절묘한 착상이다. 누리 가운데 나서 홀로 살아간다는 말로 고독을 하소연한 것 또한 흔히 볼 수 있는 시구에서 많이 벗어났다. 궁중정재를 잘 꾸미는 말을 찾다가 생각해낸 것은 아니다. 민요의 진수를 보여주는 드문 예이다.

　2월령에서 12월령까지의 노래에서는 달마다의 명절이나 행사를 열거하면서 인생살이를 문제 삼았다. 자연의 순환에서는 예정된 순서에 따라서 기쁨이 어김없이 다가오는데, 인생살이는 그렇지 못해서 명절을 맞이할수록 이별의 슬픔이 더욱 절감된다고 했다. 달거리 민요에서 하는 말이 손상되지 않고 남아 있다.

　〈동동〉 다음 순서로는 〈무애〉(無㝵)를 소개하고, 그 놀이를 하면서 〈무애사〉(無㝵詞)를 부른다고 했다. 〈무애〉는 일찍이 원효(元曉)가 공연했다는 것인데 노랫말은 전하지 않는다. 〈고려사〉 악지에서 정재의 절차를 설명한 것은 〈무고〉에서 〈무애〉까지이다. 그 다음에 나오는 〈서경〉(西京)부터는 노래가 생긴 유래를 알려준다든가 노랫말 한역을 보여준다든가 하는 데 그치고, 악기를 연주하고 춤을 추는 방식에 관해서는 말이 없다. 놀이를 하는 절차가 앞에서 든 것들과 그리 다르지 않아서 그랬을 수도 있고, 노래를 노래로만 부르는 경우가 많아서 그랬을 수도 있다.

그런데 〈삼장〉(三藏)과 〈사룡〉(蛇龍)은 특별한 점이 있다. 이 두 노래는 한역해놓은 사설을 보건대 〈악장가사〉에 전하는 〈쌍화점〉 일부가 아닌가 생각된다. 어떤 놀이를 하면서 불렀는지 설명을 해놓았으며, 〈고려사〉에서 찾아서 보충할 수 있는 자료도 적지 않다. 여러 기록을 종합해서 간추려보면, 충렬왕의 총애를 받은 신하 오잠(吳潛, 처음 이름은 吳祈), 김원상(金元祥)의 무리가 내시 석천보(石天補)·석천경(石天卿) 따위와 함께 놀이에 탐닉하는 왕을 기쁘게 하느라고 온갖 음란한 짓거리를 할 때 〈쌍화점〉을 지어냈음을 알 수 있다. 기생·관비·무당에서 선발해 남장별대(男粧別隊)라는 놀이패를 따로 만들고, 이를 공연하기 위한 제반 시설을 갖추었다.

〈쌍화점〉은 그 몇 사람의 합작이거나 오잠의 작품이다. 이 사실을 두고 말이 많다. 〈속악가사〉는 모두 민요에서 유래한 노래가 아니고 창작시도 있었다는 사실을 주목해야 한다고 하기도 하고, 〈쌍화점〉 놀이는 예사 속악정재와는 다른 연극이라고 하는 견해도 있다. 노랫말이 고도의 상징적 수법을 사용한 수준 높은 풍자시라고 하기도 하고, 음란하고 퇴폐적인 대사라고도 한다.

시비를 가리려면 작품으로 관심을 돌려야 한다. 제2장을 들고 현대역을 곁들인다. 원문에 있는 그대로 한자어를 국문 표기와 함께 든다. 원문의 반복구를 현대역에서는 생략한다. 〈악장가사〉의 자료를 현대역할 때에는 앞으로 계속 같은 방법을 택한다.

三藏寺삼장ㅅ애 블 혀라 가고신딘
그 뎔 社主샤쥬ㅣ 내 손모글 주여이다
이 말ㅅ미 이 뎔 밧긔 나명들명
다로러거디러
죠고맛간 삿기 上座샹좌ㅣ 네 마리라 호리라

더러둥셩 다리러디러 다리러디러 다로러거디러 다로러
긔 자리예 나도 자라 가리라
위 위 다로러거디러 다로러
긔 잔 디 ᄀ티 덞거츠니 업다

"삼장사에 불 켜러 가니까
그 절 사주가 내 손목을 쥐었어요."
"이 말씀이 이 절 밖에 나며들면,
조그마한 새끼 상좌 네 말이라 하리라."
"그 자리에 나도 자러 가리라."
"그 잔 데 같이 거친 것이 없다."

여자가 말하기를 삼장사라는 절에 불을 밝히려 가니까 그 절의 주인이 자기 손목을 쥐더라고 했다. 그러자 상대방은 소문이 밖에 나가면 곤란하니 조그만 상좌들이 함부로 떠들지 못하게 입단속을 하라고 했다. 그렇게 해도 소문이 나서, 그 자리에 자기도 자러 가겠다고 하는 사람이 있어, 그곳만큼 거친 것이 없다고 응수했다.

주고받는 말을 엮어 사건을 전개하고, 그 뒤에 일어난 일까지 말한 수법은 뛰어나다. 여자를 유혹한 남자는 쌍화점의 회회(回回)아비, 삼장사의 사주, 우물 용, 술집아비이다. 회회아비는 이국인 회교도이다. 우물 용은 임금을 이른 말일 수 있다. 각계각층의 사람들이 하는 짓이 서로 다르지 않다고 하는 세태 묘사가 또한 볼 만하고, 풍자로 이해할 수 있다.

충렬왕이 음란한 놀이를 좋아해 이런 노래를 지어냈다고 하는 것은 너무 단순한 설명이어서 작품이 뛰어난 이유를 밝히지 못한다. 세태를 묘사하면서 풍자를 할 필요가 어디 있었겠는가 하는 것도 계속 의문으로 남는다. 그래서 다른 방향으로 추정해볼 필요가 있다. 원나라의 간섭을 받는 동안 막되어먹은 세상이 재미있다고 하면서, 불만은 안으로 감추고 행실의 타락을 열거하는 노래가 민간에서 유행하고 있었을 수 있다. 오잠의 무리가 그것을 가져다가 충렬왕의 취향에 따라 음란한 놀이를 하며 부르기에 알맞게 고쳤을지 모른다.

　　〈동동〉이 선어를 본받았다고 한 데 대해 최진원,《국문학과 자연》(성균관대학교출판부, 1977)에서 고찰했다. 정병욱,《한국고전시가론》(신구문화사, 1977)에서 〈쌍화점〉이 창작시임을 밝혔다.

7.6.4. 〈상저가〉에서 〈정석가〉까지

　　〈비두로기〉 또는 〈유구곡〉(維鳩曲), 〈상저가〉(相杵歌), 〈엇노래〉 또는 〈사모곡〉(思母曲)은 서로 비슷한 점이 있다. 정재를 하면서 불렀다는 증거는 없다. 장이 나누어져 있지 않은 짧은 형식이어서 정재를 공연하면서 부르기에 적합하지 않다. 속악가사에는 짧은 노래도 있어 그 자체로 즐겼다는 사실을 확인할 수 있다.

　　짧은 노래는 긴 노래의 일부가 아닌지 의심할 수 있으나 그렇지 않다. 〈비두로기〉와 〈상저가〉는 악보를 위주로 한 책이어서 사설은 서두의 한 대목씩만 예시해놓은 〈시용향악보〉에만 실려 있으나, 말하고자 하는 사연이 일단 끝났다. 〈엇노래〉는 〈시용향악보〉뿐만 아니라 〈악장가사〉에도 있는데, 표기만 약간 다르고 길이는 차이가 없다.

　　그 가운데 〈비두로기〉는 예종이 지었다는 〈벌곡조〉(伐谷鳥)와 같은 노래가 아닌가 하는 견해에 따라서 고려전기의 작품으로 고찰했다. 대체로 보아 두 줄 향가로 부각되었던 형식이 아닌가 하는 점까지 고려해, 향가의 잔존형태의 하나로 생각해보았다. 그런데 〈상저가〉와 〈엇노래〉는 세 토막 형식으로 보는 편이 적합하다.

　　세 토막 형식은 안정감보다는 율동감이 두드러지고, 가락이 다채로운 노래에 쓰인다. 장이 나누어져 있는 긴 노래뿐만 아니라, 한 장에 해당하는 길이만 가진 짧은 노래에서도 세 토막 형식을 즐겨 사용한 것이

속악가사의 특징이다. 민요 선택을 다르게 해서 향가와는 이질적인 율
격을 이룩했다.

듥긔동 방해나 디히

히애

게우즌 바비나 지어

히애

아바님 어마님씌 받줍고

히야해

남거시든 내 머고리

히야해 히야해

덜커덩 방아나 찧어,

게궂은 밥이나 지어,

아버님 어머님께 바치고,

남기시면 내 먹으리.

〈상저가〉는 이름이 말해 주듯이 절구방아를 둘이서 찧으면서 부르는
노래이다. 노랫말이 많았겠는데, 밥을 지어 아버님 어머님께 바치고 남
거든 자기가 먹겠다고 한 것 하나만 들었다. 그런데 밥이 "게궂다"고 했
다. 이 말은 "창피스럽다"는 뜻으로 지금도 경상도에서는 쓴다. 밥 먹는
것이 창피스럽게 되었다고 하면서 노동한 성과의 분배가 잘못되고 있
는 불만을 나타냈다고 생각된다. 창피스러움을 무릅쓰고 자식의 도리
를 다하고자 했으니 효심이 더욱 갸륵하다.

〈상저가〉와 〈엇노래〉는 어버이를 생각하는 자식의 마음을 나타냈다
는 점에서, 백성들의 아름다운 행실을 권장하는 데 적합하다고 할 만한
노래이다. 그런 것을 민간에서 찾아 궁중에서 불러 풍속 교화에 써야
하는 정책을 고려후기에 구태여 폐기하지는 않아, 해당 사례가 더러 남

아 있을 수 있다. 그러나 〈상저가〉의 다른 일면을 살피면 지배질서에 대한 반감을 나타냈으며, 〈엇노래〉에서 말한 어머니의 사랑은 도덕을 내세우는 교화와 다르다.

> 호미도 놀히언마ᄅᆞᄂᆞᆫ
> 낟ᄀᆞ티 들 리도 업스니이다
> 아바님도 어이어신마ᄅᆞᄂᆞᆫ
> 위 덩더둥셩
> 어마님ᄀᆞ티 괴시리 업세라
> 아소 님하
> 어마님ᄀᆞ티 괴시리 업세라
>
> 호미도 날이언마는
> 낫같이 들 리도 없습니다.
> 아버님도 어버이시지마는,
> 어머님같이 사랑하실 이 없어라.
> 어머님같이 사랑하실 이 없어라.

〈시용향악보〉에 수록된 것을 들면 〈엇노래〉는 전문이 이와 같다. 세 토막 넉 줄인 점이 〈상저가〉와 같지만, 마지막 줄은 되풀이되고, 민요에서는 흔히 보기 어려운 여음 "위 덩더둥셩"과 "아소 님하"가 첨부되어 있다. 〈엇노래〉라는 말은 어머니 노래를 뜻한다. 〈사모곡〉이라는 제목은 그 번역어라고 생각된다.

어머니를 여읜 아이가 어머니를 그리워하며 부른 것 같으나, 아버지를 호미에, 어머니는 낫에다 견준 것을 보면, 자라서 농사를 짓는 시기에 이르러서도 어머니의 사랑에 대한 그리움이 마음에 사무친다는 사연을 나타냈다고 보는 편이 적합하다. 호미와 낫의 구분은 상식으로 이해할 것이 아니다. 제주도에서는 본토에도 있는 작은 낫은 호미라고 하고, 본토에는 없는 큰 낫은 낫이라고 한다. 지금의 제주도에서처럼 큰 낫을 사용해 농사를 지으면서 부른 노동요일 수 있다.

〈이상곡〉(履霜曲)은 어떤 부류에 속한다고 판단하기 어려운 노래이다. 장이 나누어져 있지 않다는 점에서는 〈상저가〉나 〈엇노래〉와 같으나, 길이가 훨씬 길다. "아소 님하"라는 감탄구를 여음이 아닌 본문에다 넣어 결말을 마련한 점에서는 사뇌가와 상통한다. 줄을 나누고 토막을 분간하는 일정한 규칙이 보이지 않은 채 말이 계속 이어지는 것은 〈처용가〉와 같다.

"서리 밟는 노래"라고 한 제목에서부터 주위의 풍경과 마음의 상태가 적절하게 호응하면서, 시각적인 표현효과도 아울러 잘 갖추고 있다. 서술자인 여자가 오지 않는 님을 그리워하면서, 님과의 기약을 따라야지 다른 길을 택할 수는 없다고 한다. 마음가짐이 섬세하고, 각오가 애처롭다. 음란한 장면을 상상할 수 있으며 그래서 궁중 속악으로 채택되었을지 모르나, 진실되고 절실한 사랑의 노래라고 보는 편이 타당하다.

〈만전춘별사〉(滿殿春別詞)는 〈악장가사〉에 장을 나눈다는 표시를 하고 실어놓았으나, 장과 장 사이에 여음이 삽입되지는 않았다. 율격이 특이한 점을 주목할 필요가 있다. 네 토막씩 석 줄로 이루어져 있어 광의의 시조라고 할 수 있다. 각 장을 이루는 사설은 어느 것이나 님과 이별하지 않고 사랑을 계속 누리고자 하는 소망을 나타내고 있다.

> 어름 우희 댓닙 자리 보와 님과 나와 어러주글만뎡
> 어름 우희 댓닙 자리 보와 님과 나와 어러주글만뎡
> 情정 둔 오낤밤 더듸 새오시라 더듸 새오시라
>
> 얼음 위에 댓닢 자리 보아 님과 나와 얼어죽을망정
> 얼음 위에 댓닢 자리 보아 님과 나와 얼어죽을망정
> 정 둔 오늘밤 더디 새오시라 더디 새오시라.

이것이 제1장이다. 처음 두 줄은 말이 거듭되어 강한 느낌을 준다. 한 줄이 몇 토막씩인가 하는 규칙은 인정되기 어렵지만, 앞뒤의 사연이 분명한 대조를 이루어 맞물고 들어가 표현이 긴장되어 있다. 사랑은 추위를 이기는 열기를 지니고 죽음보다도 강렬하다고 했다. 조선시대에 들어와서 남녀상열지사라고 규정했는데, 그런 선입견으로는 이해할 수 없는 진실성을 지니고 있다.

제2장에서는 님이 오지 않아 잠을 이루지 못한다고 하고, 창 밖의 도화에다 자기 처지를 견주는 말을 하면서 상투적인 한자어를 여럿 등장시켰다. 제3장에서는 넋이라도 함께 가자고 맹세한 님을 원망하고, 제4장에서는 물오리더러 여울은 어디 두고 소에 자러 오는가 하면서 남성의 여성 편력을 나무라는 듯한 말을 하고, 옥산(玉山)을 베고 누워 금수산(錦繡山) 이불 아래 사향(麝香) 각시를 안고 누워 있다고 하면서 사랑의 현장을 묘사했다.

앞뒤의 내용이 연결되지 않고, 제4장까지에서는 여성이었던 서술자가 제5장에서는 남성으로 바뀌었다. 남녀 사랑의 여러 형태나 장면을 순서 없이 모아놓았다고 할 수 있다. 〈만전춘〉이라는 곡조의 노랫말은 원래 다른 것이었는데, 어디서 따오거나 지어낸 구절들을 모아 새로 마련하고 〈만전춘별사〉라고 부르게 되었다고 생각된다.

〈정석가〉(鄭石歌)는 첫 장에서 "딩아 돌하 當今당금에 계상이다"(정이여 돌이여 지금 계십니다)라고 한 "딩아 돌하"에서 따온 말을 노래 이름으로 삼았다. 그 말이 무엇을 뜻하는지 밝히고자 하는 많은 시도 가운데 비교적 설득력을 가진 것 둘을 고를 수 있다. 하나는 돌을 다듬는 데 쓰이는 정(釘)과 돌을 함께 일컬으면서 정을 사람처럼 보이기 위해 "정"(鄭)으로 표기했다는 것이다. 그렇다면 이 노래는 원래 석수장이들의 노동요이다. 다른 하나는 정(鉦)이라는 징과 경(磬)이라는 돌, 두 악기를 사람처럼 일컬었다는 것이다. 그런 이름을 붙인 사람은 궁중의 악공이었을 것이다.

어느 쪽이 맞고 다른 쪽은 틀렸다고 할 증거는 없다. 둘 다 맞다고 하면 어떨까? 석수장이들의 노동요를 궁중에 가져다 부르면서, 노래 이름이 다른 뜻이 되게 고치는 것을 포함한 상당한 개작을 했다고 보는 것이 타당하다고 생각한다. 제1장의 사설은 원래의 것과 많이 다르게 개작된 결과를 보여준다고 할 수 있다. 정과 경을 울리며 노는 풍류는 임금님을 위한 것이니 당금에도 계신다고 했다. 그 다음 "先王聖代선왕성더에 노니?와지이다"(선왕성대에 놀고 싶습니다)라고 해서 옛적 훌륭한 제왕의 덕을 그대로 이은 시대에 놀고자 한 것은 임금 앞에서 놀이를 벌이면서 한 말이다. 〈동동〉의 서두와 상통해, 이것 또한 향악정재를 공연하면서 부른 노래라고 할 수 있다.

> 삭삭기 셰몰애 별헤 나는
> 삭삭기 셰몰애 별헤 나는
> 구은 밤 닷 되를 심고이다
>
> 그 바미 우미 도다 삭나거시아
> 그 바미 우미 도다 삭나거시아
> 有德유덕ᄒ신 님믈 여희?와지이다
>
> 삭삭이 세모래 벼랑에
> 삭삭이 세모래 벼랑에
> 구운 밤 닷 되를 심었습니다.
>
> 그 밤이 움이 돋아 싹 난 뒤에야
> 그 밤이 움이 돋아 싹 난 뒤에야
> 유덕하신 님을 여의고 싶습니다.

　제2장과 제3장을 들어보면 이렇다. 그 뒤에도 옥으로 된 연꽃에 꽃이 핀다든가, 무쇠 철릭이 다 헐어버린다든가, 무쇠소가 철초(鐵草)를 먹

는다든가 하는 전혀 불가능한 일이 일어나고서야 유덕하신 님을 여의고 싶다고 했다. 이별하지 않겠다는 생각을 최대한의 강조법을 써서 나타낸 말이다. 민요에 있던 사설을 가져다가 쓰면서 "사랑하는 님"을 "유덕하신 님"으로 고쳐 님을 임금이라고 이해하도록 했던 것으로 보인다. 마지막의 제10장에 있는 "구스리 바회예 디신둘"로 시작되는 사설은 〈서경별곡〉에서 볼 수 있는 바와 같다. 민간에 널리 퍼져 있던 노래를 가져다 편집했다고 생각된다.

"정"을 "정"(釘)으로 보고 〈정석가〉는 원래 돌 다듬는 사람들의 노래였다고 하는 견해를 홍기문, 《고가요집》(국립문화예술서적출판, 1959) ; 정홍교 외, 《조선고대중세문학작품해설》 2(과학백과사전출판사, 1986)에서 제시했다.

7.6.5. 〈가시리〉 · 〈서경별곡〉 · 〈청산별곡〉

〈악장가사〉에서는 〈가시리〉라고만 하며 전문을 소개하고, 〈시용향악보〉에서는 〈귀호곡〉(歸乎曲)이라고도 일컫고 한 대목만 내어놓은 노래는, 길이를 본다면 짧은 노래에 속한다고 하겠다. 그러나 장을 나누는 표시가 분명하게 보이고, 장과 장 사이에 여음이 삽입되어 있다는 점이 〈서경별곡〉이나 〈청산별곡〉과 다름이 없다. 셋 다 민요의 모습을 비교적 많이 지니고 있는 공통점이 있다.

　가시리 가시리잇고 나는
　브리고 가시리잇고 나는
　위 증즐가 大平盛代대평셩디

　날러는 엇디 살라 호고
　브리고 가시리잇고 나는

위 증즐가 大平盛代대평셩디

잡사와 두어리마ᄂᆞᆫ
선ᄒᆞ면 아니올셰라
위 증즐가 大平盛代대평셩디

셜온 님 보ᄂᆡᅌᅩ노니 나ᄂᆞᆫ
가시ᄂᆞᆫ 듯 도셔오쇼셔 나ᄂᆞᆫ
위 증즐가 大平盛代대평셩디

가시리 가시렵니까?
버리고 가시렵니까?

나더러는 어찌 살라고,
버리고 가시렵니까?

붙잡아둘 것이지만,
싫어지면 아니 올까.

서러운 님 보내오니,
가시는 듯이 돌아오소서.

전문이 이것뿐이다. 보내고 싶지 않은 님을 보내야 하는 심정을 간결하게 나타내기만 했다. 말이 얼마 되지 않아 앞뒤를 연결하면서 숨은 사연을 생각하게 한다. 싫어지면 아니 올 터이니 잡아두지 않겠다고 한 데서는 님이 스스로 떠나는 것 같다. 그 다음 대목에서는 님이 "서러운 님"이라고 했다. 어떤 사연이 있었던지 짐작해서 알 수는 없지만 사랑을 노래한 것만은 아니다.

민요의 모습을 잘 보여주며, 후대의 〈아리랑〉과 상통하는 노래인데,
궁중 속악으로 채택했다. 여인의 마음씨를 갸륵하게 여겨 관심을 가졌
다고 할 수 있으나, 곡조가 들을 만 한 것이 더욱 중요한 이유였을 것
같다. "위 증즐가 大平盛代대평셩디"는 이별의 슬픔을 하소연한 사설과
어울리지 않는다. 민요일 때에는 없던 말을 보태 즐거움을 구가하는 노
래처럼 불러 궁중의 잔치를 흥겹게 하는 데 썼을 것이다.

  〈서경별곡〉(西京別曲)은 〈고려사〉 악지에서 든 〈서경〉(西京)·〈대동
강〉(大同江)과 깊은 관련이 있을 것으로 여겨진다. 한역해서 그 두 노
래의 내용은 상당한 거리가 있지만, 〈서경별곡〉 또한 "西京셔경이"라고
시작되는 대목과 "大同江대동강" 하고 이어지는 대목으로 나눌 수 있다.
같은 노래의 사설이 경우에 따라 달라지고 전후가 나누어지기도 했는
데, 장편으로 연결된 형태를 〈악장가사〉에 수록했다고 생각된다.

        西京셔경이 아즐가 西京셔경이 셔울히마르는
        위 두어렁셩 두어렁셩 다링디리

        닷곤 디 아즐가 닷곤 디 쇼셩경 고외마른
        위 두어렁셩 두어렁셩 다링디리

        여히므론 아즐가 여히므론 질삼뵈 브리시고
        위 두어렁셩 두어렁셩 다링디리

        괴시란디 아즐가 괴시란디 우러곰 좃니노이다
        위 두어렁셩 두어렁셩 다링디리

        구스리 아즐가 구스리 바회예 디신둘
        위 두어렁셩 두어렁셩 다링디리

긴히쫀 아즐가 긴힛쫀 그츠리잇가 나는
위 두어렁셩 두어렁셩 다링디리

즈믄 히를 아즐가 즈믄 히를 외오곰 녀신돌
위 두어렁셩 두어렁셩 다링디리

信신잇돈 아즐가 信신잇돈 그츠리잇가 나는
위 두어렁셩 두어렁셩 다링디리

서경이 서울이지만
닦은 곳 소성경 사랑하지만,
여의기보다는 길쌈 베 버리고
사랑하신다면 울면서 좋겠습니다.

구슬이 바위에 떨어진들,
끈이야 끊어지겠습니까?
즈믄 해를 외따로 살아간들
신이야 끊어지겠습니까?

원문을 보면 "西京셔경이 아즐가 西京셔경이 셔울히마르는 위 두어렁셩 두어렁셩 다링디리"라 하고 그 다음에 한 장이 끝났다는 동그라미 표시가 있다. 첫마디를 되풀이하고 그 사이에 "아즐가"가 있는 것은 민요를 궁중에서 필요로 하는 악곡으로 개편할 때 음악적인 필요에 의해서 생긴 변화일 것으로 본다. "위 두어렁셩" 이하의 여음 또한 민요에서 볼 수 있는 것이 아니고 악기의 구음이라고 하는 편이 타당하다.

여음을 제외하고 사설만 적으면 한 줄이 한 장인데, 현대역에서는 연속해서 적고 반복된 말은 생략했다. "구슬이"부터는 말이 달라져 한 줄 띄어 적어 인용한 대목이 두 연처럼 보이게 했다. 속악으로 채택되기

전의 민요를 되살리려고 한 것이 아니고 원문의 짜임새를 이해하는 데 도움이 되는 표기를 마련했다. 원문은 율격을 알기 어려운데, 고쳐 적고 보니 한 줄이 세 토막씩인 특징도 선명하게 드러난다.

대뜸 서경부터 들먹이는 것은 많은 사연을 암시한다. 개경에 못지않게 자랑스러운 고장인 서경의 백성들이 거듭 고난을 겪어야만 하는 것이 원통하다. 갖가지 억울한 사유로 자기 고장을 떠나야 하는 사람들이 이어져서 대동강가에서 부르는 이별의 노래가 끊어지지 않는다. 정지상(鄭知常)의 한시와 상통하는 민간의 노래가 헤아리기 어려울 정도로 많다.

이 노래에서는 여인이 겪는 이별의 고난을 나타냈다. 자랑스러운 고장 서경에서 길쌈을 하고 있는 여인이 이별하고 떠나가는 님에게 계속 사랑해준다면 울면서라도 따르겠다고 했다. 자기 고장 서경, 길쌈으로 대표되는 일상생활이 소중하다고 전제하고, 그런 것들과 견주어도 사랑이 더욱 소중하다고 했다. 버리지 말아야 할 것들을 버리고 이미 잃어버린 사랑을 따르겠다는 불가능한 결단을 했다.

"구스리" 이하의 대목에서는, 구슬이 바위에 떨어진다면 깨어지는 아픔이 얼마나 크며 한 조각 한 조각 날카롭게 빛나는 모습이 얼마나 영롱할까 생각하게 한다. 그런데 그 다음 말에서는 구슬을 꿴 끈은 끊어지지 않고 서로의 믿음도 지속된다고 하면서 파탄을 거부하는 믿음을 보여주었다. 천 년을 홀로 지내도 믿음은 변하지 않는다고 했다. 이 대목은 〈정석가〉에 삽입되어 있고, 이제현의 소악부에 한역되어 있다. 따로 부를 수도 있지만, 〈서경별곡〉의 절정 부분을 이루어 특히 빛난다.

그 다음은 대동강 장면이다. 그렇게까지 노래해도 님은 떠나간다. 거듭되는 이별의 현장 대동강에서 떠나간다. 그때 사공에게 한 말 "네가 시 럼난디 몰라셔"는 무슨 뜻인지 분명하지 않아 논란이 거듭되지만, "네까짓 것이 주제넘은 줄 몰라셔"라고 하면서 님을 배에 태우는 것을 원망한 말이라고 보는 것이 적절하다. 님은 아직 강을 건너지 않았는데 그 다음 줄에서는 강 건너 편의 꽃을 님이 꺾으리라는 데까지 상상이

미쳤다. 꽃은 여자를 가리킨다면 님이 다른 여자를 택할지도 모른다는
불안까지 겹쳐 애꿎은 사공을 나무랐다.

절박한 사정인데도 여유를 보인 점을 눈여겨 볼 필요가 있다. 그런
능청스러움은 후대의 여러 시가를 두루 살펴보아도 민요에서만 발견된
다. 〈서경별곡〉은 고치거나 지어 보태지 않고 민요를 거의 그대로 가져
다 쓴 속악가사의 대표적인 예이다. 여러 가지로 교체되는 민요의 사설
가운데 적절한 것을 선택하고 앞뒤가 잘 연결될 수 있게 했다.

〈청산별곡〉(靑山別曲)은 〈악장가사〉에 실려 있고, 〈시용향악보〉에 앞
머리가 보일 뿐이며, 다른 문헌에는 언급된 바 없다. 그 위치나 성격을
밝히려면 노래 본문에 매달리지 않을 수 없는데, 뜻을 알기 어려운 대
목이 적지 않아 지나친 추정을 낳기까지 한다. 여러 쟁점을 두고 벌어
지는 논란이 쉽사리 해결되지 않고 있다.

> 살어리 살어리랏다
> 靑山청산애 살어리랏다
> 멀위랑 드래랑 먹고
> 靑山청산애 살어리랏다
> 얄리얄리 얄랑셩 얄라리얄라
>
> 살어리 살어리랏다
> 청산에 살어리랏다
> 머루랑 다래랑 먹고
> 청산에 살어리랏다

제1장을 들면 이렇다. 네 줄이고 세 토막이어서 줄 수는 안정감을,
토막 수는 율동감을 지녔다. 한 장이 끝나는 곳에 여음이 삽입되어 있
다. 같은 규칙이 제8장에 이르기까지 그대로 유지된다. 세 토막 가운데
마지막 것은 앞의 둘보다 짧은 편이어서 한층 경쾌한 느낌을 주는 것도

거의 그대로 되풀이된다. 반복되는 말이 많아 같은 생각을 다짐하는 수법도 계속 사용된다.

"얄리얄리 얄랑셩 얄라리얄라"라고 한 여음은 힘차고 밝고 유려하다. 〈시용향악보〉의 〈대국〉(大國)에서 거의 같은 모습으로 다시 쓰였다. 악기의 구음으로 볼 수도 있으나, 후대의 "아리랑 아라리오"로 이어진 민요 본래의 여음이라고 하는 편이 타당하다. 〈얄라리얄라〉라고 하던 민요를 속악에 넣을 때 채택한 사설 첫 마디의 말을 따서 〈청산별곡〉이라는 이름을 다시 붙였으리라고 생각된다.

"청산에 살어리랏다"는 "청산에 살았으리라"라고 옮겨야 할 말이지만 어감을 고려해 그대로 두었다. 과거부터 청산에 살았어야 하는데 그렇지 못한 것을 지금 말한다고 할 수 있다. 청산에 산다는 것이 무엇을 뜻하는지 문제이다. 청산은 혼탁한 속세와 대립되는 말인가 아니면 농사짓고 사는 마을과 대립되는 말인가 하는 것이 구체적인 쟁점이다.

속세를 떠나 청산으로 가고 싶다고 한다면 머루나 다래는 정신적인 위안을 상징한다. 마을에서 살 수 없어 청산을 찾는다면 머루나 다래라도 따먹고 연명해야 할 사정을 나타낸다. 제6장에서는 바다에 가서 "느□자기 구조개"(나문재, 굴, 조개)를 먹고 살았으면 하는 말을 다시 했으므로 함께 살필 일이다. 바다에서 채취하는 나문재, 굴, 조개 따위는 정신적 위안과는 거리가 멀고, 연명을 하는 데 소용되는 식품이다. 머루와 다래에 관해서도 같은 해석을 해야 한다.

제2장에서 "우러라 우러라 새여"(울어라 울어라 새여)라고 하고, "널라와 시름 한 나도 자고 니러 우니로라"(너처럼 시름 많은 나도 자고 일어 우니노라)라고 하고, 다른 대목에서 이리저리 정처 없이 떠다닌다는 말을 자주 한다. 그런 것이 실연의 노래인 증거라고 하는 견해가 있으나 동의하기 어렵다. 마을에서 살 수 없어 청산을 찾고 바다로 가야 하는 유랑민의 서러움을 나타낸 노래라고 보는 편이 타당하다. 다음에 드는 제3장에서 그 점을 확인할 수 있다.

가던 새 가던 새 본다
믈 아래 가던 새 본다
잉 무든 장글란 가지고
믈 아래 가던 새 본다

갈던 사래 갈던 사래 보았느냐?
물 아래 갈던 사래 보았느냐?
이끼 묻은 쟁기나 가지고
물 아래 갈던 사래 보았느냐?

"물 밑으로 가던 새"라고 하면 말이 되지 않는다. 대단한 경지에 이른 역설을 지녔다고 하는 것은 억지 해석이다. "물 아래"는 "하류 지방"을 뜻한다고 해야 비로소 이해가 가능하다. "새"는 밭이랑을 뜻하는 "사래"의 축약형이고, "가던 새"는 "갈던 사래"로 보아, 물 아래 하류지방에서 경작하던 사래를 이끼 묻은 쟁기를 가지고 바라보았는가 하고 묻는 말이라고 이해하면 뜻이 쉽게 통한다.

논밭을 버리고 산으로 쫓겨났으니 쟁기에 이끼가 묻었을 것이다. 그래도 지난날을 잊을 수 없어서 아래쪽을 안타까운 심정으로 내려다보았으리라고 생각된다. 제4장에서 밤이면 외로움을 더 느낀다든가, 제5장에서 미워할 사람도 사랑할 사람도 없다든가 한 말은 난리를 만나 뿔뿔이 흩어져야 했던 사람들을 만나지 못해 비탄에 잠긴 것이라고 할 수 있다.

그러나 어느 대목이든 그렇게 해석하는 것은 마땅하지 않다. 〈얄라리얄라〉라는 민요에서 부르던 수많은 사설 가운데 여덟을 추린 다음 사설을 조금 다듬고 적절하다고 생각되는 순서로 배열한 것이 지금 볼 수 있는 〈청산별곡〉이다. 〈서경별곡〉처럼 앞뒤가 유기적으로 연결되지 않고, 각 장이 독립되어 있다. 논리적인 연관을 따지려고 하지 말고, 정처 없이 떠돌아다니는 서러움을 각기 다른 사정을 통해 이것저것 말했다고 보는 것이 마땅하다.

제5장에서 "어듸라 더디던 돌코"(어디라 던지던 돌인고)라 하며 돌을 던진다 하고, 그 돌을 맞아서 운다고 한 것은, 석전(石戰)의 풍속과 관련시켜 자기 심정이 석전에서 몰려 돌을 맞고 있는 것과 다름이 없다는 뜻이라고 생각된다. 제7장에서 사슴이 짐대에 올라 해금을 켠다고 한 대목에 관해서는 사슴으로 분장한 사람이 등장하는 놀이의 한 장면을 노래했다고 하는 견해가 지지를 받고 있다.

제8장에서 한 말은 정처 없이 가다가 술을 권하며 잡는 곳에 머무를 수밖에 없다는 것으로 요약된다. 잡힌 사람은 남자이고, 어찌 하겠느냐 하며 노래하는 서술자는 여성이라는 견해도 근거가 있다. 여러 장으로 이어지는 민요에서 서술자가 시제, 장소, 소재 등과 함께 쉽사리 바뀌는 것은 흔히 있는 일이다.

조선초기에 속악을 정리하고 아악을 새로 제정하면서 〈만전춘별사〉·〈서경별곡〉·〈청산별곡〉은 곡조만 이용하고 사설은 배격했다. 〈만전춘〉 곡조는 〈순응〉(順應) 또는 〈혁정〉(赫整)이라는 정대업(定大業) 악장에 쓰고, 〈서경별곡〉과 〈청산별곡〉은 각기 〈정동방곡〉(靖東方曲)과 〈납씨가〉(納氏歌)를 얹어 부르는 곡조로 삼았다. 사설을 배격한 이유가 남녀상열지사인 때문만은 아니었다. 〈만전춘별사〉는 그 조항에 해당되고, 〈서경별곡〉도 그렇게 간주될 수 있으나, 그렇지 않은 〈청산별곡〉도 민중 생활의 모습을 그대로 나타내서 상스럽다고 생각해 함께 배격했을 수 있다.

〈서경별곡〉의 "네가시 럼난디 몰라셔"는 서재극, 〈'서경별곡' "네가시럼난디" 재고〉, 《어문학》 27(한국어문학회, 1972)에 의거해서 풀이했다. 〈청산별곡〉의 "가던 새 본다" 해석에서는 서재극, 〈여요주석의 문제점 분석〉, 《어문학》 19(1968)를 따르고, 그 견해를 받아들인 신동욱, 〈'청산별곡'과 평민적인 삶〉, 《고려시대의 가요문학》; 박노준, 〈'청산별곡'의 재조명〉, 《고려가요의 연구》에 동의한다.

7.6.6. 소악부

지금까지 살핀 속악가사와 소악부(小樂府)라는 이름으로 이제현(李齊賢, 1286~1367)과 민사평(閔思平, 1291~1359)이 남긴 일련의 한시는 관련이 있다. 유행하던 우리말 노래를 한시로 옮긴 것을 중국의 용어를 사용해 악부(樂府)라고 하고, 칠언절구의 짧은 형식을 사용했으므로 소(小)자를 얹었다. 한시라도 표현이나 정서에서는 우리 문학다운 면모를 갖추어야 하겠다는 자각이 일어나서 그런 작품의 출현을 보게 되었다. 소악부 덕분에 속악가사를 다른 측면에서 재검토하고, 속악가사로 전하지 않는 우리말 노래까지 어느 정도 알아볼 수 있다.

이제현의 것은 〈익재난고〉(益齋亂藁)에 11편이, 민사평의 것은 〈급암선생시고〉(及菴先生詩藁)에 6편이 전한다. 그 가운데 국문 사설도 함께 남아 있어서 서로 대조해볼 수 있는 것은 세 편이다. 두 사람의 작품을 각기 수록되어 있는 순서대로 번호를 붙이면서 들어보자. 〈처용가 〉가 이제현 6번, 〈정석가〉 또는 〈서경별곡〉의 "구스리 바회예 디신들" 대목이 이제현 8번, 〈쌍화점〉의 한 부분이 민사평 4번이다. 소악부는 어느 것이든 짧은 작품이어서, 노래의 개요를 옮기거나 한 대목을 번역했을 따름이다. 우리말 노래의 묘미를 살리는 데 충실할 수는 없었다.

〈고려사〉 악지에 소개했으나 우리말 사설이 전하지 않는 것들 여덟 편이 소악부에 있다. 〈장암〉(長巖)은 이제현 1번, 〈거사련〉(居士戀)은 이제현 2번, 〈제위보〉(濟危寶)는 이제현 3번, 〈사리화〉(沙里花)는 이제현 4번, 〈오관산〉(五冠山)은 이제현 7번이다. 〈안동자청〉(安東紫靑)은 민사평 5번, 〈월정화〉(月精花)는 민사평 6번으로 확인된다. 민사평 1번은 충혜왕이 지었다는 〈후전진작〉(後殿眞勺)이 아닌가 한다.

이렇게 열거하고 남은 것이 이제현 5·9·10·11번, 민사평 2·3번이다. 이 여섯은 다른 문헌에 언급된 바 없고 오직 두 사람의 소악부에다 모습을 남겼을 뿐이다. 그 가운데 이제현 10·11번은 제주도 민요를 옮겨놓았다고 밝혀 더욱 소중한 자료이다. 이제현과 민사평은 민요를 직접 듣고 즐겼던 것이 분명하다. 속악가사로 올라 있는 노래라도 민간에서 전승되는 것을 직접 듣고 옮겼다고 생각된다.

〈장암〉은 벼슬하는 사람의 탐욕을 경계했다. 귀양살이하던 사람이 구차스럽게 출세하지 말라고 경계하는 노인의 말을 듣겠다고 해놓고 다시 영달하고 거듭 죄를 지어 그 마을을 지나자, 그 노인이 부른 노래라고 했다. 벼슬을 탐내다가 망한 처지를 그물에 걸린 참새에다 견주어 나무랐다. 그 노인은 민중의 지혜를 가진 이인이었을 것 같다. 이제현이 자기 자신을 생각하면서 특히 관심을 가진 노래가 아닌가 싶다.

〈오관산〉은 아들이 어머니를 생각하는 효성을 나타냈다. 나무로 만든 닭이 울 때까지 어머니가 늙지 않기를 바란다고 해서 〈정석가〉를 연상하게 한다. 〈거사련〉은 아내가 객지에 나간 남편을 생각하면서 부른 것이다. 까치가 울고 갈거미가 침상머리에서 실을 뽑으니 남편이 돌아올 날이 멀지 않은 줄 알겠다고 했다. 〈정읍사〉와 상통하면서 희망을 가지고 기다린다는 점이 다르다. 이런 노래는 애틋하고 아름다운 마음씨를 나타내는 민요이다.

〈제위보〉는 죄를 지어 노동의 징벌을 받게 된 여자가 외간남자에게 손마저 잡힌 치욕을 한탄하며 부른 노래라고 했다. 석 달 동안 계속 내리는 비라도 자기 손에 묻은 냄새는 씻지 못할 것이라고 했다. 〈사리화〉는 농사를 지어도 권력 있는 자들이 빼앗아가고 마는 처사에 대한 원망을 곡식을 쪼아 먹는 참새를 나무라면서 나타냈다. 사대부가 짓는 농민시의 원천이 되는 민요라고 할 수 있다.

黃雀何方來去飛	참새야 어디를 오가면서 나느냐?
一年農事不曾知	일 년 농사는 아랑곳하지 않고.
鰥翁獨自耕耘了	늙은 홀아비 홀로 갈고 맸는데,
耗盡田中禾黍爲	밭의 벼며 기장을 다 없애다니.

이제현은 제주도 민요를 둘 옮겼다. 〈고려사〉 악지에는 올라 있지 않아 제목은 없으나, 작품의 유래를 주를 달아 설명했다. 10번은 중에게

도 몸을 팔고 사대부에게도 같은 짓을 하는 여자의 처지를 다룬 것이다. 나타낸 내용이 비루하다고 하겠지만, 백성의 풍속과 세태의 변화를 알 수 있다고 했다. 다음과 같은 말로 이루어진 11번을 소개할 때에는 제주도민의 풍속에 대해서 많은 설명을 했다.

從敎罋麥倒離披	거꾸러진 보리 이삭 그대로 두고
亦任丘麻生兩歧	가지 벌어진 삼도 내버려둔 채로,
滿載靑甕兼白米	청자와 백미 가득 싣고서는
北風船子望來時	북풍에 오는 배만 기다리는구나.

설명과 연결시켜 이해하면 생략한 사연을 메워넣어 노랫말이 무엇을 뜻하는지 구체적으로 알 수 있다. 전반 두 줄에서는 일반 백성의 처지를 말했다. 농사일을 제대로 하지 못하고 행차 치다꺼리에 시달리니 한탄스럽다고 한 것이다. 후반 두 줄에서는 잘 사는 사람들은 처지가 다르다고 했다. 마소를 많이 먹여 재력이 있으므로 전라도의 장사꾼이 도자기와 쌀을 팔러오는 것을 기다린다고 한 것이다.

민사평은 이제현을 본받아서 소악부를 지었다. 이제현 소악부의 마지막 두 편은 민사평더러 화답을 하라고 해서 지어 보낸 것이다. 민사평의 소악부 2번은 세상살이가 험해서 당황해 하는 형편을 물 건너가는 사람에다 비해서 노래했다. 3번은 살아가기 어려운 사정을 캄캄한 밤중에 헤매는 거동으로 나타냈는데, 집을 나가서 돌아오지 않는 남편을 염려하는 〈정읍사〉의 사연과도 상통하고, 〈청산별곡〉의 한 대목을 연상하게 하기도 한다.

黑雲橋亦斷還危	검은 구름에 다리조차 끊어져 위태하고
銀漢潮生浪靜時	은하수 물결마저 멈춘 고요한 때에,
如此昏昏深夜裏	이렇게 어둡고 깊은 밤중인데,
街頭泥滑欲何之	길거리 흙탕으로 어디를 가느냐?

  그런데 민사평 소악부가 좀더 특이한 점은 5번과 6번의 사랑 노래에서 발견된다. 5번은 〈고려사〉 악지에서 〈안동자청〉이라고 한 것에 해당되면서, 자세히 살피면 흥미로운 차이가 엿보인다. 정절을 잃지 않으려는 여자의 마음씨를 나타내는 노래가 〈안동자청〉이라고 했는데, 민사평이 말한 것은 다음에 볼 수 있는 바와 같이 그런 내용이 아니다.

紅絲綠絲與靑絲	빨간 실, 초록 실, 그리고 파란 실,
安用諸般雜色爲	그 모든 잡색 실을 어떻게 쓰겠나?
我欲染時隨意染	내 마음 내키는 대로 물들일 수 있기에
素絲於我最相宜	하야디 하얀 실이 내게는 제일 좋아.

  이렇게 노래한 말은 이미 물이 들어있는 상대보다 숫처녀·숫총각이 좋다는 것으로 생각된다. 서술자는 남자일 수도 있고, 여자일 수도 있다. 〈안동자청〉과의 차이는 민요가 속악가사로 채택되고 조선시대의 가치관에 따라 풀이되면서 뜻이 달라졌기 때문에 생겼다고 할 수 있다. 6번은 〈고려사〉 악지에서 〈월정화〉라고 한 것이며, 기생에게 남편을 빼앗기고 고난을 당하다가 죽은 여인을 위해서 부른 노래이다. 원래는 원망이나 비탄을, 속악가사가 되어서는 변함없는 마음을 강조해서 나타냈을 수 있다.

  소악부는 우리말 노래 특히 민요에 다가간 한시이다. 중세에 들어서면서 나타난 한시와 우리말 노래의 공존을 고려후기 신흥사대부가 다시 마련해 중세후기문학의 새로운 창조에 크게 기여했다. 그 둘을 한시에 근접시키는 방안의 하나로 한편으로는 소악부를 창안하고, 다른 한편으로는 우리말 노래가 한시와 같은 격조를 갖출 수 있게 하는 시조를 만들어냈다. 소악부를 포함한 여러 형태의 악부시는 한시가 민족문학으로서 적극적인 의의를 가지도록 하는 의의가 있어 조선후기에 크게 늘어났다.

  속악가사와 소악부를 고찰하노라면 민요에 대해 새삼스러운 관심을 가지지 않을 수 없다. 소악부는 속악가사에서보다 민요 선택의 폭이 더 넓었지만, 민요의 모습을 제대로 보여준 것은 아니다. 대부분의 민요는 문헌에 전혀 오르지 않은 채 그것대로 전승되면서 변모되고 새로운 창작이 계속 보태졌으며, 없어지기도 하고 후대로 전해지기도 했다. 드러내 논할 길이 없더라도 민요의 저층을 인정해야 문학사 이해가 빗나가지 않을 수 있다.

서수생, 〈익재소악부 연구〉, 국어국문학회 편, 《고려가요연구》; 이우성, 〈고려말기의 소악부〉, 《한국한문학연구》 1(한국한문학연구회, 1976) ; 박혜숙, 《형성기의 한국악부시 연구》(한길사, 1991)에서 도움이 되는 연구를 했다.

7.6.7. 참요의 문제점

참요(讖謠)는 정치적인 예언을 은밀하게 나타내는 노래이다. 식자층에 속하지 않아 순진하다고 인정되는 일반 대중, 특히 어린 아이들이 무슨 뜻인지 확실하지 않은 참요를 불러 장차 일어날 일을 예언했는데 나라를 다스리는 사람들은 알아차리지 못했다는 기록이 여기저기에 남아 있다. 민심이 곧 천심(天心)이라고 하는 것이 참요를 인정하는 근거이다. 그런데 뜻풀이를 하는 것을 보면 겉에 나타나 있는 말과 숨은 뜻을 논리적 연관 없이 연결시킨다. 특별한 능력을 가진 사람만 그럴 수 있다고 한다.

참요가 과연 문학작품인지, 문학사에서 다룰 만한 자료인지 의심스럽다. 민간에서 실제로 부른 노래와 문헌에 기록되어 있는 참요가 어느 정도 일치하는가가 문제이다. 정치적인 변동을 획책하는 쪽에서 예사 민요에 별난 뜻이 감추어져 있다고 주장했을 수도 있고, 참요를 지어 퍼뜨렸을 수도 있다. 그러나 고려후기는 참요가 특히 많았던 시대여서 한 차례 다루지 않을 수 없다.

〈동국통감〉(東國通鑑)에 전하는 〈보현찰〉(普賢刹)은 민요와 거리가 먼 참요의 한 본보기라고 할 수 있다. "何處是普賢刹 隨此盡同力殺"(보현찰이 어디인가 이곳에서 모두 죽여버렸네)이라는 말로 무신란을 예언했다고 한다. 의종이 문신들과 보현원(普賢院)에서 잔치를 하고 있을 때 무신들이 들고 일어나 학살의 참극을 벌인다는 것을 미리 알린 노래라고 한다. 나중에 일어난 일과 일치한다고 인정되어 관심의 대상이 될 따름이고 노래 자체로서는 흥미를 끌 만한 것이 아니다. 민간에서 저절로 생겨나 유행한 노래라고 보기 어렵고 한문 문구로 창작되었을 가능성이 크다.

〈아야요〉(阿耶謠)라고 한 것은 우리말 노래를 옮겨놓았다고 생각된다. "阿耶麻古之那 從今去何時來"라고 하는 사연으로 〈동국통감〉을 비롯한 문헌에 실려 있는데, 앞 구절은 "아야 망가져라"라는 말을 그대로 적었다고 할 수 있고, 뒷말은 "이제 가면 언제 오리"의 한문 번역이다. 충혜왕이 원나라에 가서 돌아오지 못하게 되는 사태를 예언한 노래라는 설명은 나중에 옮길 때 붙였을 것이다. 원래는 다른 뜻인 기존 민요의 한 대목을 따와서 참요로 이용했다고 생각된다.

〈증보문헌비고〉(增補文獻備考)에 수록되어 있는 〈묵책요〉(墨冊謠)는 풍자의 노래라고 이해된 참요여서 성격이 다르다. 한문 문구가 가지런하게 다듬어져 있지 않아 조작된 것이라고 하기 어려우며, 민간에서 실제로 부른 노래라고 할 만한 사설을 갖추고 있다. 우리말로 되돌린 말이 적절하게 배열될 수 있도록 원문을 줄 바꾸어 적는다.

用綜布作都目	가는 베로 만든 도목
政事眞墨	정사가 온통 묵책이로구나.
我欲油	기름에 절이려 해도
今年麻子少	올해에는 삼씨가 적어
噫不得	아아 그럴 수 없구나.

도목이란 관리의 명단을 적는 책이다. 충숙왕 때 항간에 퍼져 있었다는 이 노래는 관리의 추천을 맡은 자가 뇌물을 받고 후보 명단을 쓰고 지우고 하기를 거듭해 도목이 새카만 묵책이 되었다고 했다. 그때 사람들이 묵책정사(墨冊政事)란 말을 쓰면서 그 일을 비웃었다고 했다. 묵책을 기름에다 절이면 글자를 더 써넣지 못할 것인데, 기름을 짤 삼씨가 적어 그렇게 할 수도 없다고 한탄했다.

묵책을 기름에다 절인다는 것은 짐짓 해본 소리이고, 사태 해결에 도움이 되지 않는다. 그러므로 그 이면에 숨은 뜻을 찾지 않을 수 없다. 삼씨가 적다는 말은 그릇된 정치 때문에 민력이 고갈되었다는 뜻일 수도 있고, 그릇된 정치를 바로잡을 힘이 없다는 뜻일 수도 있다. 어느 쪽이든지 민중의 항변을 나타냈다고 보아 마땅하다.

조선왕조가 시작된 뒤에 지난 시기 역사를 서술하면서 위에서 든 참요를 고려가 그릇되었다는 증거로 삼았다. 고려가 망하고 새 왕조가 들어서는 것이 하늘의 뜻임을 입증하는 참요도 필요해, 〈이원수요〉(李元帥謠)나 〈목자득국〉(木子得國) 같은 것들을 기록에 올렸다. 〈이원수요〉는 이성계(李成桂)가 나서서 백성을 구해달라고 하는 말을 직접 표출했다. 〈목자득국〉은 "李"의 파자인 "木子"가 나라를 차지한다고 한 것이다. 둘 다 실제 민요와는 거리가 먼 의도적인 창작이라고 생각된다.

문학연구실, 《조선문학통사 (상)》(과학원출판사, 1959) ; 문학연구소, 《조선문학사 고대・중세편》(과학・백과사전출판사, 1977)에서는 참요를 당대의 정치를 비판하는 노래라고 보고 높이 평가했다. 임동권, 《한국민요사》(문창사, 1963)에서는 참요를 민요로 보고 민요사에 포함시켜 다루었다. 김원일, 〈참요고〉, 《국어국문학》 1(부산대학교 국어국문학과, 1967) ; 윤한태, 〈한국 참요의 연구〉(고려대학교 석사논문, 1976) ; 최범훈, 〈참요 연구〉, 《한국문화연구》 1(경기대학교 한국문화연구소, 1984) 등의 연구도 있다.

7.7. 설화·무가·연극의 양상

7.7.1. 설화

고려후기에도 많은 설화가 있었음은 물론이지만, 그전에 비해 설화가 문학에서 차지하는 위치가 많이 격하되었다. 괴력난신(怪力亂神)은 말하지 않겠다는 재래 유학의 합리주의가 상당한 설득력을 굳힌 데서 한 걸음 더 나아가서 신유학을 지향하는 움직임이 나타나 설화를 의심스럽게 보았다. 조선시대에 와서 고려후기의 문화유산을 정리할 때에는 효자나 열녀에 관한 이야기가 아니면 관심의 대상으로 삼지 않았다.

글을 쓴다면 설화를 정착시키는 것을 우선적인 과업으로 삼아서 사상의 문제까지 다루던 시대가 청산되고, 설화에 의거하지 않고서 역사나 사회를 거론하고 인륜도덕을 수립하는 단계에 들어섰다. 중세전기문학에서 중세후기문학으로 넘어오면서 그런 변화가 나타나, 당시의 사정을 서술한 문헌이 과거 어느 때보다도 많아졌지만 설화 자료는 흔하지 않다. 그런 가운데 이따금 소중한 것이 발견되어 자세하게 살필 필요가 있다.

고려시대에 관한 전반적인 사정을 정리해준 〈고려사〉는 〈삼국유사〉는 물론 〈삼국사기〉보다도 설화에 관심이 적었다. 정확한 사료가 비교적 풍부하게 남아 있었던 것도 이유이지만, 신유학의 관점에서 합리적이고도 비판적인 역사를 서술하고자 했으므로 이념 수립과 관련된 긴요한 내용을 지닌 설화만 거론하면서 원래의 모습 그대로 남기려고 하지는 않았다. 그런 사고방식은 조선왕조가 들어서자 비로소 나타난 것이 아니라 그전부터 성장하고 있었다.

설화를 소중하게 여기는 움직임이 없었던 것은 아니다. 일연은 〈삼국유사〉를 쓰면서 그때까지 내려온 구전설화를 적극 수용해서 잃어버린 역사를 추적하기 위한 방증으로 삼았다. 그렇다고 해서 설화 전반에 관한 재인식이 가능할 수 있었던 것은 아니었다. 고대 제왕의 창업에 관한 말은 괴이하다고 하지 않고 존중하는 이유가 어디에 있는지 밝힌 서론에서 설화에 대한 비판적인 사고방식이 성장한 자취를 확인할 수 있다. 자기 당대에 이루어진 설화는 관심 밖에 두어 공연한 시비를 피했다.

고려후기에 나타난 새로운 글쓰기 형태인 시화(詩話)는 시를 짓는 데 따르는 흥미로운 이야기를 겪고 들은 대로 적어 넓은 의미의 설화에 포함된다고 할 수 있고, 인물전설로서 상당한 묘미를 갖춘 것도 이따금 보인다. 이인로(李仁老)가 〈파한집〉(破閑集)에 수록한 예종 임금, 곽여(郭輿), 이자현(李資玄)에 관한 이야기는 예사롭지 않은 행적으로 이름을 남긴 세 사람의 성격과 취향을 아주 잘 보여주었다. 그러나 시화는 삽입되어 있는 시에 관심을 가져야 이해하고 즐길 수 있으므로, 소재와 독자가 제한되어 있는 특수한 설화이고, 다른 설화와 공통적인 유형이 거의 없다.

시화집은 잡록이니 패설이니 하는 것들도 수록해서 내용이 잡다하다. 구전설화를 받아 적을 자리를 마련해놓았다고 할 수 있다. 그러나 나타나 있는 결과는 실망스럽다. 〈파한집〉에서는 지리산에 들어가서 청학동(靑鶴洞)을 찾다가 뜻을 이루지 못했다든가 하는 것 정도가 관심을 끌 만한 것이다. 〈보한집〉(補閑集)이나 〈역옹패설〉(櫟翁稗說)에는 그럴 듯한 예가 더 많지만, 조선시대에 들어와서 이루어진 패설이나 야담만큼 풍부한 내용을 갖추고 있지는 않다.

〈보한집〉 끝머리에 실려 있는 설화 두 편은 예사로운 것이 아니다. 나중 것을 먼저 들어보자. 어느 노승이 소년으로 변신한 호랑이를 따라서 호랑이 굴에 갔다가 죽을 뻔했다. 호랑이 무리가 벌을 받게 되었을 때 그 호랑이는 자기가 벌을 감당하겠다고 하고, 약속한 장소에서 노승이 지닌 창으로 자살을 한 다음에 사람으로 태어나 노승의 제자가 되었다. 그리고는 어디 가서 신통한 술법을 얻었다고 했다.

저자 최자(崔滋)는 논평을 달아, 괴이한 이야기라고 하면서, 앞일을 안다는 호랑이 스님이 있다는 소리가 세상에 퍼져 있으나 믿을 수 없다고 했다. 그러나 허탄하다고 하고 말 것은 아니다. 신라 때의 〈김현감호〉(金現感虎)와 연결되는 내용을 갖추고 있다. 호랑이 스님을, 머물렀다는 절 이름을 따서 일엄사(日嚴師)라고 일컬었다. 일엄이라는 승려가 도통을 해서 눈먼 자를 보게 하고 죽은 사람을 살려낸다고 해서 명종 임금까지 숭앙을 했다는 사건이 〈고려사〉 열전 임민비(林民庇) 대목에 보인다.

또 하나는 최자가 열 살 때인 1198년(신종 1)에 있었던 사건으로 전한다고 했다. 이인보(李寅甫)라는 사람이 산천에 제사 지내는 직책을 맡고 부석사(浮石寺)에 묵었을 때 오래된 우물의 귀신이 아름다운 여자의 모습을 하고 나타나 잠자리를 함께 했으며, 그 뒤에 찾아와 떼어버리기가 힘들었다고 했다. 이 이야기에 대한 논평에서는 괴탄하기 그지없는 사건에 말려든 이인보의 처신을 나무랐다. 위에서 든 사례와 합쳐서 생각하면, 사람과 동물, 사람과 귀신이 얽혀서 인연을 이룬다는 이야기가 흔히 있었음을 알 수 있고, 그런 이야기가 배격된 사유도 확인할 수 있다.

민간에 전해지는 이야기 가운데 상층에서 특히 긍정적으로 평가한 것은 보은담이다. 〈보한집〉 중권에는, 술에 취해서 자고 있는 주인을 구출하느라고 개가 몸에 물을 묻혀 불을 끄다가 죽었다는 이야기의 첫 예가 보이고, 다른 사연이 덧붙어 있다. 주인이 개 무덤을 만들고 지팡이를 꽂아두었더니 나무가 되어 자랐다고 했다. 그 사건이 전해지자 시를 지어서 개를 찬양한 사람도 있고, 당시의 집권자 최우는 개의 전을 지어 세상에서 은혜는 갚아야 한다는 교훈을 알도록 하라고 했다 한다.

〈역옹패설〉에도 동물의 보은담이 두 편 있다. 고려초에 서신일(徐神逸)이라는 사람이 화살에 꽂혀 도망치고 있는 사슴을 구해주었더니 꿈에 신령이 나타나 그 사슴이 자기 아들이라면서 자손이 재상이 되도록 하는 것으로 보답을 삼겠다고 했다. 손자인 서희(徐熙) 대에 그 예언이 실현되었다. 그 다음 이야기는 근래의 일이라고 하면서 박세통(朴世通)이라는 사람이 지방의 현령이 되어 나갔다가 거북같이 생긴 큰 생물이 잡혀서 죽게 된 것을 구해주었더니 역시 꿈에 어떤 노인이 나타나 자기 아들을 살린 은공에 보답하기 위해서 삼대가 재상이 되도록 해준다고 했다. 주색에 빠져 기회를 잃은 손자가 원망하는 시를 지었더니, 그 날 밤에 거북이 꿈에 나타나 소원이 얼마쯤은 성취될 것이라는 말을 했다고 했다.

그런 이야기는 특정 가문에서 자기네의 득세를 합리화하고 자랑하자고 퍼뜨렸을 만하고, 하층에 이르기까지 널리 공감을 얻기는 어려웠을 것이다. 꿈을 통해서 신령스러운 세계와 관계를 맺는다는 요소는 함께 지니면서 다른 내용은 반대가 되는 설화도 〈역옹패설〉에 보인다. 상하층의 설화가 갈라졌던 사정을 엿볼 수 있다.

어느 권력 있는 집안에서 강압해 종이 된 양민이 전법사(典法司)에 고소를 하자, 원통한 사정을 알면서도 권력이 두려워 부당한 판결을 내렸다. 그러자 꿈에 하늘에서 칼이 내려와 전법사의 관리들을 모조리 내리찍었다고 했다. 이가당(李家黨)이라는 도적에 관한 이야기는 상층의 입장에서 서술되어 있는데, 하층에서는 아주 다른 말을 했을 것 같다.

〈고려사〉 열전을 마련할 때 효우(孝友), 열녀(烈女) 등의 조항을 두고, 뚜렷한 지위를 차지하지 못한 인물이라도 행실이 훌륭하면 소개했다. 실화를 말하려고 했으나 설화를 배제하지 못했다. 누군지 모를 형제가 황금을 주워서 나누어 가졌다가, 배를 타고 가는 도중에 던져버리고서는 황금 때문에 서로 시기하는 마음이 생기는 것을 경계했다는 이야기를 효우 대목에서 정유(鄭愈)라는 사람의 행적을 다룬 끝에 적어놓았다. 성명과 거주를 밝힐 수 없어도 행실이 아름다우니 기록에 남겨야 하겠다고 생각했던 것이다.

외침을 겪으면서 많은 이야기가 생겨났다. 효우 대목의 김천(金遷)이라는 사람은 몽고병에게 납치되어간 어머니를 온갖 고생을 다한 끝에 찾아내 거듭되는 난관을 물리치고 모셔왔다고 했다. 열녀의 본보기로 든 배씨(裵氏)니 문씨(文氏)니 하는 여인네는 왜구에게 몸을 더럽히지 않으려고 목숨을 버렸다고 해서 민족수난의 처참한 현장을 다시 나타내준다. 배씨는 이숭인이 쓴 〈배열부전〉(裵烈婦傳)의 주인공이기도 하다.

중국인은 침공해 들어오지 않아 그런 수난을 안겨주지는 않았다. 그런데도 귀화인을 내세워 반감을 나타낸 설화가 있다. 예종 때인 1100년대에 중국에서 건너와서 귀화하고 벼슬을 얻은 호종단(胡宗旦)이라는 사람이 문화재를 파괴하고 산천의 정기를 훼손하는 기이한 행동을 하고 돌아다녔다고 했다. 출처가 확실한 기록이 거듭 나타나 가볍게 볼 수 없는 것이다.

1349년(충정왕 1)에 쓴 이곡의 〈동유기〉(東遊記)에서, 호종단이 금강산 일대를 돌아다니며 비문을 긁어버리고 종 같은 것들을 못 쓰게 만들었다고 했다. 들은 이야기의 증거를 현지에서 확인할 수 있었다고 했다. 1486년(조선 성종 17)에 간행된 〈동국여지승람〉 제주도 사묘(祠廟)조에서는 더욱 놀라운 말을 했다. 호종단이 제주도에 와서 땅의 정기를 누르고 돌아갔다가 한라산 산신의 아우가 매가 되어 돛대 머리로 날아오르니 배가 파선되어 죽었다고 했다.

사실로 고찰할 여지는 없어, 상징적인 의미를 찾아야 한다. 실제 행적이 불분명한 호종단을 중국인의 전형으로 삼고, 금강산의 비문이나 한라산의 지세를 들어 민족 자부심을 나타냈다고 보면, 말하려고 한 바를 이해할 수 있다. 중국 때문에 겪어온 정신적인 침해를 알아차리고 대응하는 자세를 가다듬어야 한다고 흥미와 충격을 갖추어 주장했다.

들은 말을 기록한 사람들이 거기까지 생각할 수 있었던 것은 아니다. 한문학에서는 가능하지 않은 작업을 민중이 창작하는 설화가 맡아서 수행했다. 왕건의 할아버지는 중국 천자의 아들이라고 하던 시조도래 건국신화의 지론을 거부하고, 중국을 경계하고 배격해야 할 대상으로 삼는 노선 전환을 기층문화의 역량으로 이룩했다. 그렇게 해서 중세후기로의 전환을 밑에서부터 다졌다.

그 성과를 후대의 설화가 이었다. 호종단이 했다는 짓이 다시 나타나고 피해와 투쟁이 확대되었다. 임진왜란 때 원병을 이끌고 온 명나라

장수 이여송(李如松)이 전국토의 정기를 눌러 인물이 나지 못하게 하자
삼각산 산신이 나서서 징치했다고 했다.

　　이인보 이야기는《한국소설의 이론》(지식산업사, 1977)에서, 박세
통과 호종단에 관한 전승은《인물전설의 의미와 기능》(영남대학교출
판부, 1979)에서 다루었다. 호종단을 제주도에서 계속 이야기하는 양
상은 현길언, 《제주도의 장수전설》(홍성사, 1981)에서 고찰했다.

7.7.2. 무가

　　무속은 많이 변하지 않았다. 그때에도 무당은 신이 자기에게 하강했
다고 하고, 신이 하는 말로 길흉에 관한 공수를 주는 방식을 사용해 굿
을 진행했다. 이규보가 무당을 못마땅하게 여겨 지은 〈노무편〉(老巫篇)
이라는 장시에서 흥미로운 자료를 얻을 수 있다. 두 대목을 들어본다.

自言至神降我軀	"내 몸에 신이 내렸다"고 스스로 말하지만,
而我聞此笑且吁	내가 들으니 우습고 서글플 따름이다.
如非穴中千歲鼠	굴 속에 든 천 년 묵은 쥐가 아니라면,
當是林下九尾狐	바로 숲에 사는 꼬리가 아홉 되는 여우일세.
緣木爲龕僅五尺	나무를 얽어 다섯 자 남짓한 감실을 만들어
信口自道天帝釋	입버릇처럼 스스로 제석천이라 하지만,
釋皇本在六天上	제석천황은 본래 육천 위에 있거늘
肯入汝屋處荒僻	어찌 네 집에 들어가 누추한 구석에 머물 것이냐.

　　신이 무당의 몸에 하강했다고 하면서 기이한 행동을 한다고 했다. 신
을 모신 광경도 그렸다. 인용한 대목 다음 부분을 보면, 그림을 걸어놓
고, 야단스러운 분장을 하고, 작두를 타기도 하는데, 어느 것이든지 다

후대의 무속과 그리 다르지 않다. 무가의 가짓수나 사설을 두고서도 같은 추측을 해볼 수 있다.

언제나 거의 같은 방식으로 하는 굿은 기록에 오를 기회가 적었다. 사건이 생겨야 관심이 커졌다. 특별한 능력을 가졌다는 사람이 나타나 세상을 소란하게 하기도 했다. 난세의 시련에서 벗어나게 해줄 구원자의 출현을 기대하는 시대여서, 제석이나 미륵으로 자칭하는 무당 또는 승려가 거듭 출현해 민심을 장악했다. 신유학이 등장하자 무속을 타파의 대상으로 삼았다. 서로 다른 방향에서 세상을 구하겠다고 한 구세주 무당과 신유학 강경파 사이의 충돌이 심각하게 벌어졌다.

미래를 예언한다든가 병을 치료한다든가 하는 승려나 무당을 깊이 믿는 것은 일찍부터 있던 일이다. 이미 언급한 일엄이라는 승려는 장님을 눈뜨게 하고 죽은 이를 살려낸다고 해서 귀천과 노소를 가릴 것 없이 수많은 신도가 모여들어, 머리털을 밟고 지나가게 하고, 세수한 물이라도 한 방울 얻어 법수(法水)로 삼으려 하는 등 대단한 소동이 벌어졌다고 한다. 명종 임금도 맞이했다고 한다. 임민비라는 관원이 일엄을 깊이 믿었다 해서 〈고려사〉 열전 임민비 대목에 자료가 남아 있다.

무속을 배격하고자 하는 시도도 있었다. 서경 반란 진압에 공적을 세운 서리 함유일(咸有一)이 의종 때에 교로도감(橋路都監)의 직책을 맡아 특별한 이적이 없는 무신을 모신 신당은 모두 없애려 하자, 여러 신이 반항했다는 기사가 〈고려사〉 열전에 올라 있다. 구룡산신(九龍山神)은 회오리바람을 일으켜 신당의 문을 닫아 화살을 막았다고 했다. 용수산신(龍首山神)은 임금에게 현몽해서 함유일의 잘못을 말했다고 했다. 그런 일이 거듭되다가 마침내 함유일은 탄핵을 받고 벼슬에서 물러났다.

충렬왕 때 공주 지방관 심알(沈謁)은 큰 소동을 진압했다. 금성대왕(錦城大王)이 하강했다는 무당이 간통한 남자와 함께 상국(上國)에 간다고 하니 따르며 섬기는 무리가 고을마다 가득했다고 할 만큼 사건이 확대되었다. 안향(安珦)이 상주에 가서 무당을 다스리고, 우탁(禹倬)이

영해에 부임해 팔령신(八鈴神)의 사당을 헐어 없앴다는 데서는, 신유학이 등장해 무속에 대한 투쟁이 더욱 강경하게 전개된 내력을 확인할 수 있다.

권화(權和)가 우왕 때 청주목사가 되어 요민(妖民) 이금(伊金)을 처단한 것은 특기할 만한 사실이다. 이금은 고성 출신인데 미륵불이라고 자칭하면서 민심을 선동해 지나는 고을마다 수많은 신도를 모으다가 청주에 이르렀을 때 권화에게 잡혔다. 이금이 했다는 말이 남아 있어 들어보기로 한다.

나는 석가부처를 불러올 수 있느니라.
신령에게 빌고 제사를 올리는 자,
쇠고기와 말고기를 먹는 자,
재물을 사람들에게
나누어주지 않는 자는
누구나 죽으리라.
내 말을 믿지 않으면
삼월이 되자 해와 달이 모두 빛을 잃으리라. ……
내가 손을 쓴다면
풀에서 푸른 꽃이 피어나고,
나무에 곡식이 열리리라.
한 번 심어 두 번 거두기도 하리라. ……
내가 산천의 신령들을 보내면
왜적을 잡을 수 있으리로다.

이금을 무당이나 승려라 하지 않고 요민이라고만 했다. 기존의 신앙을 타파하고 나선 예언자이고 구세주였음을 스스로 했다는 말에서 알아볼 수 있다. 자기는 석가를 불러올 수 있는 위치에 있다고 자부했다. 자기가 아닌 다른 신령에게 빌고 제사를 올리면 징벌을 받는다고 했다.

무당들도 그 말을 따라 다른 신들을 버리고 이금을 받들었다.

위에서 인용한 바와 같은 예언은 예삿말로 하지는 않았을 것이다. 곡조를 붙여 노래를 해야 높이 숭앙될 수 있는 위엄을 갖추고 신령스러운 분위기를 조성할 수 있었을 것이다. 신작 무가라고 할 수 있는 것이어서, 한문으로 남아 있는 말을 노래 형태로 되돌려서 풀어보았다. 모두 아주 요긴한 말이다. 신령에게 빌고 제사를 지낼 것이 아니라 재물이 있으면 가난한 사람들에게 나누어주라고 했다. 따르는 신도들이 재물을 나누어주는 데 뒤질까 염려하며 다투어 그 말을 실행했다고 한다.

수탈이 극도에 이르러서 도저히 살아갈 수 없게 된 시대에 하층 빈민들이 바라마지 않던 소망이 헛된 공상이 아니고 실현 가능한 것임을 입증했다. 나무에 곡식이 열리리라고 한 것이나 한 번 심어 두 번 거두리라고 한 것도 농민의 간절한 소망을 나타낸 말이다. 그렇게 된다면 얼마나 좋으랴 싶어서 수많은 사람이 모여들어 이금을 따랐다. 산천의 신령을 보내 왜적을 잡을 수 있다고 한 것은 누구에게서나 호응을 얻을 수 있는 말이고, 민족 수호신을 갈구하는 오랜 전승과 깊이 연결된다.

예언자이며 구세주로 자처하는 사람이 나타나 민심을 널리 모으고 새로 지은 무가를 노래하며 하층민의 소망을 표현하는 것을 신유학을 표방한 사대부는 그대로 두지 않고 완강하게 맞서 억압했다. 권화는 이금을 잡아서 나라에 고하고 죽였다. 정도전(鄭道傳)은 이금에 대한 신앙과 불교를 아울러 비판했다. 어느 승려가 해와 달 모두 빛이 없어지리라고 한 이금의 말이 가소롭다고 하니, 정도전은 석가는 멀리 후생의 일을 말하고 이금은 가까이 삼월의 일을 말해서 거짓이 드러나기까지 걸리는 시간은 차이가 있으나 허망하기는 마찬가지라고 했다고 한다.

조선왕조가 들어서자 이단 신앙에 대한 탄압을 더욱 강화했다. 불교가 배척을 받는 판국에 무속이 온전할 수 없었지만 종말에 이른 것은 아니다. 불교나 무속은 왕실을 위해서 복을 빈다는 구실로 존속하는 길을 찾는 한편 신유학의 이념이 침투할 수 없는 영역에서 오랜 전통을 이었다. 〈시용향악보〉에 무가가 몇 토막씩 올라 있는 것이 그 때문이다. 조선시대의 탄압을 견디면서 더 많은 무가가 오늘날까지 전승된 것은 크게 다행한 일이다.

이 대목에서 다룬 내용에 관해서는 참고문헌으로 들 만한 것이 이루어지지 않았다.

7.7.3. 연극

고려시대 연극의 행방을 추적하려면 우선 팔관회(八關會)·연등회(燃燈會)·나례(儺禮) 같은 행사를 주목하게 된다. 나라의 안녕을 꾀하고 재앙을 물리치고자 해서 그런 나라굿을 해마다 일정한 시기에 거행하면서, 가무백희(歌舞百戲)라고 통칭되는 갖가지 놀이를 다채롭게 벌였다. 이색의 〈구나행〉(驅儺行) 같은 자료에서 그 내역을 파악할 수 있다.

그런데 문제는 가무백희에 과연 연극이 포함되었던가 하는 데 있다. 채붕(綵棚)이라고 하는 오색 비단 장막을 드리우고, 노래 부르고 춤추며, 곡예를 벌이는 절차가 모두 연희이기는 하지만 연극은 아니다. 연극이라면 일정한 인물 배역을 설정해서 말을 주고받으면서 어떤 갈등을 다루어야 할 것인데, 그렇지는 않다. 당악정재나 속악정재도 화려하고 흥미로운 연희이기는 해도 연극은 아니다. 연극을 국가 행사로 공연했다는 기록은 찾아볼 수 없다.

"우리나라 정재인(呈才人)은 본디 중국의 배우나 환술자(幻術者)의 무리인데, 세상에 전하기를 고려말에 노국대장공주(魯國大長公主)를 따라왔다고 한다"는 말이 〈지봉유설〉(芝峰類說)에 보인다. 노국대장공주는 원나라 공주이고 공민왕의 아내이다. 공민왕은 원나라 부마가 되어 여러 해 동안 원나라에 머물면서 연극 취미를 길렀을 수 있고, 고려

왕비가 된 원나라 공주가 배우를 데리고 왔을 만하다.

그러나 원나라에서 인기를 모으고 있던 잡극(雜劇), 후대에는 원곡(元曲)이라고 일컬은 연극을 가져오지는 않았다. 그 점은 월남의 경우와 대조가 된다. 월남은 원나라의 침공을 물리치고 주권을 지키는 싸움을 벌이면서, 포로로 잡은 연기자들을 통해 원곡을 받아들여 자기 것으로 만들었다. 새로 만든 연극을 재래의 민속극과 함께 공연해, 중세후기 동아시아 연극을 다원화하는 데 월남이 한몫 했다.

같은 일이 고려에서는 일어나지 않은 것은, 원나라 연극은 민간의 공연물이고 궁중에서는 애호하지 않았기 때문이라고 할 수 있다. 공민왕과 아내가 데리고 온 정재인의 무리란 연희를 하는 사람들이어서, 고려의 연희를 다채롭게 하는 데는 기여했으나 연극을 만들도록 한 것은 아니라고 생각된다. 원나라 연극을 받아들일 만한 민간의 접촉은 없어, 고려의 연극은 독자적인 전통을 이어나가기만 했다고 본다.

창우(倡優), 우인(優人), 배우 등으로 일컬어지는 사람들에 관한 기록이 더러 남아 있다. 권근은 사람을 웃기거나 하는 우인 또는 영인(伶人)에도 효자가 있다는 사실을 기록한 〈우인효자군만전〉(優人孝子君萬傳)을 썼다. 이규보의 시에, 임금 앞에서 창우희를 하고 나온 창우들과 허물없이 어울려 함께 놀면서 창우들의 희학에 얹어 취한 김에 노래를 한다는 것이 있다. 웃기는 공연종목은 연희일 수 없고 연극이다. 말을 주고받으면서 연극을 해야 웃음을 만들어낼 수 있다.

고위관원이 창우희를 흉내냈다는 기사도 더러 있다. 고종 때 최우가 잔치를 벌인 자리에서 장군 임재(林宰)가 창우의 춤을 추자 체신에 맞지 않는다고 모두 천하게 여겼다고 했다. 충렬왕 때 상장군 정인경(鄭仁卿)이 주유희(侏儒戱)라는 난장이놀이를 하고, 장군 간홍(簡弘)은 창우희를 했다고 했다. 충혜왕 때 장사랑(將仕郎) 영태(永泰)는 배우희를 잘했다고 하면서 왕을 상대로 농담을 한 말도 전한다.

이상과 같은 자료는 연극 전문인이 따로 있고, 궁중에서 잔치를 할 때 동원되어 웃겨서 즐겁게 하는 연극을 한 사실을 알려준다. 어떻게 공연하는 연극이었는지는 알기 어렵지만, 궁중연극이 따로 있었다고 생각되지는 않는다. 평소에는 민간에서 자기네 나름대로 연극을 하다가 부름이 있으면 어디라도 갔다고 보는 편이 타당하다.

민간연극은 기록을 담당한 사람들의 관심사가 아니어서 그 모습이 문헌에 오르기 어려웠으나, 아주 주목할 만한 자료가 〈고려사〉 열전 염흥방(廉興邦) 대목에 있다. 혹독한 수탈을 일삼는 벼슬아치 염흥방은 길거리에서 누군가 우희(優戱)를 하면서 세력이 대단한 집의 종이 백성을 괴롭히며 소작료를 거두는 것을 보고서도, 뜻하는 바를 알아차리지 못하고 즐거워하기만 했다고 했다.

간략한 기록이지만 많은 것을 말해준다. 당시에 길거리에서 하는 민간연극이 있었다. 사회문제를 다루었다. 염흥방이 자기와 같은 무리에 대한 반감을 나타내는 연극을 보면서도 뜻하는 바를 알아차리지 못했다고 하니, 겉 다르고 속 다른 풍자적 수법을 사용했다. 연극이 그것 하나뿐이지는 않았을 것이다. 풍자의 수법을 써서 사회문제를 다루면서 하층의 반감을 나타내는 민속극이 여기저기 있고, 그 가운데 특별한 것은 마을을 떠나 길거리로 나와 행인을 상대로 공연했다고 보는 것이 자연스럽다.

〈고려사〉 열전 전영보(全英甫) 대목에서 "우리말로 가면을 쓰고 노는 사람을 광대(廣大)라고 한다"고 했다. 그 당시에 탈춤이 있고, 탈춤을 하는 놀이꾼을 광대라고 일컬었음을 알 수 있다. 이 경우에 광대는 창우, 우인, 배우 등과 상통하는 전문인일 수도 있고, 신분과는 관계없이 탈춤을 공연하는 사람을 지칭하는 말일 수도 있다. 어느 쪽인가는 자료가 더 있어야 판단할 수 있다.

탈춤 작품은 기록이 남아 있지 않으나, 후대의 자료를 이용해 추정해 볼 수 있다. 경북 안동군 하회(河回) 마을의 탈춤이 고려후기에 이미 있었으리라고 볼 수 있는 증거가 몇 가지 있다. 고려중엽까지 허씨가, 그 뒤에는 안씨, 조선초기부터는 유(柳)씨가 살았다고 하는 마을인데, 지금까지 보존된 탈 한 벌을 허도령이 만들었다고 전해오며, 만든 수법을 보아도 그 정도 오래 되었으리라고 인정할 수 있다. 대사 한 대목에, 높은 벼슬을 문하시중(門下侍中)이라고 하는 고려 때의 용어가 남아 있다.

하회탈춤 같은 탈춤은 농촌에서 농사가 잘되게 하려고 정기적으로 거행하는 마을굿에서 유래했으며, 공연자는 전문인이 아닌 농민이다. 신당에 모셔두고 섬기다가 굿을 할 때는 신이 하강한 것을 나타내는 탈을 여럿 만들어 선비와 중, 부네라는 각시, 이매라는 바보 등의 배역을 갈라 연극을 하는 데 썼다. 탈의 이중 기능에 자연과의 갈등을 해결하려고 하는 굿이 사람들 사이의 갈등을 표현하는 극으로 바뀐 과정이 집약되어 있다. 그런 형태의 농촌탈춤이 전국에 널리 분포되어 있었으리라고 생각되지만, 구체적인 증거를 더 보탤 수는 없다.

탈춤과 함께 우리 민속극의 기본 종목을 이루는 꼭두각시놀음도 그 당시에 있었다. 이규보 시에는 꼭두각시놀음을 보고 지은 것이 두 편 있어 증거가 된다. 그 가운데 〈관롱환유작〉(觀弄幻有作)이라고 한 것을 들어본다.

造物弄人如弄幻	조물주가 사람 놀리기를 꼭두각시처럼 하는데
達人觀幻似觀身	달인은 꼭두각시를 제 몸인 듯 보는구나.
人生幻化同爲人	인생살이는 꼭두각시놀음과 한가지라,
畢竟誰眞復匪眞	끝내 누가 옳고 누가 그르다고 하겠느냐.
俯仰執伸具體微	아래 위를 보고 찡그리고 펴며 신체의 미묘함 갖추니
孰將心匠奪天機	누가 마음의 장인이라 하늘 재주를 빼앗았는가.
人緣一氣成蚩蠢	사람도 기운 하나로 꿈틀거리며 살아가다가,
氣出還同罷幻歸	기운 빠지면 꼭두각시놀음 마친 것과 같게 되나니.

시 두 편에 나타난 바를 함께 정리하면, 꼭두각시는 환(幻), 꼭두각시놀음은 농환(弄幻), 놀이꾼은 교인(巧人)이라고 했다. 꼭두각시가 움직이는 모습이 하나하나 교묘하다고 했다. 다른 시에서는 "단청을 모았

다가 순식간에 거두어버리네"라고 하는 말로 후대의 꼭두각시놀음에서 절을 짓고 허는 장면 같은 것을 묘사하고, 그 재주가 놀랍다고 했다. 그러나 연극 내용에 관해서는 언급하지 않고, 인생살이도 생각해보면 꼭두각시놀음과 다름이 없다는 말만 했다.

이두현, 《한국가면극》(문화재관리국, 1969)에서 고려시대 연극 전반을 개관했다. 문학연구소, 《조선문학사 고대중세편》(과학백과사전출판사, 1977)에서 꼭두각시놀음을 고찰했다.

7.8. 경기체가·시조·가사의 형성

7.8.1. 시가사와 사상사

고려후기는 향가가 사라진 시대였다. 신라 이래의 오랜 역사를 가진 향가가 고려전기가 끝나는 것과 함께 그 잔존형태마저 자취를 감추고 다시 나타나지 않았다. 향찰 표기법으로 우리말 노래를 적는 관습이 없어졌다는 것이 아니고, 향가라고 하는 문학의 갈래가 역사적인 종말을 고했다는 말이다.

그런 사실은 문학사의 큰 흐름을 역사 전반의 동향과 관련시켜 이해해야 그 이유와 의미가 드러난다. 고려전기에는 신라의 전통을 이은 문벌귀족이 지배세력으로 군림하면서 상층문화를 담당해 향가가 지속될 수 있었다. 무신란이 일어나 문벌귀족의 지배체제가 무너지자 향가가 존재할 수 있는 기반이 없어지고, 중세전기문학의 오랜 시기가 끝났다.

고려후기에는 권문세족이 국권을 장악하고 있었으며, 신흥사대부가 경쟁세력으로 성장했다. 권문세족은 무신란·몽고란을 겪고 원나라의 간섭이 지속되는 동안에 정상적이랄 수 없는 기회를 잡아 권력과 토지는 차지했지만, 상층문화를 재건하는 능력은 가지지 못했다. 흥겨운 놀이나 찾는 국왕을 부추겨, 이념적 긴장은 풀어버리고 위엄은 돌보지 않으면서 유흥적이고 향락적인 기풍의 속악정재와 속악가사를 즐긴 것은 이미 고찰한 바와 같다. 그렇게 해서는 나라가 망한다는 위기의식을 가지고 신흥사대부는 지배체제를 바로잡는 이념을 마련하고자 했다.

백성의 삶을 함부로 유린하면서 향락에 빠지는 잘못을 시정하려면 사고방식을 근본적으로 바꾸어야 했다. 원래 지방 향리 출신이어서 백성과 가까운 관계를 가지고 제반 실무를 다루어온 신흥사대부의 경험을 말하는 수준을 넘어서서, 현실을 제대로 인식하고 도의를 분명하게 하면서, 그 둘이 하나라고 하는 세계관이 필요했다. 그것은 바로 높은 수준의 이론불교를 갖추어 정립한 중세전기의 '심'(心) 철학에 대한 중세후기의 대안을 제시하는 작업이어서, 여러 단계를 거쳐 힘들게 진행해야 했다.

작업 진행 과정을 제대로 밝히려면 많은 지면이 필요하므로, 용어 변천에다 중심을 두고 간명하게 정리하는 방법을 택하기로 하자. 이규보(李奎報)가 현실에 해당하는 것은 '물'(物), 도의 쪽은 '도'(道)라고 한 것은 독자적인 발상이다. 이색(李穡)은 신유학을 받아들이고자 했으면서도 '물'과 '도'라는 말을 그대로 썼다. 정도전(鄭道傳)은 신유학의 정수가 되는 철학을 자기 논리로 정립하면서 '기'(器)와 '도'의 관계를 논했다. 이기철학을 받아들여 재창조하는 단계에 이르면, '물'이니 '기'(器)니 하던 것은 '기'(氣)라고 하고, '도'는 '이'(理)라고 하는 용어가 일반화되었다.

철학의 사고를 바꾸어나가는 것과 병행해 문학도 기본 양상을 혁신했다. 문학에서 한 작업은 다른 어느 곳의 전례를 참고로 하지 않고 독자적으로 진행했으며, 새로운 갈래를 다시 만드는 것을 기본과업으로 삼았다. 철학사와 문학사는 둘이면서 하나이고 하나이면서 둘임을 알아야 그런 사실을 파악할 수 있는 시야가 열린다. 문학갈래는 시대의 산물이고 이념 구현물임을 밝히는 것이 문학사 이해의 긴요한 과제임을 확인하면서 문학연구의 범위를 넘어서야 한다.

오직 '심'만 소중하다고 하던 시대의 이념을 세계를 자아화해서 구현한 향가를 대신해, '물'과 '도'를 함께 중요시하는 시대에는 자아를 세계화하는 교술시를 새롭게 마련하고, 세계를 자아화하는 서정시를 다시 만들어야 했다. 외국의 전례에 의거하지 않은 독자적인 창조물인 우리말 시가에서 중세전기는 서정시의 시대이고, 중세후기는 교술시와 서정시가 공존하는 시대였다. 중세전기와 중세후기를 구분하는 가장 뚜렷한 징표가 바로 이것이다.

우리문학사만 그런 것은 아니다. 월남 또한 한문문명권의 중간부여서 중세후기 교술시를 우리와 거의 같은 양상으로 마련했다. 고찰의 범위를 더 확대하면, 여러 문명권의 중간부인 산스크리트문명권의 타밀,

아랍어문명권의 페르시아, 라틴어문명권의 프랑스 등이 모두 13세기 전후에 민족어 교술시를 크게 발전시켰다. 중국 같은 중심부에는 교술 시가 이미 있고, 일본 같은 주변부에는 교술시가 없거나 시가에서 사상 의 문제를 다루지 않는 것도 널리 확인되는 현상이다.

'심'과 '물'을 함께 중요시하는 사고형태가 어느 문명권에서든지 나타 나 중세후기를 일제히 맞이하게 했다. 전환을 구현하는 방식의 분담에 도 기본적인 공통점이 있다. 문명권마다 주희(朱憙) 같은 스승이 나와, 유교 · 힌두교 · 이슬람교 · 기독교의 기본원리를 '물'에 대한 인식이 포 함되게 고쳐 체계화하는 공동문어 논설을 완성했다. 그 뒤를 따라야 하 는 중간부에서는 다른 길을 찾았다. 현실에 대한 새로운 인식을 표출하 는 민족어 교술시 육성을 대안으로 제시해 후진이 선진이게 했다. 멀리 있는 주변부는 그 경쟁에 뛰어들 처지가 아니었다.

중세후기 민족어 교술시의 구체적인 양상은 나라마다 다르다. 우리 경우에는 중세후기에 새롭게 이룩한 교술시가 경기체가(景幾體歌)와 가사(歌辭)이고, 서정시가 시조(時調)이다. 교술시는 둘이어서 경쟁관 계를 가졌다. 먼저 나타난 경기체가가 쇠퇴하면서 후발 교술시 가사가 주도권을 차지해 오랜 생명을 누리면서 다음 시대에도 큰 구실을 했다. 시조는 오늘날까지 남아 있다.

경기체가와 가사의 차이점을 설명하는 방법을, '심'(心) · '신'(身) · '인'(人) · '물'(物)의 관계를 올바르게 파악해야 한다고 한 정도전의 지 론에서 가져올 수 있다. '심'과 '물' 중간에 들어있는 '신'은 신체활동이 고, '인'은 인간관계이다. 그 넷 가운데 어디까지가 자아이고 어디서부 터는 세계인가는 경우에 따라 다르다. 경기체가는 '심' · '신' · '인'인 자 아를 '물'로 세계화했다면, 가사는 '심'인 자아를 '신' · '인' · '물'로 세계 화했다.

경기체가는 연이 나누어지고 여음이 있는 속악가사의 형식을 따라 만든 사대부들의 노래였다. 길게 이어지는 교술민요를 선승들이 포교 목적으로 창작한 것이 가사의 시초이다. 그 둘이 계속 따로 놀지 않았다. 새 시대를 이룩하는 경쟁에서 사대부가 이기고 선승이 진 관계가 시가에서도 나타났다. 사대부가 개별화된 '물'을 단순화하던 단계를 지나 '신'·'인'·'물'의 복합체를 소중하게 여기는 방향으로 세계 인식을 확대하면서, 승려들의 창안물인 가사를 자기네 것으로 만들었다.

시조의 특성은 사뇌가와 비교해 이해할 수 있다. 사뇌가가 다섯 줄이라면, 시조는 석 줄이다. 사뇌가는 "4+1"이고, 시조는 "2+1"이라고 하면 공통점이 잘 드러난다. "1"이 다른 줄과 다른 특이한 짜임새를 가진 것은 같다. "4"가 절반이 되면 "2"이다. '심'을 소중하게 여기던 시대에는 세계의 자아화에 많은 것을 기대하고, 아득하게 높은 것을 추구하는 숭고를 대단하게 여겨 "4"가 필요했다. 그러나 '심'과 '물'의 관계를 문제삼는 시대에는 '심'이 멀리까지 나아가지 않고 세계를 자아화하는 작업을 자기주변에서 진행하고 우아를 갖추는 것으로 만족해 "2"이면 되었다.

《한국문학의 갈래 이론》(집문당, 1992)에서 갈래 문제를 고찰했다. 《문명권의 동질성과 이질성》(지식산업사, 1999)에서 교술시 비교론을 전개했다. 《철학사와 문학사 둘인가 하나인가》(지식산업사, 2000)에서 두 영역의 관계를 중세후기에 중점을 두고 논의했다.

7.8.2. 경기체가

경기체가의 첫 작품인 〈한림별곡〉(翰林別曲)은 〈고려사〉 악지에 속악가사의 하나로 들었으며, 〈악장가사〉에 전문이 실려 있다. 경기체가의 특징을 잘 나타내는 본보기라고 인정되어 언제나 논의의 중심으로 등장한다. 일찍이 이황(李滉)은 '한림별곡류'라는 말로 갈래를 지칭하는 용어로 삼았다. '별곡'이라는 말이 노래 이름에 들어가 있어서 '별곡체'라는 말로 갈래 이름을 삼자는 주장도 있으나 널리 채택되지는 않고 있다. 이 작품에서는 "경景 긔 엇더ᄒ니잇고"라는 말을 되풀이하고 다

른 데서는 "景幾何如"라고도 하는 말을 따서 '경기체가'라는 용어가 창안
되어 널리 쓰이고 있다.

〈한림별곡〉을 "고종 때의 제유(諸儒)가 지었다"고 〈악장가사〉에서 밝
혔다. 한림이란 말은 조정에서 벼슬을 하면서 문학의 재능을 발휘하는
선비를 일컬으니, 여러 유학자라는 뜻의 제유와 그리 다른 말이 아니
다. 1227년(고종 14)을 창작연대로 보자는 견해가 유력하다. 모두 8장
인데, 모여 노는 사람들이 한 대목씩 지어 부른 돌림노래가 아니었던가
한다. 어떤 사람들이 지었는지 짐작할 수 있는 단서가 제1장에 있다.
한자와 국문이 병기되어 있는 표기를 그대로 옮기고 현대역을 곁들
인다.

元淳文원슌문 仁老詩인노시 公老四六공노스륙
李正言니정언 陳翰林딘한림 雙韻走筆솽운주필
冲基對策튱긔디칙 光鈞經義광균경의 良鏡詩賦량경시부
위 試場ㅅ景 긔 엇더 ᄒᆞ니잇고
葉 琴學士금흑ㅅ의 玉笋門生옥슌문싱
琴學士금흑ㅅ의 玉笋門生옥슌문싱
위 날조차 몃부니잇고

원슌 문 인로 시 공로 사륙,
이정언 진한림 쌍운주필,
충기 대책 광균 경의 양경 시부.
위 시장ㅅ 경 그것 어떠한가요!
(엽) 금학사의 옥순문생,
금학사의 옥순문생,
위 날조차 몇 분인가요!

사람 이름과 장기를 열거했다. 유원순(兪元淳)의 문, 이인로(李仁老)

의 시, 이공로(李公老)의 사륙문이 뛰어나고, 이규보와 진화(陣澕)는 쌍운주필의 재주가 있고, 유충기(劉沖基)의 대책, 민광균(閔光鈞)의 경의, 김양경(金良鏡)의 시부가 또한 유명하니, 모두 모여 과거를 본다면 그 광경이 대단하지 않겠느냐고 했다. "葉"이라고 하고 첨부한 대목에서는 금의(琴儀)가 과거를 관장하면서 배출한 급제자들이 옥으로 된 죽순처럼 쟁쟁하다고 하고, 자기를 위시해서 몇이나 되는가 하면서 수가 많다고 자랑했다.

이 대목을 지어 부른 사람은 금의에게 뽑혀서 과거에 급제하고, 당대 명사들과 함께 노는 것을 자랑스럽게 여기는 문인이었을 것이다. 그 뒤 장마다 다른 사람이 지어 불러 돌림노래를 만들었다고 생각된다. 여덟 사람이 한 장씩 지어 모두 8장이 되었다고 본다.

제1장은 문학, 제2장은 서적, 제3장은 글씨를 소재로 삼아서 같은 방식으로 노래를 전개했다. 거기까지 등장시킨 사물은 문인 생활에서 반드시 필요하고 또한 자랑거리로 삼을 만한 것들이다. 그 다음 제4장의 술, 제5장의 꽃, 제6장의 음악, 제7장의 경치는 풍류스럽고 흥겨운 생활을 장식해주는 것들이다. 끝으로 제8장에서는 남녀가 손을 잡고 함께 그네를 타고 노는 광경을 노래했다. 그런 놀이를 실제로 하면서 즐겼으리라고 생각된다.

그러고 보면 문인의 능력을 자랑하는 데서 시작해서 질탕한 놀이를 벌인다고 하는 데까지 나아가는 단계적인 구성을 갖추었다. 이황은 한림별곡류가 비록 문인의 입에서 나왔다 하더라도 너무 들떠 있으며 음란하기조차 한 기풍을 지닌 점이 불만이라고 했는데, 그러한 지적은 뒷부분으로 갈수록 더욱 타당하다. 그런 이유에서 퇴폐적인 작품이라고 하고 말 수는 없다. 오히려 최씨정권에 참여하면서 새롭게 진출한 문인들이 신흥사대부 선구자의 모습을 보여주면서 득의에 찬 기상을 자랑스럽게 나타냈다고 보는 편이 타당하다.

작품의 의미는 소재 이상의 것이다. 작품을 분석해서 깊이 있는 이해를 얻을 수 있다. 먼저 율격을 보자. 음절수를 헤아리는 방식으로 율격을 나타내면 "334 / 334 / 444 / 위 334 / 44 / 44 / 위 35"라고 할 수 있는 연이 되풀이된다. 반복구가 있는 세 토막 형식인 점이 대다수의 속악가사와 같다. 속악가사의 형식을 사용해 속악가사처럼 부르는 놀이노래를 아주 다른 내용을 갖추어 마련했다고 할 수 있다. 문인이 무엇을 하고 어떻게 사는지 자랑스럽게 말하는 노래를 만들어 상층시가의 재건을 꾀했다고 할 수 있다.

"試場ㅅ景 긔 엇더 ᄒ니잇고"라고 하는 감탄구가 들어가는 것이 특징이다. 다른 말은 그대로 되풀이하고 "試場"에 해당하는 말을 第2장 서적에서는 "歷覽", 第3장 글씨에서는 "走筆", 第4장 술에서는 "勸上", 第5장 꽃에서는 "間發", 第6장 음악에서는 "過夜", 第7장 경치에서는 "登望五湖", 第8장 놀이에서는 "携手同遊"로 바꾸었다. 이런 말은 모두 행위를 나타내는 동사를 명사로 바꾼 동명사이다. 거기다 "ㅅ景"이라는 말을 붙여 장면화했다. 앞에서 열거하는 개별적인 사물을 동명사를 사용해 포괄하고 장면화한 것이 일관된 수법이다.

사물 하나하나에 대한 관심을 한 데 모아 포괄적인 인식을 하는 것이 감탄스럽다고 했다. 문학을 하는 능력으로 관직에 나아간 사람들이 자기네 생활을 자랑스럽게 나타내 보이면서 그런 감격을 누린다고 한 것이 작품 전체의 의미이다. 중세전기에 일방적으로 존중되던 '심'에서 '물'로 관심을 돌린 중세후기의 새로운 문학담당층의 등장을 시가를 표현 수단으로 해서 나타내 보여주었다.

〈한림별곡〉이 나온 지 한 세기 정도 지나 안축(安軸, 1287~1348)이 지은 〈관동별곡〉(關東別曲)과 〈죽계별곡〉(竹溪別曲)이 작자의 문집인 〈근재집〉(謹齋集)에 수록되어 있다. 그 두 작품이 출현해 〈한림별곡〉에서 한 시도가 일회용으로 그치지 않고 문학갈래를 이룰 수 있게 했다. 그러면서 작가가 분명하고 혼자서 창작한 작품이라는 점이 새롭다. 〈한림별곡〉처럼 짓는 것은 다시 나타나지 않고, 이 둘을 잇는 작품이 조선시대 경기체가의 주류를 이루었다.

안축은 원래 지방 향리였던 집안에서 태어나 크게 진출했다. 1328년

(충숙왕 15)부터 다음해까지 오늘날의 강원도인 강릉도(江陵道)를 다스리는 존무사(存撫使)가 되어 나갔을 때 〈관동별곡〉과 〈관동와주〉(關東瓦注)를 지었다. 〈관동와주〉는 산하 여러 고을을 돌아보면서 백성의 어려움을 안타깝게 여긴 마음을 수십 편의 한시로 나타낸 시집이다. 경기체가 한편에다 여정을 요약하고 풍류를 자랑한 작품이 〈관동별곡〉이다. 그런 차이점에서 경기체가는 놀이노래라는 특성을 재확인할 수 있다.

> 海千重 山萬疊 關東別境
> 碧油幢 紅蓮幕 兵馬營主
> 玉帶傾盖 黑紅旗 鳴沙路
> 爲 巡察景 幾何如
> 朔方民物 慕義起風
> 爲 王化中興景 幾何如

> 바다는 천 겹, 산은 만 겹인 관동의 별다른 지경,
> 부른 장막, 붉은 장막을 친 병영의 영주가 되어,
> 옥띠 띠고, 일산 기울이고, 검은 창, 붉은 깃발로 명사 길을
> 아, 순찰하는 광경, 그것 어떠한가요!
> 북방 백성의 재물, 의로움 사모하는 기풍 일으켜,
> 아, 왕의 덕화를 중흥시키는 광경, 그것 어떠한가요!

제1장의 원문을 먼저 들고 말뜻을 풀이하면 이와 같다. 화려한 행차를 꾸며 관동지방을 순찰하는 것은 경치를 구경하자는 거동이 아니고, 북방 백성들의 생업을 보살피고 풍속을 바로잡아 왕의 덕화가 실현되게 하는 임무 수행이라고 했다. 그러나 다음에 이어지는 말을 보면, 백성에 관해서는 말하지 않고 경치를 그리는 데 치중했다. 눈앞에 펼쳐지는 경치를 열거하다가 사람의 행위를 보태 감탄할 만한 광경을 만드는

작업을 되풀이했다.

제1장 총론에서 "巡察景"과 "王化中興景"을 말하는 작업을 제2장 이하에서는 계속 했다. 각 장의 처음 두 단어를 인용하고 어느 지역인가 괄호 안에 적는다. 두 차례 든 광경을 인용한다.

제1장	海千重 山萬疊(전체)	巡察景	王化中興景
제2장	鶴城東 元帥臺(안변)	登望滄溟景	歷訪景
제3장	叢石亭 金幱窟(통천)		
제4장	三日浦 四仙亭(고성)		
제5장	仙游潭 永郎湖(간성)	泛舟景	
제6장	雪嶽東 洛山西(양양)	爭弄珠絃景	
제7장	三韓禮義 千古風流(강릉)	遊賞景	日出景
제8장	五十川 竹西樓(삼척)	迎送佳賓景	
제9장	江十里 壁千層(정선)	避暑景	傳子傳孫景

공란으로 남아 있는 대목에서는 "……景"이 사라지고 우리말로 된 감탄어나 서술어가 그 자리를 차지했다. 고정된 격식에서 벗어나고자 하면서 서정에 근접하는 경향이 나타났음을 알 수 있다. 〈죽계별곡〉에서도 같은 양상이 나타난다. 그 때문에 경기체가는 성립되자 해체의 길로 들어섰던 것은 아니다. 조선시대에 들어서면 규칙이 다시 강화되었다.

〈죽계별곡〉은 자기 고향의 여러 모습을 노래한 작품이다. 죽계는 순흥을 가로지르며 흐르는 개울이다. 창작 시기는 밝혀져 있지 않으나, 추정 가능하다. 작품의 배경이 되는 고향 순흥이 순흥부로 승격이 되고, 충목왕의 태(胎)가 안장된 것이 작자가 세상을 떠나던 해인 1348년(충목왕 4)의 일이다. 그 두 가지 사실이 창작의 직접적인 동기이고 작품 속에 언급되어 있어, 안축이 자기 일생을 마무리하면서 지었다고 볼 수 있다.

竹嶺南 永嘉北 小白山前
千載興亡 一樣風流 順政城裏
他代無隱 翠華峰 王子藏胎
爲 釀作中興 景 幾何如
淸風杜閣 兩國頭御
爲 山水淸高 景 幾何如

죽령 남쪽 안동 북쪽 소백산 앞,
흥망에도 한결같은 풍류 순흥성 안,
연데 없는 취화봉, 천자의 태를 갈무리 한 곳.
아 중흥하는 광경, 그것 어떠한가요!
맑은 기풍의 집, 두 나라에 벼슬함이여.
아 산수가 맑고 높은 광경, 그것 어떠한가요!

제1장을 들면 이와 같다. 신라가 망하고 고려가 흥하는 천 년 동안 한결같은 풍류를 이어온 고장이며, 다른 곳에는 없는 왕자의 태를 갈무리한 곳인 순흥을 자기가 들어서 중흥을 했다고 자랑했다. 청백리의 행실로 원나라와 고려 두 나라에서 벼슬했기에 산수의 격조를 더 높였다고 했다. 고유명사를 계속 나열하다시피 하고 설명은 생략하고서도 그런 생각을 잘 나타내, 경기체가가 신흥 사대부의 기백을 과시하는 노래임을 확인할 수 있게 한다.

제2장에서는 사찰의 누각이나 정자를 찾아서 기녀들과 어울려 노는 광경을 다루었다. 제3장에서는 향교에서 글을 배워 유학을 익히고 철 따라 시를 읊고 음률을 즐기는 광경을 자랑하고, 향교의 스승을 보내고 맞는 광경을 곁들였다. 제4장에서 기녀들과 어울려 놀다가 헤어져서 멀리 두고 생각하는 심정을 읊었다. 제5장에서는 성스러운 태평성대이니 사철 즐거운 놀이를 벌이자고 했다.

자기 고장의 아름다운 풍속을 말한 대목은 얼마 되지 않고, 절경을 찾아가 질탕한 놀이를 벌인다고 한 부분은 말이 많다. 두 번이나 등장하는 기녀들을 시켜 이 노래를 부르게 했을 것 같다. 그러고 보면 왕이 권문세족에게 둘러싸여 음란한 속악가사를 즐겼던 것과 그리 다르지 않다 하겠으나, 함께 배격되지는 않았다. 신흥사대부가 남다른 학식과 체험을 동원해서 스스로 지은 점이 가치 있다고 인정되고, 조선시대에 들어와서 새로운 이념을 구현하는 데 긴요하게 쓰일 기회를 얻었다.

박경주, 《경기체가연구》(이회문화사, 1996) ; 임기중 외, 《경기체가연구》(태학사, 1997) ; 김창규, 《한국한림시연구》(역락, 2001)에서 전반적인 고찰을 했다. 여운필, 《한림별곡의 창작 배경 연구》, 《월암성호주선생환갑기념논총》(제일문화사, 1992)에서 창작연대를 논증했다. 김동욱, 《고려후기 사대부문학의 연구》(상명여자대학교출판부, 1991) ; 〈안축의 '관동별곡'과 신흥사대부의 가(歌)문학〉, 성균관대학교 인문과학연구소 편, 《고려가요 연구의 현황과 전망》(집문당, 1996) ; 고정희, 〈원복속기 신흥사대부의 계급의식과 안축의 경기체가〉, 《한국문화》 30(서울대학교 한국문화연구소, 2002) 등의 연구가 있다.

7.8.3. 시조

시조는 시가문학의 한 갈래인 단형 서정시이다. 곡조는 어느 한 가지로 고정되지 않았어도 노래 부르며 즐기는 풍류에 소용된다는 점은 변함없다. 처음에는 어떻게 노래했는지 알기 어려우며, 16세기 무렵부터는 장중한 가곡(歌曲)창으로, 18세기 경에는 시조(時調)창으로도 노래하기 시작했으며, 20세기에 창작되는 것들은 노래하지 않는다. 음악의 특성은 그렇게 바뀌어도 문학갈래의 특성은 그대로 이어졌다.

음악과 구별되는 문학갈래를 지칭하는 용어로 '단가'(短歌)가 널리 쓰였으나 너무 막연하다고 여겨 오늘날은 사용하지 않는다. '시조'(時

調)는 곡조를 지칭하고, 시절가 또는 새로 유행하는 노래를 뜻하던 말이지만 문학갈래의 명칭으로 널리 통용되고 있다. 문학은 '시조'이고, 음악은 '시조창'이라고 하는 구분법이 일반화된 것을 인정하지 않을 수 없다. 가곡으로 부르는 사설이라는 뜻의 '가곡창사'라는 용어를 쓰자는 제안이 있으나 받아들여지지 않는다.

시조가 언제 생겼는가 하는 의문은 시조의 정의에 따라 다르게 해결된다. 모두 세 줄이고, 한 줄은 네 토막이며, 한 토막을 이루는 기준음절수가 4음절인 형식을 갖춘 노래를 시조라고 한다면, 그런 것은 일찍부터 있었다. 백제노래라고 여겨지는 〈정읍사〉(井邑詞)나 고려 속악가사인 〈만전춘별사〉(滿殿春別詞)에 그런 형식이 보인다. 현대시라고 쓴 작품에도 동일한 형식을 사용한 사례가 더러 있다. 그런 것은 네 토막 형식이 네 줄이면 더 잘 어울릴 것이 세 줄로 끝나는 변이형이어서 어느 때든지 있게 마련이고, 독자적인 특징을 가진 문학갈래라고 의식되지 않았다. 그래도 명칭이 필요해 '유사시조'라고 하자는 견해가 있으나 '광의의 시조'라고 일컫는 것이 마땅하다.

'광의의 시조'보다 한 가지 요건이 더 있어 셋째 줄 첫 토막은 기준음절수 미달인 2자나 3자이고, 둘째 토막은 기준음절수 초과인 5자나 6자인 것은 '협의의 시조'이다. 그런 특별한 장치를 사용해 네 줄까지 나아가지 않고 세 줄로 끝나게 하는 결속력을 부여했다. 자연의 소산인 '광의의 시조'를 일부 개조한 인공의 창조물이 '협의의 시조'이다. 그런데 개조 방식은 다섯 줄 향가의 다섯 번째 줄 서두에 감탄구가 와서 결말이 긴장되게 하던 방법을 다시 사용했다.

사뇌가가 그렇듯이 협의의 시조 또한 문학사의 일정한 시기에 특정 문학담당층이 만들어낸 의도적인 창조물이며, 문학갈래로 등록되어 그 나름대로의 역사를 가졌다. 그 시기가 언제이며 창조한 집단이 누구인지 밝히는 것이 당연한데, 자료 사정 때문에 어려움이 많다. 믿을 수 있는 최초의 자료를 근거로 시조는 16세기에 생겨났다고 하면 실증적인 타당성을 확보할 듯하지만, 그 뒤에도 대부분의 시조가 구전으로 보존된 사정을 무시하는 결함이 있고, 산출한 시대의 특성과 시조의 특성을 연결시키지 못하면 설득력이 없다.

〈청구영언〉(靑丘永言) 이하 여러 시조집에 수록된 자료를 보면 삼국시대나 고려전기 사람들이 지었다고 하는 것들이 있는데 후대인의 위작이라고 보아도 지장이 없다. 그런데 고려후기의 작품은 작자가 여럿이고 작품도 많아 신빙성을 의심하고 마는 것이 능사가 아니다. 그때 문학의 갈래체계의 전면적인 개편이 일어나 새로운 서정시가 출현했다고 적극적으로 해석하는 편이 타당하다.

사대부의 경기체가와 승려의 가사에서 자아를 세계화하는 교술시의 작업을 전개하자, 향가가 쇠퇴한 뒤에 자취를 감추었던 서정시를 다시 일으켜 세계를 자아화하는 대응 논리를 펴야 하는 것이 당연한 일이었다. 새 시대의 문화를 일으키는 역군인 사대부가 그 일을 담당하면서 중세전기와는 다른 중세후기의 사고를 형상화했다. 다섯 줄을 갖추어 저 먼 곳에 있는 이상을 추구하는 대신에 석 줄로 말을 줄여 자신을 되돌아보면서, 왕생(往生)의 숭고미를 버리고 안분(安分)의 우아미를 택했다.

근거가 있다고 인정할 수 있는 시조 작품은 어느 것부터인가? 이 질문에 대해 명확한 대답을 얻는 것은 불가능하다. 가능한 추론을 무리하지 않게 하는 것이 현명하다. 우탁(禹倬, 1262~1342)이 지었다는 다음과 같은 것들 두 편은 유력한 후보이다. 작품을 들고 그 이유를 말하기로 한다. 일정한 원리가 없는 후대의 표기로 전하기 때문에 현대 맞춤법으로 옮겨 인용한다.

춘산(春山)에 눈 녹인 바람 건듯 불고 간 데 없다.
저근듯 빌어다가 불리고자 머리 위에.
귀 밑에 해 묵은 서리를 녹여볼까 하노라.

한 손에 막대 잡고 또 한 손에 가시 쥐고

늙는 길 가시로 막고 오는 백발 막대로 치렸더니,
백발(白髮)이 제 먼저 알고 지름길로 오더라.

〈탄로가〉(嘆老歌)라고 하는 것이다. 늙음을 한탄하는 사연을 묘미 있게 나타내 뚜렷한 개성을 갖추었다. 귀밑의 서리라 한 수염을 봄바람을 빌어다가 녹이겠다고 하고, 늙음이 오는 것을 가시나 막대로 막겠다는 표현은 흥미로우면서도 속되지 않고, 꾸미지 않은 가운데 기발하다. 자기 마음을 성찰하는 자세로 야단스럽지 않은 가운데 격조 높은 표현을 얻었다.

여러 시조집에서는 한결같이 우탁이 지었다고 하거나 작자를 표시하지 않았을 따름이고, 다른 사람을 작자로 잡은 것은 하나도 없다. 우탁은 무속을 타파하는 데 열을 올린 강경파이고 〈주역〉(周易)에 정통했다고 알려졌는데, 늙음을 두고 이렇게 말했다는 것은 의외일 수 있다. 그런 이유 때문에 우탁에게 가탁한 후대인의 작품이라고 하기는 어렵다.

우탁은 나서서 경륜을 편 업적이 그리 크지 않지만, 사대부가 새로운 이념을 갖추고 잘못되고 있는 세상풍조와 맞서야 한다는 사명감을 내심에 깊이 간직해 한시에서는 가능하지 않은 능청스러운 어조를 갖추어 나타냈다고 보면, 작자와 작품의 연결이 가능하다. 속악가사에 탐닉해 질탕한 놀이를 벌이는 궁중에서 멀리 물러나서, 경기체가에서 볼 수 있는 자기 과시도 멀리하고, 풍류보다는 품위를 앞세우는 노래를 시험 삼아 지었다고 볼 수 있다. 세월이 흘러 늙음이 닥치는 것은 사람의 힘으로 막을 수 없으니 순리를 따라야 하며 헛된 노욕에 사로잡히지 말아야 한다는 지혜를 말한 것이 〈주역〉을 깊이 이해한 사람답다고 할 수 있다.

네 토막씩 석 줄인 형식은 어렵지 않게 떠오를 수 있는 것이다. 두 번째 작품을 보면 한 토막을 이루는 글자 수가 일곱 자까지도 늘어나, 시조가 처음에는 제대로 틀이 잡히지 않았던 사정을 알려준다고 할 수 있다. 그러나 세 번째 줄 첫 토막은 기준 음절 수 미만이고 둘째 토막은 기준 음절 수 초과인 규칙을 선명하게 갖추어, 더 길게 끌면서 머뭇거리 수도 있는 말을 단호하게 마무리했다. 광의의 시조와 구별되는 협의의 시조를 이루었다. 오래 구전되다가 기록되었어도 협의의 시조가 지닌 징표가 마멸되지 않았다. “가시”와 “막대”의 위치가 바뀌는 것은 변이 가능한 영역에 속한다.

고려말의 시조라고 하는 것들 가운데 노년의 지혜를 말하는 여유를 가진 것은 더 찾기 어렵다. 주위에서 흔히 보는 경물을 노래한 것 같이 하고서 소망하는 바를 이루지 못해 번민하는 심정을 토로하는 작품을 흔히 볼 수 있다. 사람이 하는 일과는 무관한 세계를 서정시에서 자아화하는 방식으로 당대의 정치에 관한 주장을 둘러서 은근하게 나타내는 것이 한시에서는 가능하지 않아 시조가 소중한 기여를 했다.

이화(梨花)에 월백(月白)하고 은한(銀漢)이 삼경(三更)인 제,
일지(一枝) 춘심(春心)을 자규(子規)야 알랴마는,
다정(多情)도 병인 양 하여 잠 못 들어 하노라.

이조년(李兆年, 1269~1343)은 이처럼 배꽃에 달이 밝고 은하수도 삼경이 되어 기울어졌으니 모든 것이 고요하기만 한데, 자기는 도저히 해소할 수 없는 정감 때문에 두견새와 함께 잠을 이루지 못한다고 했다. 언제 어디든지 있을 수 있는 사랑 노래라고 하고 말 것은 아니다. 원래의 독자는 그렇게 이해하지 않았다. 작자가 충혜왕 때에 정치를 비판하다가 고향으로 밀려나서 국왕의 잘못을 걱정하는 심정을 나타냈다고 작품을 수록한 자료집 몇 군데에서 암시했다.

구름이 무심탄 말이 아마도 허랑하다.
중천에 떠 있어 임의로 다니면서,
구태여 광명한 날빛을 따라가며 덮나니.

이 작품은 어느 시조집에서나 이존오(李存吾, 1341~1371)가 지었다고 했다. 마지막 구절을 "덮어 무삼하리오"라고 하기도 하지만, 위에서 든 쪽이 구름에 대한 원망을 더욱 강하게 나타낸다. 광명한 햇빛을 구태여 가리는 구름을 원망했을 따름이고 그 이상 더 어렵게 생각할 여지가 없다고 한 표면의 뜻이 너무 명백해, 그렇게 노래한 속셈을 작자의 생애와 연결시켜 찾아내는 복잡한 추리를 하게 한다.

이존오는 공민왕 때에 신돈(辛旽)을 규탄하다 죽을 고비를 겪고, 울분 때문에 시골에 은거했다가 젊은 나이로 세상을 떠났다. 당시의 정치적인 상황을 일기변화에 빗대, 햇빛으로 공민왕을, 구름으로 신돈을 가리켰다고 할 수 있다. 무심한 구름이 중천에 떠서 임의로 다닌다는 말은 신돈은 출가한 승려라 초탈한 경지에서 놀아 마땅하다는 뜻으로 이해할 수 있어, 평소의 신돈 규탄보다는 후퇴한 자세를 보여준다. 구름의 비유가 적절하지 못거나 구름에 관한 시상이 그것대로 전개되는 것을 막지 못해, 뜻한 바와 다른 결과를 얻었다고 할 수도 있다.

이조년과 이존오가 보여준 전례는 조선시대 사대부 시조와 밀접하게 관련되어 널리 영향을 끼쳤다. 그 뒤를 이어 나타난 최영(崔瑩, 1316~1388)의 시조는 계열이 다르다. 최영은 고려를 무너뜨리고 새 왕조를 세우려는 세력과 싸우다가 처형된 귀족세력의 마지막 수호자였다. 사대부의 노래인 시조를 작풍을 바꾸어지었다.

> 녹이상제(綠駬霜蹄) 살찌게 먹여 시냇물에 씻겨 타고,
> 용천설악(龍泉雪鍔) 들게 갈아 둘러메고,
> 장부의 위국충절을 세워볼까 하노라.

"녹이상제"는 좋은 말이고, "용천설악"은 이름난 칼이다. 흔히 쓰던 말을 가지고 평소에 하던 말을 했을 따름이고 시상이라고 할 것이 따로 없다. 시조의 형식을 갖추는 데서도 다소 문제가 있다. 그러나 기개를 뽐내는 말을 둘러 하지 않고 바로 나타낸 직설적 표현이 강한 인상을

남긴다. 조선시대에도 무장의 시조는 이런 작풍을 이었다.

사대부의 사상을 지도하는 위치에 있던 이색(李穡, 1328~1396)은 새 왕조 창건에 동조하지 못해 고민하다가 수난을 겪었다. 이조년이나 이존오 같은 기풍의 시조를 지으면서 복잡한 상황에 어떻게 대처해야 할지 판단하기 어려운 심정을 나타냈다. 표면에 나타나 있는 말 이상의 숨은 의미를 찾아내기 어려운 작품을 마련했다.

백설이 잦아진 골에 구름이 머흘러라.
반가운 매화는 어느 곳에 피었는고?
석양에 홀로 서 있어 갈 곳 몰라 하노라.

백설이 잦아지고 구름이 험한 골짜기는 작자가 당면하고 있는 고난을 적절하게 상징한다. 석양은 그리고 있는 풍경에 어울려 선택된 말에 그치지 않고 왕조의 마지막 시기를 암시한다. 그렇다면 반가운 매화는 무엇인가? 자기 마음에서 얻을 수 있는 위안인가? 난국이 바람직하게 해결될 가능성인가? 그 어느 쪽이라고 해도 뜻하는 바가 분명하지 않다. 스스로 정한 바가 없어 해답을 제공하지 않았다고 하는 것이 적절한 이해이다.

고려가 망하고 조선왕조가 이룩되는 과정이나 그 직후의 상황에서 시조가 긴요한 구실을 했다. 장차 조선왕조의 태종이 될 이방원(李芳遠, 1367~1422)이 정몽주(鄭夢周, 1337~1392)의 속셈을 떠보느라고 〈하여가〉(何如歌)라는 이름으로 알려진 시조를 짓자, 정몽주는 〈단심가〉(丹心歌)라고들 하는 시조로 응답했다는 일화가 후대 문헌에 거듭 올라 있다. 그런 판국에 시조가 등장했다는 것은 시조의 구실이 크게 확대된 증거이다. 두 사람의 시조는 내용에서뿐만 아니라 표현에서도 서로 흥미로운 대조를 이루었다.

이런들 어떠 하며 저런들 어떠 하리.

만수산(萬壽山) 드렁칡이 얽어진들 어떠하리.
우리도 이 같이 얽어져 백년까지 누리리라.

 이방원의 시조는 하고자 하는 말을 내비치지 않고 무엇이 계속 풍성하게 뻗어나는 것만 잔뜩 내놓는 여유를 보였다. 드렁칡이라는 것만 해도 그런 느낌을 주는데 산 이름이 만수산이어서 만년이나 수명을 누린다고 했다. 함께 얽혀 백년까지 누리자고 해서 풍성한 수명을 함께 지니자고 했다. 이미 기정사실이 된 새로운 왕조 창건이 순조롭게 이루어져 많은 것을 보장해주는 데 동참하자는 권유를 그렇게 둘러서 했다.

 이 몸이 죽고 죽어 일백 번 고쳐 죽어
 백골이 진토(塵土) 되어 넋이라도 있고 없고,
 님 향한 일편단심(一片丹心)이야 가실 줄 있으랴.

 정몽주의 시조는 불가능한 것을 열거하기만 했다. 백년까지 누리리라고 한 말을 받아서 일백 번 고쳐 죽더라도 뜻이 변하지 않으리라고 했다. "백골이 진토되어 넋이라도 있고 없고"라고 한 말은 극단 가운데 극단이다. 충절은 변하지 않으리라고 강조해서 말하면서 불가능을 전제로 삼았으니, 공감을 느끼면 비통하고 거리를 두고 읽으면 생각이 고갈되어 있다. 가능과 불가능, 여유와 비통, 풍성과 고갈의 싸움은 승패를 이미 간직하고 있다.
 고려를 위해 충절을 지키다 정몽주보다 먼저 죽은 변안렬(邊安烈, 1334~1390)을 잊지 말아야 한다. 변안렬은 원래 만주 쪽에서 살다가 공민왕을 따라와 고려에 귀화를 하고 홍건적 토벌에서 공을 세웠다. 정몽주의 〈단심가〉와 상통하는 〈불굴가〉(不屈歌)를 지은 것이 한문 번역으로 전하더니 사설시조로 변모되어 남아 있는 사실이 밝혀졌다. 가슴에 구멍을 뚫어 새끼를 넣고 이리저리 잡아당겨도 견디겠지만 님을 여의고는 살 수 없다는 사연이다.

　고려말에 시조와 함께 생겨나 후대까지 맥락이 이어진 또 한 가지 새로운 노래가 〈어부가〉(漁父歌)이다. 김영돈(金永旽, ?~1348)은 정승으로 있다가 물러나서 그 노래를 즐겨 불렀다 한다. 공부(孔俯, ?~1416)는 그 노래 창이 뛰어나 이름이 높았다고 한다.

　〈어부가〉는 어부의 고기잡이에 소용되는 민요인데, 어부 노릇을 흉내 내면서 흥취를 즐긴다는 가어옹(假漁翁)의 노래로 바뀌어 상층 시가의 한 갈래가 되었다. 어부는 조정에서 벼슬하는 관원과 반대가 되는 길을 택한 고결한 인물로 이해되었다. 세상에서 뜻을 펴지 못하는 사대부가 강호를 찾아 자연의 흥취를 즐긴다면서 〈어부가〉를 부르고 짓고 하는 관례를 후대에 이었다.

　〈악장가사〉에 〈어부가〉가 한 편 실려 있어, 고려 때의 모습을 전한다고 생각된다. 여섯 줄로 갈라 적을 수 있는 노래 12장이 모여 전편을 이루었다. 한 장씩 나누어 보면 시조의 갑절 정도 되는 분량이고, 전편은 가사처럼 길어 단시와 장시의 이중성격을 지닌다고 할 수 있다. "배 떠라", "닻 들어라"라고 하면서 어부가 하는 말을 넣고, "지국총 지국총 어사와"를 되풀이해 배를 저으면서 부르는 듯이 기분을 내고, 물가 경치를 그리는 한문 문구를 열거했다.

　시조 자료는 정병욱, 《시조문학사전》(신구문화사, 1966) ; 심재완, 《역대시조전서》(세종문화사, 1972), 《정본시조대전》(일조각, 1984)에서 집성했다. 시조 문헌에 관한 연구는 심재완, 《시조의 문헌적 연구》(세종문화사, 1972)에서 했다. 시조 율격의 형성에 관한 견해를 《한국민요의 전통과 시가율격》(지식산업사, 1997)에서 폈다. 성호경, 〈조선전기의 유사시조〉, 《한국시가의 유형과 양식 연구》(영남대학교출판부, 1995)에서 문제의 자료를 고찰했다. 시조 총론의 최근 업적은 정혜원, 《시조문학과 그 내면의식》(상명여자대학교출판부, 1992) ; 조규익, 《가곡창사의 국문학적 본질》(집문당, 1994) ; 김대행, 《시조유형론》(이화여자대학교출판부, 1986) ; 정재호, 《한국시조문학론》(태학

사, 1999) ; 송종관, 《시조의 문예적 탐색》(중문출판사, 2000) 등이 있다. 선행업적에는 이태극, 《시조의 사적 연구》(선명문화사, 1974) ; 임선묵, 《시조시학서설》(청자각, 1974) ; 진동혁, 《고시조문학론》(형설출판사, 1976 : 도서출판 하우, 2000) ; 최동원, 《고시조연구》(형설출판사, 1977) ; 박을수, 《한국시조문학전사》(성문각, 1978) ; 김동준, 《시조문학의 구조 연구》(동국대학교 한국문학연구소, 1981) ; 임종찬, 《시조문학의 본질》(대방출판사, 1986) 등이 있다. 박규홍, 〈어부가류 시가의 시적 화자 '어부' 고찰〉, 《어문학》 69(한국어문학회, 2000) ; 이형대, 《한국 고전시가 인물형상의 동아시아적 변전》(소명출판, 2002)에서 어부가에 대해 고찰했다.

7.8.4. 가사

시조는 세계를 자아화하는 서정시이고, 가사는 자아를 세계화하는 교술시이다. 시조는 스스로 즐기면서 부르는 노래이고, 가사는 듣는 이에게 일러주는 말이다. 그 둘을 함께 갖추어 중세전기와는 다른 중세후기문학의 갈래체계가 이룩되었다. 그런데 시조는 사대부문학으로 시작되고 작자층이 확대될 때에도 승려가 지은 것들은 없었는데, 가사는 선승의 문학으로 모습을 나타낸 다음 사대부문학으로 중심을 옮겼다. 사대부는 서정시와 교술시를 함께 장악해 중세후기문학의 주역으로 등장하고, 선승은 교술시에만 참여해 그 주변에 머물렀다. 새 시대 창조의 과업을 두고 벌어진 경쟁에서 사대부가 승리한 결과의 일단이 그렇게 나타났다.

시조든 가사든 국문 표기가 가능하지 않을 때에는 창작을 했어도 구전하지 않을 수 없어 언제 어떻게 시작되는지 말하기 어렵다. 민요에 있을 수 있는 율격에 특이한 변화를 준 시조는 민요 자체와 쉽사리 구별되지만, 가사는 형식을 보아서는 구비교술시와 차이가 없다. 누가 새로 지어 자기 나름대로 말하고자 하는 바를 전했다고 인정되면 가사 작품이다. 그런 것들이 시조가 출현하던 고려 말 14세기에 여럿 나타났으며, 작자는 선승들이다.

그 시기 선승들은 위로 지혜를 구하고 아래로 중생을 교화하는 두 가지 목표를 위해 각기 다른 시가 형태를 사용했다. 하나는 한문으로 짓는 선시이고, 다른 하나는 우리말 노래인 가사이다. 선시는 상당한 경지에 이른 승려들에게만 소용되고, 가사는 누구나 알아들을 수 있는 쉬운 말을 담았다. 가사를 구두로 창작해 대중에게 널리 전파하고자 한 증거가 여러 형태로 남아 있다.

가사가 고려 말에 생겨났으리라는 추정은 전부터 있었다. 나옹화상(懶翁和尙) 혜근(惠勤, 1320~1376)이 지었다고 하면서 후대에 국문으로 표기된 〈서왕가〉(西往歌) · 〈심우가〉(尋牛歌) 같은 것들을 그 증거로 들었다. 향찰로 표기된 〈승원가〉(僧元歌)가 발견되어 증거가 보완되었다.

가사도 시조의 경우처럼 오랫동안 문자로 표기하지 않고 말로 지어서 불렀을 것으로 생각되므로, 다른 자료를 좀더 살펴볼 필요가 있다. 혜근보다 먼저 살았던 선승들의 작품집에 한문으로 적어놓았어도 한 줄을 이루는 글자 수가 일정하지 않아 한시라고는 할 수 없는 긴 노래가 이따금씩 보인다. 정체가 무엇인가 해명하는 추론을 여러 방향으로 전개할 수 있지만, 우리말로 지어 부르던 노래를 한문으로 옮겼다고 하는 것이 설득력이 있다.

그런 노래를 남기는 데 앞장 선 사람은 충지(沖止, 1226~1292)이다. 충지는 창작의 영역을 크게 넓힌 시인이다. 선승의 한시가 고유한 영역에 머무르지 않고 역사에 참여하고 민중을 생각하는 방향으로 나아가게 한 열정으로 민족어시가의 새로운 경지를 개척하는 데도 힘썼다.

그 증거가 되는 작품 몇 편 가운데 〈비단가〉(臂短歌)라고 한 것을 들어 보자. 제목 다음에 "용이어"(用俚語)라는 말이 있다. 우리말을 사용해 지은 노래라는 뜻이다. 우리말을 그대로 표기할 방법이 없어 한문으로 옮겨놓았다. 글자 수는 일곱 자씩 연결되어 있다가 마지막에 이르면

달라진다. 그 대목을 들고 번역해보기로 한다.

　　　而況今昨始相識
　　　肯顧林下窮且貧
　　　我臂旣短未推人
　　　人臂推我誠無因
　　　鳴乎安得吾臂化爲千尺與萬尺
　　　坐使四海之內皆吾親

　　　하물며 어제 오늘에야 비로소 알고서야,
　　　임하의 가난한 처지이니 어떻게 돌아다보리.
　　　내 팔은 짧아 다른 사람에게 미치지 못하는데,
　　　남들은 까닭이 없으면서 내게까지 팔을 뻗는다.
　　　오호라, 어찌하면 내 팔이 변해 천 척, 만 척 되어
　　　앉아서도 사해 안이 모두 나와 친해지게 하리.

　팔이 길면 남들을 도와줄 수 있을 것인데, 자기는 그럴 수 없어 한탄스럽다고 했다. 자기는 임하에서 가난하게 지내고 있어 도움을 받기만 하고 주지는 못한다고 했다. 노래를 지어 세상 사람들을 위로하고 깨우치는 시인의 임무를 제대로 감당하지 못해 안타까운지, 그 이상의 기여를 해야 한다고 한 것인지 알기 어려우나, 자책하는 말로 분발을 다짐했다.

　번역한 대목에 있는 것과 같은 노랫말을 지어내 쉽게 곡조에 맞추어 흥얼거릴 때, 듣고 익히는 사람들이 있어 전파나 전승이 이루어졌을 만하다. 그런 노래는 구송가사(口誦歌辭)라고 할 수 있다. 당시에 그런 이름을 사용한 것은 아니지만, 다른 선승들도 지어 부르면서 유행하게 된 것 같다. 유사한 성격의 노래가 여기저기 보여 함께 거론할 만하다.

　다음에 거론할 만한 사람은 보우(普愚, 1301~1382)이다. 보우는 짧

은 노래이건 긴 노래이건 흥이 나면 가리지 않고 많이 지었다. 자기 심
정을 읊은 것도 있고 다른 사람들이 부르도록 한 것도 있다. 그 가운데
가사에 접근한 예를 쉽사리 찾아볼 수 있다. 〈석가출산상〉(釋迦出山相)
이라고 한 것의 한 대목을 들어보자.

人言是釋迦	사람들은 말하나니 이 사람이 석가라고
又道悉達陀	또한 일컫기를 싯달타라고도 한다.
莫莫莫休說夢	말아라 말아라, 꿈 같은 소리 그만두어라.
渠非眼中花	그것이야 눈에서 생기는 꽃이 아니겠는가.
巍巍落落兮赤洒洒	높고 높아 떨어져 떨어져 발갛게 씻겼고,
密密恢恢兮淨裸裸	빽빽하고 빽빽해 넓고 넓어 깨끗이 벗었도다.

석가가 누구라고 말하며 섬기는 것은 헛된 집착에 사로잡힌 짓이니,
이런 허튼 수작을 해서 떨쳐버리는 편이 낫다고 했다. 말을 다듬지 않
고 입에서 나오는 대로 늘어놓은 것 같다. 이런 노래를 스스로 부르는
데 그치지 않고 다른 사람들에게 전해서 퍼지게 하려면 외기 좋게 할
필요가 있었을 것이다. 그러려면 한 줄이 네 토막이고 한 토막이 대체
로 넉 자인 민요를 가져다 쓰는 것이 유리했다. 그것이 바로 가사 형식
이다.
　혜근은 보우 못지않게 여러 가지 노래를 부지런히 지었다. 그 가운데
〈삼종가〉(三種歌), 〈삼가〉(三歌) 또는 〈나옹삼가〉(懶翁三歌)라고도 하는
〈백납가〉(百衲歌) · 〈고루가〉(枯髏歌) · 〈영주가〉(靈珠歌)를 보자. 〈백납
가〉에서는 승려가 입는 누더기를 들어서 세속의 일에야 관심이 없다는
것을 말했다. 〈고루가〉에서는 마른 해골이나 다름이 없는 사람의 몸에
집착하지 않아야 한다고 했다. 〈영주가〉는 불성을 보배스러운 구슬에
다 견준 노래이다.
　세 편이 모두 한 줄을 이루는 글자 수가 일정하지 않은 형식으로 이
어져 있으며, 제자 법장(法藏, 1351~1428)이 더 늘였다. 이색(李穡)은

〈서나옹삼가〉(書懶翁三歌)에서 세 편 노래는 말을 다듬지 않고 떠오르는 대로 지은 것이라고 하고, 이치는 잘 갖추었으나 세속의 문자는 깊이 익히지 않았음을 알게 한다고 했다. 한시라고 할 수는 없고, 우리말 노래를 한문으로 옮겨놓은 것이라고 보는 편이 마땅하다. 우리말 노래는 가사였다고 할 수 있다.

향찰로 표기되어 전하는 〈승원가〉는 가사의 모습을 그대로 갖추고 있다. 모두 202줄인데, 한 줄이 네 토막씩이고, 한 토막을 이루는 글자 수는 대체로 석 자 아니면 넉 자이다. 향찰을 국문으로 옮겨 적으면 장편가사의 좋은 본보기가 된다. 위에서 든 세 노래처럼 한문으로 옮기지 않고 향찰로 표기한 것은 향찰을 아는 승려가 읽어주면 일반 신도가 듣고서 외도록 하기 위한 배려였다고 생각된다. 언어구사나 표현기법도 세 노래와 많이 다르다. 불교용어나 한문문구는 되도록 줄이고, 복잡한 비유도 하지 않고, 누구나 쉽게 이해하고 즐겨 부를 수 있는 노래를 만들었다.

〈승원가〉의 향찰 표기에는 많은 의문이 있다. 향가가 사라진 다음에도 향찰이 계속 사용된 것은 주목할 만한 일이다. 그러나 사용된 언어를 보면 고려 때의 것이라고 하기 어렵고 조선후기의 특질을 보여주고 있다. 구전되거나 국문으로 전하는 노래를 조선후기에 이르러서 새삼스럽게 향찰로 옮겼을 것 같지는 않다. 전대의 향찰 표기를 언어 변화에 맞게 고쳐 적은 시기가 조선후기라고 보는 편이 타당하다.

내용을 살펴보면 모두 여섯 단락으로 이루어져 있다. 첫 단락에서는 포교를 하면서 흔히 하는 말을 하고, 다음 두 단락에서는 구체적이고도 비근한 사실을 들어서 인생이 무상하다는 것을 실감 있게 나타냈다. 병이 들어 죽게 되면 누가 대신할 수 없으며, 재산이고 무엇이고 소용이 없다 하고, 마침내 저승에 끌려가서 심판을 받는다고 했다. 넷째 단락에서는 지옥과 극락의 모습을 절간 벽화에서 볼 수 있는 바와 같이 실감나게 묘사했다.

可枝可枝鳥金生耳	가지 가지 새짐승이
七寶池香樹間厓	칠보 지향 나무 사이에,
一以飛那切以可古	이리 날아 저리 가고
切以飛那一以來耳	저리 날아 이리 오니,
去面來面嗚隱聲厓	가며 오며 우는 소래,
聲以馬當說法以堯	소리마당 설법이요.

극락의 모습이다. 어렵지 않게 해독할 수 있다. 극락이라야 별것이 아니다. 보배로 장식되고 향기 나는 나무 사이로 새들이 날아다니는 소리가 바로 설법으로 들리는 곳이라고 했다. 절간의 모습에다 얼마간 상상을 보탰을 따름이다. 어렵고 복잡한 이치를 생각할 수 없는 일반 신도들이 잘 알아들을 수 있는 말이다. 다섯째 단락에서는 불법을 열심히 닦으라고 권고하고, 여섯째 단락에서는 전체의 내용을 총괄했다. 다섯째 단락의 한 대목을 들어보면 노래를 지은 의도를 확인할 수 있다.

有識無識貴賤間厓	유식 무식 귀천 간에
所業乙弊治末古	소업을 폐치 말고,
農夫去加隱農事何面	농부거든 농사하며
遊難口厓阿彌陀佛	노는 입에 아미타불.
織女去加隱績三何面	직녀거든 길쌈하며
遊難口厓阿彌陀佛	노는 입에 아미타불.

농사짓고 길쌈하는 처지라도 손으로는 일을 하고 있어도 입은 놀고 있으니 노는 입으로 아미타불을 부르라고 했다. 아미타불을 불러 극락에 가고자 하는 신앙은 무식하거나 천한 사람도 능히 수행을 할 수 있다. 불교신앙을 최대한 단순화해서 대중화의 영역을 넓히고자 했다.

혜근이 지었다는 노래에 구전되다가 후대에 국문으로 정착되었다고 하는 것이 몇 편 더 있다. 〈서왕가〉가 둘이고, 〈심우가〉도 있으며, 〈낙도가〉(樂道歌)라고 하는 것까지 보탤 수 있다. 과연 혜근이 지었는가 의심할 수 있고, 어느 정도 원형을 보존하고 있는가도 문제이지만, 내용이나 수법이 〈승원가〉와 상통한다. 그 계통을 이어서 후대에도 불교가사가 적지 않게 나타났다. 〈회심곡〉(回心曲)이 특히 인기가 있어, 민요에 편입되어 상두노래로 널리 불려지기도 한다.

선승이 아닌 일반 사대부 문인이 가사 창작에 관여했다고 이해할 만한 자료가 있다. 혜근과 같은 시대 사람인 신득청(申得淸)이 1371년(공민왕 20)에 지었다고 하는 〈역대전리가〉(歷代轉理歌)는 가사라고 할 수 있다. 중국 역대의 사적을 열거한 단순한 내용인데, 중요한 말은 모두 한문으로 적고 우리말로 어미와 토를 단 부분은 이두로 표기했다. 그러나 자료의 신빙성에 대한 의문이 〈승원가〉의 경우보다 더 크다.

가사의 원천은 교술민요이다. 누가 창작한 교술민요를 민요로 되돌리지 않고 별도로 전승한 것이 초창기의 가사이다. 오늘날의 조사에서 확인되는 서정민요·교술민요·서사민요의 공존은 어느 시기에 나타난 변화일 수 없고 민요의 항구적인 모습이라고 보는 편이 타당하다. 그 가운데 서정민요가 상승해서 향가를 이룩하던 중세전기에는 잠자코 있던 교술민요가, 서정민요에서 시조가 생성되는 중세후기에는 함께 분발해, 시조와 가사, 서정시와 교술시가 공존하는 중세후기의 갈래 체계를 만들어냈다.

중세후기에 민족어 교술시를 힘써 창작해 중세보편주의의 독자적인 구현에 크게 기여하는 것은 다른 문명권에서도 널리 확인되는 바이고, 문명권의 중간부에 자리잡은 나라에서 그 성과가 특히 두드러진다. 우리 경우에는 선승들이 그 일을 담당해 불교를 대중화하는 가사를 지어 불러 그 대열에 들어섰지만, 표기 수단이 없고 사상의 성숙도가 부족했다. 그런 결격사유는 선승을 대신해 사대부가 가사 창작의 주역으로 등장하자 시정되었다. 세상살이를 폭넓게 다루면서 마땅한 도리를 진지하게 찾는 작품을 새롭게 창제된 문자 훈민정음으로 표기하면서 창작해 중세후기 교술시의 좋은 본보기를 마련했다.

중세후기문학이 자리를 잡던 14세기에 월남의 선승들도 선시와 자국어 노래를 함께 지어 도를 닦는 수준을 높이고 대중 교화의 영역을 넓혔다. 그래서 사상사의 발전이 이룩되고 자국어문학의 성장을 보게 된 성과를 15세기 이후에는 유학을 하는 세속의 문인들이 차지한 것도 상통한다. 중세후기에 자국어 교술시의 발전을 보여준 많은 나라 가운데 한국과 월남은 구체적인 공통점까지 있어 자세한 비교연구가 필요하다.

가사에 대한 전반적 이해는 정재호, 《한국가사문학론》(집문당, 1984) ;《한국가사문학의 이해》(고려대학교출판부, 1998) ; 최강현, 《가사문학론》(새문사, 1986) ; 윤석창, 《가사문학개론》(깊은샘, 1991) ; 임기중, 《한국가사문학연구사》(이회문화사, 1998)에서 얻을 수 있다. 류연석, 《가사문학사》(국학자료원, 1994) ; 전일환, 《조선가사문학론》(전주대학교출판부, 1994) ;《우리 옛 가사문학의 이해》(전주대학교출판부, 2002) ; 서원섭, 《가사문학론》(형설출판사, 1996) ; 국어국문학회 편, 《가사연구》(태학사, 1997) ; 김주곤, 《한국가사와 사상연구》(국학자료원, 1998) ; 성무경, 《가사의 시학과 장르 실현》(보고사, 2000) 등의 연구서도 있다. 자료집은 이상보 편, 《한국가사선집》(민속원, 1997) ; 윤덕진, 《가사 읽기》(태학사, 1999)를 우선적으로 이용할 만하고, 김성배 외, 《가사문학전집》(민속원, 1997)에 많은 작품이 수록되어 있다. 불교가사 연구서는 김주곤, 《한국불교가사연구》(집문당, 1994) ; 임기중, 《불교가사연구》(동국대학교출판부, 2001) ; 김종진, 《불교가사의 연행과 전승》(이회문화사, 2002) 등이 있다. 〈승원가〉는 김종우가 〈나옹화상 '승원가'〉, 《국어국문학》 10(부산대학교, 1971)에서 소개하고, 〈나옹과 그의 가사에 대한 연구〉, 《부산대학교 논문집》 17(1974)에서 다시 고찰했다. 〈역대전리가〉는 이상보, 〈'권학가'(勸學歌), '역대전리가'〉, 《명지어문학》 7(명지대학교, 1975)에서 소개했다. 정재호, 〈'역대전리가' 진위고〉, 《동방학지》 39 · 40(연세대학교

국학연구원, 1983)에서는 그 작품을 후대인의 위작으로 보았다.《문명권의 동질성과 이질성》(지식산업사, 1999)에서 다른 나라와의 비교 연구를 했다.

7.9. 사대부문학의 방향과 문제의식

7.9.1. 사대부의 성격과 사고방식

고려말은 권문세족이 군림하던 시대였다. 원나라와 결탁해서 위세를 떨치다가 원나라와의 관계가 청산된 다음에도 기득권을 계속 누린 권문세족은 방대한 농장을 차지하고 호화롭기 이를 데 없는 생활을 누렸다. 그 폐해를 그대로 두고 보지 못해 비판과 저항이 일어났다.

〈고려사〉 악지에 전하는 채홍철(蔡洪哲, 1262~1340)의 〈자하동〉(紫霞洞)이라는 노래를 보자. 송악산 자하동 선경과 같은 곳에 화려하기가 극치에 이른 저택을 마련하고 나라의 원로라는 사람들을 모아 잔치를 하며 천년 장수를 할 술을 마신다고 자랑했다. 바로 그런 연유로 국력은 피폐하고 백성은 굶주리지 않을 수 없었기에, 어찌 그럴 수 있느냐고 항의하면서 나선 세력이 신흥사대부였다.

사대부는 원래 지방의 중소지주에 지나지 않는 향리 출신이다. 무신란을 겪고 전대의 귀족이 몰락하자 과거를 보아 중앙정계로 진출하기 시작하고 원나라에 복속되어 있던 기간에 실력을 다진 다음, 고려가 자주를 되찾게 되자 권문세족과 대결을 벌여 마침내 조선왕조를 건국하기에 이르렀다. 권문세족은 권력과 금력으로 나라를 휘두르면서 횡포를 자아내기나 하고 내세울 만한 이념이 없었다. 사대부는 불리한 처지를 사상과 문학의 역량으로 극복하고자 해서 역사 창조의 방향과 논리를 휘어잡을 수 있었기에 결국 승리를 거두었다. 고려말의 사대부문학은 일찍이 이규보가 보여주던 비판과 창조의 기풍을 이으면서 그 시대의 문제의식과 깊은 관련을 가진 작품세계를 이룩했다.

횡포한 북방민족 몽고족이 중국을 차지해 거대한 세계제국을 이룩하자, 그 영향이 두 가지 각도에서 미쳐왔다. 고려를 정치적으로 간섭하려고 지지세력을 확보하고자 했으며, 권문세족이 그 구실을 맡았다. 또 한편으로는 동아시아문명을 더욱 발전시키는 역량을 보여 한족에 대한 우위를 자랑하려고 동조해줄 인재를 필요로 했으므로, 고려의 사대부는 그 기회를 적극 활용했다. 문학에 자신이 있는 사대부라면 고려뿐만 아니라 원나라 과거에까지 급제해 그곳에서 벼슬을 할 수 있었다. 원나라에서 실력으로 인정을 받았다는 조건은 고려 사회에서 기반을 다지는 데 무엇보다도 유리하게 작용했다.

원나라에서 재창조된 동아시아문명은 고려를 위해서 긍정적인 기여를 할 수 있었다. 송대에 이룩되었지만 원대에 정통의 자리를 차지한 고문과 신유학은 고려의 사대부가 적극 평가해 받아들일 만했다. 화려한 수식을 일삼는 풍조를 청산하고, 질박하면서 내용이 있는 고문을 새 시대 가치관 설정의 지표로 삼으면 사대부의 존재의의를 입증할 수 있었다. 신유학 또한 사대부가 스스로 지닌 사물 자체를 존중하면서 마음의 바른 도리를 찾자는 사고방식을 체계화하기 위해서 반드시 필요했는데, 원나라에서 관학의 위치를 차지했기에 두드러진 저항 없이 도입해 권문세족의 횡포와 탐욕을 공격하는 데 적절하게 활용했다.

그러나 사대부의 진출과 성장은 고민에 찬 과정이었다. 자기 고향, 고려 수도 개경, 원나라 수도 연경으로 한 단계씩 나아간 역정을 되돌아오면서 출세에 대한 기대를 현실인식의 아픔으로 바꾸어놓아야 했다. 연경에서는 세계제국의 국제인으로 자처하다가, 개경에 돌아와서는 고려인의 번민에 사로잡혔다. 거듭되는 역경을 헤치고 나라의 주체성을 확립하는 것이 자기 위치를 다지고 삶의 보람을 찾는 과업과 깊은 관련을 가졌음을 인식해야만 했다. 선조 대대로 향리로 살아온 고향에 대한 애착 때문에 거기 머물러 사는 사람들의 처지를 대변해야 했다. 원나라의 간섭 때문에 시달리고 권문세족에게 수탈당하는 농민의 항거와 의지를 발견하면서 정신적인 혁신을 이룩했다.

사대부 자신의 지위를 안정시키고 농민을 살리기 위해서는 전제개혁을 단행해 권문세족이 독점한 토지를 재분배해야 했다. 그런 결단을 내리기까지의 과정이나, 고려를 무너뜨리고 새 왕조를 세워야 할 것인가 하는 고민은 문학을 하는 자세 전환과 깊은 관련을 가졌다. 그 와중에 사대부문학은 역사의 방향과 각자의 처신, 현실인식과 신유학의 의리를 두고 전개되는 갈등과 각성을 다른 어느 때보다도 풍부하게 보여주었다. 조선왕조가 들어서서 사회가 안정되고 이념이 확립된 다음에는 찾기 어려운 절실한 문제의식을 특징으로 삼는 작품을 계속 내놓았다.

이 시기 사대부의 전반적인 동향은 김윤곤, 〈신흥 사대부의 대두〉, 《한국사》 8(국사편찬위원회, 1977) ; 〈권문세족과 신흥사대부〉, 《한국사연구입문》(지식산업사, 1981)에 서술되어 있다. 허철회, 〈중암(中菴) 채홍철의 시가 연구〉, 《한국문학연구》 14(동국대학교 한국문화연구소, 1992)에서 채홍철에 관해서 고찰했다. 김동욱, 《고려후기 사대부문학의 연구》(상명여자대학교출판부, 1991) ; 여운필, 〈신흥사대부 한시의 세계관적 경향〉, 《국문학연구》 5(국문학회, 2001)에서 사대부문학의 전반적인 동향을 살폈다.

7.9.2. 전환기의 양상

고려가 원나라에 복속되어 있는 동안 국권을 장악한 권문세족의 횡포를 제어할 수 있는 새로운 세력이 등장하는 것은 쉬운 일이 아니었다. 지방의 인재가 과거에 급제해 중앙정계에 진출해도 영향력 있는 자리에 올라갈 수 없고 자기 목소리를 내기 어려웠다. 문학 창작에서 뜻을 펴고자 할 때에도 새로운 노선을 적극 내세우지 못했다. 새로운 문제의식을 가지고 문학을 하려는 노력이 없었던 것은 아니지만 지지자를 만나기 어렵고, 작품을 수습해 정리한 문집이 전하지 않는다.

홍간(洪侃, ?~1304)의 경우를 들어 그런 사정을 살필 수 있다. 홍간의 집안은 대대로 안동 풍산(豊山)에서 향리 노릇을 했다. 아버지에 이어서 자기가 다시 과거에 급제해 중앙으로 진출할 기회를 얻었으며, 증손 대에 이르러서야 개경 근처로 이주했다. 관직생활은 순조롭지 않았고, "붓끝에서 파란을 일으켰다"고 하는 사건이 있어 동래현령으로 좌

천되었다가 그곳에서 세상을 떠났다. 남긴 시는 많지 않으나 높이 평가
된다.

先生詩格何淸越	선생 시의 품격 얼마나 맑고 빼어났는가.
霜空萬里亭亭月	서리 찬 허공 만리 깨끗한 달이로다.
氷光浩蕩瀉山河	차가운 빛 호탕하게 산하에 쏟으니,
萬象森羅坐可掇	삼라만상을 앉아서 거둘 수 있도다.
先生直筆何森嚴	선생의 곧은 붓 얼마나 삼엄한가.
古鏡飛出雙龍奩	경대의 옛 거울에서 쌍룡이 날아오른다.
是是非非俱自然	옳고 그름을 모두 저절로 분별하니,
懦夫有立頑夫廉	나약한 이 일어서고 탐욕자 청렴해지네.

공무를 띠고 해인사로 가는 관원을 전송하는 시 〈송추옥섬쇄사해인
사〉(送秋玉蟾曬史海印寺)의 첫 대목이다. 품격이 빼어난 시로 마음을
가다듬고, 시비를 바르게 가리는 글을 써서 그릇된 세상을 바로잡고자
하는 신념을 나타냈다. 해야 할 일이 무엇인가 찾으면서 빈천한 사람들
의 처지에 서는 문학을 하고자 했으나 역부족이었다. 사대부 문학의 새
로운 노선을 예고하면서 아직 뚜렷한 모습을 드러내지 못했다.

시문만으로는 노선 전환이 가능하지 않아 새로운 사고체계가 필요했
다. 그 과업을 맡아 나선 사람은 안향(安珦, 1243~1306)이다. 안향은
당시에 흥주(興州)라고 하던 오늘날의 영주 순흥(順興)의 향리 출신이
고, 의원 노릇을 하다가 벼슬한 사람의 아들이다. 과거에 급제해 지방
관이 되었을 때 요사스러운 짓으로 민심을 현혹한다고 무녀를 징치했
다. 원나라에 가서 주자학을 공부해 와서 보급시키는 데 백이정(白頤
正)과 함께 힘써, 그릇된 풍속을 타파하고 기강을 바로잡는 근본으로
삼고자 했다. 그러나 저술은 남기지 않고, 인재를 뽑는 과거가 닥쳐오
는 것을 축하한다는 사연이 담긴 칠언율시 한 수가 〈동문선〉에 전할 따
름이다.

당시에 단산(丹山)이라고 하던 단양 사람 우탁(禹倬, 1262~1342)도 아버지 대에 처음 벼슬한 향리 출신이다. 과거에 급제해 지방관이 되었을 때 민간신앙을 타파하는 데 힘썼다. 역학(易學)에 조예가 깊고, 성리학이 수입되자 깊이 탐구해 교육했다. 그러나 그 방면의 저술은 남아 있지 않고, 시가 몇 편 〈동문선〉에 수록되어 있다. 안동까지 가서 지은 〈영호루〉(映湖樓)가 두 수인데, 널리 알려져 있는 것을 든다.

嶺南游蕩閱多年	영남을 여러 해 동안 두루 돌아다니면서
最愛湖山景氣加	이 물가와 산의 경치를 가장 사랑했네.
芳草波頭分客路	향기로운 풀 끝머리에서 나그네 길 갈라지고,
綠楊堤畔有農家	버들 푸른 둑 곁에 농가가 있구나.
風恬鏡面橫煙黛	바람 잔 거울 위로 안개 낀 산 비껴 있고,
歲久墻頭長土花	오랜 세월 담 머리에 이끼가 자랐구나.
雨歇四郊歌擊壤	비 갠 뒤 사방의 들에서 격양가 노래하고,
座看林杪漲寒槎	수풀 끝에 밀려 있는 뗏목 앉아서도 보인다.

유람객으로 갔으면서 그 고장 사람 같은 의식을 가졌다. 누각에서 바라본 경치를 애정 어린 눈으로 섬세하게 묘사하면서 농민 생활에 대해서도 관심을 가졌다. 농민이 격양가를 노래하고 뗏목으로 목재를 운반하는 광경이 흐뭇하다고 했다. 그렇지만 현실비판 의식 같은 것을 아직 뚜렷하게 보여주지 않은 점이 다음 세대의 사대부문학과 다르다.

성범중, 〈홍간 한시의 연구〉, 한국한시학회 편, 《한국한시작가연구》 1(태학사, 1995) ; 김진영·홍용희 역주, 《홍애(洪崖)선생 홍간 시집》(민속원, 1998) ; 우쾌제, 〈역동(易東) 우탁의 사상과 문학〉, 《대동문화연구》 25(성균관대학교 대동문화연구원, 1990)에서 필요한 자료를 얻을 수 있다.

7.9.3. 안축 세대

새롭게 대두하는 세력이 더욱 풍부하고 절실한 저작활동과 작품세계를 보여주는 것은 다음 세대에 가능했다. 그 주역인 안축(安軸)·최해(崔瀣)·이제현(李齊賢)은 거의 같은 시기에 태어나 서로 비슷한 경력을 쌓으면서 다음 세대의 주역 노릇을 함께 했다. 시골 향리에 지나지 않던 가문에서 태어났으나, 자기 자신의 재능과 노력으로 과거에 급제하고 원나라에 가서도 크게 인정받았던 것이 그럴 수 있었던 조건이다.

안축과 최해는 원나라 과거를 거쳐 그곳에서 벼슬했다. 이제현은 충선왕을 따라 연경에 가서 당대 명사들과 교류하면서 명성을 떨쳤다. 그래서 만족을 얻은 것은 아니다. 화려한 진출의 이면에서 문제가 된 그 시대의 고민을 절실하게 다루는 문학을 했다. 일반 백성에게 다가가 고민을 함께 하면서 세상의 잘못을 바로잡는 방도를 찾았다.

안축(1282~1348)은 안향과 같은 고장 출신이고 일가이다. 원나라를 다녀오는 데 그치지 않고 그곳 과거에 아우 안보(安輔)와 함께 급제했다. 그러나 출세에 도취해 화려한 생애를 보낸 것은 아니다. 어려운 시기에 고려가 자주성을 찾고 내부의 문제도 가능한 대로 바람직하게 해결할 수 있도록 하려고 분투했다.

원나라에서 벼슬할 때에는 그곳에 억류당하고 있던 충숙왕을 변호하는 글을 짓는 데 힘을 기울였다. 본국에 돌아와서는 억울하게 노비가 된 사람들이 양민으로 되돌아갈 수 있게 하려고 애썼다. 경기체가 〈죽계별곡〉(竹溪別曲)을 지어 자기 고장을 추켜올리고 가문의 위세를 자랑한 것은 벼슬에서 물러난 만년의 일이다.

〈근재집〉(謹齋集)이라는 문집의 첫 권을 이루는 〈관동와주〉(關東瓦注)가 사상이나 문학을 살피는 데 가장 소중하다. 1328년(충숙왕 15)부터 다음해까지 오늘날의 강원도인 강릉도를 다스리는 직책을 맡아 현지에서 겪고 생각한 바를 다룬 기행시집을 그렇게 이름 지었다. 이제현이 쓴 서문에서 밝힌 바와 같이, 풍속을 살피고 백성의 삶을 돌보고자 하는 절실한 뜻이 있어 깊은 감명을 준다.

〈천력이년오월수강릉도존무사〉(天曆二年五月受江陵道存撫使)로 시작되는 긴 제목을 내건 첫수를 보자. 개경을 떠난 날 시골 역에서 머물러 자면서 밤중에 비가 올 때 느낀 바를 나타낸다고 했다. 맡은 일을 감당하기 어렵다는 것을 처음부터 절감했다.

讀書求道竟無成	글 읽어 도를 구해도 끝내 이룬 바 없으니,
自愧明時有此行	스스로 부끄러워라, 밝은 시대에 이런 행색이구나.
但盡迂疎施實學	성글더라도 오직 실학을 펴는 데만 힘 쓸 일이지,
敢將崖異盜虛名	어찌 남다르게 나서서 헛된 이름을 도적질하겠나.
民生塗炭知難救	민생이 도탄에 빠져 구하기 어려운 줄은 알지만,
國病膏肓念可驚	나라의 병도 고질이 되어 생각하니 놀라워라.
耿耿枕前眠未穩	근심으로 지새는 침석이라 잠이 편치 않은데,
臥聞山雨注深更	누워서 듣노라니 산중의 비는 밤 깊도록 퍼붓네.

자기 처지와 생각을 되돌아보는 진지한 자세를 나타냈다. 글을 읽고 유학의 도리를 익혀 진출하고자 하는 뜻을 이루고 현실과 부딪치자 고민이 심각해졌다. 현실을 바로잡자는 실학을 하겠다고 다짐했으나, 실제로 경험하는 사태는 너무나 악화되어 자기 힘으로는 감당하기 어렵다는 것을 통감하지 않을 수 없었다. 지배층이 원나라와 결탁하고 있는 동안 일반 백성은 더욱 큰 희생을 겪고 나라가 깊이 병이 들었다는 것을 외면할 수 없는 양심적인 지식인의 번민이 절실한 뉘우침과 함께 나타나 있다.

관동지방은 경치가 빼어난 곳이어서 가는 사람은 누구나 구경하고 싶어 했다. 경기체가 〈관동별곡〉(關東別曲)을 지을 때에는 곳곳마다의 승경을 찾아 놀이를 벌이는 풍류를 자랑했다. 그러나 〈관동와주〉에서는 그곳 백성들에게는 경치가 도리어 화근인 사정을 문제 삼았다. 유람하러 찾아오는 고관들을 맞이하고 시중을 드느라고 고통이 누적된다는 것을 현지에서 겪어보고 절감했다.

기행시의 관습을 거부하고 애민시를 짓는 관점을 택했다. 금강산의 경치를 유람객의 눈으로 바라보고 찬탄하는 대신에, 그 근처에 사는 사람들이 어째서 산을 바라보며 이마를 찌푸리겠는가 묻고 탄식했다. 찾는 이가 많아 괴로움을 끼치는 경치는 차라리 없어지기를 바란다고 하는 말로 시를 이어나갔다.

자기 책임을 통감하고 번민했다. 관가에서 인삼이나 소금 같은 특산물을 바치라고 독촉하는 광경을 자세하게 묘사하고, 그 때문에 생기는 고통에 대해서 깊은 동정을 나타냈다. 소금 만드는 것을 업으로 삼는 사람들의 처지를 다룬 〈염호〉(鹽戶)는 장편이다. 한 대목을 들면 다음과 같다.

老翁率子孫	늙은이가 아들, 손자 거느리고,
寸刻不休息	잠시라도 쉬지 못하네.
冽寒汲滄溟	아주 추운 날 바닷물 긷느라고
負重肩背赤	짐이 무거워 어깨며 등이며 벌겋구나.
酷熱燒煙煤	매서운 열기, 타는 연기, 그을음에
熏煮眉目黑	지지고 삶느라 얼굴이 검어지네.
門前十車柴	문 앞의 열 수레 섶나무가
不能供一夕	하루 저녁을 견디지 못하네.
日煎百斛水	날마다 백 섬 바닷물 달여도,
未能盈一石	소금 한 섬을 채우지 못하네.
若不及期程	만약 기한에 미쳐서 바치지 못하면
毒吏來怒責	독한 아전이 와서 노해서 꾸짖네.

다스리는 위치에 있는 사람이 미천한 백성의 처지를 이렇게까지 살핀 것은 흔하지 않다. 생활의 실상을 실제로 겪고 있는 듯이 자세하게 그려낸 것도 누구든지 할 수 있는 일이 아니다. 무엇이 문제인지 살핀 바가 구체적이고도 절실한 내용을 갖추어 감명을 주지만, 해결책을 찾

을 수는 없었다. 독하다고 나무란 아전에게 책임을 돌릴 일이 아니다. 온정을 베풀면 되는 것도 아니다.

최해(1287~1340)는 안축이 보여준 것과 같은 과정을 거쳐 득의에 찬 진출을 하다가 좌절했다. 원나라 과거에 급제해 벼슬하다가 곧 귀국하고, 고려의 관직도 오래 지니지 못하고 물러나 불우하게 지냈다. 만년에는 예산농은(猊山農隱)이라고 자처하고 스스로 농사를 지으려고 애썼다. 그 기간 동안 고려의 문학 유산을 집성해 원나라 사람들에게 보여주겠다고 다짐하고 〈동인지문〉(東人之文)이라는 총서를 어려움을 겪으면서 완성했다.

사대부가 자랑하는 학식과 문장이 지위 향상의 방도가 아니고 오히려 그 반대가 될 수 있는 것을 보여주었다. 권문세족의 방해를 이겨내지 못하고 그릇된 세태에 휘말린 탓이라고 할 것은 아니다. 스스로 패배자가 되는 길을 택해 지위 하락을 자초하고, 비참하게 된 자기 자신을 되돌아보는 문학을 했다. 어째서 그랬던지 당대 사람들이 말하고, 자기 스스로 해명했다.

이곡(李穀)이 쓴 묘지명에서는 "재주가 기이하고 뜻이 높아 시대에 용납되지 않았다"고 했다. 이제현이 지은 시에서는 "흐트러진 마음씨로 조롱과 해학을 일삼고, 너그럽고 넉넉한 태도로 미친 짓을 한다"고 했다. 후대의 공식적인 평가를 집약한 〈고려사〉 열전에서는 "문안드리기를 좋아하지 않고, 방탕한 자세로 말을 함부로 했다"고 하고, "재주를 믿고 무슨 일에든지 오만하게 굴었다"고 했다.

자기 스스로 술회한 말에서도, 남의 나쁜 점을 말하는 버릇을 고치지 못해서 배척당하고 말았다고 했다. 생계를 이을 길이 없어서 절간 승려의 땅을 얻어서 소작인 노릇을 하게 되는 데까지 이른 처지를 자학에 가까운 말로 묘사하는 〈예산은자전〉(猊山隱者傳)을 지었다. 평소에 불교를 좋아하지 않으면서, 경작하는 땅이 삼보(三寶)로부터 온 무거운 은혜이니 감사하는 마음을 잊지 말라는 승려의 말을 거역할 수 없는 처지여서 고통이 가중된 사정을 처참하게 술회했다.

　최해의 시문이 뛰어났다는 것은 누구나 인정했으나, 작품이 제대로 전하지 않는다. 〈졸고천백〉(拙藁千百)이라는 문집은 산문만이다. 시는 〈동문선〉에서 찾을 수 있다. 〈송이림종직랑귀구은〉(送李林宗直郎歸舊隱)이라고 한 것을 보자. 관직을 그만두고 농사짓는 사람이 되고 싶은 심정을 다음과 같은 말로 나타냈다.

我欲歸歟久未歸	나는 돌아가려 하면서도 오래도록 못가는데,
君胡去矣復來斯	그대는 어째서 가다가 다시 왔는가?
衣冠恰似倡優戲	의관을 창우놀음 하는 것처럼 꾸미고서
升斗爭敎妻子肥	쌀 몇 말을 다투어 처자를 살찌게 하겠나.
却羨已收匡國策	부러워라 그대는 나라 구할 방책까지 마련했는데,
自憐苦乏買山眥	가련하게도 괴롭고 아쉬운 나는 산을 살 밑천도 없네.
百年後有知音在	백 년 지난 다음에는 알아줄 사람 있으려니,
不用題詩淚滿衣	시를 지으면서 눈물을 옷깃에 적시지는 않으리.

　나라에 공을 세우고 고향으로 돌아가는 사람을 부리워하면서 전송한 시이다. 몸에 걸치고 있는 관복이 창우놀음 복색 같다면서 스스로 혐오감을 나타내고, 녹으로 받는 쌀 몇 말을 다투어 처자를 살찌게 할 수 있느냐 하면서 벼슬살이에 뜻이 없다고 했다. 그런데도 산을 살 밑천이 없다는 고사를 인용해서 돌아갈 곳이 없다는 고민을 토로했다.

　그런 사정이라도 농촌을 찾아 은거하는 길을 택했다. 자학과 절망 속에서도 농사짓는 것은 즐거운 일이라 했다. 농민과 함께 겪은 고락을 나타내는 시를 지었다. 오래 기다리던 비가 와서 즐겁다고 한 〈삼월이십일우〉(三月二十日雨)라는 시의 앞 대목에서 가뭄의 고통을 이렇게 말했다.

去年乖雨暘	지난해에도 비오고 개이는 것이 어긋나
農家未揷秧	농가에서 모라고는 꽂지 못했다오.
萬民落饑坎	만민이 굶주림의 구덩이에 떨어져서는,

相視顔色凉	서로 쳐다보는 얼굴빛 처량했다오.
今年春又旱	올봄에 또다시 가뭄이 들어서,
拱手愁慇陽	두 손 잡고 흉년을 근심하고 있네.
青泥井水涸	푸른 진흙 드러내며 우물이 말랐고
赤血朝暾光	붉은 피처럼 아침 해는 빛나기만 하네.
道路多餓殍	길에는 굶어죽은 시체 즐비하고,
郊原阻農桑	들에는 곡식이며 뽕나무며 뒤틀어졌네.

인용한 대목 다음 구절에서 자기는 게으른 탓에 늦게 일어나 초당에 누웠다가 마침내 비가 오는 소리를 듣고 일어났다고 했다. 시인이 농민이 된 것은 아니지만 농촌에서 농민과 더불어 살고 있어 농민이 겪는 어려움을 잘 알아 이런 시를 써서, 김극기나 이규보가 한 일을 새롭게 했다. 그 두 사람은 농촌에 이따금씩 들러 농민의 처지를 안타깝게 여기며 동정하는 애민시를 썼지만, 최해는 농촌에서 농민과 함께 살아가면서 농민이 스스로 지은 농민시에 근접한 작품을 남겼다.

이제현(1287~1367)은 원나라에 가서 머무르면서 고려를 위해 깊이 고심했다. 충선왕이 연경에서 만권당(萬卷堂)이라는 서재를 차려놓고 있을 때, 거기 가서 원나라의 대표적인 문인들과 어울려 당시 최고 수준의 문학 활동에 동참하는 데 모자람이 없었다. 중국 각처의 이름난 곳을 찾아다니며 시를 읊고, 역대 인물의 고사를 소재로 삼았다. 중국 사람이 아니면 지을 수 없는 사(詞) 또는 장단구(長短句)를 음률에 맞게 다듬어내는 능력을 자랑했다. 그런데도 마음은 언제나 고려를 향하고, 고려의 형세가 기울어지는 것을 근심했다.

원나라의 부마가 된 고려왕은 부귀나 누리고 있을 처지가 아니었다. 충숙왕 때에는 고려의 국호나 왕을 없애려는 책동이 국내에서 일어났다. 충선왕은 원나라에 머무르고 있다가 멀리 오늘날의 티베트까지 귀양가야 하는 신세가 되기도 했다. 그런 일이 있을 때마다 이제현은 원나라 조정을 움직여 고려를 업신여기지 못하게 하고, 고려왕의 지위를 튼튼하게 하는 것을 임무로 삼았다.

 문학의 역량이 뛰어나다고 인정되어 그렇게 할 수 있었다. 품위와 수식을 온전하게 갖추고 이치를 막히지 않고 따지는 표문(表文)이 원나라가 문화국임을 자처했기에 설득 효과를 가졌다. 그렇게 하면서 분주하게 왕래하는 겨를에 고국으로 돌아오기를 간절하게 바라는 심정을 이따금 시로 나타냈다.

 이제현이 중국에서 얻은 평가는 최치원의 전례를 생각하게 한다. 두 사람 다 중국에 가서 당대 최고 수준의 문학 활동에 동참해 두고두고 칭송을 듣고, 돌아와서 본국의 한문학이 더욱 세련되고 품위 있게 하는 데 크게 기여했다. 중국에서 고국을 그리워하면서 지은 시가 감명을 주는 점도 서로 같다. 그러나 최치원이 자의식 때문에 세상과 어울리지 못하고 역사의 방향을 파악하지 못해 물러났다면, 이제현은 고국이 나아가야 할 길을 찾는 것이 바로 자기 발견과 직결된다고 생각했다.

律調黃鐘斗揷子	율조로는 황종이요, 북두가 자방에 이르렀으니,
短晷南至一陽生	해가 짧아 동지 되자, 양기가 하나 생겼구나.
最憶吾家弟與兄	그립구나, 우리집에서는 아우와 형님이
齊奴頭粥咄嗟烹	종들을 시켜서 때맞추어 팥죽을 끓이겠지.
舞綵高堂獻壽觥	채색 옷으로 춤추며 부모님께 헌수하노라면,
人間此樂難爲名	세상에 그런 즐거움 이름 짓기조차 어려운데.
顧予劫劫欲何營	나는야 부지런을 떨면서 무얼 하겠다고,
此日悠悠獨遠行	오늘도 아득하게 먼 길을 홀로 가는가.
安坐無由報知己	알아주는 은혜에 편히 앉아 보답할 수 없는데,
簡書況復催歸程	분부 내리는 편지 돌아오는 길을 더욱 재촉하네.
郡邪詘兮賢彙征	간사한 무리 굴복하고 어진 이를 등용하면,
衆陰消兮世文明	뭇 음기 사라지고 세상이 밝아지리라.
早晚春風遍四瀛	조만간 봄바람이 사해에 두루 퍼지면,
坐看萬物自生成	앉아서 보리라, 만물이 스스로 생장함을.

〈동지〉(冬至)의 후반부이다. 동지가 되면 음기가 절정에 이르면서 양기가 하나 나타나 한 해가 새롭게 시작된다는 것을 들어 역사의 전환을 암시하고, 홀로 길을 가면서 고향을 생각하는 자기대로의 감회를 나타내면서, 천지 운행, 나라 운수, 개인의 행복이 맞물려 돌아간다는 것을 깨닫게 했다. 간사한 무리라고 한 권문세족이 물러나고 어진 이로 자부하는 새 시대의 사대부가 역사를 이끌어나갈 시기가 빨리 와야 한다고 했다. 그렇게 되면 봄바람이 사해에 두루 퍼져 사람은 물론이고 천지만물이 모두 온전하게 생기를 누리리라고 했다.

이제현은 본국에 돌아와서 네 차례 재상의 자리에 올랐으며, 공민왕이 원나라에서 즉위하고 미처 귀국하지 않았을 때에는 왕을 대리하는 임무까지 감당했다. 그렇다고 해서 뜻한 바를 이룰 수 있었던 것은 아니다. 봄바람이 사해에 두루 퍼질 수 있는 시기가 오기에는 아직 멀었으며, 나라 형편은 말이 아니었다. 〈송전록생사간안전라도〉(送田祿生司諫按全羅道)의 한 대목을 들어보자. 국정을 바로잡는 것이 얼마나 어려운지 심각하게 토로했다.

豪奴聯騎攘公田	세력가 종들 말을 달려 공전을 빼앗고,
官徵逋租不計年	밀린 세금 징수에는 흉년도 고려 않네.
嗚呼民生至此恆	오호라 민생이 이런 지경에 이르렀는데,
誰與吾君寬旰食	우리 임금님과 함께 고생할 사람 누구인가?
益齋也曾玷廊廟	익재도 일찍 낭묘 한 구석을 더럽히면서
受侮老姦幷惡少	노간과 악소에게 모욕이나 당하다가,
乞身自退僅免禍	물러나기를 빌어 근근이 화를 면했으니
此日尋思顏可赭	오늘날 다시 생각하니 얼굴이 붉어진다.

이제현은 급진적인 개혁을 주장하지 않았다. 정신을 바로잡는 것이 무엇보다도 소중하다고 했다. 〈역옹패설〉(櫟翁稗說)에서 충선왕에게 경서의 이치를 밝히고 바른 행실을 닦는 선비의 문학을 일으켜야 한다

고 역설했던 바를 기록해놓았으며, 여러 제자를 길러 그 방향으로 나아
가도록 가르쳤다. 이색은 학문하는 선비가 구습을 버리고 정도를 찾게
된 것이 이제현의 교화 덕분이라고 했다. 그렇게 해서 이루어진 전환은
조선시대로까지 광범위하게 계승되었다.

　이제현이 고문을 창도한 것도 커다란 공적으로 평가된다. 고문은 변
려문의 폐단을 시정한 새로운 문체이다. 말을 아끼고 수식을 배격하고
기교가 드러나지 않게 하며, 간결하면서 분명한 가운데 형식미를 잘 갖
추어 작문법의 규범이 될 수 있는 것이다. 주제를 서두에서 제시하는
파제(破題), 서두와 결말의 호응을 중요시하는 개합(開闔), 객이 묻는
데 대해서 대답하는 문대(問對), 그리고 대조나 대비를 자연스럽게 갖
추어 설득력을 높이는 등의 수법을 이제현은 아주 모범이 되게 사용했
다. 이제현의 고문을 이어받는다는 사람들이 같은 수준의 글을 쓰지 못
하는 것이 예사였다.

　이제현의 고문은 또한 문학을 하는 정신으로서도 소중한 의의를 가
진다. 문학을 재능 발휘의 수단이나 지적인 도락으로 여기지 않고, 표
현 그 자체가 소중하다면서 수식하고 다듬는 것이 능사라는 생각을
멀리하고, 자기 마음을 가다듬고 현실의 문제를 진지하게 다루는 자
세를 가지고자 했다. 꾸밈이 없는 가운데도 실속이 있고 공감을 주는
문학을 이룩해야 한다는 새로운 노선을 천명하고 실천했다. 신유학으
로 그 근거를 삼으면서 도와 문이 대등하다는 관도(貫道)의 문학을 하
고, 도가 문보다 우위에 있다고 하는 재도(載道)의 문학을 한 것은 아
니었다.

이병혁, 《고려말 성리학 수용기의 한시 연구》(태학사, 1989)에서
총괄적인 논의를 했다. 김동욱, 《고려후기 사대부문학의 연구》; 이
종진, 〈안축의 시세계〉, 《태동고전연구》 10(태동고전연구소, 1993)
에서서 안축의 시를 고찰했다. 최해에 관한 연구는 여증동, 〈최졸옹
(崔拙翁)과 '예산은자전'고〉, 《진주교대논문집》 2(1968) ; 김종진, 〈최

해의 사대부 의식과 시 세계〉,《민족문화연구》16(고려대학교 민족문
화연구소, 1982) ; 이구의, 〈졸옹 최해의 삶과 민족의식〉,《민족문화논
총》 18 · 19(영남대학교 민족문화연구원, 1998)이 있다.《고려명현
최해 연구》(국학자료원, 2002)에서 고혜령, 김종진, 송준호, 박한남
등의 논문이 수록되어 있다. 그 책에 수록한 〈최해의 문학사적 위치〉
에서, 최해를 전후 시기의 문인들과 비교해 고찰했다. 이제현 연구로
는 김시황,《익재(益齋) 연구》(중문출판사, 1988) ; 김성기, 〈이제현의
시문학 연구〉(서울대학교 박사논문, 1990) ; 김건곤, 〈이제현 문학 연
구〉(한국정신문화연구원 박사논문, 1993) ; 유풍연,《익재시 연구》(전
주대학교출판부, 1994) ; 박경신, 〈이제현의 시세계〉, 한국한시학회
편,《한국한시작가연구》 2(태학사, 1996) ; 정재철,《익재시의 사상적
조명》(집문당, 2002) 등이 있다.

7.9.4. 이곡 세대

이곡(李穀, 1298~1351)은 부지런하면 군자가 되고 게으르면 소인이
된다는 지론을 실천하고자 했다. 시골 향리였던 아버지를 일찍 여의고
불우하게 자라났으나, 부지런히 노력해 대단한 위치에 올랐다. 고려의
과거를 거친 다음 원나라에 가서도 급제의 영광을 차지했다. 그곳에서
벼슬을 할 때, 문장이 엄하고 뜻이 깊으며 인품이 훌륭해 감히 외국인
취급을 하지 못하더라고 했다.

이곡의 문학은 원나라 간섭을 받고 있는 고려가 안팎으로 위기를 맞
이했음을 깊이 인식하고 그 해결책을 찾으려고 한 고심의 산물이다.
고국에 돌아와서 목격한 참담한 현실을 그대로 두고 보지 못했다. 〈시
사설〉(市肆說)을 써서, 송도 뒷골목에서 여자들은 몸을, 관청에서는
아전들이 행정을, 저자에서는 부모가 자식을, 지아비가 아내를 판다고
했다.

농촌에서 살 길을 잃은 유랑민이 모여들어서 그런 사태까지 벌어졌

는데, 벼슬하는 사람들은 못 본 체하고 있다고 탄식했다. 송도에서 먼 곳일수록 폐해가 더 심하다는 것을 〈증정참군서〉(贈鄭參軍序) 같은 데서 더욱 자세하게 말했다. 변란이 거듭되자 사람이 지켜야 하는 도리라고는 없어지고 이익만 노려 부자는 땅을 겸병하고 아전들은 무엇이든 빼앗아 농사짓는 백성의 집은 텅텅 비었다고 했다.

十里五里間	십 리나 오 리 사이에도
馳傳紛可驚	달리는 역마 요란해 놀라워라.
下馬立道側	말에서 내려 길가에 섰노라면,
過眼如流星	흐르는 별처럼 눈앞을 지나간다.
吾疑將德音	나는 의심하기를, 장차 덕음을
布玆南畝氓	남방의 농민에게 펴는가 했더니,
或云算閒口	누가 말하기를, 빠진 호구 헤아려
抽錢及孤惸	외로운 사람에게서까지 돈을 거둔단다.
或云籠山野	산이며 들이며 온통 싸잡아
割地歸兼幷	금을 그어 세력가의 땅에다 합친다네.

〈기행일수증청주참군〉(紀行一首贈淸州參軍)이라는 장시 한 대목을 들어보면 이렇게 노래했다. 덕음을 펴는가 의심했다는 데서는 백성을 다스리는 마땅한 도리가 없지는 않다고 했다. 수탈을 완화하면 백성이 살 수 있다. 그러나 헛된 기대가 무너졌다. 흐르는 별처럼 지나가는 역마가 세력가의 이익을 늘리려고 농민을 더욱 괴롭히는 방책을 시달하기에 분망할 따름이어서 민심은 흉흉하다고 했다.

시인 자신은 그 고장에 머물러 사는 사람이 아니고 말을 타고 지나가던 관원이다. 그런데 달리는 역마를 보자 말에서 내려 길가에 섰다. 그러자 위치가 달라졌다. 말을 타고 그냥 지나쳐버리지 않아 가여운 사람에게서까지 세금을 거두어간다든가 땅을 겸병한다든가 하는 풍문을 들을 수 있었다. 빠른 움직임에 눈을 팔기만 하지 말고 막연하게 떠도는 말을 귀 기울여 들어보아야 한다고 했다.

이곡이 농민의 입장을 택한 것은 아니다. 벼슬을 맡아 지방으로 내려가는 사람에게 실정을 알고 직무를 잘 수행하라면서 이런 시를 지어 주었다. 그래서 어떤 효과가 있는지 의문이다. 자기도 벼슬하고 있는 사람이다. 알 만큼 알아도 어찌할 수 없지 않는가. 안축이나 이제현처럼 이곡도 고민하는 시인이었다. 방대한 분량의 〈가정집〉(稼亭集)에 그 자취를 풍성하게 남겨 뒤를 잇는 사람들이 큰 자산으로 삼게 했다.

윤여형(尹汝衡)은 생애에 관한 자료가 거의 남아 있지 않으나, 이곡과 비슷한 시기에 서로 상통하는 작품을 남겼기에 이 자리에서 다룰 만하다. 〈동문선〉에 시 일곱 편이 전하고, 이제현이 지어준 시가 한 편 있어 서로 연결시켜보면, 신흥사대부의 일원이고 성균관의 말단 직책을 맡았음을 알 수 있다. 관동지방을 방랑하고 호남의 어느 절에서 기식하기도 했다. 자기 스스로 농사를 지으며 농민의 처지를 심각하게 다룬 시를 지었다.

〈촌거〉(村居)에서는 나라에 도움이 될 일을 할 수 없어서 책을 던지고 농사일을 배운다고 했다. 그 점은 최해의 경우와 비슷하지만, 뜻하지 않은 불운을 맞이했다고 한탄하거나 자기 스스로를 헐뜯지 않았다. 당연한 할 일을 한다고 생각했음인지, 시에 청신한 느낌을 나타내고 농민이 하는 말을 아무런 자의식 없이 그대로 토로했다.

橡栗橡栗栗非栗　　도톨밤, 도톨밤, 밤이면서 밤은 아니네.
誰以橡栗爲之名　　누가 도톨밤이라고 이름을 지었나.
味苦於茶色如炭　　맛은 씀바귀보다 쓰고 빛깔은 숯과 같은데,
療飢未必輸黃精　　굶주림을 면하는 데는 황정 못지않네.
村家父老裹糇糧　　촌가 늙은이가 누룽지 양식 싸가지고서
曉起趁取雄鷄聲　　새벽에 일어나 닭 울 때 도톨밤 주우러 가네.

〈상률가〉(橡栗歌)라고 이름을 붙인 도톨밤 노래 앞 대목이다. 도토리

를 도톨밤이라고 하면서 먹을 것이 없으니 새벽에 일어나 도토리를 주우러 간다고 했다. 민요에서나 흔히 들을 수 있는 재미있는 표현을 써서 아무리 비참한 지경에 이르러도 꺾일 수 없는 의지를 나타냈다. 농민이 스스로 살아가도록 내버려둔다면 무엇을 먹어도 즐거울 수 있으나, 수탈하고 억압하는 사람들 때문에 살기 괴롭다고 말을 이었다.

近來權勢奪民田	근래에 권세가가 백성의 땅을 빼앗아
標以山川作公案	산천으로 경계 지으며 공문서를 만들었다오.
或於一田田主多	땅은 하나인데 임자는 여럿이라,
徵後還徵無間斷	곡수를 받아가고 또 받아가기 쉴 새 없다오.
或罹水旱年不登	장마나 가물을 만나 흉작일 때면,
場圃年深草蕭索	타작마당에 풀만 쓸쓸한 사정 해마다 더하다오.
剝膚槌髓掃地空	살을 벗기고 뼈를 긁어가 빈 터만 쓸고 있으니,
官家租稅奚由出	관가의 조세는 또 어떻게 낼 수 있나요.

이곡이 말한 바와 같은 사정인데, 시인의 위치가 달라졌다. 윤여형은 타고 가던 말에서 내려 세태를 살핀 사람이 아니다. 밑바닥 인생이 되어 농민이 어떤 지경에 이르렀는가를 바로 들어서 알고 함께 근심했다. 벼슬한 사람이 실정을 파악해야 한다고 권고하는 대신, 권문세족이 먹고 마시고 토하는 음식물이 모두 다 촌 늙은이의 피눈물이라고 항변했다.

백문보(白文寶, 1303~1374)는 세태를 바로잡지 못해 고민하고, 새로운 사상을 정립하는 데 열의를 가졌다. 권문세족과 결탁해서 횡포를 자행하는 불교를 물리치고 신유학을 새로운 이념으로 확립해야 사회개혁이 가능하다고 판단해 〈척불소〉(斥佛疏)를 썼다. 문학하는 자세 또한 신유학에 입각해 가다듬어야 한다고 했다.

"성정(性情)에서 우러나야 바야흐로 시라고 할 수 있다" 하고, "언사만 수식하고 마는 자들이 많은 것을 자랑하고 산뜻한 것을 일삼아 문장

을 빛내려 하는" 것은 군소리에 지나지 않는다고 〈급암집서〉(及庵集序)
에서 말했다. 그러면 시를 어떻게 써야 하는가? 본보기가 될 만한 작품
을 실제로 보여준 것 같지는 않다.

〈박연폭포행〉(朴淵瀑布行)에서 힘차게 쏟아지는 폭포를 내려다보고
노래했다. 〈촉석루〉(矗石樓)에서는 높고 넓은 누각에 올라 심신을 마음
껏 펴는 감격을 나타내면서 "國豈無賢戡世亂"(난세를 평정할 인재가 어
찌 나라에 없겠는가)이라고 말했다. 기개가 놀라워 감탄을 자아내지만,
사람이 살아가면서 나날이 부딪히는 문제에서 벗어나 있다.

정포(鄭誧, 1309~1345)는 사대부의 사명을 자각하고 유학의 도리를
밝히려고 하다가 패배했다. 과거에 급제해 관직에 올랐다가 악정을 비
판하는 상소를 올리고 귀양 갔다. 원나라에서 벼슬할 생각을 하고 연경
으로 갔다가 기회를 얻게 되었을 때쯤 아직 젊은 나이로 객사하고 말
았다.

千里身仍竄	천 리 밖에 이 몸이 귀양을 와서
今年數更奇	금년에는 신수가 더 야릇해라.
飄零何所托	떠돌이 신세를 어디다 기탁할까,
形影只相持	몸과 그림자만 붙어 다닐 뿐이다.
儒術將安用	유학을 닦았으나 어디다 쓰리,
空言竟莫施	빈말로는 베풀 수가 없으니.
自知爲人哂	세상의 웃음 살 줄 스스로 알면서
又不喜人規	남의 충고 듣기를 좋아하지 않네.

〈복주〉(福州)라는 시 앞 대목이다. 지금의 안동인 복주에 귀양가서
신세를 한탄했다. 유학을 닦았지만 쓸 데가 없다 하고, 빈 말을 하고 있
어서야 세상에 도움이 되지 않는다고 했다. 타협하면서 살라고 하는 충
고를 받아들이지 않고 고집스럽게 살아 웃음을 사는 줄 안다고 했다.
뜻하는 바를 이룰 수 없는 패배자가 되었어도 생각을 바꾸지 않았다.

이인복(李仁復, 1308~1374)은 신유학으로 나라를 바로잡아야 한다는 주장을 강경하게 폈다. 원나라 과거에도 급제해 중책을 맡았으나 강직한 성격으로 시비를 가려 칭찬과 반감을 함께 샀으며, 신돈을 배격하다가 파직당했다. 당시의 현실을 다룬 많은 시를 남긴 가운데 〈녹진변군인어〉(錄鎭邊軍人語)라는 오언절구 5편 연작을 특히 주목할 만하다. 제목에서 말하듯이, 나라를 지키기 위해 변방에서 수고하는 군인의 말을 기록한다고 한 것이다. 둘째 것을 들어본다.

我本農家子	나는 원래 농사꾼의 자식인데,
今來戌海垣	지금은 바다 담장 지키고 있다.
每見風色惡	바람 빛깔 험악한 것 볼 때마다
怕上耀兵船	병장기 빛나는 배에 오르기 두렵다.
慶尙徵兵急	경상도는 군인 징집 급하게 하고,
全羅轉粟遲	전라도는 군량 수송 더디게 한다.
自從囊儲盡	자루에 넣어둔 양식 떨어졌으니,
與誰療朝飢	누구와 함께 아침 요기를 할까?

농사꾼의 자식이 군인으로 징발되어 더 어려운 일을 맡았다. 농민의 항변을 시로 나타내는 사람은 여럿 있어도 군인의 말은 여기서나 볼 수 있다. 전투가 벌어지는 것은 아니지만 험악한 날씨에 배에 오르는 것은 참으로 두려운 일이라고 했다. 경상도와 전라도의 경우를 들어 나라 전체의 사정을 말했다. 군인 징집은 급하게 하고 군량 수송은 더디게 해서 바닷가에서 나라를 지키는 수군의 임무를 배를 주리면서 해야 한다고 했다.

이달충(李達衷, 1309~1385)은 시대의 고민과 부딪치는 온건파의 자세를 보여주었다. 신돈을 규탄하다가 다시 파직되었으나 불교를 배격한 것은 아니다. 허망한 생각을 버리고 참된 마음을 닦으면 유학이나 불교가 다르지 않으며 임금을 위하고 나라를 복되게 하는 임무를 함께 수행한다고 했다.

관직에서 떠났을 때 〈산촌잡영〉(山村雜詠), 〈촌중사시가〉(村中四時歌) 같은 시를 지었다. 농민 생활이 파탄을 맞이했다든가 하는 말은 나타나 있지 않고, 농부와 스스럼없이 사귀면서 흐뭇한 인정을 느낀다고 했다. 어떤 수난이 닥치더라도 서로 대등한 사람끼리의 원만한 관계는 해체되지 않은 데서 수난 극복의 가능성을 찾았다고 할 수 있다. 시련을 두고서 개탄하기보다는 시련에도 흔들리지 않는 마음가짐을 확인하는 것이 더욱 긴요하다는 생각을 다른 작품에서는 한층 더 분명하게 나타냈다.

山本乎止本乎靜
雲可以西可以東
本乎止靜者有體而附地
可以西東者無心而隨風
一動一靜將觀物所性
或靑或白已累吾之瞳

산은 그침이 본색이고, 고요함이 본색인데,
구름이야 동서 어디라도 떠다닌다.
그침과 고요함을 본체로 삼아 형체가 땅에 붙고,
동서로 떠다닐 수 있어 무심히 바람을 따른다.
움직이고 쉬는 데서 사물의 본성 보았네만,
푸르기도 하고 희기도 해서 내 눈에 누를 끼쳤도다.

〈설헌정상택청산백운도〉(雪軒鄭相宅靑山白雲圖)에서 이렇게 읊었다. 청산과 백운을 그린 그림에서 청산은 움직이지 않고 백운이 동서로 떠다니는 것을 보고 세상의 이치까지 짐작해보자는 것이다. 세태는 변하더라도 사람의 본성이야 그럴 수 없다는 것을 말하려고 했다 하겠는데,

말이 복잡해져 이해하기 어려운 대목도 있다.

〈초부〉(礎賦)에서는 주춧돌을 찬양하면서 든든하고 편안하게 하기가 반석 같다고 했다. "왕실을 부지하고 제왕을 온전하게 하니 어허 주춧돌이여 기둥이 감히 멸시하리"라고 한 대목에서 알 수 있듯이, 맨 밑바닥에서 나라를 지탱하는 일반 백성을 주춧돌이라고 했다. 고려왕조가 계속 튼튼하게 유지될 수 있는 가능성을 일반 백성의 의연한 자세에서 찾고자 하면서, 고난과 반감은 문제 삼지 않았다.

전녹생(田祿生, 1318~1375)은 한층 험악해진 상황에서 나라를 구하려다가 처참한 최후를 맞이했던 사람이다. 원나라 간섭의 마지막 단계에서 폐해를 시정하려고 애썼으며, 홍건적의 난이 밀어닥쳤을 때에는 공민왕을 따라 피란길에 올랐다. 멀리 북쪽까지 간 피란길에서 송도를 바라보면서 나라를 근심한 시를 지었다. 그 뒤에 북원(北元)으로 움츠러든 원나라와의 관계를 단절하고 그동안 온갖 횡포를 자행하던 권문세족의 우두머리 이인임(李仁任)을 주살할 것을 청하다가 투옥되어 매 맞고 죽었다.

문집 〈야은일고〉(壄隱逸稿)나 〈동문선〉에 전하는 시문을 보면 급격한 개혁을 주장하지는 않았다. 희망적인 조짐이 보이지 않는데 법령을 고치거나 제도를 바꾸면 피해가 농민에게 돌아간다고 했다. 지방 관원으로 나가는 사람에게 지어 준 시 〈송정부령우안우경상〉(送鄭副令寓按于慶尙)에서는 백성을 편안하게 하는 것만이 삶을 보장하는 방안이라고 했다.

古人今人意不遠	옛 사람 지금사람 뜻이 서로 멀지 않으니
盖傷世法多立新	세상에 새 법이 많이들 생기는 것을 탄식할 일이다.
況今時勢如理絲	지금의 형세는 실을 풀어야 하는 것 같아서,
欲速還自成紛繢	빨리 서두르면 저절로 헝클어지기만 하네.
願言爲事務從簡	원컨대 말이나 일이나 간략하게 하는 데 힘쓰고,
勿使一毫加諸民	털끝만큼도 백성에게 부담을 주지 말라.

조용히 읊조리고 싶은 차분한 정서가 없었던 것은 아니다. 문서더미 속에서 지내다가 성 밖에 잠시 나가니 자연 속에 은거하고 싶다는 시도 남겼다. 워낙 긴박한 대결에 선택의 여지도 없이 참여하고 있어 어려운 문제일수록 서두르지 말고 풀어야 한다고 남에게 충고했지만, 자기 자신은 앞질러 나서다가 죽음을 자초했다.

김시업, 〈고려후기 사대부문학의 일 성격〉, 《대동문화연구》 15(성균관대학교 대동문화연구원, 1982)에서는 이곡과 윤여형을 ; 황재국, 〈이곡문학연구〉(경희대학교 박사논문, 1984)에서는 이곡을 다루었다. 정포에 대한 연구는 이경우, 〈정포론〉, 한국한시학회 편, 《한국한시작가연구》 2(태학사, 1996) ; 배주연, 〈설곡(雪谷) 정포의 시문학 연구〉(이화여자대학교 석사논문, 1998)가 있다. 그 밖에 김성언, 〈이달충의 삶과 시 (1)〉, 《한국한시연구》 3(한국한시학회, 1995) ; 같은 논문 (2), 한국한시학회 편, 《한국한시작가연구》 2(태학사, 1996) ; 이병혁, 〈야은 전녹생의 문학〉, 《학산조종업박사화갑기념논총》(간행위원회, 1990)도 있다.

7.9.5. 이색 세대

그 다음 순서로 이색(李穡, 1328~1396)의 시대가 전개되었다. 이색은 스승 이제현이 택한 노선을 발전시키고, 아버지 이곡이 남긴 정신적 유산을 받아들여 한 시대의 스승으로 등장한 사람이다. 아버지를 따라 원나라 수도 연경에 가서 어린 시절을 보냈으며, 그곳에서 과거에 급제했다. 돌아와서 요직을 역임하고 정계에서도 중요한 위치에 올랐다.

방대한 분량의 〈목은집〉(牧隱集)에 남아 있는 저술과 창작의 성과가 대단했을 뿐만 아니라, 많은 제자를 길러내 사상과 문학에서의 새로운 기풍이 결정적인 뿌리를 내리게 하고, 후대까지 깊은 영향을 끼쳤다. 이색의 가르침 덕분에 동방에서 신유학이 크게 일어나 공부하는 사람들이 사장에 힘쓰는 풍조를 청산하고 심성의 이치를 탐구하게 되었다는 것이 적절한 평가이다.

이색의 시대에는 나라의 위기가 더욱 악화되었다. 고려는 자주성을 회복하고, 원나라가 결정적으로 위축된 것은 다행이나, 권문세족의 횡포는 시정되지 않고 백성의 고통은 날로 가중되었다. 나라를 어지럽히는 신돈을 상대로 힘든 싸움을 벌여야 하는 사태가 생겼다. 북쪽에서는 홍건적이, 남쪽에서는 왜구가 침입해 밖으로부터의 시련 또한 그치지 않았다.

사태 해결의 방안을 두고 노선이 분열되었다. 한쪽에서는 고려왕조를 지속시키면서 문제해결을 시도하는 온건한 노선을 표방하고, 다른 쪽에서는 새로운 왕조를 창건하지 않고서는 해결책이 없다고 했다. 이색의 제자들이 두 쪽으로 나누어져 심각한 투쟁이 벌어졌다. 사상과 문학에 관한 투쟁도 함께 일어났다.

이색은 온건파 쪽에 기울어져 있었다. 신유학을 근본으로 삼는 것이 당연한 일이지만 그렇다고 해서 불교를 온통 배격할 필요는 없으며, 사상이 어느 한 방향으로 쏠리게 할 것은 아니라고 생각했다. 사회개혁을 주장하는 문학이 요망된다는 데 동의하면서 그런 사명과 직접적인 관련을 갖지 않은 작품이라도 문풍을 가다듬는 데 기여한다면 소중하다고 보았다.

이색은 신유학에서 말하는 근본이치를 받아들이기만 하지 않고 스스로 탐구하는 데 힘썼다. 이규보가 한 작업을 이어서 '물'의 이치를 밝혀 사람과 연관짓는 것을 중요한 과제로 삼았다. 그래서 얻은 원리를 〈직설삼편〉(直說三篇)에서 정리해 논해, "在人者性也 在物者亦性也"(사람에 있는 것도 성이고 물에 있는 것 또한 성이다)라 하고, 그 둘이 "同一性 則同一天"(같은 성이니 같은 천이다)이라고 했다.

그런 원리를 분명하게 해서 세상의 모든 문제를 해결하는 방향을 제시하는 것이 문학의 목표라고 했다. 그런 목표가 실현되지 못하는 것이 안타깝다고 하고, 그 이유를 둘 들었다. 하나는 문학이 본래의 임무를 저버리고 문장 수식으로 기울어진 것이다. 다른 하나는 근본이치에 대한 이해가 흐려지는 말세에 이른 것이다. 그래서 자기 시대의 문학에 다음과 같은 문제점이 있다고 했다.

> 문장은 외도(外道)이지만 마음에 근거를 두고 있으며, 마음의 발로는 시대와 관련된다. 그러므로 시를 외는 사람은 풍아(風雅)의 정변(正變)에 느낌이 있지 않을 수 없다. 말세의 장구는 날마다 타락해 올바른 소리가 다시금 일어나지 않는 것이 기이한 일이 아니다. 다행히 외로운 봉이 새의 무리 속에서 울어도, 그 소리는 바람을 따라 날아가버리고 만다.

〈율정선생일고서〉(栗亭先生逸藁序)에서 이렇게 말한 데 문학을 하는 기본 입장이 요약되어 있다. 도학이 본도라면 문장은 외도라고 했다. 문장은 마음의 바른 도리를 일깨워줄 때 비로소 가치를 가지는데, 〈시경〉(詩經)에서 볼 수 있던 바와 같은 올바른 소리가 다시 일어나지 않고 문학이 타락의 길에 들어섰으니 개탄할 일이라고 했다. 외로운 봉이 울더라도 소리가 날아가버린다고 하는 비관론을 폈다.

사람과 물이 함께 지닌 원리를 밝혀 말세에도 올바른 소리가 잊혀지지 않은 것을 알리는 외로운 봉의 울음, 이색은 그런 작품을 쓰고자 했다. 그 좋은 본보기가 해안 절경을 웅대한 구상과 격조 높은 표현을 갖추어 그린 〈관어대부〉(觀魚臺賦)이다. 동쪽 해안 일본 서쪽에 커다란 물결이 아득하게 일어나 다른 것은 보이지 않는다는 말로 서두를 삼고, 그 물결을 바라보면서 "物我一心 古今一理"(물과 내가 한 마음이고, 옛날과 지금이 한 이치)임을 깨닫는다고 했다.

관어대는 자기 외가 영해에 있어 어려서부터 보며 자랐다. 그처럼 추구해야 할 이치가 가까운 데 있다는 생각을 줄곧 가지고, 주위 사람들이 사는 형편을 살피고, 풍속을 노래하고, 역사를 회고했다. 삶의 현장에서 만나는 대상의 모습을 구체적으로 다루는 문학으로, 물아일체이고 고금불변의 원리를 구현했다.

구체적인 사물에서 마음의 원리를 알고, 지금의 자리에서 옛날을 받아들이는 것이 마땅한 방법이다. 그렇다면 현실에 참여하는 시가 주변 영역으로 밀려나지 않고 핵심작업으로 평가된다. 〈잠부〉(蠶婦), 〈초동〉(樵童), 〈농부〉(農夫), 〈어자〉(漁者) 등의 일련의 작품에서 민중의 모습을 생동하게 그렸다. 그 가운데 〈초동〉을 들어본다.

樵童動成群	나무하는 아이들 떼를 지어,
往尋城外山	성 밖의 산을 찾아가네.
山多靑松樹	산에는 푸른 소나무 많아,
翠色浮雲間	푸른 빛 뜬 구름 사이 감도네.
雜木不楹尺	잡목은 한 자도 차지 않아,
採採流汗顔	자르고 자르니 얼굴에 땀 흐르네.
辛近日復日	그 고생 나날이 다시 하느라고,
曉出俄夕還	새벽에 나가 저녁에야 돌아오네.

여럿이 함께 산에 오르니 신명이 난다. 푸른 구름 사이의 푸른 소나무를 베는 몸놀림에 활력이 넘친다. 고생스럽게 살아가지만 노동은 즐겁다는 것을 스스로 겪고 있는 듯이 말했다. 밖에서 바라본 바를 전하는 시와는 다른 내부의 관점을 보여주었다.

〈구나행〉(驅儺行), 〈단오석전〉(端午石戰) 등의 시에서는 풍속에 대해서 적극적인 관심을 보였다. 〈정관음〉(貞觀吟)에서는 당태종의 침략전쟁을 물리친 고구려 사람들의 투쟁을 노래하고 자기 시대의 지표로 삼을 것을 암시했다. 왜구 때문에 벌어진 시련을 다룬 〈산중요〉(山中謠)도 함께 주목할 작품이다. 한 대목을 들어본다.

年來陵谷忽易處	근래에 방비 허술한 언덕과 골짜기로
賊勢猖獗將幷呑	적의 세력이 창궐해서 다 삼키려 하네.

赤足走上千仞崖　　맨발로 천 길 벼랑 위를 달려 올라가고,
藤棘石角飛猴猿　　가시덩굴 바위 모서리로 원숭이처럼 달리네.
官軍燒船激其怒　　관군이 배를 태우자 그 무리 격노해서,
肆毒烈火如俱焚　　열화 같이 독이 올라 모조리 불 지를 것 같다.
閨中女兒與走卒　　규중의 아녀자도 달리는 병졸과 함께
騈首就戮餘何言　　머리 나란히 살육당하니 더 말해 무엇 하리.

싸움의 현장을 자기가 지금 겪고 있는 것처럼 생동하게 그렸다. 양쪽의 움직임을 함께 보여주고 자세하게 그리는 솜씨가 뛰어나다. 몇 줄되지 않는 데다 많은 것을 말해 전후의 연결을 잘 알 수 있게 했다. 외침을 물리쳐 나라를 구하고 백성을 살려야 한다는 간절한 소망을 나타냈다.

이색은 체계적인 사고를 끝까지 밀고 나가거나 강한 결단을 내릴 수있는 성격이 아니었다. 도학에서나 문학에서나 올바르게 살아가는 자세를 자기대로 추구하고자 했을 따름이다. 그러기에 호를 목은(牧隱)이라 하고, 정계에서 물러나 자연에 묻히고자 하는 심정을 여러 작품에서 나타냈다. 그런데 시대적인 시련이 그런 마음가짐으로 대처하기에는 너무나도 급박하고 거셌다.

정추(鄭樞, 1333~1382)는 나중에 이름을 공권(公權)이라고 했으나, 〈동문선〉에 올라 있는 초명을 사용하기로 한다. 〈관물재잠〉(觀物齋箴)에서 물(物)이 달려들어 괴롭히더라도 동요되지 않고 조용하고 안정된 마음가짐을 잃지 않는 사람이 성인이라고 했으나, 자기는 그럴 수 없어 시대의 문제와 처참하게 부딪혀야만 했다. 신돈을 규탄하다가 죽을 뻔하고 겨우 목숨을 부지하고 내쫓긴 시절에, 내우외환으로 빚어진 마음의 상처가 아프게 나타나 있다.

농촌에서 인정 같은 것은 찾지 못했다. 궁한 백성이 서로 울부짖는데, 토색질은 밤중에도 급하게 다그치기만 하고, 예전에는 천 명 장정이 살던 고을에 열 집도 남지 않았다고 했다. 궁궐문을 호랑이나 표범

이 지키고 있어서 실정을 알릴 길이 없다고 한탄했다. 〈오리동박헌납〉
(汚吏同朴獻納)이라는 말로 시작되는 긴 제목을 붙인 오언고시가 그런
사연을 잘 전한다.

나라 안의 사정만 어려운 것은 아니었다. 1359년(공민왕 8)에 홍건적
이 쳐들어와 서경을 유린하고, 이듬해에는 왜구가 강화를 함락시키자,
〈문왜적파강화군……〉(聞倭賊破江華郡……)이라는 시를 지었다. 밤에
잠을 이루지 못하고 개구리 우는 소리에다 마음을 실어 짓는다는 말까
지 제목에다 넣은 장시에서, 나라의 수난과 자기의 처지를 함께 근심했
다. 한 대목을 들어보자.

去歲紅軍深入阻	지난해에 홍건적이 깊이 내륙을 뚫자,
河氷野雪屍縱橫	언 강, 눈 덮인 들에 송장이 즐비했다.
雲屯館穀西京市	서경 저자 관가 곡식에 구름처럼 몰려들자,
四方繹騷如沸羹	사방이 소란해서 국물 끓는 것 같았다.
逢人欲說去年事	누구를 만나 지난해의 일을 이야기하려면,
毛骨颯爽先魂驚	모골이 싸늘해지고 넋이 먼저 놀란다.

홍건적의 침입으로 일어난 참상을 이렇게 노래했다. 그 다음 대목에
서는 강화에 침입한 왜구를 물리치지 못하는 것을 안타까워했다. 그런
판국에 불교에서 국력을 탕진한다 하고, 백성을 괴롭혀서 만든 불상이
공연히 높기만 하다고 나무랐다. 분노가 치밀어 올라도 나설 수 없는
처지임을 한탄하면서 다음과 같이 토로했다.

腐儒空有淚	썩은 선비는 공연히 눈물만 있고,
無力能經營	경륜을 할 능력이라고는 없구나.
自昔安危廟堂在	예부터 나라의 안위는 조정에 달렸다 하는데,
江湖何必憂蒼生	강호에 있으면서 창생 걱정을 해서 무엇 하랴.

이런 시가 순탄하게 이루어진 것은 아니다. 고사를 찾고 이미 있는 표현을 따오고 해서 이어졌으며, 중국에서부터 천하의 질서가 허물어졌기에 수난이 닥쳤다는 생각을 떨쳐버리지 못했다. 학식과 교양을 자랑하며 높은 위치를 지켜야 어울릴 사람이 뜻밖에 닥친 부담스럽기만한 시련 때문에 아래로 끌어내려지고 일반 백성의 고난에 동참하지 않을 수 없게 되었다고 할 수 있다.

이집(李集, 1327~1387)은 신돈의 박해를 피해 경상도 영천으로 가서 숨었다가, 신돈이 몰락한 뒤에도 개경 근처 시골에서 은거했다. 관직에서 뜻을 펴지 못하고 은둔하기를 바란 사람이다. 병자·노인·나그네의 신세를 읊은 시를 지었다. 왜구의 침입을 막지 못하는 것을 한탄하고, 민생문제에 대해 깊은 관심을 가졌다.

〈기미구월십육일설중서회〉(己未九月十六日雪中書懷)에서는 눈이 일찍 와서 농사가 망치게 된 날 이웃의 늙은 농부가 하는 말을 듣는다고 했다. 관가의 수탈 때문에 어렵게 사는 백성에게 크나큰 재앙이 닥칠 것을 예상하고 염려했다. 〈자이〉(自貽)라는 시에서는 공부하고 관직에 나아가 그런 잘못을 바로잡지 못한 것을 다음과 같은 말로 한탄했다.

老來步步漸欹斜	늘그막에 걸음걸음 점점 비틀거려,
行止還如狗喪家	움직이는 모습 상갓집 개와 같다.
床上文書安底用	책상 위의 서적 어디다가 쓰리오?
如今抱病眼昏花	이제 병들고 눈이 어른거리는데.

한수(韓脩, 1333~1384)는 벼슬길에 일찍 진출해서 영달했으며 이색에게 인정받아 많은 시를 주고받았다. 성실하고 신중하며 식견이 높다는 평을 들었다. 기교를 부리지 않고 정감을 평이하고 간결하게 나타냈다. 온화한 성품으로 한가롭게 살았던 자취를 보여준다. 〈증일본승천우〉(贈日本僧天祐)의 한 대목을 들어본다.

交隣固有道	교린은 진실로 도리를 갖추어,
禁暴亦有律	난폭함 금하고 법이 있어야 하노라.
請歸告主人	청컨대 돌아가면 주인에게 고해
爲我去蟲疾	우리를 위해 벌레 병 없애기 바라노라.
師乎果有成	스님은 과연 이룬 바 있으니,
知爾速成佛	속히 성불할 것을 아노라.

　고려에 와서 머물다가 돌아가는 일본 승려에게 지어 준 시이다. "난폭함"이니 "벌레 병"이니 하는 것은 왜구의 침략을 두고 한 말이다. 왜구 때문에 분노를 느끼면서, 불도의 높은 경지에 이른 일본인 승려를 높이 평가하면서 두 나라가 평화롭게 지내는 데 기여해주기를 바랐다. 대일관계의 양면을 말한 점에서도 오래 기억할 만하다.

　김구용(金九容, 1338~1384)은 조용한 마음을 지니고자 하는 성미였다. 그림 같은 정경을 읊은 시를 지으면서 흐뭇해하고, 신선을 찾아 멀리 가고 싶은 생각을 자주 나타냈다. 자기 시대의 문제를 다룰 때에도 그런 기풍을 지키고자 했다. 1359년(공민왕 8)의 홍건적의 침입을 개탄한 시를 정추와 함께 지어 〈기해년홍적〉(己亥年紅賊)이라 하고, 탄식하는 심정을 나타냈다. 두 해 뒤인 1361년(공민왕 10)에 홍건적이 다시 침략하자 〈신축년홍적〉(辛丑年紅賊)이라는 시를 두 수 지은 것은 사연이 더욱 처참하다.

民庶登山上	서민은 산 위로 올라가고,
君王走海邊	군왕은 해변으로 달아나도다.
誰能莫愛死	누가 죽음을 아깝게 여기지 않으리,
回首淚潸然	고개를 돌이키니 눈물이 흥건하네.

　첫 수의 후반부를 들면 이와 같다. 〈청산별곡〉을 연상하게 하는 사태가 벌어져, 산으로 바다로 살자고 달아나지만 서민은 물론이고 군왕조

차도 죽음을 피하기 어렵게 되었다. 홍건적이 물러난 다음에도 계속되는 시련을 극복하는 방향을 두고 사대부들 사이에 분열이 일어날 때, 김구용은 불교를 극력 배척하고 성리학을 강화하며 북원과의 관계를 단절하고 명나라를 지지하자는 강경 노선에 가담했다. 그런데 명나라에 사신으로 갔다가 귀양살이를 하는 신세가 되어 병사했다. 운남지방에서 귀양살이를 하면서 지은 시가 남아 있다.

이색은 김성룡, 《여말선초의 문학사상》(한길사, 1995) ; 여운필,《이색의 시문학 연구》(태학사, 1995) ; 유호진, 〈이색 시 연구〉(고려대학교 박사논문, 1999) ; 임형택, 〈고려말 문인지식층의 동인(東人)의식과 문명의식〉, 《실사구시의 한국학》(창작과 비평사, 2000) ; 정재철, 《이색 시의 사상적 조명》(집문당, 2002)에서 고찰했다. 하정승, 《고려조 한시의 품격 연구》(다운샘, 2002)에서는 이색과 그 주위의 시인을 연구했다. 한국한시학회 편,《한국한시작가연구》2(태학사, 1996)에 여운필, 〈이집의 시세계〉; 박경신, 〈한수와 그의 시세계〉가 수록되었다. 성범중, 《척약재(惕若齋) 김구용의 문학세계》(울산대학교 출판부, 1997) ; 임종욱, 〈이집의 한시문학〉, 《고려시대 문학의 연구》(태학사, 1998) ; 성범중 · 박경신, 《한수와 그의 한시》(국학자료원, 2004)도 있다.

7.9.6. 정몽주 세대

정몽주(鄭夢周, 1337~1392)는 호를 포은(圃隱)이라고 했으나, 밭을 찾아 숨을 겨를은 없었다. 북쪽으로는 여진을, 남쪽으로는 왜구를 물리치는 데 참가했다. 북원을 배척하고 명나라를 지지하는 입장에서 외교적인 임무를 수행하는 데 진력하고, 일본에도 사신으로 갔다. 시 짓기 좋아해 분주하게 다니는 길에서도 보고 느낀 바가 있으면 읊어서 호탕한 기백을 지닌 풍류스러운 작품을 남겼다. 시의 소재가 확대되고 수법이 참신해진 것도 주목할 일이다.

중국에 가면서 지은 〈압록강〉(鴨綠江)을 보자. 의주의 관방에 이르러 장성을 살피고, 늠실거리며 흐르는 강물이 나라를 지킨다고 했다. "我行已千里 鶴野天茫茫"(나는 이미 천리나 왔지만, 학이 나르는 들판의 하늘 망망하구나)이라고 했다. 길이 멀고 맡은 사명이 힘들다는 것을 함께 나타냈다. 일본으로 사신 가는 감회를 읊은 〈여우〉(旅寓)는 다음과 같다.

平生南與北	평생 동안 남북으로 다니노라니
心事轉蹉跎	마음도 일도 뜻대로 되지 않는다.
故國海西岸	고국을 서쪽 바다 기슭에 두고
孤舟天一涯	외로운 배로 하늘 한 모퉁이로 간다.
梅窓春色早	매창에 봄빛이 일찍 찾아오고
板屋雨聲多	판옥에는 빗소리가 많기도 한데,
獨坐消長日	홀로 앉아 긴긴 날을 보내면서
那堪苦憶家	괴롭게 집 생각하니 견디기 어렵다.

맡아서 간 사명은 왜구를 누르는 것이었다. 외교와 싸움으로 외침은 결국 물리쳤으나, 기울어가는 고려왕조를 구출할 수는 없었다. 신유학의 도리를 굳게 지키고 대의명분을 분명하게 하면 질서가 유지될 수 있었던 것은 아니다. 이색이 정몽주는 횡설수설이 모두 도리에 합당하다고 한 것을 보면, 이색의 제자들 가운데 누구보다도 뛰어났음을 알 수 있다. 그러나 마음을 바로잡아 세상을 구하려고 하는 이상론이 그대로 실현될 수는 없었다.

신유학의 도리를 다룬 논설을 지었을 것 같은데 중간에 흩어졌는지 〈포은집〉(圃隱集)에서 찾아보기 어렵다. 그 대신에 철학시라고 할 것을 여러 편 남겼다. 〈독역〉(讀易), 〈관어〉(觀魚), 〈동지〉(冬至) 등이 그런 예이다. 다음에 드는 〈호연권자〉(浩然卷子)도 그런 작품의 하나이다.

皇天降生民	하늘이 백성을 내시어
厥氣大且剛	기운이 크고 굳세도다.
夫人自不察	사람이 스스로 살피지 않으면,
乃寓於尋常	심상한 지경에 머무르고 마네.
養之固有道	기르는 데도 도리가 있으니,
浩然誰敢當	호연지기에 누가 감히 맞서랴.

　굳건한 마음가짐의 근거를 제시하면서 기백이 살아 있는 표현을 사용했다. 후반부에서는 호연지기를 온전하게 해서 천고에 변하지 않을 충절을 간직하자고 했다. 〈단심가〉(丹心歌)라는 이름으로 세상에 널리 알려진 시조에서 말한 것과 상통하는 말이다. 역성혁명에 반대하고 고려를 지키려다가 피살되어 충신의 본보기로 평가되었다.

　이존오(李存吾, 1341～1371)는 〈논신돈소〉(論辛旽疏)에서 신돈을 우대한 탓에 나라의 예법이 어그러졌다고 통탄하고, 벼슬하는 사람들도 분수를 지키지 않고 백성들조차 자기 임무를 망각하니 크게 두려워할 일이라고 했다. 그렇게 말한 탓에 죽을 고비를 맞고 겨우 살아나 은거하다가, 울분 때문에 젊은 나이에 죽었다.

　울분을 토로하는 방법을 시에서 찾았다. 공주 석탄이라는 곳으로 가면서 지은 〈석탄행〉(石灘行)을 보자. 백제 멸망의 사적을 회고한 사연을 비통하게 그리면서 자기 시대를 두고 하고 싶은 말을 나타냈다고 할 수 있다. 뒷부분을 들면 이렇다.

石佛應見義慈代	석불은 응당 의자왕 때의 일을 보았을 터인데,
唯有野鶴來參禪	들녘의 학이 날아오는 곳에서 참선만 하고 있다.
憶昔唐將航海至	생각하면, 옛날에 당나라 장수 배를 타고 건너와
雄兵十萬鼓淵淵	웅병 십만이 북소리를 요란하게 울렸도다.
都門一戰謾傾國	도문에서 한바탕 싸움으로 나라 힘을 다 기울이고,
君王拱手被拘攣	임금이 두 손을 들어 묶임을 당했도다.

神物慘淡亦不守	신물도 넋이 빠져 제자리를 지키지 못하는 듯,
石上遺蹤猶蜿蜒	돌 위의 용 발톱 자욱 아직도 꿈틀거린다.
落花峰下波浩蕩	낙화암 봉우리 아래 물결만 출렁이고,
白雲千載空悠然	흰 구름 천 년 동안 속절없이 유유하다.

싸워서 무너진 나라는 처참하다. 고려도 그럴 수 있다고 말한 것 같다. 백제 망국을 두고 하는 많은 이야기를 가져와 고려왕조의 멸망을 예견한 것 같다. 그러나 고려는 외침을 물리친 다음 내부적인 이유에서 붕괴되었다. 용이 놀라서 발버둥칠 일은 일어나지 않았다.

이숭인(李崇仁, 1349∼1392)은 호를 질그릇이나 구우며 숨어 지내겠다는 뜻으로 도은(陶隱)이라고 해서, 목은(牧隱) 이색, 포은(圃隱) 정몽주와 함께 고려말의 삼은으로 일컬어진다. 은거하는 것을 동경하면서 험한 세상에서 벗어나고자 하는 마음을 시로도 나타냈다. 제목을 잃어 〈실제삼수〉(失題三首)라고 한 데 다음과 같이 읊은 것이 있다.

林靜鳥聲盡	숲이 고요하니 새소리 그쳤고
潭空天影閑	못이 비어서 하늘 그림자 한가롭다.
因思陶靖節	이런 연유로 도연명을 생각하며,
籬下見南山	울타리 아래에서 남산을 바라본다.

평화로운 망각과 휴식은 동경의 대상이기만 했다. 돌아가 농사를 지으려 해도 그럴 수 있는 처지가 아니었다. 평온한 은거 대신 괴로운 유랑이나 참혹한 몰락이 찾아왔다. 헛된 기대를 버리고 다시 생각하면, 자기 자신이나 시대의 상황이나 온통 비관할 것밖에 없어 어떻게 살아가야 할지 깊이 염려하지 않을 수 없었다. 〈행로난〉(行路難)이라고 한 것을 보자.

行路難行路難	살아가기 어렵구나, 살아가기 어렵구나.
我今一鳴君一顧	내 이제 한번 울 터이니, 그대 들어보소.
平時坦道盡荊棘	평시의 탄탄한 길도 모두 다 가시덤불이고,
白日大都見豺虎	한낮에 큰길에서 보이나니 늑대와 범이로다.
萬慮燒胸腸欲爛	만 가지 생각 가슴에 불이 붙어 창자도 타는데,
聽鷄未禁中夜舞	닭 울음 듣고서 한밤중에도 일어나 춤을 춘다네.
明朝出門將安之	날이 밝으면 문을 나서서 어디로 가려는가.
水能覆舟山催車	물은 배를 뒤엎고, 산은 수레를 망치는데.
君不見長安陌上富貴兒	그대는 보지 못했나, 장안 거리 부잣집 아이들은
終然不讀一卷書	평생토록 책 한 권도 읽지 않았다는 것을.

살아가기가 이렇게 어렵다는 것을 절감하게 되면 신유학의 마땅한 도리도 뜻이 없어진다. 그가 내세운 호연지기를 모르는 것은 아니지만, 만 가지 생각으로 가슴에 불이 붙어 창자마저 탈 때, 닭 울음 듣고 한밤중에 일어나 춤을 추는 역설적인 신명이 오히려 시인을 사로잡아서 이런 시를 쓰게 되었다. 장안의 부잣집 아이들은 평생토록 책 한 권도 읽지 않았다는 데서는 공부한 것이 괴롭다고 했으나, 공부해 얻었다고 하기 어려운 감수성이 남달라 처참한 고민에서 생동하는 작품을 얻었다.

〈애추석사〉(哀秋夕辭)에서는 비탄에 잠긴 마음을 더욱 심각하게 나타냈다. 추석이라 해서 밝은 달이 떠올랐다는 것은 아니고, 폭풍우가 몰아친다고 했다. 깊은 시름을 품고 잠깐 졸다가 하늘에 올라가 옥황상제를 만났다고 했다. 자기는 충군과 애국밖에 다른 뜻이 없는데 사나워진 인심이 어째서 자기를 도마 위의 고기 보듯이 하는가 하고 물었더니, 세상의 변화를 따르지 못한 탓이라고 했다는 것이다. 그래도 뜻을 바꿀 수는 없다고 하고, 온 세상 뭇 사람이 자기를 몰라주니 글이나 지어서 위로로 삼겠다는 말을 마지막으로 했다.

그러나 세상은 글이나 지어 위안을 얻도록 내버려두지 않았다. 정도전 쪽과 맞서서 전제개혁에 반대하다가 정몽주의 일당이라는 이유로

한창 나이에 처형되고 말았다. 충절을 도학의 관점에서 평가하려는 것
은 이룬 작품의 실상과는 맞지 않는다.

　이종학(李鍾學, 1361∼1392)은 이곡의 손자이고, 이색의 아들이다.
이미 닦은 지위와 문학을 물려받아 장차 크게 활약할 것이라는 기대를
모을 만했으나, 정몽주가 죽던 해에 옥에 갇혔고 귀양을 가던 도중에
정도전이 보낸 사람에게 피살되었다. 〈인재집〉(麟齋集)이라는 문집이
전하는데, 귀양가면서 지은 시편 〈남행록〉(南行錄)이 큰 비중을 차지
한다.

　그때 귀양가던 사람이 혼자만은 아니었다. 이숭인, 하륜(河崙), 권근
(權近) 등과 동행이었다. 존경하는 사람들과 함께 수난을 겪고 길을 떠
나, 목적지가 달라 서로 헤어지는 것을 애통하게 여겼다. 유학이 박해
를 당하니 세상이 장차 어떻게 될 것인가 염려하고 탄식했다. 그러나
이종학이 생각한 것과 같은 파국이 오지는 않았다. 이숭인과 이종학은
죽었지만, 하륜과 권근은 새 왕조에 가담해 유학의 도리를 구현하는 문
학이 크게 떨치게 했다.

　송재소, 〈포은 정몽주 시의 호기(豪氣)〉, 《한시 미학과 역사적 진
실》(창작과 비평사, 2001) ; 임종욱, 〈도은 이숭인의 시문학연구〉, 《한
국문학연구》 11(동국대학교 한국문학연구소, 1988) ; 박성규, 〈도은
이숭인론〉, 《동양학》 21(단국대학교 동양학연구소, 1991) ; 김동욱,
〈석탄(石灘) 이존오의 사대부 의식과 시가〉, 《반교어문연구》 2(반교
어문학회, 1990) 등의 연구논문이 있다.

7.9.7. 귀화인의 참여

　우리는 단일민족이라고 하지만 외국인이었다가 귀화한 사람들이 계
속 있었다. 문학사에 오를 만한 업적을 남긴 사람들도 이따금 발견된
다. 중국에서 귀화한 쌍기(雙冀)가 있어 고려초에 과거제를 마련할 수

있었다. 쌍기의 뒤를 이어 과거를 관장한 왕융(王融)도 귀화인일 가능성이 크다고 했다.

고려말에는 원나라를 드나드는 일이 잦아지고 다른 민족들과 섞일 기회가 많아 귀화인이 늘어났다. 만주에서 와 고려 사람이 된 무장 변안렬(邊安烈)이 고려를 위해 충성하겠다고 다짐한 〈불굴가〉(不屈歌)라는 시조를 남겼으며, 이지란(李之蘭)은 이성계를 도와 전공을 세웠다. 더 멀리서 온 문인도 있었다.

설손(楔遜, ?~1360)이 바로 그런 사람이었다. 원래 위구르 사람이고 이름은 백료손(百遼孫)이었으며, 원나라 벼슬을 하고 있었다. 홍건적의 난이 일어나자 피해 다니다가 고려로 왔다. 공민왕이 원나라에 있을 때 가까이 지낸 인연이 있어 머물러 살도록 하고 관직과 땅을 주었는데, 2년 뒤에 세상을 떠났다.

그런데 〈동문선〉에 시 16편, 문 1편이 실려 있어 고려의 대표적인 시인의 하나로 평가되었다. 한문문명권 문인들은 혈통과 국적을 가리지 않고 한문학 창작 능력을 대등하게 지니고 있어 그럴 수 있었다. 귀화한 문인의 능력을 평가하는 데 그 당시 고려 사람들은 조금도 인색하지 않은 것도 주목할 일이다. 어느 수준의 시인인지 작품을 보고 판단하자.

龍蛇猶格鬪	용사가 여전히 격투하고
虎豹尙縱橫	호표가 아직 종횡이네.
不見風塵息	풍진이 그치는 것 보지 못하니,
胡爲江漢行	어찌 강가로 갈 수 있나.
有身眞大累	몸 있음이 참으로 큰 짐이고,
無地托餘生	여생 기탁할 땅이 없구나.
寂寞中宵夢	적막한 한밤중 꿈을 꾸니,
凄凉去國情	처량하게 나라 떠나는 심정이네.

〈소몽〉(宵夢)이라는 오언율시에서 험난한 시대를 어렵게 살아온 내

력을 이렇게 말했다. 용과 뱀, 호랑이와 범이 싸우는 전란이 계속되는 상황이라 편안할 수 없다고 했다. 몸 있음이 큰 짐이라고 할 만큼 고단한 신세로 여생을 기탁할 땅을 찾아다닌다고 했다. 한밤중에 꿈을 꾸면서 처량하게 나라를 떠나는 심정을 가진다고 했는데, 어느 나라가 자기 나라인가? 원래의 고국 위구르와는 아주 멀어졌고, 벼슬하던 원나라를 떠나왔다. 고려는 남의 나라라 떠나면 그만이지만, 갈 곳이 없으니 머물러 살아야 했다. 이렇게까지 처절한 방황은 처음 보는 것이다.

踏碎夕陽到遠村	석양을 밟으면서 먼 마을에 이르니,
到時已是月黃昏	때는 이미 달이 뜨는 황혼이 되었는데,
主人愛客情何極	주인의 나그네 사랑 어찌 그리 극진한고.
傾殺田家老瓦盆	농가 낡은 독의 술을 다 기울여 없앴네.

여기서는 격동에서 벗어나 안정을 찾기 시작했다. 제목을 〈장촌취귀구호〉(莊村醉歸口號)라고 해서 장촌이라고 하는 마을에서 술에 취해 돌아오면서 시를 읊는다고 한 칠언절구 6수 가운데 첫 수이다. 늦은 시간에 찾아간 먼 마을이 고려이고, 주인은 국왕이라고 할 수 있다. 고려에 머물러 살면서 우연히 들르게 된 농촌 마을과, 그 마을의 주인을 두고 지은 시라고 할 수도 있다. 그 어느 쪽을 말했든지, 인정이 넘치고 삶이 풍요로운 곳에 이른 것을 만족스럽게 여겼다.

설손의 아들 설장수(偰長壽, 1341~1399)는 고려 과거에 급제하고 관직에 올랐다. 정몽주 일당이라는 이유로 귀양 갔다가 조선왕조에서 다시 등용되었다. 〈동문선〉에 시가 8수 실려 있다. 오언율시 두 편 가운데 〈서감〉(書感)에서는 "生理貧恒絆 歸期亂每妨"(살아가는 데는 가난이 항상 따르고, 돌아갈 기약은 매번 난리가 방해하네)이라고 했다. 〈세모잡술〉(歲暮雜述)에서는 말이 달라졌다.

漢江槎不至	한강에 뗏목 이르지 못하니,
鵠嶺思還仍	곡령으로 생각이 돌아가네.
野闊時舒眺	들이 넓어 때때로 시원하게 바라보고,
樓高每倦登	다락은 높아 매번 오르기 권태롭네.
群鳥飛落日	뭇 새가 해 떨어질 때 날고,
獨木蔓寒藤	외로운 나무는 찬 넝쿨을 둘렀네.
却把三山興	문득 삼산의 흥을 간직하고,
都懷萬里鵬	만 리 붕새의 꿈을 품어보네.

한강이냐 곡령인가는 조선이냐 고려이냐 하는 것이다. 살아가는 데 문제가 있어도 우리 국토 안에서 일어나는 일이다. 안착한 곳에서 많은 것을 보고 겪으면서 이런 저런 느낌을 가지고, 흥겨워하기도 하고 자유로워지고자 꿈을 가지기도 했다. 붕새가 되어 만 리를 날아올라도 한강이나 곡령에서 멀리 벗어나지는 않을 것 같다.

손자대의 설순(楔循, ?~1435)은 번민하지 않았다. 조선왕조의 과거에 급제해 통상적인 순서를 밟아 진출하고, 세종이 하는 일을 도와 〈진삼강행실도〉(進三綱行實圖)를 썼다. 행실을 다지는 교본을 만드는 데 글하는 능력을 발휘했다. 후손은 경주를 본관으로 삼고 조선 사람으로 살아왔다.

이상에서 서술한 내용에 관한 개별적인 연구는 아직 없다. 귀화인의 문학에 대한 총괄적인 연구가 아쉽다.

8. 중세후기문학 제2기 조선전기

8.1. 조선왕조 한문학의 정착

8.1.1. 전반적 양상

1392년에 고려가 망하고 조선왕조가 들어선 변화가 어느 정도의 의의를 가지는지 계속 논란이 있다. 임금의 성이 달라지고 국호가 바뀐 것이야 대단한 일이 아니다. 불교를 최고 이념으로 삼은 귀족을 대신해서 유학을 내세우는 사대부가 집권층으로 등장한 데서 실질적인 변화의 양상을 찾아야 한다. 사대부는 신분적 특권보다 스스로 쌓은 실력을 정권 참여의 자격 요건으로 삼고, 도의와 염치에 입각해서 백성을 다스리겠다고 했다. 그렇게 표방하지 않을 수 없었던 사정에 문학사에서도 마땅히 관심을 가져야 할 역사발전의 단서가 있다.

불교를 최고 이념으로 한 귀족 통치체제는 고려전기 사회의 모습이었다. 무신란과 몽고란을 겪고 고려후기에는 권문세족이라는 사람들이 권력을 차지해 수취의 영역을 넓히며 횡포를 자행하자 민중의 항거가 일어났다. 지방 중소지주 출신의 신흥사대부는 민중의 처지를 이해하고 이용하면서 중앙정계로 등장해서 지배체제의 개편을 요구했다. 고려를 그대로 두고 개혁을 하자는 온건파의 주장을 물리친 강경파가 득세해서 마침내 새로운 왕조를 수립하고 자기네가 주장하는 이상사회를 건설하고자 했다. 조선왕조는 미리 설계한 대로 만들어, 전후시기에 들어선 세계의 다른 어떤 왕조보다 정치적 강령을 더 잘 갖추었다.

고려와 조선은 둘 다 중세를 재건하고자 하는 왕조였다. 그런데 고려 말에 이르러서는 중세의 위기가 한층 더 심각하게 나타나, 전에 볼 수 없던 획기적인 대응책이 필요했다. 지배세력이 지나친 횡포를 스스로 제약하는 것으로 규범을 삼으며, 훈민(訓民)을 표방하면서 백성을 교화해야 질서가 재건되고 유지될 수 있다고 판단한 것은 필연적인 추세를 정확하게 이해한 데 근거를 둔다. 그렇게 하는 이념을 마련하기 위해 유학을 신유학으로 이해하고 성리학으로 체계화했다. 그 모든 관심과 활동이 사대부문학에 잘 나타나 있다.

고려전기·고려후기·조선전기를 견주어보면, 왕조의 지속과는 관계없이 고려전기와 고려후기 사이에는 이질성이, 고려후기와 조선전기 사이에는 동질성이 더욱 두드러진다. 고려후기에 신흥사대부가 모색하고 주장하던 사상과 문학이 조선전기에 와서 확고한 모습을 갖추고 널리 정착되었기 때문이다. 신유학 사상이나 한문학뿐만 아니라, 경기체가, 시조, 가사 등에서도 지속성이 인정된다. 고려전기까지의 중세전기문학과는 다른 중세후기문학이 고려후기에 나타나서 조선전기로 계승되고 발전하다가 다시 한계를 드러냈다. 그 다음 시기인 조선후기에는 중세사회를 또 한 번 재건하는 것이 불가능하게 되어 중세에서 근대로의 이행기가 시작되었다.

왕조 교체기의 문학은 조선왕조의 건국사업을 담당한 쪽과 고려를 위해서 충절을 지키려는 쪽으로 노선이 분열되었다. 하나는 고려와 함께 잊혀지고 다른 하나가 조선시대문학을 이끈 것은 아니다. 그 둘 다 조선시대문학의 기본 성격을 결정하는 데 긴요한 구실을 하면서, 각기 관각(館閣) 문학 또는 관인(官人)문학, 처사(處士) 문학 또는 사림(士林) 문학으로 이어졌다.

건국사업파에서는 정도전(鄭道傳), 절의충절파에서는 길재(吉再)를 대표자로 들 수 있다. 두 사람은 고려후기에 이룩한 사상과 문학의 최고 수준을 서로 다른 방향으로 잇고, 조선시대에 끼친 영향에서도 상보

적인 구실을 했다. 정도전은 조선왕조를 창건하는 문학을 하는 커다란
과업을 이룩하고 피살되었다. 길재는 벼슬을 버리고 고향을 찾아가 고
려를 위해서 충절을 지키며 심성의 도리를 찾는 문학을 했다고 해서 칭
송의 대상이 되었다. 조선왕조가 정착되자 정도전의 혁명은 위험하다
고 배격하고, 길재의 충절을 소중하게 여겼다. 정도전은 최후의 고려인
이고 길재가 최초의 조선인이라고 할 수 있는 역설적인 사태가 조성되
었다.

고려후기 동안 거듭된 역사의 격동은 철저하고도 과감한 개혁을 요
청했다. 대체로 보아서는 같은 방향이면서도 각자의 처지나 개성에 따
라서 시험과 창조의 양상이 크게 다른 것이 그 시기의 특징이었다. 조
선왕조의 지배질서가 확립되자 안정을 찾아 새로운 모색을 제약하는
보수적인 성향이 나타났다. 모든 것이 더욱 융성해진 듯한 가운데 생기
가 줄어들었다. 조선전기문학은 고려후기문학의 계승이면서 배신이었
다고 할 수 있다. 그 때문에 새로운 모색을 가능하게 하는 조선후기로
의 전환이 필연적으로 요청되었다.

조선시대 지배체제의 전반적 성격에 관한 논의는 이태진, 〈집권 관
료체제와 양반〉, 《한국사연구입문》(지식산업사, 1981)에서 ; 왕조 교
체기 문학의 양상은 이병혁, 〈여말선초의 관인문학과 처사문학〉, 《한
국문학연구입문》(지식산업사, 1982) ; 김성룡, 〈여말선초 전환의 양상
과 논리〉, 《한국문학논총》 23(한국문학회, 1998) ; 박현숙, 《조선건국
기의 문학론》(이회, 2002)에서 고찰했다.

8.1.2. 정도전 · 권근 · 변계량

정도전(?~1398)은 고려왕조를 무너뜨리고 조선왕조를 이룩하는 데
주동적인 구실을 하고, 조선왕조의 이념 · 제도 · 문화를 설계했다. 이
규보에서 시작된 중세후기의 사고형태를 일단 완성하고 실천에 옮기는

거대한 과업을 담당해, 역사 발전을 위해 크게 기여했다. 아버지는 벼슬을 했으나 어머니가 천인인 불리한 위치에서 태어나 험난한 경험을 하면서 기존 사회에 대한 비판의식을 기르고 혁신의 의지를 가다듬어 그럴 수 있었다.

벼슬길에 나아갔으나 진출이 순조롭지 않았다. 전라도 먼 시골에서 귀양살이를 하면서 현실을 새롭게 인식했다. 천하고 무식한 농사꾼이 자기와 생각이 통하고 다른 누구보다도 인정이 많다는 것을 새삼스럽게 깨달았다고 〈소재동기〉(消災洞記)에서 기록했다. 평생 농사일만 한 노인이 조정의 벼슬아치들이 하는 치사하고 부끄러운 짓을 꿰뚫어보고 있는 이인이어서 스승으로 삼고자 했다고 〈답전부〉(答田父)에서 말했다. 그런 데서 살아가는 자세와 문학하는 노선을 찾았다.

귀양살이를 할 때 지은 〈감흥〉(感興)이라는 오언고시는 모두 세 수인데, 각성의 과정을 선명하게 나타냈다. 첫 수에서는 외로운 나그네의 고난을 하소연했다. 싸늘한 북풍이 불어 찬 이슬이 내리는데, 자기는 아직 여름옷을 면하지 못하는 처지이면서 먼 길을 가야 한다고 했다. 둘째 수에서는 산속에서 솟은 샘물이 처음에는 잔잔하더니 여러 갈래가 합쳐져서 줄기찬 흐름을 이룬다고 했다. 새로운 길을 찾았다는 포부를 나타낸 말이다. 셋째 수에서는 아득히 날아오른 봉황을 노래했다.

鳳凰何飄飄	봉황은 어찌 그리 아득히 나는고.
高逝不可望	높이 올라서 바라볼 수도 없구나.
飢食靑琅玕	배고프면 푸른 낭간을 먹고
渴飮天池潢	목마르면 천지의 물을 마신다.
俯視塵世窄	굽어보니 티끌세상이야 좁기만 하구나.
啾啾鷄鶩場	닭이나 오리가 끽끽거리는 마당이로다.
所以久不下	그래서 오랫동안 내려오지 않고서,
徘徊千仞岡	천 길 멧부리에서 돌고만 있네.

이런 시를 쓰는 것은 예사롭지 않은 일이다. 봉황이 자기 자신의 모습이다. 낮은 데 머물러서 사소한 이해를 다투지 않고 역사의 기틀을 높은 데서 내려다보며 커다랗게 장악하자는 의지를 암시했다. 높은 안목과 커다란 포부를 갖추고 역사 창조의 주역이 되겠다고 했다.

자기 자신을 가다듬는 데 그치지 않고, 문학을 하는 자세에 관한 논쟁을 일으켰다. 나라가 안팎의 도전 때문에 위기에 몰려 반드시 역사의 대전환이 요청되는데, 은거하는 길을 택해 도리를 온전히 한다는 것은 있을 수 없는 일이라고 했다. 나아가서 세상과 적극적으로 부딪쳐 나라를 구하는 방책을 강구해야 한다고 역설했다.

문학이 마땅한 도리를 구현해야 한다는 것은 스승 이색(李穡)이 주장한 바이고, 동학인 정몽주(鄭夢周)도 같은 생각이었다. 그러나 무엇을 도리라고 하며, 도리를 어떻게 구현해야 하는가 하는 데서 의견이 갈라졌다. 정도전은 문학은 올바른 도리를 실현하도록 하는 재도(載道)의 사명을 수행해야 한다 하고, 표현을 잘하기 위해 힘쓰기에 앞서 세상을 바로잡겠다는 강한 의지가 있어야 그럴 수 있다고 했다.

　　저 선비라고 칭하는 자는 헌 갓과 낡은 옷으로 조심조심 고개를 뽑았다 움츠렸다 하고, 그저 관망만 하면서 겨우 자기 몸을 보전할 것만 생각하고, 비록 말단의 문서나 다루는 자리에 앉아도 오히려 능력을 발휘하지 못하는데, 하물며 눈을 부릅뜨고 담력을 내보이며 의연히 조정에 서서 도리의 경중을 다스릴 수 있겠는가. 부끄러움이 없는 자는 말을 꾸며서 조그만 재주를 부리고 요행을 따르기에 분주하며 이록(利祿)이나 가로채고, 벼슬을 하지 않고 지낼 때에는 고담활론(高談濶論)이 이르지 않는 데가 없지만 일을 맡기면 망연해서 할 바를 모른다.

〈송조생부거서〉(送趙生赴擧序)라는 글에서는 이렇게까지 말했다. 선비로 자처하는 무리가 헛된 명분이나 찾으며 작은 이익을 꾀하지 말고,

소극적이고 퇴영적인 기풍을 스스로 혁신해야만 역사의 전환을 감당할 수 있다는 주장이다. 그래야만 신유학의 도리가 실천적인 의의를 갖는다.

권문세족이 독점하고 있는 토지를 빼앗아 전제개혁을 단행하고, 이미 통치력의 한계를 드러낸 고려를 대신하는 새로운 왕조를 창업해서 다시는 흔들리지 않을 질서를 확립하지 않고서야 도리를 어디서 찾을 수 있는가 하고 반문했다. 그렇게 생각하니 이색이나 정몽주와 결별하지 않을 수 없었으며, 비관적인 전망을 단호하게 거부했다. 그러나 자기가 전면에 나설 수 있는 처지는 아니었다. 이성계(李成桂)를 지도자로 추대하고, 이성계가 거느린 군사력으로 거사했다.

이성계를 만나서 뜻을 정하고 방향을 잡은 결단을 〈자영오수〉(自詠五首)를 지어 은밀하게 나타냈다. 새 왕조를 이룩하고서는 태조가 된 이성계의 공적을 찬양하는 악장(樂章)을 여러 편 지어 〈무덕곡〉(武德曲)과 〈문덕곡〉(文德曲)이라고 분류했다. '무'는 이성계의 공적이었지만, '문'은 정도전 자신이 담당했다.

사상과 정치에 관한 산문은 시보다 더욱 큰 비중을 차지한다. 불교를 비판하고 신유학의 실천윤리를 주장하면서 사상의 획기적인 전환을 이룩한 〈심문천답〉(心問天答), 〈심기리편〉(心氣理篇), 〈불씨잡변〉(佛氏雜辨) 등이 정도전의 독특한 기풍을 잘 나타내준다. 논지가 단호하고 철저하며, 남의 말에 의거하지 않고 스스로 확신을 얻은 바를 설득력 있게 나타냈다.

〈불씨잡변〉의 하나인 〈불씨매어도기지변〉(佛氏昧於道器之辨)을 보자. 불교가 허망하다고 비판하는 데 그치지 않고 그 대안이 되는 철학을 제시했다. "사람은 천지 사이에서 하루도 '물'(物)을 떠나 홀로 지낼 수 없으므로 우리가 처사접물(處事接物)하는 행위는 마땅히 각기 그 도(道)를 다해야 하고, 어그러지며 잘못된 바가 있어서는 안 된다"고 했다.

'물'과 '도' 또는 '기'(器)와 '도'의 긴밀한 관계를 바르게 파악해야 한다고 했다. '도'를 다른 어디서 구하지 말고, '물'자체의 '도'를 온전하게 발현하는 것이 가장 소중한 실천이라고 했다. '물'의 의의를 발견한 성과를 발전시켜 이기철학을 이룩하는 방향으로 나아가는 작업에서 커다란 진전을 이룩했다.

조선왕조의 통치질서를 확립하자고 펴낸 〈조선경국전〉(朝鮮經國典), 〈경제문감〉(經濟文鑑) 등에서는 군주의 독주를 제어하고 일반 백성의 생업을 보장해야 한다는 주장을 치밀한 고증을 갖추어 전개했다. 그런 주장이 그대로 채택될 수는 없었다. 정도전은 태종의 집권과정에서 피살되었으며, 심혈을 기울여 한 구상이 제대로 실현되지 않았다.

권근(權近, 1352~1409)은 조선왕조 건국을 둘러싼 싸움이 막바지에 이르렀을 때 고려에 미련을 두어 수난을 겪었다. 이성계가 왕위에 오를 때에는 시골에 우거하고 있다가, 생각을 바꾸어 건국사업에 참여했다. 사상을 정립하고 문학하는 기풍을 바로잡는 데 커다란 기여를 했다.

처음에는 정도전의 뒤를 따랐다. 〈삼봉선생진찬〉(三峰先生眞贊)에서, 정도전이야말로 "이단을 배척해 우리 도의 정대함을 밝히고, 정의에 입각해서 일어나는 나라의 운을 도와 문장이 영구히 썩지 않고 감화가 끝없이 흡족하니 진실로 나라의 중신이고 후학의 스승이로다"라고 칭송했다. 정도전이 쓴 〈심문천답〉과 〈심기리편〉에 주를 달았다.

정도전이 피살되자 사정이 달라졌다. 태조 때는 정도전의 시대였다면, 태종 때는 권근의 시대였다. 태종은 권근을 중용했지만, 태조와 정도전의 관계가 재현될 수 있었던 것은 아니다. 태종이 중요한 결정을 스스로 내리고, 권근은 후속조처를 맡았다. 태종이 길재의 충절을 인정하는 방침을 취하자, 권근은 길재가 모범을 보인 정절이야말로 만세에 민멸되지 않는 떳떳한 도리라고, 〈제길재선생시권후서〉(題吉再先生詩卷後序)에서 말했다.

권근은 정도전처럼 새로운 왕조를 이룩했다고 자부할 수 있는 처지가 아니었으며, 조심스럽고 온건한 마음씨를 지녔다. 이미 이루어진 권위를 글로써 찬양해 위엄이 돋보이게 하는 것을 잘 했다. 태조에게 바친 〈천감〉(天監)을 보면, 먼저 설명을 달아 나라를 일으키면 칭송을 하는 것이 중국에서도 볼 수 있는 오랜 관례라고 하고, "우리 전하의 광대하고 숭고한 덕은 한당(漢唐)을 뛰어넘어 곧장 요순(堯舜)을 따르고 있으니, 진실로 시로써 아름다운 덕을 찬양하여 무궁한 세대에 전하게 하는 것이 마땅하다"고 했다. 본문 서두는 다음과 같다.

天監于下	하늘이 아래로 내려보시어,
眷厥有德	덕 있는 이를 사랑하셨도다.
俾長以君	빼어난 인물을 임금으로 삼아,
式求民莫	백성의 안녕을 바랐네.
維彼有麗	저 고려라는 나라야말로
其政不淑	정사가 아름답지 못하였도다.
命我代之	우리로 하여금 대신하게 하니,
萬民悅服	모든 백성이 열복하도다.

조선왕조의 건국을 찬양하는 시는 대내용만이 아니었으며, 명나라와의 관계 설정에서도 상당한 의의가 있었다. 명나라에 사신으로 가서 명나라 태조의 시에 화답하는 〈응제시〉(應製詩) 24수를 지은 데서 같은 생각을 더욱 뚜렷하게 나타냈다. 고려를 대신해 조선왕조가 들어선 것이 당연하다고 하고, 우리 역사와 국토를 예찬한 것을 주목할 만하다. 〈시고개벽동이왕〉(始古開闢東夷王)을 보자. 우리 역사가 중국 역사와 같은 시기에 시작되어 독자적인 연원이 아주 오래 되었다고 했다.

聞說鴻荒日	말 듣건대, 아득한 옛적에
檀君降樹邊	단군이 나무 밑으로 내려와
位臨東國土	동국을 다스리는 자리에 오르니,
時在帝堯天	요임금 시절의 일이다.
傳世不知幾	전한 세대가 얼마인지 모르고

歷年曾過千   지난 해가 천년이나 넘어,
後來箕子代   뒤에 온 기자 시절에도
同是號朝鮮   또한 조선이라고 일컬어졌네.

〈금강산〉(金剛山)에서는 금강산의 빼어난 경치를 자랑했다. 〈신경지리〉(新京地理)에서는 새로운 도읍을 칭송했다. 왕조 교체를 이룩해 나라의 기운이 쇄신된 시기에 대외 관계를 다시 설정하고, 국토와 국사를 재인식하는 데 필요한 과업을 맡아 훌륭하게 수행했다.

권근은 대제학의 자리에 올라 시문 창작의 규범을 마련하는 일을 오래 관장하는 한편, 사상 정립의 과제도 맡았다. 〈오경천견록〉(五經淺見錄)을 지어서 문제점을 해소하고, 〈입학도설〉(入學圖說)을 만들어 마음의 바른 도리를 찾으면 천인합일(天人合一)이 이루어진다는 것을 입증하고자 했다. 자기 스스로 깨달아 안 바를 말하는 기풍을 버리고 원전을 소중하게 여기면서 풀이하는 방법을 택하고, 갈등이 배제되어 혼란이 일어나지 않는 조화의 경지를 희구했다.

그런 생각을 구체화한 산문 창작에도 힘썼다. 〈독락당기〉(獨樂堂記)를 그 좋은 본보기로 들 수 있다. 눈앞의 경치를 그리는 데서 한 걸음 더 나아가, 군자가 스스로 누리는 자득지락(自得之樂)과 물(物)에 미치는 천하지락(天下之樂)이 서로 호응되도록 하면서, 자기 마음을 바르게 하는 데서 시작해 백성을 두루 이롭게 하는 데까지 나아가야 한다는 도리를 밝혔다.

권근이 하던 일은 자손에게 이어졌다. 아들 권제(權踶, 1387~1445), 손자 권람(權擥, 1416~1465), 외손 서거정(徐居正)은 조선왕조 건국의 이념을 역사서 편찬에서 다지는 사업을 계속 관장했다. 그 가운데 특기할 것이 세종의 명을 받아 권제가 지은 〈동국세년가〉(東國世年歌)이다. 이승휴(李承休)의 〈제왕운기〉(帝王韻紀)에서처럼 중국사와 한국사를 병행해 다루는 장편 영사시 〈역대세년가〉(歷代世年歌)의 후반부인 〈동국세년가〉를 맡아 지으면서, 오랜 내력을 가지고 주체적으로 전개되어

온 자랑스러운 역사를 더욱 빛내는 것이 새로운 왕조라고 했다. 권람은 권근의 작품을 주해한 〈응제시주〉(應製詩註)에서 역사의 연원을 이해하는 자주노선을 더욱 구체화했다.

정도전 다음에는 권근이, 권근 다음에는 변계량(卞季良, 1369~1430)이 당대의 문학을 지배했다. 20년 동안이나 대제학을 맡고 성균관도 장악해 위세가 대단했다. 〈동문선〉에서 차지하는 위치도 크다. 그러나 문학의 수준을 높인 것은 아니다. 권근만 해도 전대의 이색에게는 미치지 못하고, 변계량은 격이 한층 낮고 내용이 허약하게 된 문학을 했다고 성현(成俔)이 지적했다.

이성계에게 태조라는 묘호를 올리라고 청한 글 〈태행태상왕시책문〉(太行太上王諡冊文)을 보자. 태조가 타고난 재질이 신성하고 마음가짐이 너그럽고 인자하다는 말에서 시작해, 하늘의 돌보심을 입어 크나큰 과업을 완수하기까지 공덕이 엄청나다고 거듭 칭송하고, 많은 복을 내려 자손을 천억 년 동안 보살펴 나라의 운수가 건곤과 더불어 무궁하도록 해달라고 하늘에 청했다. 〈봉정정삼봉〉(奉呈鄭三峰)에서는 하늘에서 내린 호걸인 정도전은 일찍부터 널리 뜻을 두고 학문을 익히고, 강과 바다를 삼킬 만한 도량으로 나라의 흥왕을 도왔다고 칭송했다. 한양 도읍을 칭송한 경기체가 〈화산별곡〉(華山別曲)도 지었다.

변계량에게 문학이란 찬양하고 수식하는 작업이었다. 정도전이 제거되고 권근마저 세상을 떠난 다음 태종 정권에서는, 독창적이거나 비판적인 생각을 가지지 않고 권력 외곽에 머물면서 찬양하고 수식하는 문학을 하는 데 힘쓰는 문인이 있어야만 했다. 글이란 어차피 장식이니 전고를 적절하게 쓰고 말을 잘 다듬는 재능을 발휘해서 주문대로 써내기만 하면 쓰임새가 널리 인정된다고 하는 시대가 왔다.

한영우, 《정도전 사상의 연구》(서울대학교 한국문화연구소, 1973) ; 《조선왕조의 설계자 정도전》(지식산업사, 1999)에서 정도전론을 거듭 폈다. 정도전의 문학은 《한국문학사상사시론》(지식산업사, 1978) ; 박

성규, 〈정도전연구〉, 《어문논집》 22(고려대학교 국어국문학연구회, 1981) ; 김종진, 〈정도전문학의 연구〉(고려대학교 박사논문, 1990) ; 김성룡, 《여말선초의 문학사상》(한길사, 1995)에서 ; 권근은 전수연, 《권근의 시문학연구》(태학사, 1998)에서 고찰했다. 권제의 〈동국세년가〉는 진재교, 《이조후기 한시의 사회사》(소명출판, 2001)에서 다루었다.

8.1.3. 원천석과 길재

원천석(元天錫, 1330~?)은 왕조교체기를 자기 나름대로 특이하게 살아갔다. 고려 때에도 진사에 오르기만 했고 벼슬은 하지 않더니 조선왕조가 들어서자 치악산에 숨어서 종신토록 나오지 않았다. 제자가 되는 태종이 몇 차례 사람을 보내서 부르다가 마침내 몸소 치악산까지 찾아갔으나 만나주지 않았다고 한다. 고려를 위해서 충절을 지키고자 한 것은 아니다. 구태여 나오라고 하니 깊이 숨었다.

사대부 신분이 위태롭게 되었어도 지킬 방도를 차리지 않고, 고려가 망하게 된 내막을 알리고, 조선왕조에서도 도리를 찾고 명분을 내세우는 이면에서 어떤 일이 벌어지고 있는가 말하고자 했다. 권력에 대한 미련을 버리고 물러나 마음을 바르게 가지는 산림처사로 자처한 것도 아니다. 고독한 예외자가 되어 세상을 비판하는 방외인(方外人)의 선구자가 되었다.

산에서 나오지 않고 저술에 몰두하면서 진실을 밝히는 증언을 남기고자 했다. 〈야사〉(野史)라는 것을 지어 화를 입을지 모르니 조심해 간직하라고 당부했는데, 후대에 어느 자손이 보고 겁이 나서 태워버렸다고 한다. 아마도 조선왕조의 건국을 합리화하려고 왜곡한 사실을 낱낱이 밝힌 책이 아니었던가 한다.

〈운곡시사〉(耘谷詩史) 또는 〈운곡행록〉(耘谷行錄)이라고 한 것은 지금까지 전한다. 시로 쓴 역사이고 기록이라는 말이다. 1351년(충정왕 3)

에서 1394년(태조 3)까지 44년 동안 자기가 겪은 역사를 천 편이 넘는 시로 다루었다. 형식이 다양하고, 서(序)가 붙은 것도 여럿 있다. 그런데 역사의 내막을 직접 다룬 시는 흔하지 않다. 왕조 교체를 소재로 삼은 것은 두세 편에 지나지 않으며 특별한 내용이 없다. 울분을 토로하는 데 제약이 있었거나 문제가 될 만한 것은 삭제해 버린 탓일 수 있다.

주목해야 할 작품은 어떤 사건을 다룬 것이 아니다. 소재보다 주제와 표현이 더욱 소중했다. 왕조교체를 둘러싼 싸움이 벌어지는 동안 민중이 얼마나 고통스럽게 살았던지 철저하게 밝히고 격렬하게 항변하면서 역사에 깊이 참여하는 시의 진면목을 보여주었다. 1391년(공양왕 3) 고려가 망하기 바로 전 해에 지은 〈대민음〉(代民吟)을 본보기로 들어보자.

生涯寒似水	생애는 물처럼 차갑기만 하고,
賦役亂如雲	부역은 구름인 양 엉클어졌네.
急抄築城卒	성 쌓는 졸개를 급히 뽑더니,
兼抽鍛鐵軍	대장장이도 함께 징발하네.
風霜損禾稼	바람과 서리가 농사일을 망치고,
縷雪弊衣裙	줄곧 내리는 눈에 옷마저 해졌네.
未忘妻孥養	처자 부양하는 일은 잊을 수 없어,
心煎火欲焚	마음이 조급해 불타들어가려 한다.

백성을 대신해서 읊었다는 것이 남의 말이 아니다. 자기 처지도 그리 다를 바 없어 기막힌 실정을 정확하게 파악하고 조급한 심정을 함께 가졌다. 그 다음해에 지은 시에서는 작년 가난에 금년 가난이 덧보태진다고 했다. 시달리며 사는 백성이 조선왕조가 들어섰다고 해서 고통에서 벗어날 수 없었고, 자기 자신에게 닥쳐오는 어려움을 해결할 방도도 생기지 않았다.

 진실을 안 것은 큰 보람이었다. 〈야흥〉(夜興)에서는 가난하기에 하늘에서 타고난 바를 알겠고 벼슬하지 않고 지내니 땅의 편안함을 누리게 되었다고 했다. 그러나 자기가 할 수 있는 일은 없었다. 천지와 하나가 되어 살아가는 여유를 누린다는 것이 최종적인 위안이었다. 〈산〉(山)에서 한 말을 보자.

道直難容世路間	가는 길 곧아 세상에는 용납되지 않아
一生蹤跡寄湖山	일생의 자취를 호수와 산에 맡긴다.
高飮大醉乾坤裏	많이 마시고 크게 취해 건곤에 누워
笑看孤雲尙未閑	외로운 구름 오히려 한가롭지 못함 비웃노라.

 신유학으로 세상을 구한다고 하는 데 대해서도 반발했다. 〈삼교일리〉(三敎一理)라는 제목으로 묶어놓은 시 네 편에서는 유(儒)·도(道)·불(佛)이 각기 그것대로의 타당성을 가졌음을 말했다. 제목을 〈회삼귀일〉(會三歸一)이라고 한 마지막 시에서는 삼교가 본래 다를 바가 없는데 서로 다투어서 무엇을 하겠느냐고 말했다. 천태종(天台宗)에서 유래한 말을 써서, 불교를 소중하게 여기는 심정을 은근하게 나타냈다.

 길재(1353~1419)는 고려조정에서 벼슬을 하다가 조선왕조가 들어서자 고향 선산으로 돌아가 금오산에 은거했다. 그 행적이 원천석의 경우와 그리 다르지 않은데, 전혀 다른 평가를 얻었다. 고려에 대한 충절을 지킨 사람의 대표적인 본보기로 숭앙되고, 정몽주의 학통을 이어 조선시대 성리학을 열었다고 칭송되었다.

 믿기 어려울 정도로 성리학에 대한 글이라고는 남기지 않은 길재를 그렇게까지 받들고 정도전이나 권근은 밀어둔 것은 조선왕조가 정착기에 들어섰기 때문이다. 조정에서는 충절을 기려야 하고 사림파에게는 학통을 이어준 선구자가 있어야 해서 양쪽에서 길재를 받들었다. 사림파에서 내세우는 주장이 큰 설득력을 가져 나라를 뒤흔드는 시기에는 길재가 신앙의 대상이 되었다.

길재가 남긴 글 가운데 〈산가서〉(山家序)와 〈후산가서〉(後山家序)가 특히 흥미롭다. 둘 다 시골생활을 다루었는데, 내용이나 표현이 많이 다르다. 벼슬길에 나아가기 전에 쓴 〈산가서〉는 시골에 묻혀서 산수를 즐기며 마음의 바른 도리를 찾는 생활을 자랑스럽게 그렸으며 분위기가 아주 밝다. 벼슬을 버리고 돌아간 심정을 술회한 〈후산가서〉에서는 어려서부터 겪은 일을 새삼스럽게 회고하면서 비탄에 잠겼다.

뒤의 것을 자세하게 보자. 자기와 같은 서인(庶人)은 공경(公卿)의 자식이 누리는 혜택을 하나도 입지 못하고, 염소 치고 농사일을 하는 여가에 근근히 공부를 해서 과거를 거쳐 진출했다고 했다. 그런데 불행하게도 하늘이 무너지는 때를 만나 십 년 공부가 쓸려버리고 말았다고 한탄했다. 고려가 망한 것을 그렇게 받아들였다. 충절에 관한 말이 없고, 은거가 바람직하다고 하지 않았다.

曾讀前書笑古今	지난날에 옛 글 읽으며 고금 일을 웃다가,
愧隨流俗共浮沈	세상 형편 따라 함께 부침한 일이 부끄러워라.
終期直道扶元氣	곧은 도로 원리를 잡으려고 끝끝내 기약하다가,
肯爲虛名役片心	헛된 이름을 위해 조각난 마음 기꺼이 부리다니.
默坐野禽啼晝景	말없이 앉았으니 들새가 낮 경치에서 울고,
閉門宮柳長春陰	문을 닫고 있으니 버들이 봄 그늘에 드리워졌네.
人間事了須先退	인간사가 끝났으면 마땅히 먼저 물러날 일이지,
不待霜毛漸滿簪	서리 같은 터럭이 머리에 가득하길 기다릴 것 없네.

세상에 진출했다가 물러나기까지의 심정을 〈무제〉(無題)라고 한 시에서 이렇게 말했다. 벼슬을 하는 동안에 고려를 위해서 정성을 다했다는 것은 아니다. 공부할 때 가졌던 올바른 생각을 다 저버리고, 세상 형편에 따라 함부로 부침하면서 헛된 이름을 탐내서 마음을 움직였을 따름이라고 했다. 벼슬에서 물러날 수밖에 없게 된 선비라면 누구나 가질 수 있는 회포가 나타나 있다.

臨溪茅屋獨閑居	시냇가 띠집에서 홀로 한가히 지내노라니
月白風淸興有餘	달 밝고 바람 맑아 흥이 넉넉하구나.
外客不來山鳥語	바깥 손님은 오지 않고 멧새들만 지저귀는데,
移床竹塢臥看書	대숲 아래로 평상을 옮겨 누운 채 글을 읽네.

〈한거〉(閑居)라는 데서는 이렇게 읊었다. 시골로 물러나 편안하게 지내며, 자연과 화합하는 흥취를 찾는 것 이외에 다른 무엇을 바라지지 않는다고 했다. 은거한다고 자처하는 사람들이 흔히 하는 말이고, 시대 변화를 두고 생각한 바는 없다.

절의를 나타낸 시가 적지 않았다 하며 "국화를 꺾어 들고 백이(伯夷)에게 제사 지낸다"는 시구를 들기 일쑤이나, 전문이 전하지는 않는다. 고려를 위해서 충절을 지키며 도리를 밝혔다는 것은 후대 사림이 추모한 말에서 거듭 강조해서 했다. 사후 170여 년이 지나 유성룡(柳成龍)이 비문을 쓴 〈지주비〉(砥柱碑)에 그 점이 가장 명백하게 나타나 있다.

길재와 같이 조선왕조에 벼슬하지 않고 고려를 위해 일생을 바친 충신이 여러 사람 있었다 하고, 두문동(杜門洞)에 들어가 자취를 감추었다고 하는 72인을 드는 것이 관례이다. 그러나 그 사람들이 누구이며 어떤 작품을 남겼는지 확인되지 않는다. 자료를 찾아 고증할 수 있는 사실이라기보다 설화로 전하는 말이다.

다만 〈용재총화〉(慵齋叢話) 같은 데 다소 구체적인 자료가 있다. 정몽주가 피살될 때 귀양가고 조선왕조에 끝내 벼슬을 하지 않은 서견(徐甄)이 고려가 망한 일을 생각하고 분개해서 지었다는 시를 소개했다. 〈동문선〉에도 실려 있는데, 제목을 〈술회〉(述懷)라 하고, 몇 글자가 다르다.

千載神都隔渺茫	천 년 동안의 신성한 도읍이 아득하게 막혔구나.
忠良濟濟佐明王	충성스럽고 어진 이들이 밝은 임금 돕더니.
統三爲一功安在	삼한을 하나로 통일한 공적이 어디 있는고?
却恨前朝業不長	전조의 왕업이 길지 못해 한스러워라.

이런 시는 어쩌다가 남았다. 시조에도 고려의 도읍을 찾아가서 회고의 느낌을 나타낸 것이 몇 편 있어 함께 다룰 수 있으나, 사연이 그리 심각하지 않다. 조선왕조가 기반을 다지자 기정 사실을 길게 거론할 필요가 없었다. 고려가 망한 것을 통탄하고 새 왕조에 항거하는 문학은 어떤 형태로든지 나타나지 않았다.

고려왕조를 위해서 충절을 지켰다는 사람들의 자손은 조선왕조에서 벼슬하면서 선대의 충절을 십분 이용했다. 나라에서는 새로운 왕조를 위한 충신이 생겨나도록 하기 위해서 그리 대단하지 않은 행적이라도 미화하게 했다. 조선시대의 사대부는 누가 무어라고 해도 벼슬하는 것을 목표로 하고 노력을 쏟았다. 그러다가 뜻을 이루지 못하고 패배자가 되면 자연에 은거해 심성의 도리를 찾는다는 명분으로 마음을 위안했다.

원천석은 안종률, 〈운곡(耘谷) 원천석 문학연구〉(성균관대학교 박사논문, 1994) ; 김남기, 〈원천석의 생애와 시사(詩史) 연구〉, 한국한시학회 편, 《한국한시작가연구》 2(태학사, 1996) ; 임종욱, 《운곡(耘谷) 원천석과 그의 문학》(태학사, 1998)에서 연구했다. 길재는 서수생, 〈야은(野隱)의 문학과 지주성(砥柱性)〉, 《어문학》 34(한국어문학회, 1976) ; 송정헌, 〈야은 시문의 은사적 속성에 관한 연구〉, 《개신어문연구》 2(충북대학교 개신어문연구회, 1982) ; 〈굴원(屈原)의 ‘어부사’(漁夫辭)와 야은의 ‘산가서’에 대한 비교연구〉, 《국어교육》 44・45(한국국어교육연구회, 1983)에서 논했다.

8.1.4. 조운흘에서 유방선까지

고려에서 조선시대까지 걸쳐서 산 작가가 더 있어 논의의 범위를 확대할 필요가 있다. 인생행로는 각기 달랐다. 조선왕조에 벼슬을 했다가 스스로 물러나기도 했다. 건국초의 권력쟁탈에서 희생되어 새삼스럽게 은거의 길을 택하기도 했다. 각기 자기 나름대로 진실하게 살아가려고 하면서 문학하는 자세를 다양하게 선택했다.

조운흘(趙云仡, 1332~1404)은 고려조에 이미 벼슬이 높아, 홍건적의 난이 일어나자 왕을 호종하는 공을 세우고 왜구 토벌을 맡았다. 세태가 어지러워지는 줄 알고서, 미친 사람으로 행세하고 눈 뜬 장님 노릇을 했다고 한다. 새 왕조에서 주는 관직을 받아들였으나 오래 머무르지 않고 물러났다. 자기 입장을 분명하게 세우지 못한 채 격동기의 다툼과 시비를 겪고 괴로워하면서 내심의 번민을 나타낸 시가 몇 편 전한다. 그 가운데 하나인 〈송춘일별인〉(送春日別人)을 들어본다.

謫宦傷心涕淚揮	벼슬에서 밀려나 마음 상해 눈물 뿌리면서,
送春兼復送人歸	봄을 보내며 돌아가는 사람까지 보내네,
春風好去無留意	봄바람아 즐겨 떠나고 머무를 생각 말아라.
久在人間學是非	사람 사는 곳에 오래 있으면 시비를 배우리라.

성석린(成石璘, 1338~1423)은 고려왕조 때에 정당문학을 역임하고, 조선왕조에 들어와서는 영의정에까지 올랐다. 순탄하게 승진하면서 맡은 일을 성실하게 했다. 자기 거취에 대한 고민이나 현실 비판을 시에 나타내지는 않았다. "어려서 배운 학문 끝내 무슨 소용 있나, 모름지기 은혜가 백성에게 미쳐야지"라고 〈송김분사인부직산〉(送金汾舍人赴稷山)에서 말했다. 지방에 부임하는 관리들에게 백성을 편안하게 하라고 당부하고, 사신으로 떠나는 사람에게 언행을 조심하라고 했다. 충효를 말하는 시를 쓰면서 구어체 어휘를 사용해 표현의 영역을 확대했다.

이첨(李詹, 1345~1405) 또한 왕조가 바뀌어도 다시 등용되어 순탄한 생애를 보내면서 문학 창작을 활발하게 했다. 〈목은선생문집서〉(牧隱先生文集序)에서 문학은 정치와 관련을 가지고 시대에 따라서 변하지만 사물의 무궁한 변화를 마음에 갖추고 있으면 천지의 원기와 짝하고 우주의 조화를 함께 할 수 있다고 했다. 그러나 사물의 무궁한 변화를 마음에 갖추는 길이 무엇인가 심각하게 추구하지는 않았다. 고려말에 이룩한 문학의 수준을 이어나가면 된다고 생각했으며 시대변화에 따르는 고민 같은 것은 지니지 않았다.

많은 작품이 〈동문선〉에 수록되고 문집도 일부 전해, 안온한 작품세계를 이룩하는 것을 특색으로 삼았음을 알려준다. 〈쌍매당명〉(雙梅堂銘)을 보면, 고향집에 원래 소나무가 짝을 지어 서 있었는데 벼슬살이를 하다가 돌아와 보니 그 자리에 매화가 두 그루 있어, 소나무 같은 절개를 구태여 찾지 않고 봄기운을 일찍 받는 매화를 사랑한다고 했다. 험한 시대에 실속 있게 지내겠다는 생각을 그렇게 암시했다. 맑고 아담한 경치를 찾아 즐기자는 뜻을 시에서도 나타냈다. 대나무 그림을 칭송한 〈묵군부〉(墨君賦), 종이의 내력을 밝힌 〈저생전〉(楮生傳)에서 문인의 전아한 취향을 보여주었다.

정이오(鄭以吾, 1354~1434)는 이첨과 같은 길을 걸어 대제학이 되었으나 경력이 화려하지 않았고 작품 활동이 적었다. 그러나 양에는 관심을 가지지 않고 질을 취한다면 주목할 만하다. 격식을 따르며 기존의 수준을 잇는 것보다 자기 마음을 그대로 나타내는 데 더욱 힘써, 면밀하게 살펴야 할 명편을 남겼다. 〈죽장사〉(竹長寺)라고 한 것을 보자.

徇罷乘間出郭西	관청 일 끝내고 틈을 내서 성 서쪽에 나서니,
僧殘寺古路高低	승려는 드물고 절은 묵었는데 길마저 울퉁불퉁.
祭星壇畔春風早	제성단 가에는 봄바람이 아직도 이른데,
紅杏半開山鳥啼	붉은 살구꽃 반나마 피고 산새 우는구나.

관청은 모든 것이 반듯하고 충만할 터인데, 그런 데서 벗어나 구태여 험한 길을 가다가 한갓진 절간의 돌보는 이 없는 제단 곁에서 아직 이른 봄기운을 맞이한다고 했다. 문학은 질서를 규제하기 위해서 소용되지 않고, 이미 굳어진 격식을 허물고 예상하지 않던 느낌을 찾게 한다

는 생각을 엿볼 수 있다. 시가 장식이나 교양으로 쓰이고 말 수는 없다
고 깨우쳐주었다.

유방선(柳方善, 1388~1443)은 세종 때에 이르러 비로소 등용되어 집
현전 학자들에게 그동안 창작능력을 전수할 기회를 얻자 곧 세상을 떠
났다. 나라에 쓰이기를 바라지 않고, 배후에 어떤 다른 생각이 없기에
그저 아름답기만 한 시를 썼다. 〈우제〉(偶題)라고 한 것을 보자.

結茅仍補屋	띠풀 엮어 지붕 깁고는
種竹故爲籬	대를 심어 울타리 삼네.
多少山中味	얼마나 되나 산중의 맛이
年年獨自知	해마다 혼자 스스로 아네.

서거정은 자기가 글로 이름을 얻을 수 있게 된 것이 유방선의 가르침
덕분이라고 했다. 유방선의 수법을 갖추고서 변계량의 과업을 이어받
는 것이, 서거정이나 그 뒤를 이어 관인문학을 하는 사람들의 소망이었
다. 그래서 나무랄 수 없는 경지에 이른 것 같지만, 왕조 교체기의 격동
에서 크나큰 결단을 내릴 때의 긴장과 문제의식에서는 계속 멀어졌다.
태평성대의 문학은 그 나름대로 공허해지지 않을 수 없다는 것을 보여
주었다.

정규복 해제, 김동주 역, 《국역 쌍매당선생문집》(민창문화사, 1999)
에 자료가 있다. 강혜선, 〈정이오의 시세계 연구〉, 한국한시학회 편,
《한국한시작가연구》 2(태학사, 1996) ; 김종진, 〈유방선론〉, 이종찬 외,
《조선시대한시작가론》(이회문화사, 1996) ; 심경호, 〈태재(泰齋) 유방선
론〉, 한국한시학회 편, 《한국한시작가연구》 2(태학사, 1996) 등의 연
구가 이루어졌다.

8.1.5. 한문학 작품 집성

역대 한문학의 작품을 집성하려는 시도는 고려말에 이미 있었다. 이룩한 수준을 국내외에 알리고, 자료를 모아 보존하며, 널리 모범으로 삼을 만한 작품을 선정하는 등의 다각적인 목적이 있어 그 작업을 했다. 김태현(金台鉉)의 〈동국문감〉(東國文鑑)이 먼저이고, 그 뒤를 이은 최해(崔瀣)는 〈동인지문〉(東人之文)이라는 총서를 완성했다.

조운흘은 시 선집을 엮고 〈삼한시귀감〉(三韓詩龜鑑)이라고 했다. 편찬시기가 고려말인지 조선초인지는 불분명하다. 〈동인지문〉의 하나인 〈동인지문오칠〉(東人之文五七)을 이어받아, "최해 비점"(批點)이라고 밝히고 잘된 구절에 점을 찍은 것을 그대로 가져오고, 간단한 평도 인용했다. 모두 세 권으로 고려 고종 때까지 한시 가운데 널리 모범이 될 만하다고 평가한 작품을 엄선해서 수록했다. 김극기 작품이 가장 많아 37편이고, 그 다음이 이규보 30편, 이인로 28편, 최치원 24편이다. 〈동문선〉에는 실리지 않은 작품이 보이고, 작자가 다르게 표기된 것도 있다.

조선왕조가 들어서서 여러 방면에 걸친 민족문화 정리사업을 할 때 한문학 작품을 집성하는 것도 긴요한 과업이라고 여겨, 〈동문선〉(東文選)을 방대한 규모로 이룩했다. 1478년(성종 9) 〈동문선〉 130권을 내놓고, 그 뒤 40년이 지난 1518년(중종 13)에 보유편 〈속동문선〉(續東文選) 21권을 마련했다. 〈동문선서〉(東文選序)를 쓴 예문관 대제학 서거정, 〈속동문선서〉(續東文選序)를 쓴 예문관 제학 김전(金詮)이 각기 주동자가 되고, 여러 문신이 동참해 완성했다.

〈동문선서〉에서 선행 업적에 대해서 직접 언급했다. 김태현의 〈문감〉은 소략해서 실패작이고, 최해의 〈동인문〉에도 빠진 작품이 많은 것이 개탄할 일이라고 했다. 많은 자료를 모아 그런 결함을 시정하고자 했다. 좋은 작품을 골라내지 않고 되도록 수록 범위를 넓히고, 이룩한 수준이 중국에 비해서 손색이 없고 독자적인 특색을 지녀 소중한 줄 알게 하려고 했다.

우리 동방의 문(文)은 송원(宋元)의 문도 아니고, 한당(漢唐)의 문도 아니며 바로 우리나라의 문이다. 마땅히 역대의 문과 더불어 천지 사이에서 나란히 나아가야 하거늘 어찌 없어져 전해지지 않을 수 있겠는가?

우리 한문학의 독자적인 의의와 가치에 대해서 이렇게 말했다. "송원의 문도 아니고"라고 한 것은 같은 시대에 서로 다른 문학을 이룩해왔다는 말이라면, "한당의 문도 아니며"는 한문학의 고전적인 규범을 그대로 따르지도 않았다는 뜻이라고 갈라서 볼 수 있다. 한당문학에서 정립한 동아시아문명의 이상을 받아들여 민족문화로 재창조한 성과가 자랑스러워, 우리 한문학은 중국의 것과 대등하게 평가되어 마땅하고 후대로 온전하게 전해져야 한다고 했다.

우리 한문학 작품을 집성하기 시작할 때 이미 표명한 그런 생각을 더욱 분명하게 한 것은 시대변화의 결과이다. 중세보편주의를 독자적으로 구현하는 데 힘쓰는 중세후기의 목표가 조선왕조의 창건과 더불어 한층 분명해졌다. '화'(華)와 '이'(夷)라는 용어를 사용하면, '화'를 '이'에서 이루고자 했다. 화풍과 국풍을 두고 말하면, 화풍이 국풍이게 하려고 했다.

〈동문선서〉에서 또한 말하기를 "우리 동방의 문은 삼국에서 시작되고, 고려에서 성하고, 성조(盛朝)에서 극에 이르렀다"고 했다. "성조"는 조선왕조이다. 삼국에서 시작되어 고려를 거쳐온 한문학 창작이 조선왕조에 이르러서 발전의 극치에 이르렀다고 한 말은 사실 지적에 그치지 않고, 자기 시대를 미화하기 위한 단순한 논법 이상의 의미를 가진다.

서거정을 비롯한 조선초기 국가문화사업 담당자들은 시대의 기운이나 운수를 뜻하는 시운(時運)이라는 용어를 즐겨 사용하면서, 자기 시대에 시운의 융성이 최고도에 이르러서 이념 수립이나 문화 창조의 오랜 이상이 마침내 달성되었다고 했다. 〈동국통감〉(東國通鑑), 〈동국여지승람〉(東國輿地勝覽), 〈국조오례의〉(國朝五禮儀), 〈악학궤범〉(樂學軌範) 등에서 민족문화를 정리한 성과가 모두 자랑스럽지만, 〈동문선〉이 특히 소중했다. 시운을 구체적으로 확인하는 데 문학이 으뜸가는 증거이기 때문이다.

〈동문선〉은 자료의 보고이다. 금석문은 조사해서 수록하지 못하고, 승려의 시문은 대거 누락시켜 후대의 문학사마저 오랫동안 빗나가게 한 책임이 있다 하겠으나, 한문학 자료를 광범위하게 집성해서 오늘날까지 전한 공적이 크다. 고려전기까지의 문학에 관해서는 거의 전집 노릇을 했다. 고려후기 이후의 작품은 선별했으나 그 기준이 느슨하고 취향이 다양하다.

모두 4,240편의 작품을 55개 갈래로 나누어 수록해 인정 가능한 영역을 모두 포괄했다. 수록한 작가가 500인 가까이 되고, 작품이 단 한 편인 작가가 220인이나 되어 문학의 전문화보다 저변 확대를 더욱 중요시했다. 있는 그대로의 것을 긍정하려 하고, 엄격한 기준을 내세워 선별하려고 하지는 않았다.

우리 문학은 무엇이든 소중하므로 구태어 중국 전래의 척도를 들어 우열을 가릴 필요가 없다고 생각했다. 소수의 뛰어난 작품만 소중하다고 하는 주장에도 반대했다. 바람직한 시운이 실제로 구현되어 이상이 실현되어, 문이 도를 나타내는 관도(貫道)의 구실이 이미 훌륭하게 수행되고 있다고 판단했다. 도문일치(道文一致)를 한층 엄격하게 요구하면서 재도(載道)의 목표 달성을 위해 더욱 분발해야 한다는 사림파의 지론을 받아들이지 않았다.

작품 수록의 방침에서 국가가 요구하는 문학을 잘 하는 것이 보람 있는 일이라고 하는 훈구파 관인세력의 사장파 문학관을 보여주었다. 시보다 문에 더 큰 비중을 두었으며, 문 가운데 정치를 하고 의례를 거행하는 데 소용되는 글을 특히 중요시해서 해당 작품이 1,130편이다. 표전(表箋)이 460편이나 된다. 정치문서를 문학의 중심 영역으로 보는 오랜 관습을 재확인하고, 문장을 잘 가다듬어 쓰는 것이 긴요하다고 여겼으며, 말하는 내용이 무엇이며 대의명분에 얼마나 합당한가 하는 점은 고려하지 않았다. 그 점에서는 중세후기의 새로운 이념 수립에 동참하지 못한 약점이 있어 두고두고 비판의 대상이 되었다.

〈동문선〉이 지닌 여러 가지 특징에 대해 불만을 가진 사람들은 정선된 시문선집을 개인 저작으로 마련하고자 했다. 성삼문(成三問)은 〈동인문보〉(東人文寶)를 만들다가 완성하지 못했으며, 원고가 전하지 않아 어떤 내용인지 알 수 없다. 김종직(金宗直)은 그것을 보고 자기 나름대로 〈동문수〉(東文粹) 문선 10권과 〈청구풍아〉(靑丘風雅)라는 시선 7권을 만들었다. 같은 시기에 비슷한 일을 하면서, 규모를 대폭 줄이고 작품을 엄선해 바람직한 문학이 무엇인가 명시하려고 한 점이 〈동문선〉과 아주 다르다. 간략한 주석을 붙여 풀이하기도 하고 평가하기도 한 것도 주목할 일이다.

김종직은 중앙 정계에 진출한 사림파의 선두주자여서 서거정과 문학관이 달랐다. 국내외 정치에 소용되어 실용의 가치가 있는 시문은 대단하게 여기지 않고, 마음을 바르게 하는 것이 문학의 사명이라고 여겼다. "이치를 숭상하지 않고 문자의 말단에나 공력을 들이는 글"은 뽑지 않았다고 신종호(申從濩)가 쓴 〈동문수발〉(東文粹跋)에서 말했다. 〈청구풍아〉에서는 의리정신을 갖추고 정간(精簡)하고 엄중한 기풍이 있는 시를 선정해 수록했다. 가장 많은 작품이 선정된 시인이 〈동문선〉에서는 이인로(李仁老)였는데 이숭인(李崇仁)으로 바뀐 것이 그 때문이다.

〈속동문선〉에서 〈동문선〉 이후의 작품을 기존의 방침에 따라 다시 정리하면서, 글의 종류는 25종으로 줄였다. 그러면서 〈동문선〉에 없고 다른 어떤 시문선집에서도 발견되지 않는 비공식의 갈래 녹(錄)을 위한 자리를 맨 뒤에 두고, 김종직의 〈두류기행록〉(頭流紀行錄)을 비롯한 사림파의 유산기를 몇 편 수록했다. 김전과 함께 편찬을 주도한 신용개(申用漑)가 김종직의 문인이어서 그렇게 했다고 생각된다.

〈동국논선〉(東國論選)은 고려말에서 조선중기까지 17인의 문인이 쓴 논(論) 25편을 모은 책이다. 편자는 미상이고, 수록 내용과 활자를 검토해보면 1541년(중종 36)에서 1583년(선조 16) 사이에 간행되었다고 추정된다. 과거시험에서 명문으로 평가된 예문을 많이 넣은 것을 보아 과거 공부를 하는 데 도움이 되도록 한 것 같다. 당색이 다른 사람들의 글을 널리 받아들이면서 충청도와 전라도 쪽을 많이 배려했다. 수록된 글에 유일본도 있고, 원본으로서 가치가 큰 것도 있다.

《진단학보》 55(진단학회, 1983)에서 〈동문선의 종합적 검토〉를 특집으로 하고 이병도 · 허홍식 · 최신호 · 김시업 · 이동환의 논문을 수록했다. 여러 시문선집의 특징 비교를 민병수, 《한국한시사》(태학사, 1996) ; 황위주, 〈조선전기 한시선집〉, 《정신문화연구》 68(한국정신문화연구원, 1997) ; 안대회, 〈조선시대 문장관과 문장선집〉, 《한국고문의 이론과 전개》(태학사, 1998) ; 김종철, 〈'동문선' 편찬 의도와 그 실현 양상〉, 《동방한문학》 23(동방한문학회, 2002)에서 했다. 《동국논선》은 심경호, 《국문학연구와 문헌학》(태학사, 2002)에서 소개하고 고찰했다. 《동문선》의 시가 중국의 것과 실제로 얼마나 또는 어떻게 다른지 François Martin, "Expression chinoise et specificité coréenne", *Twenty Papers on Korean Studies Offered to Professor W. E. Skillend*(Paris : Centre d'études coréennes, Collège de France, 1989)에서 흥미롭게 고찰했다. 국토의 아름다움을 노래하고, 인칭대명사를 자주 사용하고, 해학적인 작품이 흔한 것이 한국 한시의 특징이라 했다.

8.2. 훈민정음·서사시·언해

8.2.1. 훈민정음

훈민정음(訓民正音)은 오늘날 국문 또는 한글이라고 하는 민족문자이다. 세종 임금이 맡아서 1443년(세종 25)에 창제하고, 1446년(세종 28)에 반포했다. 쉽게 배워 편리하게 쓸 수 있고, 우리말을 완벽하게 표기하는 장점을 지녀, 문자생활을 확대하고, 민족문화를 획기적으로 발전시키는 구실을 했다.

민족문자를 우리만 만든 것은 아니다. 동아시아 각국이 모두 중세 동안에 한문과 자국어 두 가지 글쓰기가 필요해, 한자를 차용해 자국어를 표기하는 문자를 만드는 작업을 일제히 했다. 우리의 향찰(鄕札), 일본의 가명(仮名), 월남의 자남(字喃), 백족의 백문(白文), 그리고 서하(西夏), 요(遼), 금(金) 등의 왕조에서 사용한 자국문자가 그래서 나타났다. 향찰과 가명은 중세전기, 다른 것들은 중세후기의 산물이다. 중세보편주의를 독자적으로 구현하는 중세후기의 과업을 수행하려면 민족문자가 있어야 했던 것이 다른 문명권에서도 발견되는 공통적인 현상이었다.

우리는 중세전기에 만든 향찰을 얼마쯤 사용하다가 버리고 중세후기에 새로운 문자를 만든 점이 일본의 경우와 다르다. 그 이유는 우리말의 음절구성은 너무 복잡해 한자로 표기하는 데 많은 무리가 있었기 때문이다. 음절문자를 사용한다면 3천자 가까이 있어야 하는데, 한자에서 구할 수 없고 모두 만들어낸다면 너무 번거로워, 자음과 모음을 따로 적는 음운문자를 마련해야 했다. 그렇게 할 수 없으면 민족어 글쓰기를 제대로 하지 못해 중세후기로의 전환에서 뒤떨어지지 않을 수 없는 위기에 봉착했다.

조선초기의 학문 발달에 언어학이 포함되고, 세종이 언어학을 깊이 연구한 덕분에 위기를 기회로 만드는 탁월한 지혜를 얻었다. 중국에서 받아들인 이론이 초성과 종성을 구별하는 데서 한 걸음 더 나아가 초성 · 중성 · 종성을 구별하는 체계를 만들었다. 모음은 천 · 지 · 인을, 자음은 발음기관을 본뜬 것을 기본으로 삼고 변형을 더해 28자를 만들었다. 기존의 문자를 이용하지 않고, 언어학의 원리에 입각해 새로운 문자를 만든 것은 전에는 물론 뒤에도 없던 일이다. 문자 발달 과정에 완성형이 나타났다고 할 수 있는 쾌거이다.

문자의 명칭과 함께 처지가 몇 번 변했다. '훈민정음'이란 "백성을 가르치는 바른 소리"라는 뜻이다. 한문보다 격이 낮고, 한문을 모르는 하층민에게 소용되는 문자라는 이유에서 '언문'(諺文)이라는 말을 창제 당시부터 널리 사용했다. 그것이 잘못되었다고 하고 정당한 평가를 주장하는 운동이 일어나 '한글'이라고 하는 새로운 명칭을 유포시켰다. 그런 내력을 들먹일 필요가 없는 가치중립의 용어는 '국문'이다.

국문을 만들었으니 한문은 버려야 했다고 말할 것은 아니다. 중세는 세계 어디서든지 공동문어와 민족어를 함께 사용하는 양층언어 사회였다. 공동문어가 상위어이고, 민족어는 하위어라고 한 데 예외가 없다. 여러 문명권의 중심부에서는 공동문어 사용을 선도하고, 주변부에서는 공동문어의 열세를 민족어에서 보충하려고 했다. 우리와 같은 중간부에서는 공동문어와 민족어를 함께 중요시하면서 서로 깊은 관련을 가지게 했다.

우리 경우에 상층 남성은 한문으로 높은 수준의 문자생활을 하고 있었다. 더러 불편을 느낀다 하더라도 새로운 문자를 창제할 필요까지는 없었다. 한문 사용 여부가 사대부와 일반 백성을 갈라놓는 기준이므로 상하층이 함께 사용하는 문자가 있어야 할 이유는 인정하기 어려웠다. 국문은 한문을 대신하지 않고 보조하기 위해 있어야 했다. 한문이 감당할 수 없는 문자생활의 부차적인 과업을 국문에 맡겨야 했다.

부차적인 과업의 하나는 국문으로 한자의 발음을 표기하는 것이었다. 세종은 훈민정음을 펴내면서 〈동국정운〉(東國正韻)을 편찬해 한자 발음을 정리하는 사업을 함께 진행하면서, 그 일이 긴요하다고 거듭 강조했다. 그런 노력은 실패로 돌아갔지만, 국문이 한문 해독을 도와주는 발음부호 노릇을 계속해서 하고, 외국어 학습서에도 두루 쓰였다. 경전이나 시문을 언해(諺解)하는 작업에서는 국문이 한문 학술을 보조하는 기능이 확대되었다.

국문이 맡아야 하는 더욱 긴요한 과업은, '훈민정음'이라는 명칭에 나타난 바와 같이 한문을 사용하지 못하는 사람들이 문자생활을 할 수 있게 하는 것이었다. 〈훈민정음서〉(訓民正音序)에서 한 말을 국문으로 옮긴 것을 들어보자. 새로운 문자를 창제한 동기가 다음과 같다고 했다.

나랏말쓰미 中듕國귁에 달아 文문字쫑와로 서르 스뭇디 아니홀씨 이런 젼츠로 어린 百빅姓셩이 니르고져 홇 배 이셔도 무춤내 제 뜨들 시러 펴디 몯홇 노미 하니라 내 이룰 爲윙ᄒᆞ야 어엿비 너겨 새로 스믈여듧 字쫑를 밍ᄀᆞ노니 사름마다 히ᅇᅧ 수비 니겨 날로 뿌메 便뼌한킈 ᄒᆞ고져 홇 ᄯᆞ르미니라

나랏말이 중국과 달라 문자와 서로 통하지 않으므로, 이런 까닭으로 어리석은 백성이 이르고자 하는 바가 있어도 마침내 제 뜻을 능히 펴지 못할 사람이 많으니라. 내 이를 위하여 가엾게 여겨 새로 스물여덟 자를 만드니, 사람마다 하여금 쉽게 익혀 날로 씀에 편안하게 하고자 할 따름이니라.

조선 대신 '나라'라는 말을 사용했다. '우리나라'를 '나라'라고 했다. 장차 우리 국호를 '우리나라'라고 하자는 주장의 구체적인 논거가 여기 있다. 우리나라의 말이 중국과 달라 중국에서 가져온 한자를 사용해 뜻이 통하기 어렵다고 했다. 한문은 배우기 어렵다는 말은 하지 않았으나 새로운 문자는 배우기 쉽다고 한 데 포함되어 있다. 한문을 배우지 못하는 어리석은 백성이 하고 싶은 말을 적어 나타낼 수 있는 글자가 필요해 스물여덟 자를 만든다고 했다.

훈민정음 창제에 반대하는 주장이 일어나자, 세종은 이두(吏讀)가 서리들 사이에서 사용되고 있으나 불완전해서 재판을 하는 데 억울한 일이 많은데, 새로운 문자를 사용하면 그런 일을 시정할 수 있다고 했다. 어리석은 백성이 뜻을 펴지 못하는 형편을 가엾게 여긴다는 것은 특히 이런 경우를 두고 한 말이라고 할 수 있다. 다스림을 받는 백성의 뜻을 위로 전하는 하의상달의 문자를 만든다고 했다.

훈민정음이 하의상달의 문자이기만 하면 '훈민'이 백성에게 문자를 가르쳐준다는 뜻이어야 하는데, 그렇다고 보기는 어렵다. 다스리는 사람들의 뜻을 아래로 전하는 상의하달의 기능은 위의 글에서 말하지 않았으나 실제로 더욱 중요시되었다. 상의하달에서는 '훈민'이 백성을 교화시킨다는 말이다. 백성을 교화시키기 위해서 백성이 이해할 수 있는 문자가 필요했다.

훈민정음 창제를 반대하는 최만리(崔萬理)가 〈삼강행실〉(三綱行實)을 반포한 뒤에도 충신 · 효자 · 열녀가 배출되지 않았다고 하고, 행하고 행하지 않음은 사람의 자질에 달렸으므로 언문을 사용한다 해도 윤리의 교화가 이루어지지는 않으리라고 하자, 세종은 그것이 도대체 유자(儒者)의 이치를 알고 하는 말이냐고 나무랐다. 그렇게 말한 데서 '훈민'이 무엇을 말하는지 명확하게 드러난다.

〈삼강행실〉을 한문으로만 펴내서야 뜻을 이룰 수 없고 거기다 그림을 그려 넣어도 자세한 사연을 전할 수 없었기 때문에 글이 필요했다. 새 왕조가 강조하는 신유학에 입각한 윤리규범에서 아랫사람이 해야 할 일이 무엇인가 가르치려고 훈민정음을 만들어냈다. 훈민은 중세후기의 이념이다. 백성을 함부로 다루지 않고 잘 돌본다고 하면서 도덕으로 순화해, 복종하면서 살아가고 열심히 일하는 덕목을 실행하게 하는 것이 훈민이다.

고려말에 이르러 더욱 심각해진 사회 전반의 혼란을 시정하면서, 하층민의 성장을 위험하게 여겨 누르려고 하지 않고 발전의 동력으로 삼는 것이 새 왕조의 사명이었다. 수취 방법을 합리화해 생업을 돌보고,

농사기술이나 질병 치료법을 가르치는 데 힘쓰는 한편 윤리교육을 실시하는 것이 그렇게 하는 구체적인 방법이었다. 훈민용 문자를 이용해 필요한 서적을 펴내고, 임금의 교서(敎書)나 윤음(綸音)을 적어 알렸다. 다른 나라 여러 문명권에서 함께 확인되는 중세후기의 이념인 훈민의 자각과 실현에서 조선왕조가 모범을 보였다.

한문으로는 감당할 수 없어 국문이 맡아야 하는 또 하나의 과업은 노래를 적는 것이었다. 용건 위주인 산문과 달라 노래는 한시로 대치할 수 없고, 우리말로 부르고 지어야 신명이 난다. 신라 때에 향찰을 향가에다 쓴 것이 그 때문이다. 향찰 사용이 축소되고 중단되면서, 우리말 노래는 구전하기만 했으므로 장편을 만들기 어렵고 공들여 짓는 데 지장이 많았다. 공동문어와 민족어 양쪽의 노래가 병립하는 중세문학의 체계가 우리 경우에 문자 사정 때문에 이지러지는 것은 그대로 두고 볼 수 없는 일이었다.

국문이 출현하자 그런 난관이 사라졌다. 〈용비어천가〉(龍飛御天歌)와 〈월인천강지곡〉(月印千江之曲)을 훈민정음 창제 직후에 지은 것이 그 때문이다. 〈용비어천가〉는 훈민에 직접 필요한 노래이고, 〈월인천강지곡〉 또한 이념 정립에 긴요한 구실을 해서 그랬다고 할 것만은 아니다. 우리말 노래를 지어 부르는 것 자체가 커다란 즐거움이었다. 오래 누적된 소망을 실현하려고 훈민정음 창제를 서둘렀다고 할 수 있다.

한시와 우리말 노래를 나란히 발전시키는 작업을 일반 문인들이 더욱 확대시켜 시조와 가사의 성장을 보게 되었다. 이황(李滉)은 〈도산십이곡〉(陶山十二曲)을 지으면서 남긴 발문에서, 우리말로 지은 노래를 부르고 춤을 추기까지 해야 한시에서 얻을 수 없는 즐거움을 누려 마음을 더욱 깨끗하게 할 수 있다고 했다.

서리들이 이두 대신에 훈민정음을 사용하게 하자는 뜻은 그대로 실현되지 않았다. 서리는 한문과 언문 사이에서 이두라는 또 하나의 표기 수단이 계속 쓰여야만 자기네의 배타적인 위치를 유지할 수 있었다. 사대부가 한문을 버리지 않듯이, 서리는 이두를 지켰다. 재판 기록을 위시한 각종 문서에 언문이 사용되는 것은 기대할 수 없는 일이었다. 언문으로 소장을 써서 고발하고 재판을 청하는 것은 가능하지 않았다.

하의상달은 가능하지 않았다는 것이 아니다. 나라에서 허용하지 않은 방법을 택해 이루어졌다. 훈민정음 반포 3년 후에 벌써 국정의 잘못을 비판하는 언문벽서(諺文壁書)가 나붙었다. 연산군 시대에 이르면 그런 것이 자주 보여, 언문을 아는 사람들을 잡아 필적을 대조하고, 언문책을 불사르고, 언문 사용을 금지하는 명령이 내렸다. 단종 때에는 궁중의 나인이 별감에게 언간(諺簡)을 보낸 것이 발각된 일도 있었다. 벽서와 언간은 한문이 아닌 언문으로 뜻을 전하는 두 가지 긴요한 방식이었다.

사대부 부녀자들은 한문을 익히기 어려워 국문을 일상생활에 널리 썼다. 언간 자료가 많이 남아 있어 국문 사용의 실상을 말해준다. 중세에서 근대로의 이행기에는 시민을 위시한 하층 민중이 문자생활을 국문으로 하고 현실인식과 흥미를 아울러 갖춘 문학을 요구하게 되자 국문문학이 한문학과 맞서 크게 성장했다. 근대에 들어서면서 국문이 공용어로 되고, 국문문학이 민족문학의 위치를 독점하게 되었다.

문자생활을 둘러싼 '상 · 하 · 남 · 여'의 대결이 시대마다 다르게 전개되면서, 한문과 국문의 관계가 달라지다가 마침내 국문이 승리했다. 중세전기는 상층남성이 한문을 사용했다. 중세후기에는 상층남성은 한문을, 상층여성은 국문을 자기 글로 삼았다. 중세에서 근대로의 이행기에는 상층남성은 한문을, 상층여성과 하층남성은 국문을 사용했다. 근대에는 하층여성이 국문 사용에 동참하고 상층남성도 한문을 버려, 국문을 국민 전체가 독점적 의의를 가진 공유물로 삼았다.

이기문, 〈한글의 창제〉, 《한국사》 11(국사편찬위원회, 1977) ; 강만길, 〈한글 창제의 역사적 의미〉, 《분단시대의 역사인식》(창작과비평사, 1978) ; 안병희, 〈훈민정음 사용의 역사〉, 《국어사연구》(문학과지성사, 1992)에서 필요한 고찰을 했다. 김진우, 《언어》(탑출판사, 1985)

에서 한 일본어와 한국어의 음절수 비교에서 훈민정음 창조의 필연성
이 입증된다. 《공동문어문학과 민족어문학》(지식산업사, 1999)에서
광범위한 비교연구를 했다.

8.2.2. 〈용비어천가〉

〈용비어천가〉는 건국 시조들의 활약상과 조선왕조의 창건을 기린 노
래이다. 세종의 분부를 받아 정인지(鄭麟趾)·권제(權踶)·안지(安止)
가 훈민정음을 만든 지 두 해째 되고, 반포하기 한 해 전인 1445년(세종
27)에 훈민정음을 시험 삼아 사용해 지었다. 세종이 보고 기뻐하며 노
래 이름을 붙이고서, 최항(崔恒)·박팽년(朴彭年)·강희안(姜希顏)·
신숙주(申叔舟)에게 명해 한문으로 주해를 달도록 했다.

훈민정음을 반포한 다음해인 1447년(세종 29) 2월에 주해까지 완성
하고, 그 해 10월에 〈용비어천가〉라는 책을 간행했다. 우리말 노래를
먼저 내놓고, 한시 번역을 곁들인 다음, 자세한 주해가 한문으로 적혀
있어 많은 분량을 차지한다. 한시 번역은 넉 자 넉 줄을 기본으로 하는
시경체(詩經體)이다. 주해에서는 노래한 사실의 유래와 의미를 다각도
로 설명하면서 많은 설화를 수용했다.

〈용비어천가서〉(龍飛御天歌序)와 〈용비어천가전〉(龍飛御天歌箋)이 있
어 창작의 의도를 알아볼 수 있다. 정인지의 〈용비어천가서〉에서는, 조
선왕조 건국 시조들이 문무의 공덕을 크게 이룩하자, 하늘이 따르고 백
성은 감복해 상서로운 조짐이 어느 때보다도 뚜렷하게 나타나는 것을
영원토록 전해야 한다고 했다. 권제·정인지·안지가 공동명의로 쓴
〈용비어천가전〉에서는 "백성들이 칭송하는 소리를 모아 조정에서 쓸 노
래를 만들었다"고 했다.

작품 자체를 보면, 오랜 내력을 가진 건국서사시를 재현해 새로운 왕
조 또한 영웅의 투쟁을 거쳐 이루어졌다고 한 내용이다. 삼국까지의 건
국서사시는 신화로 기록된 형태로만 전하고, 고려는 건국신화만 갖추

었는데, 잊혀져 있던 건국서사시를 다시 만든 것은 어째서 가능했는지 의문이 아닐 수 없다. 문헌 자료에서는 해답을 찾지 못하므로 구비전승으로 관심을 돌려, 의식하지 않는 사이에 서사무가의 형태로 이어지는 건국서사시의 전통과 만나 창작의 발판을 얻었다고 할 수 있다.

조선왕조는 불교나 민간신앙을 배격하고 등장한 유교국가이다. 사실에 근거를 둔 합리적인 역사 서술을 하는 것을 자랑으로 삼았다. 건국의 내력을 〈태조실록〉에서 〈태종실록〉까지에서 자세하게 기록했다. 건국의 내력에 관한 민간의 설화를 많이 모아 실록에 기록해두었지만 그것은 실록을 열람할 후대인에게나 소용되었다. 당대의 민심과 만나는 통로를 열기 위해서는 건국서사시를 다시 만들어 노래해야 했다.

건국이 민심을 받들어 이루어진 내력을 말해주는 노래를 만들어 불러야 당대의 조정에 참여하는 사람들이 확신과 사명감을 가질 수 있었다. 그 노래를 불러 민심을 감화시키는 훈민에 힘쓰는 것이 또한 긴요한 과제였다. 〈용비어천가〉를 노래로 부를 때 곡명은 〈여민락〉(與民樂)이라고 했다. 감화가 백성에게까지 미쳐 함께 즐기게 될 것을 기약해서 붙인 이름이다. 임진왜란 이후에 표기법을 고친 약본(約本) 〈용비어천가〉를 다시 간행해 그런 의도를 후대에도 잊지 않았음을 알 수 있다.

민심과 깊이 만나려면 구비전승을 받아들여야 했다. 건국의 내력에 관해 말하는 갖가지 설화를 힘써 받아들이는 데 그치지 않고, 건국서사시에 대한 기억이 잠재되어 있는 층위까지 다가갈 필요가 있었다. 거기서 민족문화의 오랜 전통과 만나야 했다. 유교 이념을 구현하는 과업 수행에서 조선왕조 건국 시조들이 중국 고대 제왕들과 합치되고 대등하다고 주장했다. 그 두 목표를 함께 달성하는 우리말 건국서사시를 창작했다.

본문을 보면, 반 줄이 끝날 때마다 작은 동그라미를 오른쪽에다, 반 줄 안에 작은 동그라미를 중간에다 그려놓았다. 그것은 율격 표시라고 할 수 있다. 우리말 노래의 율격을 의식하고 표기한 작업이 최초로 이루어졌다. 한 줄, 반 줄, 반의 반 줄이 나누어져 있다는 말이다. 한 줄은 여덟 토막, 반 줄은 네 토막, 반의 반 줄은 두 토막인 것이 기본이다. 한 토막을 이루는 글자 수가 일정하지 않고, 한 줄이 여섯 토막으로 줄어들기도 한다.

반 줄이 대체로 보아 시조 한 줄과 같다. 통상적인 길이의 한 줄을 갑절로 늘여 장엄한 형식을 마련했다. 그런 것이 민요에도 있을 수 있지만, 서사무가에 흔하다. 서사시의 갈래 개념뿐만 아니라 형식 또한 서사무가에서 왔다고 할 수 있다. 같은 형식이 〈월인천강지곡〉에도 쓰였다. 유사한 작품이 더 없어 계속 사용되지 못했다.

전문이 125장이다. 제1장은 한 줄이고, 그 다음부터는 두 줄씩이며, 마지막 장은 세 줄이다. 처음 두 장을 들면 다음과 같다.

제1장

海東六龍이 ᄂᆞᄅ샤 일마다 天福이시니 古聖이 同符ᄒ시니

해동육룡이 날으시어 일마다 천복이시니 고성과 동부하시니.

제2장

불휘 기픈 남ᄀᆞᆫ ᄇᆞᄅᆞ매 아니 뮐씨 곶 됴코 여름 하ᄂᆞ니
시미 기픈 므른 ᄀᆞ믈래 아니 그츨씨 내히 이러 바ᄅᆞ래 가ᄂᆞ니

뿌리 깊은 나무는 바람에 아니 움직일새, 꽃 좋고 열매 많으니.
샘이 깊은 물은 가물에 아니 그칠새, 내를 이뤄 바다에 가나니.

여기에 전체 주제가 요약되어 있다. 해동 육룡은 목조(穆祖)·익조(翼祖)·도조(度祖)·환조(桓祖)·태조·태종이다. 앞의 네 사람은 태조 이성계의 선조를 추존해서 부른 호칭이다. 북쪽으로 여진족이 사는 곳까지 밀려갔던 가문이 오랫동안 기반을 다져 마침내 왕조를 창건하기까지 이른 것을 자랑하고, 후손의 영광에 따라 선조들을 높이고자 해

서 육대에 걸친 내력을 다루었다. 해동 육룡이 하늘로 날았다는 말은
〈주역〉(周易) 서두 건괘(乾掛) 설명에서 이용한 상징을 배경에다 깔고
뜻을 마음껏 펴서 임금의 자리에 올랐다고 한 것이다. 노래 이름이 그
런 뜻을 지닌다. 하늘이 복을 내려 위대한 과업이 이루어져 옛날의 성
인들의 경우와 일치한다 하고, 근본이 단단하니 앞으로도 계속 번영을
누리리라는 것을 비유를 들어서 나타냈다.

제1장은 하늘에 날아오르는 것과 함께 하늘이 내린 복을 말해, '천'
(天) · '지'(地) · '인'(人) 삼재(三才) 가운데 '천'에 해당한다. 그 다음의
제2장은 '지'에 관한 말이다. 제3장 이하는 사람의 일을 다룬 '인'의 영역
이다. '천'은 한 줄이고, '지'는 두 줄이고, '인'은 계속 겹쳐지는 여러 줄
이며 그러다가 맨 끝의 제125장은 세 줄이다. '천' · '지' · '인'의 이치가
실현되는 과정을 줄 수를 늘여 보여주었다.

제1장에서 말한 옛 성인은 중국의 창업주들이다. 제3장에서 제109장
까지는 다소 예외는 있으나 계속 중국 창업주들의 경우와 여섯 용의 위
업을 한 줄씩 나란히 노래해 서로 대응되게 했다. 중국의 경우를 먼저
내세우고 기준으로 삼은 것이 마땅하지 않다고 할 것은 아니다. 중세보
편주의의 원천을 들어 보이면서, 우리 쪽의 창업주 또한 하늘의 뜻을
받고, 그쪽과 대등한 과정을 거쳐 나라를 세웠다고 한 것이 중세후기의
진전된 사고방식이었다.

〈동명왕편〉과 〈용비어천가〉를 견주어보면, 앞의 것은 고대사를 한문
으로, 뒤의 것은 당대까지 벌어진 사건을 우리말로 노래한 점은 상이하
면서, 기본 노선에서는 일치점이 있다. 〈동명왕편〉을 한시로 짓고, 〈용
비어천가〉에서 중국 제왕들의 행적을 앞세운 데서는 중세보편주의를
존중하고, 우리 역사에서 주역 노릇을 한 영웅을 서사시를 지어 칭송한
다른 일면에서는 독자적인 전통을 재창조했다. 그 둘을 합치는 방법으
로 중세보편주의의 독자적 구현을 구체화했다.

두 작품 다 노래가 그 자체로 완결되지 않고 산문 주해가 장황하게
첨부되어 있어 교술적 서사시라고 할 수 있다. 고대서사시와는 다른 중

세서사시의 모습을 보여주고, 서사시의 의의를 부인하는 흐름을 거역하기 어려웠던 한계를 입증한다. 우리말을 사용한 〈용비어천가〉는 서사시의 본령에 접근해 그런 구속에서 벗어날 수 있었을 것 같으나, 각 장이 독립되어 있어 무엇을 말하는지 이해하려면 길게 이어지는 주해에 더 많이 의존해야 한다. 교술적 성향이 그만큼 더 늘어났다. 유학의 이념에 저촉되지 않으면서 잠재되어 있던 전통을 되살리려고 하니 그런 타협안을 마련하지 않을 수 없었다.

서사시를 이루는 핵심 내용에서는 고대 건국서사시 이래의 갖가지 전승에서 영웅의 시련과 투쟁을 보여준 방식을 이어받아 새로운 왕조 창건을 찬양했다. 영웅의 탄생이 예사롭지 않다는 것은 되풀이하지 않았으나, 목조에서 환조까지 4대에 걸쳐 시련과 방황을 겪은 다음, 태조의 눈부신 활약으로 창업을 하고, 태종이 남은 과업을 성취한 과정을 다채로운 구상을 갖추어 노래했다. 영웅의 일생을 가문의 내력으로 바꾸어, 여러 대에 걸쳐 진행된 건국서사시를 마련했다. 긴요한 대목을 몇 들어보자.

제22장
黑龍이 ᄒᆞᆫ 사래 주거 白龍ᄋᆞᆯ 살아내시니 子孫之慶을 神物이 술ᄫᅵ니

흑룡이 한 살에 죽어 백룡을 살려내시니 자손지경을 신물이 사뢰니.

제48장
石壁에 ᄆᆞᄅᆞᆯ 올이샤 도ᄌᆞᄀᆞᆯ 다 자ᄇᆞ시니 현 번 뛰운ᄃᆞᆯ ᄂᆞ미 오ᄅᆞ리잇가

석벽에 말을 올리시어 도적을 다 잡으시니 몇 번 뛰어오르게 한들 남이 오르리이까.

제83장

자호로 制度ㅣ 날씨 仁政을 맛됴리라 하늘 우흿 金尺이 ᄂᆞ리시니

자로써 제도가 나므로 인정을 맡기리라 하늘 위의 금척 내리시니.

제109장

ᄆᆞ리 사ᄅᆞᆯ 마자 馬廐에 드러오나ᄂᆞᆯ 聖宗을 뫼셔 九泉에 가려 ᄒᆞ시니

말이 살을 맞아 마구에 들어오거늘 성종을 뫼셔 구천에 가려 하시니.

제22장에서는 태조의 할아버지 도조가 백룡의 부탁을 받고, 백룡과 싸우던 흑룡을 한 살에 죽였다고 했다. 신라의 거타지(居陀知)나 고려의 작제건(作帝建)을 주인공으로 한 것과 같은 이야기이고, 오늘날까지 서사무가나 설화로 구전되는 유형과도 직접 연결된다. 세계 도처에 유사한 전승이 있다. 영웅의 능력을 가장 크게 나타내는 악룡 퇴치를 들고 위대한 할아버지가 수행한 과업을 손자가 이었다고 했다.

그러면서 영웅다움에 제한을 두었다. 구출해준 용의 딸을 데려와 아내로 삼았다는 말은 없고, 자손이 잘될 것이라는 예언을 들었다는 것으로 결말을 삼았다. 주해에서는 용 싸움에 가담하고 예언을 들은 것이 모두 꿈속의 일이었다고 했다. 영웅적 행위의 전승에 따르는 설득력을 갖추면서 합리성을 잃지 않으려는 이중의 태도를 보여주었다.

태조 이성계가 남북의 외적과 싸워 나라를 구출한 활약상을 제47장에서 제62장까지에서 다루면서 사상은 배제하고 사실을 존중했다. 태조는 고대의 영웅들처럼 말 잘 타고 활 잘 쏘며 용맹이 뛰어났다는 것을 납득할 만한 증거를 들어 말했다. 제48장에서는 말을 타고 석벽을 올라가 왜구를 무찌른 것이 다른 사람들은 할 수 없는 일이라고 했다. 그런 투쟁 장면을 거듭 보여주어 강한 설득력을 가지게 했다. 외적을 물리치고 민족을 위기에서 구출했기에 새 왕조의 주인이 될 수 있었다

고 하면서 정통성을 확보했다는 논리를 타당하게 폈다.

제63장에서 제89장까지에서 태조 이성계의 인품을 찬양하고 왕조 창건이 우연한 일이 아니었음을 말한 데서는 상징이 등장한다. 제83장에서는 제도를 마련하려면 자가 있어야 하므로 하늘이 태조에게 어진 정치를 맡기려고 금척(金尺)을 내렸다고 했다. 왕조가 창건될 때에는 반드시 그런 징조가 있게 마련이다. 신라 시조가 금척을 받았다는 이야기가 구전되고 있으나 실체는 불분명하다. 신라왕의 천사옥대(天賜玉帶)를 고려 태조 왕건이 물려받았다고 〈고려사〉에 기록되어 있다. 제83장 첫줄에서는 중국의 사례를 들지 않고 고려 태조가 구층 금탑이 바다에 솟아 있는 꿈을 꾸고 임금이 되었다고 한 선례를 말했다.

금척은 왕권을 보장해주고 제도를 마련하는 기준을 부여하는 이중의 기능을 했다. 자는 길이를 재는 데 쓰는 것이다. 길이를 정확하게 재야 모든 제도를 이치에 맞게 마련할 수 있고 다스리는 사람 자신이 스스로를 규제하면서 합당한 정치를 베풀 수 있다. 무력만으로 나라를 장악할 수 있는 시대는 지나고 문무겸전을 이상으로 삼아야 하므로 금척을 등장시켰다.

제90장에서 제109장까지는 태종의 활약상을 보여주었다. 태종은 아버지 태조와 같은 무장이 아니며 나라를 구하기 위해서 용맹을 떨치지는 않았다. 그 대신에 왕조 창건에 필요한 정치적인 수완을 발휘하고 태조가 시작한 일을 완수하기 위한 싸움을 벌였다. 제109장은 왕자의 난이 일어났을 때 태종이 탄 말이 화살에 맞고 마구로 들어오니 태종비가 태종이 죽은 줄 알고 자기도 함께 저승에 가려고 했다는 것이다. 여성의 활약이 보이지 않는 이 서사시에 세종의 어머니 태종비만 막판에 모습을 드러냈다.

제110장에서 제125장까지는 작품의 결론이자 후대 임금에게 당부하는 말이다. 선조의 어려움을 기억하고 건국 당시의 뜻을 잊지 말라고 하고, 정치의 잘못으로 나라가 망하지 않도록 해야 한다고 경계했다. 태평을 누리기만 하며 사치스러운 생활을 하면서 형벌을 능사로 삼고,

교만한 마음을 가져 덕을 잃고, 간사한 무리를 믿고 백성을 지나치게
수탈하지 말라고 했다. 정치는 치자가 피치자에게 내리는 명령이기에
앞서 치자 자신이 지켜야 할 행동규범이라고 하는 지론으로 맺었다. 후
대 임금을 가장 긴요한 독자로 생각했음을 알 수 있다.

《용비어천가》 주해까지 포함한 작품 전편 번역을 김성칠 · 김기협
(들녘, 1997) ; 이윤석(솔출판사, 1997)이 했다. 우리말 노래 주해는
허웅(정음사, 1961, 형설출판사, 1977) ; 김상억(을유문화사, 1975)이
했다. 장덕순, 〈'용비어천가'의 서사시적 고찰〉, 《국문학통론》(신구
문화사, 1960) ; Peter Lee, *Songs of Flying Dragons*(Havard
University Press, 1975), 김성언 역, 《용비어천가의 비평적 이해》
(태학사, 1998) ; 김선아, 〈'용비어천가' 연구〉, (숙명여자대학교 박사
논문, 1985) ; 최상천 · 이윤석 · 박승길 · 여찬영 · 최웅혁, 〈'용비어천
가' 찬술의 역사 · 사회적 의의에 관한 연구〉, 《한국전통문화연구》(효
성여자대학교 한국전통문화연구소, 1991) ; 정구복, 〈'용비어천가'에
나타난 역사의식〉, 《한국사학사학보》 1(한국사학사학회, 2000) 등의
연구가 있다. 중세서사시의 전반적 모습을 《세계문학사의 전개》(지
식산업사, 2002)에서 고찰했다.

8.2.3. 〈월인천강지곡〉

〈월인천강지곡〉은 석가의 일생을 노래한 서사시이다. 석가의 일대기
를 산문으로 정리한 〈석보상절〉(釋譜詳節) 국문본을 보고, 1447년(세종
29)에 세종이 지었다. 그 둘을 합본해 출판한 〈월인석보〉(月印釋譜)도
있다.

〈월인천강지곡〉은 세 권인데 상권과 낙장본인 중권만 발견되었다.
〈월인석보〉는 전 25권 가운데 20권이 남아 있다. 상권에 실린 노래만
194장이다. 〈월인석보〉에 실린 것까지 합치면 410여 장 정도 된다. 작

품 전체는 580여 장이라고 생각된다.

〈용비어천가〉와 〈월인천강지곡〉은 거의 같은 시기에 이루어지고, 훈민정음을 처음으로 사용한 문학작품이라는 점에서 대등한 위치를 차지할 뿐만 아니라, 노래 형식도 흡사하다. 왕조서사시 〈용비어천가〉는 통치이념 정립을 위한 국책 사업으로 채택해 여러 신하들에게 명해서 이룩하고, 불교서사시 〈월인천강지곡〉은 왕이 개인 또는 가족 범위에서 가지는 신앙에 필요하다고 여겨 드러내놓지 않고 창작했다.

국문의 지위가 높아진 것도 〈용비어천가〉와 다른 점이다. 〈월인천강지곡〉은 한시가 부기되어 있지 않은 순수한 우리말 노래이다. 한자어를 표기할 때에 국문 독음을 큰 활자로 먼저 적고 한자는 작게 달아놓았다가, 〈월인석보〉에 옮기면서 한자를 앞세웠다.

석가의 일대기는 수많은 불교 경전에서 거듭 다루고, 마명(馬鳴, Asvaghosa)의 〈불소행찬〉(佛所行讚, *Buddhacarita*)에서는 서사시를 지어 찬양했다. 동아시아 다른 나라에서는 그 작품 한역본으로 만족했는데, 우리는 새로운 불교서사시를 두 차례 창작했다. 고려 때에 운묵(雲默)의 〈석가여래행적송〉(釋迦如來行蹟頌)이 있었고, 다시 〈월인천강지곡〉을 국문으로 지었다. 서사시에 대한 관심이 남달랐기 때문에 그랬다고 할 수 있고, 구비서사시가 서사무가로 전승되어온 것을 심층의 이유로 들 필요가 있다.

불교서사시 두 편은 말하고자 하는 바가 달랐다. 〈석가여래행적송〉에서는 불교사에서 말하는 말법시대를 살아가는 신앙의 자세를 널리 가르치려고 했다. 〈월인천강지곡〉은 새로운 시대의 이념인 유교가 감당할 수 없는 내면의 번민을 불교가 해결하도록 해서, 〈용비어천가〉와 표리의 관계를 가졌다. 불교가 배척되는 시대에 불교서사시를 다시 지을 수 있었던 것은 통용의 범위를 줄였기 때문이다.

표면과 이면이 우열 관계를 가지는 것은 아니다. 훈민정음을 창제해 우리말 노래를 기록하면서 지을 수 있게 되자 바로 〈용비어천가〉와 〈월인천강지곡〉을 창작한 것은 유교와 불교, 공적인 삶과 사적인 삶, 외면과 내면, 현세와 피안이 둘 다 소중했기 때문이다. 양쪽에서 각기 하고 싶은 말이 쌓여 있어 표기수단이 갖추어지기를 기다렸다. 유교가 관장하는 공적인 삶, 외면, 현세뿐만 아니라 불교의 소관인 사적인 삶, 내면, 피안에 관한 생각에서도 중세보편주의를 독자적으로 구현하는 것이 긴요한 과업이어서 함께 진행했다고 할 수도 있다.

사건 전개 또한 흥미로운 대조를 이룬다. 〈용비어천가〉는 여섯 대에 걸쳐 시련과 투쟁을 겪고 새로운 왕조를 창건한 위업을 이루었다고 하고, 〈월인천강지곡〉에서는 세존 한 사람이 거듭 태어나면서 시련을 겪고 수행하다가 커다란 깨달음을 얻었다고 했다. 여럿이 하나로 모아지고, 시련이 영광으로 끝나 칭송을 모으는 것은 같다. 그러면서 여럿의 상호관계가 다르고 영광이 이루어진 차원에서도 커다란 차이가 있다. 양쪽을 함께 이야기해서 서로 보완되게 했다.

〈월인천강지곡〉이라는 말은, 부처가 백억 세계에 모습을 드러내 교화를 베푸는 것이 마치 달이 천 강에 비친 것과 같다는 뜻이다. 달은 하나이지만 강에 비친 모습이 수없이 많다는 것은 부처에도 해당하고 중생에도 해당하는 비유이다. 백억 세계의 부처가 서로 다르지 않다. 수없이 많은 중생은 각기 자기대로의 인연과 소견을 벗어날 수 없지만 부처를 갈구하는 마음은 한결같다. 그런 상징을 배경에다 깔고, 노래의 서두가 다음과 같이 시작된다.

제1장
외巍외巍 석釋가迦뿛佛 무無량量무無변邊 공功득德을 겁劫겁劫에 어느 다 술븅리

외외 석가불 무량무변 공덕을 겁겁에 어이 다 사뢰리.

제2장
세世존尊ㅅ일 술보리니 만萬리里외外ㅅ 일이시나 눈에 보논가 너기

△ 븥쇼셔

　셰世존尊ㅅ일 술보리니 쳔千재載쌍上ㅅ 일이시나 귀에 듣논가 너기

△ 븥쇼셔

　세존 일 사뢰리니, 만리 밖의 일이라도 눈에 보는가 여기시옵소서.

　세존 일 사뢰리니, 천재 위의 일이라도 귀에 듣는가 여기시옵소서.

　제1장에서는 높고 높은 석가불의 헤아릴 수 없고 끝도 없는 공덕은
무한히 긴 세월인 겁이 겹치더라도 어찌 다 사뢸 수 있겠는가 하고 말
했다. 그렇다고 해서 침묵할 것은 아니다. 접근 가능한 길이 있다고 제
2장에서 말했다. 석가불 대신에 세존이라는 말을 써서 무한에서 역사로
관심을 돌렸다. 세존이 한 일에 관해 알려주니 만 리 밖의 것이라도 눈
에 보는 것 같이 여기고, 세존의 한 말을 전해주니 천 년 전의 것이라도
귀에 들리는 것 같이 여기라고 했다.
　시간과 공간이 세 등급으로 나누어져 있다. 석가불의 공덕은 시간에
서나 공간에서나 무한하다고 했다. 세존이 실제로 보여준 언행은 먼 시
공, 만 리 밖, 천 년 전에 있었다고 했다. 그 언행에 관해 지금 알려주
니 눈으로 보고 귀로 듣는 것처럼 여기라고 했다. 지금 당장 보고 들을
수 있는 말을 가지고 노래를 지어, 먼 시공으로 향하게 하고, 무한에 이
르도록 하는 것이 노래를 짓는 취지라고 했다.
　그렇게 해서 사뢴다고 한 말이 그 뒤를 이어서 나오는 노래이다. 이
루 헤아릴 수 없이 많은 겁을 거슬러 올라간 시기에서 시작해 세존이
무수한 전생을 살면서 겪었던 일들을 들었다. 시간의 폭을 엄청나게 늘
려 상상을 초월한 사건을 전개하다가, 세존이 성불하게 되는 시기 전후
에 일어난 일을 서술하는 데 이르러서는 초월적인 것과 일상적인 것이
흥미로운 대조를 이루며 공존하게 했다. 세존은 예사 사람이면서 성불
한 부처이기도 하다는 이중의 성격을 부각시켜, 노래를 짓거나 읽는 사
람이 세존과 자기를 동일시하면서 또한 석가를 새삼스럽게 숭앙해야

할 이유를 발견하게 했다.

불경을 읽어 이미 알고 있으며, 〈석보상절〉에서 산문으로 설명할 때에는 예사롭게 보이는 사건이라도, 간추리고 가다듬어 노래를 만들자 말하지 않은 많은 사연이 함축되어 감명이 달라졌다. 세존이 성불한 다음 자기 고장으로 돌아가 임금인 아버지를 만난 장면을 보자. 거기 우타야(優陀耶)라는 사람도 등장한다. 우타야는 임금이 자기 아들을 찾아오라고 보냈는데 세존의 제자가 되어 함께 돌아왔다. 오랜만에 만나 할 말이 많았던 것을 다음과 같이 간추려 노래했다.

제115장

과過겁劫에 코苦ᅘᆡᇰ行ᄒᆞ샤 이제ᅀᅡ 일우샨ᄃᆞᆯ ᅙᅮᇰ優따陀야耶ㅣ ᄉᆞᆯᄫᆞ니이다
열두 ᄒᆡᆯ 그리다가 오ᄂᆞᆯᅀᅡ 드르샨ᄃᆞᆯ 아바님이 니ᄅᆞ시니이다

과겁에 고행하다가 이제야 이루신 것을 우타야가 사뢰니다.
열두 해를 그리다가 오늘에야 들으신 것을 아버님이 이르시다.

제116장

ᄉᆖᇰ少씨時ᄊᆞ事 닐어시ᄂᆞᆯ ᅙᅮᇰ優따陀야耶ㅣ 듣ᄌᆞᄫᆞ며 아ᄃᆞᆯ님이 ᄯᅩ 듣ᄌᆞᄫᆞ시니
금今ㅿ ㅣᇙ日ᄊᆞ事 모ᄅᆞ실씨 ᅙᅮᇰ優따陀야耶ㅣ ᄉᆞᆯᄫᆞ며 아ᄃᆞᆯ님이 ᄯᅩ ᄉᆞᆯᄫᆞ시니

소시 일을 이르시니 우타야가 들으오며 아드님이 또 들으오시니.
금일 일을 모르시므로 우타야가 사뢰며 아드님이 또 사뢰시니.

앞의 제115장에서는 과거 여러 겁 동안 고행하다가 세존이 이제야 성불한 일을 동행한 우타야가 임금에게 사뢰니, 아버지 임금은 아들이 떠나가 열두 해를 그리워하다가 오늘에야 소식을 들었다고 말했다. 여러

겁과 열두 해, 성불한 기쁨과 아들을 만난 기쁨이 대조를 이루었다. 뒤의 제116장에서는 아버지가 아들 소시 적의 일을 말하자 우타야가 들으며 아들도 듣고, 오늘날의 일을 우타야가 사뢰며 아들도 사뢴다고 했다. 아들은 부처이고 아버지는 중생이니 만나서 하는 이야기가 어긋나지만 둘 다 기뻐하고 있는 점은 다를 바 없다. 우타야는 아버지와 아들, 부처와 중생 사이를 연결시켜주면서 자기도 기뻐했다.

〈용비어천가〉는 범인은 따를 수 없는 영웅의 세계를 그리려고 일상성을 배제했지만, 〈월인천강지곡〉에서는 깨달음의 높은 경지에 이른 세존이 누구나 경험할 수 있는 일상생활에 머무르고 있는 범인이기도 하다. 세존을 둘러싼 부자·부부·모자의 관계를 흔히 볼 수 있는 바와 같이 그렸다. 부왕은 이별을 서러워하고 다시 만나기를 고대하는 평범한 사람이다. 어린 아들이 부처가 된 아버지를 따라가겠다고 할 때 어머니는 서럽게 통곡했다. 삶의 고난이 무엇이든 정겹게 그려져 있다. 고난을 넘어선 숭고한 세계가 따로 있어 얼마든지 부드러울 수 있다.

〈용비어천가〉는 후대의 소설에서 전개되는 영웅적 주인공의 시련이나 투쟁과 상통하는 내용을 지녔다면, 〈월인천강지곡〉은 초월적인 원리와 일상적인 현실, 숭고한 이상과 범속한 경험의 관계를 다루는 작품 구조와 관련을 갖는다고 할 수 있다. 그러나 두 노래가 그런 방향을 미리 택해 후대 문학과 구조적인 유사성을 보였다고 하는 편이 타당하고, 널리 읽힌 결과 영향을 끼쳤다고 하기는 어렵다.

《월인천강지곡》의 주해를 남광우·성환갑(형설출판사, 1978) ; 박병채(세종사, 1991) ; 허웅·이강로(신구문화사, 1999)가 했다. 김종우, 〈'월인천강지곡'과 세종의 심상〉, 《국어국문학》 28(국어국문학회, 1965) ; 사재동, 〈'월인천강지곡'의 불교서사시적 국면〉, 《한국문학연구입문》(지식산업사, 1982) ; 〈'월인천강지곡'의 몇 가지 문제〉, 《어문연구》 11(어문연구회, 1982) ; 조흥욱, 〈'월인천강지곡' 연구〉(서울대학교 박사논문, 1994) ; 이종석, 〈'월인천강지곡'과 선행불교서사

시의 비교연구〉(서울대학교 석사논문, 2001) ; 고영근 외, 《'월인천강
지곡' 텍스트 분석》(집문당, 2003) 등의 연구가 있다.

8.2.4. 〈석보상절〉

〈석보상절〉은 석가의 내력을 훈민정음으로 옮긴 불경언해이다. 모두
24권으로 생각되는데, 초간본 제6·9·13·19·23·24권, 복각 중간본
제3·11권만 전한다. 없어진 것들 일부는 〈월인석보〉에서 보충할 수
있다.

　편찬하고 번역한 사람은 세종의 아들이고, 장차 세조가 될 수양대군
(首陽大君)이다. 1447년(세종 29) 7월에 쓴 〈석보상절서〉(釋譜詳節序)
에서, 석가의 일생을 여러 서적에서 모아 한 권을 별도로 만들고 정음
(正音)으로 역해(譯解)해 누구나 쉽게 이해하고 삼보(三寶)에 귀의할
수 있게 한다고 했다. 한문본을 먼저 만들고 번역한 사실을 확인할 수
있다.

　〈월인천강지곡〉과 합본해서 〈월인석보〉를 낸 1459년(세조 5)에, 왕
위에 올라 다시 쓴 〈월인석보서〉(月印釋譜序)에서 경과를 자세하게 밝
혔다. 어머니 소헌왕후(昭憲王后)가 세상을 떠났을 때 아버지가 망자를
좋은 데 보내도록 하는 공덕을 쌓기 위해 석가의 일대기를 정리하라고
했다고 했다. 중국 양나라 승우(僧祐)의 〈석가보〉(釋迦譜)와 당나라 도
선(道宣)의 〈석가씨보〉(釋迦氏譜)를 보니 상세하고 소략한 점이 서로
달라 둘을 합쳐서 〈석보상절〉을 만들고 정음으로 번역해 제출하니, 세
종이 보고서 〈월인천강지곡〉을 지었다고 했다.

　위에서 든 두 가지 문헌 외에 〈법화경〉(法華經), 〈아미타경〉(阿彌陀
經) 등 몇 가지 경전에서 직접 가져온 부분도 있다. 기존의 자료를 옮
기면서 국내에 관한 사항을 보탠 곳도 있다. 중국 전래의 불교서적 어
디에도 없는 내용이 있어 국내의 자료를 이용했다고 인정된다. 최초의
번역에서 개작을 포함한 의역을 하는 방식을 취했다.

난해한 용어를 우리말로 바꾸어 쉽게 이해하도록 하려고 노력했다. 우리말로 산문을 쓰는 본보기를 보여주면서, 품위 있고 우아한 문체를 마련했다. 문장이 길게 이어지면서도 혼란이 없고, 기본 줄거리와 곁가지를 적절하게 연결시켜 내용이 풍부해지도록 했다. 글쓰기 방식에 많은 변화를 주어, 생동감이 넘치는 대화와 치밀한 묘사도 갖추었으며, 노래라고 할 수 있는 것들도 있다. 여러 갈래 문학작품의 원천이 되는 표현법을 찾을 수 있다. 그 가운데 상당수는 노래 부르면서 놀이를 한 강창(講唱)문학이라고 하는 주장도 있다.

내용을 보면, 석가의 일생을 순서대로 정리했다. 기본 줄거리에 곁들여져 있는 곁가지에 석가의 전생에 있었다는 일을 이야기하는 본생담(本生譚)을 작은 글씨로 주를 달아 수록했다. 본문과 구별된다는 표시를 하고 첨가한 부분도 있다. 불경에 있는 내용을 그대로 옮기지 않고 개작하고 재창조하는 데 힘써 독립된 작품일 수 있게 해서 특히 흥미롭다.

납득할 수 없게 전개되는 신이한 사건으로 극단에까지 이른 삶의 고난을 다루어 충격을 주면서, 불교에서 말하는 이치에 대한 대중의 이해를 구했다. 자기 눈동자와 골수를 아버지에게 바친 인욕태자(忍辱太子), 사슴의 딸로 태어나 왕비가 되었다는 녹모부인(鹿母夫人), 아우 때문에 장님이 된 선우태자(善友太子), 어머니가 피살되는 시련을 겪은 안락국태자(安樂國太子) 이야기가 그 좋은 본보기이다. 나중에 든 둘은 국문소설 〈선우태자전〉, 〈안락국태자전〉이 되었다.

실상을 알아보기 위해 한 예를 든다. 〈구담씨흥가기〉(瞿曇氏興家記)라고 한 것을 보자. 〈월인천강지곡〉 제3・4장에서 네 줄로 노래한 내용이 《월인석보》 권1에 옮겨놓은 〈석보상절〉에는 자세하게 서술되어 있다. 그 자료를 들면서, 번거로움을 덜고 이해를 쉽게 하기 위해 현대역을 제시한다. 분석의 편의를 위해 (가)에서 (다)까지로 구분한다.

(가) 옛날의 아승기겁(阿僧祇劫) 시절에 한 보살이 왕이 되어 나라를

아우에게 맡기고 도리를 배우러 나아가시어 구담(瞿曇) 바라문을 만났다. 당신의 옷을 벗고 구담의 옷으로 갈아입으시고 깊은 산에 들어가서 과일과 물을 드시고 좌선하시다가 나라에 구걸하러 오셨는데, 모두 몰라보고 소구담(小瞿曇)이라고 했다.

(나) 보살이 성 밖 사탕수수밭에 정사를 만들고 혼자 앉아 있었는데 도적 5백 명이 관청의 재물을 훔쳐 정사 옆으로 지나가니, 그 도적이 보살의 전세 원수였다. 이튿날 나라에서 도적의 발자취를 좇아 와서 그 보살을 나무에 꿰어 두었는데, 대구담(大瞿曇)이 천안(天眼)으로 보고 허공에 날아 와 묻되, "자네가 자식이 없는데 무슨 죄인가?" 하니, 보살이 대답하시되, "곧 죽을 나인데 자손을 의논하겠는가" 했다. 그 왕이 사람을 시켜 쏘아 죽었다.

(다) 대구담이 슬퍼하여 관에 넣고 피 묻은 흙을 파 가지고 정사에 돌아와 왼쪽 피는 따로 담고 오른쪽 피는 따로 담아 놓고 이르되, "이 도사가 정성이 지극할 것 같으면 하늘이 당당히 이 피를 사람이 되게 하실 것이다." 열 달 만에 왼쪽 피는 남자가 되고 오른쪽 피는 여자가 되니 성을 구담씨라 했다. 이로부터 자손이 이으셔서 구담씨가 다시 일어나셨다.

(가)는 알기 쉬우나, (나)는 모호하고, (다)는 이해되지 않는다. 세 부분은 선후관계는 있으나 인과관계는 없어 한 단계씩 다른 차원으로 나아간다는 것을 알린다. (가)에서 주인공은 왕위를 물려주고 도를 닦아 도사로 인정되는 행운을 얻었다. 현세의 경험을 말한 민담이다. (나)에서 주인공은 전세에 도적들에게 원수를 진 인연 때문에 도적으로 오인되어 죽고 자손을 두지 못하는 불운을 당했다. 전세와의 연결을 말한 전설이다. (다)에서 주인공은 죽었으나 대구담의 도술과 정성으로 흘린 피가 모여 후손이 생겨나는 행운을 얻었다. 생명은 영원하다고 한 신화이다.

 〈석보상절〉을 만들고 일차적인 독자 노릇을 한 세조에게 이것은 아주 심각한 의미를 가졌을 수 있다. 왕위를 버리고 도를 닦는 자세를 가지고자 한다는 것이 권력쟁탈에서 저지르는 죄과에 대한 정신적 보상이고 위안이었다. 인지하지 못하는 악업 탓에 언제라도 닥칠 수 있는 참상에 대해서도 마음의 준비를 해두어야 했다. 천지가 영원하고 생명이 무한한 영역으로 눈을 돌리면서 생각을 크게 가지고 일시적인 승패나 득실에 집착하지 않기를 바랐다.

 그 어느 쪽에서든지 이 이야기는 문학이 다층적인 갈래와 표현을 갖추고, 인생에 대해 성찰의 폭을 크게 넓히도록 하는 구실을 했다. 〈석보상절〉 또는 〈월인석보〉가 전파되는 과정에서 상이한 층위가 각기 그것대로 수용되어 우리문학을 더욱 풍요롭게 했다. 민담 층위는 이인이야기, 전설 층위는 뛰어난 영웅의 패배담, 신화 층위는 창세무가의 인류기원담과 각기 연관을 가지기도 하고, 그 셋이 합쳐져서 소설에 들어가기도 했다.

 인권환, 〈'석보상절'의 문학적 고찰〉, 《민족문화연구》 9(고려대학교 민족문화연구소, 1975) ; 사재동, 《불교계 국문소설의 형성과정 연구》(아세아문화사, 1977) ; 〈'월인석보'의 실상과 문학사적 위치〉, 《한국문학유통사연구》 1(중앙인문사, 1999) ; 천병식, 〈'석보상절'의 전기문학적 가치〉, 《고전문학연구》 3(한국고전문학연구회, 1986) ; 이병주, 《'석보상절' 제23·24의 진가》, 《한국불교문학연구 (상)》(동국대학교출판부, 1988) ; 김진영, 〈'석보상절'의 서사문학적 전개〉, 《한국서사문학사의 연구》(중앙문화사, 1995) ; 《한국서사문학의 연행양상》(이회문화사, 1999) ; 고영근, 〈'석보상절'·'월인천강지곡'·'월인석보'의 제특징〉, 《단어·문장·텍스트》(한국문학사, 1995) 등의 연구가 있다. 〈구담씨홍가기〉는 고영근, 《텍스트이론》(아르케, 1999)의 현대역을 인용했으며 ; 〈문학작품의 구조분석〉, 《텍스트언어학》 9(한국텍스트언어학회, 2000)에서 자세하게 분석했다.

8.2.5. 언해

　훈민정음을 창제하면서 한문을 원본으로 하는 언해를 서둘렀다. 이는 신라 이래 숙원사업이었다. 일찍이 설총(薛聰)은 방언으로 구경(九經)을 읽었다고 했는데, 구결(口訣)을 창안했다는 말이 아닌가 한다. 구결은 향찰(鄕札) · 이두(吏讀)와 함께 한자를 빌려 우리말을 표기하는 차자표기법의 하나이며, 한문 문장을 우리말로 읽는 데 쓰이는 방식이다. 한문에다 구결을 달아 읽는 방식에서 한 걸음 더 나아간 것이 언해이다.

　구결을 달아 한문을 읽는 방식에는 원래의 어순을 따르는 순독(順讀)과 우리말의 어순으로 바꾸는 역독(逆讀)이 있었다. 우리는 순독을, 일본은 역독을 하고 있는데, 전에는 그렇지 않았다. 한일 양쪽에서 두 가지 독법을 함께 사용했다. 〈구역인왕경〉(舊譯仁王經)을 위시한 여러 자료가 발견되어 고려 때까지는 우리도 역독을 한 사실이 입증되었다.

　두 가지 독법은 각기 장단점이 있다. 역독은 독해를 정확하게 하는 데 유리하고, 한문을 그 자체로 익혀 작문 능력을 기르려면 순독을 해야 한다. 일본은 역독을 택하고, 우리는 순독만 남긴 것은 원하는 바가 달랐기 때문이다. 일본에서는 한문 원문에 순독 구결인 반점(返點)을 첨부하면 자기네 말로 바꾸어 읽을 수 있었으나, 순독만 하는 우리는 번역이 필요했다.

　번역에는 여러 형태가 있었다. (가) 원문 · 구결문 · 번역을 제시한 것, (나) 원문과 번역을 제시한 것, (다) 번역만 제시한 것이 서로 달랐다. (가)에서는 번역이 독자적인 의의를 가지지 않고 원문을 해독하는 데 필요한 교재 구실을 했다. (나)에서도 원문 이해를 돕기 위해 번역이 필요했다. (다)는 번역을 그 자체로 읽고 이해하게 했다.

　최초의 번역인 〈석보상절〉은 (다)이다. 그 뒤를 이어 많이 나온 번역은 (가)와 (나)이다. 그 둘을 '언해'라고 일컬었다. (다)를 다시 할 때에는 '번역'이라고 했다. 〈소학언해〉(小學諺解)와 〈번역소학〉(飜譯小學)이 명칭과 내용에서 구별되었다. 〈소학언해〉는 원문 해독용 교재이고, 〈번역소학〉은 원문을 읽지 못하는 사람들에게 필요해 의역을 했다.

언해의 최우선 영역이고 (가)의 표준형을 보여주어야 할 것이 유학의 경전이었다. 조선왕조는 〈사서삼경〉(四書三經)을 불변의 경전으로 받들었으므로, 언해에서도 가장 먼저 섬겨야 했다. 〈사서삼경〉은 원문이라야 경전이어서 번역으로 대치할 수 없었으나, 두 가지 이유에서 언해가 필요했다. 읽고 새기는 방법을 알려주는 교재가 있으면 입문자에게 도움이 되었다. 해석상의 의문 해결을 표준화해 사사로운 의견을 개입되지 못하게 해야 경전의 완벽한 기능을 수행할 수 있었다.

앞의 이유만이면 오래 걸리지 않을 사업이 뒤의 이유 때문에 난항을 겪었다. 가장 먼저 이루어졌어야 할 〈사서삼경〉 언해는 오래 걸려, 1585년(선조 18)경에 비로소 54권의 분량으로 완결되었다. 이름 있는 유신들이 두루 참여해서 중지를 모았으며, 간행한 책을 전국에 널리 배포해 경서 이해의 기본 교본이 되도록 했다. 그런데 이루어진 결과를 불만스럽게 생각하는 사람들이 있었다. 이이(李珥)는 자기대로 독자적인 언해를 했으며, 그 뒤에도 문제점에 관한 논의가 계속되었다.

유학의 경전을 직접 읽지 못하는 하층민이나 부녀자들에게도 교화를 베푸는 훈민 정책을 위해 훈민정음을 사용하는 것이 가장 먼저 한 일이다. 1434년(세종 16)에 효자, 충신, 열녀 등 행실이 훌륭한 인물에 관한 국내외의 일화를 모은 〈삼강행실도〉(三綱行實圖)를 한문 설명에다 그림을 곁들이는 형태로 만들어냈다가, 훈민정음 반포 전인 1444년(세종 26)에 위에서 든 (가)의 방식으로 언해했다. 그 책을 1481년(성종 12)에 간행하고, 그 뒤에 1515년(중종 10)의 〈속삼강행실도〉(續三綱行實圖)를 비롯한 여러 형태의 속편을 언해해 내놓았다. 속편에서는 (가) 대신 (다)의 방식을 택해 한문 원문을 축약하기도 하고 알기 쉽게 고치기도 하면서 국문만으로도 이해하는 데 지장이 없게 했다.

그런 일을 개인이 하기도 했다. 명종 때 최세진(崔世珍)은 〈훈몽자회〉(訓蒙字會) 등의 어학서를 편찬하는 한편, 〈번역여훈〉(飜譯女訓)과 〈언해효경〉(諺解孝經)을 이룩했다. 김안국(金安國)은 언해로 훈민을 해야 할 필요성을 역설하고 〈여씨향약언해〉(呂氏鄕約諺解), 〈경민편언해〉(警民篇諺解) 외에 의약이나 농업에 관한 책의 언해까지 광범위하게 추진했다.

훈민정음이 창제되고 한 세기 정도 되는 기간 동안 역대 왕후가 사용에 앞장서면서, 여성을 대상으로 한 훈민에 적극 활용하고자 했다. 덕종비이고 성종의 어머니인 소혜왕후(昭惠王后)는 부녀자들의 행실을 가르치는 데 도움이 되는 사례를 중국문헌에서 뽑아 모은 〈내훈〉(內訓)을 1475년(성종 6)에 편찬하고 언해한 것이 가장 뚜렷한 성과이다. 한문을 몰라도 언해로 읽고 덕행의 지침으로 삼도록 하려고, 언해문이 품위 있고 자연스러운 문장이 되게 하고, 이따금 주석을 달아 이해를 도왔다. 이 책이 조선후기까지 거듭 간행되고 널리 읽혀 국문 교본 노릇을 하고, 국문소설 창작에 깊은 영향을 끼쳤다.

불경 언해는 조선왕조의 국책 사업일 수 없었으나, 세종이 개인적인 관심을 가지고 시작하고, 세조가 열성을 기울여 추진했다. 세조는 왕위에 오르자 유신들의 반대를 무릅쓰고 1461년(세조 7)에 간경도감(刊經都監)을 세워 불경 언해를 추진했다. 이듬해에 〈능엄경언해〉(楞嚴經諺解)를 먼저 내놓고, 이어서 〈법화경〉(法華經)·〈금강경〉(金剛經)·〈원각경〉(圓覺經) 등을 차례로 언해하고, 〈선종영가집〉(禪宗永嘉集), 〈목우자수심결〉(牧牛子修心訣) 등의 선종 관계 저술도 포함시켰다.

번역 방법을 보면, 〈석보상절〉에서 사용하던 (다)의 방식을 버리고 (가)를 택해 원문 이해를 돕고자 했다. 번역본이 경전의 위치를 차지하도록 하겠다는 생각은 없었다. 힘들여 언해한 성과가 한문을 모르는 일반 신도가 읽기에는 너무 난해하고, 또한 널리 반포되지 못했다. 오랫동안 독자를 만나지 못하고 있다가, 오늘날에 와서 국어사 연구의 자료로 많이 사용된다.

세조가 세상을 떠나자 불교를 배척하고 유학을 기본 이념으로 삼는 노선이 철저하게 재확인되었다. 1471년(성종 2)에는 간경도감이 폐지되어 불경 언해가 더 이루어지지 않았다. 그 뒤에는 세조비 자성대비

(慈聖大妃)와 성종의 어머니 인수대비(仁粹大妃)가 주동이 되어 역경사업을 은밀하게 추진했으나 성과가 부진했다. 불교사원에서 그 일을 맡아 하는 것이 당연히 요망되었으나, 그럴 의사나 능력이 없었다. 불경 국역이 다시 추진된 것은 최근의 일이다.

한시 작품의 언해도 국가사업으로 추진했다. 당나라 시인 두보(杜甫)의 시를 언해한 〈분류두공부시언해〉(分類杜工部詩諺解), 약칭 〈두시언해〉를 1481년(성종 12)에 내놓았다. 초간본은 다 전하지 않고 1632년(인조 10)의 중간본에 의거해 전모를 알 수 있다.

두보의 시는 고려 때부터 애독되어 깊은 영향을 끼쳤다. 난세에 어려운 생애를 보내면서도 임금을 생각하고 나라를 사랑하는 자세를 절실하게 나타냈기에, 조선초기에 더욱 높이 평가되었다. 조위(曺偉)가 쓴 서문에서, 시를 공부하고자 하면서도 두보의 시를 어렵게 여기는 사람들을 위해서 주석도 달고 번역을 한다고 했다. 유윤겸(柳允謙), 조위 등이 맡아 (나) 방식으로 언해하면서, 우리말의 어법에는 맞지 않을 정도까지 직역을 했다. 원문을 이해하는 데 도움을 주고자 했으며, 번역시가 독자적인 작품일 수 있다는 점은 고려하지 않았다.

국가에서 하는 한시 언해는 그 뒤에도 있었다. 〈두시언해〉를 출판한 지 2년이 지나자 〈연주시격〉(聯珠詩格)과 〈황산곡시집〉(黃山谷詩集) 언해에 착수했다. 그러나 둘 다 전하지 않는다.

한시 언해를 학자 개인이 하기도 했다. 명종 때 김인후(金麟厚)는 칠언고시(七言古詩) 연구(聯句) 100개를 뽑아서 언해하고 〈백련초해〉(百聯抄解)라고 했다. 한 자마다 새김과 독음을 국문으로 단 뒤에 그 구의 번역을 붙였다. 입문자에게 한시를 가르치기 위한 교재이고 번역 자체가 의의를 가지는 것은 아니었다.

당나라의 양대 시인 가운데 두보보다 이백(李白)을 낮추어 보는 것이 조선시대의 공식적인 평가였다. 이백 시의 언해는 조선후기에 비로소 이루어지고 간행되지 못한 채 필사본으로 전한다. 135제 142수를 번역하고, 역자 나름대로 작품을 해석하는 말을 한문으로 써넣었다.

　　조선초기의 언해는 국문 사용을 확대한 점에서 획기적인 의의를 가지지만, 번역이 원문을 대신할 수 있게 하지 못했으며 널리 보급되지도 않았다. 원문을 읽지 못하는 독자를 위해 의역을 한 것도 더러 있으나, 번역문학의 작품으로 평가할 것을 마련하지 못했다. 자유로운 번역이 이루어진 것은 조선후기의 일이다.

　　《하나이면서 여럿인 동아시아문학》(지식산업사, 1999)에서 한문독법과 번역의 양상을 비교해 논했다. 이숭녕, 〈언해사업의 시대적 경향에 대하여〉, 《민족문화》 4(민족문화추진회, 1978) ; 이병주, 《'두시언해' 비주(批注)》(통문관, 1958) ;《한국문학사의 두시 연구》(이우출판사, 1979) ; 지준모, 〈'두시언해'의 주석과 번역에 관한 고찰〉, 《장암지헌영선생화갑기념논총》(호서문화사, 1971) ; 안병희, 《국어사자료연구》(문학과 지성사, 1992) ; 심경호 · 이종묵 외, 《두시와 '두시언해'》(태학사, 1998) ; 이종묵, 〈조선시대 한시 번역의 전통과 양상〉, 《장서각》 8(한국정신문화연구원, 2002) ; 이경하, 〈15～16세기 왕후의 국문 글쓰기〉, 《고전여성문학연구》 7(한국고전여성문학회, 2003) 등의 연구가 있다. 유성준, 〈이백시 언해본의 구성과 그 예시〉, 《한국한시와 당시의 비교연구》(푸른사상, 2002)에서 새로운 자료를 소개하고 고찰했다.

8.3. 악장·경기체가·가사

8.3.1. 세 노래의 상관관계

조선전기 국문시가는 악장·경기체가·가사·시조이다. 시조는 서정시이고, 나머지 셋은 교술시이다. 교술시가 큰 비중을 차지하고 있는 것이 이 시기 갈래체계의 특징이다. 악장을 조선왕조에서 새로 지으면서 우리말을 사용하기도 한 것은 전에 볼 수 없던 일이다. 경기체가와 가사는 고려후기에 생겨나 조선전기에 본격적으로 발전했다. 조선후기에 이르면 악장과 경기체가는 자취를 감추고 가사만 계속 번창한 것이 또 한 번의 커다란 전환이었다.

악장은 나라에서 거행하는 공식적인 행사에 소용되는 노래이다. 목적이나 내용은 아주 뚜렷하지만, 독자적인 형식을 갖추지 못했으며, 작품 자체로 창작되는 독자적인 생명을 가질 수는 없었다. 경기체가는 형식 요건이 다른 어느 것보다 까다로워 나타내는 내용의 폭이 좁았다. 사물을 하나씩 열거하면서 대상과 직결된 감흥을 노래할 따름이었다. 가사는 사물의 총체적인 관련에다 노래하는 사람의 마음을 깊숙이 개입시킬 수 있는 영역을 넓게 확보했다.

'심'(心)·'신'(身)·'인'(人)·'물'(物)이라는 용어를 사용하면 차이점이 더욱 명백해진다. 경기체가는 '심'·'신'·'인'인 자아를 '물'인 세계로, 가사는 '심'인 자아를 '신'·'인'·'물'인 세계로 전환시켜 나타냈다고 할 수 있다. 경기체가를 창안하던 단계에서는 개별적인 사물의 의의를 발견하는 것 자체가 흥겹고 자랑스러운 일이었다가, 사물의 세계를 더욱 복합적이고 유기적인 것으로 인식하고 표현해야 할 필요성이 커지자 가사가 필요하게 되었다고 할 수 있다.

악장·경기체가·가사는 모두 음악이면서 문학이었지만, 그 둘의 비중은 각기 달랐다. 악장은 조선왕조의 창업과 더불어 통치 질서를 구현하는 예악(禮樂)을 정비하고자 해서 새로 지은 노래이다. 악기 연주가 따를 뿐만 아니라, 정재(呈才) 편성을 갖춘 것도 있다. 노래 사설은 음악이나 춤이 무엇을 뜻하는지 말해주는 구실이나 맡아, 독자적인 문학의 형식을 갖출 필요는 없었다. 경기체가는 기악 반주나 춤을 곁들이지 않고 노래로 불렀다. 가사는 노래 부르기보다는 읊기에 알맞은 것이다.

사대부문학은 국가사업에 필요한 공적인 문학과, 자기 생활을 표현하며 스스로 즐기는 데 소용되는 사적인 문학으로 나누어져 있었다. 한문학에서는 공적인 문학을 잘 하기 위해 필요한 수련을 사적인 문학에서 했으나, 국문시가는 그 둘의 관계가 더 멀었다. 악장은 공적이기만 한 문학이고, 경기체가는 두 가지 성격이 다 있으며, 가사는 시조와 함께 사적이기만 한 문학이다.

악장 · 경기체가 · 가사 순서로 음악의 비중이 작아지고 문학의 비중이 컸다. 공적인 갈래에서는 음악의 비중이 크고, 사적인 갈래에서는 문학의 비중이 컸다. 건국사업에서는 음악의 비중이 큰 공적인 문학의 갈래가 긴요한 구실을 했지만, 사대부문화로서 지속적인 의의를 가진 쪽은 문학의 비중이 큰 사적인 갈래였다. 악장과 경기체가는 단명하고 가사는 오랜 생명을 누린 것이 그 때문이다.

세 갈래의 성격에 관한 논의를 《한국문학의 갈래 이론》(집문당, 1992)에서 폈다. 성호경, 《조선전기시가론》(새문사, 1988) ; 김영수, 《조선초기시가론연구》(일지사, 1989)에서도 긴요한 작업을 했다.

8.3.2. 악장

여기서 고찰하는 악장은 조선왕조 건국의 위업을 찬양하면서 통치이념을 알린 노래이다. 조선왕조가 들어서자 악장을 힘써 지었다. 악장을 송도가(頌禱歌), 송축가(頌祝歌) 등의 다른 이름으로 지칭하면서 새로운 갈래인 듯이 여기는 것은 잘못이다. 어느 시기의 국가이든 표방하는 이념을 널리 알리려고 지어서 불러 보편적인 갈래라고 할 수 있는 악장을, 중세 유교국가 창건의 모범 사례를 마련한 조선왕조에서 특히 중요시하고 우리말로도 창작해 적극 관심을 가질 만하다.

악장의 연원은 오래 된다. 중국 고대 왕조의 악장은 〈시경〉에 수록되고 공자가 못내 찬양해 유교를 통치이념으로 삼으려면 반드시 이어받아야 하는 전범이 되었다. 신라 유리왕 때의 〈도솔가〉(兜率歌)에서 우리 나름대로의 악장을 제정하는 전례를 만들었다. 고려 때에도 역대 제왕을 칭송하는 악장을 갖추어 종묘에서 제사를 지내면서 노래했다.

조선왕조는 그 전통을 이어 받고 더 발전시켰다. 예악을 정비해 질서를 철저하게 바로잡아야 한다고 악장 제정에 열의를 가졌다. 태조는 즉위하자 관제를 정하면서 예악을 관장하는 부서를 두어 그 정치적 기능에 깊은 관심을 보였다. 그 방침을 이어 새 왕조 창건을 기리는 악장을 짓는 일을 세종을 거쳐 성종 때까지 계속 해서 많은 작품이 이루어졌다.

악장의 범위는 넓게 볼 수도 있고 좁게 볼 수도 있다. 새로운 왕조를 기리는 노래를 모두 악장이라고 하면 경기체가 가운데 그런 것이 여러 편 있다. 〈용비어천가〉가 악장 제정사업에서 이룩한 최고의 성과라고 할 수 있으며, 〈월인천강지곡〉도 함께 고려할 수 있다. 그러나 경기체가는 독자적인 형식을 갖추고 있는 갈래이면서 얼마 동안 악장으로 이용되었을 따름이다. 〈용비어천가〉와 〈월인천강지곡〉은 장형 서사시여서 단형의 교술시인 좁은 의미의 악장과 구별할 필요가 있다.

악장을 창작하고서 작곡은 할 수 없어, 새로 지은 노랫말을 고려에서 물려받은 속악의 곡조에 얹어 불렀다. 사설은 음란해서 볼 것이 없다고 비난하면서 곡조는 남겨두어 새롭게 활용했다. 그 점이 계속 불리하게 작용해 악장의 문학적 형식을 갖추지 못하게 했다. 한문으로 지은 악장은 한시의 형식을 갖추고 있어 문학 작품으로 손색이 없으나 노래 부르기에는 적합하지 않았다. 악곡에 맞추기 위해서 한시에 토를 단 데서 우리말 악장이 시작되었다. 훈민정음을 창제한 뒤에는 악장을 우리말로 창작할 수 있었지만, 기존의 곡조를 이용했기에 독자적인 율격을 지닌 작품을 만들어내지 못했다.

새 왕조의 설계자 정도전(鄭道傳, ?~1398)이 악장 창작을 선도했다. 건국의 이념과 제도를 갖추는 작업의 일환으로 태조의 공적을 찬양하는 노래를 지어 새로운 왕조의 위엄을 드높이고자 했다. 1393년(태조 2) 7월에 〈납씨곡〉(納氏曲) 또는 〈납씨가〉(納氏歌), 그리고 〈궁수분〉(窮獸奔)과 〈정동방곡〉(靖東方曲)을 지었다. 태조의 무덕을 칭송한 것들이어서 〈무덕곡〉(武德曲)이라고 통칭된다. 다시 그 해 10월에는 〈문덕곡〉(文德曲)·〈몽금척〉(夢金尺)·〈수보록〉(受寶籙)을 마련했다. 태조가 실행해야 할 정치의 방향을 제시한 〈문덕곡〉은 〈개언로〉(開言路)·〈보공신〉(保功臣)·〈정경계〉(正經界)·〈정예악〉(定禮樂)이라고 일컬어지는 네 장으로 구성되었다.

이상 여러 작품은 작자의 문집 〈삼봉집〉(三峰集)에 한시 형태로 전한다. 〈궁수분〉·〈수보록〉은 4언, 〈납씨곡〉은 5언, 〈정동방곡〉은 6언, 〈문덕곡〉은 7언이며, 〈몽금척〉은 글자수가 일정하지 않다. 한시의 여러 형식이 두루 쓰였다. 〈문덕곡〉은 〈악학궤범〉에, 〈납씨가〉는 〈시용향악보〉에, 〈납씨가〉와 〈정동방곡〉은 〈악장가사〉에 국문 토를 달아 수록했다. 그 셋은 한문 악장이기도 하고 우리말 악장이기도 하다.

한시만으로 이루어진 〈궁수분〉은 궁한 짐승이 도망친다는 말로 제목을 삼고, 태조가 왜구를 물리친 공적을 말한 노래이다. 〈납씨가〉는 태조가 원나라 잔당 납흡출(納哈出)의 침공을 물리친 공적을 찬양한 노래이다. 〈시용향악보〉에 전하는 악보를 보면, 고려 속악가사 〈청산별곡〉의 곡조에 얹어서 불렀음을 알 수 있다. 〈정동방곡〉은 동방을 편안하게 한 공적을 기린다고 하면서 위화도 회군을 다룬 것이다. "위"(偉)로 시작되는 반복구가 있어서 경기체가와 상통하며, 〈서경별곡〉의 곡조를 따서 불렀다.

〈무덕곡〉 세 편은 실제로 있었던 일을 들어서 태조를 칭송했으나, 〈문덕곡〉에서는 태조의 문덕이 훌륭하다고 하면서 정도전 자신이 생각하는 이상적인 통치방침을 말했다. 임금 혼자서 만사를 판단하지 말고 언론의 길을 널리 열어야 한다고 〈개언로〉에서, 건국에 힘쓴 공신을 계속 우대해야 한다고 〈보공신〉에서, 백성의 생업을 보장하고 함부로 침탈하지 않아야 한다고 〈정경계〉에서, 예악을 바로잡아야 한다고 〈정예악〉에서 말했다.

〈몽금척〉과 〈수보록〉은 태조가 꿈에 하늘이 내린 금척(金尺)을 받고, 지리산 석벽 속에 있는 이상한 글을 받는 등으로 해서 왕위에 오를 조짐을 보였다는 것이다. 그런 내용을 당악정재로 만들어 공연하고 당악의 곡조로 노래했다. 〈궁수분〉·〈몽금척〉·〈수보록〉에서 다룬 내용은 〈용비어천가〉에 다시 등장했다.

〈신도가〉(新都歌)는 한시가 아니고, 한자어를 많이 쓰기는 했으나 우리말로 창작한 새로운 형태의 노래이다. 그렇기 때문에 〈삼봉집〉에는 실을 수 없었으며, 구전하면서 부르던 것이 〈악장가사〉에 남아 있다. 전문이 다음과 같다.

네는 楊州양쥬ㅣ 쓰올히여
디위예 新都形勝신도형승이샷다
開國聖王기국셩왕이 聖代셩디를 니르어샷다
잣다온뎌 當今景당금경 잣다온뎌
聖壽萬年셩슈만년ᄒᆞ샤 萬民만민의 咸樂함락이샷다
아으 다롱다리
알픈 漢江水한강슈여 뒤흔 三角山삼각산이여
德重덕듕ᄒᆞ신 江山강산 즈으메 萬歲만셰를 누리쇼셔

예전은 양주 고을이여.
이 자리에 신도형승이로다.
개국성왕이 성대를 이루셨도다.
성답구나 지금 경치 성답구나.
성수만년하사 만민의 함락이로다.
아으 다롱다리.

앞은 한강수여, 뒤는 삼각산이여.
덕중하신 강산 사이에서 만세를 누리소서.

　지신밟기를 하면서 덕담을 하는 말을 연상하게 하고, 고려 속악가사에서 흔히 보던 여음을 다시 썼다. 한시에서 벗어나 우리말로 노래를 짓는 방법을 기존의 방식에서 가져왔다. 그러나 전에 없던 시도를 한 탓에 형식이 안정되지 못했다. 서술어미가 모두 감탄형이어서 줄을 나누어보는 것은 가능하지만, 한 줄이 몇 토막씩인지 판별하기는 어렵다. 새로운 도읍을 칭송하고 앞으로의 번영을 다짐하는 말을 모두 한자어를 사용해서 했다.

　권근(權近, 1352~1409)의 악장도 여러 편 있으나, 노래로 부른 것 같지는 않다. 태조에게 바쳤다고 하는 〈천감〉(天監), 〈화산〉(華山) 등이 문집에만 수록되어 있다. 수식을 널리 동원하고 고사를 많이 들어 태조의 공적을 찬양하면서 자기의 지식과 능력을 나타냈으며, 노래 부르기에는 너무 장편이다. 하륜(河崙), 변계량(卞季良) 등 다른 몇 사람이 지은 악장도 거의 같은 성격을 지닌다.

　세종(1397~1450)은 예악을 정비하고 악장을 갖추는 것을 중요한 시책으로 삼으면서, 스스로 〈희문〉(熙文) 〈계우〉(啓宇) 이하 30여 편을 지어 본보기를 보였다. 가장 긴 〈혁정〉(赫整)은 조선왕조 건국의 내력을 다루어 〈용비어천가〉와 짝을 이룬다고 할 만하다. 다음과 같은 말로 이루어진 〈대동〉(大同)은 그 축소판이라고 할 수 있으면서 강조점이 다르다.

於皇我祖宗	아아, 우리 할아버지 임금께서
受命旣溥將	받으신 천명 넓고 장구하도다.
繼繼敷文德	대대로 문덕을 펴시어
載用緩四方	사방을 편안하게 하시도다.
惻席求賢俊	어진이 구하려고 근심하시고,
崇文重儒術	글을 숭상하고 유학을 소중하게 여기시도다.

奠麗式陳教   제사를 성대하게 지내면서 교화 베푸시어,
治化宣以洽   정치가 흡족하게 이루어지도다.
禮樂極制作   예악을 극진하게 마련하시어,
炳蔚開隆昌   빛나고 융성하고 번영하게 하시도다.
燕翼貽萬世   자손 위한 계책 만세에 드리우시니,
猗歟有烈光   장하도다 빛나는 공적이여.

  건국 과정은 두 줄로 언급하고, 무덕을 구체적으로 들지 않았다. 대 대로 문덕을 펴서 어진 정치를 편다고 하는 말로 장차 해야 할 일을 제 시했다. 건국의 시조를 칭송한다면서 자기가 정립한 사상을 나타냈다.

  세종의 뒤를 이어 세조 또한 악장 제정에 힘썼다. 세종의 악장을 간 략하게 해서 연주하기 쉽게 하고, 최항(崔恒, 1409~1474)에게 명해서 〈공신연곡〉(功臣宴曲) 등 10여 편을 더 지었다. 그런데 세종과 세조 때 에 지은 악장은 〈악학궤범〉이나 〈악장가사〉에 실려 있지는 않다. 그 두 문헌은 흔히 불려지는 악장만 수록했다고 생각된다.

  윤회(尹淮, 1380~1436)의 〈봉황음〉(鳳凰吟), 작자 미상의 〈유림가〉 (儒林歌), 〈북전〉(北殿), 상진(尙震)의 〈감군은〉(感君恩) 등은 그 두 문 헌에 실려 있다. 자주 불렀기 때문에 그랬다고 생각된다. 새 왕조의 문 물제도를 찬양하고 임금의 은혜에 감사한다는 내용이며, 한시에 토를 단 정도에 그쳤다. 다만 〈감군은〉은 우리말 노래로 어느 정도 틀이 잡 혔다. 〈악장가사〉에 수록된 원문 전 4장 가운데 제1장을 들어본다.

四海ㅅ희 바닷 기픠는 닫줄로 자히리어니와
님의 德澤덕틱 기픠는 어니 줄로 자히리잇고
享福無彊향복무강ㅎ샤 萬歲만세룰 누리쇼셔
享福無彊향복무강ㅎ샤 萬歲만세룰 누리쇼셔
一竿明月일간명월이 亦君恩역군은이샷다

사해 바다 깊이는 닻줄로 잴 것이지마는,
님의 덕택 깊이는 어느 줄로 재겠습니까?
향복무강하사 만세를 누리소서.
향복무강하사 만세를 누리소서.
일간명월이 역군은이샷다.

앞의 두 줄은 표현의 묘미를 얻었다고 할 수 있다. 그 비슷한 구절이 네 장에 걸쳐 네 번 되풀이된다. 반복구에서 향복무강해서 만세를 누리라고 하는 말은 상투적이지만, 일간명월이 역군은이라고 한 것은 서정적인 맛이 있다. 악장은 기능이나 내용이 워낙 한정되어 있어 이런 작품이 새로운 작풍을 개척하지는 못했다.

조규익, 《조선초기 아송(雅頌)문학 연구》(태학사, 1986) ; 《선초악장문학연구》(숭실대학교출판부, 1990) ; 〈계층화의 명분과 기득권 수호의 의지 : 선초 악장의 이중성〉, 《고전문학연구》 23(한국고전문학회, 2003) ; 김문기, 〈선초(鮮初) 송도시(頌禱詩)의 성격 고찰〉, 《조선전기의 언어와 문학》(형설출판사, 1976) ; 김영수, 〈예악사상과 선초(鮮初)의 악장 소고〉, 《한문학논집》 (단국대학교 한문학회, 1985) ; 김성언, 〈'감군은'고〉, 《한국고전시가작품론》(집문당, 1992) 등의 연구가 있다.

8.3.3. 경기체가

경기체가는 고려후기에 생겨나 조선전기에 본격적인 발전을 보게 되었다. 지금까지 발견된 경기체가는 모두 26편인데, 고려후기의 작품이 3편이고, 조선전기 것이 22편이며, 조선후기 것은 느지막이 1860년에 민규(閔圭)라는 사람이 지은 〈충효가〉(忠孝歌) 한 편이 있을 뿐이다.

경기체가는 한자어에 크게 의존해 악장과 상통한다고 할 수 있다. 둘

다 한시에서 국문시가로 넘어오는 과도기의 모습을 보여주었다고 해도 좋다. 그러면서 악장에는 한시이기만 한 것부터 우리말 노래로 어느 정도 틀이 잡힌 것까지 있었으나, 경기체가는 한번 마련한 형식을 거의 그대로 유지했다. 경기체가에서 사용한 한자어는 사물의 이름이자 사물을 인식하는 틀이어서 순 우리말로 바꾸어놓기 어려웠다. 그런 형식과 표현이 불편하다고 생각해 고쳐보려고 하다가 갈래의 해체를 촉진하고 말았다.

악장은 기능이 단일하고 형식은 다양한 것과 대조를 이루면서, 경기체가는 형식은 일정하면서 기능에서 몇 부류로 나누어졌다. 새 왕조의 건국을 찬양하고 질서를 수립하자고 하는 경기체가는 악장 노릇을 했다. 승려가 만들어낸 가사를 조선시대에 들어와서 사대부가 받아들이고, 사대부의 노래이기만 한 경기체가를 승려의 노래로도 이용했다. 사대부가 자기 생활을 다루고 개인적인 관심을 표현한 작품이 차츰 많아져서 경기체가의 주류를 이루었다.

권근의 〈상대별곡〉(霜臺別曲)은 악장 노릇을 한 경기체가의 첫 작품이다. '상대'는 사헌부를 지칭한다. 작자가 1399년(정종 1)에 사헌부의 책임자인 대사헌이 되어, 새 왕조의 기강을 바로잡는 기관의 자부심과 위엄을 나타내는 노래를 지었다. 〈악장가사〉에 수록된 원문 전5장 가운데 제1장을 든다.

華山南화산람 漢水北한슈븍 千年勝地천년승디
廣通橋광통교 雲鍾街운종개 건나드러
落落長松락락댱숑 亭亭古栢뎡뎡고빅 秋霜烏府츄상오부
위 萬古淸風만고쳥풍ㅅ 景경 긔 엇더ㅎ니잇고
葉 英雄豪傑영웅호걸 一時人才일시인짓 英雄豪傑영웅호걸 一時人才일시인짓
위 날조차 멋분니잇고

화산남 한수북 천년승지
광통교 운종가 건너 들어,
낙락장송 정정고백 추상오부.
위 만고청풍ㅅ경 그 어떠한가요!
(엽) 영웅호걸 일시인재 영웅호걸 일시인재
위 날조차 몇 분인가요!

새 왕조의 도읍터가 천년승지임을 말하고 거리의 모습을 그리다가 사헌부에 이르렀다. 굳건한 말로 청신한 기풍을 나타냈다. 영웅호걸로 자처하는 한 시대의 인재가 자기를 위시해서 얼마나 되는가 하고 뽐내는 기개가 대단하다. 고려 고종 때 최씨정권에서 벼슬하던 문인들보다 새 왕조의 역군이 더 큰 자부심을 가지는 것이 당연하다. 마지막의 제5장은 전형적인 형식에서 이탈해, "경"을 내세우는 대목이 없고, 끝내는 말이 "난 됴하이다"(난 좋습니다)이다.

변계량(1369~1430)은 서울을 찬양하는 〈화산별곡〉(華山別曲)을 1425년(세종 7)에 지었다. '화산'은 삼각산의 다른 이름이며, 서울을 지칭하는 말이기도 하다. 서울의 모습을 들어 새 왕조를 칭송하면서 어진 임금이 들어서서 훌륭한 정치를 베푸는 태평성대가 도래했다는 사실을 다채롭게 열거해 그 시대의 정치철학을 제시했다. 〈악장가사〉에 수록된 원문의 마지막의 제8장을 들어보자.

勸農桑권롱상 厚民生후민싱 培養邦本비양방본
崇禮讓슝례양 尙忠信샹튱신 固結民心고결민심
德澤之克덕틱지극 風化之洽풍화지흡 頌聲洋溢숑셩양일
위 長治댱티ㅅ 景경 긔 엇더ᄒ니잇고
華山漢水화산한슈 朝鮮王業됴션왕업 華山漢水화산한슈 朝鮮王業됴션왕업
위 ᄯ久병구ㅅ 景경 긔 엇더ᄒ니잇고

권농상 후민생 배양방본
숭예양 상충신 고결민심,
덕택지극 풍화지흡 송성양일.
위 장치ㅅ경 그 어떠한가요!
화산한수 조선왕업 화산한수 조선왕업
위 병구ㅅ경 그 어떠한가요!

농상을 권하고 민생을 보살피는 것이 나라의 근본을 기르는 길이라
고 했다. 예의와 사양을 숭상하고 충성과 신의를 존중해 백성의 마음을
단단하게 묶어야, 덕택이 지극하고 교화가 흡족해 칭송하는 소리가 넘
칠 것이라고 했다. "장치ㅅ경"이라고 한 오래 다스리는 광경, "병구ㅅ
경"이라고 한 삼각산·한강수와 조선의 왕업이 함께 지속되는 광경을
제시하고 찬양했다.

그 뒤의 몇 작품은 작자가 예조(禮曹)라고 했다. 국왕을 찬양한 〈가
성덕〉(歌聖德)과 〈축성수〉(祝聖壽)를 1429년(세종 11)에 지었다. 〈배천
곡〉(配天曲)은 1492년(성종 23)에 왕이 성균관에 거둥한 것을 기념한
노래이다. 경기체가 창작을 예조의 업무로 삼아, 경기체가가 경축용 한
시와 대등한 위치를 가지게 되었다. 그 대신에 내용이나 형식에 대한
배려는 줄어들어 작품은 볼 만한 것이 되지 못했다. 〈축성수〉는 형식이
유별나 경기체가에서 제외되기도 한다.

〈오륜가〉(五倫歌)와 〈연형제곡〉(宴兄弟曲)은 작자나 지은 시기를 알
수 없으나 〈악장가사〉에 전하니 널리 불렸다고 할 수 있다. 〈오륜가〉는
1432년(세종 14)에 예조에서 악부에 올렸다는 기록이 있다. 〈연형제곡〉
도 세종 때의 작품이 아닌가 한다. 둘 다 윤리의식을 고취하는 내용이
다. 오륜이 두루 소중하다고 하고, 형제의 우애를 따로 강조했다. 태종
은 왕위에 오르기 위해서 형제들 사이의 혹독한 싸움을 겪었으며, 세종
때에도 양상은 다르나 비슷한 문제가 있었기에, 형제간의 우애를 특히
아쉽게 생각했을 수 있다.

〈경기체가〉가 크게 존중되자 승려들도 경기체가를 받아들여 신앙의 대상을 찬양하는 노래로 삼았다. 불교의 포교용 노래는 시대에 따라서 달라졌다. 균여는 사뇌가를 소중하게 이용하고, 고려말에는 혜근을 위시한 여러 선승들이 가사를 만들어내는 독자노선을 개척했다. 조선시대에 들어서서 억불정책 탓에 수세에 몰린 불교계는 대처방안을 새롭게 찾았다. 유교의 가치를 인정하고 불교가 유교와 그리 다르지 않다는 주장으로 불교를 옹호하면서 경기체가를 받아들여 원래 것과는 다른 신앙의 노래로 삼았다.

기화(己和, 1376~1433)는 그 일을 맡아, 〈현정론〉(顯正論)에서 불교가 유교와 다르지 않다는 주장을 펴서 불교 옹호의 논리로 삼고, 경기체가를 차용한 형식으로 〈미타찬〉(彌陀讚) · 〈안양찬〉(安養讚) · 〈미타경찬〉(彌陀經讚)을 지었다. 모두 열 장씩이며, 각 장에 제목이 붙어 있다. "경"(景)이라는 말이 들어있는 구절은 없다. 사물에 대한 관심을 나타내는 경기체가 본래의 특성에는 관심을 가지지 않고, 기존의 교리를 자세하게 설명하는 노래를 만들고자 했다.

의상(義相)이라는 승려가 지은 〈서방가〉(西方歌)도 전하는데, 세종 때쯤의 작품이 아닌가 한다. 불교를 믿어 서방정토로 가자는 말을 아홉 장으로 나누어 전하면서, 경기체가 본래의 형식을 그대로 사용했다. 그러나 〈상대별곡〉 마지막 장에서 볼 수 있는 바와 유사한 "나는 됴해라"(나는 좋아라)라는 끝말을 아홉 장에서 모두 사용했다.

세조 때의 승려 지은(知訔)이 지었다는 〈기우목동가〉(騎牛牧童歌) 열두 장은 더욱 주목되는 작품이다. 〈적멸시중론〉(寂滅示衆論)에서 논설로 다룬 내용을 노래로 요약해, 목동이 소를 타고 돌아가듯이 바른 마음을 찾아 괴로움에서 벗어나자는 과정을 단계적으로 서술했다. "나는 좋아라"를 이두식으로 표기한 말을 되풀이했다.

승려들은 시조는 돌보지 않고 경기체가만 받아들였다. 시조를 지으면서 풍류를 즐기는 것은 출가자에게 어울리지 않는 일이지만, 경기체가는 자기네가 이미 마련한 가사와 상통해 신도를 향해서 지식과 교훈을 주는 데 필요하다고 판단했기 때문이라고 생각된다. 고려 때의 연원을 따지면 경기체가는 사대부가 마련하고 가사는 승려가 처음 내놓았는데, 조선시대에 이르자 사대부는 가사, 승려는 경기체가 창작에 참여해 상대방의 영역에 서로 들어섰다.

그런데 사대부는 가사를 시조와 상보적인 관계에 있는 자기네 문학으로 만들어 크게 발전시켰지만, 승려의 경기체가는 작품의 수나 질에서 그리 대단할 것이 없었다. 사물에 대한 관심은 버리고 불교 신앙을 전하는 데 힘써도 얻은 것이 별로 없었다. 불교 교리를 설명하는 관습적인 문구를 나열하는 데 그치고, 일반 신도가 널리 받아들이기에는 너무 난삽해 포교를 위한 노래로서 그리 적합하지 않은 약점이 있었다.

경기체가의 작품세계를 다채롭게 하는 경쟁에서 승려는 뒤떨어지고 사대부가 앞서 나갔다. 사대부는 경기체가를 자기 생활 표현을 위한 사적인 문학으로 키웠다. 안축의 〈관동별곡〉과 〈죽계별곡〉에서 제시한 길을 되찾아, 왕조창업을 칭송하는 나라의 노래로 이용되던 경기체가를 본궤도로 되돌려놓았다. 벼슬길에 나아가는 것을 자랑하고 돌아가 자연에 은거하는 생활을 문제 삼고 윤리도덕을 내세우는 주제도 담은 작품이 다양하게 나타났다.

유영(柳穎, ?~1430)의 〈구월산별곡〉(九月山別曲)이 그런 작품의 첫예이다. 유영은 태조부터 세종 때까지 여러 관직을 역임한 사람이다. 1423년(세종 5)에 자기 문중의 족보 〈문화유씨세보〉(文化柳氏世譜)를 만들면서 〈구월산별곡〉을 지어 수록했다. 구월산에서 자기 가문이 일어난 것을 자랑하고, 대대로 복록이 끊어지지 않을 것을 염원하며, 일족이 화목하게 살고, 설사 산수에 묻히더라도 충성을 저버리지 않으리라고 했다. 여러모로 안축의 〈죽계별곡〉과 상통하면서 임금에 대한 도리를 강조한 것은 조선시대 작품답다.

정극인(丁克仁, 1401~1481)은 어렵게 진출해 세종 때 성균관에서 공부하다가 불교 숭앙을 반대해서 왕의 진노를 샀던 일이 있다. 52세에야 문과에 급제하고, 직위가 종4품에 이르렀다. 만년에 치사하고 향리로 돌아갔다. 1472년(성종 3)에 품계를 높여주는 은전이 내리자 감격해 노래를 둘 지었다. 하나는 악장이라고나 할 수 있는 〈불우헌곡〉(不憂軒曲)이고, 다른 하나는 경기체가 〈불우헌가〉(不憂軒歌)이다.

〈불우헌가〉에는 스스로 설명을 달아 "임금의 은혜가 망극하다고 생각해 고려 〈한림별곡〉의 음절에 의거해 〈불우헌곡〉을 지어 영광과 은총을 읊었다"고 했다. 〈한림별곡〉이 경기체가의 전범 노릇을 했음을 알 수 있다. 모두 여섯 장이며, 물러나 후진을 가르치며 산수 사이에서 노닐다가 더욱 큰 은혜를 입으니 감격스럽다고 한 내용이다.

박성건(朴成乾, 1414~1487)은 나주 고을 향교의 교수로 재임하던 1480년(성종 11)에 〈금성별곡〉(錦城別曲)을 지었다. 그 해 자기 제자 열 명이 소과에 급제한 감격을 나타낸 내용이다. 금성은 나주의 다른 이름이다. 인재가 배출되는 유학의 고장 금성에서 다시 영광스러운 일이 생겼다고 했다. 찬양하고 감탄하는 경기체가의 특징을 잘 보여준 작품이다.

김구(金絿, 1488~1534)의 〈화전별곡〉(花田別曲)은 시련의 산물이다. 기묘사화가 나자 조광조(趙光祖) 일파라는 이유에서 남해도에서 32세부터 45세까지 귀양살이를 하는 처지가 되었을 때 그 작품을 지었다. 부모의 상을 당하고도 가보지 못할 정도의 고난을 겪었다고 하는데, 노래 자체에는 그런 말이 보이지 않고 산수 사이에서 노는 풍류만 나타나 있다.

귀양살이가 괴롭기보다 즐겁다 하고, 서울의 번화함과 풍족함을 부러워할 필요가 없다고 했다. 마음의 바른 도리를 찾아 도학자다운 자세를 보인 것은 아니며, 노래 · 기생 · 술에서 즐거움을 찾는다고 일곱 장에 걸쳐 노래했다. 제1장을 들면 다음과 같다.

天之涯 地之頭 一點仙島

左望雲 右錦山 巴川高川

山川奇秀 鍾生豪俊 人物繁盛

偉 天南勝地 景 긔 엇더ᄒ닝잇고
風流酒色 一時人傑 風流酒色 一時人傑
偉 날조차 멷분이신고

천지애 지지두 일점선도
좌망운 우금산 봉내고내
산천기수 종생호준 인물번성
위 천남승지 경 그 어떠한가요!
풍류주색 일시인걸 풍류주색 일시인걸
위 날조차 몇 분인가요!

귀양살이를 이렇게 말한 것은 찬양과 도취의 관습을 이은 탓이라고 할 수 있다. 경기체가가 내심의 성찰에 적합하지 않고, 겸양과는 거리가 멀다는 것을 거듭 확인하게 한다. 이황이 한림별곡류라 일컬은 경기체가는 교만하게 방탕하며 비루하게 희롱하는 것을 일삼은 노래이니 군자가 숭상할 바가 아니라고 한 말이 이 작품에도 해당한다.

주세붕(周世鵬, 1495~1554)은 1541년(중종 36)에 풍기군수로 있으면서 서원을 처음 세우고, 경기체가를 여러 편 지었다. 〈도동곡〉(道東曲)은 도학을 동방에 전한 안향(安珦)을 기렸다. 〈육현가〉(六賢歌)는 송나라 때의 도학자 여섯 사람을 칭송한 노래이다. 〈엄연곡〉(儼然曲)에서는 군자의 굳건한 기상을 칭송했다. 〈태평곡〉(太平曲)은 공자를 기렸다.

경기체가를 교화를 베풀고 훈민을 하는 수단으로 삼고자 했는데, 뜻하는 바를 이루었다고 하기는 어렵다. 작품 자체에 약점이 있어 거둔 효과가 의심스럽다. 대단한 권위를 지닌 내용을 산만한 형식과 경색된 표현으로 나타내 거부반응을 불러일으킬 만했다. 내실이 부족한 약점을 확대시켜 경기체가의 장래를 어둡게 했다고 할 수 있다.

권호문(權好文, 1532~1587)은 〈독락팔곡〉(獨樂八曲)을 지어 평생 벼슬길에 나아가지 않고 산수 사이에서 노닐며 도학을 닦는 산림처사의 자세를 나타냈다. 찬양하고 감탄할 만한 대상은 떠오르지 않아 경기체 가의 관습을 따르지 못하고, 감회를 나타낼 때에는 서정적인 표현을 사용했다. 형식이 산만해 산문에 가까운 작품을 내놓아 경기체가의 해체를 촉진했다.

경기체가는 조선전기 사대부 국문시가의 대표적인 갈래로 자리 잡았다. 그때를 경기체가의 시대라고 할 수 있다. 그러나 사물을 열거하면서 감탄하는 기본요건이 경기체가의 성장을 가로막는 장애요인이었다. 가사가 성장하는 데 비례해 몰락하는 것이 필연적인 추세였다. 생활이나 심성을 조용하게 살피며 가다듬기에 부적당해 사라지지 않을 수 없는 운명을 지녔다.

박경주,《경기체가연구》(이회문화사, 1996) ; 임기중 외,《경기체가연구》(태학사, 1997) ; 김창규,《한국한림시연구》(역락, 2001)에 총론과 각론을 충실하게 갖추었다. 선행연구에는 권영철,〈불우헌가곡연구〉,《국문학연구》2(효성여자대학교, 1969) ; 이상보,〈박성건의 금성별곡 연구〉,《명지대학논문집》8(1975) ; 최진원,《한국고전시가의 형상성》(성균관대학교 대동문화연구원, 1988) ; 김문기,〈불교계 경기체가 연구〉,《성곡논총》22(성곡학술재단, 1991) 등이 있다.

8.3.4. 사대부가사

고려말에 불교가사가 나타나 가사의 출현을 고했으나, 조선시대로 들어서면서 가사의 주인이 승려에서 사대부로 바뀌었다. 불교가사도 계속 창작했겠으나 기록된 것이 없어 존재를 확인하기 어렵다. 구전에서 자료를 찾으면 휴정(休靜)이 지었다고 하는 〈회심곡〉(回心曲)이 있지만 사상이 다르다. 휴정을 작자로 내세워 후대에 만들어냈다고 보는 편이 타당하다.

　승려의 가사에 상응하는 자기네 교술시를 경기체가로 마련하던 사대부는 조선왕조의 지배층으로 정착된 다음 의식의 전환을 겪었다. 사물의 복합적이고 유기적인 양상에 더욱 관심을 가지게 되면서, 형식의 제약에서 벗어나 길게 이어 지을 수 있고 내용 또한 개방되어 있는 교술시를 필요로 하게 되었다. 승려의 가사를 개조했다고 할 것만은 아니다. 교술민요를 받아들여 격조 높은 표현을 갖추는 것은 쉬운 일이었다. 두 줄짜리 서정민요를 시조로 개조하고, 줄 수가 제한되어 있지 않은 교술민요를 이용해 가사를 마련한 방식이 서로 짝을 이루고, 민요를 새롭게 이용해 상층 시가를 재건하는 사명을 함께 수행했다.

　조선시대 사대부가사의 첫 작품은 정극인의 〈상춘곡〉(賞春曲)이다. 벼슬을 버리고 향리인 전라도 태인에서 만년을 보내던 1472년(성종 3) 무렵 〈불우헌가〉와 〈불우헌곡〉을 지어 임금이 베푼 은전에 감격하는 다른 한편으로, 산림처사로 살아가는 것이 만족스럽다고 하는 사연은 〈상춘곡〉에서 술회했다. 〈상춘곡〉은 사대부가사의 시작을 말해주는 작품이어서 소중한 의의가 있다.

　〈상춘곡〉은 후대에 편찬된 문집에 비로소 수록된 작품이고, 표기법이 정극인 시대까지 소급될 수 없다는 이유에서 작자의 진위를 의심하는 견해가 있으나, 후대인의 위작이라고 할 것까지는 없다. 창작 당시에 표기된 자료가 발견되지 않는 것은 국문 시가나 소설을 다룰 때 거의 공통적으로 당면하는 고민이다. 작품을 베껴 적는 사람이 표기법을 바꾸는 것은 흔히 있는 일이어서 작자 판별을 위한 증거가 되기 어렵다.

　〈불우헌가〉나 〈불우헌곡〉에 나타난 생각이 〈상춘곡〉과 많이 다른 점을 들어 〈상춘곡〉이 정극인의 작품임을 부인하는 견해는 더욱 부당하다. 임금을 향한 마음과 은거에 대한 자찬은 사대부의 양면성이다. 앞의 것은 어구 열거 방식의 경기체가로 나타내도 되지만, 뒤의 것은 자세한 사정을 말해야 납득할 수 있어 가사를 필요로 했다고 보면, 전환의 담당자였던 정극인의 위치가 드러난다.

> 홍진(紅塵)에 묻힌 분네, 이 내 생애 어떠한가?
> 옛 사람 풍류를 미칠까 못 미칠까?
> 천지간(天地間) 남자 몸이 날 만한 이 많건마는,
> 산림에 묻혀 있어 지락(至樂)을 모를 것인가?
> 수간초옥(數間茅屋)을 벽계수(碧溪水) 앞에 두고,
> 송죽 울울리(鬱鬱裏)에 풍월주인(風月主人) 되었어라.

서두가 이렇게 시작된다. 자기도 남들과 같은 "천지간 남자"여서 티끌세상 "홍진"에서 "지락"이라고 한 지극한 즐거움을 누릴 만하지만, 산림에 묻혀 지내는 길을 택해 몇 칸 초가를 푸른 시냇물 앞에 두고 송죽이 울창한 가운데 풍월주인 노릇이나 한다고 했다. 세속의 평가에는 개의하지 않고 옛 사람의 풍류에 미치지 못할까 염려한다고 하고, 풍경 속을 거닐면서 지내는 모습을 차분하게 그려 독자가 자기를 이해하도록 했다. 부귀와 공명이 자기를 꺼리니 청풍이나 명월이 아닌 다른 벗이 없어 은거하는 것이 마땅하다고 했다.

이 작품은 시골에 물러나 사는 사대부의 삶을 술회하는 은일가사(隱逸歌辭)의 시초이고 좋은 본보기이다. 정극인이 시험 삼아 지은 은일가사를 은거한다고 자처하는 사람들이 받아들여 애써 가꾸었다. 사림파가 택한 자기 표상이 산림처사였다. 지방에서 실력을 쌓아 중앙 정계로 진출하려다가 수난을 겪고 밀려나면, 탐욕을 멀리하는 산림처사가 되어 산수를 벗 삼아 고결하게 사는 것이 가장 값지다고 하는 데 은일가사만 한 것이 없었다. 은일가사의 정착과 더불어 가사는 풍부한 내용과 세련된 표현을 갖추어 경기체가와의 경쟁에서 우위를 차지하게 되었다.

이인형(李仁亨, 1436∼1504)은 벼슬이 대사헌에 이르렀으며, 김종직(金宗直)과 사돈 사이이다. 무오사화에 연루된 사람들을 구하려고 애쓰다가 뜻을 이루지 못하고, 사후에 갑자사화가 일어나 관직을 삭탈당했다. 1475년(성종 6)부터 3년 동안 경상도 진주에서 은거할 때 지었다는 〈매창월가〉(梅窓月歌)가 있다. 매화 핀 창에 달이 뜬 경치를 읊으면서 매화 · 창 · 달이 각기 어떤 것인가 묻고 차례로 대답한 내용이다. 중국 고사를 등장시켜 연결해나갔으며, 길이가 얼마 되지 않고 형식이 다듬어진 것도 아니다.

조위(曹偉, 1454~1503)의 〈만분가〉(萬憤歌)는 절실한 사연과 능란한 표현을 갖춘 장편 가사이다. 김종직의 처남이자 문인인 조위는 성종의 총애를 받았으며 벼슬이 호조참판에 이르렀다. 〈두시언해〉(杜詩諺解)를 내는 일을 맡았으며 시를 잘 지어 이름을 얻었다. 무오사화를 만나 평안도 의주로, 다시 전라도 순천으로 귀양을 갔다가 세상을 떠났다. 〈만분가〉는 순천에서 지었으며 귀양살이가 원통하다고 하소연한 최초의 유배가사이다. 서두가 다음과 같이 시작된다.

천상 백옥경(白玉京) 십이루(十二樓) 어디메오?
오색운 깊은 곳에 자청전(紫淸殿)이 가렸으니,
천문(天門) 구만리를 꿈에라도 갈동말동.
차라리 시어지어 억만 번 변화하여,
남산 늦은 봄의 두견의 넋이 되어,
이화(梨花) 가지 위에 밤낮을 못 울거든,

귀양간 처지를 천상백옥경에서 하계로 추방된 것에 견주어 작품 전개의 틀을 마련했다. 원통한 사연을 하소연하기 위해, 몸이 억만 번 변해 늦은 봄날 남산의 두견새의 넋이 되어 이화 가지 위에서 밤낮으로 울고 싶다고 했다. 차라리 한 조각 구름이 되어 옥황상제 가까이 가서 흉중에 쌓인 말을 실컷 사뢰리라고 했다. 결말에 이르러서는 더욱 애절한 말로 산이 되고 돌이 되어 어디어디 쌓여 있고, 비가 되고 물이 되어 어디어디 울며 갈 것인가 하며 비탄에 잠겼다.

김구의 〈화전별곡〉과는 아주 딴판이다. 귀양살이를 하는 태도가 달라서 그런 것만은 아니다. 경기체가에서는 허용되지 않는 허구를 설정하고, 비유를 하고, 내심을 토로하는 작업이 가사에서는 얼마든지 가능해 다면적인 의미를 가진 작품을 실감나게 쓸 수 있었다.

천상백옥경에서 추방되었다는 설정은 한꺼번에 많은 의미를 지닌다. 귀양살이가 부당하고 괴롭다고 하소연하는 말이면서, 삶이 결핍과 수난으로 가득 차 있어 무언가 완전한 상태를 끊임없이 동경하지 않을 수 없다는 생각도 하게 한다. 유가사상에 투철한 강직한 선비라도 내심은 도교와 통한다고 하는 것을 보여준다.

이서(李緖, 1484~?)의 〈낙지가〉(樂志歌) 또한 유배가사이지만 이와는 다른 세계를 보여준다. 이서는 왕족인데 누명을 쓰고 전라도에서 14년 동안이나 귀양살이를 해야만 했다. 귀양이 풀린 다음에도 서울로 돌아가지 않고 담양에서 은거하다가 세상을 떠났다. 〈낙지가〉는 이름부터 뜻을 즐기는 노래라고 하고, 귀양살이의 원망을 늘어놓지 않고 수난에서 오히려 기쁨을 찾으려고 해서 은일가사에 근접한 작품이다.

먼저 자기가 자리잡은 고장부터 자랑했다. 곤륜산 일지맥에서 시작해서 팔도를 다 돌아 호남으로 가서는 자기가 거처하는 삼간초옥에 이르렀다. 버림받은 처지이면서 천하의 중심과 연결된다고 했다. 다음 순서로 공간에서 시간으로 넘어가 고금 은사(隱士)들의 행적을 들고 자기가 그 뒤를 잇는다고 했다. 전례나 고사에다 대입시켜야 자세를 가다듬을 수 있어 한문에다 토를 단 것처럼 보이는 작품을 썼다.

송순(宋純, 1493~1583)은 김구나 이서처럼 불우하지 않았다. 늦게까지 벼슬이 우참찬에 이른 다음 만년에 고향인 전라도 담양으로 돌아가 여러 문인과 교류하며 여생을 풍류로 즐겼다. 그런 생활을 〈면앙정가〉(俛仰亭歌)로 나타내, 은일가사의 본보기를 정극인의 〈상춘곡〉에 이어서 다시 보여주었다.

〈상춘곡〉보다 시야를 더 넓혀, 〈면앙정가〉에서는 자랑스러운 고장에서 우뚝하게 서서 구김살 없는 마음으로 산수를 바라보면서 저절로 얻는 흥취를 자랑했다. 격식에 맞는 수식을 피하고 구어체를 많이 사용했다. 사철의 경치마다 흥겹다고 하고, 결사에서 다음과 같이 읊었다.

인간을 떠나와도 내 몸이 겨를 없다.
이것도 보려 하고 저것도 들으려 하고,
바람도 혜려 하고 돌도 맞으려 하고,
밤이란 언제 줍고 고기란 언제 낚고.
시비(柴扉)란 뉘 닫으며 진 꽃이란 뉘 쓸려뇨?

계속 움직이면서 분망하게 살아간다고 했다. 생동하는 자연의 움직임에 동참하는 즐거움을 누리느라고 잠시도 한가한 겨를이 없다. 바람과 돌을 무릅쓰고 나서서 걷고 싶다고 하고, 밤을 줍고 고기 낚는 일을 열거했다. 시비를 닫고 꽃을 쓰는 것도 자기를 바쁘게 하는 일이라고 했다.

유배가사나 은일가사는 일정한 사연을 전달하기는 하지만 서정적인 성향을 적지 않게 지녔다. 견문가사(見聞歌辭) 또는 기행가사(紀行歌辭)라고 부를 수 있는 것은 그렇지 않았다. 어떤 사건을 겪거나 어느 고장을 다녀와 알게 된 사실을 나타내기 위해서 교술문학의 본령에 충실해야 했다. 보고서의 성격을 지닌 견문기는 한문 산문으로 쓰는 것이 관례였고, 안축의 〈관동별곡〉 같은 경기체가가 나타났어도 국문시가는 감당하지 못했는데, 가사가 많이 나와 사정이 달라졌다.

백광홍(白光弘)의 〈관서별곡〉(關西別曲)과 양사준(楊士俊)의 〈남정가〉(南征歌)는 둘 다 1555년(명종 10)에 이루어진 견문가사이다. 그 해에 백광홍은 북쪽의 국경에 이르기까지 평안도 지방을 순행하고, 양사준은 남쪽에서 일어난 왜란을 평정했다. 문인이 무인의 임무를 맡아 많은 것을 보고 느낀 경험을 가사로 나타낸 공통점이 있다. 사대부가사가 작자 신변의 문제를 다루는 데 그치지 않고 더 넓은 세계를 받아들일 수 있다는 것을 함께 보여주었다.

전라도 선비인 백광홍(1522~1556)은 일찍이 이항(李恒)의 문하에서 수학하고 여러 명사와 교류하면서 아우인 백광훈(白光勳)과 함께 문장으로 이름을 얻었다. 평안도 병마평사로 가서 국경을 순시하고 견문한 바를 〈관서별곡〉을 지어 보고했다. 사건이 될 만한 일은 없어 경치에 관심을 가지고 한시에서 흔히 볼 수 있는 문구를 동원해서 감회를 나타냈다. 멀리 장백산을 바라보며 오랑캐 땅의 동정을 살피고 압록강에 배를 띄우기까지 하고서 국경이 위태롭지 않다는 것을 확인했다.

양사준은 양사언(楊士彦)의 아우이다. 생몰연대는 알려지지 않고, 벼슬이 정랑에 이른 것만 파악된다. 임진왜란을 예고하는 성격을 지닌 일본군 침입사건 을묘왜변(乙卯倭變)을 겪고 〈남정기〉를 실질적인 내용을 갖추어 써서 백광홍의 경우와는 다르다. 왜적이 전라도 여러 고을을 유린해 사태가 위급하게 되었다가 영암전투에서 사태가 역전되었다. 양사준은 바로 그때 참전했다. 우리 쪽의 시체가 들에 가득한 참상을 그리고, 작자 일행이 전장에 도착하게 된 경위를 말한 다음, 치열한 전투장면을 다음과 같이 나타냈다.

> 칼 맞아 살더냐, 살 맞아 살더냐?
> 천병(天兵) 사라(四羅)한데 내달아 어디 가느냐? ……
> 금고(金鼓) 쟁격(爭擊)하니 승기(勝氣) 전성(塡城)이요,
> 맹사(猛士) 비양(飛揚)해 집심(執訊) 획추(獲醜)로다.
> 정기(旌旗)를 보아하니 달리느니 적수(賊首)요,
> 동성(東城)을 돌아보니 쌓이느니 적시(賊屍)로다.

전투에 관한 용어와 개념이 모두 한자어이므로 그대로 써야 했다. 강한 어감을 가진 명사를 열거해 울림이 크게 했다. 앞의 두 줄은 적에게 한 말이다. "칼 맞아도 살고 살 맞아도 사는가"라고 하면서, "하늘이 내린 우리 군사가 사방에 가득한데 내달려서 어디로 가느냐" 하고 물었다. 다음 네 줄에서는 전투 장면을 묘사했다. 징과 북을 울리며 승리의 기운이 성을 억누르고, 사나운 군사가 날아올라 적을 사로잡는다고 했다. 정기를 보니 달리는 것마다 적의 머리요, 동쪽 성벽을 돌아보니 쌓이는 것마다 적의 시체라고 했다.

양사언(1517~1584)이 남긴 가사는 제목이 없는데 내용을 참고해 〈미인별곡〉(美人別曲)이라고 일컫는다. 미인의 모습을 온갖 수식을 동원해서 아름답게 묘사한 노래이다. 미인은 임금이 아니고 여인일 따름이다. 상상의 미인을 동경하고 미화하면서 일상적인 윤리를 넘어서는 도가적 삶의 태도를 보여주었다. 양사언은 벼슬살이를 얼마간 하다 말고 세상의 구속을 벗어나고자 금강산에 들어가 노닐다가 신선이 되었다고 한 사람이다.

허강(許橿, 1520~1592)은 아버지가 권신의 배척을 받고 귀양가서 죽자 충격을 받고 벼슬을 단념하고 강호에서 노는 것을 일삼았다. 한강에 배를 띄우고 물결의 흐름에 따라 마포 어귀까지 내려가는 동안의 풍경을 노래한 작품이 〈서호별곡〉(西湖別曲)이다. 풍경을 묘사하는 데 쓴 말은 중국 고사와 한시 구절이다. 한강에 배를 띄워 중국 고전 속의 이름난 곳들을 두루 거쳐나간다고 하는 이중의 풍류를 즐겼다.

여기서 다룬 작품들에 관한 전반적 고찰을 최상은, 〈조선전기 사대부가사의 미의식〉(성균관대학교 박사논문, 1991)에서 했다. 〈만분가〉는 이가원, 〈'만분가' 연구〉, 《동방학지》6(연세대학교 동방학연구소, 1964) ; 박일용, 〈'만분가'의 형상화 형태〉, 《한국고전시가작품론》(집문당, 1992) ; 송순의 가사는 정익섭, 《호남가단연구》(진명문화사, 1975) ; 이종건, 《면앙정 송순 연구》(개문사, 1982) ; 박준규, 《호남시단의 연구》(전남대학교 출판부, 1998)에서 고찰했다. 김동욱, 《한국가요의 연구 (속)》(선명문화사, 1975)에서 〈남정가〉·〈미인별곡〉·〈서호별곡〉을 소개하고 논했다. 가사에 관한 전반적인 고찰은 이상보, 《한국가사문학의 연구》(형설출판사, 1974) ;《한국고전시가연구》(태학사, 1984) ;《조선시대 시가의 연구》(이회문화사, 1997) ; 성무경, 《가사 시학과 장르 실현》(보고사, 2000) ; 전일환, 《우리 옛 가사 문학의 이해》(전주대학교출판부, 2002) ; 조선영, 《가사문학과 유학사상》(태학사, 2002) ; 이동찬, 《가사문학의 현실인식과 서사적 형상》(세종문화

사, 2002) ; 최상은, 《조선 사대부가사의 미의식과 문학성》(보고사, 2004)에서 했다.

8.3.5. 정철의 작품

정철(鄭澈, 1536~1593)은 원래 서울 사람이었으나 아버지를 따라 가서 전라도를 고향으로 삼았다. 송순의 영향을 깊이 받고 그곳 명사들과 교류하는 동안에 이미 개척된 작풍을 두루 계승해 발전시킬 수 있는 능력을 갖추었다. 동인과 서인이 분열된 시기에 서인의 영수로서 재상의 지위에 올라 정치적인 활동에는 시비가 있으나, 시조와 가사에서 이룬 업적은 탁월하다. 한시도 많이 지었지만, 국문시가가 오늘날은 물론 당대에도 더욱 높이 평가되어 민족어문학 긍정론의 논거를 제공했다.

민족어시가 공동문어시와 대등한 가치를 가진다고 입증하는 것이 세계 어디서나 함께 등장한 중세후기의 과업이다. 우리 경우에는 정철과 이황이 특히 주목할 만한 업적을 남겼다. 정철은 이황보다 작품이 많고 표현을 풍부하게 했으며, 이념 지향도 달랐다. 이황이 깊이 신뢰하고 널리 정착시키려고 애쓴 주자학을, 정철은 반발의 대상으로 삼았다. 논설을 써서 맞서는 부질없는 방법은 피하고, 작품이 스스로 말하도록 해서 발상의 자유를 획득하는 길을 열었다.

정철의 작품은 문집의 일부를 이루고 목판에 새겨놓은 형태로 전하고 있다. 작자 시비가 있을 수 없다. 이본에 따라 약간 차이가 있기는 하지만 원래의 모습이 충실하게 전하고 있다고 인정된다. 시조가 79수이고, 〈성산별곡〉(星山別曲), 〈관동별곡〉(關東別曲), 〈사미인곡〉(思美人曲), 〈속미인곡〉(續美人曲) 네 편은 가사이다. 〈장진주사〉(將進酒辭)는 가사보다 시조에 더 가까운 독립된 형태의 작품이라고 보아 마땅하다. 그 어느 것이든지 여러 형태의 선행 시험작품을 받아들여 완성을 시도하면서 새로운 시험을 다시 한 문제작이다.

〈성산별곡〉은 전라도 성산에 있는 식영정(息影亭)이라는 정자를 찾

아가, 주인 김성원(金成遠)이 산수에 묻혀 지내면서 모든 시름을 잊고
있는 거동을 칭송한 작품이다. 송순의 〈면앙정가〉를 본받았으면서 경
치를 그리고 흥취를 나타내는 데서 한층 뛰어나다. 은일가사의 완성형
을 보여주면서 은거해야 하는 이유를 밝히는 데서 선행 작품들보다 더
나아갔다. 김성원이나 자기나 "적막강산"(寂寞江山)을 선경으로 여기는
것은 현실에 대한 불만이 있기 때문이라고 했다.

   인심(人心)이 낯 같아서 볼수록 새롭거늘,
   세사(世事)는 구름이라 머흐도 머흘시고.

   과거의 역사를 들추어보고 성현과 호걸의 자취를 찾다가 이렇게 탄
식했다. '인심'이 밝고 깨끗하며 나날이 새롭다고 했다. 세상 일이 구름
처럼 험하더라도, 밝고 깨끗하고, 새로운 마음을 가지면 어려움을 헤쳐
나갈 수 있다고 했다. 인심을 도심(道心)과 구별하지 않고 그 자체로
긍정한 것을 주목할 만하다. 그 점에서 당대의 지배적인 이념인 주자학
과는 다른 성향을 보였다.
   〈관동별곡〉은 강원도 관찰사가 되어 금강산 일대의 경치를 둘러보고
지었다. 임지로 떠나는 거동이 가볍고 걸음마다 흥이 난다. 가는 곳마
다 경치를 노래하면서 아주 득의한 심정으로 현란한 수식어를 거칠 것
없이 늘어놓았다. 금강산 기행시가의 수많은 작품 가운데 표현이 특히
뛰어나다. 안축의 〈관동별곡〉을 가사로 재현했다고 할 수 있으나, 경기
체가였기에 막혀 있던 물결을 터놓아 흥취를 찾는 흐름이 도도하게 굽
이친다. 백광홍의 〈관서별곡〉과는 이름에서부터 대조를 이루면서, 나
라를 생각하는 근심을 산수에서 찾는 즐거움으로 바꾸어놓았다.

   어와 조화옹(造化翁)이 헌사하기도 헌사하구나.
   날거든 뛰지 마나 섰거든 솟지 마나,
   부용(芙蓉)을 꽂았는 듯, 백옥(白玉)을 묶었는 듯,

> 동명(東溟)을 박차는 듯, 북극(北極)을 괴었는듯,
> 높을시고 망고대(望高臺) 외로울사 혈망봉(穴望峰)이
> 하늘에 치밀어 무슨 일을 사뢰리라
> 천만겁(千萬劫) 지나도록 굽힐 줄 모르는가?
> 개심대(開心臺) 고쳐 앉아 중향성(衆香城) 바라보며,
> 만이천봉(萬二千峰)을 역력히 세어보니,
> 봉마다 맺혀 있고, 끝마다 서린 기운
> 맑거든 깨끗하지 마나, 깨끗하거든 맑지 마나,
> 저 기운 흩어내어 인걸(人傑)을 만들고자.

"망고대", "혈망봉", "개심대", "중향성" 같은 한자말 이름이 뜻하는 바를 살려 산을 바라보았다. "부용"을 꽂은 듯이 아름답고, "동명"이라고 한 동쪽 바다를 박차는 듯이 크고 힘차게 뻗었다고 하는 등의 비유를 썼다. 여기까지는 통상적인 수법이라고 할 수 있다.

바위가 날고 뛰는 모습을 하고 있다고 해서 생동감을 느끼게 했다. 그런 말을 "날거든 뛰지 마나"라고 하는 활용형을 갖추어 나타내서 예측 불허의 역동성이 느껴지게 했다. 서고 솟고, 맑고 깨끗하다고 하는 데서도 같은 방법을 사용했다. 이렇게 해서 비약을 이루었다. 우리말의 아름다움을 최대한 살려 산 전체가 살아 움직이는 듯하게 했다.

높은 산, 외로운 봉우리가 하늘에 치밀어 무슨 일을 사뢰려고 천만겁 지나도록 굽힐 줄 모르느냐 한 데서는 아득히 높은 것을 지향하는 불굴의 정신이 느껴져 숙연해지게 했다. 봉우리마다 맺혀 있는 맑고 깨끗한 기운을 흩어내서 인걸을 만들고자 한다고 하는 말로, 산이 보여주는 놀라운 경지에 이르고자 하는 소망을 나타냈다. 그래서 산이 위대한 정신이게 했다.

첫째 표현법은 한시라도 잘 갖출 수 있다. 그러나 뒤의 둘은 우리말 노래이므로 도달할 수 있었던 경지이다. 우리말 노래가 표현과 주제에서 한시를 능가한다는 것을 입증한 성과가 대단하다. 금강산을 노래한

시가의 본보기를 보여주어 뒤의 사람들이 두고두고 감탄하면서 본받게 했다. 한시, 가사, 그리고 그림으로 금강산의 모습을 다시 옮기면서 정철의 전례를 따르려고 했다. 정선(鄭敾)의 〈금강전도〉(金剛全圖) 정도가 또 하나의 뛰어난 작품이다.

〈사미인곡〉과 〈속미인곡〉은 임금을 향하는 마음을 술회했다. 충신연군지사라고 하는 시가의 오랜 전통을 잇고, 조위의 〈만분가〉를 직접적인 모형으로 삼았다. 자기 처지를 천상의 백옥경에서 버림받아 하계로 내려온 여인에다 비한 것이 그 증거이고 말도 비슷한 데가 있다. 그러면서 자기 나름대로의 새로운 길을 개척했다. 무슨 연유에서 배척을 받았으며 다시 나아간다면 어떤 경륜을 펴겠다든가 하는 말은 아무 데도 비치지 않아 논리적 설득은 그만두고 정서적인 공감을 얻는 데 힘썼다. 버림받은 여인의 애절한 심정을 하소연하는 사설이 순탄하면서도 긴장되게 맺혀 있고 부드러우면서도 간절하다.

> "저기 가는 저 각시 본 듯도 하구나.
> 천상(天上) 백옥경(白玉京)을 어찌하여 이별하고,
> 해 다 져 저문 날에 누굴 보러 가시는가?"
> "어와 너로구나, 이내 사설 들어보오. ……"

서두가 이렇게 시작되는 〈속미인곡〉은 두 여인의 문답으로 전개된다. 묻는 여인이 있고, 대답하는 여인이 있다. 묻고 답하는 말에 여인다운 심사가 잘 나타나 있어, 작자가 남성이라는 사실을 잊게 한다. 이별당한 서러움을 한참 동안 말하다가, 님의 모습을 꿈에서 보다가 잠을 깨었다고 하면서 다음과 같은 대목에 이르렀다.

> "어와 허사로다. 이 님이 어디 간고?
> 잠결에 일어앉아 창을 열고 바라보니
> 어여쁜 그림자가 날 좇을 뿐이로다.

　　차라리 시어지어 낙월(落月)이나 되어 있어,
　　님 계신 창 안에 번듯이 비추리라."
　"각시님 달이야 커니와 궂은비나 되소서."

　달이 되어 님을 비추고 싶다고 하는 소망을 듣고 다른 화자는 처절하게 내리는 궂은비나 되라고 했다. 끝없이 이어질 수 있는 하소연을 거기서 끝냈다. 남은 것은 절망뿐이라고 했다. 이 작품을 두고 임금을 생각하는 충신의 마음을 나타내서 가치가 있다고 하는 평가는 피상적인 것이다. 작품을 읽고 받는 충격이 깊이 있는 해석을 요구한다. 도의보다는 정감이, 이치보다는 표현이 더욱 긴요하다는 새로운 주장을 도의의 이치에 관한 시비를 벌이지 않고 정감 표현 자체에서 폈다고 해야 마땅하다.

　정철의 가사는 방종현, 《송강가사》(정음사, 1947) 이래로 주석이 거듭 이루어졌다. 신경림 외 공편, 《송강문학연구논총》(국학자료원, 1993)에서 연구논문을 집성했다. 김갑기, 《송강 정철의 시문학》(이화문화출판사, 1997) ; 박영주, 《정철 평전》(중앙 M&B, 1999) ; 최태호, 《정송강문학연구》(역락, 2000) ; 최규수, 《송강 정철 시가의 수용사적 탐색》(월인, 2002) ; 김찬재, 《송강의 문학과 정치》(대한나래출판사, 2003) 등의 연구서가 있다. 《철학사와 문학사 둘인가 하나인가》(지식산업사, 2000)에서 세계문학사에서 차지하는 특성을 밝히는 관점에서 정철을 논했다.

8.3.6. 여성가사

　가사는 오랫동안 남성의 문학이었다. 사대부는 남성 중심의 사회를 이룩해 여성은 규방에다 감금해놓고, 한문학에서는 물론 국문문학에서도 문학 창작의 능력을 독점하려고 했다. 그러나 여성가사의 등장을 막

을 수 없었다. 여성은 국문을 익히는 데 대단한 열의를 가졌으며 가사
로 하소연해야 할 사연을 더 많이 지녔다. 길쌈 같은 것을 하면서 흥얼
거리는 민요에는 글로 적으면 바로 가사가 될 수 있는 것이 적지 않아
가사의 저층을 이루었다.

여성가사가 어떤 작품에서부터 시작되었는지 고증하기는 어렵다. 허
초희(許楚姬, 1563~1589)가 지었다고 하는 〈규원가〉(閨怨歌)가 이른
시기 작품으로 인정될 따름이다. 〈규원가〉는 〈원부사〉(怨夫詞)라고도
하고, 허균(許筠)의 첩 무옥(巫玉)이 지었다고도 하지만, 허초희의 작
품으로 보는 편이 타당하다. 허초희 생애와 관련된 사연을 지니고 있다
고 인정되고, 허초희의 한시와 견줄 수 있다.

허초희는 허균의 누나이고, 난설헌(蘭雪軒)이라는 호로 더 잘 알려
져 있다. 대단한 재능을 지녔으나 불행하게 살다가 일찍 세상을 떠나기
까지 한시를 통해서 번민을 하소연하고 선계의 환상을 찾는 독특한 작
품세계를 이룩하면서, 가사도 지었던 것으로 보인다. 〈규원가〉의 한 대
목을 들어본다.

> 가을 달 방에 들고 실솔(蟋蟀)이 상(床)에서 울 제,
> 긴 한숨 지는 눈물, 속절없이 헴만 많다.
> 아마도 모진 목숨 죽기도 어려울사.
> 도리어 풀쳐 헤니 이리 하여 어이 하리.

남편에게 버림받고 규방을 홀로 지키는 여자의 심정을 이렇게 나타
냈다. 정철의 〈사미인곡〉이나 〈속미인곡〉은 작자의 마음을 여자에다
가탁해서 나타내면서 버림받고 헤어지게 된 것이 모두 자기 탓이라고
했지만 여기서는 받아들이지 않았다. 하고 싶은 말을 그대로 하는 작품
이어서 한탄과 원망을 감출 필요가 없었다. 상투적인 수식이 없는 것은
아니지만 나타내고 싶은 사연은 가득한데 말이 따르지 못해 그랬다고
생각된다.

〈봉선화가〉(鳳仙花歌)라는 가사도 허초희가 지은 것이 아닌가 하는 추측을 자아낸다. 허초희의 한시에 그 비슷한 것이 있다. 봉선화로 손톱에 물을 들인다고 하면서 봉선화를 자세하게 관찰해서 묘사하고 여성다운 꿈과 소망을 나타낸 작품이고, 섬세하고 예리한 표현을 갖추었다.

〈규원가〉 같은 신세타령이나 〈봉선화가〉 같은 꽃노래는 민요에 흔히 있다. 여성의 두 가지 관심사를 나타내던 것이 표면화되었다고 할 수 있다. 조선후기에 규방가사라고 일컬어지는 여성가사가 다수 나타날 때 그 영역이 확대되어 〈자탄가〉(自嘆歌)나 〈화전가〉(花煎歌)가 거듭 창작되었다.

박요순, 〈허난설헌과 규원가고〉, 《호남문화연구》 2(전남대학교 호남문화연구소, 1964) ; 이혜순, 〈'규원가' 독해〉, 《한국고전시가작품론》(집문당, 1992) ; 서영숙, 《한국여성가사연구》(국학자료원, 1996)에서 더 많은 것을 얻을 수 있다.

8.4. 시조의 정착과 성장

8.4.1. 왕조창건기의 시조

서정시인 시조는 공식적인 기능이라고는 없는 개인의 노래이다. 정치적인 변동과 관련되어 짓더라도 작자의 감회만 읊는 관례가 고려말에 이루어졌으며, 조선왕조가 들어섰어도 그 점에는 변화가 없었다. 악장이나 경기체가에서 볼 수 있는 왕조창업 칭송은 시조에 없고, 고려를 회고하는 시조는 거듭 이루어져 시조가 개인적인 노래임을 명확하게 확인할 수 있게 한다.

원천석(元天錫, 1330~?)과 길재(吉再, 1353~1419)는 망한 나라의 도읍을 돌아보고 비탄에 잠기는 시조를 지었다. 조선왕조를 이룩한 주역 가운데서도 강경파이며 창업을 칭송하는 데 앞장선 정도전(鄭道傳, ?~1398)도 시조를 지을 때에는 그 둘과 그리 다르지 않은 말을 했다. 원천석과 정도전의 작품을 나란히 들어본다.

> 흥망(興亡)이 유수(有數)하니 만월대(滿月臺)도 추초(秋草)로다.
> 오백년(五百年) 도업(都業)이 목적(牧笛)에 부쳤으니,
> 석양에 지나는 객이 눈물겨워 하노라.

> 선인교(仙人橋) 나린 물이 자하동(紫霞洞)에 흘러들어,
> 반천년 왕업이 물소리뿐이로다.
> 아이야 고국흥망(故國興亡)을 물어 무삼하리오.

두 작품은 고려 도읍지의 옛 터전을 둘러보고 오백년 도읍 또는 반천년 왕업이 허망하게 되었다고 거의 같은 문구를 사용해 말했다. 원천석은 젓대소리를, 정도전은 물소리를 들은 것이 서로 다르다. 젓대소리는 쓸쓸한 느낌을 주다가 사라지고 말지만, 물소리는 역사의 흐름을 느끼

게 하며 흐를수록 더 커질 수 있다. 원천석은 석양에 지나는 객이 되어
눈물을 흘린다고 하면서 과거로 돌아가지 못하는 것을 애석하게 여기
고, 정도전은 옛 나라의 흥망을 새삼스럽게 물어서 무엇을 하겠느냐고
하면서 과거에 매이지 말자고 했다.

　왕조교체기를 넘어서자 맹사성(孟思誠, 1360~1438)의 〈강호사시
가〉(江湖四時歌)가 안정기의 정서를 표현하는 길을 열었으며, 황희(黃
喜, 1363~1452)의 작품이 거기 호응했다. 그 두 사람은 조선왕조의 기
반을 다지는 데 큰 구실을 한 재상이면서 시골 노인의 마음씨를 가지고
너그럽게 살아간 것으로 알려졌다. 자기 삶에서나 작품에서나 태평성
대의 모습을 보여주었다.

　　　　강호(江湖)에 여름이 드니 초당(草堂)에 일이 없다.
　　　　유신(有信)한 강파(江波)는 보내나니 바람이로다.
　　　　이 몸이 서늘함도 역군은(亦君恩)이샷다.

　이는 강호에서 네 계절을 보내는 흥취를 차례로 읊은 최초의 연시조
이다. 여름 대목을 들면 이와 같다. 초당에서 일 없이 지내며 강에서 불
어오는 서늘한 바람을 맞는다고 했다. 강 물결을 친근한 벗으로 삼았
다. 근심 하나 없는 태평스러움을 누리면서 임금의 은혜를 잊지 않는다
고 했다. 마음과 자연, 사생활과 정치가 하나로 이어져 있어 만족스럽
기만 하다고 한 말이다. 한 줄을 한 문장씩 해서 흔들림이 없게 했다.

　　　　대추 볼 붉은 골에 밤은 어이 터뜨리며,
　　　　벼 벤 그루에 게는 어이 내리는고?
　　　　술 익자 체 장수 돌아가니 아니 먹고 어이리.

　황희의 시조라는 것에 이런 작품이 있다. 초당에 앉아 있지 않고 농
사짓는 백성처럼 나서서 움직인다. 대추 볼이 붉은 골에 밤이 송이를

터뜨리고, 벼를 벤 그루터기에 게가 내려오는 가을을 묘사해 관념을 일체 배제했다. 술이 익자 술을 거를 체를 파는 장수가 왔다가 돌아가니 술을 마시지 않고 어쩔 것이냐 하는 주책없는 지아비의 모습을 보여주었다. 한시에서 유래한 문구는 하나도 쓰지 않고 지식이나 위엄을 떨쳐버렸다. 나라를 다스리는 재상이 하층민과 다를 바 없다는 것을 최상의 설득력을 갖추어 말하면서, 그런 의도조차 내비치지 않았다.

조선초기에는 나라 안의 질서를 그 시대의 이상에 맞게 다지는 것과 함께 국경을 확장하고 밖으로 위세를 떨치는 것을 또한 중요한 과업으로 삼았다. 김종서(金宗瑞, 1390~1453)는 함경도 지방에서 여진족을 몰아내고 육진을 개척하는 커다란 과업을 이룩하고 넘치는 기개를 자랑하는 시조를 남겼다. 장백산에 기를 꽂고 두만강에서 말을 씻기면서 썩은 선비들에게 사나이다움을 자랑한다고 하고, 다음과 같이 읊은 데서는 더욱 생동하는 표현을 얻었다.

> 삭풍은 나무 끝에 불고 명월은 눈 속에 찬데,
> 만리(萬里) 변성(邊城)에 일장검(一長劍) 짚고 서서
> 긴 파람 큰 한 소리에 거칠 것이 없어라.

바람과 달, 만리의 장성, 장검을 짚고 선 모습, 긴 파람 소리, 거칠 것 없다는 마음속의 생각이 밖에서 안으로 향하는 순서로 이어져 한 문장을 이루었다. 말하고자 하는 바는 안에서 밖으로 뻗어나 어떤 시련이든지 이기고 무엇이든지 위압할 수 있는 기개를 보였다. 무장의 시조는 복잡한 생각을 멀리해서 힘찬 가락일 수 있었다. 남이(南怡, 1441~1468)도 그런 작품을 남겨 오래 잊혀지지 않지만, 김종서처럼 권력투쟁 때문에 비명에 죽어야만 했다. 새 왕조의 모순이 비극을 낳았다.

세조의 왕위찬탈을 용납하지 않고 단종 복위운동을 벌이다 희생된 사육신 가운데 처형을 앞두고 시조를 지은 사람이 넷이나 된다. 그럴 수 있었던가 의심스럽다고 하겠지만, 긴박한 상황에서 즉흥적으로 지

어 읊을 수 있는 것이 시조가 다른 시가와 구별되는 특징이다. 이개(李
塏, 1417~1456)와 성삼문(成三問, 1418~1456)의 작품을 들어본다.

> 방안에 켰는 촛불 눌과 이별하였관대,
> 겉으로 눈물지고 속 타는 줄 모르는고?
> 저 촛불 나와 같아서 속 타는 줄 모르도다.

> 이 몸이 죽어가서 무엇이 될꼬 하니,
> 봉래산(蓬萊山) 제일봉에 낙락장송 되어 있어,
> 백설이 만건곤(滿乾坤)할 제 독야청청(獨也靑靑) 하리라.

둘 다 널리 구전되다가 여러 시조집에 올랐다. 이개의 시조는 셋째
줄 앞 대목을 "우리도 저 촛불 같아"라고 한 곳도 적지 않다. 시상이 복
잡하게 얽혀 있어 정확하게 구전하기 어려웠던 증거이다. 성삼문의 시
조는 기억하기 쉬워 변이가 거의 없다.

이개는 겉으로 눈물을 흘리고 속 타는 줄 스스로도 모르고 있는 촛불
과 자기 심정을 일치시켜, 단종과의 이별을 안타깝게 여기는 적절한 표
현을 얻었다. 성삼문은 백설이 온 천지에 가득할 때 봉래산 제일봉에서
홀로 푸른 낙락장송을 들어 충절을 나타내는 비유로 삼았다. 정몽주의
시조에서 볼 수 있던 "이 몸이 죽어"라는 문구를 다시 써서 공감이 겹치
도록 했다.

세조에게 왕위를 물려준 단종은 영월로 유배되었다가 살해되었다.
단종의 영월행을 호송한 사람이 금부도사 왕방연(王邦衍)이다. 생몰연
대나 생애에 관한 다른 사항은 알 수 없는데, 단종을 두고 홀로 돌아오
는 심정을 나타낸 다음과 같은 시조를 남겨 널리 알려졌다.

> 천만리 머나먼 길에 고운 님 여의옵고,
> 내 마음 둘 데 없어 냇가에 앉았으니,

저 물도 내 안 같아서 울어 밤길 예놋다.

이개의 촛불, 성삼문의 낙락장송보다 왕방연의 냇물이 더욱 처절한 느낌을 준다. 둘째 줄에서는 장소를 말하던 냇물이 셋째 줄에서는 어둠 속 비탄의 흐름이 되었다. 이개는 "나", 성삼문은 "이 몸"이라는 말을 한 번씩만 쓰면서 자기 자신을 대상화했는데, 왕방연은 "내 마음"과 "내 안"을 거듭 일컬으면서 내심을 드러냈다.

사육신과 왕방연의 시조는 임금을 향한 충절을 나타냈다고 높이 평가해온 데 동조하고 말 것은 아니다. 처참한 좌절에서 생겨난 비장한 느낌을 절실하게 표현한 것을 더 큰 의의로 삼을 수 있다. 세계의 자아화를 철저하게 진행해, 어떤 사태가 벌어졌는지 구체적으로 말하지 않고서도 항거의 의지를 나타내 공감을 확보할 수 있는 서정시의 장점을 잘 보여주었다.

말이 몇 마디 되지 않는 서정시가 새로운 왕조의 지배질서를 야단스럽게 칭송한 서사시나 교술시 거편을 뒤집었다. 그렇게 해서 문학의 본령은 겉치레에 있지 않다는 것을 입증했다. 당대에 위세가 높았던 순서대로 악장·경기체가·가사가 하나씩 사라지고, 시조는 수많은 사연을 내면에 간직하면서 오래 살아남아 서정시의 존재의의를 거듭 확인해왔다.

시조 작품은 심재완, 《정본시조대전》(일조각, 1984)에 수록된 것을 인용하는 것을 원칙으로 하고, 적합하지 않다고 생각되는 경우에는 《교본역대시조전서》(세종문화사, 1972)에 있는 다른 이본을 택한다. 사대부시조에 관한 심도 있는 연구가 이민홍, 《조선중기 시가의 이념과 미의식》(성균관대학교출판부, 1993) ; 《한국 민족 악무(樂舞)와 예악사상》(집문당, 1997) ; 김흥규, 〈강호가도와 정치현실〉, 《욕망과 형식의 시학》(태학사, 1999) ; 신연우, 《조선조 사대부 시조문학 연구》(박이정, 1997) ; 《사대부시조와 유학적 일상성》(이회문화사, 2000)에서 이루어졌다.

8.4.2. 강호로 물러나는 전환기

나가면 대부가 되고 들어오면 선비가 되는 사대부의 양면은 어느 시기, 어디서든지 갈등을 낳을 수 있었다. 정치 참여와 자연 완상이 화합하기를 바라는 조선시대 사대부의 이상이 그대로 실현될 수 없었던 사정을 역대 시조가 잘 나타내준다. 정치와 거리가 먼 시조가 정치의 이면을 말해주는 증거력을 가지는 것이 기이한 일이 아니다.

태평성대의 환상이 쉽게 깨어지고 권력투쟁이 언제든지 재연될 수 있기에, 마음을 거점으로 하는 서정시인 시조에서 화합을 이루려면 정치를 버리고 자연을 택해야만 했다. 사화가 일어나자 자연을 들어 정치에 반격을 펴는 경향이 나타난 것은 잠시 동안의 변화였다. 왕도정치에 대한 기대가 무너지자 자연 완상을 도학 추구의 방법으로 삼는 강호가도(江湖歌道)가 대안으로 등장했다.

> 추강(秋江)에 밤이 드니 물결이 차노매라.
> 낚시 드리우니 고기 아니 무노매라.
> 무심한 달빛만 싣고 빈 배 저어 오노라.

이것은 월산대군(月山大君, 1454~1488)의 시조이다. 월산대군은 세조의 손자이고, 성종의 형이다. 세조의 사랑을 받고 자라났으나 왕위에 오르지 못하고 풍월로 세월을 보냈다. 풍월을 읊으며 강호에서 노니는 것은 다른 뜻이 없다는 의사 표시이다. 낚시를 드리워 고기를 잡는다고 하지만 어업에 종사하자는 것은 아니다. 가어옹(仮漁翁)이 되어 정치를 멀리하고자 했을 따름이다. 가어옹은 언제나 그런 의미를 지녔다.

이 시의 시인은 가어옹 노릇도 열심히 하지 않았다. 추강의 밤물결이 차다는 것으로 시련을 느끼게 하다가, 고기를 낚는 일에도 적극적인 의지가 없다고 했다. 무심한 달빛과 빈 배로 마음을 비웠다는 것을 나타냈다. 가득하면서 비어 있고, 움직이면서 고요한 경지를 보여주는 격조 높은 작품을 이루었다. 왕이 되었더라면 기대할 수 없는 깨끗한 이름을 단 한 편만 지은 시조에 길이 남겼다.

훈구파가 권력을 독점해 횡포를 부리는 데 맞서서 도학정치를 펴야 한다고 주장하는 사림파는 그런 경지를 찾는 것으로 만족할 수 없었다. 강호에서 노닌다고 하면서 진출의 기회를 찾았다. 뜻을 이루지 못하고 좌절되면 쓰라림을 달래면서 강호로 돌아가 정치 현실에 대한 반론을 펼 기회를 찾았다. 조광조(趙光祖)와 함께 기묘사화의 수난을 겪은 김식(金湜, 1482~1520)의 시조를 그런 관점에서 살필 필요가 있다.

> 술을 취케 먹고 거문고를 희롱하니,
> 창전(窓前)에 섰는 학이 절로 우즑 하는구나.
> 저희도 봉래산학(蓬萊山鶴)이매 자연 지음(知音)하노라.

내심이 편안하지 않은 상태에서 짐짓 해본 소리여서 상투적인인 문구를 나열하는 데 그쳤다. 술·거문고·학이 모두 자기를 즐겁게 한다고 하면서 귀양살이의 괴로움을 감춘 것을 뒤집어서 이해할 수 있다. 더 심한 박해가 닥칠 것이라는 말을 듣고 자살하기 바로 전의 처절한 심정을 나타낼 때에는 한시를 택했다.

김구(金絿, 1488~1534) 또한 기묘사화 때 귀양가서 경기체가 〈화전별곡〉을 지어 즐겁게 지낸다고 하고, 시조도 거기 화합될 수 있게 지었다. 자연의 흥취를 야단스러울 정도로 찾아, 갑갑한 심정을 엿볼 수 있게 한다. 중종의 총애를 받을 때 지은 시조와 좋은 대조를 이루어 나란히 들고 비교해 고찰할 만하다.

그 둘을 포함한 김구의 시조 다섯 편이 작자의 문집 〈자암집〉(自庵集)에 전하고 있다. 후대의 시조집에는 올라 있지 않아 구전되면서 변한 것은 아니다. 이른 시기에 기록된 시조의 모습을 보여주고 있는 소중한 자료이므로 원문과 현대역을 함께 든다.

나온댜 今日이야 즐거온댜 오늘이야
古往今來예 類업슨 今日이여
每日의 오늘 ᄀᆞᆺ트면 무슴 셩이 가시리

나온다 금일이여 즐겁다 오늘이여.
고금왕래에 유 없는 금일이여.
매일이 오늘 같으면 무슨 성이 가시리.

山水 ᄂᆞ린 골래 三色桃花 떠오거늘
내 셩은 豪傑이라 옷 니븐재 들옹이다
고즈란 건뎌 안고 므레 들어 솟과라

산수 나린 골에 삼색도화 떠오거늘,
내 성은 호걸이라 옷 입은 채 들어가노라.
꽃으란 건져 안고 물에 들어 솟구치고자.

　앞의 것은 궐내에서 숙직을 하고 있을 때 중종이 찾아와 술을 내놓으며 붕우로서 어울리자고 하자 즉석에서 지었다고 한다. 오늘은 즐겁다는 것을 말을 바꾸어 거듭 했다. 지금은 쓰지 않는 말 "나온다"도 즐겁다는 뜻이다. 끝으로 "성이 가시리"에서는 한 말인 "성가시다"를 두 말로 나누어 적었다. 나중 것에도 "성"이라는 말이 나오는데 성격이나 천성이라는 뜻이다. 자기는 천성이 호걸이라 물에 도화가 떠오는 것을 보고서는 옷을 입은 채 들어가 꽃을 건져 안고 물에 들어 솟구치고 싶다고 한 것은 자연스럽지 않고 과장된 말이다.

　허자(許磁, 1496~1551)는 예조판서까지 올랐다가 명종 때 권신 이기(李芑)일파에게 밀려나 귀양가서 죽었다. 적소에서 지은 것으로 보이는 시조 두 편을 남겼다. 하나는 조정에 다시 나아가지 못한 채 세상을 구할 계책을 품안에서 늙힌다고 한탄한 것이다. 또 하나는 자연에서 도학의 원리를 찾는 심정을 다른 사람은 알 수 없으리라고 했다. 서로 대조되는 내용을 거의 직설적으로 나타냈으며, 작품의 묘미는 찾기 어렵다.

시조가 관습적 표현을 받아들이게 되는 경향은 이후백(李後白, 1520~1578)에게서 더 잘 나타난다. 이후백은 사림파가 박해에서 벗어난 선조 초엽에 순조롭게 진출해 이조판서·대제학에 이르고 공신이 되는 영광까지 누렸다. 시조에서는 산수만 노래해서 심리적인 보상을 찾았다고 할 수 있다. 소상팔경(瀟湘八景)을 읊은 여덟 수에서 볼 수 있듯이, 중국 시문에서 찬미해 마지않는 경치에 대한 간접경험을 나타내는 데 그쳐 절실한 맛이 없다.

허자의 아들 허강(許橿, 1520~1592)은 아버지의 죽음에 큰 충격을 받고, 벼슬길을 단념하고 강호에서 노니는 것을 일삼으며 가사와 시조를 짓는 데 힘썼다. 가사 〈서호별곡〉은 이미 고찰했다. 시조는 문집 〈송호유고〉(松湖遺稿)에 일곱 수가 실려 있고, 후대의 시조 문헌에 전재되지는 않았다. 아버지에 대한 생각을 간절하게 나타낸 것이 특별한 점이다. 아버지를 따라 중국에 갔을 때 지은 것도 있고, 지극한 효성을 말한 것도 있지만, 다음과 같은 것을 더욱 주목할 만하다. 이른 시기의 자료이므로 원문도 든다.

> 西湖 十里ㅅ 들혜 희 다 뎌믄 날에
> 먼 듸롤 머다 아녀 오실샤 님하 님하
> 반기노라 반기노라 ᄒ니 술올 말이 업세라
>
> 서호 십리 들에 해 다 저문 날에,
> 먼 데를 멀다 않고 오실사 님아 님아.
> 반기노라 반기노라 하니 사뢸 말이 없어라.

풍류스러운 놀이를 하던 서호에 아버지가 나타나는 것 같은 환상을 보고 이렇게 읊었다. 감격스러운 말이 솟아오르는 그대로 나타내 형식의 제약에서 벗어났다. 시조에서 다루는 대상이 자연에서 인정으로 바뀌고 있는 양상을 보여주는 것도 주목할 만하다.

─────────────────

이미 든 연구업적에 김열규, 〈한국시가의 서정의 몇 국면〉, 《동양학》 2(단국대학교 동양학연구소, 1972) ; 최동원, 〈15세기 시조의 양상과 성격〉, 《배달말》 7(배달말학회, 1982)을 추가할 필요가 있다.

8.4.3. 영남가단과 강호가도

사림파는 자기 고장인 영남과 호남에서 시조를 키웠다. 벼슬에서 물러나 산수를 찾아 심성을 닦고자 하면서 스승과 제자, 동학과 벗이 화창을 하며 교류하는 데 시조가 긴요한 구실을 하게 했다. 시조 창작을 함께 하는 사람들이 가단(歌壇)이라고 할 수 있는 것을 형성했다.

시문보다는 도학을 더욱 존중하는 영남지방에서는 심성을 닦고 도의심을 기르는 자세로 시조를 지어 서울 중심의 기존 경향과 경쟁했다. 시조를 지어 즐기는 풍류를 그 자체로 선호하지 않고, 강호에서 노닐면서 마땅히 실행해야 할 도리를 찾는 강호가도(江湖歌道) 구현을 목표로 삼았다. 널리 모범이 될 수 있는 도학시조의 본보기를 마련해, 서울 쪽이나 호남지방에서도 뒤따르게 했다.

그런 방향을 개척한 선구자는 이현보(李賢輔, 1467~1555)였다. 이현보는 중앙정계에 처음 진출한 영남 사림의 중심인물이다. 경상감사, 형조참판 등의 고위직을 맡았으면서, 근본을 잊지 못해 전원으로 돌아갈 꿈을 줄곧 품었다고 했다. 마침내 귀향하자 관직의 구속에서 벗어나 자연과 다시 어울리는 기쁨을 노래했다.

이현보가 시조를 지은 것은 자기 고장에는 없던 시조를 서울 가서 익혔기 때문이라고 할 수 있으나 그렇지는 않다. 이현보의 문집 〈농암집〉(聾巖集)에, 동부승지를 하고 있을 때 말미를 얻어 집으로 돌아가니 어머니가 아들을 반기며 지었다는 다음과 같은 노래가 있다. 원문 그대로 들고 현대역한다.

> 먹디도 됴홀샤 승정원 선반야
> 노디도 됴홀샤 대명뎐 기슬갸
> 가디도 됴홀샤 부모다힛 길히야
>
> 먹기도 좋을사 승정원 선반이야.
> 놀기도 좋을사 대명전 기슭이야.
> 가기도 좋을사 부모 쪽의 길이야.

　아들이 승정원에서 내려주는 선반(宣飯)으로 식사를 하고, 궁궐 대명전 기슭에서 놀다가 이제 부모를 만나러 온 것이 모두 즐겁다고 이렇게 말했다. 네 토막씩 세 줄이기만 하고, 마지막 줄 처음 두 토막의 특이한 짜임새가 없는 광의의 시조이다. 비슷한 말을 세 번 하기만 해서 긴장된 맛이 없다. 민요에 있는 형식을 이용했다고 할 것도 아니다. 감격을 토로하다보니 의식하지 않은 가운데 광의의 시조가 되었다.

　이현보의 시조는 〈효빈가〉(效顰歌)·〈농암가〉(聾巖歌)·〈생일가〉(生日歌)라고 하는 것 세 편이 〈농암집〉에 수록되어 있다. 제목이 붙어 있고, 한문으로 쓴 설명을 갖추었으며, 형식이 잘 다듬어지고 표현이 긴장되어 있다. 공 들여 쓴 작품이고, 시조가 이를 수 있는 최고의 경지를 보여준다고 할 만하다. 어머니가 보여준 광의의 시조에서 이현보의 작품에 이른 과정이 시조의 성장사이다.

　〈효빈가〉는 흉내를 서투르게 낸다는 말로 제목을 삼고 〈귀거래사〉를 본떠 전원으로 돌아온 느낌을 말했다. 〈농암가〉는 자기 마을 강가에 있는 귀먹바위에 다시 오른 즐거움을 나타냈다. 〈생일가〉는 80세 생일을 맞이한 소감을 말했다. 그 가운데 〈농암가〉를 들어본다.

聾巖애 올아보니 老眼이 猶明이로다
人事이 變흔들 山川이짠 가실가
巖前에 某水某丘이 어제 본 듯ᄒ예라

농암에 올라보니 노안이 유명이로다.
인사가 변한들 산천이야 가실까.
암전의 모수모구가 어제 본 듯하여라.

　인사에 휩쓸려 어두워진 늙은이의 눈이 변하지 않는 산천을 돌아보니 다시 밝아진다고 했다. 그동안 많은 시간이 지났지만 물이고 언덕이고 어제 본 듯한 느낌이라고 해서 변화를 다시 부정했다. 나아가서 세상일에 휩쓸리는 것은 힘이 들고 노쇠를 자초하는 짓이니 그만두고 물러나 자연과 일체를 이루어야 자기 발견의 흥취를 맛본다고 하는 뜻을 적절하게 나타냈다.

　삶에는 두 국면이 있다는 것을 "인사"와 "산천"이라는 말로 나타냈다. 인사는 시간의 흐름을 좇아 살아가는 이해상충의 영역이다. 산천은 시간의 흐름을 초월해서 움직이지 않는 적연부동(寂然不動)한 경지이다. 앞의 것에서 뒤의 것으로 나아간다고 했다. 산천을 찾는 것이 구도의 길임을 명확하게 해서, 이 작품 한 편으로 강호가도를 이끄는 위치에 설 수 있었다.

　각기 한 문장으로 이루어진 세 줄의 상관관계를 살피는 놀라운 원리가 있다. 첫째 줄에서 늙은 눈이 오히려 밝아진다고 한 것은 이해할 수 없는 역설이다. 종결어미가 단정이어서 의문이 더 커지게 한다. 둘째 줄에서 산천을 바라보니 눈이 다시 밝아진다는 이해할 수 있는 역설이다. 종결어미가 반문이어서 쉽게 수긍하지는 않게 한다. 셋째 줄에서 노인의 지혜를 갖추어야 시간의 경과를 넘어선다는 의미가 심화된 역설이다. 종결어미가 감탄이어서 발견의 감격에 동참하게 한다.

　이현보는 〈어부가〉(漁父歌)를 좋아해, 고려 때부터 강호에서 노니는 처사의 노래가 진가를 발휘하게 했다. 자기가 쓴 서문과 이황의 발문에서, 누가 지었는지 모르는 채 전해지는 〈어부가〉를 즐겨 부르면서 열두 장으로 된 장가(長歌)는 아홉 장으로, 열 장으로 된 단가(短歌)는 다섯 장으로 줄였다고 했다. 장가는 한문어구의 연속이면서 배를 저을 때 하는 말이 여음으로 들어가 있고, 단가는 시조 형태로 작품다운 짜임새를 갖추고 있다. 그렇게 해서 연시조의 한 가지 전통을 이룩했다.

주세붕(周世鵬, 1495~1554)은 서원을 처음 세워 교화를 베풀고자 하고, 경기체가를 지어 도학을 전파하는 한편, 시조 열다섯 수에서도 인륜도덕을 노래했다. 그 가운데 〈오륜가〉(五倫歌) 여섯 수는 훈민시조(訓民時調)의 좋은 본보기이다. 오륜이란 무식한 사람도 반드시 알고 실행해야 한다고 가르치려니 한시는 물론 경기체가마저도 마땅하지 않아, 더 쉬운 시조를 택해서 다음과 같이 풀어서 친절하게 설명했다. 자기 저작인 〈무릉잡고〉(武陵雜稿)에 수록한 작품이어서 원문을 든다.

> 지아비 밭 갈나 간 디 밥 고리 이고 가
> 반상을 들오디 눈섭의 마초이다
> 친코도 고마오시니 손이시나 다르실가

> 지아비 밭 갈러 간 데 밥 고리 이고 가,
> 밥상을 들오되 눈썹에 맞춥니다.
> 친코도 고마우시니 손이시나 다르실까.

밭가는 지아비와 밥 고리를 이고 간 아내 사이의 정이야 주세붕 같은 도학자가 새삼스럽게 말한 필요가 없는 것이다. 그런데 거기다 덧붙여 지아비는 친하고 고마우니 손님처럼 대해야 한다는 전혀 어울리지 않는 말을 했다. 부부유별의 도리를 가르치려고 한 것이다. 사대부가 스스로 즐기던 시조를 하층민 교화의 도구로 삼다가 차질을 빚어냈다.

이황(李滉, 1501~1572)은 이현보의 흥취와 주세붕의 교화를 함께 구현하는 조화를 이루려고 했다. 예조판서·대제학의 지위에까지 올랐다가, 관직을 번거롭게 여기고 전원으로 돌아가 마음의 안정을 얻고 심성을 가다듬어 도학의 근본을 밝히려고 했다. 세상의 구속에서 벗어나 노니는 즐거움을 찾으면서도 완세불공(玩世不恭)에 빠지지 않고 온유돈후(溫柔敦厚)한 경지에 이르는 것을 강호가도의 내실로 삼고자 했다. 교화를 베풀기에 앞서서 자기 스스로를 돌아보는 위기지학(爲己之學)에 힘써야 한다고 생각해서 훈민시조를 내놓지 않았다.

시조를 지어야만 했던 이유를 〈도산육곡발〉(陶山六曲跋)에서 밝혔다. 한시는 읊을 수 있을 따름이고 노래 부를 수는 없기에 우리말 노래를 찾다가, 한림별곡류(翰林別曲類)는 방탕스러운 기풍으로 들떠 있어 멀리 한다고 했다. 이별(李鼈)의 〈육가〉(六歌)는 완세불공의 뜻이 있고 온유돈후한 맛이 부족해 불만이지만, 그 형식을 본떠서 〈도산육곡〉(陶山六曲) 전후편 열두 수를 짓는다고 했다. 시조가 모두 열두 수여서 〈도산육곡발〉을 〈도산십이곡발〉, 〈도산육곡〉을 〈도산십이곡〉이라고 일컫는 것이 관례이다. 발문의 한 대목에서 창작 의도를 다음과 같이 말했다.

하나는 언지(言志)이고, 하나는 언학(言學)이다. 아이들로 하여금 아침 저녁으로 익혀서 부르게 하고, 궤석(几席)에 비기어 듣는다. 또한 아이들로 하여금 스스로 노래 부르고 스스로 춤추며 뛰게 해서 비루한 마음을 거의 다 씻어버리고, 느낌이 일어나 마음을 녹여 서로 통하게 한다. 노래 부르는 사람이나 듣는 사람이 서로 유익함이 없을 수 없다.

시조는 노래 부르고 춤추는 데 소용된다고 했다. 스스로 그렇게 하지 않아도 노래 부르고 춤추는 것을 듣고 보면 마음이 맑아지게 하는 흥겨움을 함께 누린다고 했다. 도학의 내용을 바로 전달하는 노래를 지으려고 하지 않고 감동을 받다 정화되는 것이 도학 실현의 길이라고 했다.

한시에서는 그렇게 하기 어렵기 때문에 시조를 지어야 한다고 했다.

한시로 만족하지 않고 신라 향가 이래로 우리말 노래가 반드시 있어야 한 이유를 새롭게 해명하고, 당대 최고의 이념 구현에서 우리말 노래가 한시보다 앞설 수 있는 근거를 제시했다. 우리뿐만 아니라 다른 어떤 중세문명에서도 공동문어문학과 민족어문학의 공존이 산문에서는 선택이라면 시가에서는 필수이다. 왜 그런지 밝혀 논하는 이론이 이만큼 진전된 것을 더 찾기 어렵다.

〈도산십이곡〉 본문은 이황의 친필을 새긴 목판으로 전한다. △음까지 사용해 이황 당시의 국어를 그대로 표기한 소중한 자료이다. 언학이라고 한 후반부의 네 번째 작품을 들면 다음과 같다.

當時에 녀든 길흘 멋 희를 브려두고
어듸 가 든니다가 이제사 도라온고
이제나 도라오느니 년 듸 무슴 마로리

당시에 여던 길을 몇 해를 버려두고,
어디 가 다니다가 이제야 돌아온고?
이제나 돌아오나니 다른 데 마음 말으리.

고향으로 돌아와 예전에 가던 길을 다시 가게 되었다고 했는데, 그 길이 학문의 길이기도 하다. 두 가지 착상이 겹쳐져, 학문을 해서 바른 마음으로 돌아가는 것이 고향을 다시 찾는 즐거움과 다를 바 없다고 했다. 단순한 듯하면서 뜻이 깊고, 꾸미지 않는 가운데 많은 생각을 간직했다. 다른 작품들도 어찌 보면 너무 직설적이고 말이 어둔한 듯하지만, 뜻하는 바가 단순하지 않다.

靑山는 엇뎨ᄒ야 萬古애 프르르며
流水는 엇뎨ᄒ야 晝夜애 긋디 아니는고

　　우리도 그터디 마라 萬古常靑호리라

　　청산은 어찌하여 만고에 푸르르며,
　　유수는 어찌하여 주야에 그치지 않는고?
　　우리도 그치지 말아 만고상청하리라.

　그 다음 작품은 청산과 유수를 한 줄씩 노래한 산수시이다. 청산은
만고에 푸르고 유수는 주야에 그치지 않는 경치를 그리면서 "엇데"라는
말을 넣어 경치에서 흥취를 느끼게 했다. 불변하는 산수의 자세를 우리
도 지니자고 하면서 둘을 함께 아우르는 이치를 깨닫게 했다. 만고라는
긴 시간과 주야라는 짧은 시간의 대조에서 보여준 시간의 변화를 "상
청"이라고 한 공간의 안정으로 넘어서는 것이 바람직하다고 했다. 시간
의 변화로 '기'(氣)의 가변성을, 공간의 안정으로 '이'(理)의 불변성을
나타내면서, '기'가 움직이는 대로 내버려두지 말고 '이'를 따르자는 마
음가짐을 말했다.
　세상이 혼탁해 마음의 도리가 발현되는 데 지장이 있으므로, 더럽혀
지지 않은 산수를 찾아 노닐면 이미 갖추어져 있는 깨끗한 마음이 드러
날 수 있다고 믿어 이런 산수시를 짓는 것이 무엇보다도 긴요한 일이라
고 여겼다. 산수의 "만고상청"에 촉발되어 마음의 "만고상청"이 발현되
게 하자는 것이 이발(理發)을 인정하고 소중하게 여기는 이황 철학의
핵심이다. 바로 그 점에서 철학과 문학이 깊이 연결되었다.
　이황의 가르침을 받은 제자 가운데 크게 진출해 상당한 치적을 남긴
재상들도 있었지만, 시조는 자기 고장에만 머물면서 벼슬길에 나아가
지 않은 산림처사 쪽에서 물려받았다. 이현보의 아들이고, 이황의 제자
인 이숙량(李叔樑, 1519～1592)이 그런 사람이어서 〈분천강호가〉(汾川
講好歌) 여섯 수를 남겼다. 부자·형제·친척 사이의 도리를 온전하게
하라고 권고한 내용인데, 아버지의 흥취와 스승의 사상을 그 어느 쪽도
충실하게 잇지 못하고 관심을 좁혔다.

이황의 다른 제자 권호문(權好文, 1532~1587)은 진사가 된 후에는 벼슬길을 단념하고 산수에 묻혀 지내는 심정을 경기체가 〈독락팔곡〉(獨樂八曲)과 연시조 〈한거십팔곡〉(閑居十八曲)을 지어 나타냈다. 한거하는 노래를 더 많이 지어 스승의 자세를 이었다고 자부했으나, 불우한 처지 때문에 생긴 고민을 읽어낼 수 있다. 〈한거십팔곡〉 가운데 열세 번째 노래를 〈송암속집〉(松岩續集)에 수록된 모양 그대로 든다.

날이 져믈거늘 노외야 홀 닐 업셔
松關을 닫고 月下애 누어시니
世上애 뜻글 모음이 一毫末도 업다

날이 저물거늘 다시는 할 일 없어,
송관을 닫고 월하에 누웠으니,
세상에 티끌 마음이 일호말도 없다.

흔들리지 않는 안정을 찾겠다는 말인데, 이유와 조건이 붙어 사연이 복잡하다. 이황의 작품과 견주어보자. 청산과 유수를 바라보던 낮 시간을 버리고, 날 저물어 다시는 할 일이 없다고 했다. 시대가 글러 나서도 소용이 없다는 말을 그렇게 해서 관심을 밖에다 두었다. 예전에 가던 길을 간다고 하지 않고, 문을 닫고 누웠다. 바른 마음을 찾으려고 하지 않고, 세상의 티끌 마음이 없다고 했다.

산림처사로 자처하면서 고결하게 산다고 한 것이 설득력이 없는 말이다. 할 일이 없어 사는 보람을 찾지 못하는 공허함을 이황을 숭앙하면서 달래려고 했다. 영남의 사림에는 그런 사람이 많아 사상에서나 문학에서나 보수적인 성향을 가중시키기나 하고 볼 만한 창조를 이룩하지 못했다.

조식(曺植)은 도학을 탐구하는 길을 이황과는 다르게 개척했다. 시조를 지었다고 하면서 전해지는 것들이 더러 있으나 믿기 어렵다. 탐구한 바를 나타냈다고 하기에는 격이 너무 떨어진다. 조식의 제자 강익 (姜翼, 1523~?)의 문집 〈개암집〉(介菴集)에 수록된 시조 세 수는 그렇지 않다. 자료가 확실하고, 도학을 하는 바른 자세를 두고 한 말이라고 생각되는 내용이어서 주목할 만하다.

> 芝蘭을 갓고랴 ᄒ고 호믜를 두러메고
> 田園을 도라보니 반이나마 荊棘이다
> 아ᄒᆡ야 이 기음 몯다 믜여 ᄒᆡ 져물까 ᄒ노라

> 지란을 가꾸려 하고 호미를 둘러메고,
> 전원을 돌아보니 반이나마 형극이다.
> 아이야, 이 기음 못 다 매어 해 저물까 하노라.

가시를 걷어내야 지란을 가꿀 수 있다고 한 것은 무슨 말인가? 현실을 가시에 비유하고 이상은 지란으로 나타냈다고 하면 너무 막연하다. 마음속의 가시를 걷어내고 지란을 가꾸는 일이 뜻한 대로 이루어지지 않는다고 탄식한 말이라고 보아야 절실한 의미가 있다. 조식 학파는 산림처사로 자처해 평가를 얻으려고 하지 않고, 안으로 관심을 돌려 자기 자신을 바로잡는 투쟁을 준엄하게 전개했다.

김우굉(金宇宏, 1524~1591)이 지었다는 연시조 〈개암십이곡〉(開巖十二曲) 가운데 8수가 후손이 만든 책에 전한다. 과거에 급제해 관직이 부제학까지 이르렀다가 물러나 경북 상주 개암이라는 바위 근처에 은거하면서 지었다. 작품마다 지명으로 제목을 삼고, 위치를 설명한 것이 몇 편이다. 〈허주〉(虛舟)라는 것을 들면 다음과 같다.

> 야도(野渡) 일편주(一片舟)는 몇 사람 건넜느냐?
> 가는 듯 오는 듯 쉴 적 없이 다니다가,
> 빈 배에 명월을 싣고 절로 범범(汎汎)하노라.

배의 모습을 그린 그림이면서 그 이상의 의미가 있다고 이해된다. 배가 쉬지 않고 다니면서 사람들이 강을 건너게 했다는 것은 벼슬길에 나아가서 봉사한 생활을 말했다고 할 수 있다. 이제 물러나 빈 배에 명월이나 싣고 유유히 떠돈다고 하면서, 마음을 비우고 지내는 만년의 모습을 그렸다고 생각된다.

이이(李珥, 1536~1584)는 중부지방 출신이며 영남가단과 인맥에서 이어지지 않았으나, 〈도산십이곡〉과 견줄 수 있는 〈고산구곡가〉(高山九曲歌) 열 수를 지어 강호가도를 다시 구현했다. 또 하나의 원천으로 삼은 주희의 시 〈무이도가〉(武夷櫂歌)를 본떠서 자기가 머물고 있는 곳 고산구곡을 노래해 뒤를 잇는다고 첫 수에서 밝혔다. 도학가사의 완성판을 마련하려고 했다고 할 수 있으나 얻은 성과는 그렇지 못하다.

작품이 전해지는 방식에서 〈고산구곡가〉는 〈도산십이곡〉과 많이 다르다. 이이의 문집이나 이른 시기의 다른 문헌에 수록되어 있지 않아, 소중하게 여겼다고 하기 어렵다. 후대의 시조집 여기저기에 올라 있으며, 구전을 거친 탓에 문구의 출입이 있다. 원문이라고 할 것이 없으므로 현대역만 든다. 첫 번째 경치를 노래한 제2곡이다.

> 일곡(一曲)은 어디메오 관암(冠巖)에 해 비친다.
> 평무(平蕪)에 내 걷으니 원산(遠山)이 그림이로다.
> 송간(松間)에 녹준(綠樽)을 놓고 벗 온 양 보노라.

첫 토막에서 "일곡(一曲)은 어디메오"라고 한 말은 제9곡에 이르기까지 숫자만 바뀌고 거듭 나온다. 일관성이 있으면서 단조롭다. 작품 내용을 보면 경치 묘사를 계속해서 했다. 해가 비치고 안개가 걷혔다고 한 것은 특별한 흥취가 없는 풍경이다. 소나무 사이에 술동이를 놓고 아침 햇빛을 벗 오는 양 본다는 데서는 주흥까지 곁들였지만 큰 감흥을 준다고 하기는 어렵다.

왜 그런가? 이이는 시 짓는 것보다 시를 논하는 것을 장기로 삼아 작품 창작에서 뜻한 바를 충분히 나타내지 못했기 때문이라고 할 수 있다. 산수를 보고 느끼는 즐거움을 크게 평가하지 않았던 것이 이유일 수도 있다. 산수를 즐기면서 마음을 바르게 하는 도리를 찾겠다고 다짐하지는 않았다는 것이 한층 깊이 있는 진단이다.

산수를 보고 즐기면 바른 마음이 일어난다는 이발(理發)을 인정하지 않고, 사람의 마음은 기발(氣發)일 따름이라 하고, 인심(人心)을 바르게 이끌어야 도심(道心)이 될 수 있다고 했다. 산수에서 찾을 수 있는 것은 천지만물의 이치이지 도심은 아니다. 천지만물의 이치는 기(氣)에서 나타나고 따로 있는 것이 아니다. 기의 양상을 보여주는 바깥의 그림은 잘 그렸으나, 내심의 울림이 절실하다고 하기 어려운 것이 그 때문이다.

조윤제, 〈퇴계를 중심으로 한 영남가단〉, 《청구대학논문집》 8(1965)에서 영남가단에 관한 논의를 시작하고 ; 최진원, 《국문학과 자연》(성균관대학교출판부, 1977) ; 이동영, 《조선조영남시가의 연구》(형설출판사, 1984) ; 이민홍, 《조선중기 시가의 이념과 미의식》(성균관대학교출판부, 1993) ; 박완식, 《한국 한시 어부가 연구》(이회문화사, 2000)에서 논의를 확대했다. 많은 연구논문 가운데 최근의 것 몇 가지를 들면, 김병국, 〈'고산구곡가' 연구〉(성균관대학교 박사논문, 1991) ; 이민홍, 〈농암 시가의 이념과 미의식〉, 《농암 이현보의 문학과 사상》(안동대학교 안동문화연구소, 1992) ; 김창원, 〈16세기 사림의 강호시가 연구〉(고려대학교 박사논문, 1997) ; 안장리, 〈퇴계의 산수지락 연구〉, 《동방고전문학연구》 4(동방고전문학회, 2002) ; 홍학희, 〈율곡 이이의 시문학 연구〉(이화여자대학교 박사논문, 2001) ; 권두환, 〈영남지역 가단의 형성과 전개과정〉, 《농암 이현보의 문학과 영남사림》(안동대학교 안동문화연구소, 2001) ; 성기옥, 〈'도산십이곡'의 재해석〉, 《진단학보》 91(진단학회, 2001) ; 〈'도산십이곡'의 구조와 의미〉, 《한국시가연구》 11(한국시가학회, 2002) ; 신연우, 〈'도산잡영'과 '도산십

이곡'에서의 흥(興)〉, 《국어국문학》 133(국어국문학회, 2003)이 있다. 조해숙, 〈전승과 향유를 통해 본 '개암십이곡'의 성격과 의미〉, 《국어국문학》 133(국어국문학회, 2003)에서 새로운 자료를 고찰했다. 〈시조의 이론, 그 가능성과 방향 설정〉, 《우리문학과의 만남》(홍성사, 1978) ; 〈문학작품의 구조분석〉, 《텍스트언어학》 9(한국텍스트언어학회, 2000)에서 이현보의 시조를 들어 작품 분석의 본보기를 제시했다.

8.4.4. 호남가단과 풍류정신

호남가단은 송순(宋純, 1493~1583)이 선도했다. 30년 정도 선배인 이현보나 10년쯤 연하인 이황처럼, 송순은 벼슬에서 물러난 다음 고향으로 돌아가 산수에 묻혀 지내는 즐거움을 누렸다. 그러면서 몇 가지 점이 달랐다. 돌아가는 이유를 설명하려고 하지 않고 도리는 따지지 않은 채 풍류를 자랑했다. 가사를 짓고 시조를 즐기는 동안에 주위에 많은 문인들이 모여들어, 자기 당대에 가단을 이루어 함께 읊조리는 동안에 직접 영향을 끼쳤다.

송순의 가사와 시조는 문집에다 한역한 것들만 실어놓았다. 창작은 열심히 했으면서 그 의의를 입증할 만한 이론을 갖추지 못한 탓이 아닌가 한다. 이유를 밝혀 논하려고 하지는 않고, 노래를 지어 부르는 풍류생활을 즐긴 것이 호남가단의 일관된 특징이다.

송순은 〈면앙정단가〉(俛仰亭短歌)라고 한 것 일곱 수, 〈오륜가〉(五倫歌) 다섯 수를 위시해 20수쯤 되는 시조를 지었던 것 같은데, 여러 시조집을 뒤져 찾아낼 수 있는 작품이 10수 가량이며 그것마저도 작자가 엇갈린다. 다음 작품은 수록된 곳이 많으면서 작자 표시는 없다. 그러나 문집의 한역가와 견주어보면 〈치사가〉(致仕歌)임을 알 수 있다.

　　늙었다 물러가자 마음과 의논하니,
　　이 님 버리고 어디러로 가잔 말고.
　　마음아 너란 있거라 몸만 먼저 가리라.

　조정에 더 머무를 것인가 물러갈 것인가 하는 고민은 심각하게 다루는 것이 예사인데, 여기서는 웃음이 나게 만들었다. 님이라고 한 임금에 대한 도리는 젖혀놓고, 마음과 몸이 다툰다고 했다. 무거운 거동과 어둔한 문구를 멀리하고, 경쾌한 마음을 기발한 말로 나타내는 호남 시가의 특장을 잘 보여주었다. 돌아가서는 어떻게 지낸다는 말인가 하고 묻는 데 대한 대답을 다음과 같이 해서 또 한 번 충격을 준다.

　　십년을 경영하여 초려(草廬) 한 간 지어내니,
　　반간은 청풍이요, 반간은 명월이라.
　　강산을 들일 데 없으니 둘러두고 보리라.

　작자 표기가 시조집에 따라 다르지만, 문집의 한역가를 근거로 송순이 지었다고 할 수 있다. 십년을 경영해 초가 한 간 지었다는 것은 가난의 극치이지만, 청풍과 명월이 반 칸씩이고 안에 들여놓을 데가 없는 강산은 둘러두고 보겠다고 해서 무형의 것을 누리는 욕심은 한껏 부렸다. 은거를 자랑하는 시가 이 이상 멋진 표현을 갖추기는 어려울 것 같다.
　김인후(金麟厚, 1510~1560)는 이황과 교류하며 호남의 도학을 열면서, 송순이 주도하는 가단에 참여했다. 그러나 시조를 짓는 데는 열의를 가지지 않고 민요를 한시로 옮기는 데 더욱 관심을 가졌다. 시조는 한 편만 남겼는데, 그것마저도 작자가 엇갈리고 있다. 호남 쪽에서는 도학을 하면서 시조를 짓는 기풍이 조성되지 않았다.
　유희춘(柳希春, 1513~1577)은 명종 때 귀양살이를 하다가 선조가 왕위에 오르자 풀려나서 다시 관직에 올랐다. 선조에게 바른 도리를 실행하는 데 참고가 되는 언행을 적어서 올리고 시조를 곁들었다고 한다.

한 편은 군신 관계를 부부에다 빗대어 임금을 생각하는 마음을 나타내고, 또 한 편은 다음과 같은 사연을 갖추었다.

> 미나리 한 펄기를 캐어서 씻우이다.
> 딴 데 아니라 우리 님께 받자오이다.
> 맛이야 긴치 않거니와 다시 씹어보소서.

미나리를 바치는 노래라는 뜻에서 〈헌근가〉(獻芹歌)라고 한 것이다. 겨우 말이 되게 아무렇게나 적은 것 같아 시골 냄새가 짙지만, 하려고 한 말은 단순하지 않다. 미나리에다 견주어 초야에 묻혀 있던 사람이 임금에게 하고자 하는 충간을 나타냈다. 다시 씹어보라는 것은 거듭 생각해보라는 말이다.

김성원(金成遠, 1525~1597)이 성산(星山) 고을에 정자를 짓고 풍류를 즐기자 여러 사람이 거기 모여들고, 정철은 〈성산별곡〉을 지었다. 그 모임을 흔히 성산가단이라고 한다. 중심인물 김성원은 많은 작품을 지었을 듯한데 전하는 것은 한 편뿐이다. 구름이 달을 가리는 것을 원망하면서 밝은 세상을 그리워한 사연이다. 이황의 논쟁 상대였던 기대승(奇大升, 1527~1572)도 성산가단에 가담했다고 하지만, 부귀를 탐내보아야 삶이 허망할 따름이라고 한 시조 한 편만 남겼다.

성산가단을 빛낸 시인은 정철(鄭澈, 1536~1593)이다. 정철은 원래 서울 출신이지만, 관직에 진출했던 기간을 제외한 나머지 반생을 호남에서 지내면서 송순 이래의 전통을 잇고, 여러 사람과 교류하면서 재능을 마음껏 발휘할 수 있는 수련을 쌓았다. 가사를 여러 편 짓고, 시조는 90여 수나 된다. 영남가단은 이황 이후에 차차 움츠러들고, 호남가단은 정철에 이르러서 절정을 보인 것이 좋은 대조가 된다.

정철의 시조는 풍류를 즐기는 감흥을 나타내고 마음의 바른 도리를 찾지는 않은 점에서 이황의 시조와 많이 다르다. 산수를 노래할 때에도 경치에서 흥취를 찾기나 하고 그 배후에 있는 이치를 생각하지 않았다.

그 점에서 이이의 시조와 상통하면서, 발상이 뛰어나고 감흥이 도도하다. 한자로 표기할 필요가 없는 고유어를 몇 마디 써서, 길고 복잡한 한문 논설에서는 미처 생각하지 못한 진실을 나타내서 더욱 놀랍다.

강원도 관찰사가 되었을 때 지은 〈훈민가〉(訓民歌) 16수는 백성들에게 바른 행실을 가르치는 훈민시조의 대표적인 예이다. 주세붕의 〈오륜가〉에서처럼 오륜에 관한 조항을 고루 갖추려고 하지 않고, 붕우유신을 확대해서 사회윤리의 문제를 다각적으로 다루었다. 훈계하는 사람의 고고한 자세를 버리고 백성들의 처지에 섰다. 융통자재한 생각을 가져 그럴 수 있었다.

오늘도 다 새거다 호미 메고 가자스라.
내 논 다 매거든 네 논 좀 매어주마.
올 길에 뽕 따다가 누에 먹여 보자스라.

이고 진 저 늙은이 짐 풀어 나를 주오.
나는 젊었거니 돌이라 무거울까.
늙기도 설워라커든 짐조차 지실까.

농사를 지으면서 이웃이 서로 도와주고, 노인의 수고를 젊은이가 대신해주는 것은 사람이 살아가는 데 가장 기본이 되는 윤리이고 질서이다. 그런데도 오륜에 넣지 않은 것은 오륜이 차등의 윤리이고 가족윤리에 치우쳐 있기 때문이다. 오륜에서는 부자관계를 출발점으로 하고, 그 다음에 군신·형제·부부의 관계를 차례대로 말하고 붕우의 관계를 맨 나중에 들어 가치의 등급을 분명하게 하고, 그 밖의 것은 대단하게 여기지 않았다.

그런 관습에 대해서 반론을 제기하고, 정철은 이런 시조에서 이웃과 노소의 관계를, 평등을 존중하는 사회윤리의 관점에서 다루었다. 그런 소중한 윤리가 전부터 있었지만 오륜 때문에 무시되어온 잘못을 바로

잡았다. 명분론과는 거리가 먼 실질을 숭상하는 사고방식에서 백성들이 어떻게 살아가는지 살펴서, 도학의 범위를 넘어서는 새로운 윤리를 제시했다.

정철은 인생의 여러 곡절을 널리 문제 삼으면서 특히 이별에 많은 관심을 두었다. 〈사미인곡〉과 〈속미인곡〉도 이별의 노래이다. 시조에서 노래한 이별은 더욱 다양하다. 다음에 드는 시조 세 편에서는 서로 다른 이별에 관해 각기 다른 방식으로 말했다. 그러면서 주목할 만한 공통점이 있다.

머귀 잎 지고야 알겠도다 가을인 줄을.
세우청강(細雨淸江) 서느럽다 밤 기운이야.
천리에 님 이별하고 잠 못 들어 하노라.

이 노래에서는 이별한 님을 잊지 못해 잠 못 이루는 안타까운 심정을 가을밤의 풍경과 함께 나타냈다. 잊지 못할 님이 임금일 수도 있고, 사랑하는 여인일 수도 있다. 그 어느 쪽이든 이별은 자연의 질서를 거역하게 하는 삶의 조건이다. 비 내리는 가을밤이 차가운 만큼 이별의 고뇌는 뜨겁다. 천리는 먼 거리라는 사실이 무시된다. 밤이 깊어도 잠을 이룰 수 없다. 이별을 수긍하고 받아들일 수 없어, 깨어 있으면서 항거하는 존재가 된다.

길 위의 두 돌부처 벗고 굶고 마주 서서
바람 비 눈 서리 맞도록 맞을망정
인간 이별을 모르니 그를 부러워 하노라.

헐벗고 굶주리면서 바람이나 비를 견딘다 해도 이별하는 것만큼 괴롭지는 않다고 했다. 사람이 사는 모습을 돌부처에다 견주는 엉뚱한 착상을 하면서 그렇게 말해, 관습을 깨고 사리를 깊이 생각하도록 깨우친다. 돌부처는 모든 것을 초탈한 경지를 나타낸다고 인정하지 않고 돌로 만들어 세운 조형물에 지나지 않는다고 한다. 가난과 시련을 견디면서 살아가는 사람들은 돌부처처럼 굳세다고 한다. 관념 타파를 통해 부처는 격하하고, 인내하는 자세를 칭송하면서 하층민은 격상해, 그 둘 사이에 아무런 차이가 없다고 한다.

> 남진 죽고 우는 눈물 두 젖에 흘러 내려
> 젖 맛이 짜다 하고 자식은 보채거든,
> 저 놈아 어느 안으로 계집 되라 하는가.

남편이 죽어 울고 있는 아내의 모습을 그렸다. 남편과는 이별했지만 아직 젖먹이라 떼어놓을 수 없는 자식이 있고, 다른 남자가 가까이 와서 자기 아내가 되어 달라고 한다. 도리를 모르는 하층민의 행실이라면서 나무라고 말 일은 아니다. 죽은 남편 대신에 새로운 남편을 만나 살아가는 것이 어쩔 수 없는 일임을 인정해야 한다.

> 어와 동량재를 저리 하여 어이 할꼬?
> 헐뜯어 기운 집에 의논도 많기도 많다.
> 뭇 지위 고자 자 들고 헤뜨다가 말려느냐?

정철은 정승의 지위에까지 올랐으며 서인의 영수 노릇을 했다. 정치적인 활동을 두고서는 평가가 엇갈리지만, 나라를 근심하는 이런 시조가 뛰어난 것을 보고서 누구나 감탄한다. 나라를 집에다 견주어 대들보가 되는 재목을 함부로 다루어서 어쩔 것이냐고 하고, 뭇 목수가 먹통과 자를 들고 허둥대다가 말겠느냐고 걱정했다. 헐뜯어 기운 집이라고 했듯이 나라 형편이 말이 아니라 걱정이 컸다.

> 재 너머 성권농(成勸農) 집에 술 익단 말 어제 듣고,

누운 소 발로 박차 언치 놓아 지즐 타고,
아이야 네 권농(勸農) 계시냐? 정좌수(鄭座首) 왔다 하여라.

정치 걱정을 떨쳐버리고 전원생활의 즐거움을 말한 이런 노래 또한 시조가 이를 수 있는 최고의 경지를 보여주었다. 시조가 한시보다 앞설 수 있는 것은 조용히 관조하는 시에 그치지 않고 생동하는 움직임을 흥 겹게 나타내기 때문이다. 우리말이 풍부하게 갖추고 있는 서술어의 활용형이 큰 구실을 해서 그럴 수 있다. "듣고"와 "타고"로 연결되어 석 줄한 문장이, 누운 소를 발로 박차 지즐 타고 단숨에 재 너머까지 가서 아이를 부른 거동을 선명하게 나타낸 것이 놀랍다.

임제(林悌, 1549~1587)는 울분에 찬 생애를 보낸 사람이다. 벼슬을 버리고 명산을 찾아 기개를 토로하면서 호남가단의 맥락을 이었다. 한시에서 염정시(艷情詩)를 짓는 솜씨를 자랑했듯이, 시조에서도 기생과 관련된 사연을 즐겨 다루었다. 그런 노래나 짓고 돌아다니는 것은 선비의 처신이 아니라는 비난을 받아들이지 않았다.

북천(北天)이 맑다 하거늘 우장 없이 길을 나니,
산에는 눈이 오고, 들에는 찬 비 온다.
오늘은 찬 비 맞았으니 얼어 잘까 하노라.

한우(寒雨)라는 기녀에게 지어 준 이 시조는 궁상맞고 처절한 느낌을 아주 잘 나타냈다. 이름에다 빗대서 희롱하는 말을 하다가 잠자리를 같이하게 되었다고 한다. 송도에 가서 황진이(黃眞伊)의 무덤 앞에서 지었다는 다음과 같은 시조는 더욱 절창이다.

청초(青草) 우거진 골에 자는가 누웠는가?
홍안(紅顔)은 어디 두고 백골(白骨)만 묻혔는가?
잔 잡아 권할 이 없으니 그를 슬퍼 하노라.

자기가 찾는 사람이 죽어 무덤에 묻혀 있어 잔을 잡아 술을 권하지 않는다고 한 말이 그 이상의 의미를 지닌다. 두 번 물음이 대답 없이 되돌아와 절망을 안겨준다. 청초·홍안·백골로 이어지는 강렬한 색채 대조가 청춘의 열정을 회고하게 한다. 다른 것은 다 없어지고 뼈만 묻혀 있다고 해서 삶이 허망하다는 것을 절실하게 깨닫게 한다.

정익섭, 《호남가단연구》(진명문화사, 1975) ; 이종건, 《면앙정송순연구》(개문사, 1982) ; 최정락, 〈영·호남 문학의 특성 고찰〉, 《어문학》 50(한국어문학회, 1989) ; 신경림 외 공편, 《송강문학연구논총》(국학자료원, 1993) ; 김갑기, 《송강 정철의 시문학》(이화문화출판사, 1997) ; 《고시가연구》 4(한국고시가문학회, 1997)에 수록된 김성기, 김신중, 김진영, 김학성, 정재호, 최한선 등의 연구 ; 박준규, 《호남 시단의 연구》(전남대학교 출판부, 1998) ; 최태호, 《정송강문학연구》(역락, 2000) ; 임형택, 〈16세기 광라(光羅) 지역의 사림층과 송순〉, 《민족문학사의 논리와 체계》(창작과비평사, 2002) 등의 연구가 이루어져 있다. 《철학사와 문학사 둘인가 하나인가》(지식산업사, 2000)에서 세계문학사에서 차지하는 특성을 밝히는 관점에서 정철을 논했다.

8.4.5. 기녀시조

임제가 기녀를 상대로 시조를 지어 희롱거리로 삼은 것은 기녀가 시조를 잘 이해했기 때문이다. 사대부의 풍류에 참여하는 기녀는 시조를 부르고 지을 줄도 알아야 했다. 그렇게 해서 원래는 사대부문학이기만 했던 시조의 작자층이 확대되는 전환이 일어났다.

기녀는 신라 때부터 있었을 것이다. 김유신이 발길을 돌린 것을 원망해 천관(天官)이 지었다는 〈원사〉(怨詞)가 기록에 가장 먼저 오른 기녀의 노래라고 할 수 있다. 고려시대 기녀시인에 동인홍(動人紅)과 우돌(于咄)이 있었다고 최자가 〈보한집〉에서 소개하고 작품까지 들었으나 자세한 내력은 알 수 없다.

홍장(紅粧)은 고려말에서 조선초까지 살았던 강릉의 기녀이다. 정철이 〈관동별곡〉에서 "홍장 고사를 헌사타 하리로다"라고 한 것을 보면 널리 알려졌다. 그 고사란 다름이 아니고, 박신(朴信, 1362~1444)이 1392(태조 즉위년)에 강릉도안렴사(江陵道安廉使)가 되어 현지에 갔을 때 만나 뜨거운 사랑을 나눈 것이며, 여러 문헌에 올라 있다.

한송정(寒松亭) 달 밝은 밤 경포대(鏡浦臺)의 물결 잔 제
유신(有信)한 백구는 오락가락 하건마는,
어떻다 우리의 왕손(王孫)은 가고 아니 오느니.

이 시조를 〈해동가요〉에 수록하고, 홍장의 작품이라고 했다. 〈가곡원류〉에는 "강릉기"(江陵妓)가 지었다고 했다. 홍장이 떠나가고 오지 않는 님을 그리워하면서 지은 노래라고 할 수 있다. 한송정과 경포대를 배경으로 이별의 노래를 불러 자기 고장에 대한 사랑을 함께 나타냈다.

소춘풍(笑春風)이라는 기녀는 성종 때의 인물이다. 임금이 신하들과 함께 잔치를 벌이면서 불러 술을 따르게 할 때 시조 세 편을 지은 일화와 작품이 차천로(車天輅)의 〈오산설림초고〉(五山說林草藁)에 전한다. 먼저 영의정 앞에 나아가서 문반을 칭송하는 시조를 다음과 같이 지어 불렀다고 했다.

당우(唐虞)를 어제 본 듯, 한당송(漢唐宋) 오늘 본 듯,
통고금(通古今) 사사리(事事理)하는 명철사(明哲士)를 어떻다고
제 설 데 역력(歷歷)히 모르는 무부(武夫)를 어이 좋으리.

중국 옛적의 인재를 다시 본 듯하다고 하면서, 고금과 사리에 통한 슬기로운 선비를 칭송하고 무부를 낮추었다. 다시 무신으로서 병조판서가 된 사람 앞에 가서는 앞의 말이 희언이고 문무가 일체이나 용맹스

러운 무인이 더 좋다고 했다. 그 때문에 시비가 일어나자, 큰 나라들끼리 다투는데 조그마한 나라야 양쪽을 다 섬겨야지 어떻게 하겠느냐 하는 말로 세 번째의 시조를 지었다고 한다.

형식이 안정되지 못했으며, 거의 상투적인 문구를 연결해놓은 정도이다. 사대부들이 즐겨 쓰는 문구를 흉내 내기나 하고, 자기 나름대로의 독특한 작풍을 마련할 겨를은 없었던 것 같다. 사대부가 의관 파탈을 하고 허물없이 어울리는 자리에서는 기녀가 시조를 더 멋지게 지어야 했겠는데, 중간과정을 나타내는 자료가 남아 있지 않다.

그러다가 시조 창작의 독자적인 경지를 개척한 기녀가 나타났다. 명종 때쯤 송도에서 명기로 이름이 난 황진이는 뛰어난 재능과 발랄한 개성을 자랑하며 여러 명사들과 어울리고, 서경덕(徐敬德)만은 유혹하지 못했다는 일화를 남겼다. 기녀가 갖추어야 할 기예에 두루 능해 한시도 잘 지었지만, 시조는 더욱 뛰어났다.

작자가 엇갈려서 정확하게 헤아릴 수는 없으나 황진이 시조는 대략 여덟 수쯤 되는데, 이별한 사람을 그리워하는 것이 가장 큰 비중을 차지한다. 사랑의 노래가 곧 이별의 노래인 고려 속악가사의 전례를 한층 빛나는 전통으로 만들었다. 사대부는 생각할 수 없던 표현을 개척해 관습화되어가던 시조에 생기를 불어넣었다.

어저 내 일이여 그릴 줄을 모르던가?
있으랴 하더면 가랴마는 제 구태여
보내고 그리는 정은 나도 몰라 하노라.

"어저"라는 말을 앞세워서 이별을 하자 미처 알아차리지 못하던 그리움을 깨닫게 된다는 사연을 그냥 말하듯이 나타낸 것이 기발하고 신선하다. "제 구태여"는 앞뒤에 다 걸리는 말이다. 앞에 걸려서 "제 구태여 가랴마는"이기도 하고, 뒤에 걸려 "제 구태여 보내고"이기도 하다. 전에 없던 어법을 개척해 시조를 혁신했다.

> 동짓달 기나긴 밤을 한 허리를 베어내어
> 춘풍 이불 아래 서리서리 넣었다가
> 얼운 님 오신 날 밤이어든 굽이굽이 펴리라.

여기서는 시간을 휘어잡고자 했다. 님이 오는 봄밤은 짧고 님이 오지 않는 겨울밤은 긴 것이 어찌 할 수 없는 역설이라고 받아들이지 않고, 긴 밤의 허리를 잘라 짧은 밤의 이불 속에 넣었다가 편다고 하는 기발한 착상을 했다. 한탄의 노래에서는 생각할 수도 없는 "서리서리"와 "굽이굽이"라는 말을 써서, 주어진 불행을 자아확대로 극복하자는 의지를 나타냈다.

전라도 부안 기생 이계랑(李桂娘, 1573~1610)은 매창(梅窓)이라는 호로도 알려져 있다. 아리땁고 애절한 마음씨를 한시로 나타내는 명편을 남겼다. 시조는 다음 한 수뿐이지만 한시 못지않은 경지에 이르렀다.

> 이화우(梨花雨) 흩뿌릴 제 울며 잡고 이별한 님
> 추풍 낙엽에 저도 날 생각는가?
> 천리에 외로운 꿈만 오락가락 하노매.

짜임새가 절묘하다. 배꽃에 비가 흩뿌릴 때 울며 잡고 이별했다는 말로 이별이 갑자기 미친 듯 닥쳐와 살뜰한 사랑을 마구 흔들어 깊은 상처를 남긴 사연을 아주 선명하게 나타냈다. 그 다음 줄에서는 시간이 경과해 쓸쓸한 가을이 되었는데 님도 나를 생각는가 하고 물었다. 끝으로 자기 혼자 그리움을 잊지 못하는 사연을 말해 앞 대목과 선명한 대조를 이루었다.

비슷한 시기에 함경도 경성 기생 홍랑(洪娘)은 이름난 시인 최경창(崔慶昌)과 사랑하는 사이였다. 최경창이 서울로 돌아가게 되어서 이별을 할 때 다음과 같은 노래를 지어 보냈다. 최경창이 한역한 것과 함께 전한다.

뫼ㅅ버들 가려 꺾어 보내노라 님에게
자시는 창 밖에 심어두고 보소서.
밤비에 새 잎 곧 나거든 날인가도 여기소서.

　여기서는 새잎 돋을 뫼ㅅ버들 가지로 자기 마음을 나타내서 오직 청순
한 느낌을 주고, 이별을 이별 아닌 것으로 바꾸어놓았다. 애정을 다루
며 이별을 노래하는 작품세계를 또 한 번 기발하게 갖추었다. 시조가
새로운 생명을 지니게 하고, 서정시의 영역을 크게 넓혔다.

　이경복,《고려시대 기녀 연구》(민족문화문고간행회, 1986)에서 기
녀시를 고찰했다. 기녀시조는 성현경, 〈기녀시조와 사대부시조〉,《조
선전기의 언어와 문학》(형설출판사, 1976) ; 박종수, 〈조선조 기류(妓
流)문학연구〉(단국대학교 박사논문, 1987) ; 나정순, 《기녀시조와 여
성의식》, (역락, 2000)에서 연구했다.

8.5. 관인문학과 왕조사업의 표리

8.5.1. 관인문학의 성격

조선왕조를 건국한 주체세력은 원래 지방 향리 출신이었으나, 사대부 신분인 사족(士族)과 향리 신분인 이족(吏族)을 엄격하게 갈라놓고 이족이 사족으로 성장하는 것을 사실상 불가능하게 해서 지배신분의 확대를 막았다. 민본(民本) 정치를 표방하고 훈민(訓民)을 긴요한 과제로 삼은 것은 전에 없던 일이지만, 사대부가 권리를 가지고 책임을 진다는 조건에서 그런 시책을 펴고자 했을 따름이고, 그 이하 신분의 능동적인 참여를 보장하고자 했던 것은 아니다. 그렇게 해도 관직이나 토지는 한정되어 있는데 사대부는 계속 늘어나 사대부 상호간의 분열과 갈등이 심해졌다.

고려말에 전제개혁을 단행하고 그 여세를 몰아 새 왕조를 이룩하면서 토지는 공전이어야 한다는 명분을 세웠다. 일반 백성이 분배받은 토지를 경작해 얻은 소출 가운데 생산비와 생계비를 뺀 나머지는 나라에 바쳐 공용으로 쓰도록 하고, 사대부 가운데 벼슬한 사람만 분배에 참여하도록 하는 과전법(科田法) 또는 직전법(職田法)을 실시해 민생을 안정시키고 국가 재정을 충실하게 하려고 했다. 그러나 그 제도는 처음부터 그대로 실현될 수 없었다. 새 왕조 창건에 기여한 유력한 사대부가 소유한 토지는 대부분 몰수의 대상에서 제외되었으며, 공신전(功臣田) 등의 명목으로 집권층의 사전(私田)이 계속 확대되었다.

그런 사정 때문에 사대부는 둘로 나누어졌다. 권력과 토지를 차지한 개국공신 및 개국 후의 공신, 그리고 그 후예는 기득권을 지키고자 하는 세력이어서 훈구파(勳舊派)라고 일컬어진다. 그런 혜택에서 제외되어 지방의 중소지주 노릇을 하면서 중앙 정계로 진출할 것을 염원하고, 왕조 창건의 명분을 철저하게 시행할 것을 요구하는 사대부는 사림파(士林派)라고 한다. 사림파가 성장하자 훈구파가 반격을 가해 여러 차례 사화(士禍)가 일어났다.

'사대부'는 '사'(士)와 '대부'(大夫)를 합친 말이다. 물러나면 '사'이고 나아가면 '대부'이다. 사대부라면 누구나 '사'의 능력을 기르고 '대부'가 되어 경륜을 펴고자 했다. '수기치인'(修己治人)이라는 말로 두 가지 일을 모두 힘써 해야 한다는 원리를 제시했다. 그런데 훈구파와 사림파가 대립하면서 '대부' 노릇을 대대로 하는 쪽과 '사'의 위치에서 벗어나기 어려운 쪽이 갈라졌다.

문학에는 '치인'을 담당하는 외면적이고, 공적인 문학과, '수기'에 힘쓰는 내면적이고, 사적인 문학이 있다는 것은 양쪽에서 함께 인정하면서 어느 쪽을 더욱 중요시해야 하는가를 두고 주장하는 바가 달랐다. 훈구파는 국사 사업이나 외교에 소용되는 '치인'의 문학이 우선 과제라고 하면서, 사장(詞章)이라고 일컬어지던 문장 수식의 능력을 길러야 그 임무를 감당할 수 있다고 했다. 그래서 훈구파를 사장파라고도 한다. 사림파는 도학의 이치를 탐구하고 실천하기 위해 문학이 '수기'의 임무를 충실하게 수행해야 한다고 했다. 그것이 도학파의 노선이다.

훈구파든 사림파든 신유학 또는 성리학을 통치이념으로 받들고, 문학에서 추구하는 가치관으로 삼아야 한다는 데 원칙적으로 의견이 일치했다. 그러면서 성리학과 문학의 관계에 관한 견해는 서로 달랐다. 훈구파 쪽에서는 고려말에 이제현이나 이색이 이룩한 전례를 이어, 도와 문은 함께 소중하다고 하면서 도를 꿰고 있는 문을 소중하게 평가하는 관도(貫道)의 문학관을 내세웠다. 사림파는 성리학에서 추구하는 도를 싣는 것이 문의 사명이고 문이 그 자체로 평가할 이유가 없다고 하는 재도(載道)의 노선을 택해 전에 없던 새로운 문학을 해야 한다고 했다.

사장파와 도학파의 논쟁은 과거제도를 두고서도 벌어졌다. 고려 때부터 과거에 제술(製述)과 명경(明經) 두 가지 과정을 두어, 글을 잘 짓는 사람과 유학의 경전에 능통한 사람을 함께 뽑았다. 그런데 명경 쪽은 응시자가 거의 없다시피 하고, 제술만 인기를 모았다. 조선왕조

창건과 더불어 정도전 같은 강경파는 경전 공부 위주의 과거를 시행해 통치이념과 제도를 확고하게 한다는 방침을 굳혔는데, 보수적 성향을 띤 훈구파가 등장하면서 사정이 달라졌다.

1438년(세종 20)에 이미 사장 존중의 방침이 채택되었다. 과거를 초시와 문과로 나누어, 초시에서는 경학(經學)을 다루는 생원과(生員科)와 사장을 시험하는 진사과(進士科)를 두고, 문과에서는 둘 다 요구하면서 사장을 더욱 중요시했다. 그렇게 되자 사림파는 차차 사장 위주의 과거를 비난하며 개혁을 부르짖게 되었고, 과거를 위한 공부를 떳떳하게 여기지 않았다. 그런데도 과거에서 요구하는 문장은 더욱 격식화되었다.

훈구파의 문학 노선을 서거정(徐居正)이 선두에 서서 스스로 옹호했다. 대각(臺閣)의 문학, 초야(草野)의 문학, 선도(禪道)의 문학이 서로 다르다고 하고, 훈신석보(勳臣碩輔)가 나라의 정치를 맡아서 치세지음(治世之音)을 들려주는 대각의 문학을 자기 시대에 크게 이룩했다고 자랑했다. 초야의 문학은 불우한 사람들이 내는 빈 소리라고 했다. 과연 그런지 두고두고 논란의 대상이 되었다.

대각 또는 관각(館閣)은 문학을 관장하는 관청 홍문관(弘文館)·예문관(藝文館)·성균관(成均館)의 총칭이다. 그런 곳에서 나라가 공식적으로 필요로 하는 글을 담당하고, 과거를 보여 급제자를 고르는 데 기준이 되는 문체의 본보기를 정하고, 문학하는 기풍을 바로잡는 임무를 수행했다. 홍문관이나 예문관의 책임자 대제학(大提學)을 문형(文衡)이라고 일컫기도 했는데, 그것은 글을 저울로 단다는 말이고 문학의 규범을 결정하는 임무를 지칭한다. 대제학은 나라에서 공식적인 글을 쓰는 책임자이고, 과거를 볼 때 고려의 지공거(知貢擧)와 같은 수석 시관(試官) 노릇을 했다. 사사로이 하는 문학 창작에서 문학하는 기풍의 척도를 제시하는 비공식 임무도 지녔다.

조선왕조는 유교국가이면서 또한 문학국가였다. 유교국가의 정신적 지도자는 성균관 대사성(大司成)이라고 할 수 있으나, 실무 담당자의 성격이 많았다. 대제학이 더욱 존중되어 조선왕조는 문학국가였다. 그러나 사림파는 견해가 달랐다. 재야 사림의 영수인 도학자가 아무 관직도 없어도 나라 전체의 정신적 지도자이고 임금의 스승이라고 여겨, 조선왕조는 유교국가임을 분명하게 하고자 했다.

관각에서 하는 문학을 관각문학(館閣文學)이라고 한다. 그러나 관각문학과 사림문학을 대립어로 삼을 수는 없다. 관각문학을 지속적으로 담당하는 사람들을 관인(官人)이라고 일컬어, 관인문학과 사림문학을 문학담당층에 따라 문학을 구분하는 서로 대립된 용어로 삼을 수 있다. 관각문학의 범위는 조정에서 하는 공식적인 문학 창작으로 한정되지만, 관인문학은 관인 집단이 사사로이 하는 문학 행위까지 총칭하는 개념이다. 서거정이 초야의 문학, 선도의 문학과 구별해서 말한 관각의 문학은 그런 의미의 관인문학을 총칭한 말이다.

관각문학이 국가 권력을 배경으로 누리고 있는 우위를 사림문학에서는 그대로 받아들이지 않고 비판했다. 벼슬하지 않고 초야에 묻힌 것이 정신적 가치에서는 열세일 수 없다고 했다. 불우한 사람들이 빈 소리를 낸다고 하는 데 대해 크게 반발했다. 헛된 이름을 탐내 부화한 수식을 늘어놓지 않고, 산림 또는 강호에서 심성을 기르는 자아 각성에 힘쓰는 문학이라야 진정한 가치를 가진다고 하는 반론을 전개했다. 이황(李滉)은 망령되게 세상에 나갔다가 늦게야 돌아와 산림의 즐거움을 되찾게 되었다고 하고, 도학과 문학을 아울러 바로잡을 길이 거기 있다고 했다.

그런 사정에 근거를 두고 관인문학과 사림문학을 구별해서 다룰 수 있다. 그 둘은 사회적인 성격이나 사상적인 기반에서 차이가 있고, 문학을 하는 기풍 그 자체로서도 대립적인 양상을 드러냈다. 관인문학은 문학의 장식적인 기능을 중요시하고 격식에 맞게 잘 다듬어진 표현을 추구했다. 한문학이야말로 지위나 능력을 입증하는 데 독점적인 가치를 가진다고 보고 그 본령 특히 한시의 수준을 높이는 데 힘을 기울였다. 사림문학은 자기 성찰을 하는 사상이나 흥취를 소중하게 여기고,

시조나 가사 창작에도 깊은 관심을 가졌다.

물론 이렇게 구분해놓고 보면 무리한 점도 있다. 관인문학의 계열에 속하는 시인이 불우한 생애를 보내면서 현실의 어려움을 문제로 삼기도 했다. 사림으로 자처하면서 사장의 능력이 인정되어 상당한 진출을 했던 사람도 있었다. 왕조 창건 사업이 완수되자 관인문학 계통을 이은 문인들이 개인적인 관심사를 다루는 쪽으로 기울어지고, 사림문학의 노선에서 나라를 다스리는 방안에 관한 적극적인 논의를 폈다. 그러나 .기득권에 따른 안정을 누리는 쪽은 장식의 구실을 하는 표현을 존중하고, 비판 세력이 문학 내용의 도덕적인 의의를 강조하는 것은 변함없는 일이었다.

이우성, 〈이조사대부의 기본 성격〉, 《민족문화연구의 방향》(영남대학교출판부, 1979) ; 이성무, 《조선초기양반연구》(일조각, 1980)에서 역사적인 이해를 점검할 수 있다. 임형택, 〈한문학〉, 《한국사》 11 (국사편찬위원회, 1974)에서 조선전기 한문학을 셋으로 나눈 견해를 받아들인다. 김성언, 〈한국 관각시 연구〉(서울대학교 박사논문, 1989) ; 김성룡, 《여말선초의 문학사상》(한길사, 1995) ; 길진숙, 《조선전기 시가예술론의 형성과 전개》(소명출판, 2002)에서 논의의 진전을 이룩했다.

8.5.2. 집현전 출신의 문인들

조선왕조를 창건한 주역들의 의욕과 자부심은 그 뒤 한 세대가 지나자 그대로 지속될 수 없었다. 새로 등용되는 인재는 수준이 떨어지는데 이념을 수립하고 제도를 마련해야 하는 막중한 사업은 늘어나기만 했다. 그 문제를 해결하기 위해 세종은 왕위에 오르자 1420년(세종 2)에 집현전(集賢殿)을 설치했다. 과거에 급제해 진출한 신진들을 집현전에 소속시켜 학문에 종사하는 것을 전업으로 삼게 했다.

집현전에서 능력을 기른 새로운 인재 덕분에 세종부터 성종 때까지 왕조의 기초를 든든하게 다지는 문화사업을 넓은 범위에서 높은 수준으로 이룩할 수 있었다. 서적의 편찬과 간행에서 그 성과가 특히 두드러지게 나타났다. 〈고려사〉(高麗史), 〈동국통감〉(東國通鑑) 등의 역사서, 〈동국여지승람〉(東國輿地勝覽) 같은 지리서, 〈경국대전〉(經國大典)을 비롯한 법전, 〈국조오례의〉(國朝五禮儀), 〈악학궤범〉(樂學軌範) 따위의 예악 관계 서적, 〈동문선〉(東文選)을 본보기로 한 문학서까지 편찬해 새 왕조의 이념에 따라 문화 전반을 풍부하게 정리하고 규범화했다.

취급한 영역이 다양하고 진행한 사업이 방대하다. 그 어느 것에서든지 중국의 전례를 적절하게 받아들이고 고려 때까지 축적한 성과를 집대성해 재창조의 수준을 한껏 높였다. 보편주의를 독자적으로 구현하는 중세후기의 과업을 동아시아 다른 나라는 물론 세계 어느 곳보다 모범이 되게 수행해, 우리 역사의 전성기를 맞이하고 인류문명의 발전에 크게 기여했다.

집현전 출신의 문인들이 시대적인 사명, 문학을 하는 역량, 여러 영역의 학문에 대한 광범위한 지식을 가지고 그 사업을 진행하다가, 위기를 맞이했다. 세조의 왕위찬탈 사건이 일어나자 단종을 위해 충절을 지키다가 처형된 사육신은 명분이야 분명하게 세웠으나 익히고 쌓은 능력을 발휘할 기회를 잃고 말았다. 세조를 지지해서 살아남은 사람들은 남은 사업 진행에서 역량을 발휘해 도리를 어겼다는 비난에 대한 보상책을 삼았다.

사육신 가운데 가장 선배인 하위지(河緯地, 1387~1456)는 대책(對策)과 소(疏)를 잘 지었다고 한다. 〈농정교서〉(農政敎書)를 남겼는데, 나라는 백성을 근본으로 삼고 백성은 먹을 것을 근본으로 삼으니 농사야말로 무엇보다도 소중하다 하고, 윗사람이 성심으로 인도하면 백성이 농사에 힘쓰게 된다는 내용이다. 다른 몇 사람도 실용적인 글을 쓰는 데 힘쓰고, 현실문제 해결에 도움이 되는 문학을 해야 한다는 주장을 했다.

박팽년(朴彭年, 1417~1456), 이개(李塏, 1417~1456), 성삼문(成三問, 1418~1456)이 지은 〈팔가문서〉(八家文序)가 〈동문선〉에 나란히 실려 있다. 박팽년은 천지에는 하나의 기(氣)가 있어 사람이 받으면 말이 된다고 했다. 시는 말의 정화(精華)라고 하고, 시를 보면 기의 성쇠를 알 수 있다고 했다. 이개는 시가 〈시경〉 이후에 점차 미약해졌다고 개탄했다. 성삼문은 시는 교화의 효용을 발휘해야 한다고 했다.

세 사람 다 성리학에 입각한 재도(載道)의 문학관에 대해 그동안 인식이 부족했음을 지적하고 개선책을 제시했다고 할 수 있다. 그러나 아직 막연한 논의에 머물러 이론이 미완성이다. 주장하는 바가 창작의 실제와 어떻게 연결될 수 있는지 확인할 수 있는 작품을 충분히 남기지 못했다. 문학에서 구현해야 할 도가 어떤 의의를 가지는가도 문제였다.

성삼문이 일동을 대표해서 쓴 〈집현전진팔준도전〉(集賢殿進八駿圖箋)을 보자. 태조가 타던 말 여덟 필을 그림으로 그려서 바치는 글을 짓는다고 한 사연이며, 문학이란 칭송하고 수식하는 것을 직분으로 삼는다고 했다. 〈팔준도명〉(八駿圖銘)에서는 온갖 고사를 동원해서 호방하고 웅대한 기상을 나타내서, 그렇게 말한 문학의 실상을 보여주었다. 기정 사실을 강조하고 수식하다보니 명분을 어떻게 세우든 문학에서 할 일이 한 세대 전에 비해서 적지 않게 격하되었다. 전아한 경지를 추구하다가 정서의 규범화를 초래하는 조짐이 보였다.

집현전 출신의 문인들은 안평대군(安平大君, 1418~1453)과 함께 문학 활동을 하는 것을 좋아했다. 비해당(匪懈堂)이라는 호로 알려져 있는 세종의 셋째 아들 안평대군은 높은 식견을 가지고 문학과 미술의 활동을 이끄는 위치에 있었다가, 세조가 권력을 장악하는 과정에서 살해되었다. 여러 문인들과 모임을 가지고 주고받으면서 지은 시로 시축(詩軸)을 만드는 것을 즐겼다. 〈비해당사십팔영시〉(匪懈堂四十八詠詩)에 붙인 글에서, 성삼문은 비해당이 부귀를 누리는 왕족이면서 유가의 덕과 예를 갖추고, 시가 뛰어나다고 칭송했다.

〈몽유도원도시축〉(夢遊桃源圖詩軸)은 안견(安堅)의 그림 〈몽유도원도〉에 첨부해서 만든 것이다. 안평대군 자신이 쓴 발문에서 박팽년과 함께 꿈에 도원을 찾았던 일을 그림으로 그리게 했다고 밝히고, 21인이나 되는 당대 명사가 시를 지어 몽환적인 환상에 도취된 기분을 다투어 기리도록 했다. 그림과 글이 모두 왕조 창건의 주역 다음 세대에서 진취적인 역사의식을 잃고 호사스러운 상상에 젖는 풍조가 나타났음을 잘 보여준다.

그런 분위기와 잘 어울리는 소재가 꽃이었다. 복숭아꽃뿐만 다른 여러 꽃을 노래하는 시가 한동안 유행했다. 이개가 그렇게 하는 데 특히 장기를 보여, 〈동문선〉에 남긴 칠언절구 네 수가 모두 꽃노래이다. 〈이화〉(梨花)라는 것을 보자.

院落深深春晝淸	울안이 깊고 깊어 봄 낮이 맑은데,
梨花開遍正冥冥	배꽃 가득 피어 아주 자욱하구나.
鶯兒儘是無情思	꾀꼬리란 놈은 생각이 아주 없어서
掠過繁枝雪一庭	번성한 가지 함부로 스쳐 온 뜰이 눈이네.

배꽃이 가득 피어 눈부시게 아름다운 경치를 섬세하게 묘사했을 따름이고 다른 뜻은 없다. 꾀꼬리가 나무 가지를 스쳐도 몽유의 환상이 깨어지지 않았다. 그런데 세조의 왕위찬탈로 뜻하지 않던 사태가 발생해 환상이 깨어졌다.

세조의 왕위찬탈을 부정적인 각도에서만 이해하는 것은 잘못이다. 안일에 빠진 자세를 나무라고 굳어가던 질서를 흔들어놓아 생기가 돌게 한 공적을 인정해야 한다. 세조가 불교를 옹호하고 불경 번역사업을 벌인 것만 해도 이미 설정된 노선에 대한 반발이었다. 집현전 출신의 문인들 가운데 세조 편에 선 사람들은 관심을 현실로 돌려 삶의 실상을 다양하게 다루는 문학을 했다.

신숙주(申叔舟, 1417~1475)는 사육신이 된 사람들과 가까운 관계였으나, 세조 정권 수립에 공을 세워 최고의 지위와 명예를 누리면서 절개를 굽혔다고 나무라는 말을 잠재울 만한 활동을 했다. 외교 및 국방 문제 전문가의 식견을 갖추고, 중국과 일본을 왕래했다. 일본과 유구의 사정을 소개한 〈해동제국기〉(海東諸國記)가 큰 업적이다. 바다 동쪽에 여러 섬이 별들처럼 분포되어 있다고 하고, 그런 곳은 풍속이 우리와 다른 줄 알아야 한다고 했다. 칼 쓰고 배 타는 데 익숙한 왜인들을 배척하려고 하지 말고 잘 지내야 한다고 했다.

그 책 서두에서 "교린(交隣)을 하면서 맞이하고 찾아가는 관계를 가질 때에는 특이한 '속'(俗)을 이해해 받아들이고, 반드시 그 '정'(情)을 안 다음에 그 '예'(禮)를 다해야 하며, 그 예(禮)를 다한 다음에라야 그 '심'(心)을 다할 수 있다"고 했다. '속'은 민족마다 다른 풍속이고, '정'은 각자의 마음가짐이라고 할 수 있다. 그 둘의 특수한 양상을 존중해 신뢰를 얻어야 동아시아문명의 공동규범인 '예'와 '심'을 함께 누릴 수 있다는 말로 이해된다.

유가의 명분론과는 접근 순서가 반대이다. 신숙주는 들어앉아 있으면서 명분이나 찾지 않고 나라의 긴요한 일을 맡아 나선 사람이었다. 외교와 국방의 임무를 맡아 수고하면서 시를 지었다. 여진과의 다툼을 해결하는 임무를 맡아 나가 지은 것을 보자.

虜中霜落塞垣寒	적지에 서리가 내려 변방이 차가운데
鐵騎縱橫百里間	철기는 백 리 사이를 누비고 다녔노라.
夜戰未休天欲曉	밤에도 싸움이 그치지 않고 날이 새려는데,
臥看星斗正蘭干	누워서 바라보니 북두칠성 비스듬히 기울었다.

배꽃을 노래한 이개의 시와는 정반대의 상황이다. 국경에서 겪는 시련과 긴장을 의지로 감당하면서 크게 보고 깊이 생각해야 했다. 선비가 할 일이 어디 있고, 문학의 임무는 무엇인지 다시 묻게 한다.

세조를 도와 이념의 폭을 넓히고자 한 사람이 김수온(金守溫, 1409~

1481)이다. 김수온은 고승 신미(信眉)의 아우이며, 불교에 심취했다. 불경언해에 참여하고 찬불가(讚佛歌)도 지었다. 활달한 성격이어서, 소재와 표현이 다양하고 호방한 기풍을 지닌 시를 지었다. 승려와 사귀면서 불교의 흥취를 노래하기도 하고, 고려 속악가사 〈이상곡〉(履霜曲)을 옮긴 악부시(樂府詩)를 남기기도 했다.

이석형(李石亨, 1415~1477) 또한 집현전에서 공부를 하고 세조의 신임을 받아 여러 관직을 역임했다. 행정과 외교에 능하고 〈역대병요〉(歷代兵要)를 편찬하는 등의 실무적인 일을 장기로 삼았으며, 문장가로 알려진 사람은 아니다. 그런데 시에서 이룩한 바가 흔히 볼 수 있는 기풍을 넘어섰다. 서울 건설을 위한 토목공사가 야단스럽게 벌어지는 것을 보고, 다음과 같은 사연으로 된 〈호야가〉(呼耶歌)를 남겨 주목된다. "호야"란 다름이 아니라 건설공사에 동원된 사람들이 일하면서 "이영차" 하고 외치는 소리이다.

呼耶呼耶在南北	남쪽에서도 이영차, 북쪽에서도 이영차,
呼耶之聲何時息	이영차 소리 언제나 멎으리.
千人輸一木	천 사람이 나무 하나를 나르고,
萬人轉一石	만 사람이 돌 하나를 굴린다.
華山之石拔幾盡	삼각산의 돌을 거의 다 뽑아내고,
白雲之木斫幾禿	백운대의 나무를 거의 다 찍었네.
石盡山禿寧可憂	돌이 없어져 민둥산 되는 것이 염려라기보다
塡坑仆谷民可惜	구덩이 골짜기에 묻히고 넘어지는 백성 애석하다.
民可惜誰能識	백성들 애석한 줄 누가 알아주리.
惡卒捶督如電擊	모진 병졸들이 벼락같이 독촉하네.
朝未食夕未殄	아침 굶고 저녁도 굶었는데,
可憐腰間空垂橐	가련하구나 허리에는 빈 자루만 차고,
猶唱呼耶口吻燥	이영차 소리만 하는데 침이 마른다.
口燥喉嘎聲難作	침 마르고 목 쉬어 소리 나기 어렵네.

그때까지는 새 도읍의 위용을 자랑하고 왕조의 번영을 칭송하는 것
이 유행이었다. 정도전의 〈신도가〉(新都歌), 변계량의 〈화산별곡〉(華山
別曲)의 뒤를 이어, 집현전 출신의 동료 문인들은 서울의 경치를 읊은
〈한도십영〉(漢都十詠)을 다투어 지었다. 그런데 이석형은 이 노래에서
서울의 위용과 번영을 자랑하는 이면에 백성들이 얼마나 고통을 겪고
있는가 말했다. 한시의 격식을 버리고 일하는 사람들의 노래에 가깝도
록 했다.

서수생 · 김문기, 〈사육신의 사상과 문학 연구〉, 《동양문화연구》 6
(경북대학교 동양문화연구소, 1979) ; 김은미, 〈몽유도원도의 제찬(題
讚)과 도원관〉, 《강윤호교수회갑기념논총》(간행위원회, 1989) ; 정용
수, 《사숙재(私淑齋) 강희맹문학 연구》(국학자료원, 1993) ; 안장리,
〈비해당〉, 《한국문학작가론》 3(집문당, 2000) ; 이종묵, 〈세종대 집현
전 문인의 문학활동〉, 《세종시대의 문화》(태학사, 2001) ; 김남이, 〈집
현전학사의 문학 연구〉(이화여자대학교 박사논문, 2001) 등의 연구가
있다.

8.5.3. 전성기의 수준과 문제의식

조선전기 관인문학의 전성기는 성종 때이고 그 주역은 서거정(1420~
1488)이다. 서거정은 집현전 출신이고, 성삼문보다는 불과 두 살 아래
였지만, 성종 때 주로 활동하면서 무려 23년 동안이나 대제학 노릇을
했다. 자기의 위치와 사명에 대해서 대단한 자부심을 가지고, 흔들릴
수 없는 문학적 규범을 마련하고자 했다.

그 점에서 고려전기에 김부식이 맡았던 과업을 이었다고 할 수 있는
데, 노선이 분열된 시대여서 일이 만만하지 않았다. 김종직을 위시한
사림파와 경쟁하고, 김시습처럼 방외인의 길을 택한 비판자도 의식하
면서 관인문학의 우위를 이론과 창작 양면에서 입증하고자 했다. 다양

한 형태의 저술을 풍부하게 갖추어 설득력을 높이려고 했다.

문학을 하는 기본 태도에서는, 독창적인 것을 찾으려 하지 말고 옛 사람을 열심히 따르고 배워야 격조 높은 글을 쓸 수 있다고 하면서, 옛 사람의 문구를 받아쓰는 용사(用事)의 효용을 존중했다. 문학이 성리학에 근거를 두어야 한다는 데 대해서 반대할 수 있는 처지는 아니었지만 심성의 도리를 찾고 사회개혁의 의지를 나타내는 것보다는 품위 있고 아름다운 표현을 갖추는 것이 더욱 긴요한 일이라고 하면서 사장파다운 주장을 폈다.

서거정은 성종 때의 서적 편찬 사업을 주도했는데, 문학에서는 특히 중요한 것이 〈동문선〉이다. 〈동문선〉에다 역대의 시문을 뽑아 모으는 일을 맡고, 그 취지와 기준을 밝힌 〈동문선서〉(東文選序)에서, 우리 동방의 문이 중국 역대의 문과 천지 사이에서 병행해야 마땅하며 민멸해서 전하지 않도록 할 수 없다고 했다. 당시까지 이룩한 한문학이 중국의 경우와 대등하다는 자부심에서 그런 주장을 폈다.

그렇다고 해서 문학관의 혁신을 생각한 것은 아니다. 시화라는 명칭을 표제에 내놓은 최초의 저작 〈동인시화〉(東人詩話)에서는 동방의 시가 중국에 비해서 조금도 손색이 없는 경지에 이르렀다고 강조하면서 이미 이룩된 규범을 존중해야 한다고 했다. 당송(唐宋)의 전범을 익히지 않고 이규보를 따르려는 것이 잘못이라고 했다. 독창적인 기풍을 자랑한 이규보의 시에도 고인을 답습한 구절이 있다고 자세하게 밝혔다. 반드시 출처가 있는 문구를 쓰면서 새로운 느낌이 들게 하는 것이 최상의 시작법이라고 했다.

서거정이 즐겨 택한 시풍은 부려(富麗)라고 규정될 수 있는 것이다. 넉넉하고 한가로운 데서 은근한 아름다움을 추구하면서 화려한 표현을 자연스럽게 갖추는 것이 그런 경지이다. 특별히 말하고자 하는 바가 없는 듯한 시에 근거 있는 용사와 묘한 재주가 깃들게 하는 것을 장기로 삼았다. 절실한 체험이나 호소해야 할 사연은 오히려 천하다고 여기고, 태평성대의 분위기에 젖어들게 하는 데 힘썼다.

金入垂楊玉謝梅　　금빛이 수양버들에 들어가고 옥빛이 매화를 떠나는데,
小池新水碧於苔　　작은 못에 새로 고인 물은 이끼보다도 푸르구나.
春愁春興誰深淺　　봄 시름과 봄 흥취는 어느 것이 깊고 얕은가?
燕子不來花未開　　제비도 오지 않고 꽃도 아직 피지 않았구나.

〈춘일〉(春日)이라는 제목을 붙인 칠언절구 한 수에 온갖 오묘한 조화가 갖추어져 있다. 봄이 오는 모습을 선명한 색채 감각으로 나타내면서 미세한 움직임까지 살폈다. 그렇다고 해서 신명이 난다는 것은 아니다. 봄 시름과 봄 흥취는 어느 것이 깊고 얕은가 묻고, 제비도 오지 않고 꽃도 아직 피지 않았다고 하면서 결핍과 기대를 함께 나타냈다. 한가한 구경꾼으로 자연의 변화와 자기 자신의 삶을 함께 완상하는 감각이 남달라 얻은 표현이다.

서거정은 다른 한편으로 〈태평한화골계전〉(太平閑話滑稽傳)을 지어 비속한 이야기를 거침없이 글로 적었다. 파탈을 하고 딴 짓을 해도 자기 위치가 손상되지 않아 그럴 수 있었고, 왕조사업에 진력하고 자기 작품도 지나칠 정도로 다듬어 짓는 데서 오는 긴장을 풀어야만 했던 것 같다. 충만한 경험을 갖춘 사상 토로를 창작의 방향으로 삼으면 긴장이 즐거움일 수 있지만, 서거정은 그렇지 않아 휴식의 문학이 따로 필요했다고 할 수 있다.

이승소(李承召, 1422~1484)도 집현전 출신이며 성종 때 주로 활동했다. 문장이 대단하고 여러 방면에 능한 사람인데 서거정 때문에 가려진 것이 애석하다는 평을 들었다. 신숙주·강희맹과 함께 편찬한 〈국조오례의〉를 올리는 글을 쓰면서, "문물이 찬란하고 예악이 갖추어지면 천지가 도와주어 백성이 감화해, 신과 사람이 화합하고 위와 아래가 조화를 이룬다"고 했다. 그렇다고 생각한 시절에 필요한 사업을 하는 능력을 발휘했다.

〈송도삼수〉(松都三首)를 지어 지난날을 회고하고, 〈한도십영〉에서는 자기 시대 서울이 번영하는 모습을 노래하면서, 화려하고 세련된 감각

을 주조로 삼았다. 종로 네거리의 관등놀이 같은 민속에도 관심을 보일 만한 여유를 가진 것이 특기할 일이다. 〈조조〉(早朝)라는 시에서는 서울의 아침을 바라보면서 태평스럽게 번영하는 모습을 다시 찬양했다.

강희맹(姜希孟, 1424~1483)은 활동적인 사업가가 아니고 안온한 기질을 가진 문인이었다. 이름난 화가인 형 강희안(姜希顔)과 함께 화초나 기르고 완상하는 생활을 취미로 삼았다. 〈양화소록〉(養花小錄)을 지어, 화초 재배 방법을 예술의 경지로까지 올려놓고자 했다. 〈양초부〉(養蕉賦)에서는 파초를 잘 기르고 파초의 흥취를 완상하는 방법을 설명하면서 사람의 마음을 기르는 지혜를 일러주었다. "공명과 사업에 유인되고 우환과 영욕에 시달리면 천성을 보존하기 어렵다"고 한 것이 거기에 나타나 있는 지론이다. 시를 지으면서 한가하고도 아담한 경지를 존중했다.

南窓終日坐忘機　　남창 앞에 종일 앉아 세상일을 잊노라니,
庭院無人鳥學飛　　뜰에는 사람 없어 새가 나는 것을 배우네.
細草暗香難覓處　　여린 풀 은근한 향내 어디서 나는지 찾기 어렵고
淡烟殘照雨霏霏　　엷은 안개 저녁노을에 비가 부슬거린다.

〈병여음성〉(病餘吟成)이라고 한 것이다. 예민한 감각으로 자연을 살피고 냄새 맡아서 얻은 시상이다. 가느다란 풀에서도 따뜻한 정을 느낄 수 있는 노련한 농사꾼 같은 체질인데 병을 앓고서 마음이 더욱 섬세해졌다. 시골에서 생활하면서 듣고 겪은 농사일을 〈금양잡록〉(衿陽雜錄)에서 다루면서 그런 면모를 한층 폭넓게 확인할 수 있다. 백성들이 농사를 열심히 짓도록 교화를 하자는 뜻을 버리고, 자기 자신이 농사꾼 처지로까지 내려가야 알 수 있는 내용을 담았다.

농작물의 종류를 하나씩 들고 설명을 한 것이 큰 비중을 차지했다. 〈농담〉(農談)이라고 한 데서는 농사의 어려움을 자세하게 말했다. 〈농자대〉(農者對)에서는 늙은 농부와 실제로 주고받은 이야기를 적었다.

그 다음에는 날씨와 씨앗에 관한 지식을 들어 농사에 도움이 되는 내용을 삼았다. 끝으로 〈선농구〉(選農謳)라고 한 대목에서는, 농민들이 농사를 지으면서 부르는 민요를 격식을 갖추지 않은 한시 14수로 로 옮겨놓았다. 〈경장묘〉(竟長畝)라고 한 기음노래를 들어보자. 민요 맛이 나도록 번역을 해본다.

竟長畝畝正荒   사래 길고 장찬 밭 다 묵었는데
日煮我背汗獎   해가 등을 쩌서 땀만 몹시 흐르는구나.
大郎不及小郎强   어른이 힘센 아이놈 당하지 못해
爭㤞尺手脚忙   지척을 다투느라 팔다리 바쁘다네.
竟長畝回頭笑大郎   사래 길고 장찬 밭, 머리 돌리니 어른이 우습구나.
大郎却慙小郎强   어른이 부끄럽다네 힘센 아이놈 탓에.

사래 길고 장찬 밭이 다 묵었다든가, 김을 매니 해가 등을 쩌서 땀만 몹시 흐른다든가 하는 말은 오늘날의 기음노래에서 흔히 들을 수 있다. 일을 하는 어려움을 하소연하면서 어른과 아이놈을 견주어서 웃음을 자아내는 것도 민요다운 전개방식이다. 이 노래 14수를 〈농구〉(農謳)라는 제목을 붙이고 잡체시(雜體詩)로 분류해 〈속동문선〉에 실었으며, 허균(許筠)이 〈국조시산〉(國朝詩刪)에도 넣어, 널리 알려지고 상당한 평가를 얻었음을 알 수 있다. 허균은 말이 극치에 이르고 이치에 통달해서 강희맹이 지은 시 가운데도 더 나은 것이 없다는 평을 달았다.

강희맹은 서거정의 〈태평한화골계전〉을 옹호하고, 〈촌담해이〉(村談解頤)를 지어 시골 농민이 이야기하는 음담패설을 수록했다. 단순한 흥밋거리로 삼지 않고, 그 속에 진실이 있다고 적극적으로 주장했다. 섬세한 감각을 가진 문인이면서도 농민이 전승하고 있는 민요와 설화에 깊은 관심을 가져 관인문학의 고답적인 세계에서 벗어나려고 했다.

성간(成侃, 1427~1456)은 성임(成任)의 아우이고, 성현(成俔)의 형이다. 문벌을 자랑하는 집안에서 태어나 일찍 재능을 보였다. 14세에

진사가 되고, 26세에 문과에 급제해서 집현전에 들어가 문명을 떨치다가, 30세에 세상을 떠나고 말았다. 책을 너무 탐독하다가 건강을 해쳐 명을 재촉했다고들 하지만 그런 것만도 아니다. 용모가 추하고 성격이 괴팍해 웃음거리였다고 했다. 훈구파의 폐쇄적인 의식에 불만을 품은 기질 때문에도 고난을 겪어야만 했다.

〈용부전〉(慵夫傳)을 지어, 게으름뱅이로 자처했다. 적극적인 의욕이라고는 없으며 삶의 한계 같은 것을 느낀다고 했다. 세상이 잘못 되어가는 것을 알고, 부귀를 자랑하는 무리에 대한 반감도 느끼지만 맞설 자신은 없었으므로 게으름에 빠져 마음의 위안을 찾고자 하는 데 문학이야말로 무엇보다도 큰 위안거리였다. 그런 생각을 가지고 문학하는 자세를 되돌아보았다.

〈신설부〉(新雪賦)에서는 눈이 오는 모습을 아주 실감 있게 묘사하면서 불우한 선비가 서러운 운명을 개탄한다고 했다. 객이 힐난하면서 눈은 상서로운 기상을 나타내고 임금의 덕을 말해주는데 무슨 소리를 하느냐고 따지는 데 동의하는 것처럼 결말을 지었지만, 뜻하는 바가 단순하지 않다. 문학이 눈의 모습을 묘사하고 말 것인가, 임금의 덕을 칭송하는 것으로 만족할 수 있겠는가, 아니면 겉으로 보아서는 상서롭고 태평스럽기만 한 시대에 감추어져 있는 고민을 드러내야 마땅한가 하는 심각한 물음이 거기 암시되어 있다.

기구한 처지에서 원통하게 살아가는 사람은 불우한 선비만이 아니었다. 임금의 덕이 천지와 함께 상서롭다고 하는 시대에도 일반 백성이야 고난에 찬 삶을 이끌어가지 않을 수 없는데 문인이 그런 사연에 대해서는 관심을 갖지 않는 것이 불만이었다. 일반 백성들의 어려움을 대신해서 노래하는 작품도 내놓았다. 다음과 같은 〈원시〉(怨詩)가 그런 작품이다.

蓐食向東阡　　새벽밥 먹고 동쪽 밭 둔덕으로 갔다가,
暮返荒村哭　　저물어서야 황량한 마을로 돌아와 운다.

衣裂露兩肘　　옷은 찢어져 두 팔뚝이 드러나 보이고,
缾空無儲粟　　항아리는 비어서 간직해둔 곡식이라고는 없네.
稚子牽衣啼　　어린 자식이 옷을 끌어당기며 우는데,
安得饘與粥　　어찌 하면 밥이거나 죽이거나 얻을 수 있으랴.
里胥來索錢　　마을 아전들이 와서는 돈을 토색하는 판이라,
老妻遭縛束　　늙은 아내가 묶이기도 한다.

길게 이어지는 장편고시 앞 대목이다. 그 뒤에서는 아전의 토색을 피해 담을 넘고 산으로 올라가 가시밭 속에서 열흘이나 숨었다고 하면서 처량하고 음산한 분위기를 조성했다. 〈노인행〉(老人行)에서는 병졸로 나갔다가 일흔 살이나 되어서 돌아온 신세 한탄을 전했다. 〈아부행〉(餓婦行)에서는 가련한 여인이 굶주리다 못해 두 자식을 길에 버리고 가서 호랑이에게 잡아먹히게 된 참상을 그렸다. 훈민이 아닌 애민(愛民)의 시를 지으면서 고립과 절망의 느낌을 짙게 나타냈다. 자기 처지가 궁벽하게 되어 농민생활의 밝고 활기에 찬 면은 이해할 수 없었다고 할 수 있다.

성현(1439~1504)은 서거정의 문학관을 이으면서 성간의 반발에 대해서도 공감을 가졌다. 성현이 과거에 급제했을 때에는 집현전이 없어지고 홍문관이 그 뒤를 이었는데, 홍문관은 연구기관이 아니고 이미 익힌 글재주를 자랑하는 곳이었다. 그 동안에 집권세력은 진취적인 기상을 더욱 상실하고 부귀를 자랑하는 데 집착하고, 사림파의 도전이 더욱 심각해졌으며, 문학을 두고서도 논란이 치열해졌다.

성현은 훈구파가 이룩한 통치질서를 적극 옹호하면서 문학의 폭을 넓혀 융통성을 가지는 것도 마땅한 대응책이라고 생각했다. 사림파와의 경쟁에서 서거정만큼 강경한 노선을 택하지는 않았다. 〈뇌계시집서〉(㵢溪詩集序)에서는 김종직이야말로 시의 깊은 이치를 깨달은 사람이라고 하고, 김종직의 제자 유호인(兪好仁) 또한 시가 상당한 경지에 이르렀으나 크게 진출하지 못한 것을 아쉬워하면서, 시가 사람을 궁하

게 한다고 한탄했다.

질서관을 다지는 것을 긴요한 관심사로 삼고, 〈물불가이구합론〉(物不可以苟合論)을 써서 만물은 대등하지 않으니 함부로 합치면 분별이 없어진다고 했다. 사람이 사는 세상도 그래서 각자 자기 위치에서 분수를 지켜야 조화가 이루어진다고 했다. 〈악학궤범서〉(樂學軌範序)에서는 예악이 질서를 잃으면 "임금과 백성, 일과 물건을 구별하기 어려워진다"고 했다. 문학도 질서를 구현하고 조화를 이룩하는 것이 마땅하다고 했다.

그렇지만 문학이 바로 도학이어야 하고, 경전의 문장만 참된 가치를 가진다는 주장은 받아들이지 않았다. 질서를 인륜도덕에 관한 규범으로만 이해하는 것은 잘못이며, 좀더 여유 있는 관점이 필요하다고 했다. 경학에 밝으면서 문장에 능하지 못하다면 한쪽으로 치우쳤다고 했다.

문학은 품격이 다양해 청담(淸淡), 간고(簡古), 웅방(雄放) 등이 각기 그것대로의 의의를 지니고 있으므로 일률적인 기준은 세울 수 없다고 했다. 〈부휴자담론〉(浮休子談論)에서는 갖가지 흥미로운 화제를 모아 우언(寓言)을 짓는 데 열의를 가지고, 우언을 아언(雅言)과 보언(補言)이라는 것으로 변형시켜 서로 다른 갈래가 되게 시험했다. 〈용재총화〉(慵齋叢話)에는 더욱 다양한 이야기를 수록했다.

성현의 시는 성격이 다양하다. 기행시가 많고, 민간의 풍속을 읊은 것도 적지 않다. 소재를 계속 확대하면서 쉽게 지은 시여서 서거정과는 다른 경향을 보였고, 감추어진 문제를 찾아 고민을 하지 않으면서 성간과 거리를 두었다. 〈전가사십이수〉(田家詞十二首) 연작 가운데 한 수를 든다.

日輪當午萬珠融　　해가 움직이다 한낮 되니 일만 구슬 녹이는데,
鋤禾百畝愁老翁　　백 이랑에서 김을 매면서 늙은이가 근심일세.
田頭放歌田尾和　　밭머리에서 노래 부르면 밭 끝에서 받고,

西耘已了復徂東	서쪽 김 다 매고서 동쪽으로 오는구나.
饁罷支頣臥草隴	점심 먹고 돌베개로 밭두렁에 드러누우니,
陰陰樹榭多薰風	어둑어둑 나무 그늘에 훈풍도 넉넉해라.
薰風吹作山頭雨	훈풍이 불어와서 산머리에 비가 되니,
白浪粼粼不見土	흰 물결 출렁출렁 흙이라고는 보이지 않네.
歸來蒻笠牛倒騎	돌아올 때에는 삿갓 쓰고 소를 거꾸로 타니,
蘆管一聲天欲暮	갈잎 피리 한 소리에 날이 저물려고 하네.

처음에는 김매는 농부의 어려움과 근심을 말하는 것 같더니, 흥겨운 노래를 주고받으며 서로 돕는 광경을 그려 분위기를 바꾸어놓았다. 휴식의 즐거움에다 비가 내려서 상쾌한 심정을 보태고 다시 돌아올 때의 흥취를 곁들여, 풍경과 움직임과 느낌이 서로 호응하며 함께 고양될 수 있게 했다. 이런 것은 농민시는 아닌 전원시이고, 삶을 즐기자는 자세를 멋있게 나타내는 것을 특징으로 삼았다.

《한국문학사상사시론》(지식산업사, 제2판 1998)에서 서거정을 고찰했다. 김성룡, 《여말선초의 문학사상》(한길사, 1995) ; 장홍재, 《'동인시화'의 시론 연구》(학우사, 1980) ; 이종건, 《서거정문학연구》(개문사, 1985) ; 이종묵, 〈'부휴자담론'과 우언의 양식적 특성〉, 《관악어문연구》 15(서울대학교 국어국문학과, 1990) ; 이종묵·민병수·박수천·박경신, 《서거정의 종합적 검토》(한국정신문화연구원, 1998) ; 홍순석, 《성현문학연구》(한국문학사, 1992) 등의 연구가 이루어졌다.

8.5.4. 해동강서파

조선왕조는 번영을 누리면서 안으로 모순이 누적되었다. 집권세력이 사사로이 차지한 토지를 확대해 전국에 농장을 설치하기에 이르러 일반 백성의 부담은 더욱 가중되고 국가재정은 지탱하기 어려웠다. 이미

유리한 위치를 차지한 기존의 집권세력 훈구파는 기득권을 확대하고자
하고, 신진사류 사림파는 열세를 회복하기 위해서 공세를 펴다가 몇 차
례 사화에서 희생되었다.

그 기간 동안 훈구파 또는 사장파는 문화창조에서 수세에 몰렸으며
볼만한 업적을 이룩하지 못했다. 왕조사업은 대충 마무리를 보았으며
보완해야 할 일거리도 없는 것처럼 보였다. 관인문학 계통을 이은 문인
들이 개인적인 관심사를 다루는 쪽으로 기울어졌다. 문학은 그 자체로
서 가치를 가진다는 태도를 지키면서 작품세계를 세련되게 다듬는 데
힘썼다. 사상적이거나 사회적인 문제의식을 잃고 현실의 생동하는 모
습에서 더욱 멀어지면서 미묘한 정서를 고답적인 수법으로 나타내는
작업을 서거정의 전례를 능가해서 했다.

사림파의 희망이었던 조광조(趙光祖)를 몰아내 처형하도록 하는 데
주역 노릇을 했기에 줄곧 규탄의 대상이 되는 남곤(南袞, 1471~1527)
이 이름난 문장가였다는 사실부터 시사하는 바가 적지 않다. 부귀나 향
락하는 범속한 경지에 머무르지 않고 인간세계를 티끌처럼 바라보면서
허탈한 아름다움을 구현하는 것을 자랑 삼았다. 〈제신광사〉(題神光寺)
라고 한 칠언절구 여섯 수에 그런 특징이 잘 드러난다고 한다. 다섯 번
째 것을 들어본다.

庭前栢樹儼成行	뜰 앞의 잣나무는 삼엄하게 열을 지어 섰고,
朝暮蕭森影轉廊	아침저녁 쓸쓸한 숲 그림자 회랑을 옮겨 다니네.
欲問西來祖師意	서쪽에서 온 조사의 뜻을 물으려고 하니,
北山靈籟送凄凉	북산 신령한 바람이 시원함을 보내주네.

허균은 〈국조시산〉(國朝詩刪)에다 이 시를 싣고 사람은 미워해야 하
겠으나 시는 좋다고 했는데, 어떻게 좋은지 문제이다. 뜰 앞의 잣나무
라고 한 서두의 말은 두 가지 뜻을 지닌다. 눈에 보이는 풍경일 뿐만 아
니라 선종에서 부처가 무엇이냐고 묻는 말에 대답하는 말이다. 잣나무

가 삼엄하게 열을 지어 선 것이 가상일 수 있다. 옮겨 다니는 그림자야 더욱 허망하다. 서쪽에서 온 조사의 뜻을 묻는다는 데서는 불교적인 의미를 바로 나타내고, 삶의 현실을 온통 떠나서 아득하게 먼 곳으로 도피하고 싶은 심정을 느끼게 하는 말로 작품을 마무리했다.

박상(朴祥, 1474~1530)은 높이 영달하지 못하고, 목사로 나다니다가 병으로 물러났다. 시는 대단하다고 하고, 시풍이 다양하다는 평을 들었다. 웅대하고 굳세며 기이한 기상을 나타내는가 하면, 맑고 격조가 높다고도 하고, 감회를 지니고 개탄하는 데 특히 뛰어나다고도 한다. 널리 알려진 〈탄금대〉(彈琴臺)는 특히 마지막 평이 적중한 예이다.

湛湛長江上有楓	넘실넘실 흐르는 장강 위에는 단풍이 있고,
仙臺孤截白雲叢	신선의 누대 홀로 백운 무더기를 가르고 섰구나.
彈琴人去鶴邊月	가야금 타던 사람은 학 근처 달로 갔고,
吹笛客來松下風	젓대 부는 나그네만 솔 밑 바람에 왔도다.
萬事一回悲逝水	만사가 한 번 만이라 흐르는 물이 슬프고,
浮生三歎撫飛蓬	부생을 세 번 탄식하고 흩날리는 쑥대머리 만진다.
誰能寫出湖州牧	누가 그려낼 수 있으랴, 호주목이 이 곳에서
散步狂吟夕陽中	석양을 거닐며 미쳐 노래 부르는 모습을.

충주 목사를 한 일이 있어서 현장에서 지은 시라고 생각된다. 탄금대는 예전과 다름없이 솟아 있지만, 거기서 가야금을 탔다는 우륵(于勒)은 자취를 감추었다는 데서 시작해, 강물처럼 흘러가는 삶을 잠시 누릴 뿐이라는 서글픔을 절실하게 나타냈다. 그래도 미진하기만 해서 석양에 거닐며 미쳐서 노래 부를 따름이라고 했다. 허망하게 사라지고 마는 것에 대한 대응책이 있다면 음악이고 그림이고 시인데, 그런 것들마저 어쩔 수 없는 한계가 있으니 더욱 서글프다고 했다. 특별히 하소연하려는 사연이 없어 공허하기만 한 심정을 오묘하게 형상화했다.

이행(李荇, 1478~1534)은 조광조가 수난을 당하자 대제학이 되었으며, 벼슬이 좌의정에 이르렀다. 갖은 영화를 누리다가 김안로(金安老)의 전횡을 나무라다가 귀양가서 세상을 떠났다. 시가 대단하다고 평가되었다. 이행의 시는 붓과 혀로써 칭송할 수 없으며 우리나라 시인 가운데 마땅히 첫째로 꼽아야 한다고 허균이 말했다. 평생 읊조리기를 좋아한다 하고, 허균이 〈국조시산〉에 뽑아 넣은 〈팔월십오야〉(八月十五夜)를 보자.

平生交舊盡凋零	평생 사귀던 벗들 다 이울어지고,
白髮相看影與形	흰 머리 서로 보는 그림자와 몸뚱이뿐.
正是高樓明月夜	높은 다락에 달 밝은 바로 이런 밤이면,
笛聲凄斷不堪聽	젓대 소리 처량해서 차마 듣지 못할러라.

  팔월 십오일 한가위 날 보름달은 남김없이 가득 찬 것을 보여주고 풍요로움을 상징한다. 그런 뜻을 지닌 제목과 대조가 되는, 늙고 이울어지고 처량한 심정을 절실하게 나타냈다. 허균이 평한 대로, 한없는 감회가 있어 읽을수록 서글퍼진다. 그러나 거리를 두고 다시 보면, 지나치게 처량한 것이 결정적인 결함일 수 있다. 이행은 부(賦)에도 힘써 66편이나 되는 작품을 남겼으나 추구하고자 하는 바가 다양했던 것은 아니다.

  박은(朴誾, 1479~1504)은 짧은 생애를 불우하게 살다 간 사람이어서 이행과는 처지가 아주 다르면서 시 창작에서는 같은 경향을 보여주었다. 14세에 이미 문장으로 이름이 나고 17세에 과거에 급제할 정도로 조숙했다. 관직에 나아간 후 유자광(柳子光) 일파를 규탄하다가 파직당하고, 갑자사화에 걸려들어 귀양가서 25세의 나이로 사형당했다. 이행이 유고집을 편찬했으며 후세의 여러 사람이 대단한 평가를 했다. 널리 알려진 작품 〈복령사〉(福靈寺)를 들어 어떤 경지에 이르렀는지 살피기로 하자.

伽藍却是新羅舊　　절은 바로 신라 적부터 묵은 것이요,
千佛皆從西竺來　　천 개나 되는 부처 서쪽 천축에서 왔도다.
終古神人迷大隗　　옛적 신인은 대외를 찾다가 길을 잃었다는데,
至今福地似天台　　지금 이곳의 복지는 천태산과 흡사하구나.
春陰欲雨鳥相語　　봄이 그늘져 비가 오려 하니 새들은 지저귀고,
老樹無情風自哀　　늙은 나무 무정하기만 한데 바람이 홀로 슬프다.
萬事不堪供一笑　　세상만사란 한 번 웃음거리도 되지 못하고,
靑山閱世只浮埃　　세월을 겪어온 청산은 먼지 위에 떠 있네.

　복령사를 찾아가서 본 절의 모습과 그 주위의 풍경을 난해한 고사와 예민한 감각으로 묘사했다. 두 줄씩 짝을 짓고, 다시 네 줄씩 짝을 지워 만들어낸 놀라운 짜임새로 뛰어난 표현효과를 창출했다. 시의 언어구사가 어디까지 갈 수 있는가 보여주면서, 절망이 기교를 낳는다는 원리를 깨닫게 한다.

　처음 두 줄에서 사실을 있는 그대로 말한 것 같다. 그 다음 두 줄이 무슨 말인지 알려면 고사에 관한 지식이 필요하다. 옛적 신인(神人)이라고 하는 황제(黃帝)는 대외(大隗)라는 곳을 찾다가 길을 잃었다고 하는데, 지금의 범속한 인물인 자기는 복령사까지 올라가기도 힘들다고 했다. 그런데 올라가보니, 복령사는 이름에 들어있는 복자가 헛되지 않게 신선이 사는 천태산과 같다고 했다. 알기 쉬운 "신라"와 "천축", 이해하기 힘든 "신인"과 "천태"가 서로 호응하게 하면서 과거와 현재, 문화의 원류와 현상 사이의 연관을 나타냈다.

　뒤의 넉 줄에서는 절 주위의 풍경에 대해서 보고 느끼는 그대로 말하면서 앞뒤가 아주 다르게 했다. 비와 새, 나무와 바람을 대조시켜 노래한 대목은 뛰어난 감각의 극치를 보여준다. 그 다음 두 줄에서는 모든 것이 허무하다는 생각을 막연한 말로 나타냈다. 그렇게 해서 작은 것과 큰 것, 구체적인 것과 추상적인 것의 극단적인 대조를 보여주었다.

　세상만사란 한 번 웃음거리도 되지 못하고, 세월을 겪어온 청산은 먼

지 위에 떠 있다고 단정한 것은 충격적인 발언이다. 갑자기 그런 말을 해서 독자를 당황하게 하고 시를 끝냈다. 뒤에 다른 말이 더 없으니 앞을 다시 보아야 한다. 다시 읽으면 이 시는 복령사의 모습을 그린다 하고 무엇이든지 거리를 두고 바라보면서 장난거리로 삼는 심리를 나타냈다. 역사도 종교도, 인정도 세태도 모두 허망하다고 여기는 절망에서 벗어나기 위해 표현 기교를 절대시하게 되었다. 한 시대의 문화가 난숙할 대로 난숙해 더 나아갈 길이 없을 때 나타나는 전형적인 현상을 보여주었다.

명종대에서 선조대로 넘어가면서 마침내 이이(李珥)가 권간(權奸)이라고 규탄한 훈구파는 정권을 담당할 능력을 상실하고, 사림파가 집권세력으로 등장하는 전환을 겪었다. 사림파가 거듭 누적된 내부의 모순을 해결할 능력을 가졌던 것은 아니며, 당쟁이라는 형태의 새로운 권력다툼을 벌였다. 나라의 형편이 아주 어려워진 상태에서 임진왜란을 맞이해야만 했다. 그런데도 선조의 능 이름을 따서 후대인이 흔히 목릉성세(穆陵盛世)라고 하는 한문학 전성기의 풍요로움을 자랑했다. 그것은 황혼의 아름다움이었다.

정치적이거나 사상적인 식견에서는 패배를 자인하지 않을 수 없는 훈구파 계열의 고관들이 목릉성세의 문학의 주역 노릇을 계속하면서, 새로운 기풍의 대두를 막는 보수적인 노선을 수준 높게 이룩했다. 관각삼걸(館閣三傑)이라고 칭송된 정사룡(鄭士龍)·노수신(盧守愼)·황정욱(黃廷彧)이 바로 그런 문인의 대표적인 예이다. 세 사람은 모두 대제학의 지위에 올랐으며, 물려받은 전통과 자기 능력으로 조선전기 관인문학을 최고 수준에 올려놓았기에 그렇게 일컬어진다.

정사룡(1491~1570)은 사화를 일으켜 사림을 제거하려던 이량(李樑)이 몰려날 때 그 일당이라고 해서 삭직 당했다. 일찍이 중국에 사신으로 가서 문명을 떨쳤으며 돌아와 〈조천록〉(朝天錄)을 남겼다. 말을 치밀하게 다듬어 기이한 문구를 얻으려는 시풍을 장기로 삼고, 칠언율시로 이름을 얻었다. 〈기회〉(記懷)에서 "思量不復勞心事 身世端宜付釣耕"

(다시는 마음 쓰는 수고를 하지 않을 것을 생각하고 몸이나 세월을 마땅히 고기잡고 밭가는 데 부치노라)이라는 결말을 삼은 것이 마음에서 우러나는 술회라기보다 교묘하게 다듬은 표현이다.

노수신(1515~1590)은 대윤(大尹)에 가담해 소윤(小尹)과 다투다가 오래 귀양살이를 한 다음 대제학이 되고 영의정의 자리에까지 올랐다. 실각기에는 사상 편력을 했다. 권신 계열 문인의 체질을 버린 것은 아니지만, 시에서 갖추는 심상의 범위를 넓히는 데 도움이 되었다. 침울하면서도 노건(老健)한 맛이 있고 분방하고 호탕하면서 비장한 느낌까지 준다는 평을 들으면서 오언율시를 장기로 삼았다. 뛰어난 작품이라고 하는 〈십육야환선정〉(十六夜喚仙亭)을 들어본다.

二八初夜秋	열엿새 되는 초가을날 밤에
三千弱水前	삼천리나 뻗은 약수를 앞두었다.
昇平好樓閣	태평시절이라 누각이 좋은데,
宇宙幾神仙	우주에는 신선이 몇이나 있는고.
曲檻淸風度	굽은 난간으로 맑은 바람 지나가고,
長空素月懸	긴 하늘에는 흰 달이 걸려 있다.
愀然發大嘯	추연히 큰 휘파람 소리를 내니,
孤鶴過蹁躚	외로운 학이 지나다가 너울거린다.

열엿새 날 달이 밝을 때에, 신선을 부른다는 뜻으로 환선정이라고 하는 정자에 오른 감회를 읊었다. 정자에 머물러 있는 자기 자신이나 그 주변의 일을 한 줄로, 멀고 아득한 곳을 향하는 마음을 또 한 줄로 계속 엇바꾸어 나타내면서, 독자 또한 신선을 동경하게 한다. 터럭도 뜨지 못한다는 약수 삼천 리를 건너야 신선을 만날 수 있다고 하더니, 그 거리가 아주 좁혀져서 공중에 걸린 달이며 너울거리는 학이 이미 인간세상을 초탈한 모습이다.

황정욱(1532~1607)은 명나라에 가서 태조 이성계에 대한 기록을 바로잡은 공로로 공신이 되는 영화를 누리다가, 임진왜란을 만나 두 왕자를 보호해서 함경도로 갔다가 왜적에게 사로잡혀 항복을 권유하는 글을 쓰라고 강요당하는 수모를 겪었다. 글 잘하는 것이 화근일 수 있음을 절감한 사람이다. 〈차기윤자앙〉(次寄尹子仰)이라고 한 것을 들어 본다.

春事闌珊病起遲	봄빛이 점점 시들어지고 병으로 더디 일어나서
鶯啼燕語久違詩	꾀꼬리 울고 제비 지저귀어도 오래 시를 짓지 못했다.
一篇換骨脫胎去	한 편을 환골탈태해서 다시 지으면서,
三復焚香盥水時	세 번 분향하고 손까지 씻고 보노라.
天欲此翁長漫浪	하늘이 줄곧 쫓겨 다니게 하려는 이 늙은이
人從世路苦低垂	세상 사람의 길을 따르느라고 괴롭게 고개 숙인다.
銀山松桂芝川水	은산의 소나무 계수나무 지천의 물까지
應笑吾行又失期	내 행실 또다시 기회 잃었다고 웃고 있으리.

동년배이고 가까이 지내는 사이인 윤두수(尹斗壽)에게 준 시이다. 심신이 피폐하고 새들의 울음소리를 들어도 감흥을 느끼지 못하면서 시에 대한 미련은 버리지 못했다. 상대방에게서 받은 시를 환골탈퇴해서 새 작품을 만드느라고 온갖 정성을 다하고 있지만 뜻대로 되지 않는다고 했다. 처신하기 어려우면서 시골로 돌아가지 않고 있으니 부끄럽다고 했다. 은산은 윤두수, 지천은 황정욱의 집이다.

지금까지 고찰한 박상, 이행, 박은, 정사룡, 노수신, 황정욱 등은 처지는 서로 달라도 시를 짓는 기풍에는 뚜렷한 공통점이 있었다. 중국의 강서파(江西派) 송대의 황정견(黃庭堅)과 진사도(陳師道)가 당시(唐詩) 전통에서 벗어나 기발한 착상과 참신한 표현을 일삼는 기교적인 시를 쓴 전례를 본받으려고 해서 해동강서파(海東江西派)라고 일컬어진다. 조선전기의 지배층 한 쪽이 현실에서 감각으로 관심을 돌려 고답적인 문학을 하고자 할 때 기교주의 순수시파라고 할 것이 나타났다.

해동강서파가 우리 한시의 수준을 높인 것은 공적이라고 할 수 있다. 정감을 바로 나타내는 들뜬 기풍을 없애고 말을 잘 가다듬어 표현의 격조를 높였다는 이유에서 높이 평가되어 마땅하다. 그러나 폭 넓은 경험에서 우러나오는 자연스러운 느낌에서 멀어져 발상이 궁벽해지고 말이 까다로워진 것이 시비의 대상이 되었다. 송시의 폐단을 극복하고 당시를 다시 잇고자 할 때 비판의 대상이 되었다. 한시가 민족과 민중의 시여야 한다는 쪽에서 보면 더 많은 결함이 있었다.

홍순석, 《박은의 생애와 시》(일지사, 1986) ; 이종묵, 《해동강서시파연구》(태학사, 1995) ; 김기림, 〈이행의 시세계연구〉(이화여자대학교 박사논문, 1995) ; 이창희, 〈용재(容齋) 이행 한시의 연구〉(고려대학교 박사논문, 1998) ; 윤채근, 《황혼과 여명, 16세기문학사의 맥락》(월인, 2002) 등의 연구가 있다.

8.6. 사림문학, 심성에서 우러나는 소리

8.6.1. 김종직과 그 제자들

조선초기 사대부 세력 가운데 한쪽은 중앙 정계에서 기반을 굳혔으나 또 한쪽은 지방 중소지주의 위치에서 진출할 기회를 찾아 서로 대립했다. 지방 중소지주가 먼저 두각을 나타낸 곳이 영남지방, 그 가운데서도 선산이었다. 길재(吉再)가 고려에 대한 충절을 지키면서 도학에 힘써, 정몽주(鄭夢周)에게서 길재로, 길재에게서 다시 김숙자(金叔滋)로 학통이 이어졌다고 한다. 그 기반을 딛고 김숙자의 아들 김종직(金宗直, 1431~1492)이 선두에 서서 관직을 얻어 중앙정계로 진출해 훈구파와 맞서기 시작했다.

정몽주에서 김종직으로까지 연결된다는 도통(道統)은 재야 사림의 주장이 설득력을 갖도록 하기 위해서 필요한 계보였다. 사림(士林)이란 선비들의 무리를 뜻하는 말이며, 산림(山林)과 통용된다. 산림은 산림처사(山林處士)의 준말이다. 산과 숲에 머물러 살면서 벼슬하지 않은 사람이 산림처사이다. 산림처사는 스승에게서 올바른 도리를 이어받아 실행한다고 해야 정신적 우위를 입증할 수 있었다.

김종직은 자기 고장에 머물러 도학에 힘쓰지 않고 적극적인 진출을 꾀했다. 과거를 거치는 데 부족함이 없고 기존 세력에 꿇리지 않는 역량을 가져, 세조 때에 급제하고 성종 때에는 벼슬이 공조판서·지중추부사에 이르렀다. 문학에서 서거정과 경쟁할 수 있는 위치에까지 올라서서, 관인문학에 맞서는 사림문학의 노선을 마련했다.

서거정의 문학이 부려(富麗)를 특징으로 한 것과는 달리, 김종직은 방달(放達)이라고 일컬어지는 건강하고 역동적인 작풍을 개척했다. 그렇게 해서 표현의 수준이나 언어 구사에서 관인문학보다 뒤떨어지지 않으면서 세상을 바르게 살아가는 적극적인 자세를 보여주려고 했다. 서거정이 오랫동안 대제학을 사임하지 않은 것은 그 자리가 김종직에게 돌아갈 것을 염려한 탓이었다고 한다.

김종직은 스스로의 선택에 합당한 이론을 마련해, 도학과 문학 또는 경술(經術)과 문장을 하나로 아울러야 한다고 했다. 경술을 탐구한다면서 말뜻이나 캐고, 문장에 힘쓴다면서 문구나 다듬는 데 머무르고 마니 그럴 수 있겠느냐고 하면서, 훈구파 쪽의 주장까지 아우르려고 했다. 그러나 훈구파는 노선전환을 환영하지 않고 경쟁자의 등장을 경계했으며, 후대의 사림은 김종직이 지나치게 타협했다고 나무랐다. 이황(李滉)이 김종직이야말로 시문을 평생사업으로 삼고 도학에는 힘쓰지 않았다고 한 데 그런 평가가 잘 나타나 있다.

도학으로 반격을 하지 않고 시문을 하고자 한 태도가 안이하다고 할 것은 아니다. 관인문학에서 자랑으로 삼는, 화려함이 무르녹은 표현이나 말을 교묘하게 다듬는 기교에 휩쓸리지 않으면서 볼 만한 내용을 갖추고 문학 자체의 평가에서 조금도 뒤지지 않는 작품을 내놓는다는 것은 쉬운 일이 아니었다. 중후하면서 역동적인 시풍을 개척해서 그 일을 감당한 것을 평가해야 마땅하다.

널리 알려진 시구에 "上方鍾動驪龍舞 萬竅風生鐵鳳翔"(상방의 종이 울리자 검은 용이 춤을 추고, 만 구멍에 바람이 일어나니 쇠로 만든 봉이 날아오른다)이라고 한 것이 있다. 〈신륵사〉(神勒寺)의 한 대목이다. 방달한 시풍의 특징을 잘 보여준다. 김종직의 시를 처음에는 그리 좋지 않게 말하던 허균도 이를 두고, 포함된 뜻이 넓고 맑으며 품격이 엄중해 우주에다 기둥을 버틴 기상이라고 했다.

김종직은 자기 고장 영남의 문화적인 전통에 깊은 긍지를 가지고, 신라의 고사를 〈동도악부〉(東都樂府)라는 이름의 연작시로 읊었다. 이색(李穡)이 영해 현지에서 창작한 〈관어대부〉(觀漁臺賦)에 화답하고, 지리산을 정신적 지주로 받드는 시문을 남겼다. 영남은 서울의 권신들 때문에 수난을 당하는 고장이라는 인식을 가지고 〈낙동요〉(洛東謠)를 지었다. 한 대목을 들면 다음과 같다.

樓下綱舡千萬緡	누각 아래 배에다가 천만 꾸러미 돈을 실었으니
南民何以堪誅求	남도 백성들이 이 토색질에 어이 견뎌내리.
絣甖已罄橡栗空	쌀독이야 진작 비고 도톨밤마저도 없는데,
江干歌吹椎肥牛	강가 정자에서는 노래 소리에 살진 소를 잡는다.
皇華使者如流星	나라의 사자들이 흐르는 별처럼 지나가면서
道傍髑髏誰問名	길가의 해골이야 누가 이름이라도 묻겠는가.

　제목부터 민요풍의 노래이다. 서두에서 낙동강의 근원을 말하고, 강이 흐르면서 차차 물이 불어나 바다에 이르기까지 사백 리 뱃길을 이루는 광경을 차례로 묘사했다. 그런 방식으로 현실감을 나타내다가, 절정에 이르면 이런 사연을 전했다. 그런 다음 자기는 고향의 봄을 찾았으나 흥이 나지 않아 이 노래를 부르며 기둥에 기대어 섰으니 갈매기가 비웃는다고 했다.

　글을 잘해 이름을 얻고 서울서 벼슬에 올랐으면서 남도 백성들의 고난에 마음으로나마 동참했다. 고향을 생각하는 마음을 다른 여러 작품에서도 말했다. 〈이월삼십일장입경〉(二月三十日將入京)에서는 고향의 봄을 등지고서 서울로 벼슬 살러 가는 심정을 나타냈다.

　김종직이 벼슬을 해서 남도 백성들을 위한 무슨 시책을 펴거나 권신의 횡포를 막을 방도를 차릴 수 있었던 것은 아니다. 이록(利祿)과 명망을 훔쳤을 뿐이라는 평은 지나쳤다 하더라도 문제가 아닐 수 없었다. 좋은 계책을 건의한 바 없으니 그럴 수 있느냐고 제자 김굉필(金宏弼)이 묻자, "벼슬하는 것이 내 뜻이 아니다"고 대답한 것은 궁색한 변명이 아닐 수 없다. 많은 제자를 기른 것은 다행이라 하겠으나, 거의 다 사화를 만나 희생되고 말았다. 그 자신은 세조의 왕위찬탈을 풍자했다고 인정된 〈조의제문〉(吊義帝文)을 쓴 것이 빌미가 되어 부관참시를 당했다.

　유호인(兪好仁, 1445～1494)은 김종직의 제자 가운데 누구보다도 높이 평가되었으며, 단명한 덕분에 사화를 당하지 않았다. 문과에 급제해서 성종의 총애를 받았다. 노모를 봉양하기 위해서 외직에 나가겠다고 할 때 성종이 시조를 지어 애석한 마음을 나타낸 고사가 널리 알려져 있다. 이미 언급한 바와 같이, 성현(成俔)은 유호인의 시가 이치를 스스로 깨달은 바 있어 편마다 법칙이 있고 구마다 뛰어나다고 평가했다. 서울의 관인사회에서 상당한 호감을 얻었음을 알 수 있다.

凌晨登鳥嶺	새벽을 무릅쓰고 새재에 오르니
春意正濛濛	봄빛이 참으로 자욱이 어리는구나,
北望君臣隔	북을 바라보니 임금과 신하가 멀어졌으나,
南來母子同	남으로 와서 어머니와 아들이 만나네.
蒼茫迷宿霧	아득하여라, 밤 지난 안개 헛갈림이여.
迢遞倚層空	높고 높아라, 여러 층 하늘에 의지함이여
更欲載書札	다시금 편지를 실어 보내려 하니
愁邊有北鴻	시름 싣고 북으로 가는 기러기가 있구나.

이 시 제목은 〈등조령〉(登鳥嶺)이다. 새재라고도 하는 조령은 영남에서 서울로 오르내리려면 넘어야 하는 고개이며, 두 쪽을 함께 볼 수 있는 곳이다. 영남은 어머니, 서울은 임금이 있는 곳이어서, 작자의 고민이 충효 사이에서, 또는 물러나 마음을 온전히 하는 길과 나아가 은총에 보답하는 길 사이에서 엇갈린다. 심정이 착잡하다는 것을 안개, 하늘, 기러기 등을 적절하게 배열해 나타냈다. 임금의 은혜에 대해서 못내 감격한다는 말을 앞세우고 〈몽유청학동사〉(夢遊靑鶴洞辭)를 지어 꿈에라도 청학동에서 노닌다고 한 데서는 분열이 더욱 심각하게 나타났다.

이주(李胄, 1468~1504)도 김종직의 문하에서 공부하고 과거에 급제해 진출했다가, 늦게까지 살아서 사화가 거듭되는 험한 세상을 만났다. 무오사화가 일어나 진도로 귀양가고, 갑자사화 때에는 사형을 당했다. 사치스러운 고민을 어루만지며 아름다운 문구를 얻으려고 할 처지가 아니었다. 기걸스럽고 힘찬 시풍을 지녔다고 평가된 것은 시련 때문에 좌절하지 않으려는 자세를 보여주었기 때문이다.

진도에 귀양 갔을 때 쓴 글에 〈금골산록〉(金骨山錄)이라는 것이 있다. 발붙일 데도 없는 험한 산을 올라가 기이한 굴속에 거처를 정하고, 괴이하게 솟아 있는 바위와 같은 시를 날마다 지어 거기 간직한다고 했다. 그때 지은 시 가운데 밤중에 일어나 앉았다는 〈야좌〉(夜坐)를 보자.

陰風慘慘雨淋淋	음풍이 쌀쌀하고 비는 뚜덕거리는데,
海氣連山石竇深	바다 기운이 산을 둘러 바위굴이 깊구나.
此夜浮生餘白首	이 밤에 떠돌이 삶은 흰 머리만 남겼지만
點燈時復顧初心	등불 켜고 이따금 첫 마음을 되돌아본다.

한탄만 하고 있지는 않았다. 처음 두 줄에서 보인 험악한 광경이 수난에 굴복하지 않고 처음 가진 마음을 되돌아보려는 강력한 의지와 합치된다. 귀양살이를 하며 시골 사람들과 어울리는 동안에 현실을 다시 인식했다는 것은 아니다. 혼자서 산에 올라 바위굴 속에 들어가 누구와도 타협하지 않겠다는 자기만의 정신세계를 구축하고자 했다.

남효온(南孝溫, 1454~1492)도 김종직의 제자이며, 생육신의 한 사람으로 꼽힌다. 단종 어머니의 복위를 청하는 상소를 올렸다가 뜻을 이루지 못하고, 세상일에 흥미를 잃고 미친 사람이라는 소리까지 들어가면서 유랑하다가 일찍 죽어 그런 평가를 받게 되었다. 벼슬이라고는 하지 않았으며 글을 잘한다고 이름을 떨치지도 못해 김종직의 제자 가운데서도 특이한 인물이었는데, 수난은 함께 겪어 갑자사화 때에 부관참시를 당했다.

자기 생애는 가을 강과 같이 차고 적막하다고 하면서 고향을 그리워하는 시를 썼으나 돌아가야 할 정신적인 고향이 있는 것은 아니었다. 〈애인생부〉(哀人生賦)에 이어 〈득지락부〉(得至樂賦)를 지어 때를 만나지 못해서 슬퍼하며 방황하는 심정을 하소연했을 따름이고, 지극한 즐거움은 어디서도 찾을 수 없었다. 김시습과 가까이 지냈으나 방외인의 길을 택했다고 보기는 어렵다. 〈귀신론〉(鬼神論)에서는 조상에게 제사를 지내면 귀신이 응감한다는 원리를 제시하면서 이기이원론의 귀신관을 폈다.

숨겨진 사실을 찾아 기록하는 데 특히 관심을 가져 사육신의 전기 〈육신전〉(六臣傳)을 지어서 몰래 보관하고, 김종직 제자들의 행적이나 자기 주위의 일을 〈사우명행록〉(師友名行錄)과 〈추강냉화〉(秋江冷話)를 지어 전했다. 사실 기록으로 만족할 수 없어 〈수향기〉(睡鄕記)라는 몽유록을 짓기도 하고, 〈야몽성광자〉(夜夢醒狂子)라는 시에서는 나라를 붙들어 일으킬 사람을 꿈에서 만났다고 했다.

조위(曹偉, 1454~1503) 또한 김종직의 제자이며, 성종의 신임을 받고 〈두시언해〉를 이룩하는 데 참여해 서문을 썼다. 연산군이 즉위하자 대사성 겸 지춘추관사의 직위에 있으면서 김일손(金馹孫)의 사초(史草)를 〈성종실록〉에 실은 죄로, 무오사화가 일어날 때 명나라에 사신으로 갔다 오는 도중에 체포되어 귀양처에서 죽었다. 유배지에서 지은 가사 〈만분가〉(萬憤歌)는 이미 다룬 바 있다.

시에 대해서 상당한 식견을 가졌던 것 같으나, 남긴 작품이 그리 대단하지 않다. 김종직의 〈동도악부〉를 본받아 경주지방에 남아 있는 신라 사적을 노래한 시를 많이 지었는데, 〈계림팔관〉(鷄林八觀) 여덟 수가 그 대표적인 예이다. 고사와 전거를 많이 써서 회고의 느낌을 길게 서술해 큰 감명을 줄 수 있는 작품은 아니다.

김일손(1464~1498)은 김종직의 제자 가운데 가장 강경한 인물이었다. 권신 이극돈(李克墩)을 규탄해 원한을 사고, 김종직의 〈조의제문〉을 사초에 올렸다가, 이극돈·유자광(柳子光) 일파가 연산군을 부추겨 중앙 정계에 진출한 사림을 대거 처형하는 무오사화를 일으키게 하는 계기를 만들었다. 그때 젊은 나이로 사형을 당했다. 문장이 대단했다는 것은 권신들 쪽에서도 인정했다. 김일손의 문과 박은의 시는 쉽게 배울 수 없다는 남곤의 말을 허균이 되풀이한 이래로, 두 사람을 조선전기 문과 시에서 각기 최고봉으로 꼽는 것이 예사이다.

  문장을 쓰려고 붓을 들면 수많은 말이 풍우같이 쏟아지고 분망하고 웅혼함이 압도하는 기상을 보여준다는 평을 들었다. 그 좋은 예가 〈속두류록〉(續頭流錄)이라고 할 수 있다. 당시의 사림파는 산에 오르면서 기개를 기르는 것을 자랑으로 여겼으며, 두류산 즉 지리산은 영남 사림의 정신적인 고향으로 숭앙되었다. 김종직이 먼저 두류산 기행문을 썼기에, 김일손은 자기 글을 〈속두류록〉이라고 했다. 김일손의 것이 더 자세하고 표현이 뛰어나다. 산 정상 천왕봉에 올라서 천지가 청명한 한밤중에 사방을 둘러보니 가슴이 우주와 더불어 율동 치는 느낌이라고 한 대목은 명성과 평가가 헛되지 않았음을 입증해준다.

  표연말(表沿沫, 1449~1498)도 김종직의 문인이며 무오사화 때 죽었다. 〈고인정기〉(故人亭記)를 보면 김일손과 대조적인 기풍이 나타난다. 지금의 경남 산청인 산음현에서 귀양살이를 할 때 마을 어귀에 있는 커다란 당산나무 아래에서 쉬면서, 그 나무는 세상에 쓰이지 않으면서 늠연한 기상으로 높이 솟아 있는 것을 보고 자기 자세를 가다듬으며 위안을 얻는다는 내용이다. 산림처사라면 그렇게 살아가는 것이 마땅하다고 하면서 유가적인 심성 수양과 도가적인 일탈의 흥취를 아우르려고 했다.

이수건, 《영남사림파의 형성》(영남대학교출판부, 1979) ; 정경주, 《성종조 신진사류의 문학세계》(법인문화사, 1993)에서 총괄적인 논의를 폈다. 개별적인 연구는 박선정, 《점필재(佔畢齋) 김종직문학연구》(이우출판사, 1988) ; 김영봉, 《김종직 시문학 연구》(이회, 2000) ; 김광순 외, 《탁영(濯纓) 김일손의 문학과 사상》(경남대학교출판부, 1998) ; 김성언, 《남효온의 삶과 시》(태학사, 1997) ; 김종구, 〈추강(秋江) 남효온 문학 연구〉(성균관대학교 박사논문, 1998) ; 문범두, 〈추강 남효온의 방외정신과 문학〉, 《민족문화논총》 20(영남대학교 민족문화연구소, 1999) 등에서 이루어졌다.

8.6.2. 왕도정치의 이상

정여창(鄭汝昌)과 김굉필(金宏弼) 또한 김종직의 제자이고 사화를 만나 수난을 당하는 데는 예외일 수 없었지만, 사림파의 문학이 도학과 밀접한 관련을 갖도록 해서 스승과는 다른 길을 개척하는 데 힘썼다. 정여창은 현감 정도의 벼슬을 하고, 김굉필은 형조좌랑의 지위에 올랐을 따름이고, 지위를 바라지 않고 물러나 심성을 닦는 것이 마땅한 도리라고 했다. 사림파가 중앙 정계에서 기반을 다지는 데는 한계가 있음을 깨달아 노선전환을 제창했다. 둘 다 문학으로 이름을 얻는 대신에 도학의 발전 과정에서 중요한 기여를 했다고 평가된다.

정여창(1450~1504)은 한동안 두류산에 들어가 경전을 공부하고 성리학을 탐구한 다음 〈유두류산도화개현작〉(遊頭流山到花開縣作)이라는 시를 지었다. 두류산에서 놀다가 화개현에 이르러서 짓는다고 한 것이다. 화개현은 지금의 하동군 화개면이다. 두류산 남쪽 계곡에 자리를 잡고 있어, 세상으로 나오는 출구이다. 그런 뜻이 시에 잘 나타나 있다.

風蒲獵獵弄輕柔　　바람결 부들은 가볍고 부드러운 것 희롱하는데,
四月花開麥已秋　　사월달 화개현은 이미 보리가을이 되었구나.
看盡頭流千萬疊　　두류산 천만 겹을 이미 다 보고나서
孤舟又下大江流　　외로운 배는 다시 큰 강을 따라 내려간다.

첫줄에서는 산중에서 볼 수 있던 광경을 그렸다. 계절의 변화가 늦어 산중에는 이제 겨우 봄이 온 것이다. 둘째 줄은 인간세상의 움직임을 나타냈다. 벌써 보리를 거두게 되었다는 것을 산에서 나오는 사람은 미처 모르고 있었다. 다음 두 줄에서는 차원이 다른 말을 했다. 두류산 천만 겹이란 거기서 쌓은 학문을 은근히 이르는 말이다. 산에서 이룰 것을 이루었으니 밖으로 나와, 당장은 알아주는 사람이 없어도 큰 강의 흐름이라고 한 넓은 천지에서 포부를 펴겠다고 했다.

포부를 이렇게 표명한 정여창은 함부로 흘러가는 비뚤어진 세파에서

모진 바람을 견디고, 공명에 이끌리지 않고 꿋꿋이 바른 도리를 찾아야 한다면서 도학을 묻고 따지는 〈이기설〉(理氣說)·〈선악천리론〉(善惡天理論)·〈입지론〉(立志論) 같은 글을 지었다. 도도한 장식으로 휘감긴 김일손의 글과는 문체부터 다르고 표현이 아닌 내용을 중요시하는 것을 특징으로 삼았다. 이치를 따지는 글이 문학에서 멀어지게 했다.

김굉필(1454~1504)은 더욱 근엄한 자세로 도학을 탐구했다 하고, 귀양살이를 할 때 조광조(趙光祖)를 위시한 많은 제자를 길러 영남 사림의 학통이 중부지방으로 이어질 수 있게 했다. 시를 지어 마음가짐을 되돌아보고자 했을 따름이고, 작품으로 평가되는 데는 관심을 두지 않았다. 〈서회〉(書懷)라고 한 시를 보자.

處獨居閑絶往還　　홀로 한가하게 지내며 오고가는 것도 끊었기에
只呼明月照孤寒　　밝은 달만 불러다가 고단한 나를 비추게 한다.
憑君莫問生涯事　　원컨대 그대는 생애의 일일랑 묻지 말아 주게나,
萬頃烟波數疊山　　만 이랑 안개 물결과 몇 겹으로 된 산뿐이로다.

자기 자신을 가다듬는 자세를 보여주기만 하고, 나서서 포부를 펴겠다는 말은 비치지도 않았다. 먼 곳을 찾아가 현실에서 도피했다고 할 것은 아니다. 이치의 근본을 캐는 고독한 대결을 하고 있다고 했다. 만 이랑 안개 물결과 몇 겹의 산은 외부와 차단하는 구실을 하는 데 그치지 않고 탐구해야 할 과제를 암시한다.

그래서 무엇을 찾았는가 묻는다면 〈추호가병어태산부〉(秋毫可竝於泰山賦) 같은 것을 들어 대답할 수 있다. 부(賦)에는 으레 따르는 그 많은 수식을 멀리하고 궁극적인 이치를 엄정한 자세로 추구했다. 천지만물은 근본을 따진다면 터럭같이 작은 것이나 태산같이 큰 것이나 모두 태극(太極)을 갖추고 있어서 다를 바가 없으면서 분별이 또한 있어 질서가 유지된다고 했다. 대등으로 이상을, 차등으로 현실을 설명하는 논리를 선명하게 구현했다.

조광조(1482~1519)는 경기도 사람이며, 개국공신의 후손이다. 영남 사림과는 처지가 달랐으나 김굉필의 학통을 이어받아, 지배층의 이념적인 긴장을 촉구하며 도학을 펴는 왕도정치를 하자고 주장했다. 연산군의 횡포와 권신들의 발호로 왕조의 이상이 여지없이 파괴되고 정치적 기강이 극도로 해이해진 시기에 중종의 신임을 얻어 쇄신을 위해 힘쓰다가 기득권에 완강하게 집착하는 반대파의 음모로 기묘사화를 만나 귀양가서 처형되었다.

세상을 바로잡기 위해서는 먼저 마음부터 가다듬어야 한다고 했다. 〈계심잠〉(戒心箴)에서, 엄숙한 태도를 갖추고 마음을 밝고 깨끗하게 하면 천하의 모든 일이 바르게 된다고 했다. 흥취니 풍류니 하는 것에는 관심을 가지지 말고, 산수를 완상하며 회포를 달래는 문학도 멀리 해야 한다고 했다.

오직 도학을 위한 글만 소중하게 여기고, 문학의 독자적인 의의는 인정하지 않았다. 시에 대해서는 김굉필만큼도 관심도 보이지 않다가, 하늘이 무너진 것 같은 일을 당하자 상심한 바를 하소연하려고 시를 찾았다. 〈능성적중〉(綾城謫中)이라고 한 것을 보자.

誰憐身似傷弓鳥	화살 맞아 상한 새처럼 된 신세 누가 가엾어 하리.
自笑心同失馬翁	말 잃고 단속하는 늙은이 같은 마음 스스로 우습다.
猿鶴正嗔吾不返	원숭이와 학은 내가 돌아오지 않는다고 꾸짖겠지만,
豈知難出覆盆中	엎어진 항아리에서 벗어나지 못함을 어찌 알겠나.

사연이 처절해 충격을 주지만, 비유가 범속하고 앞뒤 연결이 자연스럽지 못하다. 사약을 받아 마실 때에는 "愛君如愛父 天日照丹裏"(임금을 어버이처럼 사랑했노라 하늘의 해가 단심의 이면까지 비추고 있다)라고 읊었다 하고, 후대 사림이 이 구절을 두고두고 외면서 눈물을 흘리곤 했다 한다. 시가 잘 된 것은 아니다.

김식(金湜, 1482~1520)과 김정(金淨, 1486~1521)은 기묘사화 때 조

광조와 함께 화를 당했다. 김식은 조광조가 주장해서 설치한 현량과(賢良科)에 급제해 대사성이 되고, 김정은 성종 때에 이미 문과에 급제해서 여러 관직을 역임한 끝에 대제학의 위치에 올랐다. 둘 다 귀양을 갔다가 김식은 자결하고, 김정은 사형을 당했다. 조광조의 경우처럼 귀양가서 지은 시가 있다.

日暮天含墨	날이 저물자 하늘은 먹을 머금었고
山空寺入雲	산이 비었는데 절은 구름 속에 들어간다.
君臣千載義	군신은 천 년이라도 의리가 있다는데
何處有孤墳	어느 곳에 외로운 신하의 무덤이 있는가?

김식은 〈거창산중〉(居昌山中)이라고 한 이 시를 읊고 목숨을 끊었다. 처음 두 줄에서 암담하기만 한 심정을 하소연하고, 다음 두 줄에서는 명분과 현실이 전혀 일치하지 않는다고 한탄했다. 김정은 금산을 거쳐 제주도로 귀양 갔다가 거기서 사형을 당했다. 도중에 해남 바닷가에 이르자 길 옆 소나무의 껍질을 벗기고 거기다가 시를 써서, 자기 처지를 도끼를 맞아 넘어진 나무에다 견주고 다시 쓰일 길이 없음을 애통하게 여긴다고 했다.

김정은 제주도에 이르러서는 그곳의 독특한 풍물을 기록한 〈제주풍토록〉(濟州風土錄)을 저술하고, 고독과 번민의 심정을 나타낸 시를 여러 편 지었다. 그늘져 있는 바다와 온종일 마을로 불어 닥치는 바람이 처절함을 덧보탠다 하고, 추운 겨울 까마귀가 나는 날 저무는 광경에서 불길한 조짐을 발견하곤 했다. 그러다가 〈우도가〉(牛島歌)에서는 기이한 모습으로 생동하는 자연의 아름다움에 취해 신선이라도 된 듯한 느낌을 길게 읊고, 〈절명사〉(絶命辭)를 지어 극도에 이른 절망을 처절하게 나타냈다.

김안국(金安國, 1478~1543)과 김정국(金正國, 1485~1541)형제는 김굉필의 제자이고, 조광조와 뜻을 같이했다. 그러나 기묘사화 때 몰려났다가 다시 등용되어, 뜻하는 일을 점진적으로 수행하고자 했다. 훈민을 위한 언해 사업에 힘쓰고, 문학에 관해서는 주장하는 바가 분명하지 않았다. 김정국은 〈장주호접변〉(莊周蝴蝶辨)에서 장자가 꿈에 나비가 되었느니 하는 말은 세상을 속이는 궤변이라 했다. 〈사재척언〉(思齋摭言)을 엮어 미천한 백성들이 미신에 사로잡힌 것을 개탄하고 교화의 필요성을 역설했다. 그 정도의 작업으로 사림파문학이 나아갈 방향을 제시할 수는 없었다.

최수성(崔壽城, 1487~1521)은 김굉필의 제자이며, 기묘사화를 만나 가까운 사람들이 대거 희생되자 관직에서 물러나 은거하면서 시에 힘쓰고자 했다. 남곤 일당을 제거하려다 실패한 사건에 연루되어 3년 뒤에 사형 당했다. 시인의 능력을 지닌 것이 이채로웠다. 허균은 〈성수시화〉(惺叟詩話)에서, 벼슬하지 않고 화를 면하고자 했어도 뜻을 이루지 못한 것이 안타깝다고 하고 〈제만의사동부도〉(題萬義寺東浮屠)를 소개했다. 〈국조시산〉에도 수록한 작품이다.

古殿殘僧在	오랜 전각 쇠약한 중들의 거처,
林梢暮磬淸	수풀 끝 저녁 경쇠 소리가 맑다.
窓通千里盡	창은 천리까지 통하게 하는데,
墻壓衆山平	담장이 뭇 산에 눌려 납작하게 되었네.
木老知何歲	늙은 나무는 몇 살인지 모르겠고,
禽呼自別聲	새는 별난 소리로 자기를 부른다.
艱難憂世網	어려워라 세상 얽힘이 걱정스러워
今日恨吾生	오늘도 내 생애를 한탄하노라.

고요한 절간을 찾았어도 마음이 안착되지 못하고 갈등을 느꼈다. 그런데도 세상의 얽힘을 걱정했을 따름이고, 자기가 현실과 대결하는 자세를 가다듬는 데는 이르지 못했다. 절실한 체험에서 나온 시이기는 해도 마음의 갈등을 풍경에다 실어 묘한 표현을 얻은 데 그쳤다.

양순필, 〈충암(沖庵)의 유배 한시고〉, 《어문논집》 23(고려대학교 국어국문학연구회, 1982) ; 강석중, 〈모재(慕齋) 김안국의 시세계〉, 《한국한시작가연구》 4(태학사, 1998) 같은 연구가 부분적으로 이루어졌다.

8.6.3. 서경덕 · 이황 이후의 방향

서경덕(徐敬德, 1489~1546)에 이르자 방향이 달라졌다. 서경덕은 진출하지 않고 줄곧 숨어서 지낸 사화를 당하지 않고 학문을 뜻한 대로 이룰 수 있었다. 벼슬하겠다고 나설 수 있는 처지도 아니었다. 한미한 무반(武班) 가문에서 태어나 가난하기 이를 데 없는 생활을 근근이 이어나갔다.

조광조가 현량과에 응시하라고 권유했으나 거절하고, 만년에 능참봉으로 천거되었으나 나가지 않았다. 산수를 유람하지 않을 때면 자기 고장 송도의 서실에 들어앉아 오직 천지만물의 이치를 탐구해, '이'(理)는 '기'(氣)의 원리임을 밝히는 기일원론(氣一元論)을 이룩하고, 이기이원론(理氣二元論)을 전제로 한 명분이나 규범의 근저를 비판하는 논리를 전개했다.

서경덕이 지은 글은 대부분 〈태허설〉(太虛說), 〈원리기〉(原理氣), 〈귀신사생론〉(鬼神死生論) 등 이치를 밝혀 논하는 산문이다. 글을 지어서 행세를 하려는 데는 전혀 관심을 갖지 않고, 성현의 말을 인용해 증거로 삼는 풍조를 배격하고 장식적인 문구는 모두 제거한 채, 오직 간결하고 명료한 말로 자기 스스로 탐구한 이치의 핵심만 전했다. 능참봉을 사양하면서 임금에게 올린 글에서 백성의 참상을 바로 인식할 것을 촉구하기도 했다. 현실 문제에 대해서 할 말이 많았겠으나 자제하고 삼가는 것으로 방침을 삼았다.

시를 지은 것은 산문의 한계를 의식했기 때문이다. 근본이 되는 이치

를 깊이 연구해 천고의 의문을 풀었다는 감격을 전하려고 하니 시가 필
요했다. 자연을 노래하는 시에서, 자연이나 사람이 모두 '기'로 이루어
져 물아일체(物我一體)가 보장된다는 원리를 생동하게 표현하고자 했
다. 하늘의 기밀을 알았다고 하려고 〈천기〉(天機)라는 제목을 붙인 시
의 마지막 대목을 들어보자.

春回見施仁	봄이 돌아와 어짊 베푸는 것 보이고
秋至識宣威	가을 되어 위엄 나타낸다고 알린다.
風餘月揚明	바람 끝에 달이 밝게 빛나고
雨後草芳菲	비 뒤에 풀이 향기롭구나.
看來一乘兩	하나가 둘을 타고 있는 것을 보니
物物賴相依	물물이 서로 의지해 있도다.
透得玄機處	아득한 기미를 꿰뚫어 터득하고
虛室坐生輝	빈 방에 앉으니 빛이 난다.

하나가 둘을 타고 있다는 말은 '기'가 하나이면서 음양으로 갈라진다
는 뜻이다. 물물이 서로 의지해 있다는 데서 별도로 존재하는 '이'에 말
미암지 않고 천지만물의 연쇄적인 운동이 그 자체로 이루어진다는 원
리를 요약했다. 그렇게 말하면 이해하기 어렵다고 할 수 있기에, 봄과
가을이 교체되고, 바람 끝에 달이 빛나고, 비 뒤에 풀이 향기롭다는 예
증을 먼저 들었다. 그처럼 무엇이든 서로 의지해 있는 기미를 있는 그
대로 깨닫고 헛된 생각을 하지 않아 마음을 비우면 지혜의 빛이 난다고
했다. 관인문학뿐만 아니라 기존의 사림문학에서도 생각할 수 없던 철
학시이다.
　〈송심교수서〉(送沈敎授序)에서 시를 쓰는 마땅한 길이 어디 있는지
말했다. 아름다운 구절을 찾으려 하지 말고, 멈추고 그칠 줄 알아 모든
것을 버린 채 물러나 소리 나지 않는 데서 소리를 들어야 한다고 했다.
〈무현금명〉(無絃琴銘)에서는 한 걸음 더 나아가, 줄이 없는 거문고를

즐기듯이 형체를 버리고 없음과 만나야 한다고 했다. '기'가 바로 '허' (虛)라는 데 최종적인 근거를 두고 전개한 시론이다.

이언적(李彦迪, 1491~1553)은 서경덕과 대조가 되는 길을 걸었다. 중앙 정계에 진출한 영남 사림이어서 생애가 순탄하지 않았다. 수난을 겪다가 다시 등용되어 벼슬이 좌찬성에 이르렀으나, 을사사화에 희생되어 귀양가서 죽었다. 서경덕과는 다르게 이기심성의 이치를 이기이 원론에서 탐구해 이황으로 이어지는 학통을 열었다. 서경덕은 천지만물이 존재하는 이치를 따져 '이'와 '기'가 하나라고 했는데, 이언적은 인륜도덕의 근본을 밝히는 것을 긴요한 과제로 삼고 '이'와 '기'가 하나일 수 없다고 했다.

〈태극론변〉(太極論辯)이라는 편지 형식의 논설에서 노장사상이나 불교의 본체관을 극력 배격하고, 태극의 '이'는 음양으로 나누어진 '기'보다 선행해서 실재한다는 것을 밝혀, 인륜도덕이 거기 근거를 둔다고 했다. 주희(朱熹)를 위시한 여러 성현의 말을 충실하게 인용해 증거로 삼으면서 자기와 반대가 되는 주장을 논박하는 데 힘을 기울였다. 인륜도덕은 현실 정치에 적용되어야 한다는 지론을 펴고, 나라의 근본이라고 한 백성의 부담을 가볍게 할 것을 역설하면서 훈구파와 맞섰다. 여러 차례 올린 상소문에서 그런 주장을 폈다.

시를 지을 때에는, 물러나 자연에 묻혀 지내는 즐거움을 갖고 심성을 닦는 자세를 나타냈다. 마음의 갈등을 떨쳐버리고 자연과 화합하는 그윽한 흥취를 잘 갖추어 사림파 시의 본보기를 마련했으며, 남긴 작품이 풍성하다. 격조가 높아 널리 알려진 것을 들면 다음과 같다.

萬物變遷無定態	만물은 변천하며 정해진 모습이 없고
一身閑適自隨時	이 한 몸도 한적하게 스스로 때를 따른다.
年來漸省經營力	근래에는 점차 이룩하는 힘이 줄어들어
長對靑山不賦詩	길게 청산만 대하고 시는 읊지 않는다.

제목을 〈무위〉(無爲)라고 했다. 아무것도 하지 않는다는 말이다. 만물이 변하고 시간은 흘러가는 이치를 거슬러가면서 무리하게 사는 것을 잘못이라 하고, 이룩하는 힘이 줄어들자 시를 지으려고 애쓰지도 않는다고 했다. 문학 창작을 위한 인위적인 노력을 배격한 점에서 서경덕의 경우와 상통하는 바 있으나, 길게 바라보고 있는 청산에서 어떤 원리를 발견하자는 것은 아니고, 청산과 마음을 근접시켜 마음을 바르게 하자는 뜻을 나타냈다.

조욱(趙昱, 1498~1557)은 과거에 급제하고도 벼슬길에 나아가지 않았다. 기묘사화 때 조광조의 일당으로 몰렸으나 나이가 어리다는 이유로 화를 면했다. 그 뒤 나라에서 불렀으나 응하지 않고, 양평 용문산에 은거해 학문에 힘쓰면서 서경덕을 따르고자 했다. 서경덕의 시에 화답한 〈화서경덕〉(和徐敬德)에서 다음과 같이 말했다.

至人心跡本同天　　지극한 사람 마음의 바탕은 하늘과 같고,
小智區區滯一邊　　작은 지혜는 한 쪽에 치우쳐 막히기나 한다.
謾說軒裳爲桎梏　　거짓된 말, 벼슬하는 의복을 질곡으로 여겨,
從來城市卽林泉　　성 안 저자거리를 임천의 은거처로 삼는다.
舟逢急水難回棹　　배가 급한 물에 이르면 노 저어 돌리기 어렵고,
馬在長途合受鞭　　말이 멀리까지 가면 채찍을 맞기나 한다.
誠敬固非容易事　　성실하고 공경하기 용이한 일이 아니지만,
誦君佳句問其然　　그대의 아름다운 글귀 외며 그 까닭 묻는다.

은거하는 이유가 무엇인지 깊은 이치를 갖추어 말했다. 한쪽에 치우쳐 막히기나 하는 작은 지혜를 버리고 하늘처럼 넓은 생각을 가지려면 벼슬하는 구속에서 벗어나야 한다. 임천을 찾아 궁벽한 곳으로 가지 않고 성 안 저자거리를 은거처로 삼는 사람이 대인이다. 세상사 잘못되기가 급류를 타는 배와 같아 쉽게 돌릴 수 없고, 공연한 수고를 하다가는 수난을 당하기만 한다. 서경덕의 가르침을 그렇게 이해하고, 힘들더라

도 따르려고 한다고 했다.

이황(1501~1570)은 시조에서 이현보를 따르고, 한시에서 이언적을 계승하면서, 물러나 도학에 힘쓰는 사림파의 문학이 어떤 경지에 이르러야 할 것인지 더욱 설득력 있게 논의하고 작품을 통해서 구체화했다. 과거를 보아 진출하고서 벼슬이 대제학에까지 이르렀으나, 사화의 후유증이 남아 있는 정계에서 뜻을 펴려고 애쓰기보다는 물러나 학문에 몰두하며 자연에서 노닐며 시를 짓는 것이 더욱 보람 있는 일이라고 생각했다. 망령되게 세상에 나가 바람과 티끌이 뒤덮인 곳에서 나그네 생활을 하다가 늦게야 돌아오니 산림의 즐거움이 눈앞에 나타난다고 〈도산잡영기〉(陶山雜詠記)에서 말했다.

노장사상이 도의를 무시하는 기풍에 빠지는 것을 스스로 경계하고 심성의 바른 길을 찾는 것을 임무로 삼았다. 이와 기는 하나일 수 없다는 것을 철학에서나 문학에서나 기본 명제로 삼았다. '기'가 혼탁해져도 '이'는 휩쓸리지 않는다는 것을 입증하는 데 노력을 기울이고, 본연의 마음을 찾아 선하기만 한 경지에 이르고자 했다.

黃濁滔滔便隱形	누렇고 탁한 물이 도도하면 문득 모습을 감추고,
安流帖帖始分明	고요한 흐름이 잔잔해야 비로소 분명해진다.
可憐如許奔衝裏	가련하구나, 이렇게나 거센 물결 속에서
千古盤陀不轉傾	천고의 반타석 굴러서 기울어지지 않는구나.

자기 고장 냇물 속에 있는 바위를 두고서 이런 시를 지었다. 말안장 모양을 하고 있는 바위 이름을 따서 제목을 〈반타석〉(盤陀石)이라고 했다. 흐르는 물과 멈추어 선 바위의 관계를 묘사하면서 험난한 세태에 휩쓸리지 않는 의연한 자세를 다짐하고, 세태에 따라 숨기도 하고 나타나기도 하지만 마음의 바른 도리는 변할 수 없다고 했다. 변하는 '기'가 부동한 '이'를 가릴 수는 있어도 넘어뜨릴 수는 없다고 했다. 그 냇물을 지방 사람들이 "톳계"라고 하는 것을 "退溪"라고 적어 호로 삼고 흐름을

거스른다고 한 것과 상통하는 발상이다.

그렇다고 해서 이황이 철학시만 지었던 것은 아니다. 조용한 마음으로 자연을 완상하는 흥취를 못내 사랑하며 문학과 도학이 둘 다 소중하다고 생각했다. 문학 자체의 의의와 문학의 도덕적 효용을 일치시키려고 했다. 〈음시〉(吟詩)라고 이름붙인 시에서는 시가 사람을 그르치지 않고 사람이 스스로 그릇된다고 했다. 시는 비록 말기(末技)라고 하지만 성정(性情)에 근본을 두기 때문에 긍정하고 옹호해야 한다는 주장도 폈다. 〈도산십이곡〉(陶山十二曲)을 시조로 짓고, 우리말 노래를 부르면 성정을 바르게 하는 효과가 더 크다고 했다.

조식(曺植, 1501∼1572)은 이황과 나란히 일컬어지는 도학의 영수이지만 기질이 달랐다. 성현을 믿으며 따르지 않고 자기 스스로 바른 도리를 깨달아 실천하고자 했다. 〈패검명〉(佩劍銘)에 "內明者敬 外斷者義"(안으로 밝혀야 할 것은 경이고, 밖으로 단행해야 할 것은 의이다)라고 한 데 그 요체가 집약되어 있다. 글을 쓸 때 이처럼 말을 아꼈으며, 경전을 풀이하지도 인용하지도 않았다. 도학과 문학의 관계를 두고 고심하지 않고, 도학에서 얻은 바를 가장 간명하게 나타내는 방법을 문학에서 찾았다.

임금을 향한 충성보다는 백성에 대한 의리를 더욱 중요시했다. 〈민암부〉(民嵒賦)에서는 물이 배를 띄울 수도 있고 엎을 수도 있듯이 백성은 임금을 추대하기도 하고 내쫓기도 한다고 했다. 백성을 두려워할 줄 모르는 임금은 끝내 폭군이 되어 천험의 요새나 가혹한 형벌로도 자기 지위를 보존할 수 없다고 했다.

여러 차례 나라에서 불렀으나 거절하는 상소문을 낼 때에 자기를 낮추지 않고 언사가 불손하다 해서 시비가 일어났다. 세상의 평가를 얻을 생각도 없었으며, 일체의 명성을 우습게 여겼다. 〈유감〉(有感)라는 시에서는 세상 사람들이 참된 선비를 호랑이 가죽처럼 사랑해서, 살았을 때는 죽이려고 들다가도 죽고 나면 아름답다고 칭송한다고 했다.

지리산 아래 은거해 산림처사로 일생을 보내면서 지리산을 다룬 시문을 남겼다. 경치를 즐기면서 노는 흥취를 자랑한 것은 아니다. 지리산의 우람한 자태에서 흔들리지 않는 정신의 자세를 찾았다. 지리산 유산기 〈유두류록〉(遊頭流錄)에서 그런 뜻을 나타내고, 또한 유사한 주제의 시를 여러 편 지었다. 〈제덕산계정주〉(題德山溪亭柱)를 들어보자.

請看千石鍾	천 석 들이 종을 보게나!
非大叩無聲	크게 치지 않으면 소리 없다네.
爭似頭流山	어떻게 하면 두류산처럼
天鳴猶不鳴	하늘이 울어도 울지 않을 수 있을까?

큰 종은 크게 쳐야 소리가 난다고 하고, 지리산은 하늘이 울어도 울지 않는다고 했다. 앞에서는 일반적으로 인정되는 사실을, 뒤에서는 그 수준을 넘어서 있는 바람직한 경지를 말했다. 하늘이 운다는 것은 생각할 수 있는 가장 큰 충격이다. 그런데도 울지 않는 지리산은 가장 큰 선비를 뜻한다. 심지가 굳고 처신이 반듯해 어떤 충격에도 흔들리지 않는 선비의 자세를 갖추고자 해서 그런 시를 지었다.

김인후(金麟厚, 1510~1560)는 호남의 도학자이다. 일찍이 이황과 함께 성균관에서 공부하고, 그 뒤에도 깊이 교류하면서 같은 길을 다른 쪽에서 가고자 했다. 을사사화를 만나 고향에 돌아가서는 그곳 풍류객들과 어울리면서 호남의 도학을 창도하면서 한시 창작에도 힘썼다. 〈시경〉(詩經)의 전례에 따라 민요를 채록한 한시를 마련해 미풍양속을 정착시키고 바른 정치의 지침이 되도록 했다.

〈전라도가요〉(全羅道歌謠) 연작에서는 관찰사의 선치를 백성이 칭송한다면서 관민·상하의 화합을 이룩하고자 했다. 상층에서 농민의 처지에 관심을 가지고 농사짓는 어려움을 이해해야 성현의 도리가 실현된다고 믿어, 실제 민요에 귀를 기울이면서 농민시에 가까운 작품을 마련하기도 했다. 그 좋은 본보기인 〈양평다가〉(楊平多稼)를 보자.

光羅廣野諺流傳	광주 나주 들 넓다고 속언에서도 말한다더니,
北陌東阡望渺然	북녘 둑 동쪽 언덕 바라보니 아득하구나.
水滿春耕江漢浩	봄갈이 할 때 물이 가득 강마다 넘실대더니,
風高秋熟塞雲連	가을 곡식 익을 무렵 바람 높고 구름 이어졌네.
農謳互答炎天景	염천에 농요를 서로 부르며 화답하더니.
滯穗分沾寡婦餐	흘린 이삭 주워가 과부들도 양식을 마련하네.
白酒黃鷄歌蟋蟀	흰 술 누런 닭 장만하고 실솔을 노래할 때,
村翁醉倒使君筵	촌 늙은이가 원님 잔치에서 취해 쓰러지네.

이것은 농민 생활의 이상이다. 〈시경〉의 〈실솔〉(蟋蟀)을 끌어와서 고
금의 이상을 일치시키고, 촌 늙은이와 원님이 함께 즐긴다고 하면서 상
하의 간격을 없앤 것은 그렇게 되기를 바라는 소망의 표현이다. 농민이
실제로는 많은 고난을 겪는 줄 모른 것은 아니다. 〈상전가〉(傷田家)에
서는 농사일의 여러 과정을 들어 농민이 하는 말을 전하면서 수고를 치
하하고, 아무리 어려워도 농사를 버리지 말아야 한다고 당부했다. 김매
기를 다룬 〈운답〉(耘畓)을 들어본다.

稂莠旱猶蕃	잡초는 가뭄에도 무성하기만 해서,
田家苦未言	농가의 괴로움은 이루 말할 수 없도다.
地乾鋤不入	땅이 말라 호미가 들어가지 않고,
日暵穀難存	불볕 쪼여 곡식이 남아나지 못한다.
撫萎方憐葉	잎이 시들시들 보기 가여워,
培枯更護根	마른 포기 북돋우어 뿌리 감싼다.
充飢非所望	주린 배 채운다고 바랄 수 없지만,
切勿負田園	전원을 등지는 일은 없어야 한다.

농민이 농사를 저버리지 말아야 한다고 당부한 말이지만, 김매는 일
이 얼마나 어려운지 실제로 겪은 듯이 노래했다. 농민의 처지에 최대한

다가가 민요를 옮겨놓은 듯한 한시를 쓰려고 했다. 이황은 우리말 노래를 한시처럼 품격 높게 지으려고 하고, 김인후는 한시가 민중의 삶을 우리말 노래에 못지않게 절실하게 나타내게 하려고 했다. '시'와 '가'를 근접시키는 작업을 반대 방향에서 수행했다.

이이(李珥, 1536~1584)는 이론 전개를 장기로 삼아 이황의 도학을 수정하는 한편, 문학의 원리에 대해서도 총괄적인 정리를 다시 하고자 했다. 선조 초엽에 집권세력으로 등장한 사림파의 정신적 지도자가 되어, 위기를 맞이했다고 진단한 나라의 운수를 되돌려놓자면 이념적 긴장이 급선무라고 역설했다. 문학 또한 관인문학의 누적된 인습을 타파해야 한다는 주장을 강력하게 폈다.

도학에 입각한 문학관을 완성해 반론의 여지가 없게 하는 것을 임무로 삼았다. "도(道)가 드러난 것을 문(文)이라고 한다"는 말을 앞세워 문이 재도지기(載道之器)라는 노선을 재확인했다. 시대가 흐름에 따라서 선비의 기풍이 날로 타락해 근본인 도는 버리고 말단인 문만 숭상하며, 공교로운 재주를 익혀 과거를 보아 입신하려는 데만 힘쓰니 개탄할 일이 아닐 수 없다고 했다.

문학이 무엇인가 구체적으로 밝히는 작업을 〈증최립지서〉(贈崔立之序)에서 전개했다. 사람의 기(氣)가 내는 소리 가운데 뜻을 지니고 즐거움을 주고 글로 정착되고 도리에 합당한 것을 선명(善鳴)이라 한다고 했다. 잘 울린다는 뜻을 지닌 선명으로 문학을 일컬었다. 사람의 기가 소리를 낸다는 데서 시작해 도리에 합당해야 한다는 데까지 이르러, 이황과는 다른 주기론(主氣論) 노선의 이기이원론을 전개했다.

시의 풍조가 지나친 수식을 찾고 구태여 기이한 효과를 노려 타락한 것을 그대로 둘 수 없다고 생각해서 시의 품격을 등급에 따라 나눈 〈정언묘선〉(精言玅選)이라는 시 선집을 마련했다. 으뜸가는 품격은 충담소산(沖澹蕭散)이고, 그 다음은 한미청적(閒美淸適)이라고 했다. 충담소산은 꾸미고 장식하는 데 힘쓰지 않으나 자연스러우면서 품위를 갖춘 경지이고, 한미청적은 조용한 가운데 스스로 터득한 흥취에 깃들며 사색해서 얻을 수 있는 바가 아니라고 했다. 유한(幽閒)한 아름다움을 높이 평가하는 이론을 마련해 지향해야 할 목표를 명확하게 했다.

　문학의 이상을 시조에서 보여주는 〈고산구곡가〉를 남기고 한시도 적지 않게 지었지만, 표현의 묘미를 보여주려고 한 것은 아니다. 〈풍악행〉(楓岳行) 5언 6백 행은 금강산 이해의 백과사전이라고 할 만한 내용을 갖춘 한시이다. "混沌未判時 不得分兩儀"(혼돈 상태에서 벗어나지 않았을 때에는 음양이 나누어지지 않았다)라고 시작되는 철학논설을 서두로 삼고, 좋은 시를 지어 빼어난 경치가 더 빛나게 하라고 산신령이 부탁하자, "我無錦繡腸 安能追數子"(나는 비단을 간직하고 있지 못해, 어찌 앞선 사람들을 따를 수 있으리오)라고 변명했다는 말이 결말에 나온다.

이원주, 〈도학파문학〉, 《한국문학연구입문》(지식산업사, 1982) ; 이민홍, 《사림파문학의 연구》(형설출판사, 1985) ; 손오규, 《산수문학연구》(제주대학교출판부, 2000) ; 이종묵, 〈성리학적 사유의 시적 표현〉, 《한국한시의 전통과 문예미》(태학사, 2002)에서 총괄적인 연구를 ; 서수생, 〈퇴계문학연구〉, 《퇴계학》 1(경상북도, 1973) ; 최신호, 〈서화담의 은현관과 시〉, 《논문집 인문사회과학편》(성심여자대학, 1982) ; 이동환, 〈회재(晦齋)의 도학적 시세계〉, 〈대동문화연구총서〉 1(성균관대학교 대동문화연구원, 1992) ; 정항교, 《율곡선생의 금강산 답사기》(이화문화출판사, 1996) ; 정우락, 《남명문학의 철학적 접근》(도서출판 박이정, 1998) ; 장도규, 《회재 이언적 문학연구》(국학자료원, 1999) ; 홍학희, 〈율곡 이이의 시문학 연구〉(이화여자대학교 박사논문, 2001) ; 손오규, 《퇴계 시가예술 연구》(제주대학교출판부, 2002) ; 안장리, 〈퇴계의 산수지락 연구〉, 《동방고전문학연구》 4(동방고전학회, 2002) ; 정우락, 〈퇴계 이황의 사물인식방법과 그 시적 형상〉, 《동방한문학》 24(동방한문학회, 2003) 등에서 개별적인 연구를 했다. 《한국문학사상사시론》(지식산업사, 제2판 1998)에서 서경덕 · 이황 ·

이이의 문학사상을 ; 〈김인후의 민요인식과 민요시〉, 《한국시가의 역사의식》(문예출판사, 1993)에서 김인후의 시를 고찰했다.

8.6.4. 선조 때의 상황

선조 때에 등장한 사림파는 대체로 보아 실제 창작을 통해서 새로운 시풍을 일으키는 데 열의를 가졌다. 관인문학에서 자랑하는 수준과의 거리를 좁히면서, 문학이 장식이나 위안이지 않고 진실 추구일 수 있게 하는 길을 진지하게 찾고자 했다. 그렇게 하는 데 선구적인 구실을 한 사람이 송순(宋純, 1493~1583)이다.

송순은 가사와 시조의 작가로 널리 알려져 있지만, 한시가 더욱 주목할 만한 경지에 이르렀다. 험난한 시대를 큰 탈 없이 보내고 만년의 복락을 누린 이면에, 세상 형편에 관한 심각한 고민이 있었음을 한시를 통해 알 수 있다. 〈전가원〉(田家怨)에서는 굶주린 백성의 실태를, 〈문인가곡〉(聞隣家哭)에서는 바로 이웃에서 들려오는 통곡 소리를 절실하게 다루었다. 〈문개가〉(聞丐歌)는 연산군의 폭정 때문에 몰락해 거지가 된 사대부의 술회를 듣고서 옮긴 장시이다. 한 대목을 들어본다.

飄零于今三十年	떠돌이 신세 지금까지 삼십 년이라,
死生憂樂已相忘	생사의 근심과 즐거움 다 잊었다오.
人間何處不可住	세상 어디서든 살 수 없겠나요?
一杖一瓢行四方	지팡이 하나, 표주박 하나로 사방을 떠돈다.
區區形骸知幺麼	구차스러운 몸뚱이 보잘것없는 줄 알아,
求人猶足救死亡	남에게 빌어먹어 죽지 않으면 그만이지요.
腹中繼食飢不害	뱃속에 음식 이어져 주림으로 몸 상하지 않고,
身上繼衣寒不傷	몸에 옷이 남아 있어 추위로 상하지 않는다면,
更無餘憂來相干	다시 무슨 근심이 닥쳐와서 괴롭히리오?
優游卒歲於康莊	떠돌아다니다가 편안하게 죽을 따름이오.

몰락해서 거지가 된 처지라면 서러움이나 하소연하고 말 듯한데, 구걸을 해도 자세가 당당하다. 자기 잘못이 아닌 사회의 모순이 수난의 이유임을 알고 있어, 지위 회복에 대한 헛된 기대를 버렸다. 살아 있다는 것 자체를 즐기는 밑바닥 인생의 지혜를 깨달았다. 가사나 시조만 보면 자연을 완상하는 풍류시인이기만 한 것 같은 송순이 동정과 개탄을 위주로 한 애민시의 한계마저 벗어났다.

한시를 지으면서 생활의 실상에 깊은 관심을 가지고 하층민의 처지를 다루려고 하는 기풍이 임억령(林億齡, 1496~1568)으로 이어졌다. 임억령은 〈송대장군가〉(宋大將軍歌)라는 장시에서, 전라남도 완도군 장좌리(長佐里)의 민간전승에 근거를 둔 민중적 영웅을 노래했다. 고려말쯤 있었던 송징(宋徵)이라는 장군은 산을 뽑고 호랑이를 산 채로 묶는 용력이 있으며 천하명궁이었다. 나라에서 거둔 곡식을 실은 배를 끌어다가 백성을 살리고 관군을 물리쳤다. 요망한 계집아이가 활시위를 끊자 거기서 피가 나더니 죽고 말았다고 했다.

壯骨雖與草木腐	장사의 뼈는 초목과 더불어 썩었어도,
毅魄尙含風雷怒	의연한 혼백 아직도 바람과 우뢰, 노여움 머금었다.
爲鬼雄兮食此土	귀신이 영웅다워 이 땅에서 받들어지며,
揷雉于兮木爲塑	꿩 털을 꽂고, 나무로 모습을 만들었도다.
彼何人兮怪而笑	저 어떤 사람인가? 괴이하다고 비웃으며
毁而斥之江之滸	신의 모습을 망가뜨려 강가에 던지다니,
百年蕭條一間廟	백년 세월에 한 칸 당집이 쓸쓸하고
歲時伏臘鳴村鼓	철 따라 복날이고, 섣달이면 마을의 북소리.

마을에서 송대장군을 신으로 받들고 해마다 굿을 하게 된 내력을 노래한 대목이다. 탁월한 능력을 지니고 태어난 영웅이 뜻을 이루지 못하고 죽었다는 전승은 전국 도처에 있다. 무속에서 섬기고 설화에나 올라 있어 조롱의 대상이 된 하층문화를 진지하게 받아들이는 한시를 써서

울분을 토로하는 데 동참한 것은 전에 없던 일이다.

임억령은 양응정(梁應鼎, 1519~1581)의 재능을 높이 평가해, 많은 시를 주고받으면서 갖가지 수법을 종횡무진으로 구사해 우열을 다투는 시전(詩戰)을 했다. 〈당성수창집〉(棠城酬唱集)에 그 자취가 남아 있다. "당성"이란 시를 주고받은 장소 해남의 다른 이름이다. 임억령은 양응정의 이름에 "鼎"자가 있는 것을 기롱해 〈고기가〉(古器歌)를 길게 지어 주고, 양응정은 〈앙차석천운〉(仰次石川韻)에서 공격하기를 심하게 하지만 항복하지 않고 맞선다는 뜻을 전투를 형용하는 문구를 써서 나타냈다.

박순(朴淳, 1523~1589)은 서경덕의 제자이지만, 은거로 일생을 마친 스승과는 달랐다. 14년 동안이나 영의정 노릇을 하면서 마침내 집권세력으로 등장한 사림의 모습을 잘 보여주었다. 스승의 학설을 체제비판의 논리로 수정해 타협을 꾀하고, 기존 질서를 옹호하면서 쇄신하려고 했다. 문학에서도 그런 성격의 노선 전환을 하고자 했다.

시를 모호하고 까다롭게 만드는 기교연마에 몰두하는 풍조를 나무라고 자연스러운 생활 감정과 순탄한 표현을 되찾아야 한다고 했다. 중국에서 받아들인 한시의 작풍을 들어 말하면, 송시풍(宋詩風)을 버리고 당시풍(唐詩風)을 일으키자고 했다. 실제로 보인 창작의 본보기는 아직 온건한 편이었다. 널리 알려져 있는 〈방조처사산거〉(訪曹處士山居)를 보자.

<pre>
醉睡仙家覺後疑   선경에서 취해 자다가 깨어나 어리둥절한데,
白雲平壑月沈時   흰 구름 뜬 평평한 골짜기로 달이 질 때로다.
翛然獨出長林外   시원하게 긴 숲 밖으로 나서서 가니
石逕筇音宿鳥知   돌길의 지팡이 소리를 잠든 새나 알리라.
</pre>

어벌쩡한 몽환경에서 벗어나 민감하고 명료한 느낌으로 자연과의 합치를 되찾았다. 구름·골짜기·달·숲이 흐릿한 데 빠졌던 마음을 일

깨워주고, 지팡이 소리와 잠든 새 사이의 공감이 청신한 울림을 만들어 냈다. 신위(申緯)는 〈동인론시절구〉(東人論詩絶句)에서 이 시의 청수고절(淸修高節)은 다른 사람은 미칠 수 있는 바가 아니라고 했다.

고경명(高敬命, 1533~1592)은 벼슬길에 나아갔다가 정쟁에 휘말려 파직되고 귀향했다. 나중에 임진왜란이 일어나자 의병장으로 나서서 전사했다. 향리에 머물러 사는 동안에 호남 풍류의 격조를 높이는 시 세계를 이룩했다. 〈어주도〉(漁舟圖)라고 한 것을 보자.

蘆洲風颭雪漫空	갈대밭에 바람 일어 눈이 흩날리는데
沽酒歸來繫短蓬	술을 받아 돌아오느라고 작은 배를 매었네.
橫笛數聲江月白	비껴 부는 젓대소리에 강 위의 달이 희고
宿鳥飛起渚烟中	자던 새는 안개 낀 물가로 날아오르는구나.

구김살 없는 마음이요, 멋이 넘치는 가락이다. 갈대며 바람이며 눈이며 달이 모두 작자와 함께 움직이고, 젓대를 부는 흥취를 적절하게 나타내고 있다. 안개 낀 물가로 날아오르는 새가 있어서 이미 고양된 느낌을 더욱 생동하게 한다.

성혼(成渾, 1535~1598)은 사림파가 득세한 시기에도 물러나서 학문에만 몰두하고자 한 처세 때문에 오히려 널리 알려졌다. 과거를 보다가 중간에 단념했으며, 학행으로 천거되었으나 나가지 않았다. 당론으로 말하자면 서인에 속했지만, 남인이 숭상하는 이황의 학설에 찬동했다.

四十年來臥碧山	사십 년 동안이나 푸른 산에 누웠으니
是非何事到人間	무슨 시비가 인간 세상에 이를 건가?
小堂獨坐春風地	작은 집 봄바람 부는 곳에 홀로 앉았으니
花笑柳眠閒又閒	꽃이 웃고 버들은 잠들어 한가롭기만 하다.

자기 심경을 나타낸 시 〈우음〉(偶吟)이다. 고요하게 살면서 마음을

편안하게 해서 얻은 시상이다. 시비를 피한다는 말이 자연스러워, 뒤집어 생각하지 않도록 한다. 좋은 작품을 만들려고 하지 않고 쉽게 쓴 시여서 친근한 느낌을 준다.

정철(鄭澈, 1536~1593)은 시조나 가사뿐만 아니라 한시도 상당한 경지에 이르렀다. 서인의 영수가 되어 시비를 듣고 파란도 겪다가, 벼슬을 잃고 호남으로 가서 그곳 문인들과 어울려 풍류를 즐기면서 많은 작품을 창작했다. 〈사미인곡〉에서처럼 임금을 미인으로 설정하고 그리워한 것이 적지 않고, 〈야좌두견〉(夜坐杜鵑)이라고 한 칠언절구에서는 임금을 사모하는 마음을 두견새 울음에 빗대어 나타냈다. 그런 것들과는 반대로 초탈한 느낌을 주는 작품의 한 본보기로 〈추야〉(秋夜)를 든다.

蕭蕭落葉聲	쓸쓸하게 낙엽 지는 소리
錯認爲疎雨	성긴 빗방울인가 잘못 들어
呼童出門看	아이를 불러 문을 나가 보게 하니,
月掛溪南樹	달이 시내 남쪽 가지에 걸렸네.

단순하고도 쉬운 시이지만 아주 산뜻하다. 예민한 감각을 생동감있게 표현하는 능력을 잘 발휘했다. 그러나 한시는 시조를 따르지 못했다. 한시는 정경을 그리기나 하고 노래하는 사람의 흥취를 살려내지는 못하는 갑갑함이 있어, 더욱 신명난 실험을 시조에서 했다. 격식이 이미 정해져 있는 한시의 작풍을 바꾸어놓기는 어려웠지만, 시조는 뜻하는 대로 만들어나갈 수 있었다.

김성일(金誠一, 1538~1593)은 이황의 제자이며 성리학의 학통을 이었다. 벼슬길에 나아가 안으로 백성을 살리고 나라를 지키려고 힘썼다. 산수 사이에서 노닐면서 내면의식을 성찰하는 시를 남기기도 했지만, 맡은 임무를 수행하다가 겪는 고민을 나타낸 시가 더욱 주목된다. 시인으로 평가받기를 바라지 않아 문제의식을 앞세우고, 풍류를 즐기고 있을 겨를이 없어 작품이 긴박하게 전개되었다. 〈모별자〉(母別子)를 한 본보기로 들어보자.

嗟余生長田家中	슬프다, 나는 농촌에서 자라나
慣看黎民休與戚	백성들이 기쁘고 슬픈 사정 익히 보았으면서,
數載蒙恩仰太倉	몇 해 동안 은혜 입고 나라 곳간 바라고 살아
寒有餘衣饑有食	추워도 옷이 여유 있고 주리면 먹을 것 있어,
眼中不解妻子憂	처자의 근심도 안중에 없이 지냈으니
耳邊豈聞蒼生哭	창생의 울음 어찌 귀에 들렸으랴.
今行目擊始驚歎	이제 이 일 목격하고 비로소 놀라 탄식하면서
揮淚中逵心惻惻	길에서 눈물 흘리고 마음 아파하노라.

살 길이 없어 어미와 자식이 헤어져야 하는 참상을 장시로 다루고 말미에서 한 말이다. 호화롭게 지내느라고 현실을 외면한 잘못을 스스로 나무라는 자기반성을 절실하게 했다. 벼슬한 사람의 마땅한 도리가 백성의 고난을 알아 해결하는 데 있다고 다짐하는 말이 다른 작품에도 거듭 나타나 있다.

〈적병행〉(籍兵行)에서는 도망간 백성을 잡아 병적을 채우느라고 무리한 짓을 하는 관원의 횡포가 자심한 현실을 개탄했다. 북방의 방어도 근심되고, 왜국의 동향이 더 걱정스러웠다. 임진왜란 직전에 일본에 사신으로 간 기록 〈해사록〉(海槎錄)에 남긴 시에서는 일본의 살기를 경계해야 한다고 깨우쳤다.

이종건, 《면앙정(俛仰亭) 송순 연구》(개문사, 1983) ; 김갑기, 《송강(松江) 정철 연구》(이우출판사, 1985) ; 김시황, 《학봉(鶴峰) 김성일 연구》(영남사, 1998) ; 박은숙, 《고경명 시 연구》(집문당, 1999) ; 권순렬, 《송천(松川) 양응정의 시문학 연구》(월인, 2002) 등의 연구서가 있다. 신익철, 〈학봉 김성일 시의 연구〉, 《학봉의 학문과 구국활동》(학봉김선생기념사업회, 1993) ; 최한선, 〈석천(石川) 임억령의 시

문학 연구〉(성균관대학교 박사논문, 1994) ; 송재소, 〈학봉 김성일의 의리정신과 기행시에 나타난 검(劍)의 이미지〉,《한시 미학과 역사적 진실》(창작과비평사, 2001) 등의 연구도 있다. 민병수, 〈박순의 시세계〉; 김은정, 〈재봉(霽峰) 고경명의 시세계〉; 구본현, 〈성혼의 시세계〉; 심경호, 〈송강 정철의 삶과 한시〉; 이상 네 편 모두《한국한시 작가연구》6(태학사, 2001)에 실려 있다.

8.7. 방외인문학에 나타난 반감의 양상

8.7.1. 김시습

한문학은 원래부터 신분사회의 지배층이 지체를 굳히고 자부심을 높이는 데 소용되었다. 지배층으로 태어나지 않은 사람이야 그 어려운 한문을 익힐 기회도 만나기 어렵고, 익힌다고 해도 수고한 대가를 찾지 못하게 되어 있었다. 더구나 한문학은 오랜 내력을 가지고 이미 규범화된 미의식을 구현하는 것을 본령으로 삼기에, 그런 관례를 어긴 글이라면 애써 한문으로 써놓아도 한문학으로 인정될 수 없었다. 한문학의 확산과 변질을 막아야만 중세의 문화구조가 온전하게 유지될 수 있었다.

왕조교체까지 해서 중세문화를 재확립한 조선전기의 집권층은 한문학으로 지체를 판별하고 규범을 수립하는 작업을 과거 어느 때보다도 철저하게 했다. 그 이면에는 밑으로부터 올라오는 거부반응이 작용하고 있었다. 이념 순화를 위해 훈민정음을 창제하고 훈민을 서두른 것은 현명한 대응책이었으나 문제를 해결할 수 있었던 것은 아니다. 사대부 가운데서도 혜택에서 제외된 부류는 반발을 하고 나서거나, 이단사상의 저류와 연결되어 문학의 질서마저 어지럽혔다. 과거를 거쳐 입신할 수 있는 처지가 아니면서도 한문을 익혀 불만을 털어놓는 예외자가 생겨났다.

그런 조건에서 관인문학·사림문학과 구별되는 방외인(方外人)문학이 나타났다. 방외인이란 체제 밖의 인물이다. 지배체제 안에서 주어진 위치를 받아들이지 않고 반발을 보이며 이념적으로도 이단을 택하는 사람들을 지칭하기 위해서 옛날부터 쓰던 말이다. 방외인은 지체에 결함이 있는 말단 사대부 또는 그 이하 신분이어서 진출을 바랄 수 없으며, 자기 재능에 대한 자부심이 반발을 촉진하기까지 해서 방랑과 비판으로 일생을 보내는 것이 예사였다.

방외인이라고 지목된 사람이라도 불리한 여건을 무릅쓰고 한문을 열심히 익힐 때에는 평가를 받아 지위 향상을 꾀하고자 했던 것이 사실이다. 한문학이 아닌 국문문학은 지체가 흔들릴 염려가 없는 쪽에서만 택한 점에서 그런 사정이 반증된다. 그러나 한문학을 해도 진출에는 도움이 되지 않았다. 그런 줄 알아 관인문학이나 사림문학과는 다른 길을 택해, 공인된 규범을 거부하고 반발을 나타내는 문학을 하면서 중세문학의 질서를 뒤집어엎는 조짐을 보여주었다.

그러나 활동 범위가 넓을 수는 없었다. 방랑을 하다가 자취를 감추어 행적이 분명하지 않은 것이 예사이고, 남긴 작품이 얼마 되지 않는다. 그 가운데는 자기 작품 세계를 뚜렷하게 전해서 문학사의 전환을 주도했다고 평가되는 작가도 있기는 하지만, 당시의 독자와 관련시켜본다면 고독한 예외자로서 기이한 행동을 했을 따름이다. 자기 작품을 독자에게 개방하지 않았으며, 그렇게 할 수 있을 만한 독자층이 형성되어 있지도 않았다.

범위를 넓혀 생각해본다면, 이미 사림파로 다룬 인물 가운데 남효온이나 서경덕 또는 조식까지도 방외인과 상통하는 바 있다. 세 사람 모두 벼슬이라고는 하지 않으면서 당시의 집권세력에 대한 비판의식을 가지고 자기 세계를 이룩하고, 문학을 해서 평가를 얻으려는 생각은 하지 않았다. 그러나 남효온의 반발은 소극적이기만 하고, 서경덕은 선비로서의 엄정한 자세를 버리지 않았으며, 조식은 인륜도덕의 근저를 재정립하고자 했다.

절도를 잃고 방황하며 인륜도덕에 어긋나는 짓으로 반발을 나타낸 방외인의 선구자는 김시습(金時習, 1435~1493)이었다. 한미한 무반 집안에서 태어났는데, 용력이 뛰어나서 무반인 것은 아니다. 사대부에 겨우 속하기만 하고 지체가 낮았다는 말이다. 그런데 어려서부터 재능이 놀라워 기대를 모았다. 글하는 재주가 뛰어난 인재가 무반에게 허용되는 위치에서 살아가야 하는 것은 견디기 어려운 부조화였다.

절에 들어가 공부를 하고 있을 때 세조가 왕위를 찬탈했다는 말을 듣고 책을 불살라버리고 세상을 등진 채 방랑의 길에 올랐으며 오랫동안 승려 노릇을 했다. 생육신의 한 사람으로 꼽혔지만 단종에 대한 충절이 그런 행동을 한 기본 동기라고 할 수는 없다. 왕위찬탈 사건 같은 것이 없었다 하더라도 자기 재능에 상응하는 인정을 받기 어려운 처지였고, 정신적인 안정을 찾기 어려운 성격 또한 문제 거리였다.

기이한 행동을 하면서 일생을 보내기로 작정한 것은 아니다. 세조에게 은근히 호감을 나타내면서 등용되기를 바라 서울을 찾기도 했으나, 어린아이들의 조롱이나 받는 미친 승려의 처지에서 벗어나지 못한 채 다시 떠나가야만 했다. 환속을 하고 가정을 이루어 농사를 지으려고 해 보았지만 소작인의 쓰라림이나 맛보았을 따름이다. 재능이 자기에게 미치지 못하는 서거정이나 김수온이 정승의 자리에 올라 위엄을 뽐내며 방대한 농장을 자랑하고 있기에 더욱 초라해졌다. 그런 처지에 대한 보상책이 있다면 사상과 문학을 뒤집어놓는 것이었다. 적지 않은 분량의 문집이 다행히 남아 있어 그 자취를 자세히 알 수 있다.

시를 짓는 데서 큰 보람을 찾았다. 번민을 서술한다고 〈서민〉(敍悶)이라는 제목을 붙인 시에서는 "心與事相反 除詩無以娛"(마음과 일이 어긋날 때에는 시를 빼놓는다면 즐거울 것이 없다)라고 했다. 자기 마음과 세상일이 어긋나면 시를 지어 고민과 울분을 토로하는 것으로 위안을 삼았다는 말이다. 시를 다듬어 짓지 않아 짜임새가 모자라고 자기를 너무 노출시킨 결함이 있다는 평을 듣지만, 재능이 모자라고 공부가 성글어서 그랬던 것은 아니다. 관인문학에서 내세우는 기교연마나 사림문학에서 주장하는 심성수양을 거부했으니 같은 기준에서 평가할 것은 아니다.

萬壑千峰外	만 골짜기 천 봉우리 밖에서
孤雲獨鳥還	고독한 구름 외로운 새가 돌아온다.
此年居是寺	올해는 이 절에서 지내지마는
來歲向何山	오는 해에는 어느 산으로 향할까?
風息松窓靜	바람이 자니 송창이 고요하고

香銷禪室閑　　향이 스러져 선실도 한가롭다.
此生吾已斷　　이번 삶을 나는 이미 단념했기에
棲迹水雲間　　발자취를 물과 구름 사이에만 남기리라.

〈만의〉(晚意)라고 한 작품이다. 승려의 거동이어서 어디 머무를 필요가 없으며, 삶에 대한 기대를 버렸으니 애착을 가져야 할 것도 없다. 그래도 방랑하는 신세가 한탄스럽기에 또 한 해를 보내는 심정을 술회하면서 온갖 영화를 누리면서 이따금씩 산수를 찾아 도피하고 싶다는 심정을 사치스럽게 들먹인 시에서는 찾기 어려운 진실성과 밀도를 갖추었다.

승려 생활을 버리고 한때 환속을 하고 가정을 이루어보았으나, 아내가 일찍 죽고 나이 오십에 자식 하나 없는 신세가 되었으며, 농사를 지으며 살아가야 하는 처지가 여간 괴롭지 않았다. 〈자탄〉(自嘆)이라는 데서 그런 심정을 노래했으며, 농민의 어려움을 스스로 겪었기에 농민의 생활을 위협하는 사치스럽고 탐욕스러운 무리를 규탄하는 시도 적지 않게 지었다.

農夫揮汗勤終歲　　농부는 한 해가 다 가도록 땀 흘려 애쓰고
蠶婦蓬頭苦一春　　누에치는 아낙네 봄내 쑥대머리로 고생하는데,
醉飽輕裘滿城市　　취하고 배부르고 잘 입은 무리 성 안에 가득해
相逢盡是自安人　　만나는 사람마다 편안한 분들뿐이로구나.

〈영산가고〉(咏山家苦) 여덟 수 가운데 제4수이다. 시골 농민의 처지에서 고생한 보람을 앗아가 잘 먹고 잘 사는 서울 사람들에 대한 반감을 나타냈다. 〈시경〉의 전례를 따른 민요풍의 노래 〈석서〉(碩鼠)에서는 곡식을 앗아가는 무리를 큰 쥐에다 비하고, 수탈이 없는 낙원을 찾아가겠다는 심정을 나타냈다.

시를 지어 심정을 술회하고 불만을 토로하는 데 그치지 않고, 더욱

적극적인 자세를 가지고 무엇이 진실인가 찾아 나섰다. 새로운 이치를 발견하고자 분투하는 탐구자가 되었다. 관인문학이나 사림문학과 다른 방외인문학의 새로운 세계를 열어야 하는 이유를 분명하게 인식했다.

> 방외지사(方外之士)가 도를 지킴이 독실하지 않고 뜻을 세움이 확고하지 않다면, 굶주림은 내 목숨을 버리기에 알맞고 궁박함은 이 삶을 망가뜨리기에 족할 뿐이다. 어찌 시냇물을 손으로 움켜 마시면서 임금의 부름을 우습게 알고, 명아주풀을 뜯어 먹으면서 일생이 즐겁다고 만족하겠는가?

〈잡저〉(雜著) 가운데 하나인 〈산림〉(山林)에서 한 말이다. 방외인은 세상의 법도를 거부하는 데 그치지 않고 그 대안이 되는 가치관을 분명하게 한다고 했다. 올바른 도리를 깨닫고 실천하기 위해서 가난을 참고 견디면서 임금의 부름을 우습게 여긴다고 했다. 탐구자의 사명과 보람 때문에 다른 모든 것을 거부한다고 했다.

김시습이 추구한 도리는 어느 한 가지로 정해져 있지 않았다. 무엇이 라고 명명하기 어려운 미지의 진실을 찾아 나서서 사상의 방랑을 거듭 했다. 사회규범 설정의 원리를 제공하는 정통 유학에 대해서 계속 반발 했다. 유학 자체의 논리로 반론을 체계화하기도 하고, 승려 노릇을 하 면서 불교로 대응책을 삼기도 하고, 도가사상에도 적지 않게 경도되었 다. 그래서 많은 저술을 남기면서 글을 어떻게 쓸 것인가 하는 문제를 두고서 깊이 고심했다.

진실과 언어는 어떤 관계가 있는가 하는 논란을 맡아, 서로 다른 글 쓰기 방법이 경합하게 했다. 유가에서 이름을 바르게 하는 것이 무엇보 다도 긴요하다고 하는 유가의 정명(正名) 논의에 참여해 자기 주장을 펴려고 했다. 모든 언설은 가명(仮名)이므로 집착을 버려야 한다고 하 는 불가의 논법으로 깨우침을 얻으려고 했다. 말한 것을 스스로 뒤집어 엎는 역리(逆理)로 깨우침의 방법을 삼는 무명(無名)의 글쓰기를 도가에서 가져와서 말할 수 없는 것을 말하려고 했다. 그 세 가지 글쓰기를 각기 시험해 단점을 서로 보완하게 하는 것으로 만족하지 않고, 하나로 합치고자 하는 시험을 거듭 했다.

〈신귀설〉(神鬼說), 〈생사설〉(生死說), 〈태극설〉(太極說) 등 일련의 논설에서는 정명 노선의 글쓰기를 혁신해 진실을 찾고자 했다. 천지 사이에 다만 하나의 기(氣)가 풀무질하고 있어서 태극의 이(理)라는 것이 음양의 기일 따름이라고 하면서, 이기이원론의 관념을 타파하고 기일원론(氣一元論)의 진실을 말하고자 했다. 이규보에게서 단초가 보인 기일원론의 자생적 모색을 더욱 진전시켜 서경덕에게 넘겨주었다고 할 수 있다.

그런데 이치를 찾아내고 논증하는 방법이 다양해 이해하기 쉽지 않다. 이규보가 즐겨 사용한 우언과 서경덕이 잘 갖춘 논리를 뒤섞으면서 자기 나름대로 독자적인 방법을 찾으려고 애썼는데, 성과가 뚜렷하지 않다. 말하고자 하는 바와 합치되는지 불분명한 인용구를 많이 등장시켰다. 귀신이나 생사는 기가 음양으로 나뉘어 운동하는 양상일 뿐이라고 하고서, 원통하게 죽은 사람의 기는 바로 흩어지지 않고 얼마 동안 남아 있다고 한 것은 정명의 범위를 벗어나 가명이나 무명에 근접한 말이라고 생각된다.

불교 논설을 쓸 때에도 가명 글쓰기의 전통을 그대로 따르지 않고 혁신을 시도해, 가명과 정명을 합치려고 했다. 존재하는 것들의 기본양상을 다섯 가지로 정리한 불교 고전의 주해본 〈조동오위요해〉(曹洞五位要解)에서 성(性)은 기(氣), 정(正)은 양(陽), 편(偏)은 음(陰)이라고 했다. 신라 승려 의상(義湘)의 시를 풀이한 〈화엄일승법계도주〉(華嚴一乘法界圖註)에서는 기존의 주해가 번다하기만 하다고 크게 나무라고, 가명인 언설은 그 자체로 훌륭한지 가릴 수 없으며, 내가 어떻게 받아들이는가에 따라서 가치가 달라진다고 했다.

"歸家守分得資糧"(집으로 돌아와 분수에 따라 자량을 얻는다)에 대한 풀이를 한 본보기로 들어보자. "다만 본지풍광(本地風光)으로 본래의 한가로운 밭을 삼으면 집안의 생활방도가 되는 것이다"라고 했다. 깨달음이란 다름이 아니고 있는 그대로의 현실을 인정하고 생산 활동의 터전으로 삼는 일상생활 자체라고 했다.

도가의 글도 여러 편 남겨 무명의 글쓰기가 어디까지 갔는가 보여주었다. 〈주역참동계발휘〉(周易參同契發揮)라는 선행저술에서 필요한 구절을 뽑아 모아 재구성한 〈용호〉(龍虎)에서, 서로 상극관계에 있는 용과 범의 요소가 사람의 몸속에서 서로 화합하는 관계를 가지면 신선이 되게 하는 단(丹)을 조제한다고 했다. 용과 범이란 바로 음양을 다르게 일컬은 말이다. 도가 수련의 방법이라고 말한 것을 음양의 관계에 관한 기일원론과 연결시키면서, 상극이 상생이고 상생이 상극이라고 하는 역극(逆克) 또는 역리(逆理)의 이치를 분명하게 했다. 그래서 비약을 가능하게 하는 역동적인 논의를 마련했다.

그러나 글쓰기를 혁신하는 것은 쉬운 일이 아니었다. 기존의 논의를 근거로 삼으면서 넘어서려고 하는 시도가 적절한지 의문이고 미흡하게 이루어져 설득력이 모자란다. 인용이 많고 자기 말은 적으며, 앞뒤가 잘 연결되지 않아 무엇을 어떻게 주장하는지 알기 어렵다. 갖가지 시도가 미완성으로 끝났다고 하지 않을 수 없다. 이미 격식화한 한문 글쓰기를 그 내부에서 뒤집어놓는 것이 얼마나 어려운지 절감하게 한다.

정명·가명·무명을 서로 근접시켜 넘어서는 방법을 찾는 데 그치지 않고, 진실을 바로 드러내는 것을 더욱 중요한 목표로 삼았다. 자유로운 실험이 허용되는 영역을 〈금오신화〉(金鰲新話)에다 마련하고, 반어와 역설을 적극 활용했다. 〈남염부주지〉(南炎浮洲志)에서 한 작업을 보자. 저승의 지배자가 자기 존재를 부정하고 이승에서 간 선비의 주장에 동조해 정당한 통치가 무엇인지 밝혀 논해, 거짓으로 진실을 깨우치고, 역리를 정리로 삼았다. 그러나 소설에서 장외경기를 벌이는 것으로 만족하지 않고 사상 혁신을 새로운 글쓰기로 구현하려고 정면승부를 계속 벌이다가 절망하고 좌절했다.

김시습은 방외인의 자유를 누린 덕분에 예사롭지 않은 탐구자가 되었다. 유가와 불가가 나누어져 있고 도가는 예외에 지나지 않던 분열상을 그대로 두지 않고, 그 셋을 함께 하면서 합치려고 하는 작업을 오늘날의 연구자들이 감당하기 어려울 정도로 폭넓게 전개했다. 이룬 성과와 미비한 점을 소상하게 밝히려면 미완성을 그대로 두지 않고 완성할 수 있는 안목을 가져야 하는데, 그렇지 못해 고민스럽게 한다.

김시습 연구는 정주동, 《매월당(梅月堂) 김시습연구》(신아사, 1965) ; 정병욱, 〈김시습연구〉, 《한국고전의 재인식》(홍성사, 1979) ; 임형택, 〈매월당문학의 성격〉, 《대동문화연구》 13(성균관대학교 대동문화연구원, 1979) 이래로 다양하게 이루어졌다. 최근의 작업에서는 논의의 확대와 심화가 나타났다. 윤주필, 《한국의 방외인문학》(집문당, 1999)에서 방외인문학의 전반적 양상을 고찰했다. 최귀묵, 《김시습의 사상과 글쓰기》(소명출판, 2001)에서 세 가지 글쓰기의 관계를 논했다. 김시습의 도교사상은 안동준, 〈김시습 문학사상 연구〉(한국정신문화연구원 박사논문, 1994) ; 〈김시습 문학과 도교사상〉, 《국문학과 도교》(태학사, 1998)에서 ; 불교사상은 《철학사와 문학사 둘인가 하나인가》(지식산업사, 2000)에서 고찰했다. 심경호, 《김시습 평전》(돌베개, 2003)에서 생애에 관한 자료를 정리했다.

8.7.2. 도피와 반발의 자취

조선왕조는 지배 이념인 유학과 어긋나는 이단사상 불교와 도교를 배척했다. 불교는 왕조교체와 더불어 위세가 꺾여 위축기에 들어섰다. 도교는 종교로 뿌리를 내리지 못해 탄압할 표적이 뚜렷하지 않았지만 경계 대상이 되었다. 도가의 비기류(秘記類)를 모아서 없애는 조치가 여러 차례 있었어도 관심을 누그러뜨리지 못했다. 신하나 백성의 의무에서 벗어나 윤리적인 구속마저 거부하고, 선도(仙道)를 닦아 한탄스럽기만 한 세상을 초탈하고자 하는 것이 방외인이 흔히 택할 수 있는 위안이고 도피방법이었다.

그런 인물의 행적은 분명하게 남아 있을 수 없지만, 홍만종(洪萬宗)의 〈해동이적〉(海東異蹟) 같은 후대의 문헌에 힘입어 어느 정도 더듬어 볼 수 있다. 거기서 김시습을 먼저 들고 그 다음에 홍유손(洪裕孫, 1452~1529)을 등장시켰다. 홍유손은 김종직에게서 배웠다지만 아전 출신이다. 문장에 능한 것을 보고, 자기 고을 부사가 아전 노릇을 면해주었다고 한다. 무오사화 때 고난을 겪고 노비가 되었다가 풀려났다. 늦게야 장가들어 아들을 하나 두고서는 집을 나가 명산을 편력한다면서 행방을 감춘 기인이다.

김시습과는 자주 어울렸다 한다. 김시습이 서거정더러 홍유손만큼 시를 지을 수 있는가 하며 빈정거렸다는 말도 있다. 남효온이 금강산 유람을 간다는 소문을 듣고 자기가 먼저 가서는 높은 절벽에다 다음과 같은 시를 써두었다는 일화가 전해진다. 남효온이 보고서 신선이 지은 줄 알았다는 것이다.

生先檀帝戊辰歲	단군 황제 무진년보다도 먼저 태어나서,
眼及箕主號馬韓	기자 임금이 마한 호령하는 것도 보았노라.
留與永郞遊水府	영랑과 더불어 수부에서 노닐다가,
偶牽春酒滯人間	우연히 봄 술에 이끌려 세상에 머무노라.

자기는 단군과 기자 이래의 유구한 역사를 겪고, 신라 때 신선인 영랑과 함께 노닐었는데 어쩌다가 인간 세상에 머물고 있다고 했으니, 엄청난 상상이고 대단한 자부심이다. 직접 보아 안다면서, 단군이 중국 요(堯) 임금과 같은 해인 무진년에 즉위하고, 기자가 마한을 호령했다고 했다. 암혈에 숨어 비기류를 찾는 사람들이 그때에도 주체성의 연원을 캐느라고 고대사에 깊은 관심을 가졌음을 엿볼 수 있게 한다.

소설의 주인공으로 널리 알려진 전우치(田禹治)도 같은 계열의 인물이다. 기이한 도술을 익혔다고 하면서 여러 가지 전설과 함께 시 작품도 남겼다. 자세한 사정은 알 수 없으나 반역을 저질렀음인지 1536년 (중종 31)경에 나라에서 잡아 죽였다고 하는데, 전설에서는 나중에 보니 관이 비었다든가 죽은 후에 다시 나타났다든가 하는 말이 파다하다.

전우치의 시집을 어느 승려가 가진 것을 임제가 보았다고 한 기록이 있으나, 전하는 작품은 네 편 정도에 지나지 않는다. 도마뱀 따위가 용을 조롱하니 참으로 수치스러운 일이라면서 소매를 떨치고 산으로 돌아간다고 한 것도 있다. 허균은 〈성수시화〉에 다음 작품을 수록하고 산뜻하다고 했다.

秋晚瑤潭霜氣清　　가을이 늦으니 구슬못에 서리 기운 맑고,
天風吹送紫簫聲　　하늘에서 부는 바람 오묘한 퉁소 소리 실어 보내네.
青鸞不至海天濶　　푸른 난새 오지 않아 바다와 하늘 넓기만 한데,
三十六年明月明　　서른여섯 해 동안 밝은 달만 밝구나.

삼일포(三日浦)에서 지은 시라고 한다. 삼일포는 강원도 고성에 있으며, 신라 때에 영랑(永郎)과 술랑(述郎)을 위시한 네 신선이 놀았다는 곳이다. 처음 두 줄에서 삼일포의 경치가 선경과 같다고 했다. 다음 두 줄에서는 신선의 새인 푸른 난새는 날아오지 않고, 〈주역〉에 근거를 두고 계산한 액운의 해수인 서른여섯 해 동안 달만 밝다고 해서 역사의 큰 변혁을 예견하며 기다리는 자세를 나타낸 것 같다.

정희량(鄭希良, 1469~?)은 김종직의 제자이고, 과거에 급제해 벼슬을 하다가 무오사화 때 귀양을 갔으니 사림파의 일원이었던 것 같은데, 그 뒤의 행적이 아주 딴판이었다. 귀양에서 풀린 다음 모친상을 만나 상주 노릇을 하다가, 강변에 신발만 남기고 홀연 종적을 감추었다고 한다. 자살을 했다는 것은 아니고, 신선이 되었다고도 하고, 성명을 바꾸고 승려 노릇을 했다고도 한다.

자취를 감추기 전에 지었던 시문에서도 방황하고 반발하는 심정을 짙게 나타냈다. 평생 동안 시에 힘썼다고 하지만 자기 마음을 가다듬지

않고 함부로 쏟아놓은 사연이라 스스로 광가(狂歌)라고 일컬은 말이 적절하다. 문집이 전하고, 〈속동문선〉에 실린 작품만 해도 열 편이나 되어 상당한 평가를 받았다 하겠으나, 임금을 무시하고 윤리를 어지럽히며 세상을 희롱했다는 윤리적인 지탄을 면하지 못했다. 〈산은설〉(散隱說)에서는 세상과 인연을 끊고 완전히 자취를 감추어야 한다고 해서 후일의 행적을 예언했다.

〈혼돈주가〉(渾沌酒歌)라는 장시에서는 혼돈주라고 한 막걸리를 마시면서 취해 즐기면서 일체의 가치를 부정한다고 했다. 유가의 성현이 아닌 혼돈주를 스승으로 삼아 천성을 보존한다고 하고, 천지만물과 자기 자신이 분별을 넘어선 혼돈상태에 이른다고 했다. 결말 부분을 들어 보자.

一飮通神靈	한 번 마시니 신령과 통하며
宇宙欲闢猶朦朧	우주가 개벽하려는 듯 아직은 몽롱하다.
再飮合自然	다시 마시니 자연과 합해져
陶鑄渾沌超鴻濛	혼돈을 빚어내고 홍몽을 초탈한다.
手撫渾沌世	손으로 혼돈의 세상을 어루만지고,
耳聽渾沌風	귀로는 혼돈의 바람을 듣는다.
醉鄕廣大我乃主	취한 고장 넓고 큰 곳에서 내가 주인이니,
此爵天爵非人封	이 벼슬은 하늘이 주었고 사람이 주지 않았다.

밤에 앉아서 차를 달인다는 뜻으로 〈야좌전다〉(夜坐煎茶)라고 한 시에는 어느 정도 조용한 분위기를 갖추었으나, 혼돈 구멍을 뚫고 천마를 타고 하늘에서 노닌다고 하고, 〈도덕경〉 오천 언도 부질없이 산만하기만 한 문자라고 했다. 모든 구속에서 벗어나자고 하면서 결국은 허무주의에 사로잡혔다.

유가의 선비이면서 도가 취향을 가진 사람도 여럿 있었다. 그 좋은 본보기로 들 수 있는 조욱(趙昱, 1498~1557)은 얼마 되지 않은 나이에 조광조의 문생이라는 이유로 박해를 받자 벼슬을 단념하고 산천을 유람하면서 일생을 보내다가 만년에 덕행으로 천거되어 잠시 진출한 사람이다. 정치에 대한 불만에다 가정의 불행까지 겹쳐 도가의 초탈한 경지를 동경했다. 자기 자신을 애도한 시 〈자도〉(自悼)에서 어지럽고 험한 현실에서 멀리 벗어나고 싶은 심정을 절실하게 나타냈다. "蓬叢棘林兮 萬里思飛騰"(쑥대밭 가시나무로구나, 만 리를 날아가고 싶네)이라고 한 것이 그 마지막 말이다.

정렴(鄭磏, 1506~1549)은 장악원, 관상감 등의 말직을 역임하고 물러나서는 천문, 지리, 의약, 외국어 등에까지 공부를 넓히다가 극적인 사건이라고는 없이 세상을 떠난 사람이다. 그런데 도가에서는 대단하게 여겨, 신통력이 놀라웠다는 말이 믿을 만한 사람들의 기록에까지 오르게 되었다. 아우 정작(鄭碏, 1533~1603) 또한 같은 경지에 이르렀다고 하면서 두 사람의 시를 한데 묶은 시집이 도가의 비기인 듯이 전한다.

거기 실린 시에는 과연 야단스러운 것이 있다. 미쳐서 노래 부르는 사람이 의관일랑 벗어던지고 하늘을 밀치고 일월의 정기를 움켜잡는다고까지 했다. 정렴의 시 가운데 비교적 안온한 작품을 하나 택해본다.

早稟中和氣	어려서 중화의 기품을 타고나고,
長懷太古心	자라면서 태고의 마음을 품었도다.
閑傾有限酒	한가롭게 유한한 술을 기울이고
靜撫無絃琴	고요하게 줄 없는 거문고를 어루만진다.
蘿月是佳客	담쟁이 사이 달이 좋은 손님이고
松風眞好音	솔바람이 참으로 좋은 소리일세.
翛然北窓下	초탈한 마음으로 북창에 앉으니
幽興古猶今	그윽한 흥은 예나 지금이나 같다.

남창이 아닌 북창에 앉았다 하면서 어깃장을 놓았다. 북창은 바로 자

기 호이다. 북창 앞에서 그윽한 흥취를 느끼면서 고금을 아우르고, 텅 빈 것을 사랑하고, 달이며 바람의 오묘한 모습과 합치되는 경지에 이른다고 했다.

〈자만〉(自挽)이라고 해서 자기 만사(挽詞)를 스스로 지은 시에서는, 하루에 만 권이나 되는 책을 읽고 저속한 말은 입에 올리지도 않았다고 하면서 자만심을 더욱 두드러지게 나타냈다. 겸양을 지나치게 요구하는 데 대한 반발일 수는 있어도, 그렇게 한다고 해서 문학이나 사상의 새로운 경지가 열릴 수 있었던가 의심스럽다.

박지화(朴枝華, 1513~1592)는 서얼 출신이다. 서경덕의 문하에서 공부하고 〈주역〉을 깊이 탐구했으며, 금강산에 들어가 단학(丹學)을 수련했다. 임진왜란 때 왜적이 핍박하자 구차하게 살기를 단념하고 물에 빠져 자결했다고 한다.

窮村白首客	궁벽한 마을의 머리 흰 노인
昔日碧山人	전에는 푸른 산 사람이었네.
孤鶴終宵怨	외로운 학 밤새도록 원망하는데,
群花滿眼春	뭇 꽃이 눈에 가득한 봄이다.

〈부제이자제〉(付第二子霽)라고 한 시이다. 둘째 아들에게 준다고 했다. 동경의 대상인 초탈의 경지와 실제 상황인 고난에 찬 삶을 선명하게 대조가 되게 나타냈다. 앞에서는 지금의 머리 흰 노인이 전에는 푸른 산 사람이었다고 했다. 뒤에서는 외로운 학처럼 잠 이루지 못하고 원망하는 다른 한편에서 봄이 와서 꽃이 만발했다고 했다.

양사언(楊士彦, 1517~1584)은 금강산의 딴 이름인 봉래(蓬萊)로 호를 삼아 도가의 기풍을 보였다. 과거에 급제해서 지방관을 역임하는 동안에 회양 군수로 있을 때 금강산을 자주 드나들었으며, 거기서 노니는 기분을 시로 읊은 것이 여럿 있어 나중에 금강산에 들어가 신선이 되었다는 전설을 남겼다. 앞에서 든 사람들처럼 기이한 행동을 하거나 이상

스러운 문구를 찾지는 않고 널리 인정될 수 있는 시를 지으면서, 표현
이 기발하고 탈속한 느낌이 들도록 해서 천의무봉(天衣無縫)이라는 평
을 들었다.

九霄笙鶴下珠樓	하늘에서 선학이 구슬로 꾸민 다락에 내려왔나.
萬里空明灝氣收	만리 공중에 맑은 기운 모여 있네.
靑海水從銀漢落	푸른 바닷물은 은하수를 따라서 떨어지고,
白雲天入玉山浮	흰 구름이 하늘에 든 곳에 옥산이 떠 있구나.
長春桃李皆瓊藥	긴 봄에 복숭아 오얏 꽃잎 모두 구슬이고,
千載喬松盡黑頭	천년 묵은 큰 소나무 함뿍 검은 머리로다.
滿酌紫霞留一醉	자하주를 잔에 가득 부어 한 번 취하니,
世間無地起閑愁	이 세상 한가한 근심 일어날 곳이 없네.

〈만리대〉(萬里臺)라 한 것이다. 허균은 이 시를 〈국조시산〉에다 싣
고, 선가신품(仙家神品)이라고 했다. 자기가 신선이 되어서 떠나가겠다
는 것은 아니다. 빼어난 경치를 묘사하면서 그 속에서 즐기는 흥취를
생동하게 나타내기 위해서 선가의 기풍이 나타내는 표현을 동원했다.

이종은, 《한국시가상의 도교사상 연구》(보성문화사, 1978) ; 손찬
식, 《조선조 도가의 시문학연구》(국학자료원, 1995) ; 안동준, 〈조선
전기 선가(仙家)와 선가시〉, 《부산한문학연구》(부산한문학회, 1995)
등의 총론과 ; 민병수, 〈정희량의 시세계〉, 《한국한문학산고》(태학
사, 2001) ; 손찬식, 〈용문(龍門) 조욱 시에 표상된 신선사상〉, 한국고
전문학회 편, 《국문학과 도교》(태학사, 1998) ; 홍순석, 《양사언문학
연구》(강남대학교출판부, 2001) ; 김연수, 〈허암(虛庵) 정희량의 자아
인식과 의식지향〉, 신진문철간행위원회 편, 《신진문철》(월인, 2002)
등의 각론이 있다.

8.7.3. 미천한 처지에서 겪는 고통

이념적인 반발보다 신분상의 차이가 주된 이유가 되어 정통과 어긋난 문학을 개척한 방외인 문인은 조신(曺伸, 1454~1528)에게서 비롯했다. 조신은 조위(曺偉)의 서제(庶弟)이다. 형과 함께 김종직의 문하에서 수학하고 문필로 이름이 났으나 역관 노릇을 하는 처지였으며, 문학을 하는 취향도 서로 달랐다. 조선후기의 중인이 일으킨 위항인(委巷人) 문학의 선구적인 모습을 보여주었다고 할 수 있다.

〈소문쇄록〉(謏聞瑣錄)이라는 잡록을 지어 해외 견문을 다룬 점이 이채롭다. 시를 지으면서 하층민들이 겪는 고난에 대해서 깊은 관심을 가졌다. 〈장안사군〉(長安四窘)에서는 서울 장안은 물가가 비싸 살기 어려운 사정을 자세하게 다루었다. 〈제심원〉(題深院)에서는 지방 역원(驛院)에 매인 백성들이 시달리는 모습을 실감 나게 그렸다. 한 대목을 들면 다음과 같다.

萬端供力役	만 가지 힘든 일 하느라고
一身寧飽暖	이 몸 어찌 배부르고 따뜻할 수 있겠나?
朝遞官文書	아침이면 공문서 전해야 하고,
暮秉炬火燦	저녁이면 횃불을 밝혀야 하네.
私馱及公膳	사사로운 짐이며 관가 음식을
代輪山下坂	산 아래로 남 대신 지고 가네.
鷄狗不須畜	닭이나 개 길러 무엇 하겠나?
畜且爲吏饌	자라면 아전의 반찬이 되고 마니.

어무적(魚無迹)은 천민이어서 지체가 더 낮았다. 1501년(연산군 7)에 김해에서 장문의 상소를 올려, 자기는 천민이므로 벼슬할 생각은 하지 않지만, 옛말에 집이 위에서 새는 것을 아래에서 안다고 했듯이 정치의 잘못을 바로 지적할 수 있다고 했다. 미천한 백성의 어려운 사정을 자세히 들고 시정해달라고 했다. 태평성대에도 통하지 않을 말이 정

치가 더욱 어지러워진 시기에 받아들여질 까닭이 없었음은 물론이다.

아버지는 손색이 없는 사대부였으나 어머니가 천한 탓에 김해에서 관노 노릇을 했다. 천한 신분은 면했다지만 계속 비참하게 살았다. 아버지 덕분에 천인으로서는 드물게 한문을 익혀 시문을 지었다. 〈속동문선〉이나 〈국조시산〉에 실릴 정도의 평가를 얻은 시에서 사회 밑바닥에서 겪은 고통을 나타냈다.

蒼生難	창생의 어려움이여!
蒼生難	창생의 어려움이여!
年貧爾無食	흉년에 너희는 먹을 것이 없구나.
我有濟爾心	나는 너희를 구제할 마음이 있으나,
而無濟爾力	너희를 구제할 힘은 없구나.
蒼生苦	창생의 괴로움이여!
蒼生苦	창생의 괴로움이여!
天寒爾無衾	날씨는 추운데 너희는 이불이 없구나.
彼有濟爾力	저들은 너희를 구제할 힘이 있으나,
而無濟爾心	너희를 구제할 마음이 없구나.

〈유민탄〉(流民嘆)의 서두이다. 유민은 자기 고장에 머물러 살 수 없어서 유랑해 다니는 백성이다. 연산군의 학정으로 더욱 늘어난 유민의 처지를 이렇게 나타냈다. 삼언·오언·칠언을 자유롭게 교체하면서, 수식을 갖추려고 애쓰지 않고 하고 싶은 말을 바로 했다. 그런데 자기 자신은 유민이라고 하지 않고 유민의 어려움을 대변하면서 참고 기다려보라고 권유했다. 한시를 택했기에 의식의 전이가 일어났다고 할 수 있다.

세상이 어떻게 달라져야 하는지 뚜렷한 생각을 가진 것은 아니다. 칠언율시의 격식을 갖춘 〈신력탄〉(新曆嘆)에서는 천 년에 한 번쯤 꽃이 피고 질 만큼 세월의 흐름이 지체되어 자기 시대에도 요순과 같은 이상적인 군주가 계속 다스리고 있으면 얼마나 좋을까 상상해보았다. 만민이 함께 취하고 잠자며 즐거운 노래를 부를 수 있기를 바랐다.

자기 고을 원님이 매화나무에까지 무리한 세금을 부과하자 어느 백성이 매화나무를 도끼로 찍어버리는 사건이 일어났을 때, 어무적은 〈작매부〉(斫梅賦)를 지어 그 횡포를 규탄했다. 원님이 잡으려고 해서 어무적은 도망을 가다가 죽었다. 이상시대의 도래를 상상해본 것과는 정반대의 상황에서 비참한 최후를 맞이했다.

〈작매부〉는 매화나무가 하는 말로 작품이 전개된다. 백성이 한 그릇 밥에 배부르면 원님은 군침을 흘리며 노여워하고, 백성이 한 벌 갖옷으로 따스하게 지내면 아전은 팔을 뽐내며 살을 발긴다고 하고서, 매화 향기는 굶어죽은 혼을 덮어주고, 매화 꽃잎은 유랑하는 백성의 뼛골에 뿌려진다고 했다. 참혹한 사정을 바로 나타내는 말과 매화를 두고 펼쳐지는 아름다운 정감이 한데 아우러져서 표현 효과를 높였다.

천인으로 태어났으면서도 사림에서 인정하고 존경하기조차 하는 위치로 올라선 인물도 있다. 서기(徐起)와 송익필(宋翼弼)이 그 좋은 본보기이다. 조선왕조의 신분차별은 혈통에 따라서 결정되는 것이 엄연한 사실이었지만, 성현의 도리를 돈독하게 실행하면 상승할 수 있다는 예외를 인정해야 합리화될 수 있었다. 그 두 사람이 특별히 선택되어, 살아 활동하는 동안에 도학을 한다고 인정받고 후대에는 신분상승을 공인하는 관직이 추증되었다.

서기(1523~1591)는 종의 신분을 타고났으나, 어려서부터 재주가 뛰어나 일곱 살에 이미 한시를 지었다고 한다. 서경덕의 제자인 이지함(李之菡)에게 배우고 당대 명사들과 교유할 수 있는 기회를 가졌다. 어떤 어려움이 있어도 도학에 힘쓸 것을 굳게 결심하고 지리산에 들어가서는 먹을 것이 없어서 돌배를 삶아 허기를 달래면서도 근심하지 않았다 한다. 그 뒤에 계룡산 고청봉(孤靑峰) 아래에 자리를 잡고 그 봉우리 이름으로 호를 삼았다.

〈고청유고〉(孤靑遺稿)가 전하는데, 산문은 없고 시만 여남은 수 실려 있다. 〈탄시〉(歎時)라고 한 데서는, 예전의 성인은 짐승 모습을 하고 있었지만 사람 마음이었다 하는데, 자기 시대에 의관을 요란하게 갖춘 선비들은 사람 모습이면서 짐승 마음이라고 하면서 상당한 반발을 나타냈다. 〈계후학〉(戒後學)에서는 책을 읽어 도리를 가려야 짐승으로 되돌아가지 않는다고 했다.

송익필(1534~1599)은 할머니가 종이었으나 아버지 대부터 양민 노릇을 했는데, 나중에 정치적인 시비에 말려들었다가 집안 전체가 다시 종이 되는 수난을 겪었다. 그런데도 문학과 도학 양면에서 크게 인정을 받는 경지에 이르렀다. 아우 송한필(宋翰弼, ?~1599) 또한 시를 남기고 자기네 처지를 문제 삼았다.

송익필의 문집 〈구봉집〉(龜峰集)은 상당한 분량이며 내용이 충실하다. 하늘은 사사로움이 없으니 천리(天理)를 믿고 따르며 헛된 욕심을 가지지 않는 것이 마땅하다고 거듭 말했다. 〈족부족시족〉(足不足是足)이라는 시를 보자. 부족함이 족하다고 여기는 것이 족함이라는 말을 표제로 내걸고, 모든 것이 부족하고 불만이라고 여기는 것은 잘못이라고 했다. 그렇게 해서 낙천적인 마음으로 달관을 하고자 했다.

吾年七十臥窮谷	내 나이 칠십에 궁한 골짜기에 누웠노라니,
人謂不足吾則足	사람들이야 부족하다고 하지만 나는야 족하다.
朝看萬峰生白雲	아침에 일만 봉우리를 바라보니 백운이 일어나,
自去自來高致足	스스로 가고 스스로 오며 고상한 격조 족하다.
暮看滄海吐明月	저녁에 푸른 바다를 바라보니 명월을 토해서,
浩浩金波眼界足	넓고도 넓게 금물결 일어나니 눈앞의 광경 족하다.
春有梅花秋月菊	봄에는 매화가 가을에는 국화가 있어서,
代謝無窮幽興足	번갈아 이울어지는 것 무궁하니 그윽한 흥 족하다.
一床經書道味深	상 하나에 경서를 두니 도학의 맛이 깊고,
尙友萬古師友足	언제나 만고의 인물을 사귀니 스승과 벗 족하다.
德比先賢雖不足	덕이야 선현에 비한다면 비록 부족하다 하겠으나,

白髮滿頭年紀足　　백발이 머리에 가득하니 나이도 족하다.

사람은 어떤 처지에 있더라도 성현의 가르침을 온전하게 실행해야 한다는 것을 여러 형태의 글에서 거듭 강조했다. 성현의 도리를 지켜야 한다는 것을 강조하느라고, 아래로는 내력을 알 수 없는 비렁뱅이 여자가 남의 첩이 되어서 정절을 지켰다고 하는 〈은아전〉(銀娥傳)을 쓰고, 위로는 명의가 병을 고치는 방책을 아뢰듯이 〈제왕보양방〉(帝王補養方)을 지어 임금이 지켜야 할 도리를 여러 조목에 걸쳐서 제시했다. 나중에 임진왜란이 일어났을 때에는 나라를 구하지 못하고 민생은 더욱 어려워진다고 탄식하는 시를 여러 편 지었다.

하지만 누구든지 서기나 송익필의 위치에 오를 수 있는 것은 아니었다. 천민 신분을 타고났으면 일생 동안 노역에 시달리며 민요나 설화로 푸념을 달래게 마련이고, 한문을 익혀 한문학에 가담할 생각을 하지 않는 것이 정상이었다. 그런데 그 뒤에도 몇 사람 예외가 있어 자주 거론된다.

허균은 〈성수시화〉에서, 유희경(劉希慶)과 백대붕(白大鵬)은 천인이지만 한시에 능했다고 했다. 그 두 사람이 중심이 되어 천한 신분을 타고난 사람들이 한시를 지으며 서로 어울리는 모임인 풍월향도(風月香徒)를 이루었다는 말은 다른 기록에 보인다. 향도는 오늘날은 상두꾼이라고 하는, 천한 일을 함께 하는 무리이다. 다른 일이 아닌 풍월 짓는 것을 위해 모였으니 흥미롭다.

유희경(1546~1636)은 사람됨이 조심성이 있어 주인을 정성껏 섬기고, 어버이에게 효도를 했다 한다. 인정받을 수 있는 소지가 있었다는 말이다. 사대부들과 친하게 지내는 사이였던 것 같은데 자세한 생애는 알려지지 않았다. 반발 의식의 일단을 다음에 드는 〈산수음〉(山水吟) 서두에서 알아볼 수 있다.

> 我本方外人　　나는 본디 방외인이라
> 行吟山水間　　산수 사이에서 읊조리노라.
> 閑拖綠玉杖　　한가로이 녹옥 지팡이를 끌며,
> 遍踏靑雲巒　　푸른 구름 묏봉우리를 두루 밟는다.

백대붕(?~1592)은 유희경과 이름이 나란히 알려졌다. 천인이면서 궁중 여러 문의 열쇠를 보관하는 종6품 잡직 사약(司鑰)의 지위에 올랐다 한다. 허균은 〈성수시화〉에서 백대붕의 시풍이 유행해 사약체라는 이름을 얻었다고 했다. 선조 초에는 허성(許筬)이 일본으로 사신 갈 때 동행해 일본에서 시로 이름을 떨치기도 했다. 어째서 그럴 수 있었던가는 밝혀지지 않았다. 널리 알려진 작품은 다음에 드는 〈취음〉(醉吟) 같은 것이어서 미천한 처지의 서러움을 하소연했다.

> 醉揷茱萸獨自娛　　술에 취해 수유꽃 꽂고 홀로 즐기다가,
> 滿山明月枕空壺　　온 산 밝은 달에 빈 병을 베고 누웠다네.
> 傍人莫問何爲者　　길 가는 사람들이여, 무엇을 하는 놈인가 묻지 말라.
> 白首風塵典艦奴　　흰 머리로 풍진을 겪어온 전함사의 종놈이라오.

처음 두 줄은 허전한 데서 아름다움을 찾는 기분을 잘 나타냈다. 그것이 사약체의 특징이다. 다음 두 줄에서는 취해서 길가에 누웠다는 것이 풍류객의 거동만이 아님을 알려준다. 자기를 전함사(典艦司)의 종놈이라고 했다. 전함사는 배에 관한 일을 맡아보던 관청이다. 백발이 되도록 풍진을 겪으며 종노릇을 하고 있는 신세가 서러워 길가에 누워 있다는 것이다. 네 줄로 된 시가 즐거운 데서 시작해서 차츰 비참한 데로 전환하는 수법이 묘미와 충격을 갖추었다.

정경주, 〈적암(適菴) 조신의 문학관과 일상적 체험의 문학세계〉, 《부산한문학연구》 6(부산한문학회, 1991) ; 임형택, 〈어무적의 시와

'홍길동전'), 《한국한문학연구》 3·4(한국한문학연구회, 1979) ; 배상현, 〈송익필의 문학과 그 사상〉, 《한국한문학연구》 6(1982) ; 배상현, 〈운곡(雲谷) 송한필의 시문학고〉, 《한국문학연구》 11(동국대학교 한국문학연구소, 1988) ; 박천규, 〈촌은(村隱) 유희경의 시세계〉, 《한문학논집》 6(단국대학교 한문학회, 1988) ; 한태문, 〈촌은 유희경 문학연구〉, 《국어국문학》 27(부산대학교 국어국문학과, 1990) ; 강구율, 〈구봉 송익필의 시세계와 시풍 연구〉(경북대학교 박사논문, 2000) 등의 연구가 있다.

8.7.4. 삼당시인과 임제

백광훈(白光勳)·최경창(崔慶昌)·이달(李達)을 삼당시인(三唐詩人)이라고 한다. 송시(宋詩)의 풍조를 버리고 당시(唐詩)를 따르며 시풍을 혁신했다고 해서 그렇게 일컫는다. 송시냐 당시냐 하는 것은 문학 사조 선택의 심각한 시빗거리였다. 당시풍의 등장은 문학사의 전환을 가져오는 의의를 가졌다.

송시는 사변적이며 기교적인 것이 특징이어서 자연스러운 정감을 소중하게 여기는 당시와 달랐다. 고려 때에도 송시의 기풍으로 기울어지는 조짐이 보이다가, 난숙하고 세련된 경지에 들어선 조선전기 한시는 송시와 더욱 밀착되었다. 그 결과 시가 자연스러운 감동에서 멀어지고 인정이나 세태의 절실한 경험을 받아들일 수 없게 된 것이 폐단으로 지적되고, 방향전환을 위해서 당시를 따라야 한다는 주장이 대두했다. 박순처럼 영향력 있는 문인이 선두에 서자 사태의 추이가 달라지기 시작하고, 삼당시인에 이르러 새로운 방향 전환의 성과가 뚜렷하게 나타났다.

삼당시인은 방외인과 상통하는 체질을 지니기에 함께 다룰 수 있으나, 문학의 규범이나 격식을 파괴하는 것을 능사로 삼지 않고 대안 제시에 힘썼다. 하층민 출신의 방외인문학에서 산발적으로 막연하게 나타내던 항거의지를 이론을 갖추어 가다듬고, 수준 높은 문학운동으로 전개하면서 작품화했다. 문화규범이나 심성수양과는 다른 현실경험을 위한 문학을 이룩해 누구나 함께 겪는 일상적인 정감을 풍부하게 나타냈다. 당시를 재현하자는 말은 복고를 구실로 혁신을 하자는 논법에 지나지 않았다. 조선전기 사대부문학의 한계를 극복하고 조선후기 한문학의 새로운 방향을 예고하는 변화를 일으켰다.

백광훈(1537~1582)은 진사가 된 뒤에 벼슬에 뜻을 두지 않고 산수를 즐기며 시에 힘썼다. 노수신이 명나라 사신으로 갈 때 관직이 없으면서도 제술관 노릇을 맡아 동행했으니 이름이 상당히 알려져 있었음을 알 수 있다. 그리 길지 않은 생애를 평범하게 보내면서 오로지 시작을 자기 임무로 삼은 전문시인이었다.

시를 혁신한 성과를 〈용강사〉(龍江詞)에서 확인할 수 있다. 장편고시인 그 작품에서 서울 가서 돌아오지 않는 님을 기다리는 아낙네의 심정을 성실하고도 절실하게 묘사했다. 자기 자신을 강가에서 농사짓고 사는 아낙네와 일치시켰기에 그럴 수 있었다. 한 대목을 들어보자.

去時在腹兒未生	떠나실 때에는 뱃속에 있고 태어나지 않았던 아이가
卽今解語騎竹行	이제는 말을 익히고 죽마도 타고 다닌답니다.
便從人兒學呼爺	곧잘 다른 아이들을 따라 아빠 부르는 것도 배웠네요.
汝爺萬里那聞聲	너의 아빠 만리 땅에서 그 소리 들으시겠니.

남편이 없는 서러움에다 아기가 아버지를 찾는 서러움을 보태고, 남편에게 하던 말을 아기를 달래는 말로 바꾸었다. 인정의 절실함을 깊이 나타내면서, 빈천한 처지에서 살아가는 사람들을 교화나 구제의 대상으로 삼아야 한다는 생각을 시정했다. 돌아오지 않는 님에 대한 그리움을 하소연한 노래는 오랜 내력을 가지고 있어 그 전통을 이으면서, 그리움이 추상적인 정서로 머물지 않게 하는 새로운 길을 열었다.

또 한편의 장편고시 〈달량행〉(達梁行)에서는 관심을 역사의 현장으로 돌려 1555년(명종 10)에 일어난 을묘왜변의 격전지 영암군 달량을

찾았다. 양사준(楊士俊)이 그때 종군하고 지은 가사 〈남정가〉(南征歌)
와 같은 사건을 다르게 나타내 여러모로 대조가 된다. 〈남정가〉는 싸워
서 이긴 것을 자랑했는데, 〈달량행〉은 난리가 지난 뒤에 볼 수 있는 황
량하고 처참한 광경을 그렸다.

왜적에게 패하자 수많은 백성이 유린되었던 현장을 찾아가 깊은 감
회에 사로잡혔다. 조수 드나드는 소리가 목 메이는 듯이 들리는 바닷가
풀 속에 뼈다귀가 흩어져 있다는 것을 서두로 삼고, 장수의 꾀가 어긋
나 포위를 자초하고, 병졸은 싸우지 않고 스스로 무너졌으니 그럴 수
있느냐고 분개했다. 울분이 고조된 대목에서 다음과 같이 노래했다.

月出山高九湖深　　월출산은 높고 구호는 깊기만 한데,
水渴山催恥能雪　　물이 마르고 산이 깎인들 설욕할 수 있겠는가?
至今海天風雨時　　지금도 해천에서 풍우가 몰아칠 때면,
鬼哭猶疑初戰伐　　귀신의 울음소리 처음 싸우던 때인가 의심이 난다.

시인이 다시 느끼는 원통한 울음소리는 왜적에 대한 적개심을 나타
내는 것만은 아니었다. 나라를 방비하지 못해 백성이 유린되도록 한 벼
슬아치들 때문에 더욱 거세다. 자기도 그 일원이거나 그쪽과 가깝기에
분노와 함께 죄의식을 느꼈다. 맨 밑바닥의 이름 없는 백성들과 공감을
나눌 수 있게 자기의식을 바꾸어놓으면서 진실된 시를 이룩하고자
했다.

최경창(1539~1583)은 문과에까지 급제하고 외직으로 나다녔다. 삼
당시인 가운데서는 가장 현저한 위치에 올랐지만 대단하다고 할 것은
없었다. 자기는 시인이라고 생각했으며, 시를 짓는 데서 가장 큰 보람
을 찾았다. 사랑의 정감과 하층에서의 생활에 특히 깊은 관심을 가지고
합당한 표현을 개척했다. 북평사로 함경도 경성에 갔을 때에는 그곳 기
생 홍랑(洪娘)과 정이 깊었고, 헤어질 때 홍랑이 지어준 시조를 한역한
것도 전한다.

　남녀관계를 다룬 작품을 많이 남겼으며, 〈동작기사〉(銅雀妓詞)를 대표적인 예로 들 수 있다. 귀한 집 소년이 어린 기생을 찾아 잠자리를 같이한 사연을 서술하고서 소년은 취해 잠이 들었는데 기생은 솟아오르는 설움을 누르지 못해 괴로워하는 장면을 섬세하게 그렸다. 일시의 행락이나 찾는 상대방에게 사랑을 기대하다가 느낀 배신감을 나타냈다.

　〈이소부사〉(李少婦詞)는 이별당한 아낙네가 뱃속에 든 아이와 함께 죽음을 택하는 것으로 결말을 삼았다. 〈동작기사〉와 〈이소부사〉는 상황 설정에 차이가 있으나, 둘 다 사랑 때문에 여자가 불행하게 되는 사연을 택해서 세태의 이면을 파헤친 공통점이 있다. 처지가 전혀 다른 쪽의 사정을 깊이 이해하면서 사대부문학의 한계에서 벗어났다.

　〈우박〉(雨雹)에서는 농민생활을 다루었다. 노한 천둥소리가 땅을 찢어놓더니 날리는 빗속에 우박이 섞여 떨어져 곡식을 다 망쳐놓는 광경을 그리면서, 벌써 몇 해째 날씨는 차고 더운 질서를 잃고 돌림병마저 돌아서 온통 처참하게 된 사정을 살폈다. 28행 가운데 절반을 들어본다.

蕭條如經亂	쓸쓸하기가 난리 지난 것 같고
山谷多空村	산골에는 빈 마을이 많구나.
老弱服未耟	노약자가 쟁기질을 해야 하니
辛苦良難言	그 고생은 참으로 말하기 어려워라.
纔喜春苗盛	즐거움은 봄에 싹이 자랄 때만 있고,
夏潦又渾渾	여름 장마가 또다시 쏟아지는구나.
凉吹乾枝葉	서늘한 바람 불어 가지와 잎이 마르면
螟食盡節根	멸구가 뿌리를 다 갉아먹는다.
豈知凋悴餘	어찌 알았으랴, 시들고 야윈 나머지
迄此災逾繁	이런 재앙이 더욱 심해지기만 하는 것을.
何以供賦稅	어떻게 해서 부세를 감당하고서
敢望具饔飱	끼니 때우기를 감히 바라리오?
四隣絶晨烟	사방 이웃에서 아침 연기 끊어지고,

但聞哭聲喧　　　　울음소리만 시끄럽게 들리는구나.

　흔히 볼 수 있는 애민시나 농민시라고 할 것은 아니다. 사태를 어떻게 해결할 수 있는가에 관심을 가지기보다는 겪고 있는 그대로의 과정을 아무런 전제 없이 충실하게 묘사한 것이 특징이다. 농민을 구제할 방도를 차리거나 농민과 함께 항거를 하는 것은 감당할 수 없는 일이며, 한탄을 하고 있을 것도 아니다. 시인이 할 일은 문학을 하는 자세를 가다듬는 것이었다. 한시로서의 격조를 유지하고 직접적인 토로를 배제하면서 자기의식을 농민의 처지와 일치시켜 함께 체험한 바를 생동하게 나타냈다.

　이달(1539 이전~1612 무렵)은 시를 배운 제자 허균이 〈손곡산인전〉(蓀谷山人傳)을 지어 누군지 알 수 있다. 이첨(李詹)의 후손이라고 하지만 어머니가 기생이었던 탓에 천인이었다. 재주가 뛰어나도 세상에 쓰이지 못했다. 그런데다가 얼굴이 단정하지 못하고 예법에 얽매이기 싫어하는 성미라 가는 곳마다 업신여김을 당했다. 몸 붙일 데가 없는 비렁뱅이로 천덕꾸러기 일생을 보내면서 시는 삼당시인 가운데서도 가장 뛰어나 온 나라를 휩쓸 만했으나 몇 사람이 알아주었을 따름이고 시기하고 헐뜯는 대상이 되었다.

獨鶴望遙空　　　　외로운 학이 먼 하늘을 바라보며
夜寒擧一足　　　　밤이 차가워 다리를 하나 들고 있다.
西風苦竹叢　　　　서녘 바람이 참대 숲에 불어오고,
滿身秋露滴　　　　몸에 가득 가을 이슬이 젖었다.

　〈화학〉(畫鶴)이라고 한 이 시는 자기 모습을 그린 자화상이다. 먼 하늘로 날아가는 자유를 누려야 할 학이 수난의 땅에 서서 견디느라고 다리 하나는 들고 있다. 밤이 되어 한기 들고 바람이 불고 이슬이 내리는 것이 모두 자연적인 재앙만 뜻하지 않는 줄 알면, 말하고자 한 바가 더욱 심각해진다.

자유로운 형식의 장편고시 〈만랑가〉(漫浪歌)에서도 자기 처지를 말했다. 만랑옹이라는 노인을 등장시켜 신선의 세계를 향해 칼춤을 마음껏 추는 거동을 묘사하면서, 마음속 깊이 간직한 탈출의 의지를 거칠 것 없이 표현했다. 그러나 멀리 떠나가는 것은 가능하지 않았으며, 현실의 고난은 바람과 이슬로 나타낸 것보다 더욱 심각했다.

> 好爵高官處處逢　　좋은 자리 높은 벼슬아치 곳곳에서 만나자
> 車如流水馬如龍　　수레는 물인 양 흘러가고 말은 용과 같구나.
> 長安陌上時回首　　장안 길 위에서 이따금 머리를 돌리니
> 咫尺君門隔九重　　가까이 있는 그대의 문 아홉 겹이나 닫혔네.

서울 장안을 나서면 심각한 소외와 좌절감을 느낀다고 〈낙중유감〉(洛中有感)에서 이렇게 술회했다. 물처럼 흐르는 수레, 용과 같이 우람한 모습으로 달리는 말 위에서 뽐내고 있는 벼슬아치에 비해 자기는 너무 초라했다. 글을 배울 때에는 서로 통했던 사람에게 다시 가까이 가지 못하게 아홉 겹 대문이 가로막고 있었다. 착상과 표현이 절묘하다. 울분을 함부로 토로하지 않고 응결과 함축을 갖추어 더욱 절실한 느낌을 준다.

> 田間拾穗村童語　　밭고랑에서 이삭 줍는 시골 아이의 말이
> 盡日東西不滿筐　　하루 종일 동서로 다녀도 바구니가 안 찬다네.
> 今歲刈禾人亦巧　　올해는 벼 베는 사람들도 교묘해져서
> 盡收遺穗上官倉　　이삭 하나 남기지 않고 관가 창고에 바쳤다네.

〈습수요〉(拾穗謠)라고 한 이삭 줍는 노래이다. 시골 아이들이 부르는 동요를 본떠서 좁은 소견에서 대수롭지 않은 말을 한 것 같이 꾸미고, 뒤에 숨어 있는 뜻을 알아차리고 분개하도록 했다. 이삭 줍는 아이, 벼

베는 사람, 관가가 일정한 관계를 맺고 있다. 아이는 소견 없이 벼 베는 사람을 나무라지만, 관가의 수탈이 더욱 심해졌기에 이삭이 떨어져 있지 않은 것이다.

임제(林悌, 1549~1587)는 삼당시인의 뒤를 이으면서 사대부문학의 체질을 개선하는 데 한 걸음 더 나아갔다. 여러 차례 스스로 술회한 바와 같이 초년에는 호협하게 놀기만 일삼다가 스물이 되어서 공부에 뜻을 두었다. 무엇 하나 마음에 드는 것이 없어 문과에 급제해 얻은 벼슬을 버리고 울분과 방황으로 후반의 생애를 허비하면서 오직 문학에다 정열을 쏟았다.

마흔을 채우지 못하고 세상을 떠나면서 천자국이 되지 못한 나라에 태어나 죽는 것이 서럽지 않으니 곡하지 말라고 했다는 말이 널리 알려져 있다. 문약한 선비이기를 거부하고 칼을 책 못지않게 숭상하면서 넘치는 기개를 발휘하고자 했으나, 이룬 바 없어 생애가 헛되다는 생각을 해서 그렇게 말했던 것이다. 법도 밖의 인물이라 글이 아니고서는 취할 바가 없다는 평이 적절하다.

〈원생몽유록〉(元生夢遊錄)·〈수성지〉(愁城誌) 같은 산문을 지어 현실에 대한 불만을 자기 나름대로 토로하는 방식을 마련하고, 시에서 전에 볼 수 없던 경지를 개척했다. 기개를 나타낸 시가 적지 않다. 〈금하영추홍〉(金河詠秋虹)이라 제목을 붙이고, 금하에서 가을 무지개를 읊은 것을 들어본다.

自笑雄心盖八垠	스스로 웃노라 웅심으로 천지를 덮으려던 것을
早將書劒學從軍	일찍이 서검을 가지고 종군을 배웠건만,
西風吹過千山雨	서녘 바람이 천산에 비를 뿌리고 지나가니
萬丈晴蛇截暮雲	만 길 청사검이 저녁 구름을 가른다.

처음 두 줄에서는 책과 칼을 함께 익히고 웅대한 기상을 기른 것이 스스로 생각해도 가소로울 정도로 헛되다는 것을 말했다. 그 다음 대목

으로 넘어가서는 눈앞에 벌어지는 광경에다 자기 마음을 실어 나타냈다. 가을바람이 비를 뿌린다는 말로 참담한 심정을 암시하고, 무지개가 만 길이나 되는 청사검으로 보인다고 하면서 좌절에서 희망을 찾았다.

이 시의 무대인 금하(金河)는 어디 있는지 확인되지 않으나 먼 변방일 터이다. 변방보다는 변새(邊塞)라고 하면 더 어울린다. 더 나아갈 길이 없는 극단적인 상황에서 자기 운명과 대결하고자 하는 변새시를 임제는 거듭 지었다. 중용의 절도를 받아들이지 않으려 하고 비장하고 처절한 느낌을 고조시켰다.

다른 한편으로는 부드럽고 감미로운 사랑의 노래 염정시(艶情詩)도 즐겨 지었다. 황진이 무덤을 찾아가 만나지 못해 한탄한 시조가 널리 알려진 명편이다. 실제로 가까이 지내던 여러 기생과 나눈 정분을 한시에다 담을 때에도 예상을 뒤엎는 파격을 추구했다. 〈유서〉(柳絮)에서는 미인의 모습을 부드럽고 연약한 버들개지 같다고 정겹게 묘사해, 시를 희롱거리로 삼았다고 할 수 있다.

자기 재능으로 시를 새롭게 하는 것만 능사로 삼지 않고 민요에 깊은 관심을 가졌다. 〈패강가〉(浿江歌)에서는 대동강가에 사는 아가씨가 봄놀이를 하면서, 수양버들 같은 결을 가진 비단을 짜서 춤추는 듯이 날렵한 옷을 님에게 지어주었으면 하는 마음을 나타냈다. 고생스럽게 일하는 농민의 처지를 읊어낸 민요 사설을 그대로 옮겼으리라고 생각되는 것도 있다.

辛勤無計望成秋	아무리 고생한들 가슬할 보람 없네.
千畝收來不盈釜	온손배미 다 거두어도 한 솥이 못 차누나.
官家租稅更相催	관청의 세금 독촉 갈수록 심하여서
里胥臨門吼如虎	동네의 구실아치 문 앞에 와 고함친다.
流離不復顧妻孥	이리저리 흩어질 때 처자를 돌볼쏘냐.
昨一戶亡今一戶	어제 한 집 없어지고 오늘 한 집 또 나간다.
南州轉運北懲兵	남쪽으로 운력 가고 북쪽으로 징병 가네.

我生之後何愁苦　　이 내 몸 생겨난 뒤 이 어인 고생인가.

〈전가원〉(田家怨)의 한 대목이다. 근래에 조사한 구전민요 모노래에
서 보이는 사설과 거의 일치하기에 따로 번역하지 않고 그것을 갖다놓
았다. 임제의 한시가 번역되어 민요로 전해졌을 가능성은 없으며, 당시
의 민요가 오늘날까지도 계속 구전되었다고 보는 편이 타당하다. 이 노
래는 오늘날 조사한 자료 가운데서 농민의 원망을 특히 잘 나타내는 것
이어서, 임제가 민요를 이해하는 폭이 넓고 선별하는 안목이 상당했음
을 알 수 있다.

　이종묵, 〈조선전기 한시의 당풍(唐風)과 송풍(宋風)〉,《한국 한시
의 전통과 문예미》(태학사, 2002)에서 사조 전환을 ; 안병학, 〈삼당파
시세계 연구〉(고려대학교 박사논문, 1988)에서 총론을 ;《한국문학작
가론》2(집문당, 2000)에 실린 이혜순, 〈이달〉 ; 윤주필, 〈임제〉에서
각론을 전개했다. 임제의 〈전가원〉에 갖다놓은 민요는 임동권,《한국
민요집》(동국문화사, 1961) 200·201번 자료로 수록된 충남 예산지방
의 모노래이다.

8.7.5. 여성한문학의 등장

　한문은 여성을 위한 글이 아니었다. 남성 가운데에서도 사대부 남성
만 한문을 익히도록 해서 신분과 함께 남녀의 차이를 명백하게 하는 것
이 중세문화의 기본구조였다. 여성은 국문을 바깥글인 한문과 구별되
는 안글로 삼아, 언해서를 읽고, 편지를 쓰고, 제문을 짓고 하는 데 이
용해 남녀의 문자생활이 어느 정도 균형을 이룰 수 있게 되었다.

　지체를 자랑하는 사대부 집안의 딸이라도 한문을 정식으로 공부할
수 있는 기회가 아들과 동등하게 주어지지 않았다. 어깨너머로 배운다
고 하는 정도로 한문을 대강 익히는 데 만족해야 했다. 이덕무(李德懋)

가 〈사소절〉(士小節)에, 부녀자들은 한문의 기본 독해력이나 갖추고 족보, 역대 국호, 성현의 이름 정도나 알면 그만이고 함부로 시를 지어서 외간에 전파하는 것은 불가하다는 규범이 조선시대 전후기에 변함없이 존중되었다.

여성의 한문학은 원칙적으로 허용되지 않는 예외적인 문학이었다. 여성 나름대로의 생각이나 불만을 나타내는 것은 남성 중심으로 구축된 한문학의 질서를 어지럽히는 짓이어서 배격의 대상이 되었다. 예외이고 반역인 점에서 방외인문학과 상통하는 바 있어 이어서 다룰 수 있다.

여성은 작품을 창작해도 세상에 알릴 길이 없었다. 여성 작가들끼리 교류하면서 주고받을 기회를 마련할 수 없었다. 홀로 짓다가 만 것들을 다행히 주위의 남성이 관심을 가지고 기록에 올리거나 세상에 알려 후대에 전할 따름이다. 작품집이 이루어지는 것은 특별한 행운을 누릴 때에만 가능했다.

여성은 아명(兒名)만 있고 관명(冠名)은 없어 성인이 된 다음에는 이름을 부르지 않은 점이 남성과 달랐다. 남편의 성명을 들어 이각부인(李恪夫人), 성만 알려져 정씨(鄭氏)라고 하고, 호로 일컬어 김임벽당(金林碧堂) · 이빙호당(李氷壺堂) · 김창암(金蒼巖)이라고 하는 이들이 시를 지었다고 한다. 생애가 불분명하고, 전하는 작품은 편린에 지나지 않아 자세하게 고찰할 수 없다.

신사임당(申師任堂, 1504~1551)도 그런 사람의 하나이지만 이이(李珥)의 어머니여서 널리 알려졌다. 사대부 부녀에게 요구되는 덕행과 재능을 두루 갖추었다고 칭송되었다. 포도 · 꽃 · 곤충 같은 것들을 잘 그려 여성다운 섬세하고도 안온한 느낌을 보여주었다. 한시도 잘 지었다고 하는데, 온전하게 전하는 것은 〈대동시선〉(大東詩選)에 수록되어 있는 두 편뿐이다.

둘 다 친정어머니를 생각하는 마음을 나타내서 시집살이노래와 상통하는 사연을 한시의 격조를 갖추어 나타냈다. 〈사친〉(思親)에서는 친정에 가서 어머니를 보고 싶은 마음을 더욱 간절하게 하소연했다. 〈유대관령망친정〉(踰大關嶺望親庭)에서 대관령을 넘어 서울로 가면서 강릉에 있는 어머니를 생각한 사연은 다음과 같다.

慈親鶴髮在臨瀛	어머님은 백발이 되어 임영에 계시는데,
身向長安獨去情	이 몸 홀로 서울로 가고 있는 심정이여,
回首北坪時一望	머리 돌려 북평 땅을 한 번 바라보니,
白雲飛下暮山靑	흰 구름 일어나는 밑에서 저무는 산이 푸르구나.

임영과 북평은 자기 친정 고장을 지칭한 말이다. 서울은 장안이라고 했다. 한시에 어울리는 지명을 택했다. 처음 두 줄에서는 자기 정감을 바로 나타내고, 다음 두 줄에서는 산천의 모습을 그리며 표현방법을 바꾸었다. 앞뒤가 서로 호응해서 정감과 격조가 모두 온전할 수 있게 했다.

송덕봉(宋德奉, 1521~1578)이라는 여인은 이름은 알 수 없고, 호가 덕봉이다. 남편 유희춘(柳希春)이 특별한 관심을 가진 덕분에 시문을 창작한 사실을 알 수 있고 작품을 얻어 볼 수 있다. 부부 사이가 특별히 좋아 얻은 행운이었다. 유희춘의 〈미암일기초〉(眉巖日記草)에 아내의 생활에 대해 살핀 기록이 많고, 자기와 주고받은 시를 여러 편 인용했다. 〈덕봉집〉(德奉集)이라는 시집이 별도로 전한다. 〈대동시선〉에 실려 있는 시도 두 편이나 된다. 〈종미암공자종성적소〉(從眉巖公子鍾城適所)라고 한 것이 그 가운데 하나이다.

行行遂至天摩嶺	가고 가서 천마령에 이르니,
東海無涯鏡平面	끝없는 동해 평평한 거울이다.
萬里婦人何事到	부인이 무슨 일로 만 리 길 가나?
三從義重一身輕	삼종의 의는 중하고, 일신은 가볍다.

종성에서 귀양살이하는 남편을 따라가면서 지은 것이다. 앞의 두 줄에서 천마령과 동해의 경치를 그릴 때에는 시인다운 솜씨를 보이더니, 뒤의 두 줄에서는 말이 달라졌다. 부녀자가 만 리 길을 가는 것은 자기 일신은 가볍게 여기고 남편을 따르는 도리를 소중하게 받들기 때문이라는 윤리적인 판단을 직설법으로 나타냈다.

문을 남긴 것은 더욱 특기할 만한 사실이다. 시부모의 상을 치른 사연을 유배중인 남편에게 알린 편지가 하나 있다. 남편이 귀양에서 풀려나 전라감사가 되자 선영에 비석을 세울 수 있게 된 기쁨을 〈착석문〉(斲石文)에서 나타냈다. 사람의 도리를 다해 흡족하다는 것을 전후의 사실을 자세하게 갖추어 말한 데 여성다운 특성이 있다.

난설헌(蘭雪軒)이라는 호로 널리 알려진 허초희(許楚姬, 1563~1589)는 예사 여성 답지 않게 적극적인 자세를 가지고 문학을 했다. 허엽(許曄)의 딸이고, 허균의 누나이며, 이달에게서 시를 배웠다. 뛰어난 재능을 지니고 태어나 시인의 꿈을 키웠다. 김성립(金誠立)의 아내가 되었는데, 부부 사이가 좋지 못했으며, 딸과 아들이 이어서 죽는 불운까지 겹쳤다.

마음의 상처가 깊을수록 시를 짓는 데 더욱 힘을 기울여 후대까지 계속 높이 평가되는 독특한 작품세계를 이룩하고 많은 작품을 남겼다. 〈규원가〉 또는 〈봉선화가〉 같은 가사도 지었다고 한다. 허균이 누나의 시를 크게 자랑하면서 시집을 편찬해 중국에까지 알렸다. 〈난설헌집〉(蘭雪軒集)이 중국에서 국내보다 먼저 간행되었다.

去年喪愛女	지난해에는 사랑하는 딸을 여의고,
今年喪愛子	올해에는 사랑하는 아들을 잃었네.
哀哀廣陵土	슬프디 슬픈 광릉의 땅이여,
雙墳相對起	두 무덤이 마주보고 서 있네.
蕭蕭白楊風	쓸쓸한 바람이 백양나무에서 불고,
鬼火明松楸	도깨비불이 솔숲에서 반짝인다.

紙錢招汝魂	지전을 날리며 너의 혼을 부르고,
玄酒奠汝丘	제사 지낸 물을 너의 무덤에 붓는다.
應知弟兄魂	나는 안다, 너희 남매의 혼이
夜夜相追遊	밤마다 서로 따르며 노는 줄을.
縱有腹中孩	뱃속에 아이가 있다고 하더라도
安可冀長成	어찌 제대로 자라기를 바라겠는가.
浪吟黃臺詞	하염없이 황대의 노래를 부르며,
血泣悲吞聲	피눈물 흘리며 슬픈 소리 삼킨다.

  아들을 잃고 지은 이 작품 〈곡자〉(哭子)에서는 자기 삶의 비극을 직접 다루었다. 자식 잃은 어머니의 슬픔은 무엇보다도 애절한데, 사대부 남성이 한시를 수식과 수양의 수단으로 삼는 동안에는 외면해왔다. 삼당시인이 나서서 인정의 절실함을 시에 올리고자 하면서 여인의 수난을 노래했어도 미칠 수 없었던 경지이다. 작품은 다듬을 만큼 다듬어 지었으면서도 어미의 넋두리를 손상시키지 않고 살리고 있는 점이 놀랍다. 여성작가의 관심과 역량을 유감없이 발휘해 한시의 새로운 방향을 개척했다.

手把金剪刀	손으로 가위를 잡느라고
夜寒十指直	밤은 추운데 열 손가락 곱는다.
爲人作嫁衣	남들을 위해 시집갈 옷 지으면서
年年還獨宿	해가 거듭 돌아와도 혼자이다.

  〈빈녀음〉(貧女吟)은 가난한 여자의 처지를 읊은 옛 사람의 전례를 이어 다시 지은 것이다. 모두 네 수인데, 네 번째 것을 들면 이와 같다. 길쌈하고 바느질해서 살아가느라고 시집갈 날은 멀어지기만 하는 사정을 자기가 당하고 있는 듯이 절실하게 나타내 흔히 하던 말을 넘어섰다.
  작품세계가 다양해, 신선의 세계를 동경하며 초탈을 염원한 것들도

있다. 자기 처지에 불만을 품고 사회적인 반감까지 나타내려고 도가사상에 기울어졌던 방외인의 기풍을 함께 지녔다. 그러면서 아리따운 상상을 수놓은 솜씨가 독특하다.

허초희의 작품은 널리 읽히고 많은 영향을 끼쳤다. 선조 때 허순(許純)이라는 역관이 중국에 들어가 명나라 여자를 아내로 얻어 허경란(許景蘭)이라는 딸을 낳았다. 허경란은 중국에 전해진 〈허난설헌집〉을 보고 큰 감동을 받고 깊이 사모해 많은 작품을 차운했다. 허초희가 환생해 자기가 태어났다고 하면서, 호를 소설(小雪)이라고 했다. 원시와 차운한 시를 함께 수록하고 〈해동란〉(海東蘭)이라고 일컬은 시집이 남아 있다.

이옥봉(李玉峰)은 서녀 출신이고 조원(趙瑗)의 소실이 된 처지였으나, 맑고 씩씩한 시를 지었으며 분단장하는 여성의 체취를 풍기지 않았다고 허균이 평가했다. 영월에 가서 단종을 생각하며 자기도 왕손의 딸이라 두견 소리를 차마 듣지 못하겠다고 한 시를 보면, 모계가 천해서 신분이 떨어졌음을 알 수 있고, 주어진 한계에 머물지 않으려는 의지를 지녔다. 오지 않는 님을 그리워하는 사랑 노래에서 들려주는 사연은 더욱 절실하다. 〈자술〉(自述)이라는 푸념을 들어본다.

近來安否問如何　　　근래에 안부가 어떤지 묻노라니,
月到紗窓妾恨多　　　달이 비친 사창에서 첩의 한탄 많기도 해라.
若使夢魂行有跡　　　꿈속의 넋이 다니는 데도 흔적이 있다면
門前石路半成砂　　　문 앞의 돌길이 반이나 모래가 되었겠네.

기녀들이 사대부의 흥취를 돋우기 위해서 시조를 짓기 시작해서 독특한 작품세계를 보여주었다는 것은 이미 살핀 바인데 시조뿐만 아니라 한시 또한 그런 구실을 했다. 사대부의 취향을 만족시키는 재주를 두루 갖추어야 평가를 받을 수 있어 한시를 읊을 줄 알고 짓기도 해야 했다. 기녀 특유의 작품세계를 보여준 한시가 더러 있다.

　기녀 황진이(黃眞伊)는 시조가 절창이었을 뿐만 아니라 한시에도 능했다. 한시에서도 사랑과 이별을 노래한 것이 우선 주목된다. 소세양(蘇世讓)과 이별할 때 지은 〈봉별소판서세양〉(奉別蘇判書世讓)은 떠나가는 사람을 만류할 만큼 절실한 표현을 갖추었다. 〈영반월〉(詠半月)이라고 한 것을 보면, 반월이 빗이라고 하면서 이별한 여인의 처지를 말한 발상이 뛰어나다.

誰斷崑山玉	누가 곤산의 옥을 잘라
裁成織女梳	직녀의 빗을 만들었는가.
牽牛離別後	견우와 이별한 다음
謾擲碧空虛	부질없이 허공에 던져두었네.

　자기가 송도 사람이라는 것을 의식하면서 고려를 회고하는 시도 지었다. 〈송도〉(松都)에서는 만월대에 올라 망한 나라의 쓸쓸한 자취를 더듬었다. 〈박연폭포〉(朴淵瀑布)에서는 여성답지 않게 웅혼한 기백을 보였다. 폭포의 빼어난 경치와 힘찬 울림이 해동의 으뜸이라고 하면서, 자기 자신을 높이는 뜻도 함께 나타냈다. 서경덕과 박연폭포 그리고 자신을 송도삼절(三絶)이라고 할 만큼 자부심이 대단했다.

一派長川噴壑礱	한 줄기 긴 물굽이가 골짜기 틈 사이에서 뿜어 나와,
龍湫百仞水潨潨	백 길이나 되는 용추로 쏟아져서 들어가는구나.
飛泉倒瀉疑雲漢	거꾸로 엎어지며 날리는 샘은 정녕 구름인가 하고,
怒瀑橫垂宛白虹	성난 폭포 가로 드리운 모습 완연히 흰 무지개일세.
雹亂霆馳彌洞府	우박이 날리고 벼락이 달리다 골짜기에서 멈추고,
珠舂玉碎徹晴空	구슬 방아에서 옥이 부서져 맑은 하늘을 뒤덮네.
遊人莫道廬山勝	구경꾼들아, 여산이 더 낫다고 말하지 마오,
須識天磨冠海東	해동에서는 천마산이 으뜸인 줄 알아야 하느니.

매창(梅窓)이라는 호로 널리 알려진 부안 기생 이계랑(李桂娘, 1573~
1610 이후) 또한 시조와 한시에 아울러 능했다. 한시에서도 시조의 경
우와 같이 여성다운 섬세함과 기생으로서의 정감을 충실하게 나타냈
다. 어느 작품이든 길지 않고 말도 쉽지만 느낌의 응축이 예사롭지
않다.

醉客執羅衫　　　취한 손님 비단 적삼을 잡자
羅衫隨手裂　　　비단 적삼 손길 따라 찢어지네.
不惜羅衫裂　　　비단 적삼 찢긴 것이야 아깝지 않아도
但恐思情絶　　　다만 사랑이 끊어질까 염려해요.

취객에게 준다는 뜻으로 〈증취객〉(贈醉客)이라고 한 것이다. 기생이
아니고서는 할 수 없는 말을 절실한 매듭을 갖추어 나타냈다. 〈춘원〉
(春怨)이라는 칠언절구는 봄 동산의 아름다운 정경을 그리면서 님이
그리워서 눈물짓는 마음을 나타낸 사랑의 노래이다.
　위에서 든 작품들에서 볼 수 있듯이, 여성은 가까운 사람들과 함께
이룩하는 삶에 대해서 특히 깊은 관심을 가지고 시작의 원천으로 삼았
다. 신사임당은 어머니, 송덕봉은 남편, 허초희는 자식과의 관계에다
마음을 온통 바쳤다. 기녀들은 사랑하는 사람과의 이별을 다루었다. 그
러다가 눈앞의 자연이나 상상의 세계로 눈을 돌려 사람 사이의 일을 잊
을 때에는 남녀 공유의 시심을 찾았다.

황재군, 《한국고전여류시연구》(집문당, 1985) ; 허미자, 《한국여류
문학론 고전편》(성신여자대학교출판부, 1991) ; 이혜순·정하영 편역,
《한국고전여성문학의 세계 : 한시편》(이화여자대학교출판부, 1998) 및
같은 책 《산문편》(이화여자대학교출판부, 2003) ; 이혜순 외, 《한국고
전여성작가연구》(1999) 등의 총론과 ; 송재용, 〈여류문인 송덕봉의
생애와 문학〉, 《국문학논집》15(단국대학교, 1997) ; 정창권, 〈'미암일

기'에 나타난 송덕봉의 일상생활과 창작활동〉, 《어문학》 78(한국어문학회, 2002) ; 〈16세기 여성시인 송덕봉 작품집〉, 《여성문학연구》 9(한국여성문학학회, 2003) ; 허미자, 《허난설헌연구》(성신여자대학교출판부, 1984) ; 김명희, 《허난설헌의 문학》(집문당, 1987) ; 《소설헌 허경란의 시와 문학》(국학자료원, 1987) ; 《허부인 난설헌 시 새로 읽기》(여회, 2002) ; 김성남, 《허난설헌시 연구》(소명출판, 2002) ; 강전섭 편, 《황진이연구》(창학사, 1985) ; 허미자, 《이매창연구》(성신여자대학교출판부, 1988) ; 李麗秋, 〈한중기녀시인 薛濤와 이계랑 비교연구〉(서울대학교 석사논문, 2003) 등의 각론이 있다.

8.8. 불교문학의 시련과 변모

8.8.1. 척불의 타격

불교를 배척하자는 척불론은 고려후기에 신흥 사대부가 신유학을 이념으로 택하는 과정에서 이미 대두했으나 실질적인 영향력을 행사하지 못하다가 왕조교체를 겪은 뒤에 조선왕조의 국책으로 채택되어 마침내 불교와 유학의 관계를 역전시키는 데 이르렀다. 태종에 이어 세종은 불교의 종파, 승려, 토지, 노비 등을 모두 감축했으며, 승려의 서울 도성 출입을 금했다. 고려 광종 때 일반 과거와 함께 생겨나 오랜 역사를 자랑하던 승과(僧科)는 명맥만 유지하다가 연산군 때 이후에 없어지고 말았다. 천여 년 동안 최고의 권위를 가지고 사상을 지도하던 승려가 새로운 신분질서에서 천인의 지위로 떨어져 모멸의 대상이 되었다.

그렇다고 해서 불교 신앙이 사라진 것은 아니었다. 유학의 종교적인 기능에는 명확한 한계가 있었으므로, 위로는 국왕으로부터 아래로는 일반 백성에 이르기까지 신유학에 입각한 이념으로 묶어세우려는 유신들의 주장이 그대로 관철되지 못했다. 국왕이라도 표면에 내세우는 명분과는 다르게 내심으로는 불교에 의지할 수 있었다. 사대부 부녀들은 유교에서는 찾을 수 없는 정신적 위안을 불교에서 얻었다. 일반 백성의 불교신앙이야 막을 방도가 없었다.

세종은 〈석보상절〉을 편찬하도록 하고, 〈월인천강지곡〉을 지었다. 세조는 한 걸음 더 나아가서 간경도감을 설치하고 역경사업을 본격적으로 벌였다. 유신들의 반대를 누를 만큼 왕권이 강해서 그럴 수 있었다. 훈민정음과 불교가 결합되어 한문 지배, 유학 중심의 문화가 일방적으로 굳어지지 않도록 하는 것 같았다.

간경도감을 두고 역경사업을 벌일 때 유능한 이들이 나서서 활동했다. 사업을 주도한 승려는 신미(信眉)였다. 신미의 아우인 김수온(金守溫)은 유신이면서도 불교를 옹호하는 데 가담하고 찬불가(讚佛歌)를 짓기까지 했다. 세조의 매부가 되는 윤사로(尹師路, 1423~1463)는 정변이 일어날 때 세조를 도와 좌찬성의 지위에까지 올랐다. 간경도감의 도제조를 겸하고, 역경한 결과를 왕에게 올리는 전(箋)을 거듭 지으면서 대승경전을 민중불교의 입장에서 이해하려는 견해를 나타냈다.

〈법화경〉(法華經)의 요체를 윤사로가 풀이한 말을 보자. 법은 본래 묘한 것이 아닌데 추한 데서 막히니 스스로 묘하고, 마음은 본래 진실된 것이 아닌데 거짓되게 허망한 짓을 따르니 진실을 내세운다고 했다. 묘하고 진실된 것은 추하고 허망한 것과의 대립을 넘어서기 위한 방편에 지나지 않는다고 하면서, 가치 서열에 의한 차별을 철폐해야 한다는 뜻으로 받아들일 수 있는 말을 했다.

〈금강경〉(金剛經)에서 말한 바는 '상'(相)을 '상'이라고 보아 중생은 번뇌에 떨어지고, '상'이 '상' 아니라고 보아 부처는 열반을 증험한다는 것으로 요약된다고 했다. 복잡한 교리와 어려운 수행을 떨쳐버리고 진실을 바로 깨달을 수 있는 길이 거기 있다고 했다. 유학자의 불교 이해가 그 정도에 이른 것은 한때 있었던 일이고, 더 이어지지 않았다.

세조가 세상을 떠나자 간경도감은 폐지되고 역경사업이 중단되었다. 불교에 동조하던 유신들도 자취를 감추었다. 성종 이후 시기에는 신유학에 입각한 지배질서와 가치관을 확립하자는 주장이 강경해 국왕도 다른 의견을 가질 수 없게 하고, 정치와 문화를 재론의 여지가 없을 만큼 틀어쥐었다.

왕후를 중심으로 한 궁중 여인들은 유학을 적극적으로 따라야 할 이유가 없고, 감금과 규제 속에서 살아야 했기 때문에 더욱 필요한 정신적 위안을 불교에 마음을 쏟아 얻고자 했으나, 특별한 기회가 아니면 영향력을 발휘할 수 없었다. 간경도감이 없어지자 성종의 어머니인 인수대비(仁粹大妃)가 주동이 되어 역경사업을 계속하려 했지만 성과가 크지 않았다. 명종 즉위 초에 어머니 문정왕후(文定王后)가 섭정을 하면서 유능한 승려를 등용해 승과를 부활시켜 불교를 중흥하려고 하다가 유신들의 반대로 사태가 역전되고 말았다.

　불교에 닥친 곤경은 정치적인 탄압만이 아니었다. 사상적인 비판이 더욱 심각한 타격을 미쳤다. 불교와 유학이 공존하는 오랜 기간 동안 천지 만물과 인간 존재에 관한 근본 의문은 불교가 맡고, 유학은 현실 정치나 실천윤리의 한정된 범위 안에서 한층 구체적인 과제를 다루는 것을 관례로 삼았었는데, 이제 유학이 자체 쇄신을 거쳐 반격을 하고 나섰다. 정도전은 〈불씨잡변〉(佛氏雜辨)에서, 불교는 허망한 언설로 사람을 속일 뿐만 아니라 승려는 놀고먹으면서 하는 짓마다 인륜에 어긋나니 그대로 둘 수 없다고 했다. 그렇다고 해서 교리가 모두 논파된 것은 아니지만, 불교계는 시대상황에 맞는 대응책을 강구하는 힘든 과제를 자각해야만 했다.

　고려말에 선불교가 일어난 것은 신유학의 등장보다 앞서서 구체화된 혁신 운동이었다. 중세전기의 관념체계를 비판하면서 스스로 깨닫는 길을 찾고 민중과 공감을 나눌 수 있게 의식을 고쳐놓는 방향으로 나아가, 중세후기가 새로운 시대일 수 있게 하는 데 선불교는 적지 않게 기여했다. 그러나 이기철학을 갖추어 근본이치에서 실천윤리까지를 일관되게 관장한 신유학이 대안 제시의 경쟁에서 결정적인 승리를 거두고 불교를 밀어냈다.

　신유학의 도전을 이겨낼 힘이 불교에는 없었다. 이기철학에 맞서는 논리를 전개하려면 반드시 필요한 이론불교는 오랜 전통이 쇠퇴하고 있다가 선종의 공격을 받고 뒤로 물러나 힘을 잃었다. 말로써 말을 없애는 파괴를 능사로 삼고, 논리를 넘어서는 선시(禪詩)를 창작하는 선종의 방법으로 토론을 감당하기에는 역부족이었다. 그런 작업을 되풀이하는 동안에 충격이 줄어들어 직감에 호소하는 대응책도 마련하기 어렵게 되었다.

　그처럼 어려운 조건에서도 몇 가지 가능한 대책은 있었다. 유학의 우위를 인정하고 유학과 불교가 상통하는 점을 강조해 불교의 몰락을 막는 것도 한 방법이었다. 불교의 이론을 다시 전개할 때에는 다른 길이 없었다. 현실 문제를 진지하게 다루는 시를 지어 윤리의식이 결여되었다는 비판을 막는 것도 가능했다. 되풀이해온 언술형태에서 벗어나 새롭게 지은 선시로 반발의식을 나타내는 것이 더욱 적극적인 대응책이었다.

지배층의 위치를 독점한 유학자들은 승려를 방외인이라고 하고, 승려문학은 방외인문학의 하나로 취급했다. 방외인문학 쪽에서 도가적인 길과 함께 불교적인 길을 택할 수 있었다. 하층으로 격하된 이단자인 승려가 지배체제에 불만을 토로하면서 분수에 넘치는 기개를 나타낸 작품이 이따금 있어 방외인문학의 진면목을 보여주는 데 동참했다고 할 수 있다.

조선전기 불교계의 동향을 안계현, 〈불교 억제책과 불교계의 동향〉, 《한국사》 11(국사편찬위원회, 1977) ; 한종만, 〈조선조 전기의 불교철학〉, 《한국철학연구 (중권)》(동명사, 1978)에서 고찰했다. 이진오, 〈조선조 불가한문학 연구의 과제와 전망〉, 《한국민족문화연구》 22(부산대학교 한국민족문화연구소, 2003)에서 전반적인 논의를 폈다.

8.8.2. 기화가 찾은 길

고려말에 혜근에게서 시작된 선종의 법맥이 자초(自超)로, 다시 기화(己和)로 이어졌다. 자초는 무학(無學)이라는 호로 더 잘 알려져 있으며, 태조의 창업에 기여해 왕사(王師)가 되고, 정도전과 여러모로 경쟁을 했다는 이야기를 남겼다. 그 뒤를 이은 기화(1376~1433)는 국사니 왕사니 하는 지위가 없어진 세종 때에 활동하면서 척불론에 맞서서 불교를 옹호해야 하는 힘든 과업을 맡아야만 했다. 세종의 부름을 받을 수 있었던 것은 세종의 어머니인 태종비가 저승에서 좋은 곳으로 가도록 법회를 열었을 때만이었다.

기화는 원래 유학에 뜻을 두었다. 성균관에 들어가 두각을 나타내다가 20세 때 동학의 죽음을 보고 충격을 받아 출가했다고 한다. 그런 연유가 있어 유학 쪽의 교양까지 아울러 지니고 저술과 창작활동을 했으며, 남긴 글이 적지 않다. 호를 따서 〈함허당어록〉(涵虛堂語錄)이라고 한 책에 법어와 함께 시문이 실려 있다. 불교옹호론을 본격적으로 편 〈현정론〉(顯正論)이 특히 중요한 저작이다. 저자가 밝혀져 있지 않은 〈유석질의론〉(儒釋質疑論)도 〈현정론〉의 지론을 더욱 구체화한 점을 보아 기화의 저작으로 추정된다.

〈현정론〉에서 불교에 대한 갖가지 비판을 들고 대답하면서, 불교가 결코 허망하지 않고 유학의 기준에서 보더라도 세상에 유익하다고 했다. 그렇게 하기 위해서 불교에서 늘 하던 말을 되풀이하고 있을 수 없었으며, 이치를 쉽고도 분명하게 따질 수 있게 문체를 갖추어 유학의 논리에 접근했다. 불교의 글쓰기에 대한 비판을 다룬 대목은 문학론과 깊은 관련이 있다.

먼저 유학에서 하는 주장을 정리했다. 불교에서 쓴 글은 헛되고 먼 것에만 힘을 쓰고 적멸(寂滅)을 숭상해 〈소학〉(小學)보다 배나 더하게 공을 들이지만 쓸 데가 없고, 고고하게 굴 때에는 〈대학〉(大學)보다 지나치면서 실속이 없으니, 몸을 닦고 사람을 다스리는 방도가 될 수 없다고 했다. 현실을 벗어났으니 공허하고 또한 실용을 떠난 극단론이니 잘못이라는 말이다. 그런 비판에 대한 응답은 직접 들어보기로 한다.

글이란 도리를 싣는 도구요, 교화를 펴는 방편이다. 글을 보면 그 도리를 가히 따를 만한지 따를 수 없는지, 그 예의를 사모할 만한지 사모할 수 없는지 알 터이다. 도리를 따를 만하고 예의를 사모할 만하면 내가 배우지 못했더라도 버릴 수는 없다. 그대는 듣지 못했던가? 천하에 두 가지 도리가 없고, 성인은 두 가지 마음이 아니라는 것을.

글이 도리를 싣고 교화를 편다는 것은 전적으로 유학 쪽의 견해이다. 문이 재도지기(載道之器)라는 말을 그대로 가져왔다. 모든 언설은 집착을 일으키기에 버려야 진실에 이른다고 한 불교문학의 기본 전제를 스스로 부정하고 들어가는 모험을 했다. 그렇게 하고서 불교의 도리나 예의도 인정할 만하다는 것을 입증하려고 했는데, 양보의 대가가 빈약하다고 하지 않을 수 없다. 석가이든 공자이든 같은 도리 같은 마음을 지닌 성인이라는 것을 불교 옹호의 논거로 삼았지만 설득력이 부족하다. 공자를 따르고 유학의 글을 익히면 그만이지 불교가 왜 따로 필요한가 하는 반문을 막을 수 없다.

유학에 동조하면서 불교 옹호의 발판을 찾으려고 한 노력은 경기체가 수용에서도 확인된다. 유학 쪽에서 미리 정착시킨 경기체가를 받아들여 불교의 이치를 쉽게 이해하도록 하려고 〈미타찬〉(彌陀讚), 〈안양찬〉(安養讚), 〈미타경찬〉(彌陀經讚) 등을 각기 10장씩 지었다. 승려가 경기체가를 창작하는 것은 한때의 유행이 되다시피 해서 거의 같은 시기에 의상(義相)은 〈서방가〉(西方歌)를, 세조 때에 지은(知訔)은 〈기우목동가〉(騎牛牧童歌)를 남겼다.

기화의 경기체가에서 미타신앙을 나타냈다. 유학자들의 경기체가가 새 왕조를 찬양하듯이, 서방정토의 아미타불을 칭송했다. 그러면서 아미타불이 멀리 있다고 하지 않고, 유심정토(唯心淨土)이고 자심불타(自心佛陀)라고 하면서 자기 마음속에서 구원을 찾는 선종다운 생각을 분명하게 했다.

기화는 한시 창작의 상당한 경지에 이르렀다. 〈의희양산거〉(擬曦陽山居)라는 칠언절구에서는 조용하고 인적이 드문 데서 자기 나름대로 흥취를 찾는다 하고 "頓忘身世自容與"(나와 세상 모두 잊고 마음에 두지 않네)라는 말로 결말을 삼았다. 세상과 어긋나기만 하니 시를 지어서 위안을 삼겠다는 것과는 다른 발상이다. 초탈을 자처하기만 하는 것이 무책임할 수 있다. 마음에서 얻은 바를 어려워지기만 하는 처지와 함께 나타내면 더욱 절실한 느낌을 주었다.

挐雲踞石老靑山　구름 잡고 돌에 앉아 청산에서 늙어가면서,
物盡飄零獨耐寒　모든 것 다 나부껴 떨어질 때 홀로 추위를 견딘다.
知爾碎形和世味　너의 부서진 형체 세상맛과 섞인 줄 알고 있으니,
使人緣味學淸寒　사람들이 이 맛을 인연으로 청한을 배우게 하리라.

〈송피반〉(松皮飯) 두 수 가운데서 첫수이다. 무슨 말을 하는지 얼른 이해가 가지 않지만, 우선 노송의 모습을 그렸다는 것을 알아차리면 당황할 필요가 없다. 노송이 노승을 상징해, 노승이 추위로 상징된 험한 세태를 견디며 자기대로의 순수성을 간직하는 자세를 나타낸다. 부서진 형체라고 한 소나무 껍질이 세상맛과 섞이는 시련 덕분에 청한하게 사는 지혜를 얻을 수 있었다고 했다.

　거기까지 생각하면 제목이 뜻하는 바가 이해된다. 송피반이란 송기죽이다. 송기죽은 흉년을 견디면서 연명하려고 먹는 대용식이다. 이 시에서 말하는 지혜는 험한 세상을 견뎌내기 위한 대용식과 같은 것이다. 반발을 안에다 숨긴 방외인의 시라고 할 수 있다.

　이종찬, 《한국불가시문학사론》(불광출판사, 1993)에서 전반적인 고찰을 했다. 이진오, 《한국불교문학의 연구》(민족사, 1997)에서 기화의 문학과 조선초기 불찬가(佛讚歌)를 ; 박경주, 《한문가요연구》(태학사, 1998)에서 기화의 가요를 논했다.

8.8.3. 보우의 고민

　보우(普雨, 1515~1565)는 문정왕후가 섭정을 할 때 발탁되어 불교 중흥에 힘쓴 승려이다. 고승을 찾던 문정왕후가 설악산 백담사에 들어가 있던 보우를 불러들여, 서울 가까운 봉은사 주지의 임무를 맡고, 불교계의 지도자가 되도록 했다. 문정왕후는 보우를 지원하고, 보우는 문정왕후를 움직여 승과를 부활해 인재를 찾을 수 있게 했다.

그러자 유신들은 보우를 비난하는 상소를 빗발치듯 올리고 성균관 유생들이 시위를 하는 등으로 반발이 대단했다. 문정왕후가 세상을 떠나자 사태가 일거에 역전되었다. 보우는 제주도로 귀양을 갔다가 제주목사의 매에 타살되고 말았다.

유신들의 기록에서는 요승이라고 일제히 매도했지만, 보우는 불교 공부가 대단한 경지에 이르고 유학에 관해서도 상당한 식견을 쌓았기에 어려운 과업을 수행할 수 있었다. 스스로 "대장경을 다 보았고, 맑은 창에 앉아 〈주역〉을 읽는다"고 했다. 문장이 훌륭하다는 것을 널리 유몽인(柳夢寅)이나 이수광(李晬光) 같은 사람들이 인정했다. 저술을 모은 〈허응당집〉(虛應堂集)이 있어 시비를 가릴 수 있다.

보우의 사상을 가장 잘 요약한 글로 〈일정〉(一正)이라는 것이 있다. 유학과 불교, 더 나아가서 도가사상까지 하나로 꿸 수 있는 기본 논리를 기발한 착상과 절실한 표현으로 나타냈다. 일(一)은 하나라는 뜻이다. 천지만물의 이치는 하나에 모두 갖추어져 있다고 했다. 하나인 기(氣)가 움직여서 사철과 밤낮에 따르는 변화를 일으키는 것도 그런 원리일 따름이라고 했다. 정(正)은 바르다는 뜻이다. 사람의 마음은 어디 치우치지 않고 순수한 상태에서 천지만물의 이치를 갖추고 있으니 바르다고 했다. 하나인 원리와 바른 도리를 함께 추구하는데, 유학이 불교를 배척하는 주장이 어찌 타당할 수 있는가 하는 반론을 그렇게 제기했다.

보우는 한시를 힘써 지으면서 선(禪)과 시를 일치시키는 것을 기본 방침으로 삼았다. 〈숙상운암〉(宿上雲庵)이라는 칠언절구에서는, 외딴 암자에서 부슬비 내리는 밤을 홀로 보내면서 "禪心詩思兩悠悠"(참선하는 마음과 시 짓는 생각이 둘 다 한가롭다)고 했다. 어디 치우치지 않고 두루 막힘이 없는 원조(圓照)는 참선으로 얻고 시로 나타내야 한다면서 그 두 가지를 모두 소중하게 여겼다. 마음 밖에 사물이 없고 사물 밖에 마음이 없으며, 마음이 바로 사물이고 사물이 바로 마음이라는 것을 물아일체의 원리로 삼았다.

보우의 시는 물아일체를 노래하는 데만 머무를 수 없었다. "도리는 본디 시중(時中)에 있다"고 하면서, 현실에 관심을 가지고 자기 생애의 어려움, 불교가 당면하고 있는 수난을 문제 삼으면서 방외인의 시에 다가갔다. 형편이 날로 글러만 가서 바리때에 거미줄을 칠 정도가 되었다고 하기도 했다. 〈설조송객잉성일률〉(雪朝送客仍成一律)이라고 해서, 눈 오는 날 아침에 누구를 보내고 바로 지었다는 시에서는 다음과 같이 읊었다.

夜來病骨寒生栗	밤사이에 병든 몸 추워서 소름이 돋더니,
晨起開窓雪擁軒	새벽에 일어나 창을 여니 눈이 집을 에웠구나.
尋寺客歸銀世界	절을 찾는 나그네는 은세계로 돌아가고,
還家人向玉花村	집으로 돌아가는 사람 옥화촌을 향한다.
殘溪欲汲氷無水	쇠잔한 개울에서 물 길으려니 얼음뿐 물은 없고,
飢鳥思飛凍未翻	주린 새는 날고자 해도 얼어서 퍼덕이지 못한다.
縮項不曾自苦節	나야 움츠린 채 애써 절개 지키려 하지 않지만,
却憐邊塞夜兵屯	밤에도 변새에서 둔치고 있는 군사들 가련하다.

병든 몸 추워서 소름이 돋는다고 말로 어려운 형편을 나타냈다. 눈이 온 날에도 갈 곳이 없는 자기는 마실 물도 없고, 얼어서 날지 못하는 새처럼 무력하고 했다. 자원하지 않은 사명을 맡아 변방을 지키느라고 고생하는 군사들과 같은 처지라는 데까지 생각이 미쳐 관심을 확대했다.

보우의 호를 따서 나암(懶庵)이 지었다고 한 이본이 있는 〈권념요록〉(勸念要錄)에 중국 이야기 열 편과 함께 〈왕랑반혼전〉(王郎返魂傳)이 수록되어 있다. 죽어 저승에 가서 고난을 겪은 사람의 혼이 돌아와 살아 있는 사람들에게 불교를 믿고 선행을 닦으라고 권고했다는 내용이다. 불교를 중흥하는 데 도움이 되는 읽을거리를 모아 일반 민중이 쉽게 이해할 수 있는 불서를 만들면서, 이미 있는 자료를 이용해 〈왕랑반혼전〉를 정착시켰던 것 같다. 〈권념요록〉 국문본도 있다.

이종찬, 《한국불가시문학사론》; 서규태, 〈보우의 문예사상〉, 《어문논집》 27(고려대학교 국어국문학연구회, 1987)에서 보우의 문학을 고찰했다. 황패강, 〈나암 보우와 왕랑반혼전〉, 《한국서사문학연구》(단국대학교출판부, 1972); 사재동, 〈왕랑반혼전의 몇 가지 문제〉, 《한국언어문학》 13(한국언어문학회, 1975)에서 보우가 〈왕랑반혼전〉의 작자라는 견해에 관한 찬반론을 전개했다.

8.8.4. 휴정이 일으킨 바람

휴정(休靜, 1520~1604)은 보우의 뒤를 이어 불교계의 새로운 바람을 더욱 세차게 일으켰다. 일찍 고아가 되었으며, 한때는 고을 원의 주선으로 과거공부를 했으나 세상을 개탄하고 출가했다. 문정왕후와 보우가 부활시킨 승과에 응시해 급제하고 승려의 최고 지위에까지 올랐으나 다시 산으로 들어가 불교가 나아가야 할 바른 길을 탐구했다.

임진왜란이 일어났을 때는 이미 73세의 고령이었으나, 선조의 부름을 받고 분연히 일어나 승려들로 구성된 의병을 이끌었다. 고난을 겪고 도를 닦으며 자기 혁신을 이룩하고, 불교를 다시 일으키기 위한 저술에 힘쓰면서 많은 제자를 길러 커다란 과업을 맡을 수 있었다. 나라를 위해 공을 세웠다는 이유에서 모진 비방의 대상이 되지 않았고, 생애나 저술에 관한 자료가 풍부하게 남아 있다.

불교·유학·도가사상을 한데 아우르고자 노력하면서 불교를 중심으로 삼았다. 넓게 공부하고 깊이 따진 결과를 정리해 〈선가귀감〉(禪家龜鑑)·〈유가귀감〉(儒家龜鑑)·〈도가귀감〉(道家龜鑑) 삼부작을 저술하고, 〈선가귀감〉을 으뜸으로 삼았다. 불교 안에서는 선종과 교종이 갈라질 수 없다 하고서, 선종의 견지에서 교종을 포괄하고자 했다.

〈선가귀감〉 서문에서, 불교를 공부하는 이들이 세속 선비의 글이나 벼슬아치의 시를 익혀서 야단스러운 수식을 일삼는 폐단을 시정해야 한다고 했다. 불교문학의 재현을 바라고 불교에서 개척한 표현의 우위를 입증하고자 했다. 납득할 만한 결과를 내놓아야 비로소 헛장담이 아닐 수 있었다. 그 점에서 기화나 보우보다 한 걸음 더 나아갔다.

삼부작 가운데 〈선가귀감〉만은 본문·주해·송(頌)의 세 부분으로 이루어져 있다. 본문에서는 선종에서 파악한 불교의 근본 이치를 간명하게 서술했다. 주해를 할 때에는 본문에서 한 말을 풀이하면서 비유나 일화를 들어 미처 말하지 않은 것까지 생각할 수 있게 했다. 노래로 이루어진 송에서 예상하지 못한 발언을 해 본문과 주해를 읽고 무엇을 알았다고 하는 생각을 무너뜨렸다.

번거로우면 방해가 된다고 여겨 최대한 압축하면서 생기를 잃지 않으려고 하는 태도를 견지했다. 그러면서 말을 모으고, 펴고, 흔들어놓은 것을 진실에 이르도록 하는 세 가지 방법으로 삼았다. 세 번째 방법을 사용한 송이 특히 주목할 만하므로 몇 예를 들어보기로 한다.

魚行水濁　　　고기가 노니 물이 흐리고,
鳥飛毛落　　　새가 날아가니 깃이 떨어지네.

不行芳草路　　향기로운 풀밭 길로 가지 않는다면,
難至落花村　　꽃 지는 마을에 이르기 어렵네.

箭穿江月影　　화살로 강에 비친 달그림자 꿰뚫으니,
須是射鵰人　　바로 그 사람이 수리를 잡는다.

어느 것이나 구체적인 형상을 지칭하는 말로 연결되어 있지만, 전체적으로 뜻하는 바는 너무 넓게 열려 있어 종잡을 수 없다. 흔히 볼 수 있는 시어를 사용한 선시이고, 특별히 말하는 것이 없어 깊은 뜻을 지녔다. 알 만하다고 안심하고 들어서다가 길을 잃게 하고, 길을 찾으려다가 무언가 깨닫지 않을 수 없게 하는 덫을 놓았다고나 하겠다.

휴정은 시도 예사롭지 않은 경지에 이르렀다. 통상적인 기준에서 보면 잘 지었다고 할 수 없으나 높이 평가되었다. 이정구(李廷龜)가 지은 비문에서, 자득지취(自得之趣)를 알게 하고도 남음이 있다 하고, 우아하지 못하거나 부드럽지 않은 것이 있어도 구절마다 날아 움직이는 것 같고, 고색창연한 칼이 칼집에서 나오듯이 서늘한 바람을 불러일으킨다고 한 것이 적절한 지적이다.

전국 명산을 두루 다니며 불도를 닦고 기개를 기르면서 산정에 올라가 하늘을 우러르고 땅을 내려다보면서 느낀 감회를 시로 읊는 것을 즐겼다. 산정은 저열하고 혼탁한 평지의 영역을 크게 벗어나 있는 고고한 정신세계를 상징한다. 〈등향로봉〉(登香爐峰)이라고 한 것을 보자.

萬國都城如蟻垤	만국의 도성은 개미 둑 같고,
千家豪傑若醯鷄	천가 호걸스러운 선비는 초파리인가 싶다.
一窓明月淸虛枕	창 하나 가득한 명월을 청허가 베고 있는데,
無限松風韻不齊	끝없이 부는 솔바람 운이 가지런하지 않다.

산정에 올라 만국의 도성과 천가 호걸을 아무 거리낌 없이 얕잡아보았다. 그 아래 낮은 데 머물며 사는 무리가 시비를 벌이고 우열을 다투는 것이 도무지 우습기만 하다고 했다. 자기는 위를 우러르며 한 가닥 청허한 기운이나 가지런하지 않게 부는 솔바람 소리에서 높은 차원의 가능성을 찾았다. "淸虛"는 자기 호이기도 하다. 명월을 베고 누워 있는 주체가 다른 누구는 아니다. 방외인의 소외감과 반발의식을 짙게 나타내면서 엄청난 비약을 희구했다고 할 수 있다.

휴정은 일선(一禪)·유정(惟政)·언기(彦機)·태능(太能)을 위시해 많은 제자를 두었다. 휴정이 정신적인 자세를 다시 가다듬은 열의를 제자들이 이어받아, 임진왜란이 일어나자 도처에서 승병을 이끌고 나라를 지킨 인재가 나올 수 있었다. 불교문학 창작에서 두드러진 활동을 한 사람들도 있어 다음 권에서 고찰의 대상으로 삼는다.

《한글대장경》151(동국대학교 역경원, 1969)이 휴정편이다. 서규태, 〈휴정의 사상과 문학관〉, 《한국한문학연구》 12(한국한문학연구회, 1990) ; 이종찬과 이진오의 앞의 책에서 휴정의 문학을 논했다.

8.9. 산문의 영역 확대

8.9.1. 역사 서술의 양상

조선전기 한창 시절까지 이룩한 한문학 작품을 종류에 따라 나누어 〈동문선〉(東文選)에 실어놓아, 그 편차만 살펴도 당시에 문학의 판도를 어떻게 설정했는가 알 수 있다. 서두에 사(辭)와 부(賦)를 위한 자리를 마련했다. 그 다음에는 시(詩)를 형식에 따라 분류해서 실었다. 세 번째 순서로 등장시킨 문(文)은 용도나 기능에 따라 자세하게 구분했다.

사・부는 시와 문을 아우를 수 있어 이상적인 갈래라고 여겼으나, 짓기 어려워 작품 수가 많지 않았다. 시와 문은 거의 같은 비중을 가지고 서로 보완하고 경쟁하는 관계이지만, 문학의 진수는 역시 시이고, 문은 실용적인 것들이어서 격식과 수사를 제대로 갖춘 것만 문학으로 인정했다. 시를 존중하는 것이 중세문학의 보편적인 특징이다.

시는 형식을 기준으로 해서 고시・율시절구로, 그리고 그것들을 다시 오언과 칠언으로 나누면 그만이었다. 문은 그런 방식으로 분류할 수 없어 아주 잡다하다. 그 종류가 〈동문선〉에서는 45개나 되었던 것을 〈속동문선〉(續東文選)에서는 24개로 줄였으니 분류 기준이 가변적임을 알 수 있다. 중국의 예를 보더라도 갈래 수와 판별 기준이 경우에 따라 달랐다.

산문의 종류를 보면, 조칙(詔勅), 표전(表箋) 등 정치에 쓰이는 글, 서(書), 기(記) 등 개인적인 관심사를 적은 글, 논(論), 설(說) 등 이치를 따지는 글, 제문(祭文), 축문(祝文) 등 행사를 치르는 절차에 필요한 글, 행장(行狀), 묘지(墓誌) 등 사람의 일생을 서술하고 평가하는 글이 근간을 이루었다. 의의를 인정할 수 있는 공사간 여러 생활 국면에 소용되는 글 형식을 두루 갖추고 가능한 대로 격식화해서, 글을 함부로 짓지 못하게 했다.

그러나 그 목록에 들어있지 않은 글이 나타나는 것을 막을 수 없었다. 시에서도 고시, 율시, 절구 그 어디에도 해당하지 않고 오언이나 칠언의 규칙마저 지키지 않는 것들이 있어 잡체(雜體)라고 하고, 〈동문선〉에서는 맨 나중에 몇 편 실었다. 문의 경우에는 그런 정도의 융통성으로서는 처리하기 어려운 것들이 아주 많았다. 〈동문선〉에 포함되어 있는 종류의 문에서는 관습적인 표현이 되풀이되고 있는 동안에, 그 영역 밖에서 주목할 만한 변화가 문학사를 바꾸어놓는 데까지 이르렀다. 산문의 영역 확대를 따로 다루어야 할 이유가 바로 거기 있다.

오랜 내력을 가지고 있으면서 〈동문선〉의 체계에 들어갈 수 없는 것에 사(史)가 있다. 사는 경(經)과 함께 경사(經史)로 일컬어지며 크게 존중되었으나, 글 한 편이 아니고 많은 글을 모아놓은 총체인 사서(史書)이므로 별도로 취급해왔다. 〈삼국사기〉를 글의 종류에 따라 나누어 해당 대목에 넣지 않은 것이 그 때문이다. 조선전기에 이르러서는 앞 시대까지의 역사를 정리하면서 새로운 이념을 다지는 데 필요한 작업을 크게 벌였다. 그래서 이루어진 저술은 당대에는 문학으로 평가되지 않았지만 여기서 관심을 가지지 않을 수 없다.

조선전기의 대표적인 사서는 〈고려사〉(高麗史)이다. 〈고려사〉를 이룩해 고려의 역사를 새로운 시대의 이념에 따라 정리하는 작업은 거듭된 논란과 진통을 겪고 이루어졌다. 처음에 정도전이 〈고려국사〉(高麗國史)라는 이름으로 시작했던 일을 세종이 방향을 수정하도록 했다. 정인지가 주동이 되어 1451년(문종 1)에 완성을 한 〈고려사〉는 성격이 또 달라졌다. 그런데 김종서가 앞장서서 바로 이듬해에 〈고려사절요〉(高麗史節要)를 따로 마련했다.

새 시대 정치이념에 대한 견해가 엇갈려 앞 시대 역사를 정리하는 과정이 복잡해진 것이다. 정도전은 재상 중심 정치의 원칙을 수립하고자 했는데 세종이 왕권강화의 노선이 반영되도록 지시했다. 완성된 〈고려사〉에서는 두 방향을 어느 정도 절충했다. 재상권을 다시 내세우고자 해서 〈고려사절요〉가 필요했다.

〈고려사〉 열전은 〈삼국사기〉의 전례와는 달리 왕비, 왕자 등 왕실 인물에 관한 서술을 앞세웠다. 왕권강화기의 사고방식을 나타내고자 한 것이 그 이유인데, 다른 내용이 풍부할 수 없었다. 왕실에 속하지 않는 인물들의 열전은 자세하게 서술되고 많은 분량을 차지하도록 해서, 역사를 움직이는 데 신하가 군왕 못지않게 크게 활약했다는 것을 보여주었다.

그런 편찬의도와 밀착되는 사실이나 주장은 힘써 다루면서 문학적인 형상화에 유의하지 않아 내용이 훨씬 풍부하면서도 〈삼국사기〉 열전의 명편들에 비견할 만한 것은 발견되지 않는다. 민간전승에 근거를 둔 소재나 기층문화에서 유래한 상상을, 고려의 멸망을 자초한 타기할 만한 풍조나 비정상의 사태를 열거할 때에 적극적으로 동원했다. 하층민은 효자나 열녀로 평가될 수 있는 경우에만 등장시켰다.

특히 중요한 인물의 전은 자세하게 써서 장편을 이루었다. 〈윤관전〉(尹瓘傳)에서는 여진을 정벌한 사건 하나를 자세하게 다루어 의의가 아주 크다고 알렸다. 그러면서 윤관 막하의 장수 척준경(拓俊京)의 활약을 윤관보다 더 자세하고 풍부하게 다루었다. 〈김부식전〉(金富軾傳) 또한 김부식의 역사적 비중에 걸맞는 분량을 확보하고, 권신 이자겸을 누르고, 묘청의 난을 평정한 사건을 자세하게 서술했다. 〈김방경전〉(金方慶傳)을 쓸 때에는 김방경을 신이한 영웅으로 받드는 구비전승을 적극 수용했다.

역사 편찬에 제기된 또 하나의 과업이 고대에서 고려까지의 통사를 정리하는 것이어서 〈동국통감〉(東國通鑑)을 이룩하면서 중국과의 사대(事大) 관계를 중요시했다. 그것이 조선왕조의 공식노선이었다. 그러면서 다른 한편으로는 우리 역사가 독자적으로 전개되어온 내력을 힘써 찾고자 하는 움직임도 있었다.

권제(權踶, 1387~1445)는 〈동국세년가〉(東國世年歌)에서 이승휴의 〈제왕운기〉가 보여주던 자주 노선을 계승하고자 했다. 1432년(세종 14)에 이루어진 〈세종실록지리지〉(世宗實錄地理誌) 평양조에서는 단군으로부터 고구려 건국에 이르기까지의 신이한 역사를 한 맥락으로 연결시킨 〈단군고기〉(檀君古記)를 길게 인용했다. 권제의 아들인 권람(權擥, 1416~1465)은 할아버지 권근의 시를 주석한 〈응제시주〉(應制詩註)에서, 도가의 비기류까지 동원해 압록강 이북 요동지방까지에서 전개된 상고사를 되찾고자 했다.

세조는 주체성 선양에 깊은 관심을 가졌다. 전국에 명을 내려 비기류의 숨은 자료를 수집하도록 하고, 우리 역사를 다시 쓰는 데 필요한 자료로 삼으려고 했다. 그런데 성종 때에 이르면 사정이 달라졌다. 〈동국통감〉을 세조 때와는 다른 모습으로 완성한 훈구파는 동아시아의 책봉체제를 우리 역사 이해의 기본 전제로 삼는 사관을 확립했다. 그것이 신유학으로 더욱 강화된 명분론과 합치되어, 사림파도 동의하고 다른 의견을 가지지 않았다.

그 뒤에는 역사 이해를 재검토할 수 있는 공식적인 기회가 없었다. 다만 도가 계통의 방외인들이 잃어버린 역사를 신비화하면서 주체적인 사관을 은밀하게 이어나가고자 했을 따름이다. 그런 저술이 남아 있지 않아 자세한 사정은 알 수 없으나, 유희령(柳希齡, 1480~1552)의 〈표제음주동국사략〉(標題音註東國史略) 같은 데 그 모습이 어느 정도는 전한다.

사서는 관찬(官撰)은 물론 사찬(私撰)이라도 당대의 역사를 다룰 수는 없었다. 당대의 역사는 자세하게 기록해두었다가 왕이 바뀔 때마다 한 차례씩 정리해 편찬하는 실록(實錄)을 아무도 볼 수 없게 엄중히 보관하고, 재정리와 해석은 후대의 사가에게 맡겼다. 자료의 객관성을 엄밀하게 보장하고, 준엄한 평가를 의식하도록 했다. 동아시아 공동의 관습을 조선왕조에서 가장 철저하게 지켰다.

한영우, 《조선전기사학사연구》(서울대학교출판부, 1981)에서 역사 서술의 동향을 고찰했다. 김균태, 〈고려사 열전의 문학성과 한계〉, 《선청어문》 16·17(서울대학교 국어교육과, 1988);조태영, 〈고려사 열전의 인물 형상과 서술방법 연구〉(서울대학교 박사논문, 1991)에서

필요한 연구를 했다.

8.9.2. 잡기의 모습

당대의 일이 관심거리이지 않을 수 없었으므로 엄밀한 책임을 지지 않는 비공식적인 역사인 야사(野史) 또는 더 쉽게 지을 수 있는 잡기(雜記)나 잡록(雜錄)에다 올렸다. 그런 것들은 사서로서의 가치가 적은 만큼 문학에 더 가까웠다. 조선후기에 등장해 만필(漫筆)이라고 일컬어지는 더욱 자유롭고 파격적인 저술의 연원도 마련되었다.

잡기의 선례는 고려후기에 나온 〈파한집〉에서 〈역옹패설〉까지라고 할 수 있다. 그런 것들은 으레 시화와 잡기를 겸했는데, 조선시대에 와서는 그 둘이 분리되었다. 서거정(徐居正, 1420~1488)은 〈동인시화〉(東人詩話)와 〈필원잡기〉(筆苑雜記)를 따로 저술했다. 〈동인시화〉는 한시에 대한 비평적인 논의와 거기 따르는 일화만 들었고, 〈필원잡기〉에서는 역사의 이면을 이해하는 데 도움이 되는 자료를 찾고 흥미로운 이야기를 보탰다.

성임(成任, 1421~1484)은 잡기에 널리 관심을 가지고, 국내외의 고서에 기록된 기이한 이야기를 두루 뽑아 〈태평통재〉(太平通載)를 편찬했다. 전체 분량이 80책 240권 이상 되어 아주 방대했던 것 같은데, 지금은 2책 5권만 전한다. 그런 가운데 〈신라수이전〉(新羅殊異傳)에서 인용한 자료가 두 편 있어 주목된다.

성임의 아우 성현(成俔, 1439~1504)이 지은 〈용재총화〉(慵齋叢話)는 잡기의 영역을 확대했다고 할 수 있다. 그리 많지 않은 분량이지만 다룬 내용이 다양해 총화라는 표제를 내걸었다. 문학이나 민속에 관한 논의가 상당한 분량을 차지하고, 구전되고 있는 설화도 깊은 관심을 가지고 받아들였으며, 음담패설이라고 할 것도 포함되어 있다.

서거정, 성임, 성현 등 관인문학의 거봉들이 잡기를 마련하는 데 앞장서자 뒤따르는 사람이 많았다. 나중에 〈대동야승〉(大東野乘)에다 모아놓은 것만 보아도 조선전기의 잡기는 대단한 분량이며 내용이 다채롭다. 특히 주목할 만한 것들 몇 가지만 들어 실상을 살피기로 한다.

이륙(李陸, 1438~1498)의 〈청파극담〉(靑坡劇談)은 유쾌한 이야기라는 뜻의 극담이라는 말을 앞세우고, 역사적인 사실과는 거리가 먼 내용을 항목을 나누어서 수록했다. 어숙권(魚叔權)은 서족이어서 생애에 관한 자료가 분명하게 남아 있지 않으나, 〈패관잡기〉(稗官雜記)의 작자로 널리 알려졌다. 민간에서 이야기를 모으는 임무를 맡은 패관이 적은 잡기라는 표제를 내걸고 광범위한 자료를 다루면서, 중국, 일본, 유구 등 외국과의 관계에 따르는 일화까지 수록했다.

잡기는 태평성대의 파적거리이므로 어떤 내용이든지 흥미롭게 다루는 것을 관례로 삼았다. 저자의 견해를 펴거나 불만을 토로하기에는 적합하지 않았다. 이미 유리한 위치를 차지한 훈구파는 심각하게 따지는 것을 적당히 눌러두기 위해서도 잡기를 즐겨 지었다. 사림파는 그런 풍조에 동조할 수 없었지만, 역사의 사실에 관해 정식으로 시비를 가릴 것이 있어도 뜻을 이루지 못하면 잡기를 이용하는 편법을 택해야 했다.

남효온(南孝溫, 1454~1492)은 자기 스승과 동학들 그리고 주위의 인물이 부당한 평가를 받고 있다는 데 대해 항변하려고 〈추강냉화〉(秋江冷話)와 〈사우명행록〉(師友明行錄)를 지었다. 그 뒤에 기묘사화와 을사사화가 일어나자 피해자의 입장에서 사건의 전말을 밝히지는 못해도 희생당한 사람들을 위해 최소한 가능한 변호라도 하려고 했다. 김정국(金正國, 1485~1541)의 〈기묘록〉(己卯錄), 이중열(李中悅, 1518~1547)의 〈을사록〉(乙巳錄) 및 그 둘의 몇 가지 보유록이 그런 구실을 했다.

당대의 역사를 총괄하고자 하는 소망을 이루는 것도 잡기에서만 가능했다. 허봉(許篈, 1551~1588)이 그 일을 맡아 〈해동야언〉(海東野言)을 내놓았다. 기존의 잡기에서 가져온 자료를 연대순으로 정리해서 조선왕조 건국에서 그 당시까지의 야사를 서술한 방대한 저술이다.

일기(日記)는 잡기의 이웃 영역이다. 이자(李耔, 1480~1533)의 〈음애일기〉(陰崖日記)는 잡기의 하나이지만, 자기가 직접 보고 당대의 사건을 날마다 기록했다는 이유에서 일기라고 일컬었다. 처음에는 그처럼 일기에서 공적인 생활을 다루는 것이 관례였고, 개인의 삶이나 내면의 생각에 많은 비중을 두지 않았다.

본격적인 일기를 이문건(李文楗, 1494~1567)이 처음 남겼다고 할 수 있다. 이문건은 기묘사화에 연루되어 과거 응시 자격이 박탈되었다가 뒤늦게 관직에 나아가 좌부승지에까지 이르고 명종이 즉위한 뒤 다시 사화가 일어나자 귀양가서 세상을 떠났다. 13세에 시작해 74세에 작고할 때까지의 일기를 30책 분량으로 쓴 것 가운데 후반부 10책이 전하는데, 표제가 떨어지고 없어 저자의 호를 따서 〈묵재일기〉(默齋日記)라고 일컫는다. 사화를 겪고 귀양살이를 하게 된 경과를 자세하게 적었으며, 민간신앙, 세시풍속 등에 관한 많은 자료를 지니고 있다.

유희춘(柳希春, 1513~1577)의 〈미암일기초〉(眉巖日記草)는 1567년(선조 즉위년)부터 1577년(선조 10)까지 조정에서 일어난 일을 기록하면서 민간의 풍속, 사생활의 사건도 함께 다루어 분량이 방대하다. 이이(李珥, 1536~1584)는 〈경연일기〉(經筵日記) 일명 〈석담일기〉(石潭日記)에서 1565년(명종 20)부터 1581년(선조 14)까지 조정에서 일어난 일을 일기 형식으로 적었다. 간결하면서 정확한 서술이 인상적일 뿐만 아니라 어떠한 권위도 인정하지 않고 오직 마땅한 도리만 따지는 날카로운 비평이 돋보인다.

기행문의 성장은 잡기나 일기보다 더디게 이루어졌다. 지리산이나 금강산 같은 명산을 찾아 느낀 바를 서술하는 시문은 김종직의 〈두류기행록〉(頭流記行錄)에서 이이의 〈풍악행〉(楓嶽行)에 이르기까지 들 수 있는 예가 적지 않고, 백광홍의 〈관서별곡〉이나 정철의 〈관동별곡〉 같은 기행가사도 나타났다. 어느 것이든지 빼어난 경치를 보고 감회를 얻고 기개를 기르자고 하는 산수유록(山水遊錄)이고, 여행한 지역에서 견문한 삶의 실상에는 관심을 가지지 않았다.

김정(金淨, 1486~1521)이 제주도에서 귀양살이를 하면서 지은 〈제주풍토록〉(濟州風土錄)은 그런 것들과 많이 다르다. 제주도는 낯선 고

장이고, 자연환경과 생활풍속이 생소해 받은 충격을 자세하게 기록했
다. 가옥 구조가 특이하고, 무당이 많으며, 사신(蛇神)을 섬기는 신앙
이 성행하고, 방언이 특이하다는 것을 세심하게 살피고, 주민의 생활상
과 관원의 횡포에 관심을 가졌다. 거기다 곁들여서 귀양살이의 형편을
말하고 절망을 자아내는 심정을 술회했다. 그러면서도 유학에 의한 교
화와는 거리가 먼 풍속을 보고 개탄하기를 잊지 않았다.

외국여행의 기회는 고려후기보다 줄어들었다. 전에 모르던 지역의
다양한 문명을 자기 판도 안에 끌어들인 원나라를 밀어내고 들어선 명
나라는 중국 본래의 전통만 내세우며 공식 사절의 입국만 허용했기에
세계 인식의 폭이 크게 줄어들었다. 1402년(태종 2)에 만든 〈역대제왕
혼일강리도〉(歷代帝王混一疆理圖)라는 세계지도에는 유럽과 아프리카
까지 보이는데, 그 뒤에는 동아시아 문명권 밖의 세계 인식이 신화와
전설의 영역으로 되돌아갔다.

외국 기행문은 명나라와 일본을 왕래한 공식 사절의 기록으로 거의
한정되었다. 명나라에 가보아도 특별히 신기한 것은 없었다. 일본은 위
협세력으로 등장하고 있었으나 그 점을 바로 인식하기 어려웠다. 외국
에 갔다 오면서 도중 경치를 보고 느낀 바가 있으면 시를 지어 전하는
관습을 이은 작품이 대부분이었다.

신숙주(申叔舟, 1417~1475)가 일본에 갔다 와서 1471년(성종 2)에
지은 〈해동제국기〉(海東諸國記)는 그런 문인 취향에서 벗어나, 국제관
계를 그 자체로 인식하는 데 힘썼다. 일본과 유구 두 나라의 역사, 지
리, 풍속 등을 실상 그대로 기록하고, 편견을 버리고 정당하게 이해할
것을 촉구했다. 다른 나라와 사귀려면 "특이한 속(俗)을 이해해 받아들
이고, 반드시 정(情)을 안 다음에 예(禮)를 다해야 하며, 예를 다한 다
음에라야 심(心)을 다할 수 있다"고 했다. 특수성에서 보편성으로, 외
면에서 내면으로 나아가야 깊은 이해가 이루어진다고 한 말이다.

민간인은 외국여행을 할 수 없었으나, 예상하지 않던 기회가 생길 수
있었다. 바다에서 폭풍을 만나 타고 있던 배가 멀리까지 표류하면 외국

에 가서 신기한 경험을 하는 일이 이따금 있었다. 제주 사람 셋이서 유구국에 표류했다가 일본을 거쳐 귀국한 내력이 〈성종실록〉 1479년(성종 10) 6월조의 기사에 자세하게 기록되어 있다.

최부(崔溥, 1454~1504)도 그런 경험을 했다. 김종직의 제자이고, 바깥 세상에 대해서는 관심을 가지지 않던 사람이 1488년(성종 19) 파선의 수난을 당해 표류하다가 살아난 특이한 경험을 했다. 왕명을 받아 그 경과를 적은 〈금남표해록〉(錦南漂海錄)이 큰 흥미를 끌어 국역본으로 널리 읽히고, 일본에 전해져 일본어로 번역되기도 했다.

공무로 제주도에 갔다가 돌아오던 길에 배가 파선을 해서 일행과 함께 정처없이 표류하다가 중국에 이르러 갖은 고난을 겪은 끝에 이른 곳이 중국 절강성의 어느 해안이었다. 그 뒤에 육로로 귀국하기까지 중국에서 보고 겪은 바는 고전을 읽고 명나라에 대해서 이해를 가졌던 것과 많이 달랐다. 그런 경험을 소상하게 기록해 독자에게는 충격을 준다.

조신(曺伸, 1454~1528)이라는 역관이 지은 〈소문쇄록〉(謏聞瑣錄)은 잡기의 하나인데 관심을 밖으로 돌린 점이 특이하다. 신숙주를 수행해 일본에 갔던 일을 다루고, 자기 나름대로 일본과 유구의 지리와 풍속에 대한 서술을 다시 하고, 최부가 표해록을 지은 것까지 언급했다. 역관은 맡은 임무 때문에 외국에 대한 관심과 경험이 상당했겠는데 저술을 남기지 않아 그런 책이 다시 보이지 않는다.

중국에 사신으로 다녀와서 견문기행문을 쓰는 관습도 나타났다. 1533년(중종 28)부터 이듬해까지 정사 격으로 명나라를 다녀온 소세양(蘇世讓, 1486~1562)의 〈양곡조천록〉(陽谷朝天錄)은 경과를 간략하게 다루는 데 그쳤다. 소세양의 조카 소순(蘇巡, 1499~1559)이 동행했다가 따로 지은 〈보진당연행일기〉(葆眞堂燕行日記)는 훨씬 자세하고 흥미로운 내용을 갖추었다. 길거리 저자가 번화하고, 갖가지 물화가 산처럼 쌓여 있어 놀랍다고 했다. 야인(野人)이나 유구인까지 접촉하면서 국제적인 안목을 넓힌 것도 주목할 만하다.

김하명, 《조선문학사》 3(사회과학출판사, 1991)에서는 《동인시화》, 《용재총화》, 《패관잡기》를 "패설"이라고 총칭했으며, 북쪽에서 나온 다른 연구서에서도 "패설"이라는 용어를 애용하면서 아주 넓은 뜻으로 사용하고 있다. 《세계문학사의 전개》(지식산업사, 2002)를 쓸 때에는 가전체와 몽유록을 포함한 서사적 교술산문의 다양한 형태를 하나씩 다룰 수 없어 "우언"이라고 통칭했다. 여기서는 문학사의 전개를 자세하게 파악할 필요가 있어, 시화, 잡기, 일기, 기행문, 가전체, 몽유록, 골계전, 일화집 등의 개별적인 갈래를 구분해 고찰한다. 이래종, 〈선초 필기(筆記)의 전개 양상에 관한 연구〉(고려대학교 박사논문, 1997)에서 〈태평통재〉에 관해 고찰했다. 이복규, 《'묵재일기'에 나타난 조선전기의 민속》(민속원, 1999)에서 새로운 자료를 소개했다. 황패강, 《한국고전문학의 이론과 과제》(단대출판부, 1997)에서 《미암일기초》를 논의했다. 이혜순 외, 《조선중기의 유산기문학》(집문당, 1997)에서 많은 자료를 고찰했다. 양순필, 《제주유배문학연구》(제주문화, 1992)에서 《제주풍토록》을 살폈다. 윤치부가 《금남표해록》 한문본(교양사, 1989)과 국문본 (박이정, 1998)을 주해하고 ; 〈한국 해양문학 연구〉, (건국대학교 박사논문, 1992)에서 연구했다. 최강현·임치균, 《보진당연행일기》(국학자료원, 1992)에서 새로운 자료를 소개하고 번역했다.

8.9.3. 가전체와 몽유록

사람의 일생을 다루는 글인 비·지·전·장(碑·誌·傳·狀)은 기본 성격에서 시대에 따른 변모를 보이지 않고 이미 정착된 양식을 거의 그대로 되풀이했다. 그러면서 인물에 대한 평가는 엄격해지는 반면에 형상화는 덜 긴요하게 되었던 것만은 달라진 점으로 지적할 수 있다. 〈고려사〉 열전이 이미 살핀 바와 같은 한계를 지닐 뿐만 아니라, 문집에 남아 있는 전도 다룬 인물의 행실에 준엄한 논평을 갖추었다. 행장은 공식적인 평가를 하는 글이므로 더욱 많은 제약조건을 지켜야만 했다. 사람의 일생을 다루는 글이 풍부하고도 다채로운 내용으로 자유롭게 서술될 수 있기 위해서는 조선후기까지 기다려야만 했다.

전의 새로운 모습은 두 가지로 확인된다. 김시습(金時習, 1435~1493)의 〈예양전〉(豫讓傳)이나 〈문천상전〉(文天祥傳)에서처럼, 중국의 역사상 인물의 생애를 들고 시빗거리에 관해 자기 주장을 펴는 방식이 유행했다. 남효온의 〈육신전〉(六臣傳)에서 볼 수 있는 바와 같이, 정치투쟁의 와중에서 작자가 지지하는 쪽에 섰다가 희생된 일련의 인물을 변호하기 위해 전을 쓰는 것도 새로운 풍조였다. 그 양쪽 다 서술을 흥미롭고 긴장되게 하는 데는 힘쓰지 않아 문학작품으로 평가될 수 있는 특징을 지니지 않았다. 앞의 것은 인물론과 겹치고 뒤의 것은 야사의 일부가 되어 전의 독자적인 영역이 흐려지게 하는 폐단도 자아냈다.

전의 변형인 탁전(托傳)이나 가전(仮傳)도 앞 시대만큼 다채롭게 창작되지 못했다. 자기 생애를 다른 인물에다 가탁해서 서술하는 탁전의 방식을 택해서도 자부심을 나타내거나 세상을 원망하는 것은 겸양의 덕과 어긋나기에 조심할 필요가 있었다. 작품의 예가 흔하지 않아, 성간(成侃, 1427~1456)의 〈용부전〉(慵夫傳)이나 성현의 〈부휴자전〉(浮休子傳)을 찾아볼 수 있을 따름이다.

성간은 〈용부전〉에서 게으름뱅이를 하나 등장시켜 만사에 의욕을 잃고 있다가 술과 여색을 보고서야 일어난다고 해서, 자기를 많이 격하시켰다. 성현이 자기 호를 따서 설정한 인물 부휴자는 성격이 솔직하고 순박하며 세상일에 어둡지만 마음을 잘 다스린다고 했다. 어떤 사람이 네 가지 조롱하는 질문을 던지는 데 대해서 부휴자가 대답한 말을 듣고 끝으로 찬(讚)을 두어 칭송하기까지 했다. 조심스러운 가운데도 스스로를 높인 점이 앞의 것과 다르다.

사물을 의인화해서 그 전기를 서술하면서 작자가 뜻하는 바를 이면적인 주제로 제시하는 가전을 앞 시대의 전례를 계승해 다시 짓는 데 어떤 제약이 따르지 않았다. 다루는 인물이 허구적으로 설정되니 마음 먹은 대로 평가를 해도 시비가 생길 것은 아니었다. 그러나 사물을 의인화한다는 착상이 이미 신선한 맛을 적지 않게 잃었고, 수많은 고사를 엮어서 글을 힘들게 써내려가는 수고가 새 시대의 문학관과 맞지 않아 평가를 얻지 못했다. 관심을 다시 끌기 위해서는 전환이 필요했다.

이첨(李詹, 1345~1405)의 〈저생전〉(楮生傳)은 수법을 보면 고려의 전례를 그대로 이었다고 할 수 있으나, 말하고자 하는 바는 달라졌다. 종이를 문인으로 의인화해 종이의 용도에 따라 문인의 임무를 설명했다. 문인은 저술하고 편찬하는 일에 종사하는 데 그치지 않고, 그릇된 정치를 바로잡아야 한다고 했다. 문인의 재능이 유자의 도리와 합치되어야 한다는 새로운 생각을 그렇게 나타냈다.

정수강(丁壽岡, 1454~1527)은 갑자사화를 만나 파직되고 장님으로 자처하면서 그 이상의 화를 면한 사람이다. 대나무를 의인화한 〈포절군전〉(抱節君傳)을 지어, 어떤 역경을 만나도 굽히지 않고 지조를 지키는 선비의 자세를 그렸다. 가전이 희필에 머무를 수 없게 하는 심각한 내용을 나타냈다.

심성을 의인화한 작품군이 나타난 것이 더 큰 변화이다. 사대부의 사고방식이 사물의 의의를 중요시하던 단계를 넘어서서 심성의 원리를 탐구하는 방향으로 바뀌자, 고려 때에는 없던 새로운 갈래가 나타났다. 심성의 본체를 천군(天君)이라고 의인화해 왕국의 흥망을 이야기한 것이 그 전형적인 형태인데, 서술의 모형을 사서의 본기에서 구해 인물의 전이라고 할 수 있는 범위를 넘어섰다.

새로운 갈래를 일컫는 용어가 있어야 한다. 천군전(天君傳)이라고 할 수 있으나, 전은 아니다. 천군연의(天君演義)라는 명칭은 옛 사람이 사용했으나, 비슷한 작품을 모두 지칭하기에는 적합하지 않고, 가전과의 관계가 드러나지 않는다. 가전의 확대판까지 두루 지칭하는 가전체(假傳體)라는 용어를 택하면, 심성을 다양한 방식으로 의인화한 작품이 모두 포괄된다.

김우옹(金宇顒, 1540~1603)이 〈천군전〉(天君傳)에서 그 첫 번째 본 보기를 마련했다. 조식이 심성의 원리를 탐구해 〈신명사도〉(神明舍圖)를 지은 것을 제자인 김우옹이 스승의 요청에 따라서 〈천군전〉으로 옮겨놓았다. 심성의 원리란 추상적인 개념으로 논술되어 이해하기 어려우므로 도설(圖說)을 만들었다가 다시 사건을 설정해 설명하는 방법을 찾아 흥미를 끌고자 했다.

천군이라는 임금이 다스리는 마음의 나라에서 변란이 일어났다고 했다. 경(敬)이니 의(義)니 하는 이름을 가진 충신들을 해(懈)나 오(傲)로 일컬어지는 간신들이 모해하는 것을 사건의 개요로 삼고, 도적의 무리까지 등장해 사태가 복잡하게 되었다고 했다. 그러나 설명이 너무 길고, 사신(史臣)의 평이라는 것까지 있어 흥미를 약화시켰다.

임제(林悌, 1549~1587)의 〈수성지〉(愁城誌)는 심성을 의인화한 가전체 작품이 더 발전된 형태를 보여준다. 천군이 다스리는 마음의 나라에서 사건이 생겼다고 하는 점은 다르지 않으나, 충신과 간신의 다툼 대신 편안한 마음과 근심의 관계를 문제로 삼았다. 근심의 성인 수성에서 반란이 일어나 나라가 위태롭게 되었다고 했다. 반란의 이유가 악인의 작폐가 아니므로 비난하고 억누른다고 해서 해결될 수 없었다. 억울하고 원통한 일이 누적되고 마땅한 도리가 실현된다고 믿지 못하는 것이 근심의 이유였다.

근심 때문에 나라가 소란해지자 무극옹(無極翁)은 숨어버리고, 주인옹(主人翁)이 천군을 움직여 사태를 수습한다고 했다. 무극옹은 현실의 변화에 대처할 능력이 없는, 그 자체로 동떨어진 이(理)를 의인화했다고 할 수 있다. 주인옹은 변칙적인 사태에 능란하게 대처하면서 마음의 평화를 이룩하는 능력을 보여주었다. 악을 물리치고 선을 행해야 한다는 기존의 심성론에 반대하고, 현실을 바로 인식해 불평을 화평으로 바꾸는 것이 마땅한 도리라고 하는 새로운 주장을 펴면서 마음의 주체를 교체해야 한다고 했다.

주인옹에 해당하는 이기철학의 기존 용어는 발견되지 않는다. 그렇다고 해서 이기철학의 범위를 넘어선 사고를 한 것은 아니다. 기(氣) 자체의 이(理)를 주인공이라고 해서 아주 실감 나게 그렸다고 보는 것이 마땅하다. 임제는 울분에 찬 생애를 보내면서 번민 속에서 깊이 깨달은 바 있어 철학사상을 새롭게 전개하는 데 이르렀다.

그런 작품에서 허구적인 수법으로 복잡한 생각을 나타내는 데 커다란 진전이 이루어져 단순하거나 일차적인 교술은 넘어섰으나, 그렇다고 해서 가전체가 소설일 수 있는 것은 아니다. 가전체는 실제로 존재하는 개념과 사실을 근거로 삼으면서 그런 것들을 허구적인 수법에 힘입어 새로운 의미를 가질 수 있게 하는 교술문학이다. 그것은 몽유록(夢遊錄)에서도 발견되는 공통적인 특징이다.

몽유록은 꿈에서 겪은 것을 기록했다고 하는 글이다. 몽유록에서 지어낸 꿈은 실제로 존재하고 확인 가능한 사실과의 연관을 찾아 무엇을 뜻하는지 알 수 있어 서사문학의 경우와는 거리가 멀다. 꿈의 기록은 어느 때든지 있을 수 있지만, 조선전기에 이르러서 일정한 구조를 갖춘 문학갈래로 자리를 잡았으며 그 당시의 용어로도 몽유록이라고 일컬어졌다. 가전체와 몽유록이 공존하면서 실용문이 아닌 문예문인 교술산문학의 판도가 넓어졌다.

남효온의 〈수향기〉(睡鄕記)에서 몽유록이 형성되는 과정을 볼 수 있다. 자기 자신이 꿈꾸는 사람인 몽유자가 되어서 시성(詩城)과 취향(醉鄕)을 지나 마침내 수향(睡鄕)에 이르러서 중국 역대 인물과 만나고 돌아와 그 결과를 천군에게 보고했다고 했다. 천군을 등장시킨 가전체와 상통하는 설정을 하고, 시를 짓고 술에 취하는 것만으로는 직성이 풀리지 않아 꿈속의 여행을 위안으로 삼았다는 것이 새로운 전개 방식이다.

심의(沈義, 1475~?)의 〈기몽〉(記夢)은 작자의 호를 따서 흔히 〈대관재몽유록〉(大觀齋夢遊錄)이라고 하는 것인데, 몽유록의 모습을 분명하게 보여준 작품이다. 심의는 기묘사화를 일으킨 심정(沈貞)의 아우이다. 훈구파의 일원이지만, 지방의 한직으로 좌천되었을 때 사귈 기회가 있었던 서경덕이 〈송심교수서〉(送沈敎授序)를 지어 주고, 벼슬살이에서나 문학작품 창작에서나 그칠 줄 아는 지혜가 소중하다고 충고했다. 훈구파와 사림파가 심각하게 충돌하자 그 어느 쪽에서도 배척되어 설 자리를 잃고 바보로 자처하면서 물러난 기인이다.

〈기몽〉에서 가상적인 문장왕국을 꾸며보았다. 최치원이 천자, 을지 문덕이 수상, 이제현이 좌상, 이규보가 우상인 동방의 나라에 중국의 문장천자 두보 일행이 내방했다고 해서, 우리 쪽을 높이고자 하는 뜻을 나타냈다. 자기 자신은 박은의 안내로 그 나라에 가서 크게 인정을 받 고, 시를 다듬는 데 무관심한 이단자 김시습의 반란을 맡아서 평정했다 고 했다. 이규보는 높은 지위에 있지만 시를 짓는 격식을 돌보지 않고 재빠른 솜씨만 자랑하는 것이 잘못이라고 나무랐다. 그런데 꿈을 깨어 보니, 등불이 가물거리고 옆에서 병든 처가 신음하고 있을 따름이라고 했다.

그 속편 격인 〈몽사자연지〉(夢謝自然誌)는 더 짧으면서 짜임새를 잘 갖추었다. 자기가 낮잠이 들었는데 사자연(謝自然)이라는 선녀가 찾아 와 당나라 문인들에 대한 평을 하라고 하길래 한유의 잘못을 따졌다고 했다. 한유가 사자연이라는 여자가 신선이 되었다는 말을 듣고 글을 써 서 허황하다고 나무랐던 일을 이용해서 도교를 옹호했다. 〈기몽〉에서 는 사장파다운 문학관을 내세웠는데, 이번에는 방외인과 상통하는 취 향을 나타냈다.

신광한(申光漢, 1484~1555)은 신숙주의 손자이고 대제학을 역임한 당대 문장가이다. 두 편의 몽유록 〈안빙몽유록〉(安憑夢遊錄)과 〈서재야 회록〉(書齋夜會錄)을 써서 〈기재기이〉(企齋記異)라고 일컬은 작품집에 수록했다. 작자 자신이 아닌 제삼자를 몽유자로 내세워 허구적인 설정 을 키웠다. 꿈속에 등장하는 사람들은 의인화된 사물이어서 가전의 수 법을 함께 사용했다.

〈안빙몽유록〉에서는 진사가 되고서 급제는 하지 못한 안빙이라는 인 물이 꽃동산에서 잠들었다가 꽃나라에 갔다. 임금인 모란, 임금 주위의 남녀인 다른 꽃들의 환대를 받고 시를 짓는 능력을 마음껏 자랑했다고 했다. 누구에게든지 그런 기회가 올 수 있다고 믿고 실의에 빠지지 말자고 했다고 보면 뜻하는 바가 단순하지 않다. 국문으로 옮긴 것도 있어 널리 읽혔음을 알 수 있다.

〈서재야회록〉에서는 성명을 밝히지 않은 어느 선비가 밤에 우연히 못 쓰게 된 벼루·붓·먹·종이가 자기네 내력을 소개하면서 버림받은 것을 서러워하는 말을 엿들었다고 했다. 자기 잘못을 뉘우치고 그것들을 정중하게 땅에 묻고 제문을 지어 제사 지냈다는 내용이다. 문방구를 소중하게 여겨야 한다는 교훈을 앞세우고, 못쓰게 된 문방구처럼 버림받은 선비를 아껴야 한다는 주장을 그 이면에서 폈다고 할 수 있다.

〈원생몽유록〉(元生夢遊錄)은 작자가 밝혀져 있지 않으나, 임제가 지었으리라는 추정이 유력하다. 남효온이 〈육신전〉(六臣傳)에서 서술한 내용을 몽유록에서 다시 취급해, 당시에 금기로 여기던 세조의 왕위 찬탈 문제에 대해 과감한 발언을 했다. 인물과 사건을 허구적인 것으로 바꾸어놓고 허용될 수 없는 발언을 하면서 지배이념 자체를 불신하기까지 했다.

몽유자는 원자허(元子虛)라고 했다. 이름을 보면 생육신의 한 사람인 원호(元昊) 같지만, 작가의 정신을 투영시킨 방외인적 지식인의 형상이라고 보는 편이 타당하다. 원자허가 어느 날 꿈속에서 낯선 곳으로 인도되어 단종과 사육신이 한자리에 모여 억울하고 원통한 일을 되새기며 시를 읊는 데 참여했다고 하는 것이 그 줄거리이다. 사건이 어떤 해결책에 이르도록 전개되는 것은 아니고 독자도 함께 울분을 느끼도록 하는 비극적인 상황을 조성했을 따름이다.

단종을 임금으로 섬기고자 하는 마음을 나타내고 사육신의 충절을 기리고자 했다고 보면 속단이다. 남효온으로 비정되는 인물로 하여금 요순도 만고의 죄인이라는 말까지 하게 했다. 유학은 온갖 불의를 저지르는 무리에게 헛된 명분을 제공해준다는 비판을 암시했다. 무언가 불확실한 가운데 신유학에서 강조하는 이념이 파산을 하지 않을 수 없는 조짐을 나타냈다고 할 수 있다.

최현(崔晛, 1563~1640)의 〈금생이문록〉(琴生異聞錄)은 선산 지방을 중심으로 해서 이어져온 영남 사림파의 전통을 옹호하려는 주장을 폈다. 금생이라는 인물이 산수를 두루 찾아다니다가 낙동강 기슭 금오산 아래에 이르러서 길재와 김종직을 위시한 그 고장 명사들을 만날 때 정몽주도 함께 있었다고 했다. 내용이 단순해지고 긴장이 파괴된 몽유록이다.

《한국문학의 갈래이론》(집문당, 1992)에서 가전체와 몽유록의 성격을 규정했다. 가전체는 김광순, 《천군소설연구》(형설출판사, 1980) ; 조수학, 《한국의 탁전과 가전》(영남대학교 출판부, 1987) ; 김창룡, 《가전문학의 이론》(박이정, 2001)에서 고찰했다. 몽유록의 연구서는 차용주, 《몽유록계 구조의 분석적 연구》(창학사, 1981) ; 유종목, 《몽유소설연구》(아세아문화사, 1987) ; 신재홍, 《한국몽유소설연구》(계명문화사, 1994) ; 신해진, 《조선중기몽유록연구》(박이정, 1998)가 있다. 소재영, 《'기재기이'연구》(고려대학교 민족문화연구소, 1990)에서 새로운 자료를 고찰했다. 윤주필, 〈'원생몽유록'의 종합적 고찰〉, 《한국한문학연구》 16(한국한문학회, 1993) ; 〈'원생몽유록' 연구의 비판적 이해〉, 《고소설연구사》 (월인, 2002) ; 〈동아시아 관료문인의 처세관과 우언계 소설〉, 연변과학기술대학 한국학연구소 편, 《한국학연구》 2(태학사, 2002)에서 연구를 심화했다.

8.9.4. 골계전

어느 시대에나 그렇듯이 조선전기에도 구전설화가 이루 헤아릴 수 없이 많았다고 생각되지만 구체적으로 다룰 만한 자료는 남아 있지 않다. 이용 가능한 자료인 문헌설화는 구전설화의 모습을 보여주면서 또한 기록하고 다듬은 사람의 작품이라는 이중의 성격을 갖는다. 여기서는 두 번째의 성격에 초점을 맞추어 설화의 기록 또는 설화집이 그 시대 산문의 판도에서 어떤 위치를 차지하며 무슨 의의를 가졌는지 살피고자 한다.

조선전기에 기록된 설화라면 고려의 멸망과 조선의 창업에 관련된 것들을 먼저 들어야 한다. 〈고려사〉를 보면 고려는 망할 수밖에 없었다는 것을 입증하는 구전을 다수 동원했다. 공민왕이 요승 신돈에게 휘둘린 다음 정상에서 벗어난 음란한 짓을 하다가 무뢰배에게 피살되었다든가, 우왕과 창왕은 신돈의 아들이라든가 하는 것들은 장황하게 말했는데 사실인지 설화인지 구별되지 않는다.

민간에서는 요망한 무리가 허황된 말로 민심을 현혹시키고 있었기에 질서를 잡으려면 왕조교체가 필요했다는 것을 입증하는 데도 설화가 긴요하게 이용되었다. 하층민이라도 효자나 열녀의 이야기를 남겼으면 찾아내 기리려고 했다. 새 왕조 창업의 필연성과 위훈을 나타내는 설화는 널리 모아 〈태조실록〉을 편찬하고, 〈용비어천가〉를 짓는 데 이용했다. 설화를 역사화하고 그것이 다시 설화가 되어 민간에 퍼져나가기를 바랐다.

망국설화든 창업설화든 전승되면서 더욱 과장되었다. 성현이 〈용재총화〉에다, 강감찬이 노승으로 변한 호랑이를 물리쳤다는 말을 앞세우고 고려초기 이래의 기이한 설화를 모은 데 그런 것들이 있다. 신돈은 양기를 돋우기 위해서 이상스러운 짓을 일삼았다 하고, 누런 개를 보면 깜짝 놀랐는데 늙은 여우의 정기이기 때문이라고 했다. 태조가 왕위에 오르기 전에 신이한 일이 있었다는 이야기를 흥밋거리로 만들었다.

〈용재총화〉는 설화를 다양하게 수록한 잡기의 대표적인 예가 된다. 신이한 전설에 관심을 가질 뿐만 아니라 사대부의 일상생활에서 생겨난 일화 가운데 사실 그대로인지 지어낸 이야기인 분별하기 어려운 것들을 많이 모아 흥미를 끌었다. 하층민을 주인공으로 한 민담도 받아들이고, 음담패설이라고 할 것을 즐겨 수록했다. 여색을 탐내는 중이 상좌에게 골탕을 먹었다고 하는 연쇄담이 그런 것이다.

더욱 주목해야 할 것이 골계전이다. 골계전은 전설보다 민담에 더욱 관심을 가지고 소화를 즐겨 모은 점이 특이하다. 서거정이 〈동인시화〉와 〈필원잡기〉를 짓는 데 그치지 않고, 〈태평한화골계전〉(太平閑話滑稽傳)을 마련하기까지 한 것은 갈래가 서로 달라 모두 필요하다고 보았기 때문이다. 골계전은 전에 없었고 조선전기에 처음 등장한 새로운 갈래이다.

〈태평한화골계전〉이라는 제목으로 태평스러운 시대이니 한가한 이야기나 하며 즐기겠다고 했다. 한가한 이야기가 하필 음담패설인가 하는 의문은 제목이 풀어주지 않아 서문에서 해명했다. 사람은 늘 긴장을 하고 지낼 수는 없으니 웃음을 찾아 마음을 이완시키고, 세상 근심과 무료함을 없앨 필요가 있다고 했다. 서거정은 지위가 높고 업적이 대단하니 다소 탈선을 해도 격하될 염려가 없었다. 널리 모범이 되는 본격적인 시문을 지을 때에 너무 긴장해 휴식이 필요했다고 할 만하다.

내용을 살펴보면 처음부터 사람을 놀라게 한 것은 아니다. 예사 인물전설에서, 특정 인물과 결부되지 않은 민담으로, 사대부로서의 위엄을 떨친 사건으로 나아가는 순서를 택했다. 한 예를 들어보자. 김선생이라는 위인이 손님이 되어 찾아가니 벗이 소홀하게 대접하자, 자기가 타고 간 말을 잡아서 안주를 하자고 했다. 그러면 무엇을 타고 돌아가겠느냐는 말에 뜰에서 노는 닭을 타고 가면 될 것이 아닌가 하고 대답했다.

어떤 대장이 아내를 호되게 무서워했다. 그래서 어느 날 부하 장졸들에게 아내를 무서워하지 않는 사람이 있으면 따로 세운 기 앞에 서라고 했더니, 한 사람뿐이었다. 어째서 그런 용기를 가졌는가 하고 칭찬을 하자, 자기 아내가 늘 사람 많이 모이는 데로 가면 여색에 관한 말이나 하니 조심하라고 해서 사람이 없는 쪽에 가 섰다고 한다.

그저 웃어넘길 것은 아니다. 부부는 군신이나 부자와 같이 서차가 분명해야 한다고 거듭 강조하던 시대에 그와는 반대가 되는 내막을, 다른 누구도 아닌 용맹스러운 대장을 내세워 폭로해 충격을 준다. 서거정은 그 정도로 나아가다가 멈추었다. 음담패설은 수록하지 않아 〈태평한화골계전〉에서도 어느 정도 품위를 유지했다.

강희맹(姜希孟, 1424~1483)은 서거정보다 더 높은 지위에 올라 점잖게 처신해야 마땅했는데 그런 한계를 넘어섰다. 〈태평한화골계전〉에 붙인 서문에서 "사실에는 좋고 나쁜 것이 없고 풍속을 경계하는 것이 소중하며, 말에는 다듬어지고 거친 것이 없고 이치에 이르면 귀중하다"고 한 지론을 스스로 적극 실천했다. 〈촌담해이〉(村談解頤)를 엮으면서 음담패설을 서슴지 않고 넣었다.

〈촌담해이〉는 시골에서 하는 이야기가 턱이 빠질 정도로 우습다는 말이다. 시골로 물러나 농부들과 직접 어울리며 사는 모습을 〈금양잡록〉(衿陽雜錄)에다 서술하면서 민요를 채록하더니, 민담까지 관심을 넓혀 하층의 전승에서 기묘한 것들을 찾았다. 성행위에 대한 금기를 깨면서 상층의 위엄을 뒤집어엎는 이야기를 거침없이 했다.

어떤 양반이 아름다운 첩을 친정에 보낼 때 염려되는 바 있어, 여자 옥문(玉門)이 미간에 있는 줄 아는 멍청이 하인을 뽑아서 동행하게 했다. 그래도 미심쩍어 몰래 뒤따라가 보니, 둘이서 즐기고 있는 것이 아닌가. 하인은 얼른 알아차리고, 물을 건너다가 아씨가 넘어져서 어디 다친 데가 없는지 살피다가 배꼽 밑에 구멍이 나 있는 것을 발견하고 꿰매려고 했다고 했다. 선비는 그 말을 듣고 안심을 하고, 본래부터 있던 구멍이니 염려할 것이 없다고 했다.

거칠다고 하겠지만, 자세하게 살피면 상당한 묘미가 있다. 선비는 어리석은 하인을 속이려고 하다가 자기가 속았는데 그런 줄도 모르고 안심하고 있었다는 것이다. 어리석어 쉽게 속는다고 가장하는 것이 가장 큰 지혜임을 일러준다. 상전에게 정면으로 맞설 수 없는 하인은 그렇게 해야 상전을 골탕 먹일 수 있었다. 저자는 그 끝에 "태사공왈"(太史公曰)이라는 거창한 말을 붙여 간계를 알아차려 미리 다스리지 못한 것을 나무랐는데, 비난을 듣지 않기 위해서 딴전을 부린 것이다.

송세림(宋世琳, 1479~?)은 미관말직에 있다가 연산군 때 정치가 어지러워지는 것을 보고 병을 구실삼아 물러났던 사람이다. 강희맹과 처지가 많이 다르면서 음담패설을 모으는 책을 자기도 써서 〈어면순〉(禦

眠楯)이라고 했다. 재능과 포부를 지녔으나 기회를 얻지 못해서 여생을 헛되이 보내게 된 울분을 달래느라고 음담패설이나 찾았던 사정을 자기 아우의 서문과 정사룡(鄭士龍)의 발문에서 밝혔다.

책 이름은 잠을 막는 방패라고 해서 대단치 않은 것으로 위장하고, 모아놓은 이야기는 유학의 교화에 대해서 거칠게 반발했다고 할 만큼 원색적인 내용으로 가득 차 있다. 은근히 암시를 하는 데 그쳐도 될 내용도 구체적으로 지적해 샅샅이 드러냈다. 〈주장군전〉(朱將軍傳)이라는 가전에서 남성 성기를 얼굴 붉고 성질 사나운 장군이라고 의인화했다.

서거정은 골계전이 따로 있을 만하다는 선례를 보여주는 데 그치고, 성현이나 강희맹은 시험 삼아 음담패설에 관심을 가져보았다고 한다면, 송세림은 난잡한 내용과 노골적 표현을 확대해 흥미를 가중시키고 반발을 나타냈다. 송세림의 책이 더 인기가 있어 널리 읽히고 많은 영향을 끼쳤다. 성여학(成汝學)의 〈속어면순〉(續禦眠楯) 이하 후대의 음담집은 대부분 〈어면순〉을 모형으로 삼았다.

장덕순, 《한국설화문학연구》(서울대학교출판부, 1970) ; 박경신, 《태평한화골계전》(국학자료원, 1998) ; 이강옥, 《조선시대 일화 연구》(태학사, 1998) ; 정희정, 〈'태평한화골계전'의 이야기 방식과 웃음의 원리〉(한남대학교 박사논문, 2001)를 참고로 할 수 있다.

8.9.5. 국문을 사용한 편지와 제문

훈민정음이 창제되었어도 널리 사용되지는 않았다. 공동문어가 민족어를 압도하는 시대가 계속되었다. 〈동문선〉에서 정리한 규범에서 벗어나 구상을 다시 하고 새로운 경험을 나타낸 글도 한문이 담당하고, 국문은 아직 쓰임새가 적었다. 국문이라면 한문으로 이루어졌던 글을 언해하는 데 쓰이고, 시조나 가사에서 독자적인 의의를 발휘하는 정도였다. 소설을 국문으로 쓰거나 번역한 사실이 더러 확인되기는 해도 범위가 넓지 않았다.

남성에게는 그처럼 긴요하지 않은 국문이 여성을 위해서는 절대적인 기여를 했다. 국문은 여성의 글이고, 여성을 위한 글이었다. 여성이 글을 쓸 때에는 국문을 사용하는 관례가 확립되고 남성이라도 여성에게 주는 글에서는 국문을 사용했다. 그런 관례가 궁중에서 먼저 확립되었다. 비빈에서 궁녀에 이르기까지 궁중 여인들이 국문으로 편지를 쓴 사실이 왕조실록 여기저기에 남아 있다.

1453년(단종 1)에 묘단(妙丹)이라는 이름의 궁녀가 쓴 언문편지가 기록에 오른 최초의 예로 보인다. 그 편지에 궁녀들과 별감들이 언문편지를 주고받고 해서, 수신자인 혜빈양씨(惠嬪楊氏)가 임금에게 보이고, 임금은 승정원에 내려 문제로 삼게 한 일이 있었다. 1446년에 반포한 훈민정음이 8년이 지난 사이에 궁중 여인들 사이에서 그처럼 널리 사용되었다.

왕족 집안 부녀자들이 언문편지를 쓴 사실도 실록에 올랐다. 1482년(성종 13) 제안대군(齊安大君)의 아내가 시비와 동성애를 하고 언문편지를 써준 일이 있었다. 1490년(성종 21)에는 수춘군(壽春君)의 아내가 아들들 사이의 유산 상속 분쟁을 조정하는 내용의 언문 편지의 한문 번역본을 관가에 제출했다고 했다.

세조비 정희왕후(貞熹王后, 1418~1483)는 성종이 왕위에 올랐을 때 대왕대비가 되어 최초로 수렴청정을 했다. "불통문자"(不通文字)라는 이유로 거절을 하다가 하는 수 없이 그 임무를 맡고 중요한 사안에 관한 소견을 언문편지로 써서 전했다. 1475년(성종 6)에 대왕대비를 믿고 자기 친정에서 권세를 남용한다고 규탄한다는 비난이 있자, 평소에 뜻한 대로 수렴청정을 그만두겠다고 한 내용이다. 성종의 생모 소혜왕후(昭惠王后, 1437~1504), 명종 때에 수렴청정을 한 문정황후(文定王后, 1501~1565)도 언문편지를 조정에 보내 불교를 옹호하는 뜻을 전하는 데 썼다.

인종비 인성왕후(仁聖王后, 1514~1577)는 1545년(인종 1)에 왕이 세상을 떠나면서 남긴 유언을 인종의 언행에 관한 장문의 기록과 함께 조정에 전했다. 둘 다 국문으로 쓴 것을 한문으로 번역해 세상에 알리고 실록에 올렸다. 원문은 남아 있지 않아 한역을 보면, 인종에 관해 알고 있는 바를 형식에 매이지 않고 자유롭게 기록했다.

민간의 사대부 부녀자들이 국문을 사용한 것도 비슷한 시기에 시작된 일이라고 생각되는데, 사실 기록도 남아 있지 않아 구체적으로 확인하기 어렵다. 정철(鄭澈)의 어머니 죽산안씨(竹山安氏)가 1571년(선조 4)에, 시묘살이를 하고 있는 아들 형제에게 보낸 국문편지가 남아 있는 것이 최초의 자료이다. 그런 것이 더 없어 사태 파악을 일반화하는 데 지장이 있었다. 그러다가 최근에 국문으로 쓴 편지와 제문이 이장하는 무덤에서 잇따라 발견되는 놀라운 일이 벌어졌다.

채무이(蔡無易, 1537~1594)의 아내 순천김씨(順天金氏)의 무덤에서 발견된 편지다발은 백 여 쪽이나 된다. 채무이는 생원시를 거쳐 6품 관직에 나아간 사람이다. 순천김씨는 채무이의 후처가 되었다가 임진왜란 전에 40대쯤 병사했다. 순천김씨가 받은 편지와 간직하고 있던 편지를 무덤에 넣었다. 연대는 가장 오랜 것이 1569년(선조 2)이다.

편지를 써 보낸 사람은 남편, 친정의 어머니와 아버지이다. 장모가 사위에게 보낸 편지는 간직하고 있던 것이다. 남편이 아내가 읽으라고 쓴 편지는 "하게" 형의 다정한 말투를 사용했다. 노경의 어머니가 앓고 있는 딸에게 써서 보낸 사연이 특히 애절하다. 가족끼리의 정다운 말을 주고받은 언어 사용 양상을 다각도로 파악할 수 있는 자료이다.

경북 안동의 옛 무덤에서 여성 국문 편지의 소중한 자료가 발견되었다. 지방 사족인 이응태(李應泰, 1556~1586)가 세상을 떠났을 때 아내가 써서 남편의 무덤에 넣은 것을 근래 이장을 하다가 찾아내게 되었다. 남편에 대한 그리움을 말 하는 듯이 나타낸 사랑의 편지라는 점이 놀랍다.

"자내 샹해 날ᄃ려 닐오디 둘히 머리 셰도록 사다가 홈믜 죽쟈 ᄒ시더니 엇디ᄒᆞ야 나를 두고 자내 먼저 가신ᄂᆞ"(자네 늘 내게 이르기를 둘이 머리 희도록 살다가 함께 죽자 하시더니, 나를 두고 자내 먼저 가시는)고 하면서 탄식하고, 평소에 "ᄂᆞᆷ도 우리 ᄀᆞ티 서로 어엿쎄 녀겨 ᄉᆞ랑ᄒᆞ리ᄂᆞᆫ고"(남도 우리 같이 서로 어여삐 여겨 사랑하려는가)라고 한 것을 잊을 수 없다고 했다. "자내"는 "자네"이다. 아내가 남편을 그렇게 불러 부부가 평등한 관계를 가졌다. "사랑"이라는 말을 오늘날과 같은 뜻으로 썼다.

안민학(安敏學, 1542~1601)은 사대부 가문에서 태어나 유학에 힘쓰고 천거를 받아 벼슬길에 나아갔던 사람이며, 한문학의 작가로도 다소 알려져 있다. 그런데 1576년(선조 9)에 부인 곽씨가 세상을 떠나자 국문으로 제문을 지어 입관할 때 넣었던 것이 발견되었다. 어려운 시절에 부인이 자기에게 시집을 와서 시어머니를 모시고 고생을 하며 지내던 일을 회고하고, 부부의 정을 마음껏 펴지 못한 것을 한탄하면서, 죽어 이별을 하게 된 서러움을 하소연하는 사연이 절실하다. 남자의 글이지만 부녀자들의 문체를 따랐으리라고 생각된다.

이경하, 〈15~16세기 왕후의 국문 글쓰기〉, 《고전여성문학연구》 7 (한국고전여성문학회, 2003)에서 많은 자료를 얻었다. 조항범, 《순천 김씨 묘 출토 간찰》(태학사, 1998) ; 임세권, 〈412년 만에 나온 원이 엄마 사랑 편지〉, 《안동》 56(안동, 1998) ; 구수영, 〈안민학의 애도문고〉, 《백제연구》 10(충남대학교 백제문화연구소, 1979)에서 출토 자료를 소개하고 고찰했다.

8.10. 소설의 출현

8.10.1. 소설의 개념과 특성

김시습(金時習)의 〈금오신화〉(金鰲新話)에서 소설이 시작되었다. 과연 그런지 시비하려면 소설의 개념을 따져야 한다. 소설이 특정 문학갈래를 지칭하는 용어임을 분명하게 하고 그 개념을 규정하는 이론을 제대로 갖추어야 〈금오신화〉에서 소설이 시작되었다고 할 수 있다.

'소설'(小說)이라는 오랜 용어는 원래 대단치 않다고 여긴 잡스러운 글을 지칭했다. 잡기류나 골계전과 함께 〈금오신화〉 또한 그런 의미의 '소설'에 포함되었다. 그런 용어를 계속 사용한다면, 소설은 글을 쓰기 시작할 때부터 있었으므로 새삼스러운 관심거리일 수 없다.

소설은 신라말 또는 고려초부터 있었다는 견해가 있다. 〈삼국유사〉의 〈조신〉(調信)이나 〈수이전〉의 〈최치원〉(崔致遠)은 옛 사람이 '전기'(傳奇)라고 부르던 것들인데, 오늘날의 논자들은 전기소설(傳奇小說)이라고 일컬으며 소설로 평가한다. 그렇다면 소설은 작품이 될 만하게 기록한 서사문학이다. 설화를 글로 정착시키면서 문학적 수식을 갖추자 소설이 시작되었다.

이 견해를 택하면 우리 소설사의 시발점을 중국이나 일본에서 하듯이 앞당길 수 있고, 소설이 무엇인지 심각하게 논란하지 않아도 되는 이점도 있다. 그러나 전기소설과 그 이후의 소설을 구별하는 이론을 갖추어야 하는 부담이 생기고, 재래의 소설과 이질적인 근대소설은 유럽에서 받아들였다고 하지 않을 수 없다. 중국이나 일본 학계가 당면하고 있는 그런 곤경에 뒤늦게 말려들지 말고, 세계소설사 일반론을 새롭게 마련하는 작업을 선도하면서 우리 문제를 해결하는 것이 마땅하다.

소설은 설화와 구별되는 서사문학이다. 신화 · 전설 · 민담은 문학이 시작될 때부터 있었지만, 소설은 자아와 세계의 대결이 심각하게 되었을 때 출현했다. 자아와 세계가 신화에서처럼 동질적이지 않고, 전설이나 민담에서처럼 어느 한쪽으로 치우치지 않고, 상호우위를 가지고 대결하는 것이 소설의 특징이다. 이것은 우리 소설에서 추출되어 세계 전역의 소설에서 널리 타당성을 가지는 일반론이다.

세계 여러 곳에 소설의 선행형태나 유사형태는 다양하게 존재했다. 중국에 지괴(志怪)나 전기(傳奇)가, 일본에 물어(物語)가 있었듯이, 우리에게도 전기(傳奇)가 있었던 것이 당연한 일이다. 그것들은 모두 문학적 수식을 갖추어 작품으로 평가될 수 있게 정착시킨 설화이다. 자아와 세계의 대결이 상호우위에 입각해서 진행되는 긴박한 전개와 심각한 주제는 갖추지 않았다. 전기는 전기라고 하면 그만이고, 전기소설이라는 용어는 필요하지 않다.

중국에서는 명청소설(明淸小說)에서, 일본에서는 강호(江戶) 시대의 희작(戲作)에서 소설이 소설다운 모습을 드러낸 것이, 조선후기에 소설시대가 시작된 우리문학사의 전개와 같다. 온 세계 다른 어느 곳에서도 소설은 중세에서 근대로의 이행기문학으로 출현하고 성장했다. 이행기소설과 근대소설은 이질성보다 동질성이 더 크다.

시대상황과 소설의 관련은 복잡하게 얽혀 있어 다면적인 접근이 필요하다. 사회사의 변화를 문학사가 뒤따르기도 하고, 사회는 아직 달라지기 전에 의식의 각성이 선행해 문학사의 새로운 전개를 촉구하기도 했다. 사상사에 대한 통찰까지 갖추어야 필요한 연구를 할 수 있다.

김시습이 살았던 15세기 후반에는 중국과 우리가 격차를 보였다. 중국에서는 중세에서 근대로의 이행기의 변화가 나타나고 소설의 발전을 보았으나, 우리 사회는 아직 중세후기에 머물렀다. 그런데 불행하고 고독한 생애를 보내면서 비판의식이 투철했던 지식인 김시습은 사상의 각성에서 중국보다도 앞선 면이 있었다. 자아와 세계의 분열과 대결을 절감하고, 중세에서 근대로의 이행기에 요망되는 사고형태를 갖추고 소설로 나타내 보여주었다.

《한국소설의 이론》(지식산업사, 1977)에서 〈금오신화〉를 첫 예증

으로 삼아 시작한 소설 일반론 탐구를 〈한국·중국·일본소설의 개념〉, 《한국문학과 세계문학》(지식산업사, 제2판 1992)을 거쳐, 《소설의 사회사 비교론》 1~3(지식산업사, 2000)에서 일단 완결했다.

8.10.2. 〈금오신화〉

김시습(1435~1493)은 고독한 예외자로서 반발에 찬 생애를 보내며 스스로 신세모순(身世矛盾)이라고 일컬은 갈등을 여러 가지 표현방식을 택해 나타냈다. 시를 짓는 데 줄곧 열의를 가지고 논설도 힘써 썼다. 불교·도교·유교의 글쓰기를 모두 시험하기도 했다. 그래도 해소할 수 없는 욕구를 소설을 써서 표출했다.

시는 세계를 자아화하는 데 그쳐, 위안을 찾자는 것이 아니면 반감을 나타내기만 하는 것으로 극단화되었다. 논설은 기존의 용어나 개념을 택해 자아를 세계화해야 하는 탓에 내면의 요구를 생동하게 드러낼 수 없었다. 자아와 세계의 대결을 찾아 설화나 모으기에는 너무나도 절박한 사정 때문에 고민하고, 설화로는 해소할 수 없는 문제의식의 압박을 받았다.

중국 명나라 사람 구우(瞿佑)의 〈전등신화〉(剪燈新話)를 애독한 것이 자기도 소설을 짓게 된 직접적인 동기일 수 있었다. 〈제전등신화후〉(題剪燈新話後)라는 시에서, 그 작품에는 온갖 글이 다 들어있고, 처음에는 허황된 것 같아도 뒷맛이 예사롭지 않으며, 기이한 행적이 눈앞에 떠오르는 듯한 솜씨를 발휘하고, 평생 뭉쳐진 원망을 쓸어 없애는 것 같다고 추켰다. 〈전등신화〉와 비슷한 이름을 붙여 자기 작품은 〈금오신화〉라고 했다. 세상에서 보지 못하던 글을 짓고, 풍류스럽고 기이한 이야기를 갖춘다고 〈서금오신화후〉(書金鰲新話後)라는 시에서 말했다.

〈전등신화〉를 두고 한 말은 객관적인 평가라기보다 그 작품을 매개로 한 자기 발견의 감격을 드러냈다고 보는 편이 타당하다. 〈전등신화〉

는 그렇게까지 대단한 작품이 아니다. 〈금오신화〉가 작품 전개에서나 주제 구현에서 한층 더 진전된 성과를 보여주었다. 〈전등신화〉에서는 경험할 수 없는 별세계를 실제로 있는 듯이 나타내고, 귀신을 그대로 인정하며 운명론적인 사고방식을 보인 점이 〈금오신화〉에서는 아주 달라졌다.

김시습은 생사나 귀신은 기(氣)가 모이고 흩어지는 현상에 지나지 않는다고 〈생사설〉(生死說), 〈신귀설〉(神鬼說) 등의 논설을 지어 말했다. 그런 사고형태인 일원론적 주기론을 서사문학에서 구현한 것이 소설이다. 소설이 먼저이고 논설이 나중이지만, 선후관계보다 표현 방식의 차이가 더욱 중요시된다. 사건을 전개하는 소설과, 이치를 따지는 논설은 서로 보완관계를 가지면서 각기 지닌 결함을 보충했다고 할 수 있다. 이치에서 사건으로 가는 방법이 논술을 쉽게 할 수 있어, 논설에서 소설 이해에 필요한 단서를 얻기로 한다.

귀신론은 조선전기 철학사상의 중심 논제였다. 귀신이 실제로 있다고 하는 고려시대의 사고를 비판하면서 귀신을 정리하느라고 새로운 사상이 요구되었다. 한참 동안의 논란을 거쳐, 다른 귀신은 다 부정하고 후손의 제사에 감응하는 조상의 혼령만 인정하는 이기이원론의 귀신관이 정통의 자리를 굳혔다. 그런데 김시습은 사람이 죽으면 기가 흩어져 아무 것도 없게 된다고 하는 기일원론의 지론을 펴면서, 다만 억울하게 죽은 원귀는 기가 일시에 흩어지지 않고 얼마 동안 떠돈다고 했다.

〈금오신화〉는 저승, 용궁, 귀신 등 비현실적인 존재를 다수 등장시킨 기이한 이야기이다. 그런 이유에서 후대의 소설과는 다르다고 하는 것은 적절하지 못한 견해이다. 소재를 주제라고 여기지 말아야 한다. 저승이나 용궁은 이승의 현실을 다루기 위해서 필요한 설정이다. 귀신은 억울하게 죽어 기가 일시에 흩어지지 않고 얼마 동안 떠도는 원귀이다. 귀신이야기를 이용해 사람이야기를 한 것이 적절한 선택이다.

억울하게 죽은 사정에 관심을 가지도록 하려고 원귀를 등장시켰다.

원귀가 된 여인과 사랑을 나누고 간절한 소망을 꿈속에서나 이루었다고 해서, 좌절될 수밖에 없는 희망을 역설적으로 강조했다. 자아와 세계가 서로 용납할 수 없는 관계를 가지고 대결해 그 모든 사태가 벌어졌다. 기존의 설화를 다양하게 활용하면서 전에 볼 수 없던 작품을 만들어냈다.

〈금오신화〉는 소설집 이름이고, 수록된 작품은 다섯 편이다. 처음 두 편 〈만복사저포기〉(萬福寺樗蒲記)와 〈이생규장전〉(李生窺墻傳)은 죽은 여자와 사랑을 한다는 설정에 따라 전개되어 명혼소설(冥婚小說)이라고 일컬을 수 있다. 뒤의 두 편 〈남염부주지〉(南炎浮洲志)와 〈용궁부연록〉(龍宮赴宴錄)은 꿈속에서 포부를 이루었다고 해서 몽유소설(夢遊小說)이라고 부를 수 있다. 중간에 들어있는 〈취유부벽정기〉(醉遊浮碧亭記)는 두 가지 성격을 아울러 지니고 있다. 명혼설화를 이용해 명혼소설을, 몽유설화를 가지고 몽유소설을 만들면서 커다란 비약을 이룩했다.

〈수이전〉의 〈최치원〉이나 〈보한집〉에 있는 이인보(李寅甫) 이야기 같은 명혼설화는 죽은 여자와의 사랑을 나눈 기이한 사건을 의심하지 않도록 하는 증거를 갖춘 전설이다. 그러나 〈만복사저포기〉나 〈이생규장전〉에서는 절실하게 요구되는 사랑을 성취하지 못하는 비극을 죽은 여자와 관계를 가지는 불가능한 설정으로 나타내고, 전설의 특징인 증거 제시는 배제했다.

〈삼국유사〉의 〈조신〉 같은 몽유전설에서는 꿈속에서 겪었다는 일이 환상이 아님을 입증하려고 했으나, 〈남염부주지〉나 〈용궁부연록〉에서 저승이나 용궁에 갔다는 것 또한 주인공이 포부를 살리고 능력을 발휘하지 못하는 좌절감을 말해주기 위해 선택한 역설이다. 몽유소설은 몽유록과 유사하게 전개되지만, 사건의 허구적 설정 자체에서 의미를 찾게 해서 교술로 기울어지지 않았다.

〈만복사저포기〉에서는 사랑을 희구하는 심정을 절실하게 그렸다. 양생(梁生)이라는 젊은이가 일찍 부모를 여의고 만복사 동쪽 방에서 홀로 거처하면서 외로움을 하소연하는 시를 지어 읊었다. 승려가 되고서도 초탈했다고 자부하지 않고 금오산에 머무는 동안 이 작품을 지은 김시습 자신도 그런 심정을 가졌다. 김시습은 상상을 작품화하는 데 그쳤지만, 양생은 간절하게 바라던 아름다운 인연을 이루었다. 그렇게 말해야 소설이 성립되고, 애초부터 불가능한 일이 일어났다고 해야 환상으로 도피하지 않는다. 두 가지 목표를 한꺼번에 달성하기 위해서는 죽은 여자와 사랑을 이루었다고 하는 것이 가장 적절한 선택이다.

〈이생규장전〉에는 앞부분이 더 있다. 이생(李生)이라는 주인공이 글공부를 하러 다니던 길에 최씨 처녀와 시를 주고받으며 사랑을 나누다가 어려운 곡절을 겪고 부부가 되었다가, 홍건적의 난리를 만나 헤어져야 했다. 그 뒤에 황량해진 고향에 돌아간 이생은 홍건적에게 죽고, 혼령이 되어 되돌아온 아내와 만나 미진한 정을 나누었다고 했다. 아내가 하는 말로 처참한 수난을 길게 묘사해 원통한 느낌을 깊이 자아냈다. 이별과 죽음, 그리고 난리 때문에 겪는 고통을 그대로 받아들일 수 없다고 강조하기 위해 명혼소설의 구조를 적절하게 이용했다.

〈취유부벽정기〉는 송도의 홍생(洪生)이 평양을 찾아 부벽정에서 취해서 놀다가 기자조선 마지막 임금의 딸을 만나서 나라가 망한 사연을 듣고 울분과 감회를 함께 나누었다는 내용이다. 죽은 여자의 혼령이 산 사람처럼 나타나 주인공과 어울렸다는 점에서는 명혼소설이라 할 수 있으나, 상대방이 선녀이기에 육체적인 관계는 배제되어 있다. 만남이 꿈속의 일인 것 같다는 설정은 몽유소설과 상통하지만, 꿈의 시작과 끝을 불분명하게 해서 미묘한 분위기를 조성했다.

작품의 배경이 되는 사건은 현실에서 겪은 시련을 말해주는 것들이다. 〈만복사저포기〉의 양생은 남원에서 왜구에게 희생되어 죽은 여자를 만났다고 했는데, 남원은 고려말에 왜구에게 자주 유린되던 곳이다. 〈이생규장전〉에서는 송도에서 피난 가던 여주인공이 홍건적에게 겁탈당하지 않으려 하다가 피살되었다. 자세하게 묘사되어 있는 그 전후의 참상이 실제로 있었던 일이다. 작자가 태어나기 반세기쯤 전에 벌어졌

기에 생생한 기억과 함께 후유증이 남아 있던 민족의 수난을 작품에다
끌어들여 개인의 비극과 연관시켰다. 〈취유부벽정기〉에서는 기자조선
이 위만에게 망한 것을 민족의 수난으로 이해하게 하고, 한을 품고 있
는 공주의 혼령이 평양을 떠나지 않는다고 했다.

〈남염부주지〉는 경주에 사는 박생(朴生)이라는 선비가 꿈에 저승에
가서 염왕(閻王)을 만났다는 것이다. 염왕은 박생이 "정직하고 항거하
는 뜻이 있어 세상에 살면서 굽히지 않"은 줄 알고 만나고 싶었다고 하
고, 박생은 염왕에게 제왕이 지녀야 할 마땅한 자세를 역설했다. 염왕
이 박생의 지론에 동조해, 인간을 심판하는 저승을 부정하고, 제왕의
횡포를 함께 비판하고, 박생에게 자기 자리를 물려준다고 했다.

나라를 지닌 자가 폭력으로 백성을 위협해서는 안 됩니다. 백성이
두려워 복종하는 것 같지만 마음속으로는 반역심을 품어, 날이 쌓이
고 달이 이르면 얼음이 어는 것과 같은 화가 일어납니다. 덕이 없는
자가 힘으로 왕위에 오르지 말아야 합니다.

박생은 염왕에게 이렇게 말했다. 현실의 군주를 상대로 해서는 펼 수
없는 주장을 염왕에게 토로했다고 하고 말 것은 아니다. 염왕이 군주의
횡포를 비판하는 데 동조하고 저승의 심판을 스스로 부정했다고 하는
불가능한 사건을 꾸며, 세속과 초세속 양쪽의 권위를 모두 거부했다.
꿈에 저승에 갔다는 상투적인 설정을 이용해 철저한 비판정신을 관철
시켰다.

〈용궁부연록〉의 주인공 한생(韓生)도 송도 사람이라고 하고, 망한
나라의 유민이 정당한 불만을 지니고 있다는 것을 다시 확인했다. 한생
이 꿈에 용궁에 초대되어 가서 글 짓는 재능을 마음껏 자랑하고 극진한
환대를 받았다고 한 것은 세상의 평가가 잘못되었다는 반증이다. 꿈을
깨자 용궁에서 받은 선물이 그대로 있었다는 것은 평가를 다시 격하할
수 없다는 말이다. 명리에 생각을 두지 않고 명산에 들어가 자취를 감

추었다는 결말은 다른 작품에도 보이는데, 패배자가 되어도 의지를 굽히지 않고 세상의 횡포를 거부하는 자세를 나타낸 것이다.

그렇지만 〈금오신화〉에서 사용한 소설 수법은 아직 미비한 점이 많다. 중요한 대목마다 시를 삽입하고 시에서 심리를 묘사하는 서정적인 수법에 적지 않게 의존했다. 논설처럼 전개되는 교술적인 대목도 배제하지 못했다. 자아와 세계가 서로 용납할 수 없는 관계를 가지는 긴박한 대결을 일원론적 주기론자다운 각성에 힘입어 선명하게 파악했으면서 기존의 관습을 받아들여 작품화해야 했다.

아직 소설시대는 이르지 않았는데 고독한 예외자의 선구적인 작품이 먼저 나와 이해하는 사람들을 만나기 어려웠다. 책을 지어 석실에 감추어두고 후대에 자기를 알아줄 사람을 기다리겠다고 했다는 말이 우연한 것이 아니다. 원래에는 더 많았을 수 있는 작품이 국내에는 한둘만 남아 있다. 다섯 편을 묶은 형태로 일본에 전해졌다가 다시 가져온 것이 지금 볼 수 있는 〈금오신화〉이다.

《금오신화》에 관한 많은 연구 가운데 설중환,《금오신화연구》(고려대학교 민족문화연구소, 1983) ; 박희병,《한국전기(傳奇)소설의 미학》(돌베개, 1997) ;〈한국・중국・베트남 전기소설의 미적 특질 연구〉,《대동문화연구》36(성균관대학교 대동문화연구원, 2000) ; 이학주,《동아시아 전기소설의 문학세계》(북스힐, 2002)가 특히 중요하다.《한국의 문학사와 철학사》(지식산업사, 1996)에서 성현・남효온・김시습의 귀신론과 귀신이야기를 비교해서 논했다.《금오신화》이후의 소설에 관한 다각적인 논의를 김일렬,《조선조소설의 구조와 의미》(형설출판사, 1984) ; 박대복,《고소설과 민간신앙》(계명문화사, 1995) ; 성현경,《한국 옛소설론》(새문사, 1995) ; 구수경,《한국소설과 시점》(아세아문화사, 1996) ; 김미란,《한국소설의 변신논리》(태학사, 1998) ; 장효현,《한국고소설사연구》(고려대학교출판부, 2002) ; 정출현,〈고전소설연구 50년, 그 연구사적 의의와 전망〉,《국어국문학회

50년》(태학사, 2002) 등의 여러 논저에서 폈다.

8.10.3. 그 뒤의 소설

〈금오신화〉 다음에 나온 소설에 어떤 것이 있는가 하는 의문을 풀기 위해서 소설이 무엇인가 다시 생각하지 않을 수 없다. 〈금오신화〉에서 마련한 소설의 특징을 더욱 분명하게 한 작품은 보이지 않고 오히려 느슨하게 해서 소설인지 아닌지 분별하기 어려운 것들이 몇 개 있었기 때문이다. 소설을 만들어내는 것이 필연적인 추세이지만, 사상적인 자각을 김시습처럼 갖춘 후계자는 나타나지 않아 그렇게 되었다. 후속 작품에 대한 〈금오신화〉의 영향은 확인되지 않는다. 15세기말에서 16세기까지에는 오히려 후퇴를 보여주다가, 소설사의 발전을 이룩하는 전환은 17세기초에 허균이 마련했다.

성현(成俔, 1439~1504)의 〈용재총화〉(慵齋叢話)는 다양한 성격의 설화를 수록하고 있어 지금까지 몇 번 논의의 대상으로 삼았는데 다시 거론할 필요가 있다. 예사롭지 않은 사건이 복잡하게 얽혀 있어 소설로 인정할 수 있는 것들이 이따금 보인다. 주인공의 이름을 제목으로 삼아 〈안생〉(安生)이라고 할 수 있는 것이 그 좋은 본보기이다.

서울 명문 출신으로 성균관에서 공부를 하고 있던 안생이 상처를 하고 홀로 지내다가 재상가의 종을 보고 사모해 상사병을 견디지 못하고 중매쟁이를 놓아 그 처녀에게 장가들었다. 그 재상은 자기 말을 듣지 않고 양인을 사위로 맞았다고 부녀를 함께 잡아갔다. 이별을 한 신혼부부는 이따금씩 몰래 만나야 하는 처지가 되어 괴로움을 겪었다.

재상이 하인에게 시집보내려고 하자 아내는 자살했다. 그 뒤에 아내의 혼령이나 만나보던 안생도 곧 죽고 말았다. 지체에 구애되지 않고 종과의 사랑을 이루려는 안생의 의지와, 종은 상전의 소유물에 지나지 않는다는 관습이 서로 용납할 수 없는 관계를 가지고 부딪쳤다. 세력다툼에서 안생이 패배하고 말았지만, 사랑은 신분의 차별을 넘어선다는 주장이 패배를 통해서 역설적으로 긍정되었다. 자아와 세계가 어느 한 쪽으로 기울어지지 않고 상호우위에 입각해 대결하는 심각한 사연을 갖추었다.

성현은 소설을 쓰겠다고 생각하지 않고 들어서 알고 있는 바를 글로 옮기기만 했겠는데, 신분의 차이를 넘어선 사랑의 비극을 자세한 곡절을 갖추어 말해주는 소재 자체가 소설의 요건을 갖추었다. 성현의 문장력이 자기도 모르게 사건을 흥미롭고 핍진하게 다루는 데 동원되었다. 작가가 소설을 쓰겠다는 생각은 하지 않고 내놓은 소재 선행의 소설이 그 뒤에도 이따금씩 있었다.

채수(蔡壽, 1449~1515)의 〈설공찬전〉(薛公瓚傳)은 문제가 된 내력이 왕조실록에 올라 있어 일찍부터 알려졌다. 그 내용이 윤회화복지설(輪回禍福之說)이어서 문자로 베끼거나 번역해 읽는 것을 금해야 한다고 1511년(중종 6)에 사헌부에서 고발하자, 모두 거두어 소각했다고 한다. 어숙권의 〈패관잡기〉에서는 그 작품 이름을 〈설공찬환혼전〉(薛公瓚還魂傳)이라고 하고, 주인공 설공찬이 저승 이야기를 전한 내용이라고 했다.

채수는 문과에 급제해 벼슬이 대사성과 호조참판에 이르고, 중종반정에 가담한 공신이어서 인천군(仁川君)에 봉해졌다. 그런 위치에 있는 사람이 유학의 도리를 어기는 이단의 학설로 기이한 이야기를 꾸며 어지럽혔다는 이유에서 도학정치를 시행하려는 도학 강경파의 미움을 받았다. 극형에 처해야 한다는 주장과, 대수롭지 않은 일을 크게 문제삼을 필요가 없다는 반론이 있다가 벼슬에서 물러나 은거하게 되었다.

왕조실록의 기록에서 한문본 〈설공찬전〉의 국문본도 있었음을 추정할 수 있는데, 국문본이 근래에 발견되었다. 모두 소각되지 않고 남아 있는 국문본을 나중에 베낀 것이라고 생각된다. 그 시기는 구개음화가 일부만 일어난 점을 보아 임란전후로 추정된다. 뒷부분은 없어지고 불완전한 자료이지만, 작품의 내용과 특성을 이해하는 데는 큰 지장이 없다.

  기본 줄거리는 죽은 인물 설공찬의 혼령이 사촌동생의 몸에 수시로 드나들면서 기이한 행동을 하고 병이 나게도 하다가 저승에 관해 알려주기도 했다는 것이다. 이승에서 한 행실을 가려 저승에서 심판을 받는다 하고, "이 생에서 비록 여편네 몸이라도 잠간이나 글 곧 잘 하면 저 생의 아무런 소임을 맡"는다고 해서, 여성을 옹호했다. 이승에서 임금 노릇을 하고 있었어도 반역자는 지옥에 떨어진다고 했다.

  그 다음 대목에는 성화(成化)황제와 염라대왕의 대결이 있다. 연호를 성화(成化)라고 한 황제는 작품 창작 시기 바로 전에 명나라를 다스리던 명나라 헌종(憲宗, 재위 1465~1487)이다. 저승으로 잡혀가는 측근의 신하를 일 년 동안만 살려놓아 달라고 성화황제가 부탁하자 염라대왕은 유예 기간을 한 달로 한정하겠다고 했다. 성화황제가 직접 가서 담판을 하려고 하자, 염라대왕은 사람을 죽이고 살리는 것은 자기 소관사라고 하면서 그 사람을 즉시 잡아들이라고 했다. 그 이하 대목은 남아 있지 않아 결말은 알 수 없다.

  귀신이 실제로 있다고 믿도록 했다. 저승의 심판을 이유로 해서 남녀의 차별을 반대하고 군주의 권위를 격하시켰다. 유교에서는 최상의 지위에 있다고 받드는 황제가 염라대왕과의 대결에서 한계를 드러낸다고 했다. 그 모든 것이 당시의 지배이념과는 맞지 않았다. 〈남염부주지〉와 상통하는 설정을 하고, 주제 구현에서는 뒤떨어진 면도 있고 앞선 면도 있다. 귀신, 저승, 염라대왕이 등이 실제로 있다고 한 점에서는 이기철학 이전의 낡은 사고방식을 잇고 있어 전설이라고 해야 할 특징을 지녔으면서, 통치질서에 대한 비판은 더욱 과감하게 해서 소설다운 긴장을 갖추었다.

  몽유록을 고찰하면서 들었던 신광한(申光漢, 1484~1555)의 〈기재기이〉(企齋記異)에도 소설이라고 할 것들이 있다. 〈최생우진기〉(崔生遇眞記)와 〈하생기우록〉(何生奇遇錄)이 그런 작품이다. 〈기재기이〉는 작자가 세상을 떠나기 이태 전인 1553년(명종 8)에 목판본으로 간행되어 일찍 알려지고 오늘날까지 온전하게 전한다. 〈금오신화〉보다는 백여 년,

〈설공찬전〉보다 몇 십 년 뒤의 소설에 관해 알려주는 자료이다.

〈최생우진기〉의 주인공 최생은 선계에 가서 놀고 용궁에서 시를 짓다가 돌아와 세속에 관심을 두지 않고 산에서 약을 캐다가 생애를 어떻게 마쳤는가 알 수 없다고 했다. 〈하생기우록〉에서는 과거공부를 하던 하생이 죽은 여자와 사랑하고 그 여자가 재생해 부부가 되었다고 했다. 하나는 〈용궁부연록〉과, 또 하나는 〈만복사저포기〉와 비슷해 〈금오신화〉의 영향을 받았다고 인정할 수 있다.

그러나 〈금오신화〉보다 한 걸음 더 나아갔다고 하기는 어렵다. 두 편 다 기이한 이야기를 흥미롭게 전하는 데 치우치고, 자아와 세계의 대결을 심각하게 갖추지 않아 되다가 만 소설이라고 할 수 있다. 소설의 발전에 기여하지 못하고 오히려 후퇴한 작품이다.

1566년(명종 21)에 초시에 급제하고 그 뒤에 보령 군수가 된 김황(金澋)이 고상안(高尙顔, 1553~1623)과 함께 〈최고운전〉(崔孤雲傳)에 관해 논의했다는 기록이 〈효빈잡기〉(效顰雜記)에 있다. 논의의 대상은 한문본이었을 것이니, 그 기록은 한문본 〈최고운전〉도 일찍 이루어진 소설의 하나였다는 증거로 삼을 수 있다. 16세기의 소설이 하나 더 추가된다.

〈최고운전〉은 최치원의 전설을 작품화한 소설이다. 어머니가 초자연적 능력을 가진 금돼지에게 납치되어 태어나, 어려서부터 비범한 기상이 있어 자기 운명을 개척하고, 중국에 가서 크게 성공하게 된 과정을 사실과 상당한 거리를 두고 지어내 이야기했다. 전설을 거의 그대로 수용한 것이 초기소설의 특징이라고 할 수 있다.

명나라 희곡 〈오륜전비기〉(五倫全備記)를 1531년(중종 26)에 이항(李沆, 1474~1533)으로 추정되는 낙서거사(洛西居士)라는 이가 국문으로 옮겨 〈오륜전전〉(五倫全傳)이라 한 것은 국문소설 목록에 넣을 수 있다. 지금 한문으로 남아 있는 그 서문에서 "여항무식지인(閭巷無識之人)들이 언자(諺字)를 익혀 노인들이 전하는 이야기를 베껴 밤낮으로 떠드는데, 〈이석단〉(李石端)·〈취취〉(翠翠) 같은 것들이라 음탕하고 허탄해서 도무지 볼 것이 없다"고 하고, 그런 작품 대신에 품위 있고 교훈을 주는 작품을 읽으라고 〈오륜전전〉을 마련했다고 했다.

〈취취〉는 당나라 전기(傳奇) 〈취취전〉을 옮긴 것이 아닌가 추정되고, 〈이석단〉은 무엇인지 알 수 없다. 둘 다 음란하고 허탄한 내용의 작품이라고 한 것은 작품이 될 만큼 다듬지 않고 설화를 기록하는 데 그쳤기 때문에 지닌 결함이었을 수 있다. 국문소설의 출현을 앞당겨 논할 만한 자료는 아니라고 생각한다.

자료 발견자 이복규가 《설공찬전, 주석과 관련자료》(시인사, 1997) ; 《설공찬전연구》(박이정, 2003)를 냈다. 〈기재기이〉는 소재영, 《기재기이연구》(고려대학교 민족문화연구소, 1990)에서 고찰했다. 〈최고운전〉은 김현룡, 〈최고운전의 형성시기와 출생담고〉, 《고소설연구》 4 (고소설학회, 1988)에서 일찍 이루어진 증거를 들고 ; 오종근, 〈최고운전 연구〉(원광대학교 박사논문, 1990)에서 자세한 작품론을 했다. 〈오륜전전〉은 심경호, 《국문학연구와 문헌학》(태학사, 2002) ; 이복규, 〈'오륜전전'의 재해석〉, 《어문학》 75(한국어문학회, 2002) ; 〈16세기 사림의 분화와 낙서거사 이항의 '오륜전전' 번안의 의의〉, 《국어국문학》 131(국어국문학회, 2002)에서 고찰했다.

8.11. 연희의 양상과 연극의 저류

8.11.1. 나라에서 벌이는 연희

조선전기에는 신라 이래의 방침과 고려 때의 전례를 이어서 나례희 (儺禮戲)와 산대희(山臺戲)를 국가의 행사로 계속 거행했다. 재앙을 가져오는 잡귀를 몰아내는 굿인 나례를 해마다 섣달그믐에 궁중에서 벌였다. 국가 경축일에 하는 산대희는 산처럼 높다고 해서 산대라고 일컫는 다락을 세워 화려하게 장식하고, 사람과 동물로 된 잡상(雜像)을 놀리는 사람들은 그 위에서, 다른 놀이패는 그 앞에서 노는 놀이이다.

행사를 관장하는 기관은 나례도감(儺禮都監) 또는 산대도감(山臺都監)이라고 했다. 특별하게 할 일이 있어 임시로 설치하는 관청은 도감이라고 하고, 다른 관직에 종사하는 사람들이 겸직으로 기획하고 진행하는 일을 보았다. 공연을 담당한 사람들은 서울의 우인(優人)을 주축으로 하고, 외방의 재인(才人)을 추가했다. 우인과 재인은 여러 가지 재주를 보이는 것으로 생업을 삼는 천인이다. 민간에서는 광대라고 하는 무리이다. 평소에는 자기 나름대로 재주를 팔다가 나라에 일이 있으면 징발당해야 하는 의무를 졌다. 징발당해도 보수를 받지는 못해 구걸하면서 연명하기도 했다.

나라의 위엄을 자랑하는 화려한 행사를 비참한 처지의 하층 놀이패를 동원해서 하니 목적과 수단이 불일치하는 모순이 있었다. 기획과 공연이 따로 놀고, 궁중문화와 시정문화가 충돌을 일으킬 수 있었다. 하층 놀이패가 시정에서 공연하던 놀이는 행사를 개최하는 관원들에게 흥밋거리이기도 했다. 그래서 앞뒤의 순서를 서로 다르게 하는 방법을 써서 문제를 해결했다.

구나부(驅儺部)라고 하는 나례 본래의 절차가 끝난 다음에 잡희부 (雜戲部)라는 놀이 순서로 넘어가도록 해서, 나례가 나례희가 되었다. 놀이는 가무백희(歌舞百戲)라고 총칭되는 온갖 종류의 노래, 춤, 곡예,

재담 등으로 이루어졌다. 그런 것들은 산대희를 할 때 보여주는 놀이 종류와 다르지 않고 공연자 또한 겹쳤다. 본래의 기능보다는 놀이가 중요시된 결과 나례희가 바로 산대희라고 하기에 이르렀다. 나라의 안녕을 도모하고 위엄을 높이기 위해 거행하는 행사가 일반 백성들까지 즐기는 대단한 구경거리가 되었다.

가무백희의 구성내용에도 이질적인 것들이 있었다. 왕조실록 1451년 (문종 1) 6월조의 기사를 보면, 규식지희(規式之戲)는 전과 같이 하고 소학지희(笑謔之戲)는 구색을 맞추는 정도에 그쳐야 한다는 주장이 있었다. 규식지희는 줄타기, 방울받기, 땅재주 등을 하는 곡예이니 놀이패들이 하고 싶은 대로 두어도 큰 지장이 없다고 여겼다. 재담으로 웃기는 소학지희는 기강을 어지럽힐 수 있어 경계하고 단속해야 한다고 했다.

신유학에 입각한 질서를 철저하게 수립하자고 주장하는 유신들은 산대희를 줄곧 시비의 대상으로 삼으면서 소학지희를 특히 못마땅하게 여겨 지탄의 대상으로 삼았다. 그러나 설득력을 가지지 못하고 효력이 없었다. 나라에서 하는 행사가 질서를 옹호하지 못하고 무너뜨리는 쪽으로 나아가는 것이 막을 수 없는 추세였다.

조선왕조의 나례희 또는 산대희는 신라 이래의 오랜 전통을 이어, 나라의 안녕을 도모하고 위엄을 나타내고자 하는 목적을 민간 축제에서 차용한 방식으로 달성했다. 그러다가 하층 놀이패가 장기로 삼는 놀이를 난잡스럽게 벌이는 기회를 제공하고 말았다. 그런 변화가 고려 때보다 훨씬 커지고 나날이 확대되는 것을 막지 못해 조선후기에는 공연을 축소하고 중단해야만 했다.

산대희가 없어진 것은 궁중문화에 대한 시정문화의 승리였다. 궁중문화 속에 들어가 교란을 일으키던 시정문화가 제대로 발전할 수 있게 된 전환이었다. 국가에 동원되던 놀이패가 주어진 의무에서 벗어나 자기네의 곡예와 연극을 발전시키는 데 전념할 수 있게 되어 탈춤의 발전을 보게 되었다.

김재철, 《조선연극사》(조선어문학회, 1933)에서 이두현, 《한국가면극》(문화재관리국, 1969)에 이르는 선행연구를 이어, 사진실, 《한국연극사연구》(태학사, 1997) ; 《공연문화의 전통》(태학사, 2002)에서 많은 의문점을 다시 해명했다.

8.11.2. 소학지희

소학지희는 우희(優戲) 또는 배우희(俳優戲)라고도 하던 것이다. 재담을 하면서 웃기려고 한 사람이 자문자답할 수도 있고, 몇이서 배역을 나누어 말을 주고받을 수도 있다. 소도구 같은 것은 필요한 대로 동원하고, 탈을 쓰거나 하는 특별한 분장방법은 택하지 않았다.

소학지희의 모체는 무당이 굿을 하면서 공연하는 연극인 무당굿놀이 또는 거리굿이라고 생각된다. 공연방식 특히 즉흥창작에 분명한 공통점이 있다. 무당이 광대로 나서면서 탈춤이나 꼭두각시놀음과는 다른 또 한 가지 연극을 널리 알렸다고 할 수 있다.

다음 단계의 소학지희는 길거리 연극이었다고 본다. 〈고려사〉 열전 염흥방(廉興邦) 대목에서 세력이 대단한 집 종이 백성을 괴롭혀 소작료를 거두는 장면을 길에서 보여주는 광대가 있었다고 한 것이 그 증거이다. 조선시대에 들어와서는 민간의 공연은 기록에 오르지 않고 산대희에 포함되거나 그런 기회가 아니더라도 임금 앞에서 보여준 것들이 관심거리가 되어 좀더 자세한 내용이 남아 있다.

시대 상황이 달라진 것을 이해할 필요가 있다. 고려후기의 임금은 당악정재와 함께 향악정재를 즐겼으며, 그 가운데 충렬왕을 위해 특별히 지었다는 〈쌍화점〉(雙花店)처럼 음란한 것들이 있었다. 임금이나 그 주위의 인물들이 스스로 나서서 춤을 추며 광대처럼 놀기까지 했다. 조선시대에 와서는 정재를 대폭 정리해 음란한 내용은 제거하고, 임금뿐만 아니라 지체 높은 사람이면 누구든지 자기는 움직이지 않고 보고 듣기만 하도록 했다. 임금이 마음 놓고 구경하면서 무료함을 달래려고 하면 소학지희를 하는 광대나 불러들여야 할 형편이었다.

천하디 천한 광대가 하는 허튼 수작을 임금이 듣고 웃는 것은 체모에 어긋난다. 그러나 임금이라고 항상 근엄한 자세를 유지하려고 하지 않고 파격적인 심심풀이를 원했다. 광대가 하는 허튼 수작을 들으면서, 극과 극은 통하는 것을 경험하고 싶어했다. 그래도 도리를 갖추어야 했기에 임금이 소학지희에 귀를 기울이는 것은 민정을 파악하고 나라를 다스리는 데 도움이 되는 말을 듣기 위해서였다고 그 내역을 기록한 문헌마다 설명을 달았다.

소학지희는 내용이 정해져 있지 않다. 그때그때 즉흥적으로 지어낸 기발한 내용이 인기를 끈 것이 탈춤과 아주 달랐다. 그 당시 용어로도 시사지사(時事之事)라고 한 것을 가장 중요한 말거리로 삼았다. 그런 것이라야 임금에게 도움이 된다는 명분에 맞고 흥미를 끌 수 있었다.

임금을 즐겁게 하는 데 그치지 않고, 백성을 못살게 구는 관원의 횡포를 알리고자 하는 것이 광대의 속셈이었다. 그 결과 잘못이 시정되기도 하고, 임금의 비위를 거슬러 벌을 받기도 했다. 박해를 각오하고 백성의 뜻을 대변하고, 소학지희를 언론의 수단으로 삼는 용기를 가졌다. 그런 사건이 왕조실록에 자주 등장한다.

임금 앞에서 풍자를 한 사례는 세조 때의 것부터 나타난다. 세조는 신유학의 명분에 매이지 않으려고 했기에 그럴 수 있었을 것 같다. 나례를 거행하던 광대가 관리의 탐욕 때문에 벌어진 일을 세세하게 들어 자문자답으로 연출해 미치지 않은 데가 없었다고, 1464년(세조 10) 12월의 일로 기록되어 있다. 세조는 너그러운 태도를 가지고 풍자를 용납한 것 같다.

연산군 때에는 광대가 왕의 진노를 사서 벌을 받았다고 했다. 공결(孔潔)이라는 광대가 〈대학〉(大學)의 강령과 조목을 희롱거리로 삼다가 매를 맞고 쫓겨나 역졸이 되는 벌을 받았던 것이 1499년(연산군 5) 12월의 일이다. 광대 공길(孔吉)은 1504년(연산군 10) 12월에, 이상적인 군주는 만나기 어렵지만 훌륭한 신하야 어느 때든지 있게 마련이라는 내용으로 소학지희를 벌이다가 매를 맞고 귀양갔다. 연산군의 폭정에 아무도 나서서 간할 수 없을 때에 미천한 광대가 그런 용기를 가졌던 것은 주목하고 평가할 일이다.

수난만 계속된 것은 아니다. 그 뒤의 자료에서는 광대가 풍자하고자 하는 뜻을 이루었다는 사례가 흔히 보인다. 중종 때쯤 되면 소학지희를 통해서 민심을 파악하는 관례가 어느 정도 정착되지 않았나 싶다. 왕조실록이 아닌 개인 저작에 실린 자료도 있어, 무엇을 어떻게 풍자했는지를 좀더 알아낼 수 있다. 어숙권(魚叔權)의 〈패관잡기〉(稗官雜記)에 좋은 예가 둘 나란히 실려 있다.

세상에 전하는 말을 기록해서 어느 임금 때인지 밝히지는 않았다. 관가에서 무세포(巫稅布)를 아주 엄중하게 징수해서 관가 차사가 문에 당도해 고함지르고 들이닥칠 때마다 온 집안이 창황하고 분주하게 술과 음식을 갖추어 대접하고 기일을 늦추어달라고 애걸해야 하는 폐해가 아주 심했다고 했다. 어느 우인이 그 일로 놀이를 만들어 궁중 안뜰에서 공연하자, 임금이 그 세를 면제하라고 명령했다. 우인 또한 백성에게 유익하다 하고, 그 당시까지 우인들이 그 놀이를 전승하고 있다고 했다.

중종 때에 정평(定平) 부사 구세장(具世璋)은 탐욕스럽기만 하고 염치를 모르는 사람이었다고 했다. 말안장을 파는 백성을 관가 뜰로 불러들여 자기가 직접 값을 흥정하면서 비싸다느니 싸다느니 하며 며칠을 힐난하다가 마침내 관가 돈으로 그것을 샀다. 우인이 그 일로 놀이를 꾸며 고발하자, 임금이 알고 구세장을 잡아다가 심문하라고 명령하고 죄를 다스렸다고 했다. 우인과 같은 자도 능히 탐관오리를 규탄할 수 있다고 했다.

작자 미상인 〈지양만록〉(芝陽漫錄)이라는 책에서는, 명종 때에 임금이 심사가 불편해서 광대를 불러다가 소학지희를 하게 했다고 했다. 이조판서와 병조판서가 못난 조카와 바보스러운 사위를 서로 정실로 등용하는 사건을 연출하자, 임금이 크게 웃었다고 했다. 이조판서나 병조판서가 높은 지위에 이른 벼슬아치를 뜻하고 특정인을 나타내지는 않은 것 같다. 임금이 비행을 문제 삼지는 않았다.

유몽인(柳夢寅)의 〈어우야담〉(於于野談)에서는 인기 있는 놀이꾼을 소개했다. 귀석(貴石)은 어느 종실(宗室) 양반의 종인데, 배희(俳戱)를 잘 하는 우인(優人)이어서, 명종이 어머니를 위해서 진풍정(進豐呈)을 할 때 뽑혀서 놀이를 했다고 했다. 진풍정이란 궁중에서 하는 큰 잔치의 하나이며, 산대희를 포함시키는 것이 관례였다. 산대희의 일환으로 귀석이 소학지희를 했다.

귀석은 풀을 묶은 꾸러미 넷, 큰 것 둘, 중간 것 하나, 작은 것 하나를 들고 등장했다. 자기가 수령으로 자처하면서 동헌에 앉아서 진상하는 일을 맡은 아전을 불렀다. 우인 하나가 아전 노릇을 하면서 무릎으로 기어가서 수령 앞으로 갔다. 귀석은 큰 꾸러미 둘을 들고 가서 하나는 이조판서께, 다른 하나는 병조판서께 바치라고 소리를 낮추어 말했다. 중간 것은 대사헌에게 바치라고 했다. 작은 꾸러미는 진상하라고 했다.

그 다음 놀이에서는 종실 양반이 비루먹은 말을 타고 가고 귀석은 양반의 종노릇을 해 말 고삐를 잡았다. 어느 재상으로 가장한 광대가 준마에 올라 많은 시종을 거느리고 거들먹거리며 갔다. 종실 양반이 길을 비키지 않는다고, 종인 귀석을 잡아다 땅에 꿇리고 매질을 했다. 귀석은 원통한 처지를 큰 소리로 하소연했다고 하면서 그 말이 길게 나와 있다. 자기 주인은 재상보다 지위가 낮지 않으면서 고생만 하고 있는데, 무슨 잘못이 있다고 그런 횡포를 당해야만 하느냐고 항변했다.

둘 다 임금 앞에서 공연한 연극이다. 이조판서와 병조판서는 세도를 부리고 대사헌도 한 몫 끼는 판국이어서 나라에 바치는 진상품은 초라하게 된 것을 풍자해 임금이 알도록 했다. 능멸당하고 있는 종실 양반의 억울한 처지에도 관심을 가지게 했다. 그랬더니 귀석이 모신 종실 양반에게 실직을 내렸다고 했다. 유몽인은 이 두 가지 자료를 소개하기에 앞서서 "예부터 우희(優戲)를 벌이는 뜻은 보고서 웃자는 것이 아니고, 요컨대 세교(世敎)에 도움이 되도록 하자는 데 있다"고 했다.

귀석은 이 연극을 창작하고 주연했다. 앞의 것에서는 자기가 수령 역을 하고 다른 사람이 아전 노릇을 하도록 해서 둘이서 배역을 나누어 공연했다. 진상품이라면서 풀을 묶어서 만든 꾸러미를 사용해 소도구도 갖추었다. 뒤의 것에는 등장인물이 여럿이고, 타고 가는 말 두 필이 필요했다. 장소는 마당이고 무대장치는 하지 않았으나, 필요한 것은 다 동원해서 공연을 했다.

귀석의 작품은 소학지희가 상당한 규모를 갖춘 연극으로 발전했음을 입증해준다 하겠는데, 그 뒤에는 오히려 그런 사례가 보이지 않는다. 조선후기로 넘어오면 소학지희는 두드러진 구실을 하지 않았던 것으로 보이고, 그 대신에 탈춤의 시대가 찬연하게 열렸다. 소학지희가 탈춤이나 판소리로 계승되었다고 하기는 어려우므로 행방을 추적하지 않을 수 없다.

과거에 급제한 사람이 광대를 불러서 놀 때 광대가 선비를 우스꽝스럽게 표현했다는 유희(儒戲)는 소학지희의 연장이 아닌가 싶고, 줄타기를 하는 광대의 재담은 그 축소판이라고 할 수 있다. 소학지희의 모체라고 생각되는 무당굿놀이는 활발하게 전승되면서 새로운 내용을 보태나갔다. 그 층위까지 고려하면 쇠퇴가 아닌 발전이 확인된다.

사진실, 〈소학지희의 공연방식과 희곡의 특색〉, 《한국연극사연구》에서 자세한 고찰을 했다.

8.11.3. 꼭두각시놀음의 행방

조선전기에 꼭두각시놀음도 공연되지만 구체적으로 파악하기는 어렵다. 국가에서 거행하는 행사에는 포함되지 않은 민간연희여서 공식기록에 오르지 않았으며, 개인의 관심사로 삼는 사람들이 더러 있어 그 모습을 전할 따름이다. 고려시대에 이규보가 그랬듯이, 꼭두각시를 놀리는 재주가 신기하다고 하면서 재미있게 묘사한 한시부가 몇 편 있어 자료로 이용할 수 있다. 연극의 내용에 대해서 직접 알려주지는 않지만 잘 살피면 얻는 바가 있다.

먼저 들 수 있는 자료는 성현(成俔, 1439~1504)의 〈관괴뢰잡희〉(觀傀儡雜戲)이다. 거기서 "번쩍번쩍 금빛 허리띠 붉은 옷에서 빛나고, 물구나무 땅재주 나는 듯한 몸놀림, 줄타기 구슬놀이 재주도 많아, 나무인형에 실 꿰어 신기한 동작 자유롭구나"라고 하는 말로 인형의 동작을 실감나게 묘사했다. 민속에 대해서 광범위한 관심을 가진 성현이지만 이 경우에는 오직 국외의 관찰자로 머물렀다. 눈에 보이는 것에만 관심을 가지고, 무엇을 말하는지 알려고 하지 않았다. 시의 어느 대목도 연극의 내용을 추측하게 하는 단서는 제공하지 않는다.

박승임(朴承任, 1517~1586)은 이황에게서 배운 성리학을 여러 관직을 역임하면서 실행하려고 한 사람이라 성현과는 취향이 달랐지만 〈괴뢰붕〉(傀儡棚)을 지었다. 꼭두각시놀음이 자주 공연되어 누구나 구경꾼이 되었기에 그럴 수 있었다고 생각된다. 그러나 보고 느낀 바를 자기 관점에서 나타내느라고 모호한 말을 사용하고, 난삽한 고사를 동원하기도 했다. 무엇을 말했는지 알려면 면밀한 검토가 필요하다.

복잡한 논증 과정을 생략하고 얻어낸 결과를 바로 제시하면, 두 가지 사실을 말했다고 할 수 있다. 마님이 아가씨를 시기하고, 늙은이가 젊은이를 비웃는다고 했다. "원숭이 같이 알랑대다 야유하는 꼴이란, 다람쥐처럼 날래다가 갑자기 미친 짓"이라고 한 대목에서는 선후 역전의 원리가 극의 전개를 지배한다고 말했다. 극의 내용을 이루는 지위 역전과 선후 역전은 현실에서는 일어날 수 없다고 보아, 꿈을 깨고 나니 허망하다는 말로 결말을 삼았다. 꼭두각시놀음이 강력한 충격을 주어 그 점을 깨닫게 했다고 생각된다.

나식(羅湜, ?~1546)은 조광조의 문인이며 을사사화 때 함께 사사되었지만 방외인의 기질을 많이 지녔던 것으로 확인된다. 〈괴뢰부〉(傀儡

賦)가 위에서 든 시 두 편과 많이 다른 것이 그 때문이라고 할 수 있다. 글을 길게 쓰고 말을 많이 하면서, 꼭두각시놀음의 여러 특징을 호감을 가지고 자세하게 살피고 독자의 이해를 돕는 데 필요한 서술을 차례대로 했다. 서론, 공연장면, 공연내용, 의미해석을 제대로 갖춘 연극론을 마련했다.

서론에서 "卽其僞而想眞 因乎細而悟大"(거짓됨에 근거를 두고 진실을 생각하고, 잔다란 일로 말미암아 큰 것을 깨닫게 한다)라는 것이 고금의 특이한 놀이 꼭두각시놀음이라고 했다. 말한 바를 문자 그대로 이해하면, 사람보다 작은 크기의 인형을 사용해서 벌이는 놀이가 커다란 진실을 깨닫게 한다는 사실을 적절하게 지적했다. 거기서 한 걸음 더 나아가 예술이란 무엇인가 밝혀 논했다고 받아들일 수도 있다.

공연장면을 그린 대목을 보자. "봄바람이 불어 경치가 좋아질 때면, 사람들이 많이 다니는 길목에 놀이판을 차린다"고 했다. 많은 남녀가 앞 다투어 모여들어 즐거워하고, "돈 꾸러미 언덕 같이 쌓이고, 동이 술을 호수처럼 벌여놓았다"고 했다. 불특정 다수를 상대로 해서 길거리에서 벌이는 공연이 번성해 많은 돈을 벌고, 몰려드는 관객은 큰 즐거움을 누리면서 술판을 벌인다고 했다.

공연내용에 관한 서술을 하면서 먼저 등장인물의 차림과 동작을 묘사했다. "머리는 민둥머리 얼굴은 불그죽죽 소매는 원숭인가 길어서 너울너울" 한다 하고, 왔다갔다 어지럽게 움직인다고 했다. 그 다음에는 여러 사람이 몰려나와 각기 재주를 부리고 능력을 뽐낸다고 길게 서술했다. 사회적 갈등이 구체적으로 나타나 있는 대목을 골라 옮긴다.

或低旗而彎弓	깃발을 낮추고 활을 당기기도 하다가
鬭叫突而超騰	고함지르고 덤벼들어 들구잡이 한다.
或掉臂而相吃	팔을 휘두르며 서로 물어뜯기도 하고
爭市價之多少	물건 값 많고 적음을 다투기도 한다.
夫或見驕於妻	지아비가 아내에게 업신여김을 당하면서,

極百端而挑和	갖은 소리 다 하면서 화해하자고 한다.
婦或見棄於夫	아내가 지아비에게 버림받기도 해서,
擲嬌兒而相酬	귀여운 자식마저 버리고 넋두리를 한다.
貧屈訟於順理	가난뱅이는 송사에서 이길 만해도 지는 법,
仰貪吏而相咻	탐욕스러운 관리에게 굽실대며 부탁한다.
吏懷金於富人	관리는 부자가 주는 돈 받아 품에 품고,
欣搖頭而重諾	머리를 흔들면서 거듭 승낙한다.

　인용한 대목이 이처럼 열두 줄인데, 네 줄씩 서로 다른 내용을 나타 냈다. 처음에는 시정에서 다툼을 말했다. 힘으로도 싸우고 돈으로도 싸 운다고 했다. 다음에는 집안의 다툼을 말했다. 지아비와 아내 사이의 우열이 이리저리 뒤집어진다고 했다. 끝으로 관리를 둘러싸고 벌어지 는 다툼을 말했다. 뇌물 받는 관리 탓에 부자가 횡포를 부려 가난뱅이 는 억울한 지경에 이른다고 했다. 꼭두각시놀음이 사회적 갈등의 거의 전폭을 나타내고, 당시의 다른 어떤 문학갈래보다 광범위한 내용을 갖 추어 놀랍다고 하지 않을 수 없다.

繽紛者道	어지러운 것이 도리이고,
不齊者眞	들쭉날쭉한 것이 진리이다.
大小一體	대소는 한 몸이고,
得失同輪	득실은 같은 수레이다.
傀儡人生	꼭두각시가 인생이고,
人生傀儡	인생이 꼭두각시이다.
顧瞻天下	천하를 돌아보니
皆是繪綵	모두가 놀이판이다.

　꼭두각시놀음의 의미에 관해 여러 논의를 펴고서 이렇게 마무리를 지었다. 도리니 진리니 하는 것에 절대적인 기준이 없으며, 크고 작고,

얻고 잃는 것도 전혀 상대적이라고 한 것은 커다란 깨달음이다. 꼭두각시놀음이 인생의 실상을 그대로 나타내 그 점을 일깨워주니, 천하가 모두 놀이판인 줄 알아야 한다고 했다. 서두에서 한 말과 이런 결론이 호응되어 인생 만사를 바르게 파악하는 이치를 분명하게 했다. 꼭두각시놀음을 보고 감명을 받아 최고 수준의 연극평을 한 데서 더 나아가 생극론 철학의 진수라고 할 것을 발견했다.

꼭두각시놀음이 그 정도의 설득력을 가진 것은 놀라운 일이다. 그 이유는 자주 공연되어 볼 기회가 많은 꼭두각시놀음이 예술 표현의 공인된 관습을 결정적으로 뒤집었기 때문이라고 할 수 있다. 작품을 직접 만날 길은 없으나, 꼭두각시놀음의 전성시대는 조선전기이다. 오늘날까지 전하는 후대의 꼭두각시놀음은 내용이 축소되고, 호응을 받는 범위도 줄어들었다고 보아 마땅하다.

윤주필, 《한국의 방외인문학》(집문당, 1999)에서 위에서 든 시 세 편을 고찰했다.

8.11.4. 탈춤의 저류를 찾아서

조선전기의 탈춤은 마을굿 행사의 일환으로 농촌에서 자라났을 것으로 보인다. 〈동국여지승람〉에서 고성(固城) 지방 성황단을 소개하면서 "지방민이 언제나 5월 1일에서 5일까지 두 패로 나뉘어서 섬기는 신의 모습을 들고 마을을 돌아다니면, 사람들이 다투어 술과 음식을 장만해 고사를 올린다"고 했다. 이어서 말하기를 "나인(儺人)은 행사를 마치고 백희(百戱)를 갖추어 벌인다"고 했다.

계절은 단오 무렵이고, 행사는 재앙을 물리치자는 굿이다. 들고 다닌다는 신의 모습은 서낭대 같은 것이다. 나례와 같은 것을 맡은 사람이라고 해서 나인이라고 불리는 무리는 농악대이다. 굿을 하는 절차를 마치고 벌인 백희에는 탈춤이 포함되었으며, 그것이 바로 그 지방의 고성

오광대로 발전했다. 후대에 현지조사에서 확인할 수 있는 사실이 이 몇 마디 말에 잘 요약되어 있다.

굿과 탈춤의 관계를 더 잘 나타내주는 자료는 〈동국세시기〉(東國歲時記)에 소개한 고성(高城)의 풍속이다. "비단으로 신의 탈을 만들어 당집에다 넣어두면 섣달 스무날 이후에 신이 고을 사람에게 하강해서 그 탈을 쓰고 아내(衙內) 및 읍촌(邑村)을 돌아다니면서 논다"고 했다. 〈동국세시기〉는 조선후기의 문헌이지만 오랜 풍속을 말해준다고 할 수 있다.

서낭대만으로는 부족하기에 탈을 고안해냈다. 탈은 평소에 당집에 모셔놓고 신으로 섬기고, 굿을 할 때면 신이 하강해서 춤추며 논다고 하기에 아주 적합한 물건이다. 신의 탈이라는 것들이 양반, 각시, 중 등으로 지칭되는 사람의 모습을 나타내기도 해서, 탈을 쓰고 춤을 추면서 사람들 사이의 갈등을 문제로 삼아 탈춤이 생겨났다. 탈을 쓰고 노는 무리가 농악대를 따라다니는 잡색 노릇을 하다가, 굿을 하는 원래의 행사가 끝난 다음에 기회를 얻어서 놀이를 한바탕 따로 벌인 것이 바로 탈춤이다.

농악대를 따라다니는 잡색의 무리 가운데 사대부(士大夫)니 팔대부(八大夫)니 구대진사(九代進士)니 하는 글씨가 쓰인 관을 머리에 얹고 양반으로 분장한 인물이 반드시 있어 신분에 어울리지 않는 동작을 하는 것은 조선전기에 시작되었으리라고 생각된다. 그런 모습을 하고 나선 인물을 양반광대라고 한다. 양반광대는 탈춤이 연극일 수 있게 하는 최소 요건이다. 양반광대가 관중을 상대역으로 해서 위엄을 자랑한다지만 사실은 실수를 연발하고, 각시로 설정된 인물에게 유혹되어 체신을 잃어버리기도 하는 것이 상례이다. 그렇게 하는 데서 굿의 절차와 구별되는 연극 탈춤이 시작되었다.

그런 탈춤의 전형적인 모습을 경북 하회(河回) 마을에서 찾을 수 있다. 하회탈춤은 고려 때부터 있었던 것으로 확인되고, 조선전기에 이미 후대에 볼 수 있는 규모를 갖추었으리라고 생각된다. 강릉(江陵)지방

관노희(官奴戲)라고 하는 것도 그 비슷한 탈춤인데, 관아에서 관노들이 논 것이 특징이다. 멀리 북청(北靑)에서 벌이는 사자놀음도 발생기의 탈춤이다.

농악 놀이와 연결되어 있는 단순한 형태의 탈춤이 전국 도처에 있다가 그 가운데 몇 가지만 조선후기에 규모가 크고 구성이 복잡하고 주제가 분명한 탈춤으로 발전했다. 발전을 하지 못한 탈춤은 하회, 강릉, 북청 등지에서 전승되는 것들을 제외하고는 거의 다 사라지고, 농악대의 잡색놀이에 흔적을 남기고 있다.

조선전기에는 탈춤의 모체인 마을굿이 적지 않은 시련을 겪었다. 신유학을 이념으로 하는 통치질서를 수립하려는 국가 시책과 지방 사대부들의 요구가 맞아 들어가, 농악대가 하고 무당이 거드는 마을굿은 음사(淫祀)라고 규정해 타파했다. 조상신뿐만 아니라 마을신도 엄숙한 절차에 따라 축문을 읽고 절하면서 섬기는 유교식 제사를 정착시키고자 했다. 그러나 하층 농민은 풍요와 안녕을 가져오게 한다는 이유를 들어, 자기네들끼리 모여 놀며 무슨 말이든지 할 수 있는 기회인 굿놀이를 끈덕지게 전승했다. 그래서 굿과 제를 병존시키는 타협이 이루어지는 한편, 굿에 따르는 탈춤이 사대부에 대한 반감을 강하게 나타냈다.

하회 마을은 조선초기부터 지체 높은 사대부 풍산유씨(豊山柳氏)가 위세를 떨치던 곳이었지만, 유씨네에게 매인 하층민이 해마다 한 번씩 별신굿과 함께 탈춤을 되풀이해 굿을 하고 놀이를 벌이는 기간 동안에는 무슨 말이든지 할 수 있는 언론자유를 누렸다. 그렇게 하도록 허용하는 것이 사회 통제의 효율적인 방법이었다.

고려 때에 시작되었을 지배층 풍자가 조선전기에 이르러 더욱 구체적인 내용을 갖추었다고 생각된다. 양반과 선비라는 인물들이 나와서 지체다툼을 하고, 바보 이매와 경망스러운 하인 초랭이가 말을 거들어 그 광경을 더욱 우스꽝스럽게 만드는 것이 그 구체적인 내용이다. 부네라는 각시가 등장해 양반과 선비가 한바탕 싸우게 하고, 영감과 할미,

각시와 중의 관계를 다룬 대목도 있다.

조선전기 탈춤의 구체적인 내용은 찾아보기 어려운데, 이제신(李濟臣, 1536~1584)의 〈청강쇄어〉(淸江瑣語)에 주목할 만한 것이 있다. 새로 생원이 된 사람이 선배들에게 인사를 할 때면 별명을 붙이는 것이 관례라 하고, 자기와 함께 생원이 된 심아무개는 모습이 광대 같아서 광대라고 하자, 자기 아버지 또한 같은 별명을 얻었으니 참으로 괴이하다고 했다. 그랬더니 짓궂은 동료가 대대로 광대 노릇을 하라고 하면서 "너의 할아버지는 중광대〔僧廣大〕, 너의 할머니는 할미광대〔姑廣大〕, 너의 아버지는 초란광대(招亂廣大), 이제 너는 박광대〔匏廣大〕이다"라고 했다는 것이다.

그렇게 말한 광대는 극중인물이다. 중광대는 중의 차림을 하고 중노릇을 하는 배역이다. 농악대의 잡색놀이에 등장하며 어느 지방 탈춤에나 두루 보여 먼저 들었다고 할 수 있다. 할미광대는 영감과 할미의 다툼을 설정할 때 반드시 필요했다. 초란광대는 경망스러운 인물 초란이인데, 하회탈춤에만 있었던 것은 아니었을 듯하다. 박광대는 특정 인물이 아니고 바가지를 쓴 광대이다. 어느 지방 탈춤에서든지 흔히 볼 수 있는 인물을 열거한 것으로 생각되어, 탈춤이 널리 존재하고 전형적인 등장인물이 잘 알려진 사정을 입증한다고 할 수 있다.

유몽인의 〈어우야담〉에도 탈을 쓴 광대에 관한 말이 있다. 어떤 우인이 나무로 만든 귀면(鬼面)을 쓰고 아내와 함께 밥을 얻어먹으려고 한강을 건너다가 아내가 녹기 시작한 얼음을 밟아 귀면을 벗지도 못하고 놀이를 하는 듯한 거동으로 빠져 들어갔다. 그 우인은 엉겁결에 자기도 귀면은 벗지 못하고 발을 구르면서 얼음 위에서 울었다. 그 모습을 본 사람들은 웃지 않을 수 없었다고 했다.

귀면은 귀신을 나타내는 탈이거나 귀신 모습을 하고 있는 탈이다. 우인이라고 일컬은 광대 부부가 그런 탈을 쓴 채 밥을 얻어먹으러 다녔다는 것은, 마을에 머물러 살면서 탈춤을 하던 사람이 아니고 떠돌이 공연자였다는 말이다. 재주를 보여주면서 걸식을 하느라고 탈을 쓰고 다

넜다고 생각된다. 농촌탈춤과 떠돌이탈춤, 이 두 가지 탈춤이 조선전기에 공존하고 있었다고 볼 수 있다.

떠돌이 놀이패가 나라에서 하는 나례희나 산대희에 동원될 때 탈춤을 추는 광대도 있어, 가무백희라고 하는 데 탈춤 공연도 포함되었을 가능성이 있다. 그러나 구체적인 증거를 찾기는 어렵다. 국가 행사에 따르는 놀이의 하나로 탈춤을 공연했다고 하더라도 그것은 가무의 일종으로 취급되었을 따름이어서 필수적인 순서는 아니고, 내용은 단순했다고 생각된다.

유득공(柳得恭)은 〈경도잡지〉(京都雜誌)에서 산대도감에 속하는 연극에는 산희(山戲)와 야희(野戲)가 있다 했다. 산희는 결채(結彩)하고 사자, 호랑이, 만석승(曼碩僧) 등을 만들어 춤추게 하는 것이라고 했으니, 산대희의 본순서인 잡상 놀이이다. 야희는 당녀(唐女)나 소매(小梅)라는 인물로 분장하고 춤을 춘다고 했으니 탈춤이다. 산대를 배경으로 마당에서 공연한 잡희는 탈춤을 기본으로 한 것 같으나, 조선전기의 사정을 말해준다고 하기 어렵고 검토해야 할 문제가 개재되어 있어 조선후기로 미룬다.

조선전기에 사원을 혁파하고 승려를 대폭 감축시킬 때 사원에서 놀이를 담당하던 잡승들이 밀려나 익힌 재주를 민간에서 팔려고 떠돌이 놀이패가 되었을 가능성도 있다. 백제 사람 미마지(味摩之)가 일본에 전했다는 기악(伎樂)과 같은 불교극이 사원에서만 전승되다가 그 무렵에 민간의 탈춤과 접합되었을지 모른다. 서울 근처의 산대놀이나 황해도의 해서탈춤에는 노장 승려를 풍자하는 대목이 큰 비중을 차지하는데, 축출되어 민간의 광대가 된 잡승들의 반감에 그 연원이 있지 않을까 생각해볼 수 있다.

지금까지 여러모로 탐색해보았지만, 조선전기에는 하층민의 예술이나 문학이 문헌 증거가 미칠 수 없는 영역에서 저류로 존재했으므로 구체적인 모습을 파악하기 어렵다. 민요나 설화와 함께 연극도 드물게 기록에 오를 기회가 있기는 했어도 실상이 온전하게 드러나지 않는다. 기록의 편향성에도 이유가 있지만, 조선전기의 하층문화는 사대부문화의 위세를 당해낼 수 없고, 특별히 문제가 될 만한 동향을 보이지 못해 그랬다고 할 수 있다.

《탈춤의 역사와 원리》(홍성사, 1979)에서 다룬 데 의거하고 자료를 추가했다. 최정여, 〈산대도감극 성립의 제문제〉, 《한국학논집》 1 (계명대학 한국학연구소, 1973) ; 박진태, 《탈놀이의 기원과 구조》(새문사, 1990) ; 전경욱, 《한국가면극, 그 역사와 원리》(열화당, 1998) ; 앞에서 든 사진실의 저서 둘에서도 도움이 되는 작업을 했다.